TIME LESS THAN YOUR ALLURE

时光不及你倾城

[上 册]

双 凝 著

青岛出版社
QINGDAO PUBLISHING HOUSE

图书在版编目（CIP）数据

时光不及你倾城 / 双凝著. -- 青岛 ： 青岛出版社，
2017.1

ISBN 978-7-5552-4600-8

Ⅰ. ①时… Ⅱ. ①双… Ⅲ. ①言情小说－中国－当代
Ⅳ. ①I247.5

中国版本图书馆CIP数据核字(2016)第213762号

书　　名	时光不及你倾城
著　　者	双凝
出版发行	青岛出版社
社　　址	青岛市海尔路182号（266061）
本社网址	http://www.qdpub.com
邮购电话	010-85787680-8015　13335059110
	0532-85814750（传真）　0532-68068026
责任编辑	那　耘
责任校对	邹　蒙
特约编辑	郑新新
装帧设计	杨改利
照　　排	智善天下
印　　刷	三河市鹏远艺兴印务有限公司
出版日期	2017年1月第1版　2018年6月第4次印刷
开　　本	32开（880mm×1230mm）
印　　张	16
字　　数	400千
书　　号	ISBN 978-7-5552-4600-8
定　　价	49.80元

编校印装质量、盗版监督服务电话　4006532017　　0532-68068638
建议陈列类别：畅销·青春文学

目 录
CONTENTS

■ **上 册**

■下 册

第一章 把你们拍墙上哟

"臭小子！敢冲撞爷爷！给我打！往死里打！看我不打死你这狗东西！"深沉的黑夜，酒吧的小巷口传来一阵阵打闹声。

刚走到酒吧门口的夏芷苏看了一眼阴沉的天，撑起伞走了出去。经过酒吧隔壁的小巷，她看见一群人在围殴一个男子。那男子已经喝得酩酊烂醉，那群混混对着他拳打脚踢，而他似乎连一点儿反抗能力都没有了。

夏芷苏已经看习惯了，这条泥泞的小巷，每天都会发生打架斗殴的事情，夏芷苏正准备走，不过她听到一声熟悉的痛呼。只见被打趴在地上的人猛然跃起，发狂一样跟那群混混厮打起来。

苍白的月光落在他的脸上，俊美的脸颊带着青紫的伤痕，那是夏芷苏熟悉的脸。

"欧少恒？"夏芷苏诧异极了，竟然还能看到欧氏大少如此狼狈的模样。眼看着欧少恒体力不支，夏芷苏叹息了一声。她是真的不想插手，可还是走上前，喊了一句："住手！"那群混混全都停住了，看到夏芷苏出来打抱不平，都觉得好笑。

"哈哈哈！小妞，就你这身板也来打抱不平？怎么？你也看上这小子了？"一个混混哈哈大笑着，顺手就打了欧少恒一拳。欧少恒疼得弓起身子，整个人被几个混混架住。

"都叫你们别打了……"夏芷苏叹息着说。虽然看到欧少恒被打她心里感觉很爽，可是，欧少恒再被打下去就死翘翘了。

"就打了！你能怎样？想救他？好啊！先跟爷们乐呵乐呵！"那混混走上来，就去摸夏芷苏的脸。夏芷苏侧身避开。

见她躲开，混混更加来劲："小妞！别躲别躲嘛！等乐呵完了，爷爷们立马放了这个小白脸！"说着，向夏芷苏扑上去。夏芷苏躲到他的身后，抬腿一脚踹了过去。看似轻轻一脚，却把人踹到了对面的墙上，鼻子上有血流了出来。

混混一摸满鼻子的血，顿时怒了："臭婊子！你竟然给脸不要脸！找死！"他冲上去想打夏芷苏。

夏芷苏再次轻松避开，一脚把他重新踹到墙上，抱胸冷笑："都说让你们放了他，怎么那么不听话！再来，就把你们一个个拍到墙上，抠都抠不下来。"

"好狂的口气！"一群混混被气得抓狂。

"臭婊子！我们几个大男人还怕了你不成？"几个人丢开欧少恒扑到夏芷

苏面前。

那些人还没扑上来，夏芷苏一个旋踢。啪啪啪！一个接着一个，混混们被踢到墙上，连叫都叫不出来。

夏芷苏拍了拍手，说："都说了，会把你们拍墙上，还不快滚。"

"快！快跑！快跑！"混混们惊恐地望着面前的女人。

他们实在怕了夏芷苏，丢下欧少恒，跌跌撞撞地跑远了。欧少恒站得摇摇欲坠，浑身酒气，根本不知道发生了什么。

"欧少恒！"还没等他摔到地上，夏芷苏跑上前就扶住他，却接触到他滚烫的手臂，夏芷苏下意识地放开，欧少恒整个人倒在她的怀里，抬眼看到眼前的女人。

"怎么是你？夏芷苏！滚开！你这个恶心的女人！"欧少恒的脸上满是厌恶。夏芷苏猝不及防，被他推倒在地。欧少恒踢了她一脚，眼前一晕，自己反倒一头栽倒在地。

夏芷苏站起身，捂着被他踢疼的腰，看着地上的男人怒火中烧："你才恶心！"抬腿一脚就踢回去，地上的男人呜咽了一声便没反应了。

真想丢下他不管！可夏芷苏还是扶起他，吃力地抱住他的手臂，到路中间去拦车。她看了一眼怀里的男人，反正这货有钱，就帮他选个五星级的酒店吧！

"师傅，去最好的酒店！"夏芷苏没打算给他省钱。

酒店里，夏芷苏刚把欧少恒放到床上，没起身，他长臂一伸就把她揽了过去，她跌在他滚烫的身上，他的嘴里还在呢喃："丹妮……丹妮别走……"

"我不是丹妮！我是夏芷苏！你最讨厌的夏芷苏！"夏芷苏拿开他的手说。丹妮，是她的妹妹，她养父的女儿。

欧少恒好像听到了极其恶心的名字，他嫌弃地皱眉，真的丢开了她的手。夏芷苏的心里被刺了一下，还是倒了杯冰水给他："欧少恒！张嘴，喝点水！"欧少恒迷迷糊糊地睁眼，只觉得口干舌燥，喝了一口，又难受地开始撕扯自己的衣服。

"热……好热……"欧少恒低声呻吟，声音沙哑。

夏芷苏看出他的反应不对，见他满脸通红、浑身燥热，愕然，明白："不会是被人下药了吧？啊——"她才刚说完，她的身子就被扯了过去。她跌在床上，他翻身就压上来了。

"丹妮……我热……"他倾身就吻上她的唇。

夏芷苏睁大眼睛，双手推拒他的胸膛："欧少恒！放开我！我不是丹妮！我是夏芷苏！夏芷苏！"她重复着这名字。

欧少恒真的止住了动作，看清楚面前的女人，扬手一巴掌就打了过去。

"夏芷苏！你这个贱女人！你怎么还主动爬上来？真是下贱！"夏芷苏被打得脑袋嗡嗡作响，她好心救了他，但还不至于好心到给他做解药的地步！不感谢就算了，还打她？想到这，她狠狠地一脚把他踹开。

"欧少恒！是你主动拉的我！"夏芷苏怒吼，翻身就下床。欧少恒猝不及防，被踢得弓起身子。见这女人敢踢他，他顿时怒火中烧，一把抓住她的手腕，把她拉了回来。

"啊！你干什么？！放开我！"夏芷苏脸颊被打得通红，吃痛地大叫。

"干什么？你说干什么？还敢踹我？你不是很想嫁给我吗？我现在做的事，你开心还来不及呢！"欧少恒被踢了一脚，突然发狂般地撕扯她的衣服。

夏芷苏用力抓着衣服，屈辱地喊叫："欧少恒！我救了你，你就这么报答我！"

"对！你救了我！可我现在需要你！既然救了一次，也不差再来一次！"欧少恒已经失去理智，扣住她的肩膀狠狠地啃咬。

"你这个浑蛋！"夏芷苏不断挣扎，她越挣扎，他把她扣得越紧，不让她动弹，浑蛋！人都这样了，力气竟然还那么大！她这个姿势用力难，一时竟推不开！夏芷苏也不管了，她一把抓起床头柜上的烟灰缸，本能地砸向他的脑袋，欧少恒浑身一僵，不敢置信地看着夏芷苏手里的烟灰缸，手一摸，掌心都是血。

"你这个贱女人！还敢打我！找死！"欧少恒顿时发狂，扬手就要打她。夏芷苏也吓坏了，她这样打他原本只怕他出事，没想到他居然没事，他没事她就倒霉了！夏芷苏立马护住自己的脸，欧少恒却是眼一闭，瘫倒在床上。

夏芷苏沉默了好一会儿，确定身上的男人失去了意识，这才小心地挪开他。

"欧少恒？"夏芷苏推他。她见欧少恒脸朝下翻在床上，头上还流着血，没死吧？小心地探了探他的鼻息，有呼吸，夏芷苏松了一口气。

夏芷苏实在是想把他丢下算了，可她是妹妹姚丹妮的未婚夫，他要是死了，养父一定不会放过她。

夏芷苏只能叫服务员送了些药过来，给他包扎好伤口。看着他俊美的脸颊，夏芷苏叹息：都包成粽子了，脸还是那么俊！她从小到大看了那么多年竟然都没看腻歪，想来自己也真是很贱。她正准备起身，手腕突然被拉住。

"欧少恒！你醒了！"夏芷苏愕然睁大了眼睛，心里甚至有些恐惧。

"打了我就想走？夏芷苏！你只是姚家的养女，你姓夏不姓姚！还真以为自己是姚家的千金小姐！连我欧少恒你都敢打！"欧少恒嘲讽道，起身想把夏芷苏扯过来，夏芷苏跳起来就往外跑。

欧少恒虽然跟跄了一下，但还是追了出去："夏芷苏！你还敢跑？"

夏芷苏一边跑一边往后面看，欧少恒不紧不慢地跟着。她跑到电梯口不断摁电梯，可是电梯没来，欧少恒却越来越近。无奈，她只能往酒店的走道跑去。她现在后悔死了！没事救这头狼干什么？她眼神一暗，知道自己终究不会眼睁睁地看着欧少恒被那些混混打死在街头。

"夏芷苏！本少爷看你往哪里跑？"欧少恒看到夏芷苏退无可退，站在原地看着紧张害怕的。突然夏芷苏身后的门被打开，也不管里面有什么人，夏芷苏直接冲了进去，然后关门，门外立马响起了敲门声："夏芷苏！给我出来！"

"有本事你进来！"夏芷苏在里面喊。

"有本事你出来！"欧少恒狠狠地踢门。

她才没事！夏芷苏正松了一口气，抬头就看到一双漆黑的眸子定定地望着自己，而他只围了一块浴巾，露出那精壮的胸膛和张扬的腹肌。

夏芷苏一低头，脸刚好就撞上他的胸口，她本能地后退："抱歉，先生！我只是进来躲一躲……如果打扰……"

"打扰了又怎样？"声音冰冷，带着嗜血的残忍。

"我……我等一下就出去！"

"现在出去。"

"不要啊！外面有人追我，您应该听到了！我现在要是出去就是找死啊！"夏芷苏哀求着。

"你死了关我什么事？"男人冷峻的脸上是不可一世的张狂。他的狂与生俱来，只是一个眼神就让夏芷苏很有压迫感："先生，真的！我就躲一下！"夏芷苏比画着手势。眼前的男人根本不为所动，抓起她的领子就要把她丢出门。

"凌少！我出来了哦！"洗手间里传出一个女人的声音。

夏芷苏扭头睁大眼睛，就看到一个穿着白色纱裙（等于什么也没穿）的女人腰肢款摆，扭啊扭地直接从里面扭出来了。她先是背对着他们，然后双手妖娆地伸展，娇躯扭动如蛇精，很快就要来个颠倒众生的回眸了。

夏芷苏扶额，她这是干了什么蠢事啊？宁可出去被打死也不要打扰人家的好事啊！她正要出去，她的腰却被抱住。

夏芷苏愕然地仰头，看到身边被称为凌少的男子微微扬起唇角，眉梢微挑，看着不远处的女人卖弄风骚，一副饶有兴致的模样。他是该有兴致啊，这么个极品美人，如此妖娆的身段，穿得这样勾人心魄，哪个男人不兴奋啊？

"放开我啊……"夏芷苏用嘴型对着身边的凌少说。凌少看到了，却当没看到，只是兴趣十足地等着那女人转身。

"凌少……我美吗？"那女人慢慢回头，脸上妖媚的笑容在看到夏芷苏的瞬间凝固了。

"啊啊啊啊！你是谁啊！"女人尖叫，立马捂住胸口。夏芷苏也捂住耳朵，而旁边的男子却兴趣更足，好像看到那女人的表情他就乐死了一样。

"我……我是……是那个……那什么……"夏芷苏要解释，必须解释。她打扰人家的好事已经不对，如果让人家女友误会，是多么丧尽天良啊！

"她是我的女人。"凌少突然说，扬起的唇角带着邪佞的味道。什么？夏芷苏瞠目结舌，刚才他是指着她说的吧？这男人脑子没坏吧？他刚才还赶她出去啊！这变脸也忒快了！

"凌少！今晚是我伺候你呀！"女人很快恢复常态，扭着腰肢撒娇。

凌少看到夏芷苏的表情，很是满意，把她往自己怀里揉，"既然我已经有女人了，现在……你可以滚了。"

女人暴跳起来，可看到凌少的眼神，又瞬间软下来："凌少……你是不是要玩那种游戏啊？您早说嘛！多一个人而已，我不是不能接受的，只要您玩得开心！"说着，那女人走过来横了夏芷苏一眼，恨不得把自己的身子贴到凌少身上。

凌少唇角依旧邪肆地上扬，面上不动声色，眼底却满是厌恶："你有这种口味，本少可没有！"凌少打开门，直接把那女人推了出去。

夏芷苏的脑子里还在回忆"那种游戏"这句话。是哪种游戏，她其实秒懂了，口味好重啊！夏芷苏见门开了，立马反应过来要跑出去。

"你也想跑啊？"身后恶魔般的声音传来，他圈住她的腰，把她拽了回去。

"啊！你……你想干什么？你女朋友在外面，你搞错对象了！"夏芷苏立马甩开他的手。

"不是不愿意让你出去，刚才我可给过你机会，是你不要！"凌少扛起她就走进里屋。

"我要！我要！我现在要！"夏芷苏急得大叫。

"哦？你要什么？"凌少把她扔到床上，起身，眼角是邪佞的笑。见夏芷苏的衣服早被扯烂，他拨开那布料冷笑："怎么，一个晚上要跑好几场？"

她竟然又秒懂了他的话，气得想打人："你你你你……你说什么呢你？"

他抓住她的手腕："我说什么话你听得懂，不然这么多房间，你怎么偏偏跑我这来了？"

"那是因为你的房间刚好开着！放开我！你女友在外面！咱们不认识！"夏芷苏大叫。

"女友？"听到这个词，凌少好像听到了什么可笑的话，"不过是别人送来的晚餐，我对床伴的要求可是很高的。"

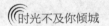

"很高？那你还抓着我不放！"夏芷苏非常不淡定了。

"听本少把话说完，山珍海味吃多了，偶尔吃餐农家饭，本少也可以接受。"说着，他低头咬开她的腰带。农家饭？你才农家饭，你全家都农家饭！

夏芷苏抬腿想踢他，可是双腿很快就被他制住。烟灰缸对欧少恒有用，她照样能拿烟灰缸砸这个浑蛋。想到这里，夏芷苏真是想死的心都有了！好不容易逃出了狼窝，结果却进了虎穴！

"就这东西还想对付我？"凌少抓起夏芷苏的手腕，丢开她手上的烟灰缸，看到他邪佞的眼神、张狂地扬起唇角的模样，她真想一巴掌拍死他，最好把他拍到墙上，抠都抠不下来！眼前这货，跟欧少恒绝对不是一个等级的！

"你知道我是谁吗？你今晚要是敢动我，我爹地是不会放过你的！"夏芷苏无奈，只能搬出她的养父。

"你爹地？哦，本少倒真想知道，你又是谁送给我的。"他看着她，像看着别人送他的宠物一般。

夏芷苏觉得很恶心："你听好了，我爹地是姚氏集团的总裁——姚正龙！"

凌少果真停住了。姚正龙，本城著名的商贾，也是本地商会的老大，听说在当地可是首富！

"哼！怕了吗？怕了就赶紧放了我！"夏芷苏见他凝眉，鼓起勇气说道。

"你是他的女儿？"凌少抬起她的下巴，迫使她看着自己，"没想到姚正龙这个老顽固还能生出你这么举止开放，哦不，是行为放荡的女儿！"

夏芷苏一下子被气到了："你才放荡！你全家都放荡！"

"对，你这话说得对，我是放荡。"凌少唇角的笑容更加邪肆，"而且全家都放荡，刚好配放荡的你。"

"唔……"不等夏芷苏再说什么，她的唇就被堵上了。他狠狠地吻她，吮着她的唇，好像在品尝美味佳肴。夏芷苏拳打脚踢都没用，她的拳头落在他健壮的身上，就好像挠痒痒。他完全禁锢着她，她只能不断地扭动身体，妄想摆脱他的束缚，无论怎么挣扎都无济于事，她哪里是这个男人的对手，这可怎么办啊？她怎么这么倒霉啊！眼看着完全没办法，夏芷苏干脆闭上眼，算了，就当被猪拱了！夏芷苏竟然放弃了挣扎，这让凌少更加确定这个女人是人家送上来给他的！冷哼，掀开她的裙摆……

砰！门被重重地踢开。

"扫黄！"一群警察冲了进来，大喊着，"都蹲下！"

凌少眯眼看着眼前的阵势，果然被算计了，刚才被他轰出去的女人，不过是有心人送来的点心。他将计就计看他们玩什么花样，闹了半天，就给他这么个惊喜啊？扫黄？唇角上扬，划过残忍的笑。夏芷苏看到警察来了，吓得立马推开凌少，抓起衣服遮住重点部位，立马蹲下。

"还有你！蹲下！"一个警察喝令凌少。

凌少不紧不慢地扯过浴巾围住身体，张狂地睥睨着那个身高只及他肩膀的警察，微微翘起的唇角满是不屑，漆黑的眸子里含着好事被打断的愤怒。

凌少一个眼神扫过，吓得那个警察目光躲闪。夏芷苏突然感觉自己和这个男人相比，简直太没出息了！

"你蹲好！双手抱头！"那警察突然指着夏芷苏喊。夏芷苏气得差点儿跳起来，可她很清楚，自己绝对不能得罪警察，不然被养父知道……后果不堪设想！

凌少的目光懒懒地扫过夏芷苏，眸色一深，他还没享受，这些不懂事的就冲进来了！

"你……你站好……"警察又结巴地命令凌少，凌少挑眉，竟然有人敢命令他！

"凌少！"门口来了一个中年男子，他对凌少恭敬地欠身。然后那男子让开，又有个穿着制服的人进来了。他一进来，所有警察都鞠躬："陈组长！"

"凌少！不知道您在这里，真是打扰了您的雅兴。抱歉，抱歉！"陈组长不停地道歉，又给那些警察使眼色。

众人纷纷欠身致歉，擦了把冷汗，立马就要退出去。这可是连组长见了都毕恭毕敬的人啊！差点得罪了！

"站住。"凌少突然叫住他们。众人都躬身肃立，一副听候差遣的模样。夏芷苏瞠目结舌地看着。

此时她是蹲在地上的，双手还抱着头，就这么仰望着他。而凌少高傲地睥睨着陈组长，一副施恩的模样："既然是扫黄，总得扫些什么去。"

陈组长立马听懂了，大手一挥："你们把这女人带走！"

警察立马抓起夏芷苏。夏芷苏愕然，指控凌少："带我干什么？是他，是他强迫我啊！"

"真是胡说！凌少强迫你？带走！"陈组长冷笑。

"喂！你说话啊！"夏芷苏只能指望凌少来证明她的清白了。

凌少却冷冷地否认，眼角滑过邪佞的笑："说什么？我们又不认识。哦，对了，请问小姐你是哪位？"

夏芷苏再次瞠目结舌，她真的气得肺都要炸开了。他扛着她跑床上去的时候，是她吼着"咱们不认识"，他现在竟然反过来说不认识她！不认识她，他

7

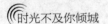

抱着她亲啊摸啊干什么？！她能说自己是姚氏集团姚正龙的女儿吗？明天的头条都会是她扫黄被抓的新闻！

"我们！我们就算不认识，我跟你也无冤无仇啊？"夏芷苏大喊。

"无冤无仇，你为何要爬上我的床？"凌少不屑地冷哼，他看到夏芷苏的表情，很是满意。商业会长姚正龙的女儿扫黄被抓，这新闻可真够劲爆。

夏芷苏看着他欠削的表情，真的想削他一顿！于是她趁警察不注意，真的冲上去揍人。

"谁爬了？要爬也不爬你的！你以为你是谁啊？！你个种马！爬你妹啊！"夏芷苏上前一步，膝盖一屈，直接撞了上去。

凌少猝不及防，疼得皱眉，却还是保持原有的姿势，傲气地睥睨眼前的女子，眸子燃烧着怒火，唇角噙着冷笑。

"凌少！凌少您没事吧？快把这疯女人带下去！"陈组长见了立马呵斥。

"疯女人！在我们面前还敢动手？"一个警察举起警棍就要打夏芷苏。

夏芷苏下意识地抬手想挡，凌少却先一步握住了警棍。

"凌少！"所有人都不敢发话。此时，凌少冷峻的面孔透着肃杀，眼底充斥着怒火。这女人说了什么？要爬也不爬他的？她还想爬谁的？

"本少从来不打女人，今天放你一马，带走！"凌少几乎咬牙切齿，却还是命令道。

其实这个男人这么阴森森地看着她时，夏芷苏的心都在发颤，但她还是挺起了胸膛——不能怕！夏芷苏嗤笑一声，还放她一马？他以为自己谁呀！夏芷苏被带出去时，还不忘回头丢给凌少一个鄙夷的表情，顺便竖个中指嘲笑一下。

凌少真是不舒服了呢！那女人脸上毫不掩饰的厌恶，让他一向高傲的自尊心受到极大的侮辱！

"少爷……您没事吧？"门口的中年男子是他的管家，他走进来小心地问。

"我撞你一下试试？"凌少愤怒地哼了一声。凌管家下意识地护住某部位，小心地退开几步。

"姚正龙的女儿……"凌少勾了勾唇角，"你觉得那女人真是姚正龙送上来的？你看她像吗？"

"少爷，听说姚正龙只有一个独女，他想把女儿送给您也不奇怪。只是，她好像很不愿意服侍您！"管家也看出来了。

"何止不愿意！她简直快恶心死我了！"他堂堂 GE 集团的少东家凌天傲，什么时候被一个女人用那么鄙视恶心的眼神侮辱过？

"少爷！我这就去教训那女人！"管家说着就要去报仇。

凌天傲扶额："给我回来！丢不丢脸？你要让全世界的人都知道，有个女人恶心我、看不上我吗？"

"少爷……那怎么办？反正这女人被抓走了，就这么算了？"管家小心地问。

"蠢货！"凌天傲一脚把管家踹开，"这死女人，敢当着那么多人的面踹我，真是找死！"

管家被踹得快起不来，跪在地上又不敢哀号："少爷……您刚说放她一马的……她只是一个女人而已，您没必要为她大动肝火，少爷请息怒！"眼看着少爷的表情越来越阴郁，管家再也不敢多说，立马磕头。

他息怒不了！她说要爬也不爬他的床，她想爬谁的？爬谁的他不管，但是她对他的漠视令他自尊心大损！就算她玩的是欲擒故纵，他也不介意陪她玩玩！他是不打女人，可没说不报复！还敢当着这么多人的面踹他，找死！

看守所内，一盏灯亮起，打在夏芷苏脸上。她眯了眯眼，好一会儿才适应。对面坐着一个女警，面无表情地看着她，手里拿着笔和纸。

"什么名字！"女警发问。

"夏芷苏！"

"性别？"

"……警官，您看我也不像个男的……"

"好好回话！"

"女！"

"职业！"

"……在酒吧做侍应生……"

女警抬头鄙视地看了她一眼，夏芷苏觉得女警要误会，于是解释："是送酒的那种，不陪酒！"

女警一副"你继续扯"的表情，冷漠地问："在丰悦酒店做什么？"

"我……"她只是救了妹妹的未婚夫，然后不小心跑到那什么凌少的房间里了，真没做什么！只是被抓到的时候刚好躺在凌少的身下而已。

"回话！"女警一声大喝。

"我不小心进错房了……"夏芷苏硬着头皮说。知道女警肯定不信，果然女警面色平静，眼含嘲讽。

"行了！出去以后好好做人！联系亲人保释吧！"不需要多问，都是走个过程，事情已经很明了。

"不是……我真的不是……"夏芷苏还想解释，女警已经起身离开。好吧，

9

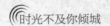

她那个样子，人家说什么都不会信的！

她还能找谁保释呀，绝对不能找姚家保释，剩下的……只能是……

"喂，欧少恒……"对，只能是他！夏芷苏硬着头皮给欧少恒打电话。

欧少恒跷着二郎腿在会所做按摩，听到夏芷苏的电话，他一下子坐起身："还敢打电话给我啊？认错来了，是吧？晚了！"

"不是，我在警察局，你来保释一下吧！"夏芷苏说。

"警察局？没想到夏大小姐还好这一口啊！都玩到警察局去了？"欧少恒在那一头嘲讽着。

夏芷苏克制住想发火的冲动，微笑："扫黄扫进来的，我昨晚也算救了你一命，我知道你欧大少，从来不想欠人家人情，这一次，就当还我人情。"

"扫黄？哈哈哈哈！你涉黄被抓了啊？哈哈哈哈！这可真是大新闻！哈哈哈……"果然那一头传来大笑声，完全幸灾乐祸。

夏芷苏握紧电话的听筒，让他笑，笑死他！

"你知道我是冤枉的！还是麻烦你过来一趟吧！"夏芷苏低声下气道。

欧少恒笑够了，然后嗤笑一声："夏芷苏！我的人情早还了！是谁把我的脑袋砸成这样的？既然进去了，就在里面待着吧！让我保释你，逗我玩的吧？！"直接挂断电话。

欧少恒现在脑袋还是麻麻地疼，要他去保释夏芷苏，真是可笑！那个恶心的女人，心狠手辣，以前曾把自己妹妹姚丹妮推进水里，害得丹妮差点死掉！

欧少恒把手机丢到一边，有些烦躁，这女人在警察局，他要是不去保释还真没人去了。谁让那女人这么恶毒，弄得没朋友。他想了想，最后还是起身。

"欧少！您怎么走了？今晚的全套服务还没开始呢！"见欧少恒离开，按摩女喊。

这边夏芷苏无奈地放下电话，又被警官推到一边，双手抱头等待着被保释。哪有人来保释她啊？她没想到的刚蹲下，就听到一个警官喊："夏芷苏！可以走了！"

夏芷苏诧异地抬眼，见一个警官走过来领她走。她还在奇怪，难道欧少恒真来了？

夏芷苏走到门口，看着面前火红衬衣的男子，面皮一抽。

"凌少！这是您想要的人！"那警官谄媚地说。

凌天傲看着夏芷苏，唇角是张扬的嘲讽："听说没人保释你，本少好心过来，你就给我看这副脸色？"听说？才刚挂断电话好吗，他就知道了！

"是你把我送进去的，现在又把我保出来，这么猫哭耗子假慈悲的事，难道我还应该痛哭流涕地感谢你吗？"夏芷苏嗤了一声，直接从他身边走开。

这男人怎么看怎么讨厌！夏芷苏那么明显的厌恶让凌天傲眸子微微一眯，眼底是阴森的笑意。

"本少凌天傲。"凌天傲也不恼，傲娇地说出自己的名字。

夏芷苏脚步一顿，侧头看着面前张狂霸气、目中无人的男人，这名字还真是贴切得很！看他那样，不会以为他一说出名字，她就该吓得屁滚尿流了吧！

"不认识！"夏芷苏微微一笑。

凌天傲眼角一阵狂跳，随即扬起唇角："姚小姐，不是你父亲把你送到我床上的？难道在上我的床之前，你连我是谁都不知道？"

姚小姐？这货是用什么名字把她领出来的？

"你哪位呀？我确实不知道！我是进了你的房间，打扰了你的好事！我道歉！我爹也是姚正龙，但他没把我送到你的床上！"夏芷苏强调，别抹黑她的养父！

"哦？这么说，是姚小姐主动爬我的床喽。"凌天傲凑近她，气息就在她耳边撩过，"看在你爬过我的床的分儿上，我今天保你出来，不用谢。"凌天傲从她身边走开，唇角扬起，像是给了她极大的恩赐，又像是报了什么大仇。

夏芷苏扶额，她知道，在酒店的时候她当着那么多人的面踢了他的命根子，他心里不平衡，所以现在他在报复她！绝对是！这个小气的男人！

"真够逗的！明明是本小姐占了便宜，享受凌少如此卓越的吻技！差点还把你这踢坏了！没想到凌少那么有受虐倾向！踢一次，还能保我出来！多谢！"夏芷苏直接指着凌天傲的某个地方，故作满意的样子。她微微扬起下巴，高傲得像只天鹅。抬手，一辆的士在她面前停下。

夏芷苏潇洒地开门，跳上车，对着凌天傲挥手："再次感谢凌少帮忙！么么哒！后会无期！"的士从凌天傲的面前开过，一路的风吹乱了他的头发，黑色的发丝张狂地舞动，凌天的脸有些扭曲，眼底却闪过一片精光。

敞开的衣领露出曲线分明的胸肌，傲岸的身影看着的士离开的方向。凌天傲上扬的唇角透着不羁的张狂："姚丹妮？"

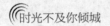

◾◾ 第二章 死皮赖脸贴上来 ◾◾

姚家豪宅门口，一辆黄色的玛莎拉蒂，嚣张地停在门口，而车边，那穿着深灰色毛呢外套的男人更是惹眼的嚣张——欧少恒，他脑袋上缠着那么大的绷带，居然大清早来门口堵她。夏芷苏看到欧少恒后，立即准备绕小路去后门，却没想到先一步被发现了。

"臭丫头！你还想跑啊！给我站住！"欧少恒后来的确去了警察局保释她，却没想到她已被人保释出去了。

他说站住就站住？当她傻了！夏芷苏回头就跑，没想到前面又出现一个人拦住她，正是她的妹妹姚丹妮，还是欧少恒的未婚妻。

"姐姐，少恒是我未婚夫，你打他的时候好歹看一下我的面子吧！"姚丹妮抱胸拦住她的去路。

"丹妮，我是正当防卫！欧少恒想非礼我，我难道不反抗吗？正因为他是你的未婚夫，我才不能做对不起你的事，对吧？"夏芷苏义正词严地解释。

姚丹妮诧异，目光唰的一下扫向欧少恒："你怎么没说你要非礼她？"

"她主动爬我的床，我不非礼她，非礼谁？"欧少恒走过来，理直气壮地说。

姚丹妮一听更生气了："夏芷苏！我们姚家待你不薄，没想到你到现在还打少恒的主意，他都是我未婚夫了！"

"谁爬你床了！我在酒吧门口好心救了你！你自己被人下了药！丹妮，事情不是你想的那样……"夏芷苏还没解释完，姚丹妮劈头就一个巴掌下来，打得夏芷苏愣怔了半晌。

"怎么跟我未婚夫说话呢？夏芷苏，你只是我们家买回来的一条狗，可怜的流浪狗！当年是你的赌鬼老爹夏仲赌输了，把你卖给了我们姚家！少恒是我的未婚夫，将来是姚家的主人！我知道你从小就喜欢他，想嫁给他，可他是欧氏集团的大少爷，你怎么配得上他？"姚丹妮嘲讽道。

那一巴掌突然下来，连欧少恒都怔了一下，他的确讨厌夏芷苏，特别是从小她就跟人家说她喜欢他，他就更讨厌她了！她不过是她的第一任养父夏仲赌输了卖给姚家的养女，享受着姚家的一切，难道还要奢望他堂堂欧氏大少爷？可是看到夏芷苏被打，捂着脸颊忍着泪水的模样，他的心里一抽。

"姚丹妮！你打什么呀？我就让你拦住她，又没让你打她，怎么说她也是你姐姐！"欧少恒上前扶住夏芷苏怒喝姚丹妮，又低头看夏芷苏的脸："怎么样？你傻啊！你不会躲啊？我平时想打你的时候，你不是挺能躲的吗？"

"我没事。"夏芷苏推开欧少恒，看了一眼姚丹妮，见她完全被欧少恒突如其来的责骂给吓傻了。

"丹妮，是我不对，我不该打伤你未婚夫！你替他出头是应该的！"见姚丹妮呆愣的样子，夏芷苏放软语气主动道歉。

姚丹妮却盯着欧少恒不敢置信："少恒，她把你打伤了，我教训她也错了吗？"

"你都骂得那么难听了，你还打什么呀！"欧少恒烦躁地拽过夏芷苏。

"你拽我干什么呀？放手啊！"姚丹妮还在，他怎么能拉她呢？夏芷苏不断甩他的手。

"脸都肿了！猪头一样！丑不丑啊？走！敷药去！"欧少恒看到夏芷苏那肿胀的脸，心里更加不舒服。他喜欢看美人，夏芷苏怎么说也是个美人，突然变成猪头一样，他心里不舒服。

"不是……敷什么药呀……我自己会来！放手啊！"夏芷苏着急地喊。

回头，看到姚丹妮盯着欧少恒，一副心碎了的模样，而看到她时则咬牙切齿。姚丹妮是她的妹妹，她还要在姚家生活，不想跟妹妹闹不愉快啊！显然男人天生具有优势，她的力气是抵不过欧少恒的！她被他拽进了她自己的房间，因为从小欧少恒就是姚家的常客，她们的闺房，他也经常出入。

"哐！"欧少恒拿熟鸡蛋着她的脸轻轻揉着，夏芷苏疼得倒吸一口气。

"知道疼你还不躲，傻啊你？"欧少恒嫌弃地说。

"来不及躲啊……"

欧少恒忽然劈头就向夏芷苏的脑袋打去，夏芷苏很麻利地躲开，她仰头怒骂："欧少恒！我都这样了，你怎么那么记仇啊？"

"瞧！身手不是挺灵活吗？连我这掌都躲得开，丹妮的一个巴掌你躲不了？身为跆拳道黑带，丹妮能碰到你才怪！就知道装！你这个女人，心机深沉、心思恶毒！丹妮那么单纯，我要不把她娶走，真担心被你欺负！"说到丹妮，欧少恒眼里都是温柔。

夏芷苏看到他的样子，心里一痛："既然我心思那么恶毒，你就该知道，我是故意让丹妮打我来博你的同情的！"

她的心思才没那么恶毒，丹妮是她的妹妹，现在自己打了她的未婚夫，丹妮打她是应该的，不然丹妮心里不舒服，还不知道怎么在家里为难她。

"我怎么不知道！就算如此，她骂你骂得那么难听也够了！我骂你也就算了！她骂成这样你都不还口，你傻啊！"欧少恒骂她。

夏芷苏却忍不住笑起来，这就是她从小认识的欧家大少爷，不准任何人欺负她，可是他却一遍遍地欺负她，嘴里还要骂她恶毒。总之，他讨厌她，讨厌到看见她就恶心的地步。

中学的时候，她跟一个自认为是好朋友的人说了真心话，说她喜欢欧少恒，于是全校都知道了，她一个姚家的养女喜欢欧家的大少爷。欧少恒觉得好丢脸，于是就宣布跟姚丹妮正式交往，顺理成章地成了丹妮的未婚夫。

"你笑什么？傻了啊你！"欧少恒见夏芷苏傻乎乎地笑，又是一阵骂。

"昨晚你想强奸我啊，你忘了？"夏芷苏把"强奸"两字说得很轻松。

欧少恒又骂："你还好意思说？谁让你爬我床上来？我知道你喜欢我，你也不用那么饥渴！"

夏芷苏扶额，真当她是小姐一个晚上跑好几场呢？她干什么了？一个晚上两个男人都说她爬他们的床！

"你被人下药了，我在酒吧门口救了你。你一醒来就抓着我不放，不是我主动爬上去的！"夏芷苏心平气和地解释。

"对哦！我怎么被人下药了？"欧少恒努力回忆着，却想不起来，又指着夏芷苏骂，"你们这些女人真是不要脸，一个个都想爬上我的床，什么下三烂的手段都来！"

"……"夏芷苏深吸一口气，"不要把我包括在里面，我是受害者！"

"对！我想起来了，你被扫进警察局了，谁保你出来的？"欧少恒突然想起来，质问道。

"一个很狂妄的贱货！"夏芷苏总结。

夏芷苏几乎一整天都在胆战心惊，她大学快毕业了，现在正是论文答辩阶段，如果她因为扫黄进警察局的事被曝出来，别说毕业难，养父那边也是难以交代！时刻拿着手机刷新闻，确定没有扫黄的事曝出来，夏芷苏才战战兢兢地回家。

家门口停着一辆布加迪威龙，还有一辆阿斯顿·马丁。

"大小姐，回来了！"门卫涛叔笑着跟夏芷苏招呼。

夏芷苏微笑，问道："有客人来吗？"

"是啊，很重要的客人，老爷亲自接待了。"涛叔说。

夏芷苏想绕开前门直接去自己房间，刚好姚正龙亲自送客人出来，她立马低头站在一旁，恭敬地喊："爹地！"

"回来了！"姚正龙慈爱地说。

"是！"夏芷苏还没抬头，就感觉一道奇怪的视线看着自己。抬头就看到了她口中的"狂妄的贱货"，叫什么来着？凌天傲！

凌天傲就那样高高在上地睥睨着她，一双丹凤眼斜斜地上扬着，唇角也勾起了一个弧度，还是那个很欠削的弧度，让人看了就想扁他一顿！刚毅的脸上是狂肆的霸气，如果可以，他的背后一定会长出一双黑色的翅膀，傲气地张开，俯瞰整个人间！

"是你？"夏芷苏一时没忍住，跳起来指着凌天傲喊道。

"放肆！"姚正龙见女儿那么没礼貌，大喝一声，"还不见过凌少！"

"爹地，他……"

"见过凌少！"姚正龙命令着。

此时的凌天傲上扬着唇角，看着夏芷苏气呼呼地暴跳，那叫一个开心。

"凌少，好！"夏芷苏只能低头喊，咬牙切齿。凌天傲当然看见了低着头的夏芷苏那龇牙咧嘴的模样，唇角的弧度更深。夏芷苏似乎看到他背后黑色的翅膀真的长出来了，还得意地对着她拍了拍！

"凌少，这是小女夏……"姚正龙正要介绍。

"我知道，令千金，本少跟她有过一段缘。"凌天傲开口，似笑非笑地扫了一眼夏芷苏。

姚正龙感觉很意外："凌少刚从英国回来，怎么会见过小女？"

"是啊，我也意外，怎么刚回国就跟令千金如此巧遇。"凌天傲意有所指。跟他有一段缘？夏芷苏直翻白眼，缘个头呀！她差点被他强暴了，还被他亲手送进了警察局！

"既然凌少跟我女儿那么有缘分，今天不如让我女儿作陪，让她陪你去打高尔夫！我刚好今天还有事，不能陪凌少了，不知道凌少意下如何？"姚正龙有意把女儿推给凌天傲。

凌天傲哪里听不出，却看向夏芷苏："不知道本少有没有这个荣幸，能让姚总的千金作陪啊？"

姚正龙一喜，这是答应了，立马跟夏芷苏说："还不把东西放下，去房间里换身衣服，陪凌少去打高尔夫？"

"爹地，我还要准备毕业论文！"夏芷苏当然不想去。

"快去！"这女儿傻了吧，这可是世界前十强 GE 集团的少东家！还准备什么毕业论文啊，陪好了凌少，连他的公司都能往全球发展！

夏芷苏再怎么不愿意，可是养父都发话了，她怎么能摇头？她很无奈，只能去房间里换衣服。凌天傲坐在客厅等夏芷苏，夏芷苏在房间里随便抓了一件运动服换上，可是姚正龙在门外提醒："打扮得漂亮一些，好好陪凌少！"

"知道了，爹地。"夏芷苏只得点头。夏芷苏出来的时候姚正龙已经出去

15

了，她穿了一身灰色的运动服，头发扎了个马尾，从楼上下来。

凌天傲正喝茶，抬头看到夏芷苏这么随便的打扮，被水呛了一下。

"你爹让你打扮得漂亮一些好讨本少欢心，你就这么应付你爹？"凌天傲扬着唇角嘲讽。

夏芷苏白了他一眼："我爹是客气，让我陪你，不是为了讨你欢心，只是因为有朋自远方来！还有，我觉得我现在这样很漂亮，如果凌少看不顺眼可以找别人作陪！"

凌天傲看着眼前这个女人傲气的模样，突然脑海里就想到了把她禁锢在身下的模样！就如那晚，她被他完全禁锢，半分也反抗不了。不知道为什么，他真是想看看她在他面前卑微求饶的模样！他想要驯服她，特别想！

"姚总让你作陪，如此美意，我要是拒绝了，岂不是很不礼貌。"凌天傲抬手示意她挽住自己的胳膊，"过来！"

夏芷苏嗤笑一声，真是个霸王，懒得理他，直接从他身边走过。才刚擦着他的肩膀，她整个人就被拽了过去，猝不及防地跌进他的怀里，抬眼就看到凌天傲戏谑的眼："只是让你挽住我的胳膊，不是让你投怀送抱，你这么主动，本少消受不起。"

夏芷苏很气恼，抱住他的手臂就想给他来个过肩摔。她的力气不够，但她有技巧。不料凌天傲一个侧身就轻松破解了她的招数，夏芷苏更气，不甘心地挥手去打他。可是手臂还没发挥力道就被凌天傲握住。

"再来！"夏芷苏侧身再打。

凌天傲只是移动了一个脚步就抱住了她的腰。夏芷苏抬腿直接踢向他的脑门，凌天傲却一个旋转到了她的前面抓住她的脚踝。结果变成了夏芷苏单腿独立，身子往后仰。

"啊！别放手！别放手啊！"夏芷苏大叫。他要是放手，她后脑着地，要摔成脑震荡了！

凌天傲抓着她的脚，眼中是邪肆的狂。

"还来不来？"

"不来了！不来了！"她虽然是跆拳道黑带，可是在这个男人面前，她一招都使不出来！

"保证再也不来了？"

"我又打不过你，何必浪费力气！"她是很识时务的！

"很好。"凌天傲眼角微挑，手慢慢地松开，就是让夏芷苏眼睁睁地看着他放开了她的脚。

"别啊！别放别放！"夏芷苏胆战心惊地大喊。

看到夏芷苏的表情，凌天傲的脸上是邪佞的笑容："求我。"

"我求你……求你……啊！"夏芷苏就那么眼睁睁地看着他放开她的脚。然后……砰！重重的一声，她整个人撞在冷冰冰的地板上，脑袋里嗡嗡嗡地响，她的眼前房顶都在旋转了！

她感觉自己真的要脑震荡了！这个可恶的男人！她都求他别放手了啊！

"怎么样，滋味如何？"凌天傲俯身，幸灾乐祸地问。

"我都求你了，你还放手！"

"你是求了，可不代表我不会放手。"夏芷苏狠狠地瞪他，一把抓过他的领子，这一次凌天傲的确是有些意外，他没想到这女人撞成这样还有力气扯他。整个人扑在她的身上，那么重的身子压下来，压得夏芷苏气都喘不过来！

"起开！你给我起开！"夏芷苏有气无力地喊。

凌天傲可不乐意了，他的唇就擦着她的脸："如果我没记错，刚才是你主动拉我！你怎么那么主动？一会儿主动爬我的床，一会儿主动投怀送抱！不过，本少喜欢！"

看着他的嘴脸，夏芷苏感觉她这么多年都淡定地过来了，为什么碰到这个男人，什么好脾气都崩盘了！再好的脾气，在这个狂霸拽还带着一肚子坏水的男人面前，也禁不起折腾！

"你喜欢，我不喜欢！凌天傲你起开，别靠我那么近！"夏芷苏不断躲避他的唇擦着她的脸。

看着她厌恶的表情，他偏偏要掐住她的脸，嘴唇就是要贴着她的，恶意地，他的舌头还舔了她的唇："唔，有点甜。"夏芷苏脸都垮了，抬手想打，手腕轻易被制住，放在头顶。

"凌天傲！"

"怎么，不喜欢？你不是夸本少吻技不错，你很享受吗？"

"享受个……唔……"她的粗话终究没说出口，直接被凌天傲狂野地堵住，用唇。他的舌头在她的唇内兴风作浪，狂野至极。夏芷苏不断地挣扎，可是她的力气在他面前就跟蚂蚁一样，他爱怎样就能怎样！

直到他满足地放开她，看着她还满意地舔了舔唇。他那副餍足的模样，气得夏芷苏一口咬上他的肩膀。

凌天傲闷哼一声，却任由她咬着，直到夏芷苏感觉自己嘴里有血的腥味，才抬眼狠狠地瞪着他，空气里弥漫着挑衅的味道。而夏芷苏扬着下巴，很是挑衅地盯着他。

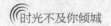

"我的血味道怎样？"凌天傲的话令夏芷苏大跌眼镜。

"跟你的人一样，臭的！"

"是吗？"凌天傲挑唇，夏芷苏心里就颤抖了。他邪佞地挑起唇角的时候，总感觉要发生些什么。果然……

"唔……"他的舌在她的唇上扫了一圈，舔走了她唇上的血。

"好喝。"凌天傲享受地说。

"变……"夏芷苏一定要骂他变态啊，这就是个变态啊！

"本少劝你别骂。"凌天傲食指放在她的唇上，凑近，气息呵着她的耳垂，"不然……我不介意验证你的话。"

忍！看到夏芷苏努力憋着怒气，凌天傲的眼角越发上扬，夏芷苏一见他的样子就知道他开心了，可是她却一肚子气，继续忍。

"手给我。"凌天傲先起身，伸手拉她起来。

夏芷苏打开他的手，直接起身。

"看来你还是没学乖。"凌天傲的声音有些遗憾，俯身直接抱起她。夏芷苏还来不及推开，门口传来一阵干咳。

"爹地！"是姚正龙回来拿文件。姚正龙点头，眼底都是笑，没想到凌少跟女儿发展得这么快。

"凌少！想来有我女儿陪着，你今天一定能玩得愉快，我就不打扰了！拿个文件，马上走！马上走！"姚正龙对夏芷苏赞赏地点头。

"爹地！我跟他……"夏芷苏生怕爹地误会，想解释一下。

凌天傲却故意抱着她，把她整个贴在他的身上，一副很亲昵的样子。因为刚才那么一折腾，夏芷苏此时不仅头发蓬乱，连衣衫也不太整齐，运动服的拉链下滑，都露出大半的文胸来了！

"干吗？"见凌天傲的手伸到她胸口，夏芷苏一把抓住，眼睛瞪着他质问。

"就你这点大小，污了本少的眼就算了，可别污了别人的！"凌天傲直接给她拉上了胸前的拉链，顺手还替她整了整蓬乱的头发。

姚正龙看得心花怒放，夏芷苏却气得想跟这男人再打一架。可是爹地期盼又赞赏的目光过来了，她只能配合地靠在凌天傲的怀里，暖暖地笑着。姚正龙看了更加满意。

凌天傲看着怀里的女子，分明是在强颜欢笑，可他就喜欢看她这样！对姚正龙点了点头，凌天傲拥着夏芷苏出去了。

"女儿！好好陪凌少，知道了吗？"姚正龙不忘交代。

"是！爹地！"夏芷苏微笑着回答，手指却狠狠地掐着凌天傲的手臂。凌天傲不动声色，若无其事地抱着夏芷苏出去。

一离开姚正龙的视线，夏芷苏立刻像躲瘟疫一样地跳开，跟凌天傲保持距离，又是那副嫌弃的表情！

"你爹让你好好陪本少，不知道吗？"凌天傲用姚正龙的口气跟夏芷苏说话。

"凌少，找三陪小姐多容易的事，怎么非得找我？"夏芷苏皮笑肉不笑。

"找小姐容易，可找你这种size（尺寸）的小姐不容易。"凌天傲直接走到自己的车旁，开门。

抬眼果然看到夏芷苏的脸色一阵青，夏芷苏当然是秒懂了他的话，这种size！他当然指她的胸围！

"size当然比不上凌少阅历过的小姐！可是凌少,不好意思,我不是小姐！"夏芷苏走上前，调侃，暗指凌少找过很多小姐。

"哦？难道你不是姚家的大小姐？"凌天傲一副无辜的表情。

夏芷苏真想把他一巴掌拍到车里，抠都抠不下来！

"我是！"夏芷苏深吸一口气，承认。

"So（所以），小姐上车。"凌天傲直接坐进了车里，一副命令的口吻。

夏芷苏扶额看着天空，望天了很久，她真的不想进去！可是待会儿爹地就出来了，她不坐进去也不可能，车里的男人是料定了她一定会进去啊！深呼吸，不能生气！淡定！夏芷苏，你最冷静了！

车内，夏芷苏已经冷静了很久了，父亲让她陪好凌天傲，从父亲对凌天傲恭敬的态度，她不难看出凌天傲身份不凡。可是他再高贵的身份，她也看不上！

"凌少，不好意思呀，我不会打高尔夫，恐怕要让你扫兴了！"一路上夏芷苏都憋着气，到了高尔夫球场，她挑衅地说。

"怎么会扫兴，你不会，本少可以教你。"凌天傲一扬手，早就候在球场的凌天傲的管家拿了一个袋子上前。

"姚小姐，这是少爷为你准备的礼物！"管家把袋子递给夏芷苏。

姚小姐！夏芷苏耸肩，原来他们都以为她是姚丹妮啊！刚好，她也不想拆穿！

"凌少真是客气，初次见面怎么还准备礼物……"夏芷苏眼角一跳，袋子里面是兔女郎的衣服……

"不用客气，小小礼物，去换上吧。"凌天傲看到夏芷苏的表情，满意地挑眉，唇角的邪佞让夏芷苏抓狂。

"你故意的吧！你今天去我们家是专门找我的吧！"夏芷苏咬牙切齿地说。

"这话怎么说，是你父亲主动让你作陪，可不是我死皮赖脸地贴上来。快点，本少爷不喜欢等人！"凌天傲拿了球杆坐上高尔夫球车。

夏芷苏恨恨地瞪着，谁死皮赖脸呢！他的意思是她养父死皮赖脸地把她贴给他！

"姚小姐，快点去换衣服吧，我们少爷不喜欢久等！要是有些人不听话，他会很不高兴的，后果会很严重！"管家见夏芷苏没换衣服的打算，笑着提醒。

夏芷苏怒瞪凌天傲的眼神，转而射向凌管家。凌管家看到夏芷苏这样杀人的目光，也被惊得后退了一步。

"姚小姐……姚总让你陪我们少爷，你这个态度，要是让你父亲知道……"管家转而用姚正龙压她。

"我马上换行了吧！"夏芷苏狠狠地磨着牙。看着夏芷苏大步走开，管家竟然松了一口气，刚才姚小姐的样子好吓人！

换衣间里，拿出袋子里黑色的布料，夏芷苏快要气疯了，这是多省布料啊！眼睛一闭，夏芷苏直接套了进去。走出门，双手捂胸，夏芷苏小心地探头，似乎球场也没什么人吧！

"姚小姐！"

"啊！你吓鬼啊？走路没声音啊你？！"管家突然冒出来吓了夏芷苏一跳。

"抱歉，姚小姐，你换衣的时间实在太久，我们少爷让你去东边找他！"管家指了一个方向。

夏芷苏自己开着高尔夫球车找到凌天傲时，他正坐在太阳伞下，双手放在脑后，悠闲地跷着二郎腿。身边两个美女作陪，一个给他按摩手臂，一个蹲在他脚下按摩腿部。

夏芷苏很鄙视地嗤笑一声。凌天傲原本闭着眼睛，似乎感觉到有人过来，这才睁开眼，看到夏芷苏一身黑色的兔女郎装扮，头上顶着对兔耳朵，而夏芷苏脸上都是怨念。凌天傲勾了勾唇角。

"凌少，什么时候打球啊？时间不早了，早点打完早点回去吃饭。"夏芷苏走过来不耐烦地问。凌天傲身边的两个女人听到夏芷苏的话全都瞠目结舌，谁不想多陪陪凌少，这女人没毛病吧？

"你是饭桶啊，成天就知道吃？"凌天傲斜睨了夏芷苏一眼，冷嗤。

扑哧！凌天傲的两个女人都笑了起来，夏芷苏一下子就像吃了大便一样，得！忍！忍过今天就行了！

"笑一个！"凌天傲见夏芷苏耷毛的样子恶意地说。夏芷苏扯了扯嘴角，面对这个种马她怎么笑得出来！

"笑！"凌天傲的声音一瞬间冰寒。夏芷苏咧嘴微笑，笑得要多灿烂有多灿烂。

咔嚓！凌天傲手里的手机拍下了她穿着兔女郎衣服微笑的照片。

"凌天傲！"夏芷苏气得要去抢手机。凌天傲慢悠悠地起身，扬手，夏芷苏跳起来去抢手机，可是她的高度实在不够，面对这个男人，她都得仰望。

"你是猴子啊，跳得这么欢快！来，转个圈跟我看看！"凌天傲真把她当猴要了。

忍！一定要忍！不就是张照片！夏芷苏再次深吸一口气，咧嘴微笑："凌少！你是来打球的，不是耍着我玩的！咱们还是早点开始吧！"然后早点结束，早点离开这个男人！

凌天傲张狂的眼微微挑："既然你那么迫切地想要开始，咱们就开始打球吧！"真没想到这男人突然好说话起来！

夏芷苏哼了一声。凌天傲伸手，旁边的女人立马递了球杆给他，再伸手另一个女人递了球给他。

凌天傲把球给夏芷苏："球给你，你蹲下。"

夏芷苏看着手心的球："什么意思？"

"不懂？妞妞，示范一遍。"凌天傲叫旁边一个女人。

"好的，凌少！"叫妞妞的女人娇笑着，拿过夏芷苏手中的白球，跪趴在地，白球放在她的臀部，"凌少，快来打球呀！"

凌天傲扬眉，张狂的脸上带着纨绔的味道，上前对着妞妞的臀，挥动球杆，白球飞了出去，然后就这么进洞了……夏芷苏扯了扯嘴角，眼角剧烈地跳动，忍不住面皮也抽了。

"凌少，好棒好棒！"两个女人立马恭维。

"这叫一杆进洞。"凌天傲俯在夏芷苏耳边，意有所指，又是戏谑，"轮到你了，你不是很想开始吗？"

"你不要太过分啊！"夏芷苏咬着牙齿。

"是你要开始的！况且你不会打球，本少好意教你，你这么不领情，我可是会很生气的！"凌天傲张扬的唇角带着玩弄的味道。

"凌天傲！你不要欺人太甚！"

"我欺负的就是你！"凌天傲掐住她生气的脸，看着她生气，他更加开心。

"所以你就是故意玩我是吧！我跟你无冤无仇，玩我很有意思吗？"

"当然有意思。"凌天傲把玩着球杆，脸上一如既往地张扬，夏芷苏呼出一口气，微笑，"可惜姐不陪你玩了！"夏芷苏潇洒地转身。

可身后是一堵人墙，夏芷苏才不放在眼里，她是打不过凌天傲，可眼前这几个渣渣，她手到擒来！还没开始动手，凌管家把一个平板电脑放在夏芷苏面前！上面全是她的照片。没错，她的！先是在酒店，扫黄组进来时，她抱着头蹲在地上；然后是在警察局，她被审问；接着还是在警察局，她在打电话求救；还是在警察局，她抱着脑袋蹲在看守所……

扶额！这是多丢脸的往事啊！过去也就算了，现在还让她亲眼目睹自己丢脸丢到家的一幕！

"姚小姐！这些照片都是媒体拿到的照片！可是价值连城呢！姚家大小姐扫黄被抓，可是头条！幸亏我们少爷拦下来了！"凌管家分明是威胁。他的意思很明显，如果她现在走了，这些照片就会交给媒体！

她一直担心她扫黄被抓的事上报，现在好了，成了人家的筹码！夏芷苏扭头瞪凌天傲，他还是那副张狂的模样，眼角上挑，带着邪气的挑衅。

"既然拦下来了，那就把照片都删了啊！"夏芷苏喊。

"女人，在命令我？"凌天傲直起身，仿佛听到了很好笑的话，眼底却张扬着冷冽。

"算我求你！"夏芷苏深吸一口气，忍。

"这是求人的态度？"

"你到底想怎么样？"夏芷苏忍无可忍，上前一把揪住凌天傲的衣领。夏芷苏这个举动让所有人都怔住了，她这是在吼他们家少爷？连保镖都要擦一擦冷汗，这女人到底明不明白他们少爷是何等人？保镖们反应过来要上前，凌天傲抬手，所有人止步。

"本少就是想把这些照片送给姚正龙当见面礼。他的女儿扫黄上了头条，不知道他看了会有什么反应。"凌天傲虽然被夏芷苏抓着，却比她还趾高气扬。

"我就是借你的房间躲一躲，还差点被你欺负了，你竟然把我丢进警察局，你做了那么多缺德事你还不满意啊？"

"满意，我怎么不满意，所以高价买下这些照片不让它上头条，本少是在帮你，你怎么不知恩图报？"凌天傲更有理。

"你既然买下来，你就删了啊！"

"都买下来了，为什么要删？"凌天傲一副无辜的表情。

"不能删那就给我啊！你不是在帮我吗？"

"你是谁啊！这些照片那么贵，本少爷白白送你？女人，我是生意人，亏本生意我会做？"明明是他被揪着衣领，他却捏着她的下巴迫使她看着自己。

夏芷苏真的急了："这些照片多贵，我买！"

"不贵，一个亿。"

"一个亿？"夏芷苏更用力地把他扯到自己面前，"你怎么不去抢！"

"我要去抢，少说也抢它个一千亿！一个亿，你当我是要饭的？"凌天傲张狂的脸上满是不屑，正是他的不屑衬得他更张狂。

夏芷苏真想把这个男人摁在地上给个五雷轰顶！

"反正我买不起！要钱没有，要命一条！好狗不挡道！"夏芷苏扭头直接对着保镖们吼。

"姚小姐！嗷嗷嗷……"凌管家抓住她的肩膀不让她离开，夏芷苏扣住他的手腕直接一扭，疼得他嗷嗷直叫，顺手她还把管家手里的平板电脑抢了过来！管家被打，保镖们上前就围住了她。

夏芷苏压根儿不把他们放在眼里，一脚一个踢开，那么魁梧的保镖却被一个小姑娘轻易制伏，他们顿时觉得脸上无光，全都一哄而上。

凌天傲扬着唇角看着，坐在椅子上，一边喝着酒，一边饶有兴致地欣赏着打戏。

保镖们再次一个个被踢出去，其中一个大块头觉得实在没脸，拿了刀就冲上去，还是在夏芷苏的身后。

凌天傲眸光微惊，抓了一个白球扔过去，那保镖顿时惨叫一声，手中的刀子落地。

夏芷苏回头一脚就把拿刀的保镖踢开，又挑衅地看着凌天傲！哼，她才不需要他假惺惺地帮忙！看了眼四周，保镖们全趴下了！很好！拍拍手，夏芷苏看了一眼平板电脑，照片都在！转身离开，腿却被人抱住。

"姚小姐！我们少爷没让你走，你不能走……"凌管家抱着夏芷苏的腿。

夏芷苏愕然："你还真是条忠实的狗！你家少爷也没不让走呀！"于是她一脚把凌管家踢开。

"少爷！"凌管家实在是没办法了，求救地看凌天傲。

凌天傲正品着酒，抿了一口，斥责管家："她说得哪里不对？本少爷没让她走啊！"

"少爷……"凌管家哆嗦着，再不敢拦着夏芷苏。

夏芷苏回头还给他竖了个中指，扬了扬手里的平板，甩甩头发，趾高气扬地走了。那穿着兔女郎装的身影，黑色的衣服勾勒出她窈窕的曲线，凌天傲仰头把手里的红酒喝光，唇角扬起一抹邪佞的笑容。傻女人，还以为抢走个电脑就什么事都没了？看了眼手中的存储卡，凌天傲唇角的邪气更浓，这么好玩的照片怎能不多备份呢！

█▌▌ 第三章 女人，我帮了你 █▌▌

夏芷苏拿着平板刚想去换衣间把这身怪异的兔女郎装换下来，却在换衣间的旁边看到了妹妹姚丹妮，还有几个她高中的同学，似乎是在开同学会。

天！欧少恒不会也在吧！夏芷苏避开人群立马溜走，被同学们看到她这个样子，肯定要被嘲笑。好不容易跑到门口，却看到了熟悉的车子。

夏芷苏睁大眼睛，想跑开，那车子的主人似乎事先发现她了，直接把车子横在她面前。

"夏芷苏！还真是你！"

夏芷苏立马遮住脸："不是我！认错人了！"真是欧少恒！倒霉！

欧少恒拿开她的手，围着她转圈，上下打量："你怎么穿成这样？你改行了，当小姐了是吧？"

"我……我是陪朋友来的！别又冤枉我！"

"朋友？就你那些狐朋狗友有谁来得了这种地方！说！干吗来的？"欧少恒质问道。

"谁狐朋狗友了，你那些才叫狐朋狗友！我就是陪朋友来玩的！"夏芷苏抬头挺胸，反正被抓到了，索性破罐子破摔！

"我看你是被朋友玩吧！谁陪朋友要穿成你这样！"欧少恒大步上前一根手指勾起她肩膀上的肩带，"你看你，大腿根都露出来！还有领口拉那么低，你想干吗呀？明白了！难道你是知道今天同学会会碰上我，故意穿成这样勾引我是吧？"

夏芷苏无语，拿开他的手："欧少恒你别那么自恋！我说了我是陪朋友！"

"朋友呢？什么狐朋狗友，拉出来让我见见！"欧少恒根本不相信夏芷苏的那些穷酸朋友还能进这里！

"干吗要拉出来给你见啊！"夏芷苏要离开。

"所以你在这里工作！这儿的钱好赚是吧？夏芷苏！你要贱到什么地步？我说你这身体被多少男人玩过了！"

欧少恒才刚说完，不远处就有人在议论："真是自甘堕落，竟然做起了这种活！"夏芷苏抬眼看全是她的高中同学，为首的还是她的妹妹姚丹妮。

夏芷苏顿时特别窘迫，好像做错了事被抓了一样。欧少恒皱眉，这些人怎么过来了？

"丹妮！你们家难道不给她钱花呀！看她的样子，分明是不够花才到这来赚钱的！"同学白玥玥很大声地嘲讽。

"说什么呢？说得我们姚家亏待她似的！每个月给她的钱可不比我少，也不知道花到哪去了！住别人家里，花钱还大手大脚的！"姚丹妮冷嘲热讽，只觉得丢脸，"夏芷苏你还站这干什么呀？你不怕丢脸，我们姚家还怕丢人呢！"

面对同学们的指指点点，夏芷苏强忍着泪水，低头想要快些走开。她真的是连头都不敢抬，这副样子的她说什么都让人误解！况且这些人从来都是看不起她的！

"砰！"不小心撞到某人的怀中，她以为是同学，转身想逃开，却被人抓着手腕不放。

抬眼，看到眼前的男人，她真想一巴掌扇过去。

"凌少！"同学群里传来惊呼，同学白玥玥激动地喊："是凌少啊！GE集团的少东家！"

她经常看国外的杂志，所以很清楚眼前的男子就是凌天傲！夏芷苏皱眉，下意识地想要挣开他的手。凌天傲低头睥睨着她，这女人在他面前那么嚣张！在这群二货面前，她却耷拉个脑袋，跟做错事的坏女人一样！

"跑哪儿去了，我找了你半天。"凌天傲突然把夏芷苏拉到怀里，顺势抱住她的肩膀。夏芷苏愕然，什么找她半天了！他还找她干吗呀？本能地挣扎却被他更紧地搂住。

"你又调皮了，知道我喜欢这样就穿成这样！可你这个样子被别人看到……"凌天傲眸光淡淡扫过人群，"我可是会吃醋的！"

夏芷苏瞠目结舌，谁喜欢穿这样啊？她那是完全被他逼的好吗？在场的人全都倒吸一口气，白玥玥脸色惨白，既尴尬又不知所措，她刚才完全拍错马屁了啊！

夏芷苏跟凌少分明是认识的，不仅认识，而且还……难道夏芷苏是凌少的女人？简直不敢相信！姚丹妮也愕然地站在那里，回头见欧少恒也有些诧异，想来欧少恒也不知道夏芷苏和凌少的这层关系。

夏芷苏还是想推开他，他故意撩起她的发丝，低头在她耳边亲昵地低语："知趣点就不要拂了本少的面子，我可是在帮你，不谢。"

直起身子，凌天傲的嘴唇擦过她的脸颊，顺手又把她耳边散落的发丝别到耳后。夏芷苏看了一眼瞠目结舌的人群，目光却在欧少恒身上停留了片刻，只有半秒迟疑，她原本厌恶的脸上满是璀璨的笑容。

突然对着这笑脸，凌天傲愣怔了半晌，看着她的笑容，莫名觉得百花绽放。

"凌天……凌少，这些是我高中同学！没想到这么巧在这里碰到他们！原来今天是同学会，我自己也忘了！"夏芷苏微笑着说。

那些同学忙不迭地点头，要上前介绍自己。

"哦？是你的同学会，你却来陪我！"凌天傲一副宠溺的表情，夏芷苏快要吐了。见她快恶心死了，他就表现得更宠溺，手抚过她的脸颊，望着她的眼神满满的都是宠爱。

夏芷苏忍着想吐的感觉欢笑着说："当然是陪凌少重要了！凌少不是还有事吗？我们先走吧！"

"听你的！"凌天傲"宠溺"地点了一下夏芷苏的眉间，看到夏芷苏真快吐了，他上扬的唇角张狂地笑着，不理会同学们深切想要巴结的心，抱着夏芷苏转身大步走开。

"夏芷苏怎么会是凌少的女人，凌少不是才回国没多久吗！"同学中有人发出惊叹，望着夏芷苏被凌少抱在怀里，真是羡慕嫉妒恨。

"天哪！这就是 GE 集团的少东家凌天傲啊！真的好帅好俊啊！夏芷苏竟然能跟凌少认识！"同学群里议论纷纷。

"行了！都散了！人家的事八卦个什么劲！"说话的是欧少恒，他脸色阴沉，明显心情很差。

众人都噤声，只有姚丹妮挽着他的手臂吹耳边风："少恒，咱姐姐还真的有一套呢！别说，咱们都没见过凌少，她却已经攀上人家了！"

夏芷苏一看已经离开同学的视线了，唰的一下跳开凌天傲的怀抱，顺手就把他的外套丢给他。

"怎么，利用完我就想踢开？"凌天傲也不恼，挑眉，眼角依旧狂得欠削。

"说得跟个受害者似的！谁逼我穿成这样的？是你凌天傲！谁害我被同学嘲笑误会的，是你凌天傲！我才是最苦逼的受害者！"夏芷苏哼了一声，大步走开，懒得跟这货废话。

凌天傲一个侧身就挡住她的去路。

"好狗不挡道！"她昂首，他就掐住她的下巴："女人，我帮了你，你可真是一点不懂什么叫知恩图报！"她想打开他的手，可她的手一扬起就被他扣住。她用脚去踢，他却把她的腿夹在自己的腿间。他的手就那么轻轻一带，她整个人跌进他怀里。

"唔……"他趁势俯身，她的唇就刚好贴上他的，没等她推开，他的舌已经绕进她的嘴里，夏芷苏睁大眼睛，怒目而视。他见她的样子就更想逗弄。一只手扣住她的两只手，另一只手圈住她的腰，更进一步带进自己怀中，让她的身体贴着他的。

柔软的舌在她的唇里霸道地兴风作浪，狂野地席卷她的气息，让她的呼吸都出现困难。夏芷苏满脸通红，还不忘怒瞪面前的男人进行控诉。可是她越这样，他越想征服，继续深入，不让她有任何喘息的机会。

"快看那边！是凌少和夏芷苏！"那群同学走出来就看到凌少拥吻夏芷苏，羡慕嫉妒各种唏嘘的声音。欧少恒的脸色尤其难看，重重哼了一声，抓了姚丹妮走开。

夏芷苏听到欧少恒的声音，突如其来的力气，把凌天傲推开。凌天傲都诧异，这女人竟然还有力气！

"你这浑蛋！"夏芷苏扬手要打。

凌天傲抓住她的手，在她的手指上舔了一圈："刚才的吻就算你对本少的报答！虽然你的吻技很差，但本少勉强接受！"

接受个妹啊！怎么说得完全是她主动一样，可她明明是被迫的！可是那么多同学看着，她实在不好发作，迅速收回手，扭头，转身，跑进换衣间，换了衣服赶快离开这是非地是她目前最迫切的心愿！

凌天傲看着夏芷苏跑开，唇角的弧度更加深了，冰冷的眸子扫过那群看热闹的同学，那些人立马撒开头。刚才的一幕在外人的眼里，分明是夏芷苏娇羞地跑开，两人浪漫地在青葱的高尔夫球场拥吻，像极了热恋中的情侣。外人是羡慕得很！可是只有当事人知道，一个是故意逗弄，一个是被迫接受。

"少爷！老爷来电话了！"凌管家就等着少爷和夏芷苏接吻完毕，然后上前着急地把电话给凌天傲！

凌天傲接了电话，唇角上扬："什么事？"完全不像是儿子对父亲的口吻，还带着抹不去的嚣张。

"混账！给你打个电话还要我等那么久！"那一头凌天傲的父亲 GE 集团的董事长，怒吼着。

"您不知道我很忙？给我打电话也需要预约，您没预约自然要久等！"

"你这混账！"凌老爷气得只剩下吼。

"是，我是混账，你生出个混账还能怪我不成？"凌天傲慵懒地挑衅。

凌老爷已经气得要摔电话："我就是通知你，你跟萧蓝蓝的订婚日期就在今年 12 月，给我准时滚回美国！就这样！"凌老爷直接挂断了电话，真是一句话都不想跟凌天傲多说。

凌天傲唇角微扬，把手机丢给凌管家。

"少爷，下个月是您未婚妻萧小姐的生日，老爷吩咐您亲自送一样礼物给萧小姐。少爷觉得送什么礼物好？我这就去安排。"凌管家小心地问。

"人家生日关我什么事！要送礼物让老头子送去，你瞎操什么心！"凌天傲不屑地冷哼。

凌管家有些汗颜，颤颤地躬身："是！少爷！"

凌天傲却只是看着夏芷苏落荒而逃的背影，回味着！怎么感觉越来越好玩了！他发现只要逗弄那个女人，让她气得跳脚抓狂了，他心情就特别好！

夏芷苏洗完澡就坐到床上，准备熬夜赶毕业论文。床头什么东西震动，夏芷苏看了一眼，手机没亮，继续写论文。还是有什么东西震动，还有叮咚声，她手机没上QQ啊！忽然，她看到白天从凌天傲那抢来的平板电脑亮了。

夏芷苏拿着平板，一手拿起咖啡喝了一口，平板电脑上上跳出一个QQ对话窗口，上面是一张照片，夏芷苏愕然睁大眼睛。

"噗！"一口咖啡喷出来。竟然是那些被她删掉的扫黄照片，还是一张最窘迫的——她抱着头、衣衫不整地蹲在看守所的照片！夏芷苏擦掉屏幕上的咖啡，看到屏幕上是凌天傲的QQ，他的QQ竟然上着！而且名字就叫凌天傲！是电脑和终端同时在线！

平板在她手里，照片都删了啊！于是夏芷苏迅速下滑看他的QQ，上面一个好友也没有！照片是通过电脑直接发在终端上的！叮咚声不断，QQ一直闪，上面的照片一张张地发来！

这贱货竟然有备份！难怪抢了他的平板都不来要！夏芷苏被气得脑袋发晕，高尔夫球场的兔女郎装不是白穿了？她不是被白白羞辱了？凌天傲的QQ乐此不疲地发来了很多照片，发完了，他的QQ也在电脑那头下线了。

"凌、天、傲！"夏芷苏咬牙切齿，气得倒在床上差点儿就背过气去！老虎不发威，真当她是病猫！

而那一头凌天傲正悠闲地坐在沙发长椅上品尝着红酒，凌管家发完了照片，站起身恭敬地说："少爷，照片都发完了，那边显示接收成功！"

凌天傲扬眉，低头继续喝了一口酒。凌管家不知道少爷还有什么吩咐不敢走开，只是实在不明白少爷怎么那么悠闲，还特地让他发这些照片过去！

"没事了，你下去吧。"凌天傲淡淡地开口。

"是！少爷！"凌管家正准备关了电脑，突然觉得不对劲，震惊地大喊，"少爷，我们的电脑被入侵了！"凌天傲一惊，起身大步走到电脑旁，此时的电脑上只有一串程序代码，不停地在黑色的屏幕上巡回。

"少爷，我马上去叫人修电脑！"凌管家立马跑出去，不到五分钟，就有人赶来。凌天傲还是坐在一边，微翘着唇角品着酒，看着他的人抢修电脑。

"你们全都戒备起来，守好各个大门！还有你们，守在门口保护少爷！你们看好监控！有人闯入杀无赦！"凌管家着急地部署防护，竟然有人敢侵入凌家的计算机系统，肯定是大有来头！保护少爷要紧！

"都下去！大半夜的吵不吵！"凌天傲抬眼怒喝。

"少爷……"凌管家不明白他做错什么，"都出去！"

"可是少爷……"这都有人侵入计算机系统了啊！多危险的事！他怎么能

离开少爷！

"滚出去！"凌天傲一声怒喝，所有人都滚出去了。

电脑很快被抢修回来，凌天傲的程序员立马修复系统，修复完成打开电脑，程序员震惊道："少爷！电脑里所有资料都没了！"程序员刚说完，电脑突然一阵黑屏，黑色的屏幕上出现一串显眼的字："把所有备份照片都还给我！我就把所有资料都还你！放心，资料内容绝不偷看！人品保证！"句子后面还有个大大的竖中指的表情。

凌天傲先是微微惊讶，然后笑出来，眼底闪过意外。还真是那丫头！没想到她还有这种本事！有趣！太有趣！

"少爷！资料被删得很彻底，我没法修复！"程序员小心地说。

凌天傲抬眼，冰冷带着残忍的视线划过，程序员倒退了一步，低头，身子颤抖。

"是你没法修复，还是所有人都没法修复？"凌天傲冷哼。

"这……能修复成功的没有几个！恐怕得去美国请专家！"程序员战战兢兢地说。专家？一个小丫头把他的资料都盗取了，他养的人才竟然还斗不过那丫头！

"对方的 IP 地址不能查？"这丫头，还敢偷他的东西，是还没尝够监狱的滋味！

"少爷！对方很聪明，隐藏了 IP 地址，还把痕迹都抹掉了，根本就没法查，想来对方一定是个高手！"程序员说。

"所以你就是个废物！"凌天傲一脚把他踹开，"滚出去！"程序员立马跌跌撞撞地跑出去。

"我叫你滚！"

"是！少爷……"程序员立马躺在地上真的滚着出去了。

凌天傲看他那窝囊样觉得可气，他花那么多钱养了那么多的废物，竟然还比不上一个臭丫头！可是看着屏幕上那段话，凌天傲又觉得可笑，很好，非常好！敢跟他凌天傲这么玩的，这女人还是第一个！

夏芷苏偷了凌天傲的资料后心里就特别爽，只要想到凌天傲那吃屎的表情，她就欢快得不得了！从来没觉得学计算机专业是这样大快人心！这下好了，她的照片他也不敢乱发了！总算可以安安心心地睡觉，然后顺利毕业！

夏芷苏刚从图书馆搬了不少书出来，就听到学校广播台在不正常的时间响起："喂喂喂！姚丹妮！五分钟内到门口！"广播里传来霸气的声音。

这股傲气劲让夏芷苏很快想起来一个人，肯定是欧少恒了！能用这么命令式的口吻约会丹妮的，除了欧少恒还有谁！想到欧少恒，夏芷苏心里忍不住叹息。

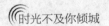

"姚丹妮，是那个姚氏集团的千金吗？"有同学路过，八卦。

"当然了！首富的千金，我们学校谁不知道！听说她连未婚夫都有了！就是欧式集团的大少爷！"同学们羡慕着惊叫。

夏芷苏心里划过荒凉，但还是耸肩，仰头看着天空微微地笑。

"姚丹妮！你怎么还不出来！"广播又响了起来。

夏芷苏忍不住翻白眼，欧少恒见丹妮的时候永远要那么急性子吗？

走到大门口就看见围满了人，夏芷苏以为是欧少恒来了，也挤到人群去看，却看到一辆蓝色的布加迪威龙，这车好像在哪见过！

夏芷苏正疑惑，就看到妹妹姚丹妮从学校跑了出来，也挤进了人群。

"少恒……我来了！来了！"姚丹妮进了人群，看到这陌生的车也一愣，难道欧少恒又换车了？

走上前，姚丹妮去敲门："少恒？"车窗下滑，露出一张张狂霸气又俊朗非凡的脸，他显然已经很不耐烦了。

"你是谁？"里面的男人分明拿着对讲机，他的一声吼，竟让学校的广播都响了，他手里的对讲机竟然连着学校的广播台！

"凌少！"姚丹妮当然认出了车上的人就是凌天傲！

车里的男人这么狂霸，围观的群众见到他俊朗无双的模样，全都震惊地睁大眼睛，眼睛里简直能冒出星星来！

"姚丹妮！本少的耐心用完了，你不出来，我就到里面找你！"凌天傲拿了对讲机推开车门下来。他每说一句话，全校都能听见。

夏芷苏捂脸，她突然想起来了，凌天傲一直误会她是姚丹妮！他一定是因为她入侵他电脑的事来算账的，赶紧遁走！

"凌少！凌少！"姚丹妮拦住凌天傲。

"做什么！"凌天傲不耐烦。

"你不是找我吗？我已经来了！"姚丹妮指着自己说。

"找你？"凌天傲唇角勾起不屑，冷哼，"我可不认识你！"扑哧！人群中有认识姚丹妮的都忍不住笑了起来，眼前这位大少爷那么张

扬地找姚丹妮，却又把姚丹妮晾在一边，实在是太有戏看了！姚丹妮脸色一室，强颜欢笑："可是我们学校就只有我一个叫姚丹妮的！"

凌天傲皱眉，上下打量眼前的女人："你叫姚丹妮？"

"对！家父是姚正龙！"姚丹妮笑着介绍自己。凌天傲眉头皱得很深，在这么多人面前说自己是姚丹妮，总不至于糊弄他！这么说来，糊弄他的是另有其人！那个死丫头！竟然任凭他误会，也不澄清！很好！非常好！让他丢这么大的脸，那臭丫头此时此刻一定躲在角落里笑吧！

"阿嚏！"夏芷苏已经走开了，却莫名其妙地打了好几个喷嚏，打得那么厉害，肯定是背后有人骂她！正想着，就感觉一道视线直直地射在自己身上，一回头，跟某男的视线直接对上了！

"姚……"凌天傲差点要喊姚丹妮，又侧头问旁边真正的姚丹妮，"那女人叫什么？"

那女人的确是在姚家出现的，姚正龙也喊她女儿！

"她叫夏芷苏！是我们姚家的养女！"姚丹妮立马说道。

"夏芷苏！给我站住！"凌天傲就拿着对讲机，冲着夏芷苏喊，广播里也重复了一句。

夏芷苏捂住耳朵，这到底要不要回头啊！大家都在看她！还是跑吧！看来这男人是特地来找她的！

"夏芷苏！照片！"凌天傲一字一句地提醒。

夏芷苏低头，无奈地转身抱着一摞书走了过来，对着姚丹妮打招呼："丹妮，你也在呢……"

姚丹妮狠狠地剜了夏芷苏一眼，这女人竟然用她的名字欺骗凌少！害她今天出来丢了大脸！

"呵呵……凌少！"夏芷苏又跟凌天傲打招呼。

凌天傲又拿着对讲机，低头看着面前的女人："夏、芷、苏？"他得确定这一次她的名字是真的！

夏芷苏捂住耳朵，广播里喊着夏芷苏的名字，很不习惯好吗！

"我在！"夏芷苏看着凌天傲强颜欢笑，顺手拿开他的对讲机。

"不是叫姚丹妮？"凌天傲又拿着对讲机冲她喊，声音里有些咬牙切齿，真是丢人，连名字都喊错！

"我从来没说过我叫这个名字！"夏芷苏一说完就看到姚丹妮一副要吃了她的表情。

凌天傲看着她，上扬的唇角划过绝对的张扬："欺骗我，你知道后果是什么？"如此张扬的话他一定要对着对讲机说吗！全校都在播放啊！他每说一句话，全校都能听见啊！

"我骗你什么，家父的确是姚正龙！"夏芷苏无语。

"那就是误导本少！女人，那天在酒店的床……唔……"夏芷苏冲上前就用手捂住男人的嘴，这个神经病，难道还要用学校广播，把她不小心进他房间被他抓床上的事重复一遍吗？这不是什么都没干成吗？

"有话好说，咱们去车上说！先离开这好不？"夏芷苏踮起脚尖勉强捂着他的嘴，呵呵呵地笑。凌天傲伸出舌头在她的掌心舔了一下，夏芷苏立马甩开手。

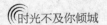

"那天在酒店的床……"眼见着凌天傲又拿出对讲机说什么，夏芷苏脑子一热，冲上前，手中的书也不要了，勾了凌天傲的脖子，一口就吻了上去，堵住他的嘴先！

"咝！"满满的倒吸气声。这么主动的女人，难怪可以勾引到如此俊朗多金的男人！

凌天傲微微一愣，一手就扔了对讲机，直接圈住她的腰，把她搂在自己怀里。送上来的美食，他可不喜欢拒绝！这女人叫什么吻，啃萝卜呢！反口，他就咬住她的唇，一点点地啃，慢慢地舔，然后撬开她的唇，勾住她的舌。夏芷苏愕然睁大眼睛，想要从他嘴里退开，凌天傲哪里肯放，她想吻就吻，想走就走，当他凌天傲是什么！

夏芷苏双手推拒，凌天傲一手握住她的双手不让她动弹。夏芷苏用脚踢，凌天傲就翻身把她压在车上。

"哇哦！"全场男同胞的欢呼声。女同胞就撇嘴了，什么嘛！这女人这么主动，还长得一副狐媚样，一看就知道不是什么好女人！一旁的姚丹妮跺着脚，快要气死了！

明明是她被叫出来的，结果风头都被夏芷苏抢了，她自己还丢了脸！夏芷苏努力地喘气，她是真的喘不过气了，才会从凌天傲的嘴里不断汲取气息，结果落在凌天傲的眼里，就是卖力地回吻。于是凌天傲不顾场合，对她上下其手，直接转移阵地吻到了她的胸口！

"凌天傲！"夏芷苏惊跳起来。因为她突然用力，凌天傲反而被她逼退了几步，皱眉："干吗？"

问她干吗？他要干吗啊！大庭广众演春宫戏啊！

"差不多就行了！"夏芷苏气息不稳地大吼。她胸前的衣服被扯开，那一处若隐若现，该死的！怎么那么诱人！连在场的男生都看得流口水。

"上车！"凌天傲打开车门直接把夏芷苏丢进去。

夏芷苏哪里肯，凌天傲一手撑在车顶，低头盯着她："如果还想继续刚才的事，光天化日，本少也不介意。"

深呼吸，吐气，夏芷苏微笑："凌少等等，我的书……"地上都是从图书馆借来的书，丢了要赔！夏芷苏冲下车就去捡书，头皮一阵发麻，所有人都在看着她，两眼放光，各种羡慕嫉妒恨！

有什么好羡慕的，跟这种人渣在一起，会气得少几年寿命！捡了书，夏芷苏又想跑，哪里肯上车！凌天傲早就料到一般，一手圈住她的腰拽回了车上，关门，刺啦一声，车子飞奔出去。

剩下门口一群同学的感慨："马上就毕业了，那位女同学连工作都不用找了！一辈子衣食无忧，太美好了！"

"那位男士真心好帅！"

"夏芷苏！"姚丹妮看着车子离开的方向恨得跺脚，竟然用她的名字跟凌少交往，如果凌少追究起来，她可承担不起！这个疯女人！

车内，夏芷苏悠然地说："就在前面停吧！我要下车！"

凌天傲眼角一跳："女人，你是没搞清状况吧！你当我这是Taxi(出租车)？"

"你这难道不是Taxi吗？一个女人下车，另一个女人立马上车，Taxi不都这样吗？"夏芷苏意有所指，分明是暗讽他女人太多。

凌天傲不生气，唇角还扬得很高："你这个说法很新鲜，本少喜欢！"

"我这是骂你呢！还听不出来？"夏芷苏扑哧一声笑。刺啦一声，凌天傲猛然刹车，夏芷苏没系安全带，整个人差点弹出去，又被凌天傲及时搂了回来。

夏芷苏惊魂未定，抬眼怒视眼前的男人："会出人命的！"

"人命？"凌天傲掐住她的脸，冷冷地说道："就你这条人命，在本少眼里反正也不值钱，没了就没了！"

夏芷苏被气得嘴角直抽"我这么不值钱，您老还大张旗鼓地去学校找我！"

"你不说这个还好，说了更让本少来气！从头到尾，你都让我误会你是姚丹妮！本少爷喊了半天，出来个真的姚丹妮，丢脸丢到家了，知道吗？"

"我从来没说我是姚丹妮，谁让你不查清楚！"夏芷苏打开他的手，想要下车。

凌天傲伸手就拦住她："那我可真好奇，你是姚家的养女，你不姓姚，姓夏？"

"你好奇你去查啊！你动动手指就能知道的事问我干什么？让开！我要下车！"

"谁准你下车了！你骗我的事，本少可以不计较，但是……"凌天傲上扬的唇让夏芷苏一阵头皮发麻，他凑近她，"刚才的事咱们该继续吧？"他的气息喷在她的脖子上，痒得让她抓狂。她拼命往后靠，跟他保持距离。

"刚才什么事？"

"这事只可意会，不可言传。"话音刚落，凌天傲的舌在她的耳垂上滴溜溜一阵转，激得夏芷苏毛骨悚然！夏芷苏明白了，他说的就是在学校门口亲吻的事！这有什么好意会的！

她抬手要推开面前的男人，凌天傲一下就抓住了她的手，挑唇，嘲讽："夏芷苏，你主动爬我的床，主动投怀送抱，现在还主动索吻，真是忒主动！我不给点反应说不过去吧！"

"别不好意思！客气什么！走了！"夏芷苏推开车门就要下，凌天傲都要笑喷了！这个女人搞没搞清楚状况啊！

夏芷苏还没下车，凌天傲俯身掐住她的腰，抱了过来，放到自己腿上。

夏芷苏惊呼："干什么？干什么？"

"干什么？酒店主动爬床没成功，刚才学校主动索吻还不过瘾，应该继续！"

"谁不过瘾了啊？"

"我。"

"……"夏芷苏简直想杀人："凌天傲，你敢动我一下试试！"

他掐住她的脸，直接吻了上去："动了，你怎样？"

夏芷苏睁大眼睛，一掌拍了过去。凌天傲扣住她的双手，一手抽了皮带把她的双手绑住了。夏芷苏这次是真有点怕了。光天化日之下，这个男人没什么是干不出的！

"凌天傲！你强迫我是犯法的知道吗？你会坐牢的！很惨的！"夏芷苏望着他，自己先要哭出来了。哭了？凌天傲无语了。他对她做的事，哪个女人不喜欢？她倒自己先哭了！

凌天傲上扬的唇角是不屑："这是想用眼泪博取我的怜悯，让我干脆宠幸了你？"

"不！不！不是不是！"她慌张地摇头，努力挤了眼泪出来，"不要继续……我不要……不要！真不要！"那嫌弃的口吻，实在有些打击凌天傲的自尊心。

"……"凌天傲看着眼前哭得花了脸的女人，真是一点胃口都没了！

"从我电脑里偷走的东西要还，知不知道？"今天他找她本来就是为这事。

"还的还的！你放开我吧……"夏芷苏可怜兮兮地说。凌天傲解开她手里的皮带。

夏芷苏推开驾驶座的门，直接跳了出去，赶紧跑！看到夏芷苏见鬼了似的跑了，凌天傲嘴角都抽了。

"我送你回去！"凌天傲喊，"不用！"夏芷苏大叫。

"喂！你个女人！"凌天傲话没说话，就看到夏芷苏跑得要多快有多快！生怕他改变主意要把她抓回来吃了！副驾驶座上落下的书籍，《计算机工程》《标准 C 程序设计》《网络编程》，反正都是一些计算机方面的书！拿起一本书，上面有一根红绳，打开，是书签，书签上写着：计算机专业，夏芷苏。请捡到本书的同学把书还给学校图书馆，万分感谢！联系电话 132＊＊＊＊＊＊＊＊。

凌天傲唇角上扬，眼底是一抹兴奋的光："这死丫头原来是计算机专业的，难怪了！"难怪她还能侵入他的电脑偷他的东西！没想到，她可以把一门专业学得那么精通！

第四章 提醒她昨晚他们发生了什么

大晚上的，夏芷苏站在院子里做瑜伽，呼吸着晚上的清新空气，闭目养神。一定得养啊！不然会被凌天傲那贱人活活气死啊！她回家的第一件事就是把偷来的资料还回去，顺便在凌天傲的 QQ 里留言，要求删除所有照片，可是那人根本就不理人！越想越气。

这时电话铃声响了，夏芷苏一看电话，这才想起："小洛！"是酒吧里的女同事风小洛。

"芷苏，今天你怎么没来酒吧上班？经理待会儿就来查岗了，你今晚还来不来？"今天应该是她值班！被凌天傲那么一闹腾，她都忘记了！

"来的来的！你帮我顶一下，我马上来！"夏芷苏收了电话，回房间换衣服。

凌天傲的平板电脑还扔在桌上，看了一眼，果然没有消息回复。资料都还了，照片也不打算删，什么人！夏芷苏一到酒吧就去更衣室换了衣服。

一身金色的闪亮包臀裙，刚好遮住臀部，双肩是两根带花的肩带，胸前是 V 字领，事业线若隐若现，虽然也没啥事业线。

夏芷苏从更衣室走出来，同事风小洛正站在门口，抬眼看到她，眼底划过惊艳。眼前的夏芷苏吹着波浪卷的头发，全部将到一边，露出白皙的脖子，耳朵上是装饰用的水晶大耳环，脸上是艳丽红唇，脚踩 8 厘米红色高跟。

"376 房间的客人点了酒，指明要你送去，你赶快去吧！"风小洛指着不远处的小推车说。

"好！"夏芷苏一笑，风小洛都有些神魂颠倒，这个女人，简直就是妖孽！

夏芷苏推着车子，走到 376 房间门口，"进来！"房间里立马传来声音，夏芷苏一愣，怎么这声音那么熟悉！于是推门进去，夏芷苏低着头去拿酒："先生，你们的酒！"

夏芷苏抬头就看到熟悉的身影坐在皮质沙发上，左边抱一个，右边亲一个。看到夏芷苏他就更加不意外了，只是抬头却看到夏芷苏一身金色包臀裙，裙子上还缀着流苏。波浪卷的头发落在裸露的双肩上，白皙的皮肤在灯光下简直就是在诱人犯罪！

欧少恒！夏芷苏差点喊出来。这才想起风小洛说的，是有人指明让她送酒，原来是欧少恒！房间里除了欧少恒还有两个男人，也是左拥右抱。这两个夏芷苏不认识，那两个男人一看到夏芷苏眼睛都直了，上前就摸了一把夏芷苏的大腿。

"想不到这酒吧里连个送酒的都这么尤物啊！"其中一个男人看着都快流

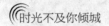

口水了。另一个男人也想来摸一把，夏芷苏躲开，把酒瓶放他手里，娇俏地说："先生，您的酒！"男人一看她那样，再听她娇俏的声音，身子都酥麻了，起身就扑了上去。

夏芷苏顺利地躲开，又把另一瓶酒塞到他的手上："先生，你们的酒上齐了，那我先离开了！"

"小妞！别走呀！你看！这儿多好玩！留下来陪陪哥俩啊！"男人又张开手扑上来。

夏芷苏在酒吧不知道碰到了多少个这样的货色，抬手挡在自己脸上，男人的嘴巴亲到她的手掌。

"先生！别这样……我们经理看到要责骂我的！我们酒吧是正规的场合呢！要是经理见了，我会被辞退的……"夏芷苏"哀伤"地说。

那眼睛里很快就包了一团泪。男人看得心痒痒的，却舍不得放开，立马塞了钱到夏芷苏的胸口："没事！辞退就辞退！哥哥我养你！哥哥有的是钱！来！亲一口！"又扑上来，欧少恒拿着酒杯，一直看着夏芷苏的动静，她那不要脸的表现他全看在眼里！

"滚出去！"欧少恒冷眼看夏芷苏，狠狠地摔了酒杯！房间里立马噤声，刚才那人颤颤地坐回位置。

"是！先生！"夏芷苏却笑着，躬身退出去。

"欧少，怎么了？是不是我们姐妹服侍得你不舒服？"欧少恒旁边的陪酒姑娘小心地问，手掌不安分地在他身上游移。

欧少恒直接丢开她们的手，站起身。

"欧少！"里面的女人娇滴滴地喊，夏芷苏从房间出来，就去洗手间洗手，把手掌都给搓红了！那男人亲到她的手掌，那口水真恶心！

风小洛刚送完一批酒出来，看到夏芷苏随手把钱丢在镜台。

"芷苏，你才刚进去一会儿就那么多收获啊！我都老半天了，客人一点儿小费都没给！"风小洛看着钱说。

夏芷苏从胸口拿出钱，虽然这钱脏，但也是钱，分了一半给小洛，夏芷苏说："你拿去吧！"

风小洛笑了一下，还给她："不用给我！开玩笑的！我知道你这些钱是拿来做什么的！你虽然恶心这些钱，但还是会收。既然收了，就好好利用！不拿白不拿！"

夏芷苏也是笑，手指轻佻地勾起风小洛的下巴："知我者，小洛也！"

"讨厌！"风小洛打开她的手，"我忙去了！"

欧少恒走出来就看到夏芷苏在跟风小洛分钱，看她开心的样子简直让他倒胃口！他越来越确定夏芷苏不是个什么好女人！本来就不是！

"夏芷苏！"欧少恒满肚子的火气！

夏芷苏抬眼就看到欧少恒："咦，你怎么出来了，不陪你那些狐朋狗友了？"

"你还知不知道廉耻？"连他都知道那些不是好货色，这女人还眼巴巴地贴上去，为了钱，真是什么事都干！

"我怎么不知道廉耻了！倒是欧少，大半夜放着家里的未婚妻不管，跑到酒吧寻欢作乐，不怕丹妮伤心吗？"

"我的事不用你管！还以为你在酒吧正正经经地赚钱！没想到你为了钱，什么都做！你太让人作呕了！"欧少恒大骂。

夏芷苏真觉得可笑："我做什么了？再说我赚我的钱，好像也轮不到你管吧！"

"你！"

"不好意思，我要工作了！欧少还是回去陪房间里的姑娘吧！你放心，我不会告诉丹妮的！因为我怕丹妮难过！"夏芷苏直接从他身边走开。

欧少恒一把拉住她的手，把她扯了回来。

"夏芷苏你掉钱眼了吧！为了钱，尊严都不要了！就算是姚家养女，也别给人家丢脸！"

"是！我是掉钱眼了！我不像你，生来就是富贵命，有用不完的钱！我要自己赚钱，自己养活自己！欧少恒，你体会过没钱的日子吗？你有在大街上看着人家踩扁了馒头，自己还要跑过去捡来吃的经历吗？你当然没有了！所以你根本不懂钱的重要！因为你根本不缺钱！"夏芷苏冲着他大吼。

"钱很重要是吗？那么喜欢钱是吗？"欧少恒拿出钱夹，里面厚厚的一沓钱，此时有一些客人和酒吧侍应生走过，就看着欧少恒抓了一把钱往夏芷苏脸上扔。

"拿去！你喜欢钱，我给你！夏芷苏，一张张给我捡起来！"红色的纸打在她的脸上，然后飘落在地。所有人都诧异地看着。

那样的屈辱，夏芷苏仰头看着面前的男子，就算她喜欢他，就算她喜欢了那么多年！他也没资格那么羞辱她吧！

"不是喜欢吗？钱就在你脚下！捡起来啊！"欧少恒大吼。

酒吧经理看到夏芷苏惹客人生气了，还是常客欧少，着急地上来。

"欧少！这……是不是这丫头惹您生气了！消消气啊欧少！我这就教训她！"酒吧经理对欧少恒赔着笑脸，又转身怒斥夏芷苏，"欧少让你把钱捡起来，你快捡啊！"

看着面前的欧少恒，夏芷苏又低头看地上的钱，那么多钱可以解决多少穷苦孩子的温饱了！

"这里不用你来管！滚一边去！"欧少恒冲着酒吧经理喊。

"欧，欧少……"经理吓得哪里敢说话，立马退到一边去。

夏芷苏的同事风小洛也听到了动静，匆匆赶了过来，见是欧少，还没上前帮忙就被经理拉了回去。

"夏芷苏，捡啊，怎么不捡了？这些钱比你赚的那些干净多了吧！怎么现在反而不捡了？看不上呀？还是喜欢自己卖身得的钱是吧！怎么说，那也是你做体力活赚来的！"欧少恒更加嘲讽，嗤笑着。

"欧少恒！你不要太过分了！"夏芷苏满眼的屈辱，望着面前的男人，双肩颤抖。

"被我说中了？心虚了是吧！不敢捡啊！不捡也给我捡！否则，你也别在酒吧里待了！别说是这酒吧，任何酒吧你都别想！"

夏芷苏紧紧咬住嘴唇，是，欧少恒有这个本事，让这酒吧辞退她，任何酒吧都不会再收她！她在酒吧里工作，因为这里的钱来得快！等她顺利毕业了，她会找一份不错的工作，再也不会来酒吧上班！

"好啊！我捡！"夏芷苏直接蹲下身。一蹲下，眼泪就有一颗掉了下来，她随手一揩，泪水悄无声息地消失。欧少恒不敢相信地低头看着脚下的女人，为了这些钱，她连尊严都不要了！在他的脚下，那么卑微！想到她在房间里和客人调情，他气得满腔怒火！一脚踹在夏芷苏的肩膀，夏芷苏一声没吭，跌在地上，抓着手中的钱，却笑着看他。

"多谢欧少的小费！欧少真是大方呢！"夏芷苏笑着笑着，眼底却是泪水氤氲。

"夏芷苏！你自甘堕落！"欧少恒怒吼，转身大步走开。

"真是丢人呢……这样的钱还去捡，换成我也不要了……"围观的人低声嘲讽着。

风小洛大步跑上前去扶夏芷苏："芷苏！快起来吧！"夏芷苏握着钱，紧紧地捏成团，看着欧少恒离开的方向，眼底的痛，那么明显。

"那个欧少仗着自己有钱，真不是个东西！"风小洛愤恨地骂。

见大家还在看夏芷苏的笑话，她冲着人群喊："看什么呀看！都不要工作了？"人群又叽叽喳喳了几句，这才散开！

夏芷苏站起身，看着手里的钱，深吸一口气："我没事的，小洛，你自己去忙吧！"

"你怎么惹上欧少那个阔少爷！他可是出了名的脾气暴躁！"

夏芷苏苦涩一笑："他心眼不坏的，其实还很单纯。"

风小洛睁大眼睛:"单纯?你觉得欧少单纯啊!你要笑死我吗?我看你才单纯!人家那么对你,你还帮着说好话!"

夏芷苏扯了扯嘴角不再说话,看着手心里的钱,咬唇,眼底的泪努力忍着。

欧少恒直接走出酒吧,酒吧经理一直在后面赔不是。

"欧少!您放心,我马上辞退了夏芷苏!"酒吧经理讨好地说。

欧少恒脚步一顿,大怒:"没听到本少的话!她把钱捡起来我就不再追究!你辞退她,我就关了你的酒吧!"

经理莫名其妙:这不是帮欧少教训夏芷苏那丫头吗,怎么反过来还挨骂呢!

"是是是!一切都按欧少的意思办!"经理忙不迭地赔笑。

酒吧已经快关门了,夏芷苏拿了一个环保袋把欧少恒丢给她的钱装在里面,等哪天她要去找欧少恒,然后把这些钱都摔还给他!夏芷苏把吧台的酒杯都收拾好了,披了一件外套走出酒吧。

外面的风很大,她穿着包臀裙,外面就一件外套,还是很冷。站在门口等了一会儿,没有出租车,身后突然有人扑了上来,直接抱住她。

"妞!你怎么才下班?哥哥我等得好久!"夏芷苏正准备把人踢开,扭头看到是跟欧少恒一起的那男人!欧少恒的朋友,一时也不好下手。

夏芷苏只好笑着问:"这位先生!您喝多了!请问您住哪儿!我送您回去吧!"

"去哪!当然去酒店!走!咱们去酒店好好玩!"男人搂着夏芷苏,手一招。一辆车过来,是他自己的车,还有专职司机!

夏芷苏立马扶着他进去,跟司机说:"你们老板喝多了!麻烦你送他回去!"

司机看了她一眼,明显是鄙视:"知道了!"夏芷苏还没走开,车里的男人抱住她的脖子把她拉了过去。

夏芷苏一个踉跄跌倒在那男人的怀里,怎么看都像是投怀送抱,连司机都哼了一声,明显的,很看不起!

"小妞!你这样热情,哥哥真是喜欢……"喜欢你个头!她是不小心被他拉过去的!看着面前醉醺醺的男人,呼出的口气真是让人反胃!还没爬起身,夏芷苏感觉身后一个很大的力道,把她扯了出去。

"啊!"夏芷苏惊叫,没站稳,就跌进一人的怀抱。

那人浑身的张扬,抬眼,夏芷苏看着他睁大眼睛:"凌天傲!"什么情况?怎么会是凌天傲!可真是巧,凌天傲刚刚加完班从公司回来,经过这里,就感觉这女人眼熟!

还真是她!叫什么来着?对,夏芷苏!穿着那么露骨的包臀裙,还波浪卷的头发,那么风骚!那红唇涂得那叫艳丽,领口那么低!站在酒吧门口,竟然拉客！

那么不待见他，竟然在大马路上拉客！很好！非常好！这个女人，他还以为多清纯！原来都是装的！

"你怎么在这啊？"夏芷苏愕然。

"这话该我问你！手里拿着什么！"凌天傲一把抓了她的环保袋。

"哎，你还给我！这是我的！"夏芷苏冲上去。凌天傲已经打开她的环保袋，里面是厚厚的钱！

凌天傲的怒火简直不能再盛，这更证实了他心里的猜测——这个女人，穿成这样在街上拉客！夏芷苏抢回了环保袋，抱在怀里，还没说话，啪！凌天傲直接掴了她一巴掌。这一巴掌很重，打得夏芷苏跟跄地跌坐在地上。

夏芷苏捂着脸颊，怒目而视："凌天傲你凭什么打我？"

"我替你爹多教训你！夏芷苏，没想到堂堂名牌大学生，就在大街上做这种营生！不要脸！"凌天傲吼她。

不要脸？夏芷苏真是不明白，她干什么了？她就是酒吧的侍应生！干干净净！钱是她自己赚的，她哪里不要脸了！

"看什么看？还不滚！"刚才喝醉酒的男人的车子还在，司机一直看，凌天傲上前就是一脚，踢得整个车身摇晃了，司机吓死了，立马开了车跑路。

"凌天傲你干什么？别吓坏客人！"夏芷苏见了，站起身也是怒骂，那是酒吧的客人！

"客人？"凌天傲真是想笑，"你喜欢那种货色啊？又矮又胖！你口味挺别致嘛！"

"莫名其妙！"夏芷苏压根儿听不明白他在喊什么，抓了环保袋就要走开。捂着脸，夏芷苏真是郁闷，今天肯定是她的凶煞日，出门不吉，万事不顺！

被欧少恒踹了一脚，现在还被凌天傲打了一巴掌！反正她也打不过他，打掉牙齿也只能往肚子里咽！凌天傲也被气得不轻，那种货色，她都能主动投怀送抱！他就不信！他大步跟上，一把抓住了夏芷苏的手臂。

"你干什么？"夏芷苏真是烦了，甩开。

她的样子竟然还有理了？

凌天傲直接从里侧的口袋拿出钱夹，里面有支票，他一把丢在她脸上："一千万，现在我也是你的客人！"支票落在地上，的确是一千万！他凌少开出的支票当然是真的！

夏芷苏突然觉得好笑，今天被两个男人摔钱，一个比一个狠！她招谁惹谁了她！

"凌少，这是什么意思？"夏芷苏低头看支票，冷冷地笑。

"怎么，嫌少？"凌天傲又拿出一张，"再加一千万！"还是就这么砸在她脸上！

夏芷苏深吸口气，把支票拿开，看了一眼："凌少不会是想上我吧？"她云淡风轻的口吻，让凌天傲怒火冲天，更加确定这女人大晚上跑出来拉客！张扬的双眸全是怒气在咆哮。

"难道你这残花败柳，两千万还不够？"凌天傲嘲讽。残花败柳？怎么一个个都用这么恶毒的字眼形容她！是！她是在酒吧工作！是！她是需要应付那些臭男人！可不代表她就不干净了！

"两千万都可以买一打姑娘了！凌少就买我一个，不觉得浪费吗？"夏芷苏调笑着，脸上是娇媚的蛊惑。

她那一身金色的包臀裙，那浓艳的装扮，再加上她此时此刻的娇笑，让他看得窝火！

"怎么会浪费！只要本少爷喜欢！因为本少有的是钱！"他上前掐着她的下巴，迫使她抬眼看着自己。是啊！有的是钱，所以就可以随便这样侮辱人！

夏芷苏配合地凝望着他，还是笑："既然凌少那么有钱，两千万是九牛一毛吧！

凌少想要姑娘，就拔一根毛，会不会太小气了？"凌天傲眸中的怒火已经酝酿到了极致："怎么，还嫌少？好！给你支票，上面的数字随便你填！"凌天傲又丢给她一张支票，支票落在地上，夏芷苏看了一眼，数字栏是空着的，随便她填！

"凌少，果然大方得很呢！"夏芷苏嗤笑。

"同意了？"凌天傲没想到夏芷苏也是这种女人，用钱就能摆平，简直浪费他的时间！

"当然！都收钱了！"夏芷苏拿开凌天傲的手，俯身捡起地上的支票，放进环保袋，娇俏地笑，"凌少开车吧！那我们现在去酒店吧！"夏芷苏看了一眼，不远处就有一辆敞篷豪车。

夏芷苏走过去，直接跳进了车内，还对凌天傲招手。凌天傲大步走上车，握着方向盘没有开车，而是看了身边的女人一眼，她还很淡然地一笑。

之前在车上，他那么逗弄她，这女人分明是真的哭了，就是不让他碰！原来是在演戏，演得够逼真！连他都被骗了！想到这里，他一伸手就圈住了夏芷苏的腰，把她提了过来。

"凌天傲！"夏芷苏猝不及防地大叫。

"这是什么反应，钱都收了还想反悔？那还真是来不及！"凌天傲一口就咬上她的唇，夏芷苏慌忙避开。

　　他掐着她的脸蛋，冷笑："现在还要玩欲擒故纵？你不觉得太假了？"夏芷苏反而娇媚地笑了，主动勾住凌天傲的脖子，把在酒吧里打发男人的招式都用了出来。

　　"凌少……"夏芷苏手指在他胸前画圈，"我只是觉得，你既然给了那么多钱，我总要好好服侍你的，我们去酒店！你放心，凭我身经百战的经验，一定能把你服侍得舒舒服服……"说到这里，夏芷苏凑过去，气息在他脖颈徐徐喷洒。

　　凌天傲双眼微眯，眸中掠过深沉的欲望："你不知道，本少就喜欢在车上玩！既然你那么身经百战！那就现在服侍我！"

　　夏芷苏脸都快绿了！抬头又是娇笑，声音嗲嗲的："凌少！这里大庭广众，还会有警察巡逻，到时候又扫黄扫进警察局去，那不是扫你的兴嘛！"这个确实有道理。

　　见凌天傲动容，夏芷苏娇滴滴地说："凌少！你看这天都要亮了，到时候路上都是人，咱们还是别耽误时间，赶快去酒店吧！"夏芷苏表现得比他还急。

　　凌天傲微翘了唇角，捏住她的下颏说："没想到，你比我想象中的还不要脸。"

　　"……"夏芷苏嘿嘿嘿配合地笑，眼底却是一阵阵的咒骂：不要脸，你才不要脸呢！什么人哪这是！见了她就想上！变态！凌天傲的车子在无人的夜里狂飙起来，夏芷苏抓着扶手，风刮过脸颊，疼得难受，禁不住翻了好几个白眼。

　　这个男人，一点怜香惜玉都不会，开个敞篷还故意在寒冷的夜里开那么快！冻死人了！凌天傲却一直绷着脸，好像心里极不痛快，即使是绷着脸，这张脸也是俊得让人发狂！俊？夏芷苏再次翻白眼，她竟然夸他！疯了？白眼还没翻完，凌天傲的目光就扫了过来，夏芷苏立马微微地笑。

　　凌天傲鄙视地直接转过脸去。夏芷苏见他转过脸去，就更嫌弃了：什么玩意儿？这么嫌弃她，还要上她！男人啊！真是个奇怪的物种！凌天傲的车子一停下，就大步走进酒店。

　　"凌少！"那酒店经理好像认识凌天傲，忙不迭地跑上来。

　　"房卡！"凌天傲直接伸手。

　　经理立马递给他。凌天傲扭头发现夏芷苏没跟上来，大步走出门，见夏芷苏靠在车边。

　　"干什么！进来！"凌天傲不耐地喊。

　　夏芷苏看他猴急的样子，却云淡风轻地说："车门把我衣服卡住了！门被你锁了，麻烦你帮我开一下！"

　　凌天傲嗤笑，压根儿不想帮忙，就想看她出丑："自己解决！"

夏芷苏一怔，凌天傲分明是想看自己的笑话了，她竟然还指望凌天傲帮她，真是傻了！

"凌少！我去帮那位小姐！"酒店经理一看是凌少的女人，立马巴结。

凌天傲冷冷扫他："关你什么事。"酒店经理立马噤声了，颤颤地点头，不敢说话。

凌天傲是要看她笑话呀！她的衣服被车门卡住了！车门已经锁了，没有凌天傲的钥匙，她这是要被一直锁着！凌天傲干脆抱胸，就靠在门口的罗马柱上，看好戏地看着夏芷苏。

这是酒店，时不时会有人来！而凌天傲的车子又那么拉风，几乎每个经过的人都奇怪地看着她。夏芷苏被冷风吹得冷得发抖，再这么下去，还没被凌天傲吃掉，她就已经冻死了！撕拉！夏芷苏侧身撕掉了一圈裙摆。原本就是短款的小包臀裙，这么一撕，裙子就更短了，只是堪堪遮住臀部，夏芷苏一不小心就能曝光露底！那白嫩的腿根几乎都露出来！

凌天傲眸子一凛，眼底一阵亮光闪过，唇角微微上扬。

"Hi！美女！"还有人跟她打招呼。这是五星级酒店，能在这留宿的，自然都是些富人！

夏芷苏头发一甩，抛给对方一个媚眼，没等对方上来，她已经先一步往凌天傲走去。高跟鞋，一步一步，走得风情万种！

"凌少！不好意思！让你久等！"夏芷苏勾住他的脖子，却是咬牙切齿。

凌天傲挑眉，戏谑地说："也没有等很久！"视线凉凉地扫过，门口有几个男人在色眯眯地盯着夏芷苏的臀！

莫名地，几个男人不自觉地扭开头，只觉得凌天傲的视线寒冷迫人，想来是不能惹的人物！

"走！上去干……正经事！"凌天傲在她的颈间吹着气，抱住她的腰走进酒店。

"干"字还故意停顿，夏芷苏还是娇笑，主动地依偎在他怀里。

凌天傲低头看了眼怀里的女人，想起在门口她撕掉裙摆的模样，那张扬的脸上是自信的锋芒，这女人身上有一种让人说不出的感觉！总觉得她有一种锋芒被遮蔽！撕掉的裙摆被她扔掉，露出的臀部，丰满得让人垂涎，走进电梯，凌天傲一掌就包住她的臀。

夏芷苏的脸色一下就像吃屎了一样，拿开凌天傲的手，娇笑："凌少！怎么那么猴急嘛！"

只要想到她短得快露出裙底的模样，他的眸色就加深了，一把就把夏芷苏推到电梯门上，手撩开她的裙摆。

"这里没人！你不用担心扫黄被抓！"凌天傲说得有些嘲讽，气息分明也是紊乱。

说到扫黄，夏芷苏就一肚子气！都是这个该死的男人把她扔进警察局，害她蹲在看守所里！在高尔夫球场又让她穿兔女郎装！真是个丧心病狂的贱货！

"凌少……这不都快到房间了！你不要这么把持不住嘛！到了房间，你爱怎么玩，怎么玩……"夏芷苏挡住他亲下来的嘴，另一只手在他的腰间画着圈圈，手指有意无意地撩拨到某个地方，"这里会有人来的……人家害羞……"说着，夏芷苏又装成害羞的样子。

凌天傲看着这女人低头害羞状，眼底闪过意味深长的笑！今晚这女人的表现太反常了！

好！他就看看她玩什么花样！要是玩不出花样，他可饶不了她！

"好！我们进屋好好玩！"凌天傲一字一句地在她耳边吐息。

电梯门开，凌天傲抱着夏芷苏的腰直接拖出去，打开这个楼层唯一的一扇门，两人一进去，凌天傲就把她抵在门上。

"现在进来了！可以开始了吧？"凌天傲狠狠撩开她的裙摆，把她扔到床上，夏芷苏眼前一晕。凌天傲一扑上来，她立马反应过来就滚到一边！这男人还真是猴急得很！

"怎么，还想跑！收了那么多钱还不做事！女人！在玩火吗？"凌天傲冷哼，抓住夏芷苏的双腿拖到自己面前。

"啊！不是不是！"夏芷苏立马喊，"凌少！外面那么冷！我现在身体僵硬着！你待会儿玩起来肯定会扫兴！不如这样，咱们先喝点酒？"夏芷苏反正被他拖着双腿，干脆坐起身，抱住他的脖子，娇笑。

"好不好嘛，凌少！"夏芷苏嘟嘴撒娇。

凌天傲习惯看着这女人暴跳如雷的样子，突然对他嘟嘴装可爱，他还真不想拒绝她的要求，况且，喝点酒调调情也不错！

"我去倒！我去倒！"夏芷苏见他同意了立马跳下床，红酒就放在柜子前，夏芷苏走了过去，又回头魅惑地冲床上的凌天傲一笑，凌天傲一手撑着脑袋看着。

夏芷苏倒了两杯酒，小心地回头趁着凌天傲不看自己，迅速从口袋拿了一包药粉，全部倒进去！这是今天收拾包房时顺来的顶级媚药！凌天傲，看我不整死你！

"凌少！你的酒！"夏芷苏端了两杯酒过来，把其中一杯给凌天傲。

凌天傲接过，放到鼻尖闻了一下，抬眼，似笑非笑地看着夏芷苏："这酒味道很别致。"

"凌少喜欢就快喝嘛！"夏芷苏笑着说，眼巴巴地望着。

凌天傲把酒杯放在嘴边，嘴唇贴到杯沿，抬眼就看到夏芷苏凑过来，期盼地望着他。

见他看过来，夏芷苏就开始笑，还对他举杯，自己先喝了一口自己杯中的酒。这么想他喝酒啊！凌天傲上扬的唇角划过一丝了然。把酒杯往床头柜一放，是不准备喝了。

夏芷苏一下子紧张起来："凌少！喝点酒嘛！怎么不喝了呢？"

"本少喝了酒，就想做。"凌天傲凑过来，掌心包住她的臀。

夏芷苏脸色一阵绿，快被眼前的男人恶心死了。就听到凌天傲继续说："你也拉了一晚上的客人，够脏！先去把自己洗干净！"这明显是命令的口吻。

拉了一晚上的客人？这货说什么荤话！她怎么听不懂了。

"凌少，我不脏的！我干净得很！您还是喝点酒，咱们该干吗干吗！"夏芷苏明显比他猴急，拿了酒给他喝。

凌天傲挑眉："你不洗澡，本少不喝酒，也不上床！"眼角眉梢都是一副你快求我上床的表情。

夏芷苏扶额，明明是他付钱要上她好吗？怎么弄得她在求他一样！好！洗澡去！她今晚就整死他！

"凌少！那您稍等！我马上洗干净了出来！"夏芷苏从牙缝里挤出声音来，娇笑，转身走开。

把自己的酒放在床头柜上靠外面的位置，她推开门进洗手间又回头冲凌天傲一笑，确定自己的酒在哪个位置。

"凌少！不许偷看哦！"夏芷苏抬着兰花指，腰一扭。

扑哧！凌天傲都快笑出了来！看了眼地上的小黄人内衣，就她这模样，还拉客？还真有人要她啊？扶额，他现在不已经把她带到酒店来了！里面传来放水的声音。

凌天傲看了一眼自己的酒杯，拿起来跟夏芷苏的酒杯调换了位置，然后又好整以暇地躺回去，拿起手机看一下时间。夏芷苏很快就从里面出来了，她哪里真的洗澡，冲一下就赶紧出来了。

"凌少！我洗好了哦！"夏芷苏穿着一块浴巾，湿漉漉的头发散在肩头。一手放在胸前，抓着浴巾。凌天傲扫了她一眼，长得还可以，胸小了一点，着实没兴趣。

"凌少！现在该喝酒了吧！"夏芷苏不忘劝凌天傲喝酒。酒杯给他，凌天傲拿过，夏芷苏跟他碰杯，自己先喝了一口，又对他举杯。凌天傲一口就喝完，酒杯倒置，示意她也喝完！

夏芷苏心里一阵狂喜，哈哈哈！掺那么多媚药的酒都喝了！喝死他！立马咕噜一口，把自己的酒也喝光了！凌天傲看着她仰头时露出的白皙脖颈，这才感觉自己心口也是一热！

而此时此刻，夏芷苏喝了酒，脸上一阵红晕，甚至红到了脖子上。而她的红晕跟害羞没什么关系，好像是太热了！或是，药物的作用！

看了眼她的酒杯，凌天傲心情大好，唇角上扬，眼底是一抹高深莫测的笑。现在夏芷苏就围着一块浴巾，还有水珠从她的脸上落下，一颗颗落进那神秘的地方，其实也不是一点兴趣都没有！

至少此时此刻，她双眼蒙眬、满脸红晕的样子还是可以勾起他一点点的欲望！一手拉了夏芷苏，把她拉进自己怀里。

"凌少，就这么开始了多没情趣！咱们玩点花样吧？"夏芷苏手指划过他上扬的唇角，"捆绑怎么样？"凌天傲感觉到夏芷苏的身体开始发热，可明显她自己没感觉到。

"随你喜欢！"凌天傲顺着她的意思。夏芷苏立马跳起来去拿绳子，这是酒店啊！凌天傲这货睡的酒店，能不准备齐全！果然有绳子！还有镣铐！镣铐好！

见夏芷苏那么熟门熟路地找出那些情趣用品，凌天傲微微皱眉，想来这女人还真是经常跟男人来酒店了！

"凌少，你躺……"夏芷苏突然觉得眼前一晕，张嘴，很是口干舌燥！怎么回事？

"怎么了？"凌天傲凑过来，灼灼的气息有意地在她耳边划过。

夏芷苏全身一激灵，看着面前的男人，那曲线分明的嘴唇，那神情张扬的脸蛋，真是帅得好想让人亲一口！睁大眼睛！夏芷苏立马回神！什么情况！她在想什么啊！

"没！没什么……"夏芷苏上前笑，晃动手里的镣铐，"凌少，你躺下哦！"哼！把他扒光了绑起来，再给他拍几张不雅照，交换自己的照片！

"好！我躺下！"凌天傲还故意在她脸上喷了一下气息，激得夏芷苏浑身酥麻！怎么凌天傲的脑袋在她面前变成两个了！摇头，使劲摇头。

凌天傲翘着唇角看着夏芷苏不停地摇晃自己的脑袋，整个人差点跌到他身上！

夏芷苏好不容易集中注意力，跪在床上，两只手给他戴上镣铐，确定他挣扎不开，然后把钥匙丢开，搞定！

"凌少！接下来……我帮你脱衣服……服侍你……哟……"就这么绑着怎么行！吃了那么多媚药，好歹把他衣服扒光了！等明天服务员进门看到凌天傲光着身子被绑在床上！想起来心情都明媚了！

"好！"凌天傲看着她的样子，挑唇。

夏芷苏根本没发现此时此刻自己的样子有多诱人，满面通红，连皮肤都白里透红！每说一句话，她灼热的气息拂过他的脸颊，让他恨不得现在就把她摁倒！跪在床边，夏芷苏去解凌天傲的衬衫纽扣。一颗解开，露出白皙的锁骨，一颗解开，是精壮的胸膛，再解开，为什么她那么想要亲一口！就算他身材再好！她也不该对这贱货有想法啊！

全部搞定，夏芷苏拿了鞭子想抽。

凌天傲皱眉："女人！你想做什么！"夏芷苏嘿嘿嘿地笑，开心死了："凌天傲你也有今天！我告诉你，你吃了我整整一包的药！待会儿我就把你绑在这，要你求生不得，求死不能！"

看着夏芷苏小人得志的模样，凌天傲唇角微扬，是戏谑的笑："女人，你确定吃了整整一包药的人是本少？"

"废话！我亲手把酒递给你，亲眼看着你喝完了！"

"原来你跟我回酒店，打的是这个主意。"凌天傲唔了一声，"女人，你这个花样虽然俗，但好在本少喜欢！"

"喜欢是吗？对啊！你就是欠抽！我抽你几下，你更喜欢！"夏芷苏扬起鞭子还没抽下去，就感觉自己一点力气也使不上来，相反，还直接跌到凌天傲裸着的身体上，连嘴唇都贴在他的嘴唇上了！

这不贴还好，一贴，夏芷苏感觉浑身酥麻，身子里，好像什么东西在啃噬。莫名地，舌头都不听使唤了，她伸舌在他的唇上舔了一下。

凌天傲双瞳放大，倾身一口咬了上去。

"唔……"不对！不对！什么情况！她的手怎么搂着他不肯放了！他明明没有搂她。夏芷苏看了一眼凌天傲，双手被束缚，精壮的胸膛外露！腹肌一张一弛，好像在呼吸！不就是胸肌大了点，腹肌好看了点，腰健壮了一点！其他也没什么呀！

那为什么她的视线还往某个地方瞟！不对！她浑身燥热，连呼吸都是火热的！而且越来越不对劲的是，她一个劲地往他那贴！

"我……"夏芷苏一开口，喉咙里痒得难受，她眼巴巴望着凌天傲，"我渴……"凌天傲还没说什么，就被眼前的女人推倒了。

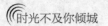

▌▌▌ 第五章 给你钱，千万别对我负责 ▌▌▌

夜已经不长了，天空泛起了鱼肚白，丝丝清晨的阳光从指尖倾泻。柔软的大床上，夏芷苏迷迷糊糊地睁开眼，只觉得浑身酸痛异常，抬抬手指都好像困难到极致了！

这是什么地方啊？夏芷苏揉了揉脑袋，睁着眼睛看周围，到底是哪里啊？耳边有什么东西动了动，夏芷苏侧过头就看见一个男人翻身面对她，还下意识地用手臂横在她的肩膀上。这俊到让人冒火的五官不是凌天傲又是谁？凌天傲！怎么会是凌天傲？掀开被褥，看了眼自己，啥都没穿！再掀开被褥看了眼凌天傲的身体，干干净净，也啥都没穿！想要尖叫，却突然叫不出来。她闭上眼睛，努力回想。

昨夜是这么个情况，她跟着凌天傲来酒店，给凌天傲的酒里下了药，她把他绑起来，然后想拍些照片，然后好跟他换回自己的照片，最后就可以报仇了！可是为什么报仇，她把自己也报进去了？下面分明很痛好不好！她都感觉自己动不了了！

昨晚她好像做了个梦呀！梦见欧少恒了！她还主动跟欧少恒干吗干吗了！她经常做梦，偶尔梦到跟欧少恒的春梦也很正常！可明明是做梦，怎么就变成了这样？

难道是凌天傲吃了药，兽性大发然后就把她给……扶额，这么说来，是她自己给他下的药啊！她逃跑速度那么慢？都把人家绑起来了还跑不开？掀开被褥，小心地想要起床，却看到自己身上一道道的鞭痕！

"咝！"这个变态怎么会有虐待倾向！真是……赔了夫人又折兵！夏芷苏真是想一头撞死！脑海里突然就出现了一个画面。某女坐在某男身上，鞭子交给某男，某女还在大喊："快抽我！啊！抽我！"

不是做梦吗？怎么梦境里的东西都在她身上实现了！悄悄地爬下床，生怕惊动身边的男人。夏芷苏捡了衣服穿好，又提着鞋子悄悄地走出去。忘记拿手机了！找了一圈没找到！刚好她的手机又震动了！竟然是在被子里！夏芷苏掀开凌天傲身上的被子，看到她的手机就在凌天傲的腿边！

夏芷苏擦了一把汗，手伸进去，扯着嘴角拿手机，才刚把手伸进去，某男的腿就夹住了她的手腕。夏芷苏抬眼就看到凌天傲一手撑着脑袋似笑非笑地看着她："昨晚没要够？还想要？"

"不是……我的手机在里面……"夏芷苏呵呵地笑。

凌天傲掀开被褥一看，还真在里面！放开腿。

夏芷苏立马拿了手机，手腕却不小心扫到了什么，脸上一阵阵的红。

"我不知道你是第一次！"凌天傲撑着头看她说。

不要说了好吗？夏芷苏在心里呐喊！这不说还好！一说，就完完全全提醒她昨夜到底发生了什么！发生了什么！

她还想自欺欺人地告诉自己什么都没发生，然后就那么出去啊！这个男人怎么一点良知都没有！就这么把她给要了！她都没点头啊！他这是强要！

"不是第一次就活该被强暴？我怎么就不能是第一次？我从小到大连个男朋友都没谈过，我怎么就不能是第一次？"夏芷苏狂吼。

连眼眶都通红通红，泪水强忍在眼睛里，一副被欺负了的模样。凌天傲一怔，看着面前的女人嘶吼的模样又想起昨晚她缠着他怎么都不肯停的样子。

"你没谈过恋爱？"凌天傲诧异。都大学毕业了，少说也23岁了，这女人竟然没谈过恋爱！

"很丢脸吗？没谈恋爱很丢脸吗？没谈恋爱就活该被强暴吗？"夏芷苏克制着身子的颤抖和心中的怒火，"凌天傲！你就是全天下最恶心、最无耻的男人！"

"我恶心，我无耻？"凌天傲笑了起来，"昨晚到底是谁自作孽，给别人下药，却自己不小心喝了！"夏芷苏一愣，下药？对！她给他下了几个人的剂量！什么意思？夏芷苏有些明白了，看了眼床头柜的酒杯："凌天傲！你阴我！"

"是我阴你，还是你阴我？夏芷苏，本少可没强迫你，全是你主动贴上来的！"凌天傲嗤笑。

夏芷苏被他说得满脸通红，颤抖着手指着他："你你你……你太阴险了！你这个种马！"

"种什么马！你哪只眼睛看到我跟别的女人干吗了！"莫名地，他想解释，不想让她误会。

"还用得着我看吗？做都做了还不承认自己是种马！恶心！"夏芷苏哼了一声，转身抓了手机就走。

凌天傲掀开被子就跳下床，挡住夏芷苏的去路："多少女人想爬我的床，我凌天傲的床，是什么女人都能爬的？倒是你夏芷苏，爬完了还不认账！怎么，就想这么算了？"

"你得了便宜还卖乖啊！吃亏的明明是我啊！"夏芷苏指着自己喊。

"你吃什么亏？干体力活的一直是我！吃亏的是本少爷！"凌天傲一副趾高气扬、霸气十足、理直气壮的表情。

夏芷苏扶额，她真是要疯掉了！她都还没开始哭呢，现在还被人家控告强

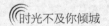

奸!

"你你你! 你这是什么逻辑!"夏芷苏气得都结巴了! 算了, 不争, 跟一个贱货争吵, 都分不清到底谁是贱货了! 夏芷苏抓了衣服, 一边穿一边往门口走。

凌天傲就那么赤条条地站在那儿看着她, 夏芷苏走到门口还没打开门, 又想起她的那只装满钱的环保袋还在里面, 又走回去抱钱从凌天傲身边走过, 突然想到什么。

夏芷苏打开环保袋, 从里面拿了一沓钱塞到凌天傲怀里: "给你的! 不用找了! 我求求您! 就这么算了! 千万别让任何人知道咱们那啥……那啥! OK? 拜托了! 拜托了!"说着, 夏芷苏立马跑走了。

凌天傲怔住, 低头看着手里的钱, 叉腰, 真是忍不住要笑出来。连他都恍惚了, 吃亏的到底是谁啊! 怎么他还真觉得吃亏的是自己! 那女人事后还给他付钱了! 竟然还跟他说就这么算了? 叉腰, 看着外面大好的晴天。

凌天傲的心情不能再好了! 在公司的会议上, 凌天傲还在想着夏芷苏。怎么会是第一次呢? 他还真是没想到! 还真的是第一次!

"凌总, 凌总?"凌天傲的助理齐凯叫了他老半天。

凌天傲反应过来, 却说: "今天的会议就到这, 散会!"

散会? 到底选择哪个方案还没定呢! 按照凌总以往的性子, 没有一个好的方案让他满意, 大家饭都不能吃, 也要把方案讨论出结果来啊!

"就用方案 B! 这一次的广告合作跟姚氏集团!"凌天傲临时做了决定。助理更加诧异, 姚氏集团一直不被凌总看好, 甚至从一开始就被排除在外, 怎么突然选择跟姚氏集团合作了?

"是, 凌总。"助理齐凯立马回答。

"公司最近要招人?"凌天傲突然想到什么, 问道。助理齐凯立马回应: "是的, 凌总! 要面向社会招收一批新员工!"

"抽出一批给高校应届生机会! 特别是技术部门。"凌天傲强调。

"凌总! 技术部门我们一向不招收应届生! 都需要工作经验三年以上的!"助理齐凯说。

凌天傲抬眼, 冰冷的视线扫过: "我的话你听不懂?"

夏芷苏准备偷偷回家里换衣服, 大门是不能走了, 万一被守门的涛叔看到她这个样子, 再跟父亲那么一提, 万一在商场上父亲还跟凌天傲碰见, 两人立马就能产生话题了。

夏芷苏想了想还是选择从后院翻墙进去, 夏芷苏先把装满钱的环保袋扔进去，然后身子矫健地一跃，就跃进了墙里面，却没落地。

夏芷苏怔愣，低头却看到自己在某人的怀里。

"欧少恒！"夏芷苏几乎快叫起来。

欧少恒一手拿着环保袋，顺便还看了一眼里面，三张支票！

"怎么才回来，昨晚干什么去了？"欧少恒质问。

"我昨晚当然是在酒吧！你不是看见过我了！还给我砸了不少钱呢！"夏芷苏凉凉地嘲讽，想从他怀里跳下来。

欧少恒抱着她不肯松手："我问的是酒吧之后去了哪儿？"

"下班了当然回家睡觉了！"

"问题是你没回家！你现在才回家！"欧少恒满眼的怒火，盯着夏芷苏喷薄而出。

"对！我现在才回家！那又关你什么事呢？"夏芷苏想跳下来，欧少恒就是不让她下来。

"夏芷苏啊！你怎么就那么不要脸？"夏芷苏真是觉得好笑了，怎么他一见到她就要说她不要脸！她是有多不要脸啊！对！她是不要脸！不要脸到跟凌天傲那货滚了床单！

"对！我不要脸！所以你不要抱着不要脸的我不肯松手！"夏芷苏嘲讽。

欧少恒几乎像扔烫手山芋一样直接把她扔在地上。

夏芷苏猝不及防，屁股落地，疼得她龇牙咧嘴。这一疼还牵扯了她某处的痛，真是痛得她想哭！

"昨晚为什么不接我电话？"欧少恒低头问她。

"什么电话啊！"疼死了！夏芷苏不断地揉着屁股！

"我打了你上百通电话！你还就不接是吧？夏芷苏！你自己说！昨天晚上你都干了些什么？"欧少恒一个劲地质问。

夏芷苏看着他了然又质问的样子，心里猛然一咯噔，想起凌天傲立马就慌了。

"我，我什么干了什么……"她不敢去看他！

"还不想承认？昨天在你跟凌天傲的房间！我敲了多久的门！我是想给你机会让你好好做人！别整天想着一步登天！夏芷苏！凌天傲是什么人，你以为他真能娶一个姚家的养女？"欧少恒大声地骂。

夏芷苏怔愣，昨晚他看见她跟凌天傲进了酒店，不仅敲门，而且不断打电话给她，那他不是早就知道昨晚她已经跟凌天傲……一瞬间，夏芷苏什么话都说不出来了。

"你昨晚跟踪我！"夏芷苏猛然想起来。

"这是重点吗？你傻啊！为了这么点钱，惹上凌天傲！你以为那男人是好惹的？"想到凌天傲跟夏芷苏以后会经常一起做那事，欧少恒的心里就极其不舒服、极其不痛快！

"我没惹他！从头到尾那都是误会！"夏芷苏站起身，从欧少恒手里拿回环保袋。

"真是个美好的误会！丹妮说你为了飞上枝头当凤凰，什么手段都使得出来！凌天傲能看上你？你有什么？耍了什么手段啊！等凌天傲追究起来，你可别怪我没提醒你！到时候，你被赶出姚家了，也别怪我现在没提醒你！真是下贱！"欧少恒骂完，转身就走开了，好像他今天就是专程来骂她的！

夏芷苏想起昨夜平白无故地失身，昨天在酒吧被欧少恒那么羞辱，现在这货竟然还大摇大摆地进她家来骂她下贱！

是！她是喜欢他欧少恒！从小到大都喜欢他！当年在中学的贵族学校，她一个养女哪里有资格就读！经常有人欺负她，她才会努力学习跆拳道、空手道！可是在她学会保护自己之前，有个男人，他叫欧少恒，却一直在保护她啊！同学欺负她，欧少恒就会出来，一个眼神就让那些同学全部乖乖跑开！然后他会骂她，骂她怎么那么傻，不知道跑啊！她不跑，她就是等着他来救她！

"欧少恒！"夏芷苏大步走上前拦住他，看着面前的男人，她咬着唇，突然觉得，自己跟欧少恒又远了一步！她现在这身子的确是配不上他了！

她也的确是在痴心妄想！人家堂堂欧氏集团的大少爷，怎么可能看上她一个养女！就算他看不上她，他也没资格那么侮辱她吧。

"这是你的钱！我现在还你！真的，你这个钱，我也不稀罕！"抓起环保袋里，昨晚欧少恒砸给她的钱，夏芷苏直接砸到了欧少恒的脸上。

欧少恒深吸一口气，双瞳望进她的眸子里："是！你是不稀罕了！人家凌少多大方，给你一张支票随便你填数字。你现在攀上大款了，还看得上这些钱？"

夏芷苏克制着全身的颤抖。想笑，就真的笑出了声！她说过，要把欧少恒砸给她的钱砸回去的，现在真的砸回去了，她反而觉得好幼稚好幼稚！

手机里面的确有欧少恒打来的上百通电话！昨晚他看见自己跟凌天傲进酒店，所以来敲门？还特地打了她那么多的电话？真是觉得好搞笑啊！可是为什么笑着笑着，她连眼泪都笑出来了！

心里是那么痛！就算早上醒来发现凌天傲躺在身边，她都没想哭！欧少恒一字一句的辱骂，让她的心如同坠入了冰窟！蹲下身抱着膝盖，她努力咬着嘴唇不让自己哭，可是泪水还是一颗颗地滚落下来。欧少恒一直骂她下贱，现在是真的下贱了！一句句全给他骂对了！她收了凌天傲的钱，又跟人家去酒店做了那档子事！

原本只是想报复凌天傲的，结果那男人太阴险了！她反而被他玩弄了！只要想到凌天傲她就气得浑身发抖！

夏芷苏看了一眼手里的支票，抹掉眼泪把地上的钱全都捡了起来。

东郊星空孤儿院，院长办公室。

吕院长看着手里的两亿元支票简直瞠目结舌："芷苏！你，你哪来这么多钱啊？"

"院长！不是我的钱，是 GE 集团的少东家凌少给我们孤儿院捐的钱！"夏芷苏笑着说，"院长，孩子们的寝室楼实在太陈旧了！可以在附近买一块地盖新的寝室楼！这些钱应该够了吧？"

吕院长真的不知道说什么好，走上来，扑通就跪下了。

"院长！你这是干什么呀？"夏芷苏惊讶，立马去扶院长。

"芷苏，你让我跪着！我，我真的不知道该怎么感激你！这些年，要不是你一直帮助我们孤儿院，我早就撑不下去了！现在又给我们这么多钱让我们造新的寝室楼！芷苏啊！我实在不知道该怎么感谢你！"吕院长老泪纵横。

夏芷苏实在拉不起院长，只好自己也跪下，说："院长，你不要那么说！应该说感激的是我，这些年那么辛苦，你还是一个人支持着孤儿院，要不是有你在，这些孩子根本没地方住，吃不饱穿不暖，没有一个家，是你给了他们一个温暖的家，谢谢你院长！"

"傻孩子！这些孩子跟你非亲非故的，你谢我干什么呀？快起来！地上凉，快起来！"吕院长见夏芷苏跪下，只好起来。

夏芷苏嘿嘿地笑："这些孩子怎么会跟我非亲非故呢，他们是我的亲人啊，院长你忘了，我也是从孤儿院出来的！"

"可你现在毕竟是姚家的大小姐，不能总跟我们混在一起。姚老爷知道了，会不开心的。"

吕院长几次交代夏芷苏别再来了。可是，夏芷苏还是经常送钱过来。

"放心吧院长！我不会让爹地知道的！"吕院长点头，又看了一眼手里的支票，疑惑地问："真的是那个凌少资助我们孤儿院的？这些钱……"

"院长，你还不放心我吗？当然是凌少资助的！他就是钱太多了没地方去，怕死了又带不走！而且他这人亏心事做多了，怕死了下地狱，所以做点好事！"

"哦哦！"吕院长听着很有道理，"难怪了！"

"还真是！现在的有钱人啊，钱多了也睡不踏实！生意人嘛！都说无商不奸，可能真的是亏心事做多了，所以都喜欢搞一些慈善什么的！"吕院长分析。

"呵呵呵呵……"夏芷苏怎么觉得抹黑凌天傲是件很欢快的事，"是呀，院长。特别是凌少那种商人，那就是奸诈中的典范！所以他的钱，你尽管用，别手软！"

阿嚏！办公室里，凌天傲正在看手中的报表，突然一阵阵地打喷嚏。连助理齐凯都吓住了，立马端了水来："总裁，您身体不适吗？"

凌天傲捏了捏鼻子，接过水喝了一口："没事，阿嚏！"

"总裁！要不我去叫医生来？"齐凯担忧。

"行了，多大点事。"凌天傲丢开手里的文件，莫名地又想到了夏芷苏。这些天有些忙，他倒是没空去理会那女人。可是脑海里总是会出现那天在酒店的情形，那女人走之前竟然还给他抓了一把钱，封口费？想起来就觉得可笑！这倒不是重点！重点是，那女人竟然是第一次！怎么会是第一次，他到现在还想不通！

助理齐凯见自家总裁莫名地翘起唇角好像在笑的样子，惊愕地睁大眼睛。总裁看样子是感冒了，怎么还那么开心呢？不对，总裁竟然还会笑。齐凯睁大眼睛，更加愕然。

凌天傲的手机响起，看了一眼，是自己的管家。

"什么事？"凌天傲问。

"少爷！您有两亿元资金被兑换了！"凌管家几乎惊叫，谁那么大胆子竟然一次兑换两亿元资金！

"公司资金变动有什么奇怪的，两亿而已。这种鸡毛蒜皮的事你都要来找我，你是老得不中用了吗？"

凌管家几乎吓得不敢回话："少爷！不是，不是公司的资金变动！而是有人去银行兑换了您的支票！一共是两亿！属下想是不是，是不是有人偷了您的支票？"

"就算偷了本少的支票，没有我的签名，能兑换？行了，这种小事来问我，你当本少那么清闲！"凌天傲刚想掐断电话，猛然就想起，管家说的有人去银行兑换支票。他最近只给夏芷苏开过支票，而且是金额随便她填。

"你等等，兑换支票的是什么人？"凌天傲问。

"银行经理来电话说是一个胖胖的女人，不过收款方填的是东郊星空孤儿院！"

他的钱怎么跑孤儿院去了，而他竟然不知道？

夏芷苏在他给的支票上填了两亿元的现金？倒真是一点都不手软！两亿，孤儿院？这女人在做什么，他可真是好奇得很！凌天傲唇角划过一抹笑。

东郊星空孤儿院。门口一辆白色的布加迪威龙停了下来。

车上一个戴着墨镜的男子看向面前陈旧的房子，墙上都掉漆了，房子跟危房一样，摇摇欲坠的，只是院子里似乎在举行什么活动。

孩子们全都聚集在一起，在一个用红色砖头临时堆砌的讲台上，一个胖胖的女人拿着喇叭在说话："孩子们！让我们欢迎你们的芷苏姐姐来给你们讲话！"胖女人说着把喇叭交给从台下走上来的夏芷苏。

下面一片欢呼声，似乎看到夏芷苏，孩子们都很开心。

"安静，安静哦！芷苏姐姐呢也没什么好说的！今天这场感谢会，你们要感谢的人也不是我！你们面前的食物还有衣服，都是凌叔叔送的！大家快去你们的寝室试穿新衣服吧！"夏芷苏笑着说，看着底下的孩子满满的爱。

"芷苏姐姐，凌叔叔给我们送了那么多衣服，为什么他不来呢？"有个小女孩举手问。

"芷苏姐姐，是不是凌叔叔是有钱人，不喜欢来我们这里？"有个男孩也问，又说，"院长婆婆说有钱人都不爱来这里，我们这里太脏了是吗？"说到这里，台下的孩子们沮丧地抱着新衣服，很难过的样子。

"不是！当然不是了！你们凌叔叔是个有名的奸商！不，是个商人！就是做生意的人！做大生意的！他每天都很忙，等有空了他肯定会来的！"夏芷苏很有耐心地跟小朋友们说。

凌天傲已经从车上下来，就站在门口听着夏芷苏拿着喇叭说话。

凌叔叔，难道是说他？

"有名的奸商"，凌天傲眼角一阵跳跃。不用想，是说他。没想到这个夏芷苏还是用他的名义捐钱。这个感谢会还是给他准备的，唇角那一抹弧度简直不能更深。

有个小孩从凌天傲身边走过，凌天傲喊："小破孩！"

"叔叔你叫我吗？"小孩莫名其妙地问。

"你过来。"凌天傲蹲下身，从口袋里摸了半天拿出一沓钱给他，"你去问台上那女人，问她凌叔叔是怎样的人？"

"你说的是芷苏姐姐吗？叔叔，这个我不要！我现在去提问！凌叔叔那么好，给我们送来那么多的衣服和玩具，我也想知道凌叔叔是怎样的人！"小男孩说着就跑开了，凌天傲看着手里的钱，却怔愣了。

站起身，就听到那小男孩已经提问了。

夏芷苏站在台上纠结了半天："你们凌叔叔呢！他是个……是个……"

是个很不要脸，挨千刀，万年大种马，还是个脸皮超级厚的贱货！夏芷苏已经腹诽了一顿。

凌天傲看着她的模样挑唇，抱胸靠在门口，听她怎么说。

"凌叔叔是个很好很好的人！他长得很英俊，很受女孩子喜欢！"夏芷苏艰难地启齿。

"而且他心地善良！"（其实非常恶毒！）

"人品非常好！"（非常低劣！）

"脾气也很好很好！"（超级坏的脾气！）

"最重要的是他有钱还喜欢做好事！"（有钱专门做坏事！）

夏芷苏实在是快被自己恶心到吐了，从台上下来之后就一个劲地在做深呼吸，想到凌天傲那货，那么让人反胃的一个人她竟然差点把他夸上了天！

"凌叔叔那么好啊？"耳边响起个声音。

夏芷苏本能地回应："是啊！你们凌叔叔真的非常……凌天傲！"

扭头看到凌天傲，夏芷苏脸都垮掉了！

"你怎么在这啊？"夏芷苏惊叫，凌天傲黑色的眸子在孤儿院里扫了一圈，真是够破烂的，"这么破的地方，本少光临的确会让人意外，不过你也不用那么费心思，为了吸引我过来，还特地搞个感谢会。"

"我吸引你过来？"夏芷苏鄙视地笑，"你想多了吧！"

"感谢 GE 集团凌先生为小朋友们送来冬天的礼物！"凌天傲指着一个红色的条幅问："这个'凌先生'是谁呀？难道不是我吗？夏芷苏，你想见我就直接来找我，何必搞这些名堂！"

夏芷苏真是要哈哈大笑了："是！这个凌先生是你，但也不是你！他只是我虚构给小朋友们崇拜的一个人物！你千万别给自己脸上贴金！不过呢，你资助给孤儿院的两亿元慈善金，我由衷地感激你！"

"慈善金，我可从没资助。夏芷苏，不问自取，还盗用本少的名头，这是严重的盗窃和欺骗！"

"盗窃，欺骗？"夏芷苏又要笑了，"凌少，您贵人多忘事啊！那天晚上咱们滚床单你忘了？支票可是你给的！床单也滚了，钱我收了！这钱我爱怎么花怎么花！"

看着夏芷苏完全一副被上过也没关系的表情，凌天傲真想看看这女人的脸皮有多厚！她可是第一次，第一次不该这么没脸没皮吧！直接捏住夏芷苏的脸皮往上提。

"嗷嗷嗷！你干什么干什么！疼啊！"夏芷苏大叫。

"这点疼算什么！我捅破你那层膜的时候，你不知道你都疼到哭了！"凌天傲一字一句地提醒，"夏芷苏，滚床单说得多文雅！是本少上了你！你在我身下哭着求饶！"夏芷苏脸皮都抽了，瞪着这个男人恨不得把他生吞活剥了！

用不用这么形象地提醒啊！

　　"是你的第一次给了本少爷——你眼前这个长得英俊、心地善良、人品好、脾气好、有钱还喜欢做善事的很好很好的人！"凌天傲用夏芷苏刚才在台上对着小朋友们说的话回应她。

　　夏芷苏感觉自己真是搬了石头砸自己的脚啊！她没事在小朋友面前把这贱货夸得那么好干吗！

　　"凌天傲，你是什么货色你知道，我那是骗小朋友的！你这么大的人了还那么好忽悠啊！你也不照照镜子，你跟我说的凌叔叔是同一个人吗？瞧你这德行，里外不是人好吗？"夏芷苏暗喻他是猪八戒，又色又禽兽。

　　凌天傲的眼神冷得不能再冷了，捏着她的脸，当橡皮泥一样，扯出来。

　　"嗷嗷嗷！疼啊疼！"夏芷苏想打开他的手，可是凌天傲一下子就抓住她两只手。

　　"女人，你可一点都不长记性，忘记本少是谁了？"凌天傲揪着她的脸皮，"你拿了我两亿，还敢说我里外不是人！信不信我去警察局说，你夏芷苏非法集资还偷了本少的支票！到时候这孤儿院我看也办不下去了。"

　　"凌天傲你有什么事冲我来啊，别拿无辜的孩子下手！"夏芷苏真是怒了，一脚就踢了过去。凌天傲躬身，一个旋转就避开了。

　　夏芷苏的脸皮终于解放了，搓着自己的脸，她怒瞪着他："支票是你给我的！你自己说的，爱填什么数字填什么数字！怎么！拿了你两亿，蛋疼了吧！"

　　"自从那一晚之后，本少倒是很想念你的身体，确实有些蛋疼。"凌天傲在她耳边吹风。

　　夏芷苏嫌弃得简直想一巴掌拍过去。

　　"芷苏，这位先生是？"吕院长也走了过来。

　　"你好，我是凌天傲！"凌天傲事先就调查过，这个胖胖的女人是孤儿院院长。

　　"姓凌，莫非您是凌少？"吕院长诧异。

　　凌天傲点头："是我！"

　　"这么俊的小伙儿，看着不像奸商呀！"吕院长跟夏芷苏说，夏芷苏嘴角一抽，就看到凌天傲眼角也是一跳。

　　奸商？凌天傲的眸子扫过夏芷苏。夏芷苏一个激灵，呵呵干笑道："院长，知人知面不知心！凌少我来招待就行，您忙去吧！"

　　"这怎么行，凌少送来那么多的钱，我怎么能不亲自招待！凌少呀！"吕院长走上前跟凌天傲说，"快去我办公室喝杯茶吧！您放心，您送来的钱我一定全部用在我们孤儿院里！保证都是慈善！就算您亏心事做多了，像你这样的

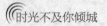

好人，死后也不用担心下地狱！"

夏芷苏闭上眼，感觉自己还是先走吧！

凌天傲一句句可听得明明白白：奸商，亏心事做多了担心下地狱，所以搞慈善！

很好，夏芷苏，非常好！

"本少还有事，就不打扰了！夏芷苏，你去哪儿啊？"凌天傲见夏芷苏要溜走，直接叫住，大步上前拉住她的手，"刚好你也有事，咱们就一起回去吧！"

"我没事啊！我能有什么事！没事啊我！"夏芷苏想甩开他的手。凌天傲当着院长的面，一手搂住她的腰。

"啊！"夏芷苏简直像碰见了瘟疫一样想躲开。

凌天傲直接圈住她的腰："院长，不好意思！我们家芷苏就是这么不懂规矩，就知道大吼大叫，我回去了一定教训她！"

"我们家芷苏？"再看一眼凌天傲对夏芷苏亲昵地搂搂抱抱。吕院长瞬间明白了，原来夏芷苏跟凌少是这种关系！难怪凌少突然要帮助他们孤儿院！

"凌天傲！你干吗啊你！放我下来！"夏芷苏不断挣扎，可是她的力气抵不过凌天傲，身手拼不过凌天傲，就这么被扔进车里，夏芷苏还没下车，车子已经呼啸而去。

夏芷苏还没系好安全带，车子又猛然停住，夏芷苏整个人都快飞出去了，然后又反弹在座位上。

"凌天傲啊！会出人命的！"夏芷苏扯着嗓子喊。

凌天傲的头发早已经被吹乱了，他抬手捋了捋头发，露出饱满的额头，转脸盯着面前的女人，盯了一会儿又望天看了一会儿——一个女人，一而再，再而三地挑衅他，他竟然就这么随她了！

凌天傲凑过去，逼近她。夏芷苏看着他过来，立马后退："干什么？"

"奸商？"凌天傲挑唇问。

"……"

"亏心事做多了，怕下地狱是吧？"

凌天傲又问，继续凑近。夏芷苏的身子继续往后仰，半个身子都在车外面了，可是这个男人还是逼近。

"夏芷苏，我还真是闲得蛋疼，怕下地狱，所以拿个两亿出来给这么所破孤儿院！"凌天傲的声音完全是阴阳怪气的。

"现在是破了点，等买了地皮造了新的孤儿院就不破了！"夏芷苏呵呵呵地笑。

凌天傲简直暴怒："你这不知好歹的女人，拿了本少的钱还敢在背后这么损我！"

"我不是损你啊！我不这么说院长不肯收钱啊！"

"你！你还有理有据了啊！"

"本来就有理有据！这钱虽然是你的,可那也是我辛苦了一夜的成果啊！"她说得脸不红气不喘。

凌天傲却气得火冒三丈。他竟然庆幸那天晚上还就真带她去了酒店！换成别的男人带她去,她的第一次就给人家拿去了！他这么庆幸拿走她第一次的是他,可是眼前的女人却完全不在乎自己的第一次没了！他还傻乎乎有种偷着乐的感觉！

凌天傲突然停下车,走出车门,打开副驾驶的门。

"滚下来！"凌天傲冷哼。

夏芷苏见他那么生气,都觉得可笑:"好的,凌少,我立马滚！"

听到她的话,凌天傲怒不可遏。

"夏芷苏！我堂堂 GE 总裁,到底是哪里让你看不上？"夏芷苏一下车,凌天傲就抓住她的胳膊问。这问题太好笑了。

"凌少哪里的话！说得好像你看上了我似的！"她的第一次,宝贵的第一次,就算她是吃了药,他也乘虚而入了,想起来就火大！凌天傲一下子语塞了。

夏芷苏甩开他的手,想走开,一辆车突然疾驰出来。

"小心！"凌天傲猛然大叫,冲上前,下意识地,把夏芷苏给推开。然后一个跳跃,手撑在冲上来的车身上。那车极迅速地刹车。

凌天傲身手再快,也只能凌空一个翻滚,滚到了车上,又一下子滚到了地上。红色的血流出来,却不知道是从他哪里流出来。车子的主人吓坏了！眼看着自己撞了人,一踩油门,轰的一声跑了。

夏芷苏愕然看着突如其来的一切,怔怔地反应不过来！刚才？他在救她？

"凌天傲！"夏芷苏着急地跑上前,"醒醒！凌天傲！"他头上全是血,当场昏迷过去。

夏芷苏急得不行,颤抖着手拿出手机打电话。他刚才是在救她？怎么可能！看着地上昏倒的男人,夏芷苏急得快哭出来了。

"哭什么！又没死！真死了你笑还来不及！"怀里的男人咳嗽了几声,骂骂咧咧地说。夏芷苏一愣,想笑出来,却又收不住眼泪。

"你干吗要救我？"

"怎么不是问我有没有事！"凌天傲坐起身,哼了一声。这个死没良心的女人！

"你有没有事？"夏芷苏立马问。

凌天傲狠狠扫了她一眼："死不了！不想看见我，就给我滚！"

"不滚！我送你去医院！"夏芷苏急忙把凌天傲送去医院。

医生检查完，确定他没伤到要害，夏芷苏这才松了一口气。她是真没想到这个男人会救她，而且是冒着生命危险。一时间，酒店的事，她心里也就没有那么恨了。毕竟要不是凌天傲，她肯定得死翘翘。

"夏芷苏对吧！欠我一条命怎么还？"凌天傲一醒来就问她。

"我没钱！"夏芷苏立马说。

"知道你穷，不用强调！"凌天傲冷哼。不仅穷，还直接花了他两个亿！完全不手软！"那你想怎样？"夏芷苏问。

凌天傲上下打量着她。那天在酒店里，他是真没想到她竟然是第一次！自从那次之后，他总是时不时地回味她的滋味，那份紧致，让他特别满意。

"你别这么看我，我是有尊严的，不会以身相许！"夏芷苏立马裹紧了衣服。

凌天傲简直嫌弃死她了："就算你想，本少爷会要？"

夏芷苏松了一口气。看到她松了一口气的样子，凌天傲又有些恼怒，她就那么不愿意啊！

他可偏偏要："我决定了，你还是以身相许吧，不然你那么穷，怎么报恩？欠人家的就要还，知道吗！"

夏芷苏睁大眼睛。

"手机拿来！"凌天傲拿过她的手机，在上面输入了他的号码，丢还给她。

"不用太开心，就这样吧！从今以后做我的女人！今天的事也就那么算了！出去吧！我要休息。"凌天傲在病床上重新躺下，一副很疲惫的样子。

"每天准时来看我！听到没！"凌天傲闭着眼睛说。

夏芷苏想说什么，还是忍住了，毕竟他因为她变成这样。她还是愧疚又不好意思的。虽然他没伤到要害，却要休养好一阵子。他这种性格，没把她碎尸万段，再拍几张艳照放网上已经很不错了！

夏芷苏从病房里走出来，在门口就碰到了管家。管家对她点点头，又侧身："萧小姐，这边请！"那是一个打扮华贵的女子，披肩的红色卷发落在肩上，身形很曼妙，她身后还跟着两个保镖，都拿着她的行李，似乎是刚刚回来。

夏芷苏直接走开，没有去看她。那个红发女子也只是淡淡扫了夏芷苏一眼，没当回事。

一进去就着急地问："天傲他怎么样了？好端端的怎么会出车祸！"夏芷苏没仔细听里面的情况。

夏芷苏看了一眼自己的手臂，有些疼。原来是划破了一大块皮，里面血淋淋的肉都看到，因为穿着长袖加外套，所以没注意，现在整只手臂都血淋淋了。

什么时候伤的，她自己都没感觉，估计是凌天傲推开她的时候吧。连她都伤了那么大口子，可想而知，凌天傲伤得挺重的。夏芷苏回到星空孤儿院，熟门熟路地去了后院，吕院长住的地方。

那里种着很多花草，夏芷苏对花草没有研究，这里面她只对一种花比较熟。那种花叫白芷，一种白色的小花，也是一种草药。白芷，也叫"香味令人止步的草"。

"院长！"夏芷苏在一片药地上看见吕院长在浇水。

吕院长看到夏芷苏来了，很高兴，见夏芷苏脸色苍白，唇上一点血色也没有，她立马走过来，就看到她扶着一只手臂，手背上还有血不断滴落。

院长惊吓地扶过夏芷苏，让她坐在门口的小板凳上："手怎么了？"

"没事，不小心出了车祸。"夏芷苏扯着嘴角笑着说。

"车祸！"吕院长被她说得心惊肉跳，"怎么不去医院！"

"去过了，刚送了一个朋友进医院，他因为我受伤，现在还没醒呢！"夏芷苏说得很轻松，可是眼底有轻微的泪光在闪烁。

吕院长看着实在心疼："所以只顾着救你朋友，不管自己了是不是？"吕院长心疼地埋怨，"我去拿药！你坐会儿！"

"好！"夏芷苏还是笑着回道。

夏芷苏知道吕院长在退休后成为这个孤儿院院长前是个中医，所以下意识地就来找吕院长了。夏芷苏看着脚下，是一丛白芷草，只是零星地长出了一点白色的小花。

她低头拨弄着小花，却想起了很多年前的事情。她也来自孤儿院，那个孤儿院好像叫离心岛，具体是不是这名字，她记得不是很清楚了。

从她有记忆开始她就在那个孤儿院了，她没有名字，自然也不知道自己叫什么！她那时候的名字叫阿芷，不是她取的，是一个小男孩给她取的。那个男孩亲自种了白芷草，一天天看着白芷长出了小花。

"你怎么会没名字呢？每个人都会有名字的！"她清楚地记得那个男孩叫权权。权权看着地上的白芷草说："我喜欢白芷，漂亮也可以救人，阿芷，我就叫你阿芷，好不好？"

那一天她有了自己的名字，她叫阿芷。从那以后，所有人都叫她阿芷了。

"怎么还是喜欢盯着白芷草发呆？"吕院长出来就看到夏芷苏盯着白芷发傻。夏芷苏抬头看着院长一笑："感觉白芷草很坚强，有时候不小心踩到了，可是过几天来看，它又长出新芽了。"

"说你自己呢吧！你不就是白芷草！流了那么多血也不知道处理！"吕院长搬了把椅子过来，托起夏芷苏的手臂，给她处理伤口，很仔细。

　　夏芷苏看着吕院长感激地说："院长，谢谢你！"

　　"傻孩子，说什么傻话！这种小事还用说谢谢，岂不是跟我生分了！"

　　吕院长瞪了一眼夏芷苏。夏芷苏笑得更加温暖："真的，这些年多亏了你的照顾，一句谢谢是应该的！"

　　看着夏芷苏的笑容，吕院长叹息："你这孩子就是让人心疼！从小到大，全身上下哪里没受过伤！"

　　吕院长是知道的，夏芷苏以前在学校经常挨打。被打了却不敢去医院，怕被养父发现。

　　后来，夏芷苏很努力地练习空手道、跆拳道，总之能保护自己的功夫她都很努力地练习，免不了磕磕碰碰、拉伤筋骨。几乎每次她都直接来孤儿院，久而久之，她也不去医院了，直接把她这个院长当成了医生！所幸她以前就是个中医。

　　夏芷苏的手臂被吕院长很娴熟地处理妥当了。吕院长却没有走开，而是搬了凳子坐到夏芷苏的身边。

　　"丫头，有心事？"吕院长问，"还是为了欧少恒的事？"

　　夏芷苏怔愣了片刻："怎么突然提起他来了？"

　　"应该不再喜欢欧少了吧！我看你跟凌少很般配！"吕院长说。

　　"凌少！"夏芷苏突然想起来，今天凌天傲来孤儿院，吕院长看到凌天傲故意搂着她了！。

　　"院长，我跟凌少没关系，是你误会了！"夏芷苏说。

　　吕院长一副"你接着撒谎"的表情："没关系能给你两个亿？不是两百块，是两个亿。凌少要做慈善，怎么就偏偏挑中我们孤儿院？当然是因为你的关系！别骗我这个老婆子，虽然我年纪大了，也是过来人！"

　　夏芷苏实在不敢说什么了，再说下去，吕院长就要知道她给凌天傲睡了一夜才换来两亿支票，院长一定要痛心疾首了！

第六章 这女人让他头疼

市中心医院里，高级 VIP 病房内。

那红发女子一刻不敢离开地守在凌天傲的病床边，看到他睁开眼睛，她欣喜万分，"天傲！你总算醒了！"

凌天傲坐起身，后脑还有些疼，眯起眼，这才看清眼前的女人！不是他的未婚妻萧蓝蓝还是谁。怎么会是萧蓝蓝！夏芷苏那个女人呢？不是让她每天准时过来？

一瞬间，凌天傲的眸子倏然一凛，越过萧蓝蓝，直接看向后面。一圈扫视，他的用人叶落上前说道："少爷！您总算醒了！萧小姐陪了您一天了！"

凌天傲还是没看见夏芷苏，眸子里顿时冷下来，好歹他也是为了救她差点连命都丢了！这死女人！

"少爷！您还有哪里不舒服吗？"叶落见少爷醒来后一句话不说，担忧地问。

"是啊，天傲，还有哪儿不舒服？我让医生进来再给你看看吧！"萧蓝蓝也紧张地说。

凌天傲冰冷的眸子这才扫向面前的女人："你什么时候回来的？"

萧蓝蓝一喜，立马说："我今天才回来！一回来就听说你出了车祸！真的快吓死我了！天傲，幸好你没事！不然我都不知道该怎么办！"

"是啊，少爷！萧小姐今天一下飞机就来医院陪您了，到现在都没吃过东西！萧小姐，这边我们来照顾少爷，您去休息吧！"叶落说。

"不用！我照顾天傲就好！"萧蓝蓝接了用人手里的稀粥，想给凌天傲喂。勺子放到凌天傲嘴边，凌天傲只是冷冷地看着她，脸上虽然没有表情，可是萧蓝蓝可以看出来凌天傲不开心。

"天傲，多少吃一点吧！"萧蓝蓝恳求说。凌天傲推开，一点儿都吃不下！

"把外面的人都叫进来！"凌天傲突然说。

叶落不明所以，但还是立马走出去，把人都叫进来，门口进来的是凌管家还有两个守卫。

没有别人，更没有女人！凌天傲更不高兴了："都滚出去！"守卫们都是一愣，是少爷叫他们进来的，可是看到他们却分明感觉很烦躁。

"是！少爷！"守卫们立马又出去了。

"天傲，怎么了？"萧蓝蓝疑惑地问。

凌天傲现在极其不痛快，拿了萧蓝蓝手里的粥，低头自己喝，喝了两口，他又喝不下去了，直接摔了手中的碗。

"这么难喝的东西，本少怎么喝？"凌天傲怒吼。

这碗摔得很重，碎片都溅到了叶落和萧蓝蓝的身上，两人都有些惊恐。叶落直接跪倒在地："少爷，这粥是属下熬的，既然少爷不喜欢，属下马上让人重新做！"叶落跪在地上慌张地收拾碎片，起身，又慌忙出去了。

房间里就剩下萧蓝蓝。凌天傲英俊的脸上明显余怒未消，萧蓝蓝小心地走过去："天傲……别生气了！既然不喜欢，叶落很快送新的粥过来！生气对身体不好！"

凌天傲抬眼冷冷地看着面前的女人，怎么所有人都那么听话！偏偏夏芷苏那个女人就是跟他反着来！

门口叶落一走出去，凌管家就迎了上来："怎么回事？你今天做的粥那么难喝吗？少爷发那么大的火！"

叶落摇头："我也不知道，我喝过的，跟平常一样！可能少爷刚醒，味蕾还没恢复吧！"

凌管家也觉得是这样："快去重新做！对了，萧小姐的晚餐也让人早点准备！她是少爷的未婚妻，以后可是凌家少夫人，不能怠慢！"

"是，我明白的！"叶落立马走开。

房间里，萧蓝蓝真的不敢说话。因为凌天傲突然一直盯着她看，而且是盯着她，眼睛一动不动。萧蓝蓝有些害羞："天傲，你怎么那么看我……"

"你过来。"凌天傲说。

萧蓝蓝走过去："怎么了？"凌天傲直接拉住她的手，把她拉进自己怀里，萧蓝蓝的脸更红了。天傲这是怎么了，自从两人订婚的消息出来，天傲都不怎么理她。现在突然拉她的手，她有些措手不及！

"你喜欢我？"凌天傲用手指勾住萧蓝蓝的下巴，问。

萧蓝蓝一怔，毫不犹豫地说："当然了！我是你未婚妻啊！"

"你喜欢我哪里？"凌天傲的问题让萧蓝蓝怔愣了一会儿，更加害羞："哪儿都喜欢！我们从小就认识！还一起上学！小时候别人欺负我，都是你在保护我！除了你，我谁都不嫁！"

"你别扯远，我们只是订婚，还不是结婚。"凌天傲毫不留情面地说。

萧蓝蓝的脸上一副受伤的表情："天傲……"

"你跟我一起长大，所以你喜欢我，是这样？"凌天傲又问。

萧蓝蓝真的很好奇，凌天傲从来不会问这些儿女情长的问题。他通常跟她主动说话都是哪支股票在涨、哪家的代理权他要拿到手这样的问题。

"就算我们不是一起长大的，我也会喜欢你！"萧蓝蓝不得不承认，"天傲，你怎么了呀！你怎么变得那么不自信，哪家的姑娘会看不上你啊！"还真有家姑娘看不上他！想来就憋闷得很！

凌天傲直接丢开萧蓝蓝，躺下，盖上被褥，侧身背对萧蓝蓝。闭上眼，心里想的却是夏芷苏！怎么又是那个女人！不就见了几次面，上了一次床！拿了她的第一次！还为了救她自己差点被车撞死！

"天傲！既然累了，你就先休息，我在这陪着你！"萧蓝蓝见凌天傲躺下了，说。她坐在一边，低头削着苹果。凌天傲压根儿就没听见萧蓝蓝说什么，拿了手机看：这个死女人，连个电话都不会打？

夏芷苏几乎回到家就躺床上蒙头把脸盖上了！明明很累了，可是手臂的疼痛又让她睡不着。凌天傲应该醒了吧！那么多人照顾凌天傲，多半是不用她瞎操心的！

门外夏芷苏的养父姚正龙来敲门："女儿，听说你睡下了，身体不舒服吗？要不要叫医生来看看？"是养父的声音！

夏芷苏立马坐起身说："不用了，爹地！我只是有些累了，睡一觉就好！"

"那好，要是饿了就吩咐厨房做些吃的！"姚正龙关切地说。

夏芷苏心里一暖："谢谢爹地！"夏芷苏听着养父的脚步声远去，现在更睡不着了！

万一让父亲知道凌天傲受伤了，还是她害的，父亲肯定会很生气的！要不要去看看凌天傲呢？她现在去找凌天傲肯定不好吧，凌天傲根本不待见她吧？想了想还是算了！躺下继续睡觉！

"欧少！"门口突然传来下人兴奋的尖叫声。

"欧少！是来找我们二小姐的吗？二小姐正在房间练钢琴呢！"

"知道了。"是欧少恒！夏芷苏也听见了。

夏芷苏唰的一下坐起身，掀开被子，下床。跑到门口，想要打开门，却突然间不敢开。自从那天她跟欧少恒吵架后，她再没好好跟欧少恒说过话，就连见面都少了！

门口，欧少恒已经熟门熟路地走到夏芷苏的房门口。想要敲门，却还是收回手。转身，准备走开。可是又停住脚步，走回来，手还没敲上门板，夏芷苏已经从里面打开了门。

见到对方，两人都是一愣。

欧少恒悬在半空中的手放下，看着夏芷苏，见她的脸色很苍白，睡衣袖子撩得很高，手臂上是一块很大的纱布。"又受伤了！"欧少恒下意识地拿起夏芷苏的手，声音里带着埋怨。

夏芷苏一怔，看着欧少恒紧张的样子，忍不住笑起来："没事的，小伤！"

"自己处理的？"欧少恒皱眉间。夏芷苏想说不是，可是突然改口："嗯。"

欧少恒眉头皱得更深了，一手抓了她直接把她拽进房。

"欧少恒……"夏芷苏呆呆地喊。

"这么大个人了，怎么还这样，照顾不好自己！"欧少恒唠叨着，把夏芷苏放在床上，自己走到衣柜旁，打开，拨开里面的衣服，拿出一个药箱。

夏芷苏看着他熟门熟路地找出药箱，又走回来。在她面前蹲下，拿起她的手臂，轻轻地撕开纱布。

夏芷苏疼得龇牙咧嘴。欧少恒抬眼看她："疼吧！知道疼怎么就不能保护好自己！又打架了？"

夏芷苏想要摇头："嗯，遇到个贱货想要强暴良家妇女，我就跟他干了一架。"

"你傻啊！你不知道报警啊！"欧少恒果然骂她了。

夏芷苏却嘿嘿嘿地笑，好熟悉的感觉。

"笑什么啊笑！以后遇到这种事就别傻乎乎地掺和！你老一上来就干架，还要警察做什么！"欧少恒骂她，可还是细心地给她清洗伤口，然后给她上药，又用纱布包扎好。报警了都没用！那个贱货的本事不能再大了！

夏芷苏一点都不想说凌天傲："欧少恒，你还生气不？"

"生什么气？"欧少恒起身，把药箱放回原来的地方。

"那天晚上你看到我跟凌天傲……"夏芷苏小心地看他，不敢说下去。

欧少恒的脸色果然变了，转身："夏芷苏，我真的不明白，你要那么多钱干什么？你就那么缺钱？在酒吧打工、陪酒，现在还陪上凌天傲了！"

"我……"夏芷苏不知道该不该把孤儿院的事告诉他。她怕欧少恒会告诉丹妮，到时候父亲就知道了。父亲最喜欢她跟上流人士来往，很不喜欢她跟孤儿院那些地方扯上关系。

"你是不是有什么难言之隐？你跟我说！是不是姚伯伯逼你跟凌天傲在一起的？难道姚伯伯把你当成摇钱树了？"欧少恒想到什么，问道。

"不！当然不是！爹地对我很好，你别这样说！万一让他老人家听见，他心里多不好受！"夏芷苏为父亲说话。

"那你倒是说啊！丹妮告诉我姚伯伯给你的零花钱也不少，你何必那么堕落去酒吧那种地方打工，还让那些臭男人乱摸！"欧少恒想到夏芷苏给那些男人摸这摸那很不开心。

"我现在已经不去酒吧了，酒吧的工作我辞掉了。我马上就毕业了，想好好找一份工作。"夏芷苏说。

欧少恒却更不开心了："你是不是觉得自己真攀上凌天傲那个高枝了，抓着他就有数不完的钱？"

"不是，怎么可能！"夏芷苏真的不知道该怎么解释："欧少恒，我想去你的公司！"

"你不去你们家的姚氏集团？"欧少恒问。

"不了，我去了姚氏，一定会跟当初在学校一样，有很多流言蜚语的。"她虽然是姚家的大小姐，但是她姓夏。况且丹妮应该会留在姚氏集团，到时候，流言蜚语就断不了。她只是想安心地工作，然后能够更加接近眼前的男人。

"你这想法倒是很对！不过，你确定你不去 GE 集团？"那可是凌天傲的公司。

"我从来就没想过去 GE！"夏芷苏说。

"当真？"欧少恒不信，"那可是全球排名前十的公司！"

"反正我下周要去你的公司面试了，到时候能不能放点水啊？"夏芷苏挑眉，嘿嘿地笑。看着夏芷苏的样子，欧少恒哼了一声，"你以为我们欧氏集团什么人都能进啊！"

"就是因为不是什么人都能进，所以我希望你欧大总裁通融通融啊！"夏芷苏偏着头，用没有受伤的手臂撑在床上。夏芷苏偏着头的时候，露出白皙的脖颈，欧少恒看着竟然心口猛地一阵跳跃。转身不去看她，欧少恒往门口走去，背对着夏芷苏，脸上分明扬起了笑。

"招聘新人是人事部的事，我可管不着。要进我们公司，得看你自己的本事！"欧少恒说着，直接出去了。

姚丹妮早就知道欧少恒来了，兴奋地从练琴房出来，就听说欧少恒在夏芷苏的房间里。其实，姚丹妮从小就知道欧少恒很喜欢往夏芷苏的房间跑！每次欧少恒分明是来找自己的，可是真正陪她的时间很少，反而跟夏芷苏在一起的时间比较多！

"少恒！你什么时候来的？"站在楼梯口，姚丹妮穿着一袭白色的公主短裙，笑着迎上去。

"来一会儿了，知道你在练琴就没去打扰。"欧少恒显然心情很好的样子，搂过姚丹妮。

姚丹妮看了一眼夏芷苏紧闭的房门，来一会儿了，又在夏芷苏的房间！心里很气愤，但是姚丹妮脸上是笑着的："少恒，我们学校今天的招聘会，我也投简历了！"

"哦？你投什么简历？你直接去你们公司，姚伯伯自然会给你安排最好的职位。"

"我准备去你那里，我想锻炼一下！"姚丹妮说。欧少恒怔愣："你也来我这儿？"

"也？"姚丹妮疑惑，"还有谁啊？"

"没什么，只是这样姚伯伯不会同意吧？"欧少恒说。

"爹地不会过问的，他也希望我跟姐姐能够出去历练一下再回来！想来我那个姐姐一定是准备去 GE 集团吧！"欧少恒看了一眼旁边的女子："她去哪里是她的事，你管那么多干什么！"

姚丹妮撇嘴："少恒！她是我姐姐，关心一下也是应该的嘛！"

"你关心她你就自己去问她，自个儿在这瞎猜什么！"

"你知道的，我不喜欢她！她从小就喜欢你，谁不知道啊！你现在都是我未婚夫了！她要还喜欢你怎么办！我可不想你被她抢走！她只是我们姚家的养女啊！况且她是赌徒的女儿！听说以前还是在孤儿院长大的！"

"她喜欢我，我有什么办法！"欧少恒嘶了一声，心里莫名地开心。

其实从小就是这样，只要有人说夏芷苏喜欢自己，一开始他会很反感，可是久而久之，没人在耳边说夏芷苏喜欢他，他反而不习惯了！

"所以不能让她离你太近呀！你的父亲，欧伯伯是不可能接受夏芷苏那样的身份的！"姚丹妮说。

"我当然知道！你怎么回事？一个劲地问这个！你才是我欧少恒的未婚妻！你傻啊！你瞎紧张什么！"欧少恒哼了一声，被姚丹妮说得烦起来。

"对啊！我才是你未婚妻！是你父母都承认的！"她紧张什么呀！姚丹妮都觉得自己可笑，竟然会觉得夏芷苏对自己存在威胁！

夏芷苏毕业论文的答辩很轻松地就通过了，她可以顺利毕业了，但是接到了图书馆老师打来的电话，她借走的几本书还没还。这是极其影响她个人信用的事！她想起来了，她从图书馆借走的那几本书，似乎丢在凌天傲的车里了！

连她的导师都给她打来电话："芷苏，你的书再不还，这次优秀毕业论文怎么都轮不到你啊！你是最有可能拿到'优'的学生，别只顾着谈恋爱，忘了毕业的正事啊！"

每年都会有优秀毕业论文，但是一个专业班，顶多只有一两个优。这个优对她重要，对她的导师也同样重要。她必须拿到优，给父亲看，父亲一定会高兴的！嗯？什么谈恋爱？刚挂断电话，电话又响起了。

"是夏芷苏小姐吗？"对方是女声。

"对的，你好！"

"你好，这里是 GE 集团的人事部，请你今天下午 3 点来我公司面试！"GE 集团的人事部打电话给夏芷苏。

"GE？你打错了，我没给 GE 投简历。"

打电话的是 GE 集团的人事经理，他们公司从来不对校园招聘，而且他们根本不需要这么主动打电话给应聘者，何况是个刚刚毕业的学生！

"夏小姐，是这样的，我们公司收到了你的简历，麻烦你下午过来面试。"人事经理说。

"我下午要去别的公司面试，抱歉，我没投过简历，你们一定是搞错了。"夏芷苏直接挂断了电话。

那一头，GE 集团的人事经理诧异地看着手里的电话，她可是 GE 集团的人事经理！就算那些大公司的管理阶层想跳槽来 GE，都得好好跟她说话啊！这个丫头片子太不知好歹了吧！

总裁助理齐凯从外面进来问："Suki，夏芷苏的面试电话打了吗？"

人事经理 Suki 气得有些炸毛："这个夏芷苏拽透了，压根儿不把我们 GE 放眼里！她竟然说下午要去别的公司面试，还说她压根儿没投简历！"

齐凯摇头，说："不然面试就省了，你直接寄个录用通知单！"

"这不合规矩啊！"

"相信我，要是没把她招进来，咱们都没好日子过！"

夏芷苏站在欧氏集团的写字楼下面，仰头望着面前的大楼。这是她经常经过的地方，这里面，她想要进来很久很久了！她大步走了进去，门口都是面试指引牌。夏芷苏很顺利地就找到了面试地点。队伍排了很长，夏芷苏直接走到队伍后面排队。

"夏芷苏！"面试办公室门口突然传来叫声。

夏芷苏抬眼就看到一个女人气势汹汹地走上来："还真是你！你在这里做什么？"

所有人都看了过来，夏芷苏尴尬地说："丹妮，你怎么也……"

姚丹妮突然明白她要去欧氏集团工作的时候，欧少恒说的"也"字是什么意思了！

"你来面试？你想进欧氏集团？"姚丹妮的声音近乎尖叫。这里可是欧氏集团，有那么多的员工啊！何况今天还有那么多人面试，大家都看了过来。

"是，我是想进欧氏！"夏芷苏不得不承认。

姚丹妮想到那天夏芷苏对欧少恒表白，她都找她算账呢！这个女人竟然想来欧氏工作，还不是为了欧少恒！越想越觉得气愤！

姚丹妮直接把夏芷苏拉到了一边空着的办公室，关上门。大家就更诧异了，好奇地探到办公室来看。隔着一小块玻璃就看到，姚丹妮直接抬手啪地甩了夏芷苏一巴掌。

"夏芷苏你还要不要脸啊！你为什么进欧氏，大家心里都清楚！我可是你妹妹！你跟我抢男人，你好意思吗？"姚丹妮愤怒地喊。

夏芷苏摸了一下脸，是的，她跟自己的妹妹抢男人，她不好意思。所以丹妮想出气，她也理解。

"丹妮，在你成为欧少恒的女朋友之前，你就知道我喜欢他。这么多年了，我也不想否认，我还是喜欢他。但是你也清楚，你是欧少恒的未婚妻！我是不可能抢走他的！欧氏集团，是除了我们姚氏集团最好的企业，我想进来也无可厚非。"

"你还觉得很有理是吗？夏芷苏！你怎么从来看不清自己的位置！你是赌徒的女儿！是你以前的老爹赌输了，把你卖给了我们姚家！我爹地对你好，是看得起你！你可别真把自己当成姚家大小姐！" 姚丹妮简直被气疯了！她大步走出去，准备找欧少恒把夏芷苏赶出门。

夏芷苏见她那么激动，叹息了一声。电话又响了，今天电话可真多，竟然还是父亲的电话。

"爹地！"

"芷苏，我的好女儿！你的录用通知，我已经收到了！不愧是我的女儿，GE集团你也轻而易举地进去了！"那一头姚正龙正拿着GE集团总裁秘书齐凯送来的录用通知单。

"录用通知？"夏芷苏惊愕，还是GE集团的！

"夏小姐，你好，我是GE集团总裁助理齐凯，恭喜你，可以来我们公司实习了！"齐凯接了姚正龙的电话，说道。

夏芷苏根本就没弄清楚什么状况！凌天傲直接录用她了？他到底想做什么啊？想到自己差点就要进欧氏集团了，却又生生被拉了回来，夏芷苏气势汹汹地赶到医院。刚走到门口，夏芷苏就看到凌天傲的病房里站着一个女人，红头发的，似乎上次在医院见过。里面传来咳嗽声，是男人的声音。

"天傲！怎么咳得这么厉害！你身体还没恢复，现在又感冒了，这些公司的文件就以后再看嘛！"萧蓝蓝担心凌天傲，想拿走他手里的文件。

"这些都是公司的重要文件，我自己亲自处理。"凌天傲还是翻阅着文件。

"你这么好的身体，要不是车祸，一年到头都不会感冒。天傲，那次车祸到底是什么原因？怎么你一点也不追究啊？"萧蓝蓝真是不明白。

"意外，有什么可追究的。"凌天傲冷冷地哼了一声，"行了，出去吧。"这个女人赶都赶不走，而另一个女人……

这都一个星期了，那个死女人根本不管他的死活！竟然连一眼都不来看他！凌天傲越想越觉得烦躁，丢了手中的笔，拿起手机看了下，一个电话都没有。他不是把号码输进她的手机了吗？

"天傲，我不出去，我要在里面照顾你，不然凌伯伯要怪我照顾不好你了！"萧蓝蓝说。

"我叫你出去，你听不懂我的话吗？你说什么，车祸的事你告诉老头子了？"凌天傲听出来，问道。

"那么大的事，我当然要告诉凌伯伯。天傲，你放心，凌伯伯一定会追查到底，害你受伤的人，凌伯伯可不会放过！"萧蓝蓝说。

"你！"凌天傲简直怒极，起身，立马拿了手机，直接拨通一个号码，给夏芷苏打电话。这个该死的女人此刻很危险！

"天傲！你这么急做什么？"萧蓝蓝见凌天傲起身，马上拿了衣服给他披上。

门口，夏芷苏的电话铃声响了。

"什么人？"门口守卫此时也发现角落里有人。唰的一下，拔枪，指着角落的夏芷苏。

夏芷苏抬起双手，手中拿着手机，手机正在放着来电铃声。

显然里面的凌天傲也听到了动静，大步下床，走出来。萧蓝蓝立马跟上。

"夏芷苏！"凌天傲看到门口的女人，一怔，心里却掩不住地狂喜。

"少爷，这个女人她……"守卫的话还没说完，凌天傲直接命令道："放开她！"守卫愕然，但立马放开夏芷苏。夏芷苏已经听到房间里凌天傲和那女人的对话了。

凌天傲这些天还感冒了，而且明明是她害得他出了车祸，他却一再强调是意外。刚才她那满腔的怒火，瞬间化为乌有了。

"天傲！这位是……"萧蓝蓝诧异地指着面前的夏芷苏问。

凌天傲只是盯着夏芷苏看，哪里管萧蓝蓝说什么！大步走上前，凌天傲的心里分明带着雀跃，却冷冷地质问："你来干什么？"

她来拿书，然后顺便质问他干吗非把她丢进 GE 集团！可是看着他苍白的脸色，夏芷苏还是改口问："你，好点了吗？"

一句话让凌天傲这些天的憋闷好像在一瞬间消失了。

"哼！你还顾得了我的死活？"凌天傲冷哼。

"我这不是来看你了嘛！"要是直接说来拿书顺便质问他一下，凌天傲肯定会当场掐死她！

"算你有良心！脸怎么了？"凌天傲见夏芷苏的脸蛋红肿，明显上面还有一道掌印，上前，手摸上她的脸，"有人打你？"是丹妮给了她一巴掌，下手有点狠，其实也是她该受的。

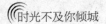

"没有！没有！"夏芷苏立马摇头，心里更加愧疚。她真的不是特意来看他的！而是来找他拿书的！然后来之前，还对他极其不满，因为他打乱了她的面试计划！

"天傲！她是谁？"一旁的萧蓝蓝看着凌天傲那么亲昵地对待夏芷苏，根本就平静不了。

夏芷苏抬眼看见一个红色头发的女子，这女人她在凌天傲出车祸那天也看见了。

"她是……"凌天傲还没介绍。

萧蓝蓝已经主动上前来说："你好，我是天傲的未婚妻萧蓝蓝。"

夏芷苏怔愣，看着面前的女人："萧蓝蓝？你也叫蓝蓝！"萧蓝蓝原本看见夏芷苏怔愣，还以为听说自己是凌天傲的未婚妻，吓住了。她的问题却让萧蓝蓝完全摸不着头脑。

"你什么意思？"萧蓝蓝觉得这个女人一点教养也没有。初次见面，竟然直呼人家的大名！

"我小时候有个好朋友也叫蓝蓝！"夏芷苏说，所以她对蓝蓝这名字很有好感。轮到萧蓝蓝愣怔，这女人听不出重点吗！

"是吗？那她跟我肯定不是一个人！我是 GE 集团凌少的未婚妻！"萧蓝蓝再次强调。

"是，当然跟萧小姐你不是同一个人！我认识的蓝蓝，在孤儿院，很小就死了。"夏芷苏其实没有别的意思，只是想到小时候的好朋友蓝蓝，心里难过。

萧蓝蓝的脸色差得不能再差了。这个女人真是不简单！她说自己是凌天傲的未婚妻，这女人竟然拿她跟一个死人去比！怎能不把萧蓝蓝气到？

凌天傲却站在一边饶有兴致地看着，萧蓝蓝气势逼人，夏芷苏大智若愚。三言两语，随便把人算计得吐血！凌天傲挑眉，拉着夏芷苏就往房间里走。

萧蓝蓝看着凌天傲拉着夏芷苏的手，完全震惊了，下意识地跟上。

"你不用进来！"凌天傲凉凉地扫过萧蓝蓝。

萧蓝蓝愕然："天傲！我，我才是你的未婚妻啊！"

"我从来没说你不是。"凌天傲收回视线，拉着夏芷苏就要进去。

夏芷苏不进去，抱住门："我也觉得既然萧小姐是你未婚妻，你这样拉着我进去，不太好！"其实夏芷苏感觉很意外，凌天傲有这么个未婚妻，还来招惹她！他有未婚妻还跟她上床！还说什么让她做他的女人！神经！可是转念一想，凌天傲没有未婚妻才奇怪呢！有未婚妻的男人在结婚前还偷吃，这是让人很不齿的！夏芷苏原本还愧疚呢，此时此刻浓浓的愧疚感一瞬间就消失了！

凌天傲可不管未婚妻在场，低头，凑近："女人，我告诉你，本少不仅拉你进去，而且从现在开始你不能离开我半步！"

"啊？"夏芷苏瞠目结舌，萧蓝蓝也是又惊又怒。

"你，你未婚妻在场，你说这话合适吗？"夏芷苏都结巴了。这男人怎么突然来了那么一句！他的脑袋撞坏了不成？

"你也听到了，是未婚妻，那就不是妻子！跟我进来！"凌天傲把夏芷苏拉进去了。

"天傲！"萧蓝蓝简直不敢相信自己听到这样的话！夏芷苏也觉得凌天傲这样很过分，抽开手："我是来拿书的！我的书！图书馆的书，上次在学校门口，你带我走的那次，我把书丢在你车上了，拿了就走！"

凌天傲原本的欣喜在一瞬间没了。

"你说什么？"凌天傲觉得可笑。

"我快毕业了，这几本书对我很重要，还给我吧！"

"如果我没记错，是你自己落下的！"

"对，落在你车上了！"

"所以你来找我，是来要书，不是来看我。抱歉，书丢了！"凌天傲说。毕竟在他眼里只是几本破书，丢了也不奇怪。

夏芷苏哦了一声："好吧，那我先走了。"

"夏芷苏！"凌天傲愤怒至极，上前，一把扯过夏芷苏："亏我还担心你！给你打电话，却在门口听到电话铃声，我看到你来看我，我多开心！"

"你担心我什么？你千方百计地让我进你的公司，不就是可以继续虐我吗？可是我很不开心，我一点儿都不想进 GE。"夏芷苏甩开凌天傲的手。凌天傲原本就身体不好，又被夏芷苏气得不轻。夏芷苏一甩，凌天傲竟是一个趔趄。

"天傲！"萧蓝蓝跑上前扶住凌天傲。

"你这个女人怎么回事？"萧蓝蓝怒骂夏芷苏，"来人！把这女人抓起来！"守卫上前一把扣住夏芷苏。

凌天傲推开萧蓝蓝，上前，低头俯视她："本少听不懂你说什么，不过我现在确定了，你夏芷苏可真是没有心肝！"

"你不也是一样！有未婚妻了你还来招惹我！凌天傲，她是你的未婚妻，不是别的任何人！你都能这样对她！"

"夏芷苏！你是什么东西，敢一再这么跟本少说话！"凌天傲大吼起来，胸口剧烈起伏，甚至扯痛了喉咙，忍不住咳嗽。

夏芷苏看凌天傲咳嗽的样子，心里竟然不忍，可是想到这个男人有未婚妻了还跟她睡在一起，还说什么让她做他的女人就很气愤。

"天傲！天傲！你怎么样？"萧蓝蓝担心地拍着凌天傲的背。看来面前的女人已经了解她跟凌天傲的关系了。大步上前，萧蓝蓝直接一巴掌打了过去："你未免管得太宽了，天傲怎么对我，那是我们自己的事！你一个外人有什么资格插嘴？"

夏芷苏的脸上一片红，她也觉得自己管得太宽。

"萧蓝蓝！你做什么？"凌天傲抓起萧蓝蓝的手摔了出去。

"天傲！她都把你气成这样了！你还护着她！"萧蓝蓝眼里含着泪。

"这是我自己的事，你还管不了！"凌天傲看着夏芷苏就讨厌，"放开她，让她滚！"

凌天傲转身直接走进病房。夏芷苏被守卫放开，看着凌天傲一步步走进去。

萧蓝蓝盯着夏芷苏就更加愤恨："虽然我不知道你跟天傲是怎么回事！但我警告你，离天傲远点！不管你是什么身份，你都别妄想！"

"萧小姐，你误会了，我跟他没任何关系。"

萧蓝蓝冷冷一笑，上前，站在夏芷苏的身边："你最好跟他没关系。就算有关系，你也别想飞上枝头做凤凰。他可是 GE 集团未来的接班人，就算你是这里的首富，你也配不上！"

夏芷苏抬眼看着萧蓝蓝："我配不上他我知道，我也从没想过配上他，刚才的一巴掌就当是我还你的。"自己竟然跟她的未婚夫睡了，夏芷苏想起来都觉得自己很恶心。她竟然做了第三者！夏芷苏越来越觉得自己恶心。她大步走出医院。

萧蓝蓝皱眉，盯着夏芷苏出去，她不明白这一巴掌，她说是还她的，到底是什么意思！

看一眼房间，凌天傲对这个女人绝对是不一般的。

"天傲……"

"滚！"萧蓝蓝还没进去，凌天傲就怒吼。

"天傲，别生气了，为了那个女人，不值得。"萧蓝蓝说。

的确一点都不值得，为那个没心肝的女人！他都要被她气死了！可是……老头子肯定已经知道是夏芷苏害得他遭了车祸！再怎么生气，还是掀开被褥下床。

"天傲！你去哪儿？"萧蓝蓝见凌天傲起床出来。

"来人！"凌天傲喊了一声。

用人叶落和凌管家都走了出来："少爷！"凌天傲伸手，闭上眼睛，脑海里都是夏芷苏冷漠的脸。那女人对他那么无情，他管她死活干什么！叶落忙上前，拿了衣服恭敬地替凌天傲换上。

转身，凌天傲看着镜子里的自己，脸色苍白，头上还包着难看的纱布。他都这样了，夏芷苏见了他，连眼睛都不眨一下！

第七章 承认是他的女友

这边，夏芷苏正准备回家，接到了欧少恒的电话。

"听说你没面试？"欧少恒直接质问。

夏芷苏不知道该说什么："有点事，所以就先出来了！欧少恒，我恐怕不去欧氏集团了。"

那一头欧少恒握着电话的手一紧："夏芷苏，欧氏集团是你想来就来、想走就走的地方？"

"不是，我今天真的有点事！欧少恒，我……"

"够了！你夏芷苏反正从来都那么随便，哪怕是找工作，关乎自己未来的事，你也一样随便。私生活就乱得很，工作自然也是乱的。"欧少恒嘲讽地，直接挂断了电话。

"欧少恒！"夏芷苏真的想告诉他很多很多话！这些日子发生的事情，让她有些应接不暇！欧少恒几乎摔了电话，这个夏芷苏说来欧氏的，现在又不来了！恨恨地一拍桌子，欧少恒心里火大。

夏芷苏看着电话，无奈地叹息。算了，反正欧少恒一直都不待见她。不过是说好去欧氏的，现在没去而已。反正她惹他烦心不是一天两天的事了。想起来真是觉得自己很可笑，欧少恒那么讨厌她，她却还跟他说喜欢他！

突然，不知道从哪里冲出来一辆车，横在夏芷苏的面前，从里面走出四五个黑衣人，手里拿着枪，直接冲她来。

夏芷苏一怔，不明白这些是什么人！还没开跑，砰！直接一枪打在她的脚下。

夏芷苏哪里还敢跑，转身："我跟你们有仇啊，一来就开枪！"

黑衣人拿着一张照片，看了一眼："是她没错！"

四五个黑衣人上来，枪口就对着夏芷苏。

"喂喂喂！别一上来就开枪！我一个小女子肯定不是你们的对手！死之前，好歹让我知道谁要杀我吧！"夏芷苏喊。

黑衣人看着她面无表情："凌少的车祸，是因为你。"

凌天傲！就因为刚才她骂了他几句，凌天傲就来杀她了！

"所以是凌天傲派你们来的？"夏芷苏问，面上并没有惧怕。

"大胆！竟敢直呼少爷的名讳！"那黑衣人，扬手直接劈了过来。

夏芷苏闪身躲开，转到那黑衣人的身后，顺便把他手里的枪抢了过来。

"回去告诉你们少爷，如果想杀我，还是让他亲自来吧！"夏芷苏把枪丢了出去。那黑衣人恼怒，竟然被小丫头抢走了枪，上前扣住夏芷苏的肩膀。另一个黑衣人上来，枪口指着夏芷苏。

　　只是还没指着她的脑门，夏芷苏身子一转，手一推，把另一个黑衣人推了过去。两个人的脑袋砰的一下撞在了一起。

　　"啊！臭丫头！"那俩黑衣人还没反应，夏芷苏转身，立马跑。可是显然她两只脚是跑不过四个轮子的。她被三四辆车堵住，连路口都被封锁了，路人不能经过。

　　其中一辆车上下来一个领头人，目光凌厉地扫向夏芷苏，手一挥，车上下来一群人，把夏芷苏围个密不透风。领头人不屑地看夏芷苏，不过是个乳臭未干的小丫头。

　　"马上解决！"领头人说完就钻进了车子。夏芷苏看着黑压压的人群，说不胆寒都是假的！

　　一人一口唾沫都能把她淹死好吗！打是打不过了，那就跑啊！夏芷苏简直不能跑得再欢快！

　　这些货色是追不到她的！夏芷苏正开心着，却跑进了死胡同，竟然没有出口！

　　"看你往哪儿跑？"黑衣人也看到前面没路，举枪对着夏芷苏，"竟敢伤害我们凌家大少！老爷的命令，杀无赦！"

　　"老爷的命令"？

　　"等等！"夏芷苏抬手，"不是凌天傲让你们来的？老爷是凌天傲的父亲？"夏芷苏灵机一动，保命要紧，立马说："想来你们还不知道我跟凌天傲的关系！我是他女朋友！"

　　黑衣人们更加愕然！怎么会是女朋友呢！

　　"不信你们回去问凌少！"夏芷苏喊。

　　"臭丫头还敢骗我们！"是那个领头的出来了："少爷的未婚妻是萧家大小姐！可从来没有听说少爷有女朋友！"

　　"那是你消息太落伍了！你不信给凌天傲打电话！你不打，我帮你打！"夏芷苏直接拿出手机，一边冲着黑衣人们笑，一边给凌天傲打电话。怎么不接电话？快接啊！不对，这电话铃声怎么好像很近！夏芷苏一抬眼就看到了黑衣人中那个一样穿着黑色外衣的男子。就算他被一片黑遮蔽，也能看见他傲然挺立、君临天下般审视。

　　"凌天傲！"夏芷苏指着凌天傲大喊。

　　"哼！臭丫头还想骗我们！少爷千金之躯，你真以为我们少爷会来救你这个臭丫头！"领头人冷笑，"赶紧把这女人解决了！"

　　"是！"枪口齐刷刷地指着夏芷苏。

　　"凌天傲！凌天傲！"夏芷苏快跳起来了。

　　电话里凌天傲慢悠悠地说："这时候那么深情地叫本少，不觉得太迟了？"

　　"凌天傲救命啊！"夏芷苏大叫。

"住手！"是一道女声。

夏芷苏抬眼看到是凌天傲身边的用人，叫什么来着？对，叶落！

叶落少爷的贴身用人，大家都认识。

"叶落，你怎么……"领头人看到叶落，诧异地问。

"少爷的意思，不能开枪。"叶落摇头说。

领头人怔愣："少爷在这里吗？"

"你问那么多干什么，少爷的命令，你敢不听吗？"叶落冷笑。

"不不！当然不敢！可是这个女人，是老爷的命令！她竟敢伤害少爷！绝对不能留！"

"她从没伤害少爷，这是少爷的原话，你要跟少爷去确认一遍吗？"叶落唇角微挑。

"不敢不敢！"领头人立马让手下放下枪。叶落看了看不远处的夏芷苏，被枪指着脑袋，还算镇定。知道这个时候跟少爷求救，就对了。

夏芷苏见黑衣人不准备开枪了，想要爬墙逃跑。手机里的声音却幽幽地响起："女人，我能让他们住手也能让他们开枪，你想试试？"

夏芷苏立马不敢跑了，冲着人群中的凌天傲看了一眼。凌天傲站在角落，靠在墙边，微微躬身，侧头，唇角扬起一抹张狂。

"你想怎样啊？"夏芷苏幽幽地在电话里问。

"刚才某人似乎承认她是本少的女友了。"凌天傲对着电话说。

夏芷苏马上点头，好汉不吃眼前亏！

"那就再重复一遍，说，本少爷是你的谁。"凌天傲挑唇，邪恶地吐出。

"凌天傲，那些是真枪！不是开玩笑的！别玩了行不？"夏芷苏哀求。

"你没搞清楚状况，这些人是我父亲的人。你要是现在承认我是你的谁，我可以考虑救你一命。"凌天傲就是要看着夏芷苏干着急。

夏芷苏看着那些枪口，好像只要她不承认，子弹立马就飞出来。

"凌天傲是我男朋友！"夏芷苏直接大喊。夏芷苏喊得面红耳赤，守卫们诧异地看着她：这女人神经病了吧！难道真是少爷的女人？

夏芷苏也觉得自己现在像个神经病，特别像只猴子被人耍！

"满意吧？"夏芷苏对着电话咬牙切齿。

"不满意，你这是什么态度，本少特地从医院赶来救你。夏芷苏，跟你的没心肝相比，本少好了不知道几万倍，难道你不觉得？"凌天傲挑眉。

夏芷苏这一点还真承认！她去医院不是去看凌天傲，而是找他要书的！他的确是被她害得受伤，他却一再强调那是意外。原来是凌天傲担心他父亲追究到底。

"我错了！"夏芷苏认错。这个女人，无论什么时候都是能屈能伸！这机会那么好，凌天傲可不准备放过。

"夏芷苏，本少因救你受伤！这人情欠大发了，你准备怎么还？"凌天傲在电话里说。

夏芷苏盯着他，却不敢咬牙切齿，脸上堆着笑，提醒他："凌少，你有未婚妻！"

"本少就问你，你准备怎么还？"凌天傲好像没听到她的话。

夏芷苏当然知道他指的是什么，不肯开口。唰的一下，那些人的枪又指着她。

"女朋友！做你女朋友！"夏芷苏大喊。

守卫们觉得夏芷苏简直就是个精神病患者！她已经强调过了，凌少是他的男友！大家都知道她是凌少的女人，不用再强调了吧！那些守卫看她，完全就是看傻子一样了！

凌天傲很满意，却又质问："这都一个星期了，我躺在医院，你就没想过来看我？"

"不不！想过的！"她是真的想过。只是觉得凌天傲身边有那么多人照顾，一定能把他照顾好。

"夏芷苏，你看看你现在的样子，一副怕死怕得要命的样子，真是丢脸。"凌天傲嫌弃道。

夏芷苏真要掀桌了，她那么配合，她又不对了！她到底做什么才是对的啊！

"我说……咱们能不能换个地方好好说话……"夏芷苏呵呵干笑。

"不好！"

"……"果然是这样。

"本少心里有气，不发出来会憋坏。"

"……那你赶紧发。"她已经快站不稳了。

万一这里谁的枪不小心走火，她就直接死翘翘了好吗！

"你告诉我，来医院到底是来看本少，还是纯粹来拿书？"凌天傲不甘心地问，这男人怎么那么纠结！

"要听实话吗？"夏芷苏问。

"实话！"

"我真的是来拿书的。"

唰！砰！谁的枪响，子弹直接擦着夏芷苏的脸颊过去。

夏芷苏完全僵硬着不敢动了，抬眼，所有人都看了过去——到底是谁开的枪？

"少爷！"领头人此时此刻才发现凌天傲竟然站在人群中。

一声"少爷"，所有人齐刷刷地躬身，凌天傲开的枪！此时凌天傲已经火冒三丈，丢掉手机直接上来，枪口对着夏芷苏："死女人！我一枪崩了你！信不信！"凌天傲怒吼。

夏芷苏扬着手里的电话，无辜地说："刚才是你让我说实话的！"

"你……"的确是他让她说的。

只是没想到这个女人真不是来医院看他！而是来要书的！在她眼里，他的这条命还比不上几本破书！夏芷苏眼看着凌天傲真要拿枪崩了她，立马说："你要听假话也行，我是特地来医院看你的！"

"夏芷苏！"凌天傲怒火中烧，上前揪住她的衣领，枪口就指着她的脑门。夏芷苏淡然瞟了一眼那吓人的枪："凌天傲，我真的不明白，你纠结这些有什么意思？你都有未婚妻了，难道你真对我有意思不成？"

凌天傲拿枪的手一顿，像被说中心事的小孩，狂怒地吼道："你当自己是什么东西？不过是让本少睡过一次的女人，还真把自己当根葱了！"

此言一出，所有人都看向夏芷苏，脸上又是鄙视又是嘲讽。

夏芷苏心口的怒火也不小："是啊！我不就是被你凌少睡了，凌少怎么老抓着我不放呢？而且是用这么强硬的手法让我屈服！难道凌少泡妞都是拿着枪指着人家的吗？"

"女人！这个时候就别妄想用激将法！你再刺激本少，我可真会打穿你的脑袋！"凌天傲怒极反笑。"我当然相信凌少会这么做。而且到时候咱们俩之间还能传出一段佳话，凌少求爱不成，恼羞成怒杀了对方。这要拍成电视，又唯美又血腥。"夏芷苏此刻竟然笑了起来。

"你！"凌天傲被这女人气得要死！是，她又用激将法！而且身后的守卫明显都把视线转到了凌天傲身上。

"砰！"枪声响。夏芷苏差点以为自己的脑袋真被打穿了，却见凌天傲朝守卫那边开了一枪。

"全都滚！"凌天傲怒喝。

"是！是少爷！"守卫们一听少爷发话，立马整齐地往回走。

"滚！"凌天傲一喊。那些守卫竟然立马又躺下，真的滚着从拥挤的小巷出去了！

凌天傲丢开夏芷苏，恨恨地说："夏芷苏，你赢了！"

夏芷苏踉跄地扶在墙上，抬眼看凌天傲，这个男人好像真的被气得不轻，胸口剧烈起伏，捂着胸口好像要咳嗽，却又忍着。皱眉，夏芷苏问："你还好吧？"

"你说呢？"凌天傲质问。

夏芷苏耸肩："你不好，我也不好！被那么多人指着枪，我几十年的惊吓都碰一块儿了。"

凌天傲冷哼一声，真不想理会这个女人，于是转身大步走开。

夏芷苏看着他走，吁了口气，她是真的怕说过分了，这个男人真的会一枪毙了她！这是绝对可能发生的事。

79

"还不走！等他们回来杀你！"凌天傲扭头冷眼看她。

夏芷苏还是扶着墙说："我现在知道了，你在医院的时候为了拉我进房间，还说不能离开你半步，原来是担心你父亲对我不利。"

"哼！"凌天傲不想跟她多说，夏芷苏道歉说："在医院顶撞你是我不对，这些天没来看你，真的是我不对。"真心诚意地道歉。

"假话！"凌天傲才不信。

"……"真话又不信了，夏芷苏真是无奈，看凌天傲走开了，她也想走。

可实在是……凌天傲回头，见她软趴趴地扶在墙上，脸色苍白。

"我腿软……"没等他问，她先承认了。

被吓的？凌天傲都要笑出来。

"上来！"凌天傲大步走了上去，蹲下身，背对着她。是要背她。

夏芷苏看了凌天傲头上的纱布一眼："你行不行？"

凌天傲的脊背一僵，直起身，扭头看她："嗯？你说什么？"

"我说你行不行！"夏芷苏重复。

"你说呢？"凌天傲起身上前，一手撑在墙上，俯身靠近，气息在她耳边掠过。那温温热热的气息让她浑身一个激灵，双手推拒他的胸口。

"我的意思是，你的脑袋受伤了，又感冒了，这么麻烦你背我，不太好！"夏芷苏双手撑在他的胸口。这货偏偏还要靠近。嘴唇都要贴上她的脸了，夏芷苏努力撇开头。

"我也没说你有别的意思。"凌天傲另一只手也撑在墙上，把夏芷苏整个人箍在两手中间。夏芷苏蹲下身，凌天傲也俯身，她仰头，他低头，两人的嘴唇贴得很近。凌天傲干脆伸出舌头在她唇上舔了一口。

看着夏芷苏脸色僵硬了，他才挑唇："不过本少好奇，你别的意思是什么意思？行不行，这个词可不能对男人说！特别是我这样的……猛男。"

"猛男"两字吐出的时候，他瞬间就咬住了她的唇。

"……"夏芷苏的脸色彻底垮了！她又被揩油了是吗？抬手打，手被抓住；抬脚，脚麻！于是凌天傲就这样天时地利地吮着那柔软的唇，一口一口，慢慢地吮。而蹲在地上的夏芷苏没有反抗能力，只能任凭他为所欲为！不远处凌天傲的用人叶落淡然地看了一会儿，躬身退下，瞬间就消失不见了。

"凌……唔……要断气了……"夏芷苏努力拍打凌天傲的胸口，想要把他推开。

"你可真是煞风景！一点情趣都不懂！"凌天傲吻够了，直起身。

夏芷苏睁大眼睛，她还遭嫌弃了！她分明是受害者好吗？这货得了便宜还数落她！真是够缺德！

"起来！这么长时间难道还腿软？"凌天傲冷哼。

"不是，蹲太久了，腿麻。"夏芷苏说。

"……"凌天傲的脸上露出毫不掩饰的嫌弃，俯身直接就抱起她。夏芷苏只感觉身子一轻，反应过来时，整个人已在凌天傲的怀里了。她其实真的担心他的伤，"你行不行"这句话差点又要脱口而出。

她要再说一句，她绝对相信这个男人会当场验证！大方地搂住凌天傲的脖子，夏芷苏看着他的侧脸，一点赘肉都没有，360度无死角！脸型完美得像雕刻！真是什么好的都往这男人身上堆，除了脾气不好！

"凌天傲，今天，谢谢了。"夏芷苏不自在地说。

"嗯？"

"我说谢谢。"

"然后？"

"没有然后了。"夏芷苏无语地说。

"本少可以不救你，救了你完全是本少好心，一句谢谢就没了？"这是实话，这绝对是凌天傲善心大发！

"凌天傲！你别玩我了！你有未婚妻的！"夏芷苏无奈地说。

"你这个女人怎么那么没意思！好端端的，提别人做什么！"

"那不是别人，是你未婚妻！你有未婚妻了，你现在这么抱着我，就是不对。"夏芷苏感觉凌天傲这人不是坏到无药可救。至少他还特地从医院赶来救她。她得好好引导他，做好人！直接从他手里跳下来，腿不麻了，可以活动自如！

夏芷苏想走开，可是凌天傲看着她，越发觉得这个女人有意思，唇边划过坏坏的笑。

"我劝你最好别离开我的视线，不然我父亲那些人回来，怎么对待你，我也没办法。"凌天傲挑眉，看着夏芷苏不跑了。

凌天傲慢慢踱步到她身边，然后俯身，凑近："而且这些天都得在我身边待着，直到我说服我家那老头子！不然，你走哪儿哪儿遭殃！特别是姚家！我那老头一口气灭了姚家，也不是不可能。"

这话，夏芷苏相信。走了回来，夏芷苏微笑："我要去上班了，不可能总待在你身边，让你保护吧！况且，你有未婚妻。"

"以后在我面前，不准提'未婚妻'这几字，你只需要清楚，我凌天傲，是你的男人。"凌天傲觉得不够，又强调，气息呵着她脸颊，"你的第一个男人。"

凌家豪宅。凌天傲的车子在门口停住，管家立马上前来开门。

门口用人叶落也着急地上前来扶凌天傲。夏芷苏从副驾驶座出来就看到叶落撑着一把伞举在凌天傲的头顶，另一个用人手里端了药上来给凌天傲，喝完，叶落又给凌天傲擦嘴。

夏芷苏见了，忍不住朝天翻了个白眼。凌天傲是撞伤了脑袋，又不是断手断脚了，至于嘛！

"过来。"凌天傲回头冲夏芷苏喊。夏芷苏白眼翻完了，走过来。

"扶着我。"凌天傲伸手，让夏芷苏扶。

叶落原本是要扶着少爷的，见少爷让夏芷苏扶，立马躬身走开。夏芷苏不想跟他吵，配合地伸手扶住他。凌天傲很满意，还以为这女人真被那么几把枪吓住了。

"天傲！"屋子里一个美人蹦跶出来。夏芷苏抬眼看到是凌天傲的未婚妻，萧蓝蓝。

"天傲，你去哪儿了啊？"萧蓝蓝担心地上前来问。看到夏芷苏，萧蓝蓝震惊，"你怎么在这？"夏芷苏扯了扯嘴角，微笑："萧小姐。"

"天傲！你不是让她滚了吗？"萧蓝蓝不高兴地抱住凌天傲的手臂，郁闷。

"又滚回来了！"夏芷苏说。

萧蓝蓝瞪了夏芷苏一眼，示意她这里没她说话的份！夏芷苏闭嘴，看了眼萧蓝蓝扶着凌天傲的手。有人扶了，不用她了！放开凌天傲的手，凌天傲却伸手拉住她。

"这话该本少问你，你在这做什么？"凌天傲问萧蓝蓝。

萧蓝蓝一愣："天傲！我是你未婚妻呀！当然是住在你这了！"

"这是我的房子，不是你的，你住在这，合适？"凌天傲不耐烦地反问，萧蓝蓝一下子哑口无言。

夏芷苏感觉凌天傲太欺负人了！人家可是未婚妻啊！这种态度多让人心寒！

"她当然合适！她是你未婚妻！等你们结婚了，这房子她也有份！"夏芷苏在一旁说。

凌天傲直接瞪了夏芷苏一眼："你闭嘴！"闭嘴就闭嘴。夏芷苏不说话。

萧蓝蓝却是怒火中烧："天傲！我住在这不合适！难道她出现在这就合适了？我可是你未婚妻！她算什么？"

"她是本少的女人！真真正正的女人！你只是老头子指定的未婚妻！可不是我的！要住，你回老头子那住去！"凌天傲哼了一声，拉着夏芷苏就走。

萧蓝蓝愕然睁大眼睛，她是凌天傲的女人，真真正正的女人！凌天傲的意思，他们之间已经……

萧蓝蓝根本不相信，吃惊地愣在原地。夏芷苏顿时面红耳赤，又怒视凌天傲！这贱货可是出轨啊！拉着她这个小三，还能那么理直气壮啊！他不害臊！她可是害臊得很啊！

"萧小姐，你别听他胡说！他瞎说的！逗你玩呢！"夏芷苏立马跟萧蓝蓝解释。

萧蓝蓝怒视夏芷苏："你很得意是吗？天傲会胡说吗？这种话你信不信！没关系的，天傲这样的男人，身边没有几个女人才奇怪！"

"天傲，我不介意的！"萧蓝蓝又笑着跟凌天傲说，"作为你以后的太太，如果连这点度量都没有，我又怎么能成为凌家少夫人呢？如果你不喜欢我住在这，我走就是了！不会打扰你们的！"

萧蓝蓝微微一笑，上前踮起脚尖在凌天傲的脸上礼仪性地落下一吻，转身，挺直了脊背，走开。

凌天傲微微皱眉看着萧蓝蓝。其实萧蓝蓝从小跟他的感情不错，只是他从来没想过要娶她。自从两家订婚，他便有意疏远了她。此刻萧蓝蓝表现得如此大度，倒是显得他理亏。

"萧小姐！"夏芷苏下意识地叫住萧蓝蓝。萧蓝蓝却已经大步走开。

夏芷苏急了，跟凌天傲说："你快去追啊！你这样说她真的很过分！任何女的听了都会伤心的！何况是你未婚妻！"

凌天傲心里的愧疚一闪而逝，低头睥睨夏芷苏。

"你这女人怎么回事，我在她面前，承认我们的关系，难道你还不高兴？莫非你希望本少遮遮掩掩，把你做地下情人才好？"凌天傲质问。

"你在你未婚妻面前承认我们的关系，这不是直接打了她一巴掌吗？再说了，我们也没什么关系啊！我也不打算跟你关系下去啊！"

凌天傲的眸子一阵凛然："所以，你想跟本少撇清关系。夏芷苏，你想多了。就算本少爷跟萧蓝蓝撇清关系，也暂时不打算跟你撇清！"还真够直白的啊！

夏芷苏指着自己："我！夏芷苏！你让我变成了地道的小三啊！你还拉着我，把正妻给气走了！凌天傲，你缺不缺德！"这女人说得有板有眼。

凌天傲差点儿就要笑出来，哼了一声："小三都像你这么自觉，全世界的正妻都不用发愁了。"凌天傲是嘲讽，转身走开。

夏芷苏一愣，凌天傲是几个意思？拐着弯骂她"小三"了！她说自己是小三没关系，但是凌天傲最没资格！

夏芷苏冲到凌天傲面前，指着自己："你说我是小三？"

"难道不是你自己一直在说？"凌天傲反问。

"我……是你让我变成了小三。凌天傲！你就是缺德！有未婚妻还来招惹我！你们都快结婚了，你还出轨！"夏芷苏指责凌天傲。

凌天傲挑眉唔了一声："首先，是你先进本少的房间招惹的我！其次，本少有未婚妻，不代表就要结婚！在你成为本少爷的女朋友之前，我，单身！"

"……"夏芷苏盯着凌天傲再次无言。怎么觉得凌天傲说得很有道理的样子，她竟无言以对了。

"觉得本少说得很有道理吧？"凌天傲上前来，低头看她，掐住她的脸，迫使她看着自己，"所以别成天喊自己是小三！弄得本少爷真跟出了轨似的！"凌天傲一副自己很有理的样子，丢开夏芷苏，健步如飞地往楼上走。

夏芷苏看着他矫健的样子，想起刚才还半死不活地让她扶！嘴角抽了抽，对眼前这个男人，她特别不想说什么，回头看了眼萧蓝蓝离开的方向。她这样，真有点鸠占鹊巢的感觉，很不好！

"凌天傲！"夏芷苏想了想，还是跟着凌天傲进了书房，说，"我，我还是回家吧！"

"嗯？"凌天傲挑眉看她，"不怕我父亲的人找你？"

"我当然怕！可是……"

"你不用顾及萧蓝蓝的感受，你是我的女人，不用考虑任何人的感受。"凌天傲似乎看出了夏芷苏的心思。不知道为什么，凌天傲特别希望夏芷苏能留下跟他住一起。

只要想到每天睁开眼睛就可以逗弄这个女人，他就开心。想到这里，凌天傲微微皱眉。他这是什么心思！留这女人下来，他纯粹只是为了玩她吧！对，自然是这样的！

这个该死的女人，制造了那么惨烈的车祸，差点害死他！

"别一口一个我是你的女人，被你未婚妻听到了多不好！"夏芷苏刚说完。就看到萧蓝蓝从另一侧的楼梯上下来，身后跟着两个保镖提着行李。原来萧蓝蓝还没走，而是整理行李去了。

萧蓝蓝已经听到凌天傲和夏芷苏的话，心口是剧烈的澎湃。

"萧小姐……"夏芷苏也看到了萧蓝蓝，尴尬地喊。萧蓝蓝踩着高跟鞋一步步走过来，经过夏芷苏的身边，微微停顿了一下，侧头，冰冷的视线扫过，眼底是憎恨和不屑。

"天傲！今天开始我去住酒店了！"萧蓝蓝回头又笑着跟凌天傲说，住酒店！她可是凌家的未来少夫人！去住酒店，多屈尊啊！夏芷苏听了都不忍心。

果然，萧蓝蓝也期盼地看着凌天傲。凌天傲靠在椅子上，拿了一份文件看，只淡淡喊了一声："管家，送她去酒店。"

夏芷苏一个踉跄！凌天傲真的是那种谁的面子都不给的人！凌管家已经出现，欠身："是，少爷！萧小姐，您这边请！"萧蓝蓝的身子微微一颤，差点要跺脚了。

可是在夏芷苏面前，生生忍下来。又狠狠瞪了夏芷苏一眼，萧蓝蓝气呼呼地转身下楼。

刚走到楼梯口，高跟鞋一崴，萧蓝蓝一个踉跄，夏芷苏本能地冲上前扶住她。萧蓝蓝一看到是夏芷苏，气得推了她一把。

"啊！"夏芷苏趔趄了一下，一脚踩空，眼看着就要从楼梯上掉下去。这要摔下楼还好，可下面就是鳄鱼池啊！

她一进来就发现楼梯口那里的水池，里面养着鳄鱼！夏芷苏半个身子探出了护栏，差点就要栽进鳄鱼池。千钧一发之际，有双手拉住了夏芷苏，是萧蓝蓝把夏芷苏拉了回来。

夏芷苏踉跄着，扑到了刚从书房走出来的凌天傲的怀里。反而是萧蓝蓝这么一拉夏芷苏，自己的身子前倾，眼看着就要滚落楼梯。

"蓝蓝！"凌天傲推开夏芷苏，大步上前，伸手，手臂横在萧蓝蓝的身前。萧蓝蓝整个人跌在凌天傲的手臂上，靠着凌天傲手臂的阻拦，她的身子又向后倾倒。

凌天傲另一只手抱住萧蓝蓝的肩膀，一个旋转，凌天傲的脊背抵住楼梯护栏，而萧蓝蓝跌靠在凌天傲的怀里。

"天傲……"萧蓝蓝惊恐地抬眼看凌天傲。似乎是惊吓过度，看了凌天傲一眼，就晕倒在他怀里。

"少爷！您没事吧！"用人叶落和管家都着急地上前来。

凌天傲看了一眼怀里的女人，眸子里有些复杂，把萧蓝蓝交给叶落。

凌天傲说："扶她回房吧。"

"少爷，不去酒店了吗？"叶落问。

"改天再说！"凌天傲把萧蓝蓝交给叶落，就大步上楼。

夏芷苏怔怔地看着被扶走的萧蓝蓝，半天反应不过来。刚才的事情发生得太快，她还没弄清楚是什么状况，抬眼就看到凌天傲皱眉看着自己。

夏芷苏立马挥手："不是我推她的！当时我差点掉进鳄鱼池，她拉了我一把！但是我绝对没有把她往下拉！我要是推她，一定直接把她推进鳄鱼池，你压根儿来不及救她！"

凌天傲的眉头还是皱着，盯着夏芷苏，似乎在考虑她说的是真是假。

"你不相信我吗？"夏芷苏小心地问。如果凌天傲误会是她推了萧蓝蓝，凌天傲不会直接把她扔进鳄鱼池吧！

凌天傲原本严肃的眉头舒展，翘起唇角："你这么怕我误会？很在意我对你是什么想法？"夏芷苏在心里翻了个白眼："你要这么想也行！"

凌天傲扫了她一眼，往书房走去，嗤了一声："我倒希望是你推的她，至少证明你在吃醋。"声音是嘟哝的，夏芷苏没听清。

"啊？你说什么？"夏芷苏疑惑地问。

凌天傲回头冷冷看了她一眼，哼了一声："没心肝的女人。"

夏芷苏指着自己："我，我没心肝？你还是觉得是我推的萧蓝蓝？真不是我！"

85

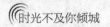

▐▐▐ 第八章 未婚妻发动攻势 ▐▐▐

在凌天傲跟他父亲就车祸问题还没沟通好之前，夏芷苏都得住在凌家。既然不回家住了，自然要跟父亲姚正龙打声招呼，夏芷苏刚给姚正龙打了电话，那一头姚正龙就很开心地说："女儿！你的行李，凌家已派人来取了！没想到你跟凌少发展得那么快！真是让爹地开心！"

"我……"夏芷苏其实是想跟父亲说，她要住到朋友风小洛那里去，没想到凌天傲早就派人去姚家拿行李了！夏芷苏只得呵呵干笑："这样啊，爹地，那我知道了！"

"好好服侍凌少！千万别惹他生气，知道吗？"姚正龙交代。

夏芷苏还是呵呵干笑："明白的，爹地。"

"就知道，这些年爹地没白疼你！GE集团把这一次重要的广告合作交给了我们，想来这里面，你有不少功劳！女儿，跟着凌少，前途无量！你现在又要去GE集团工作，要好好做，千万别让爹地失望！"姚正龙语重心长地交代。

父亲这么一提醒，夏芷苏才想起来，她得去GE工作了！想起来就不开心。欧少恒白天的时候给她来电话，知道她没去面试，欧少恒似乎很生气。现在她又进了GE，欧少恒知道了会更加生气吧！夏芷苏想着想着就睡着了。这陌生的床，实在睡得不是很好，总感觉有人在她旁边看着。她想睁开眼睛，努力了半天却没睁开。

这就是所谓的"鬼压床"，明明觉得自己是醒着的，就是睁不开眼。哗啦一下，夏芷苏感觉脸上一阵凉意，下意识地弹坐起身！

"凌天傲！"几乎是无意识地，夏芷苏大叫，她认为是凌天傲在恶作剧。

睁开眼睛，却看到一个红发女子鬼魅地站在自己床前，手里拿着玻璃水杯，想来是她用水杯泼醒了自己，是凌天傲的未婚妻萧蓝蓝。夏芷苏看清了眼前的人才松了一口气。

萧蓝蓝把水杯放在一旁，站在夏芷苏面前居高临下地睥睨："怎么，做梦都喊着天傲的名字，你就那么喜欢他？"

"不是，萧小姐，这大半夜的，很吓人！"夏芷苏一抹脸上的水，指着墙上的时钟。凌晨4点！

"天傲给你多少，我给你双倍。"萧蓝蓝说，"离开凌家，从哪里来滚哪里去。"

"萧小姐！您放心，我会走的！只要凌天傲出车祸的事，凌老爷不再追究了，我立马走！"她可不想死！

"你放心，关于这一点，我会跟凌伯伯去说，给你求情！"萧蓝蓝保证，"只要你肯离开天傲，什么都好说！要多少钱，你尽管开口！"

萧蓝蓝是来给她提条件的。她反正巴不得跟凌天傲撇清关系。

夏芷苏靠坐在床头，捋了捋头发："萧小姐，其实你应该知道我跟着凌天傲，得到的钱根本无法估量，你用钱打发我，自然打发不了！"

"你！"萧蓝蓝没想到眼前的女人那么贪得无厌，"你是什么东西，跟天傲会有什么结果吗？想成为凌家少夫人，你也不照照镜子看看自己是什么身份！"

"对，我自然比不上您了。"其实夏芷苏不知道萧蓝蓝是什么身份。可能成为凌家未婚妻，自然身份不凡。

夏芷苏眼底闪过狡黠："可是，就算成为凌少见不得光的情人，拿到的钱也比你给的多吧！"

"你这个贱人！"萧蓝蓝简直被夏芷苏气得不轻，扬手就去打夏芷苏。夏芷苏一手抓住萧蓝蓝的手腕，萧蓝蓝再怎么使力都抽不开自己的手。

"贱人！你还敢还手！"萧蓝蓝简直怒不可遏。在她眼里，夏芷苏实在嚣张至极！

夏芷苏丢开萧蓝蓝的手："在我跟凌天傲这件事上，我承认是我伤害了你！但我绝对不是有意的！之前在楼梯口，我好心拉你一把，你却差点把我推下鳄鱼池！虽然你后来又救了我，但是我真的不感激你。我也保证，我肯定离开凌家，但是你帮我做一件事！"

萧蓝蓝揉着自己被夏芷苏捏痛的手腕，恨恨地盯着夏芷苏。她知道这个女人太不简单。

"什么事？"萧蓝蓝虽然不乐意，可是只要夏芷苏离开凌家，她退一步又何妨！

夏芷苏终于一觉睡到天亮。才刚起床，电话就响了，是她的导师。

"芷苏，图书馆老师告诉我你借的书都已经还清了！经过学校领导讨论总结，你将会全优毕业！恭喜你芷苏！"导师把这个好消息告诉夏芷苏。

夏芷苏更加欢喜，没想到萧蓝蓝办事效率那么高！让她把图书馆丢失的书还了！她立马就能上！她丢了图书馆的书，后果其实很严重，如果不及时还上，她可能没法毕业，别说是全优毕业了！这下爹地也应该为她高兴！每年学校每个专业全优毕业的就一个。今年是她！

"耶！"夏芷苏在心里比画胜利的手势，跟导师说："都是您的功劳，谢谢老师！"

"谢什么，都是你自己努力的结果。全优毕业生，学校会组织专门的毕业晚宴，要带家属参加的话，你提前说，我好报名单上去。"导师说。

"没有！没家属！绝对没有！"

夏芷苏大清早拿了行李开心地想走，看到萧蓝蓝，她立马说："萧小姐，图书馆的书，谢谢你帮忙！"

"我找人去你们学校图书馆卖了人情，你丢失的书才能那么算了！夏芷苏，你要还缠着天傲不放，我现在就打电话给图书馆！"

"别！我现在走！马上！"学校才刚决定给她全优毕业，萧蓝蓝要是打电话过去，什么都泡汤了！

萧蓝蓝哼了一声："天傲还没起床，你赶快走！凌伯伯那边，我会替你说好话。"

"好！"看着夏芷苏走开，萧蓝蓝冷冷地一笑，看了眼凌天傲的房门，拿出手机，打了电话。

"凌伯伯，是我，蓝蓝！关于这次天傲的车祸，全都是那个女人夏芷苏一手策划的，她有意接近天傲，好像是受人指使。对了凌伯伯，她好像是本地首富姚氏集团的养女。"萧蓝蓝在电话里说。

凌父听了简直暴怒："如此说来，这个女人留不得！"

萧蓝蓝挂断了电话，看着走出门的夏芷苏，唇角扬起得意的弧度。

"还以为多聪明，原来也那么笨，为了几本图书馆的破书就心甘情愿地离开凌天傲！本小姐怎么可能帮你在凌伯伯面前说好话！"萧蓝蓝嘲笑着离开的夏芷苏。

可是，夏芷苏却完全高兴坏了！解决了图书馆的书，她就可以顺利毕业了，而且还能离开凌天傲那贱货！

她昨晚跟萧蓝蓝谈条件，只要萧蓝蓝帮忙解决学校图书馆的书的问题，她就主动离开凌家！就知道萧蓝蓝人脉肯定广！

夏芷苏一出了凌家，就小心地观望着四周。萧蓝蓝怎么可能在凌老爷面前替她说好话，她看自己的眼神，分分钟想把她凌迟了！姚家是不能回了。去找酒吧同事风小洛，恐怕又给她带来危险。

夏芷苏正不知道去哪儿的时候，电话响了。看着手机，夏芷苏犹豫了片刻，还是接了起来。

"在哪儿？"那一头的声音冷冷地问。

夏芷苏看着四周说："我也不知道在哪儿，我还在等车。"

"把位置共享发我！"那一头的声音又说。

"有事吗？"夏芷苏小心地问。

"这话该我问你，有没有事，我过来接你吃午饭！"

"欧少恒……你没事吧？"夏芷苏觉得欧少恒怪怪的，干吗突然接她吃午饭？她没去他公司上班，他到底是生气还是开心呢？她明明跟欧少恒说好的，要去欧氏集团，结果现在变成去 GE 集团上班了。

欧少恒原本就不待见她，她不去欧氏集团，他应该是开心的吧！"位置共享马上发给我，我过来接你！站在原地不要动！"欧少恒交代说。

"哦……好！"夏芷苏立马把自己的地理位置发了过去。站在原地等了一小会儿，欧少恒的车子就过来了。

夏芷苏走到车边，看到戴着墨镜的欧少恒，诧异地问："你在附近吗？怎么那么快就过来了！"

欧少恒拿掉墨镜看了一眼面前的夏芷苏，然后扭头看向身后的豪华别墅。独立成栋的别墅，这周边的区域都属于凌家范围。

"你上来！"欧少恒凑过来给夏芷苏打开副驾驶座的车门。

夏芷苏上去，系好安全带，还是觉得好奇："欧少恒，你怎么在这？"

"你昨天睡在凌家？"欧少恒问。

夏芷苏愕然于欧少恒怎么知道，但转念一想肯定是丹妮告诉欧少恒的。

"我，我是睡在凌家，但是不跟他同一个房间！"夏芷苏立马解释说。

"你傻不傻！跟我解释这种东西干吗？"欧少恒不耐烦地吼。

夏芷苏也有些尴尬，觉得自己的解释的确有些徒劳，于是闭嘴。

车子开了一段路了，欧少恒一句话也不说。夏芷苏小心地抬眼看他，欧少恒一手放在方向盘上，一手放在腿上，手指在轻轻地敲击。这个动作说明欧少恒此刻心情不佳。

"哎，跟安妮吵架了吗？"夏芷苏关切地问。

欧少恒眼风扫了夏芷苏一下，心情突然澎湃起来，看着夏芷苏无辜的眼神，他真想把这个女人吊起来狠狠地抽一顿！

"不是说过来我的公司，怎么又跑凌天傲那儿去了？"欧少恒半天不说话，夏芷苏都以为欧少恒肯定不会理她了，结果突然说。

夏芷苏愣了好半天，说："我其实跟凌天傲……"

"行了别解释了！"欧少恒问出口就后悔了。也不知道问夏芷苏这个干什么！弄得他好像很希望夏芷苏来他的公司一样。

夏芷苏是想解释的，解释她真的是无意间很突然地被告知要去凌天傲的GE集团！

她本人是一万个不愿意去。可是现在爹地已经知道她要去GE，她也实在不敢忤逆，只好去GE上班，学校毕业典礼一过，她就得去上班了。

"欧少恒，你是不是生我的气了？"夏芷苏小心地问。

"你傻啊！你有什么地方值得我生气！"欧少恒哼了一声。

夏芷苏想想也觉得有道理，然后问："那你怎么突然想到接我吃饭？"话里带着点点兴奋。欧少恒听出来了，心里倒是有些愉悦。

"好歹你是我未婚妻丹妮的姐姐，你要毕业了，帮你庆祝一下不行啊？"

"行！当然行了！"夏芷苏想到她现在不能回家，去风小洛那里又怕连累她，想了想说，"欧少恒，为了庆祝我毕业，要不你再好心点，收留我几晚？"

欧少恒一个失神，车子猛地刹了一下，差点撞到拐弯过来的车辆。欧少恒暴怒地一拍喇叭，对着拐弯的车子怒喊："怎么开车的啊？"夏芷苏觉得那拐弯的车子很无辜，明明是欧少恒突然刹车差点撞上人家的。

"你刚才说什么？"欧少恒又问夏芷苏，慢慢发动车子。

"我说，想请你收留我几晚！你放心，等我工作了有了钱，我会自己到外面租房子，很快的！"夏芷苏保证说。

"可我听丹妮说，你要在凌家住一阵子！"

"谁要住凌家啊！我那是迫不得已！凌天傲有未婚妻的，我跟他未婚妻住一个屋檐下多尴尬啊！"就算没有未婚妻，她打死都不想跟凌天傲住一起。

"我算是听明白了！凌天傲有未婚妻，而你跟凌天傲的关系，摆明了你就是第三者！夏芷苏，你这是活该！谁让你自甘堕落去巴结凌天傲！早跟你说过跟他没什么好结果！"欧少恒冷哼。

"是是是！我巴结凌天傲是自甘堕落，那我巴结巴结你！我去你那住一阵子！等有了工作，找到房子立马搬走！"夏芷苏不想跟欧少恒吵架。

欧少恒得意地挑着眉梢："想住我们欧家？你傻啊！我父母会同意吗？"

"你房产很多啊，随便给我挑一套就好，不用住欧家啊！"

"让我送房子给你？想让我包养你？"夏芷苏有些无语："可能我表达得不是很清楚，我的意思是，你随便哪个空置的房子，先借我住一阵子！要不这样吧！我付房租，先欠着！等我工作了就还给你！"

欧少恒白了她一眼："得了！本少爷会看上你那几个破钱？也不知道接多少活才能住得起我的房子！拿去，北景花园有一套一室一厅，我偶尔会去住，你需要的话，钥匙给你，你住吧。"欧少恒拿了钥匙给夏芷苏。

夏芷苏接了钥匙，激动地问："北景花园！靠海的那个北景花园？"

"要不要？"

"要！当然要了！"干吗不要？夏芷苏想到欧少恒的话，忍不住问："欧少恒，在你眼里，我是不是个很不要脸的女人？"

"不是不要脸，是压根儿没脸皮！"

"……"夏芷苏说，"其实这些年你有点误会我了，我人品其实没那么差的！"

夏芷苏才刚说完，头顶突然传来很大的轰鸣声，还有很大的风力打在两人的头上，砰砰！两声枪响，就打在车身上。欧少恒和夏芷苏都大惊，抬头看到一架直升机，上面有人拿着枪正对着他们车子的方向。

"夏芷苏！快趴下！"欧少恒眼看着枪口再次对准他们，立马大叫，下意识地，一手伸过去摁住夏芷苏，把她摁到座位下面。砰砰砰！连续的枪响。

欧少恒猫着身子，一手打着方向盘，一脚迅速踩着油门，想要躲开直升机。可是直升机在他们上空紧追不舍，不断对他们开着枪。

"怎么回事！快报警！"欧少恒大喊着说。

"不不不！不能报警！报警了更惨！"夏芷苏立马阻止。

欧少恒听明白了，指着上空："夏芷苏！你惹的麻烦？"

夏芷苏尴尬地瘪嘴，能动用直升机杀人，用脚指头想也该知道是凌家的人。果然萧蓝蓝不可能在凌老爷面前说她的好话，不仅不说好话，可能还会添油加醋。

见夏芷苏不说话，那是默认了，欧少恒呸了一口："还敢说自己人品不差！看看你自己，什么人品！到底是什么人要这样追杀你！"

"哎呀，说来话长！我们还是快想想办法怎么避开吧！"夏芷苏不想让欧少恒知道更多内幕，怕给他惹来麻烦。砰砰砰！上面的人完全不手软，对着底下的车子不断地开枪。

欧少恒的车子都快被打成马蜂窝了，压根儿避无可避。砰！啪！很准确的一枪，打破了车胎。欧少恒看了眼四周，这里原本就偏僻无人，还是群山环绕，倒是有个竹林可以遮挡一下。

"夏芷苏！跳车！"欧少恒大叫。

夏芷苏知道非跳车不可了，趁着欧少恒把车子开进了竹林，夏芷苏打开车门跳出去，抱住一根竹子。回头发现欧少恒也已经从车里跳出来，一手抱着一根竹子从竹子上滑落，稳稳地落地了。

车子没有人的驾驶，失去了控制直接往竹林深处冲去。因为高高的竹子遮挡，飞机上的人看不清他们，而是朝着失控的车子追去。

"快下来！"欧少恒见夏芷苏还抱着竹子，跑过来。

夏芷苏跳下来，欧少恒稳稳地接住她。夏芷苏下意识地勾住欧少恒的脖子，欧少恒抱着她，两人都愣了一会儿，欧少恒这才放手，夏芷苏从他怀里跳下来。

"你干什么缺德事了！惹上这样的人物！"欧少恒质问。

"哎呀别骂我了！快逃命要紧！"

夏芷苏此时的电话响起，边跑边接。那一头传来爆吼："死女人！"

夏芷苏立马把手机拿开，离耳朵远点，又靠近："我还活着，没死。"

"你也知道自己没死！知不知道外面很危险！你还敢不告而别！"那一头凌天傲咬牙切齿地喊。他因为脑袋的伤没有痊愈，睡得有些早，醒得有些迟，醒来发现那女人直接走了！

"哎呀！我知道危险了！不说了不说了！"夏芷苏立马挂断电话，逃命要紧！

回头直升机不知道飞哪里去了！就是可惜了欧少恒的车子！还是很贵的！而这一头，凌天傲正站在床边，用人叶落在他身边给他穿衣服。

"该死的女人！我还不想管你！"凌天傲直接砸了手机，暴怒地吼着。叶落见少爷突然发火，小心地给他穿着衣服，大气都不敢出一下。门外的凌管家也听见了，赶紧躬身站在门口，随时等候少爷的差遣。

而萧蓝蓝听到凌天傲的暴怒声，唇角开心地上扬。想来是那个夏芷苏惹天傲生气了。凌天傲还在诧异，夏芷苏怎么就敢忤逆他了？明明，夏芷苏图书馆的书还在他手上。那女人对毕业看得那么重，怎么可能不管那些书？

"管家！"凌天傲大喊。管家立马走进来，躬身道："少爷！"

"你去查查夏芷苏的毕业情况！"管家一愣，对于这种小事，少爷怎么如此关心？这个夏芷苏果然很不一般！

"是，少爷！"管家立马走了出去。

夏芷苏的书就放在凌天傲的床头柜里，凌天傲拿了那几本计算机的书摔在地上，被夏芷苏气得不轻。用人叶落站在一旁不知道该不该把书捡起来。

"都拿出去烧了！"凌天傲命令。叶落捡起书，正准备出去。

"少爷，"管家又走了进来说，"夏小姐已经顺利毕业了！今早，听说夏小姐已经还了书了！学校批准毕业，还是全优毕业！"凌天傲眸子一凛，看向叶落手里的书。

书全都在这，怎么就还了？

"少爷，这些书还要烧吗？"叶落问。

凌天傲眯着眼睛，夏芷苏没有还书，学校却说还了。

不用说夏芷苏是动用了关系！谁的关系？姚家？门口萧蓝蓝也过来，见到这场景，笑着说："天傲！几本书而已，夏芷苏不是姚家的人吗？姚家是当地的首富，帮忙解决一下夏芷苏的毕业问题，轻而易举吧！"

凌天傲冷笑，的确，姚家帮忙解决一下，轻而易举！姚家是厉害，难道他凌家就说不上话？凌天傲冷冷地笑。夏芷苏，走着瞧，看你怎么回来求我！

夏芷苏终究是不敢跟着欧少恒去欧家的，不仅怕连累欧家，而且欧少恒的爸妈并不喜欢她。欧少恒把夏芷苏带去他的私人公寓，北景公寓。

钥匙已经在夏芷苏的手里。欧少恒进门就说："你以后就住这里，你放心，这所公寓是我私人名下的，连丹妮也不知道位置，我也不会告诉她，你住在这，免得她生气。"

"好的！这里位置刚刚好，去公司上班还有直达公交车。"夏芷苏看着周围的环境。

"这里没其他人，也不用担心隔墙有耳，可以跟我说说了，到底是谁要杀你。"欧少恒问。

夏芷苏说："你还是别问了。"

"不知道是谁，我怎么保护你？"

"不用你保护的！我这几天就躲在这，等过了风头再说。"

"告诉我是谁，也许我能帮你解决。"欧少恒说。

"不能说，就算你打死我都不能说。"不能让欧少恒知道，不能连累他！

"你！"欧少恒被她气死，"我还真想打死你！行了，你不说随便你！我去超市买些吃的送过来。"

凌家豪宅。

凌天傲已经对着桌上的书，来来回回在屋子里走了好几遍。这个该死的女人简直要气死他！在他眼皮子底下，一再地惹他生气！夏芷苏敢回来找他，他一定掐死她！

"少爷！"门口管家恭敬地喊。

凌天傲几乎疾步走出来，着急地问："那死女人来了？"看着外面，没人！

管家立马躬身说："不是的！您的未婚妻萧小姐在稠城的意大利餐厅准备了一桌晚宴，想邀您一起用餐！"又提醒，"少爷，今天是萧小姐的生日！"

凌天傲刚想拒绝，听说是萧蓝蓝的生日，想起往年，萧蓝蓝的生日，他还会送礼物给她，毕竟他们从小就认识。只是他从来只把萧蓝蓝当妹妹，压根儿没想过跟她结婚。

"送束花！再给她挑个礼物！至于晚宴我就不去了！"凌天傲盯着桌上的书看了一会儿。

"是，少爷！可是老爷已经交代过，萧小姐的生日，少爷您必须陪她过！"管家小心地传达老爷的话。

"必须？"凌天傲听到这个词就觉得可笑，"当他儿子是交际花？还是他的傀儡？要陪他自己陪！滚！"凌天傲现在对任何事都没兴趣。

他火气还大着！那女人连命都不要了，就是要从他眼皮子底下逃走！

"少爷，听说您擅自跑来中国，萧小姐的母亲萧夫人已经很不开心了，老爷跟萧夫人交情不浅，如果萧小姐的生日您不陪她过，恐怕萧夫人要生气吧！"用人叶落在一旁说。

"我还怕那老太婆？"凌天傲不以为然。

"就怕萧夫人在老爷面前说您的不是！萧夫人一向是喜欢您的表哥东野少爷的，可萧小姐喜欢的是您。少爷，我们想顺利继承 GE 集团，萧夫人暂时不能得罪。"叶落跟少爷分析说。

凌天傲微微皱眉，心里一股怒气憋着，可是不得不承认叶落说得很有道理。他是凌家的继承人，可是他的表兄东野润一也是凌家的外甥，东野润一的母亲是他父亲的妹妹，也就是他的姑姑。

姑姑在 GE 的股份基本跟父亲的持平，只要稍不小心，GE 集团就可能落入他表兄东野的手里。

"所以你让我给萧蓝蓝过生日，是为了讨好萧家的老太婆？"凌天傲淡漠地扫一眼叶落。

"少爷，大丈夫能屈能伸！"叶落唇角微扬，对自己的少爷满是信心和自豪。

凌天傲走到叶落面前，一手捏着她的脸颊："知道你为我好，可我，对萧蓝蓝一点意思都没有！"

"那夏小姐呢？少爷有兴趣吗？"叶落笑着问，扬起手，手里的手机刚接到的消息，"夏小姐也在稠城！"

凌天傲眸子眯起，盯着短信内容，唇角邪佞地上扬："这个，还是比较感兴趣！"

稠城，意大利餐厅。

夏芷苏跟着欧少恒进了餐厅，看到一楼的餐厅空旷无比，什么人都没有。只有靠窗的一个位置，坐着一个女人。"欧少，楼上的包间给您留着呢！两位这边请！"餐厅经理亲自带欧少恒上楼。

欧少恒也看到楼下没人，奇怪地问："今天人那么少？"经理立马回答："是楼下的萧小姐包了一楼！就是靠窗坐着的那位！"经理努了努嘴。

欧少恒看了一眼，不以为意。"明天没什么事就不要出门了，在家里看电视，我会派人送吃的给你。这几天我有点忙，等过几天你毕业典礼我再来接你。"欧少恒低头切了一块比萨放在夏芷苏的盘子里。

夏芷苏拿起比萨咬了一口，嗯了一声，咬着比萨说："欧少恒，我觉得我现在像是被你包养的情妇！"欧少恒看了她一眼，嫌弃地说："你倒是很想做我情妇！"

夏芷苏立马摇头："不想！你是我妹妹的未婚夫！"欧少恒听她这么说，心口莫名地一颤，抬眼看着对面的女人。他张嘴想说什么，却又低头用餐。

夏芷苏抬眼看他，他低着头，她望着，眼底有什么东西闪过，心底叹息了一声。

夏芷苏说："我去下洗手间。"

站在盥洗台，夏芷苏看着镜子里的自己，一再地强调：夏芷苏，你是从孤儿院出来的，你是赌徒的女儿，喜欢什么人，你是没资格的！平稳了心绪，夏芷苏从洗手间出来，就看到门口的洗手台前站着一个熟悉的身影。

高大笔挺的身影，连经过的服务员都在啧啧赞叹他的俊朗！惹眼的红色衬衣，简直风骚得要死！镜子上倒映的是浓黑的双眉，不屑一顾又狂拽的眼神，唇角是上扬的，看着镜子里的自己，似乎非常满意自己的长相，脸上是意气风发的张扬。

那么惹眼的男人除了凌天傲还能是谁！大老远吃个意大利餐都能碰上他！夏芷苏立马躲进洗手间。

"好帅的男人呀！可惜听说已经名草有主，包了一楼的萧小姐似乎是他的女朋友！天！真的好帅，而且还开了一辆几千万的豪车来！羡慕死了！"服务员甲进来跟服务员乙说。

"谁不羡慕啊！那么帅还那么有钱！好像是萧小姐过生日，他特地过来呢！真的好好，好贴心！"服务员乙一副花痴状。走进来见墙边靠着夏芷苏，莫名其妙地看了她一眼。

两个服务员各自进了厕所的小门。进了小门，两人还在不断议论凌天傲，各种惊叹号！

夏芷苏是听明白了，原来包了一楼的那个女的是萧蓝蓝，今天凌天傲过来是给未婚妻过生日来的！不是跟未婚妻感情挺好嘛！那么好的感情还来招惹她！

夏芷苏忍不住就咒骂出来："贱货！一楼没厕所吗，还跑二楼来上！"

"阿嚏！"凌天傲洗完手走开，打了一个喷嚏，皱眉，难道是夏芷苏那死女人又在说他坏话！这个该死的女人，不是说跑稠城来了，怎么他找了大半个城也没找着。

服务员从厕所里出来，跟夏芷苏说："小姐，一楼没洗手间，只有二楼有！里面有空位，你不上吗？"

夏芷苏呵呵干笑："不上！"服务员觉得莫名其妙，不上厕所怎么老躲在厕所里不出去！

夏芷苏无视服务员怪异的目光，小心地探出脑袋看外面，凌天傲走开了！只是到时候该怎么下楼呢？下楼了一定会被凌天傲发现她啊！

"你怎么上个洗手间那么半天！"不远处传来欧少恒的声音。

夏芷苏刚想说什么，却看到拐角熟悉的身影又回来了！忽的一下，夏芷苏身形一闪直接躲进了洗手间！

"夏……"欧少恒刚想叫夏芷苏，突然身边走过了凌天傲的身影。

欧少恒当然认得凌天傲，在高尔夫球场见过。但是凌天傲不认识欧少恒，从他身边走过，凌天傲去盥洗台拿手机。原来是手机忘盥洗台上了。欧少恒走到一边，看着凌天傲一手拿着手机一手放在裤袋大步从自己身边走开，完全目中无人的样子。

欧少恒不屑地扬了扬唇角，再看了一眼洗手间。夏芷苏跟自己在一起，想躲开凌天傲也正常。夏芷苏再次从洗手间出来，小心地站在欧少恒的身后："凌天傲走了吗？"

"下楼了。"欧少恒说，又问，"你跟凌天傲到底什么关系？听丹妮说，你是他女朋友，那你见到他躲什么？"

"女朋友？"夏芷苏简直麻毛，丹妮为什么那么说啊？

"不是啊不是！"明明是凌天傲自己单方面承认！"是吗？不会是因为我在场，你怕他误会？"欧少恒的话里莫名地带着酸气。不是怕凌天傲误会，而是怕凌天傲较真!

她的确是不辞而别,还挂了凌天傲的电话,要是让他知道她跟欧少恒在一起。夏芷苏怕凌天傲迁怒欧少恒!

"二楼也不高,我跳窗了!欧少恒,我先回去了!"夏芷苏跟欧少恒说完就跑回洗手间,看了眼下面,有点高啊!

欧少恒拉住夏芷苏:"你傻啊!这跳下去万一把腿摔瘸了多不合算!这样吧,我先出去,在楼下接着你。"欧少恒说着就出去了。

夏芷苏还来不及感激,电话响起,一看来电……她是使劲地按,跑到厕所里,准备跳窗。

可她电话又响了。她又按。

门外凌天傲听到电话铃声,有些狐疑,于是直接走进女厕。果然看到了窗户边的夏芷苏,那个背影,化成灰他都认识!凌天傲几乎把整个稠城都翻遍了,没找到夏芷苏,却偏偏在意大利餐厅碰到她!还真够巧的啊!

站在她后面,凌天傲又拿出手机给夏芷苏打电话,夏芷苏被电话铃声吵得烦起来!

拿出手机,挂断,骂一声:"这个贱货!有完没完!不好好陪未婚妻过生日,一个劲给我打电话,真是脑残!"身后凌天傲眼角跳了跳,很好,骂他贱货,还骂脑残。

夏芷苏挂了电话,手一撑就跳上了窗台。正准备往下跳,突然有只手圈住了她的腰。

"啊啊啊!"夏芷苏惊吓地大叫。反手就劈了过去,那人身手很快,侧身就躲开。

她再劈过去,手腕已经被抓住了。

扭头,夏芷苏还以为是追杀她的人,正准备侧空翻跳开那人的怀抱,回头却看到一张放大的俊脸。夏芷苏睁大眼睛:"你你你……"

凌天傲不是走开了,怎么又回来了?

"你怎么又回来了!"夏芷苏大叫。凌天傲挑眉,似乎听到了某些信息。怎么又回来了!再看眼前的女人是准备跳楼的。

很好!原来是为了躲开他!"所以你早就发现我在餐厅里了!"凌天傲的声音已经降到冰点,"你跳楼是因为不想下楼被我碰见?"

只要她点头,他就先掐死她!夏芷苏自知失言,立马摇头:"不是!我就是跳着玩!"

"跳着玩？夏芷苏，你当我是瘟疫！"凌天傲恨得咬牙切齿。

夏芷苏觉得反正被发现了，不如破罐子破摔！一脚踩着窗台，借着力道从凌天傲的怀里跳下来。凌天傲还就不让她落地，一手圈住她的腰，把她扯了回来，箍在自己怀里。

"凌天傲！"夏芷苏见自己挣扎不开，恼怒地大叫。

"在呢！"

"你抓着我干吗？知道我躲着你，你还一个劲地贴上来！你不是脑残是什么？"夏芷苏气得大骂。凌天傲的双瞳猛然一凛，漆黑的眸子里慢慢酝酿了滔天的怒火，手不自觉地就掐住夏芷苏的脖子。

"夏芷苏！本少一直在想，如果让我今天碰见你，一定掐死你不可！不要以为我不敢！"凌天傲一字一句都带着威胁。夏芷苏冷笑地看着他，满是挑衅："你敢！你当然敢！我就站在这呢，你掐啊！掐死我啊！"

"你！"凌天傲根本怒极，掐着她脖子的手，瞬间箍紧。夏芷苏可以清楚地感觉到那强大的力道，好像分分钟要把她的脖子扭断，又疼又无法喘息，因为疼痛和窒息，眼前有些眩晕，眼睛里也弥漫了水汽。

夏芷苏含着泪的眼盯着他，因为无法喘气，她的脸越加红润。洗手间里，有上厕所的人，惊恐地望着眼前的一幕。凌天傲眼风里扫到，侧脸："滚！"吓得那人立马跑了出去。

"夏芷苏，求我，我就放了你！"凌天傲捏着她的脖子，开口。夏芷苏只是倔强地扯了扯嘴角，语气更加强硬："你有本事掐死我！"

"这是你逼我的！"凌天傲掐住夏芷苏的脖子，扬手，直接把她抵在冰冷的瓷砖上。夏芷苏被高高举起。

死亡的气息扑面，她下意识地蹬着脚丫，开始翻白眼。

"求我！"凌天傲再次怒吼。夏芷苏翻白的眼珠带着嘲弄："掐死我……咳咳咳……"完全无法喘气了！夏芷苏是在赌！

凌天傲根本不会掐死她！凌天傲周身的气息都被愤怒笼罩，面前的女人，他恨不得千刀万剐！

可是看着她此刻的模样，却依旧倔强。他知道，他根本就舍不得掐死她！可是就这么放过她，怎么能解他的心头之恨！

他明明对她那么好了！别的任何女人都没享受过的待遇！她凭什么可以一再地无视他！他是她的第一个男人啊！他对她的味道那么留恋，而她却嗤之以鼻！

凌天傲直接掐住她的脖子把她扯了过来，另一只手圈住她的腰，凶猛地扑上去，把她整个人再次抵在墙上，一口咬上她的唇，堵住她的嘴。夏芷苏好不容易感觉自己脖子一松，正想喘气，嘴巴却被堵住，更加无法呼吸。

出于求生的本能，她只能大口大口地从凌天傲的嘴里汲取气息，拼命地吸吮，整个身子又软软地依偎在凌天傲的怀中。

欧少恒正疑惑夏芷苏怎么还不跳下来，回来一看，却在女厕看见夏芷苏跟凌天傲激烈地热吻，心口一阵恼怒。他在下面吹了那么久的冷风，上来却看到夏芷苏跟别人吻得热情！

他怎么能不生气！这个夏芷苏，简直就是绿茶婊！一边跟他说，她不是凌天傲的女友，另一边，背着他，就跟凌天傲亲热！虽然夏芷苏的事他管不着！

可他欧少恒被夏芷苏这样耍得团团转，他就是来气！真是贱女人！他的未婚妻姚丹妮不知道比夏芷苏好多少倍！看到夏芷苏一个人在房间吃泡面，他竟然好心带她出来吃意大利餐！

可笑！这边，夏芷苏简直被凌天傲吻得七荤八素，完全找不着北！双手推拒着凌天傲的前胸，想要把他推开，可是自己此刻一点力气都没有！只能任凭面前的男人为所欲为！

终于，凌天傲自己满足了，掐着夏芷苏的脖子就把她丢开。

夏芷苏一个跟跄，后背撞到冰冷的墙上，脊背疼得像被撞断了一样。

"咳咳咳……咳咳咳……"夏芷苏捂着脖子不停地咳嗽。

凌天傲却只是冷冷看着她，看着面前一再忤逆他的女人！

"差点死掉的感觉不错吧！"凌天傲冷笑地嘲讽。夏芷苏抬眼，也是怒视他："咳咳咳……"依旧是咳嗽，还没缓过气来。

凌天傲捏住她的下巴，迫使她看着自己："今天只是小小的教训，你也知道本少什么事都干得出来，现在只是大庭广众吻你一下，我要一个高兴，拉着你大庭广众的，还有更大的尺度！你觉得如何？"

夏芷苏本能地退后一步，眼底染上了惊恐。

凌天傲见她怕了，唇角微微上扬，丢开她，转身："晚上12点之前去我那儿，迟到一分钟，你想要的东西，本少就不给了。"

夏芷苏怒瞪着走开的凌天傲，想开口骂，却又生生忍下来。面对这个恶劣的男人，她只要忍忍就过去了！觉得可笑，她能有什么想要的东西！她想要他的命，难道他去死啊！让她去就去，真当她是狗？鬼才去见他！

凌天傲走出洗手间，到门口，又回过头警告："记住，门禁是12点，过了12点，你想要任何东西，都没有！到时候本少可就要你哭着跪着求我！"

▐▌▌ 第九章 挽着我，你的男朋友 ▐▌▌

晚上 11 点 45 分，北景花园公寓，夏芷苏打不通欧少恒的电话，只好自己打车回公寓，才刚打开公寓的门，电话就响起。

夏芷苏奇怪地接起，说："老师，这么晚了还有事吗？"是她学校的导师来的电话。

那一头导师着急的声音传来："芷苏！怎么回事？图书馆馆长告诉校长你从图书馆借去的书都没还，之前是搞错了，毕业名单在明早我就要提交了，你的名字被校长亲自划掉了！明早之前你不还书，不能毕业！"

夏芷苏的小心脏都颤抖了："怎么可能？"萧蓝蓝的人脉，她信得过。对萧蓝蓝而言，图书馆的几本书完全是小意思吧！扶额！突然想起凌天傲说的话来。

"晚上 12 点之前去我那儿，迟到一分钟，你想要的东西，本少就不给了。"她想要的东西，无非是图书馆的几本书啊！真在凌天傲的手里！难怪他那么笃定她会回去找他！

"芷苏？芷苏？你有没有听我在说！你怎么那么不小心，是不是把书弄丢了？要是弄丢了图书馆的书你会被扣学分！到时候学分不满，你没法毕业！"导师都为她着急。夏芷苏可是她手下最优秀的学生了！不能毕业说出去都丢脸！

"老师放心，我明早就把书送去图书馆！"夏芷苏转身就跑下楼，打了车。她顺便看了眼时间，只有十分钟就 12 点了！夏芷苏坐在车上，又立马给凌天傲打电话。

这边凌天傲还在慢悠悠地喝着红酒，看了眼电话号码，挑唇，然后挂断。

"挂我电话！"夏芷苏听着电话的嘟嘟声，气得大叫。

没一会儿，夏芷苏的电话响了，是凌天傲的。

"喂！凌天傲！"夏芷苏大喊。凌天傲喝了一口红酒，慢条斯理地嗯了一声："被人挂电话的感觉不好受吧！"

"我的书在你那儿？"夏芷苏大吼。

"呵呵！"凌天傲手指一划再次挂断了电话。

夏芷苏一口血憋着差点儿吐出来！明早要是不还书，她就没法毕业了！她不想留级！夏芷苏再次拨通了凌天傲的电话，可是这一次没人接了，继续打，还是没人接！然后凌天傲的手机关机了。夏芷苏这次真要晕过去了！

之前凌天傲不断打她电话，她不断挂断，最后直接关机！凌天傲这个小气鬼，现在是原原本本地还给她！真是想死的心都有了！

"少爷，还有两分钟就12点了！"泳池旁，叶落提醒少爷。

凌天傲眉梢微挑，手指叩着酒杯："12点一到，关了大门。"

"明白了，少爷！"

夏芷苏眼睁睁看着凌家到了，她激动地跳下车，还有十秒，还有十秒！

"哎！等等！不要关门啊！"夏芷苏跑上来，却看见大门即将被关上。

门里面叶落站在那，看着手机，只能好心地提醒夏芷苏："夏小姐，你跑快些！"

"我跑得很快了！"夏芷苏大叫，分明就是百米冲刺了！

"叮咚！"12点的钟声准时敲响，大门自动关上。

夏芷苏恰恰碰到大门的边，门已经关得严实。

"我就迟到了一秒！就一秒！麻烦你开一下门！拜托了拜托了！"夏芷苏恳求叶落，叶落有些犹豫。少爷说12点一到就关门，就算超过一秒，她也没法做主。

夏芷苏还在恳求，看到凌天傲出来，马上激动地上前，隔着门，对着凌天傲嘿嘿地笑："我就迟到了一秒！已经很快了！出租车司机都把车开得飞起来了！"

凌天傲凉凉地扫她一眼。这个女人可真不是个东西。每次有求于他的时候，笑得那叫狗腿！用不着他的时候，一脚就把他踢开！这么个没品行的女人，他非得好好教育教育！

"本少说过，12点一过，你要任何东西，我都不给。夏芷苏，我早说过，你会来求我！你偏偏不听！"凌天傲嘲弄道。

夏芷苏努力挤着笑脸："迟到了一秒而已，不要那么计较嘛！"

"我还就计较！你敢让本少爷久等，你就该死！这些书更该死！"凌天傲抬手，夏芷苏就看到凌管家搬了个小炉子出来，身后又有守卫抱了她的几本书走到炉子旁，而凌天傲的手里拿着打火机！

打火机！夏芷苏睁大眼睛："凌，凌天傲……你想干什么？"

看到夏芷苏的惊恐表情，凌天傲满意地挑唇："不要怪本少没事先给你打招呼，叫你12点之前来的，你不来，我有什么办法！既然你不想要这些书，烧了不就行了！"

凌天傲把炉子点燃，红色的火焰在炉子上随风摆动。凌天傲顺手从守卫那里拿了一本书过来，作势要扔进火炉里。

"别啊！我怎么会不想要这些书！我做梦都想要！凌天傲！我就真的只迟

到了一秒钟！你把书还给我吧！"夏芷苏哀求，抓着门，要哭了。

凌天傲可真不高兴。而且还觉得自己够够无聊，竟然绑架了几本破书威胁眼前的女人。问题是就这么几本破书，威胁她，竟然还奏效了。这个女人一见到他就躲，偏偏为了几本书自投罗网，说明他凌天傲在她眼里还不如几本书。这么一想，凌天傲更不开心了。

"所以我现在把书还你，不是说明本少爷做事没原则！说过的话跟放个屁似的！这传出去多不好！"

"是是是！"夏芷苏还是嘿嘿嘿笑，腹诽：这都什么事，传出去有谁会在意！

"所以，还是烧了。"凌天傲再次准备把书扔火炉里。

"别！别啊！凌天傲！条件！你提条件！什么条件我都答应你！千万别把书烧了！"夏芷苏着急地大喊。

她能想到的也就是让凌天傲提条件，因为凌天傲是生意人！凌天傲上扬着唇角就等夏芷苏这句话。

"以后还敢不敢不听我的话？"凌天傲这是要答应提条件还书的节奏。

夏芷苏忙不迭地摇头："不敢不敢！"她怎么敢不听他的话，今天差点就被他掐死啊！

"我父亲要追杀你，你应该很清楚！在我没说服他放弃追杀之前，不准随便离开凌家，明白？"凌天傲说完就觉得自己怎么就败给这个女人了，这么明显的，他是要保护她！

夏芷苏自然也听出来了，微微一愣，想起之前有人开着飞机来追杀她！跟着凌天傲，至少可以保证她的生命安全吧！

"不离开！绝对不离开！我答应了！可以把书还给我了吧？！"夏芷苏哀求。

"我不让你离开凌家是为了保护你！这福利是你的！你不会听不懂吧！这算什么条件！接下来，是给我的条件！"凌天傲走上来，看着门外的女人，勾手："耳朵靠过来！"

夏芷苏立马凑近，就听到耳边是恶魔般的声音："身为少的女朋友，自觉暖床的义务是不是该履行？"夏芷苏想要掀桌了！为了几本书，她给他暖床？

见夏芷苏面皮都抽了，凌天傲挑眉说："你放心，我就抱着你，什么事都不做。"说到"做"字，他故意在她耳边吹了一口气，激得夏芷苏浑身鸡皮疙瘩。

夏芷苏深吸一口气，看着他手里的书，咬牙切齿地点头："好！"

"成交！"凌天傲把书透过铁门递给夏芷苏。夏芷苏一拿到书，觉得这书的分量很重很重，宝贝似的抱住。

"还不给少爷我的女朋友开门！"凌天傲扬手，转身回房间。

夏芷苏见门打开了，立马冲进去，把守卫手中的几本书也抢了过来。数了一下，都在，都是图书馆的书。夏芷苏终于松了一口气，可以毕业了。

"你过来！"凌天傲扫了一眼抱着书的夏芷苏，手臂微抬："挽着我，你的男朋友！"

"我抱着书呢，没手挽你了！"夏芷苏一个劲地腹诽，面上却呵呵笑着。

"还是把书烧了吧。"凌天傲看了眼火炉。夏芷苏立马飞奔到凌天傲身边，挽住他的手。

凌天傲挑唇，满意地圈住她的腰，圈着她贴近自己的身体，夏芷苏踉跄着却不得不贴近他，浑身都是鸡皮疙瘩，却还得任由他抱着！

"作为你的男朋友，我这么抱着你，你似乎很嫌弃？"凌天傲低头威胁地质问。

夏芷苏立马摇头："不嫌弃！不嫌弃！我高兴还来不及！"只要她点头，她手里的书肯定被烧了！

"唔，这样啊！这么高兴，那本少晚上就这么抱着你睡。"凌天傲凑在她耳边说，咬住她的耳垂，带着暧昧的声音，"脱光光哟！"

"……"夏芷苏身形再次一抖！竟然没在房间里看到萧蓝蓝，夏芷苏真是奇了怪了。

她真是搞不清凌天傲这个男人，明明有未婚妻，竟然还要她留在他的房间，一张床睡觉！

找小三找得他这么理直气壮的，她真是没见过，而且完全不顾萧蓝蓝的感受！

夏芷苏不断地巡视着四周，待会儿要是看到萧蓝蓝，她该怎么措辞呢！当着萧蓝蓝的面进凌天傲的房间，真的很不好吧！

"萧蓝蓝不在这。"凌天傲走上楼，淡淡地说了一句。这女人贼眉鼠眼又做贼心虚的模样，不用说是在找萧蓝蓝。

"我把未婚妻赶走了，独独留着你在我房间，对你好吧？"凌天傲在她耳边呵着气息。

夏芷苏瞪了他一眼，忍不住说："你这是始乱终弃！"

却见凌天傲勾了勾唇角："唔，把未婚妻放酒店，把你带我床上，的确有点始乱终弃。不过，萧蓝蓝除了是我挂名的未婚妻，其他跟我半点关系都没有。"他竟然跟她解释自己跟萧蓝蓝的关系，凌天傲望着天，他这是在做什么？

夏芷苏再次没忍住说："凌天傲！你左手一只鸡，右手一只鸭！你这是脚踏两只船！"这个比喻，让凌天傲差点儿没笑出来。

"你觉得你是鸡还是鸭？"凌天傲饶有兴致地问。

"……"他怎么听不出重点？她的重点是他脚踏两只船，而且还踏得理直气壮！

丰悦酒店，总统套房内。

一个美丽的女子齐肩的长发拢在一边，坐在钢琴前。萧蓝蓝的手指在琴键上自由地舞动。12 点已过，她的生日也过了，她是特地回国跟天傲一起过她的生日。可是明显天傲跟她在一起是心不在焉的。

"小姐……"外面萧蓝蓝的管家走了进来，恭敬地欠身："那个叫夏芷苏的女人真的如小姐所想，去了凌家。听说是凌少亲自把她拉进门的。"

萧蓝蓝的手指一顿，钢琴上的声音有些尖锐地响起。"我就知道夏芷苏没那么笨，为了几本书就会离开天傲！天傲这样的男人，也只有以前那个女人才会傻乎乎地离开。"萧蓝蓝的手指再次放在琴键上。优雅的音乐从她指尖流泻出来。

"凌少这样做真的太过分了！他把您到底放在什么位置了！小姐，我们应该告诉老夫人，让老夫人给您做主！凌少带一个陌生的女人回家却不让您住凌家，真的太委屈您了！"萧管家有些愤愤不平。

萧蓝蓝只是一笑："天傲的性格向来如此，我如果拿妈咪来压他，他更加不会看我一眼。他迟早会知道的，只有我能帮他！只有娶了我，妈咪才能帮他拿到 GE 集团真正的继承权！"

站起身，走到落地窗前："夏芷苏，倒是让本小姐想到了一个人。"萧蓝蓝想起来又觉得可笑地摇头："当然这世界没那么巧，不会是她。"肯定不是她吧……阿芷，不是你，对吗？

跟饿狼一起睡觉，夏芷苏几天都没怎么合眼！她图书馆的书终于顺利还掉了！她不仅可以毕业，而且是全优毕业！今天要去参加毕业典礼。

用人叶落进来，把手机给夏芷苏："夏小姐，少爷的电话。"夏芷苏拿过电话。"知道你今天要参加毕业典礼，我会让凌管家送你去，是为了保障你的安全，知道吗？"凌天傲在电话里说。

夏芷苏虽然不乐意，但为了自己的人身安全还是点头："好吧，你爹爹什么时候才能不追杀我啊！我整天像只金丝雀关在笼子里很无聊的。"

"金丝雀？你顶多是只乌鸦。"凌天傲嘲讽地说。

"……"好吧。

"我爹什么时候不追杀你,还得看你的表现。你要是表现好,本少亲自跟他求情放你一马。"

"敢情你还没求过情啊?"夏芷苏惊呼。

"笑话,本少为什么给你求情?我车祸差点死掉,不亲手掐死你,已经是便宜你,还给你求情?你做梦去吧!"

"……"行吧,他说得好有道理,她无言以对。

夏芷苏换了一副嘴脸:"凌少!亲爱的!我一定好好表现包你满意!还请有空了跟凌老爷美言几句,放过我这微不足道的小乌鸦吧!"

"你是老乌鸦。"

"……"这个凌天傲,真是没法好好说话!

凌天傲正在开会,听到电话那头没声音了,就知道夏芷苏一定又气得不轻。只要想到夏芷苏面皮抽搐、嘴角跳动,他就觉得好玩!顿时心情也美好起来。

凌天傲凝眉,因为这个女人,一再地影响他的情绪,他可真是不开心。会议桌上,所有人都在看着年轻的总裁大人一会儿开心一会儿生气,大家根本大气不敢出一下,只是小心地面面相觑。也不知今天总裁的心情是好是坏,员工们都不敢贸然说话。

"总裁,这些是此次应届毕业生的录用名单,您看看,如果没有什么意见,下周就通知他们来上班了!"人事主管 Suki 把名单给凌天傲,原本这种小事是不需要总裁亲自过目的。可是上面有个叫夏芷苏的名字。

Suki 和助理齐凯都想确定一下,这个夏芷苏招进来是不是没问题!名单上排第一位的就是夏芷苏。凌天傲原本不想看,可第一眼还是看见了夏芷苏这个名字,心里突然跳了一下。

"这个人自己来应聘的?"凌天傲问主管 Suki。果然这个夏芷苏不太一般!

"总裁,是她的导师帮忙投的简历!我看她各方面都很优秀,于是免去了她的面试直接录用了!"其实是助理齐凯去学校导师那拿的夏芷苏的资料,齐凯小心地说着。也不知道他直接把夏芷苏招进来,总裁是高兴还是生气呢?凌天傲嗯了一声,没再说什么,把名单扔在一边,眼风却瞟向名单上夏芷苏的名字。

齐凯和人事主管 Suki 面面相觑!没有面试直接录用,这可是第一次啊!总裁都不生气!

果然这个夏芷苏非同一般!Suki 对齐凯点点头,真是有先见之明呢!

凌管家开了那么拉风的跑车送夏芷苏去学校,夏芷苏自然不敢把车停在学校门口了，于是她找了个没人的地方停下车，刚下来就好像被一双眼睛盯着。

夏芷苏疑惑地回头却看到欧少恒，眼前顿时一亮，心里一喜。欧少恒盯着她却目光冰冷，好像看到了极度恶心的东西。夏芷苏应该习惯了他的目光，可再看见还是忍不住心里一痛。

"欧少恒！"夏芷苏大步跑上来喊，欧少恒冷哼。这个女人，他真是越来越恶心。上次在意大利餐馆，他还真以为夏芷苏在躲凌天傲。好心地去楼下帮忙接住她，也不管自己的手会不会受伤！结果这个女人倒好！干脆在洗手间跟凌天傲热吻起来！真是好心当成驴肝肺！这个女人不仅骗他，还耍弄他！

"你怎么了？这几天怎么都不接我电话？"

"住在堂堂凌少的家里，还记得给我打电话啊？"欧少恒嘲讽。夏芷苏面色尴尬，原来他知道了，她没住在他的北景花园公寓，而是住在凌家。

"我去凌家，这里面是有原因的，说来话长，你听我解释！"夏芷苏想跟他解释，可是却不知道怎么解释，难道跟他说，她这几天不仅在凌家，还跟凌天傲一张床上睡觉！

"好啊，你解释！我听着呢，我看你还能解释出什么来！"他都亲眼看见她跟凌天傲热吻了，当初也是亲眼看见她跟凌天傲去酒店开房的！

"我有几本图书馆的书在凌天傲手里，不拿回来还给学校图书馆，我会没法毕业，我只是去拿书……"夏芷苏慌忙解释。

"顺便住在他家里对吧！一住还是几天对吧？夏芷苏，你这个女人从来没一句真话！"欧少恒冷哼一声，根本不想听夏芷苏多说，不远处就看到姚丹妮走来了。他拉了丹妮就走开，根本不想跟夏芷苏说话。

"姐姐竟然一个人，凌少都不陪着？这么重要的日子！"姚丹妮跟欧少恒嘻笑着。

欧少恒冷笑："我哪里知道？"

夏芷苏叹息，满脸无可奈何。

毕业典礼在进行三个小时后结束了，剩下的时间大家自由拍照。丹妮是读管理的，跟她的同学们关系都很好。

大家争相合影，每一次都把欧少恒拉进去。夏芷苏一直想单独跟欧少恒合影，却总是找不到机会。

"芷苏，我们合影吧！"有同学找夏芷苏合影。

"好！"夏芷苏笑着跟他搂在一起。

她是计算机专业的，男多女少，其实暗地里想追求夏芷苏的人并不少，只是夏芷苏为人比较冷漠，不太喜欢交朋友，男生们也不敢靠近。跟她合影的男生叫蒙健，跟夏芷苏合影完，就一直站着不走。

"还有事吗？"夏芷苏疑惑地问。

蒙健的脸微红："夏芷苏……我喜欢你！"他从背后直接拿出了一盒巧克力。

夏芷苏愣住了，跟蒙健一起过来的几个同学立马起哄："答应！答应！"

印象里蒙健不怎么说话，但是他长得秀气，又有180厘米的身高，是他们专业的校草。

听说有人表白，很多人强势围观。欧少恒抱着姚丹妮，一副看好戏的态度。夏芷苏当然是要拒绝的。只是好歹同学一场，怎么拒绝更加委婉呢？她还在那想着。

"抱歉！她有男朋友了！"有人抱住夏芷苏的肩膀，夏芷苏跟跄地跌进他怀里，抬眼看到的是一个张扬霸气的男人！

不是凌天傲还能是谁！为什么他会出现在学校！蒙健愣愣地看着凌天傲抱着夏芷苏，眼里满是心碎。原来他暗恋的女神，真的如大家所说傍了大款！

凌天傲手一扬，直接把巧克力扔进了不远处的垃圾桶。动作利落，姿势优美，把一群女生看得花痴至极！差点尖叫！

夏芷苏暗自叹息，这凌天傲出现得真是时候啊！她正不知道怎么拒绝！也好，凌天傲帮她打发了。

"对不起……"蒙健有些伤心，看夏芷苏的眼神期盼中带着失望，转身就走开了。原本起哄的人也没劲地跟着蒙健走了。

凌天傲抱着夏芷苏，低头，在她耳边哈着气："女人，毕业而已，需不需要拈花惹草？你半天不反应，本少还以为你这是要点头答应人家的求爱！"

夏芷苏翻了个白眼："你怎么来了？"

"这是什么表情，很失望的样子啊！"是，非常失望！

夏芷苏扯着嘴角努力笑，有欧少恒在场，凌天傲还抱着她，她怎么笑得出来。

"不失望，我高兴着呢，你看我笑得多欢快。"夏芷苏扯了扯自己的脸皮。

"我看你笑得一点不欢快，还有点假。"凌天傲说。

既然凌天傲那么说，夏芷苏干脆不笑了。还是下意识地看向欧少恒所在的方向，可是她没有看见欧少恒，他已经拉着姚丹妮走开，换个地方拍毕业照留念了。

凌天傲疑惑地顺着夏芷苏的方向，也没看见什么人。这女人！真是该死！他这么个大帅哥抱着她，她眼睛却一个劲地往别的方向瞟！

"看谁呢？你男朋友在这，还到处瞎看，信不信本少挖了你的眼睛！"凌天傲捏住夏芷苏的脸迫使她看着自己。

"凌天傲，我真是不明白了！你快看！我们学校美女如云，比我漂亮的那是一抓一大把啊！你为什么就偏偏看上我了啊？"夏芷苏实在是不明白。

凌天傲点头，似乎很赞同她的话："你丑就丑，别自卑！没关系，我瞎！"

"……"完全就没法好好说话！这个男人小肚鸡肠、嘴巴恶毒、人又欠扁，简直一无是处！

"走吧，毕业典礼结束了，给你庆祝，亲自接你吃饭。"凌天傲是来接她吃饭的，难怪他会及时出现！她说怎么那么巧呢！时刻都能碰上这贱人！

"不用了，我是全优毕业生，学校组织了活动，待会儿要坐校车去酒店吃饭。"夏芷苏看了一眼，时间差不多了。本来全优毕业生是准备了晚宴的，但是班里又组织了晚会，所以提早午餐了。

"我也去。"凌天傲跟上。夏芷苏一上学校的大巴车，凌天傲就跟了上去，怎么赶都赶不走，大巴里都是人，她也不好意思聒噪。

午餐是在一家五星级酒店吃的，他们这桌只有凌天傲一个男人，整桌都是女同学和女教师。几双眼睛毫不掩饰地盯着凌天傲看。

凌天傲不知是被看习惯了，还是脸皮太厚，无论别人怎么看，他都吃得津津有味。每吃一样东西，凌天傲觉得好吃，就会往夏芷苏的碗里夹。别人看在眼里，觉得凌天傲既体贴又绅士！

"夏同学，你男朋友对你真好！"夏芷苏身边的女同学八卦地推了推夏芷苏。

夏芷苏呵呵干笑，好个屁！

"来来！同学们，跟大家介绍一下！"在临时搭建的台上，校长拿着酒杯走上来说。所有人都看了过去。

"这位是来自英国剑桥大学的优等生，萧蓝蓝同学！同时也是我们学校的赞助商！今天特地请她来给大家做一次简单的演讲！也恭喜各位同学以优异的成绩毕业！"校长介绍说。

萧蓝蓝，是那个萧蓝蓝？夏芷苏抬眼，看到台上站的还真是萧蓝蓝！台下一片掌声。

萧蓝蓝抬手，微笑着欠身："各位同学，大家中午好！"她是剑桥毕业的，又那么漂亮，自然引来很多注目。

于是，萧蓝蓝的演讲开始。夏芷苏本能地看着身边的男人——凌天傲。凌天傲刚看到萧蓝蓝的时候，眼底只是一片光闪过，似乎并不惊讶。

"那么深情地看着我，想做什么？"凌天傲见夏芷苏看着自己，凑过去，眯着眼睛。

夏芷苏努了努嘴，指着一个方向，示意萧蓝蓝在。

凌天傲看过去："她在也不奇怪，他们萧家给你们学校捐了不少钱！"

"还以为冲着你来的！哎，你不跟她打个招呼？"夏芷苏刚说完，有人就主动招呼了。

"今天到场的还有我的未婚夫 GE 集团凌少凌先生！"台上的萧蓝蓝，拿着话筒，指着台下的凌天傲说。

"凌少！"所有人都惊呼！还是 GE 集团的凌少！等等！什么情况！那位高大英气的帅哥不是夏芷苏带来的吗？怎么成了萧蓝蓝的未婚夫？

萧蓝蓝小心地问："天傲，你说几句吗？"

凌天傲皱眉："说什么？"

萧蓝蓝似乎早就知道一般："那好！我的演讲到此为止，谢谢各位同学！"台下一片寂静，谁都没有反应过来到底发生了什么事。场面瞬间就尴尬到极点了，所有人都看好戏似的看向座位上的夏芷苏。

夏芷苏还算显得淡定，就是有些窘迫地望向欧少恒的方向，欧少恒此刻也看着她，嘴唇微掀，是嘲讽的姿态。欧少恒是陪姚丹妮来的，他也想看看夏芷苏这次怎么出丑。谁让她好的不学，偏学人家做小三。

"丹妮，听说那是你姐姐，真的假的？你姐姐做人家小三呢！真不要脸！"姚丹妮桌上的同学推了推丹妮问。

姚丹妮哂了一声："别瞎说，我可不认识她！"同学面面相觑，继续看戏。

全场就那么几桌，说的话谁还听不见。夏芷苏自然也听见了。可是她表面上还是淡淡的，低头吃她自己的午饭。她也没吃饭，饿着呢。凌天傲却不吃了，手撑着脑袋看着旁边的夏芷苏，真够淡定的。

"小三，你妹妹都说不认识你了。"凌天傲凑过去，在夏芷苏耳边低声说。动作暧昧极了，让在场的人看得完全犯傻了！怎么一回事！这个贱货，这个时候最好闭嘴！

夏芷苏夹了一块红烧肉就塞他嘴里。凌天傲一愣，然后翘了翘唇角，慢吞吞咬着肉，完全把在场的未婚妻给无视得彻底！

"咝！"到底是什么情况啊？到底谁是小三啊？

夏芷苏这动作只是为了让凌天傲闭嘴，可是看在别人眼里，却完全是跟未婚妻萧蓝蓝挑衅！

萧蓝蓝的脸色在一瞬间变得很难看，下台来，笑着跟夏芷苏打招呼："夏小姐，没想到你也在，这个学校就是公平，只看成绩，哪怕人品低劣也一样能全优毕业。"萧蓝蓝这是暗指夏芷苏是小三了。萧蓝蓝那么一说，连校长都尴尬了。

"校长，您应该知道，我没有损学校的意思。只是容否我提个意见，以后毕业生，还是需要看看人品问题和作风问题的！这样出去的学生才会做一个对社会有用的人。"萧蓝蓝又笑着跟校长说。

校长忙不迭地点头："是是是！萧小姐的意见甚好，甚好……"校长都只能呵呵干笑了，然后又狠狠瞪了座位上的夏芷苏一眼，觉得她真是给学校丢脸！竟然跟萧小姐抢凌少！还做了人家小三！实在没有人品，作风也忒不好！

夏芷苏握紧筷子，她被凌天傲欺负得已经够惨了。现在人家未婚妻还要指桑骂槐，怀疑她的全优成绩拿得不风光！一股气憋着很难受。怎么骂她都可以！但是关乎她毕业的大问题，就容不得别人指责！那都是她辛苦得来的！

夏芷苏起身，微笑地看萧蓝蓝："萧小姐，是在说我作风不好，人品有问题吗？如果你对我个人有意见，可以冲着我来，不要损害我们学校的名誉！我能全优毕业，是侥幸是运气，当然也有我努力的成分。你现在自己看不住未婚夫，怎么什么屎都往我头上扣？"所有人都睁大眼睛，看着夏芷苏似乎要反击，压根儿什么都不吃了，只是看热闹，萧蓝蓝脸上的笑容也挂不住了。

夏芷苏把凌天傲拉起身："凌少跟我是朋友，就只是陪我来吃顿饭，让大家都误会了，是我的错。我把凌少还你，还请萧小姐自己看牢了。"夏芷苏推了凌天傲过去，于是她自己从他身边走开。凌天傲下意识地拉住她的手，夏芷苏狠狠甩开，真是够了！明明有未婚妻的人，一再来招惹她！

当着全校全优毕业生、导师们还有校长的面，所有人都觉得她是小三了！可她这个小三明明就是被逼的！夏芷苏委屈的泪水流了出来。夏芷苏走出门，用手背狠狠一抹眼泪。萧蓝蓝看着夏芷苏落荒而逃，唇角微微上扬，脸上划过讥诮的笑。

"玩够了？气出了？"凌天傲低头看着萧蓝蓝。

"天傲！我也没说什么！"

"你玩够了就行！慢慢玩，本少不奉陪！"凌天傲冷冷甩开萧蓝蓝拉过来的手，大步跟着夏芷苏走出去。

"天傲！你不能出去！"这个时候出去，还是追着夏芷苏出去，把她这个未婚妻置于何地！

凌天傲脚步一顿，萧蓝蓝一喜。却见他凉凉地扫了她一眼："我去追女朋友，为什么不能出去？"扔下一句，凌天傲大步走开。所有人都倒吸了一口气，同情地看向萧蓝蓝。萧蓝蓝是他的未婚妻啊，凌少却丢下未婚妻去追夏芷苏，还口口声声地说夏芷苏是他的女朋友！

天哪！谁是小三都搞不清了！豪门的世界，他们真是不懂啊！

凌天傲追出来，一眼就看到走出门的夏芷苏，大步上前，抓住她的手："夏芷苏！"听到声音，夏芷苏就感觉恶心，甩开："不要碰我！"

"我不知道萧蓝蓝也在！我发誓真的不知道！"凌天傲想要解释。

"那又怎样？凌天傲！你有未婚妻！我真的是小三！我是被小三的！你放过我好不好？"夏芷苏恳求地喊，眼里泪氤氲着泪水。

凌天傲还是第一次看见夏芷苏如此痛苦地想哭，通红的眼睛里，一团泪水被努力隐忍着，心口好像被什么东西刺痛。他可以欺负她到流泪，可是他不容许别人欺负她！他的未婚妻萧蓝蓝也不行！凌天傲上前一步，夏芷苏就退后一步。

"放过我吧！不要跟着我了……你放我走，我会感激你的……"夏芷苏一步步后退，看着他，满是哀求。身为 GE 集团的太子爷，没有一个女人能拒绝他！可是这个女人，真的是很讨厌他！这，让他非常挫败！

夏芷苏步步后退已经到了马路边，一辆车疾驰过来。

"小心！"凌天傲上前就想把她拉过来，可根本就来不及。幸亏那辆车自己打了方向盘，擦着夏芷苏的手臂而过。凌天傲睁大眼睛，立马把她拉了过来，那车子在不远处停下。

车主下车就大骂："长不长眼睛的，你们！要找死也别死在我车下！"

凌天傲抱着夏芷苏，着急地看她："说话！"夏芷苏被刚才的情形吓得完全腿软，手臂的疼痛也是半天才反应过来。

看到凌天傲着急的目光，她才呆呆地开口："我……我没事……"

凌天傲松了一口气，那车主接着破口大骂："不长眼啊来找死！知不知道我的车多贵！碰坏了，你赔得起吗！"

"不好意思了！我没事，你走吧！"毕竟是她自己不小心。

"没事？你没事！我的车还有事呢！一百万！你赔钱！"车主嚣张地指着夏芷苏骂。

凌天傲盯着他，眸子里不能再冰冷，就算夏芷苏没注意，可他的车在路上也是严重超速。

撞了人了，还敢要人家赔一百万！还骂夏芷苏！凌天傲直接扣住对方的手，狠狠地一掰，"嗷嗷嗷！"车主大叫着。凌天傲也不管，抓起他就把人揍了一顿，揍得他一句话说不出，还在地上哼哼了半天。

"不长眼的狗东西！本少爷的女人也敢撞！撞完了还敢骂！找死！"凌天傲又踢了人家一脚。那车主被打得趴在地上动弹不了。夏芷苏怕凌天傲把人打死，立马把他拉开。

凌天傲又抓住夏芷苏的手臂："走！去医院！"

"不用！不用！"

"去医院！"

"真不用！我去找吕院长就好！她的医术好！药也很好！"本来夏芷苏心里还一肚子气，现在好像也没那么大气了。她的手臂受伤，她被人指着骂。

凌天傲又紧张她又给她出气，莫名的心里很温暖。

孤儿院里。

吕院长给夏芷苏处理了手臂的伤口。实在很痛，院长给她用了些麻药。夏芷苏昏睡过去，凌天傲站在一旁看着，眸色有些深。

吕院长见凌天傲一直看着夏芷苏，笑着说："凌少，上一次不算的话，芷苏是第一次带朋友来孤儿院。"

凌天傲一愣，明显不相信。

"是真的！她的养父是这里的首富，是很要面子的，不准芷苏跟我们这些人接触。可是芷苏一直是个很热心的人。每年都在外面打工给我们孤儿院送来钱物，每来一次都给孩子们带来很多东西。"吕院长说。

凌天傲眯着眼看着夏芷苏，眸子里若有所思。吕院长见夏芷苏是第一次带朋友来，加上凌少又给孤儿院送来那么多钱。

吕院长觉得凌少跟芷苏关系一定不一般，于是又说："芷苏一直是个很乐观的人，可你别看她整天嘻嘻哈哈的，其实她是个可怜的孩子。她也来自孤儿院，不知道自己的亲生父母是谁，她说，小时候原本有亲人来接她，可是不知道为什么亲人没来，她就知道自己还有亲人活着，只是不知道为什么他们又不来找她了。"

吕院长心疼地说："她觉得她的亲人其实是不想要她，所以不来找她。她说，这辈子她不恨任何人，只恨她的父母，为什么生下她却要丢弃她。"

凌天傲的心里被什么东西撩拨着。

"她是很重视家的孩子，养父姚先生收养了她，她很珍惜，也很看重这份亲情。所以从小就让自己特别优秀，不想让养父失望。可是正因为重视，难免也受了不少委屈。听说，姚先生的夫人，就是芷苏的养母不喜欢她……"

吕院长说着说着，又抱歉地说："凌少，老婆子有些唠叨，是不是烦到你了？"

"没有，我爱听，你继续说说她的事。"凌天傲的眼睛时刻盯着夏芷苏。吕院长看在眼里，脸上挂了笑容："芷苏啊！小时候老被人欺负，所以她努力学习跆拳道什么的，总之都是为了保护自己。那时候她总挨打，每次都跑到我这来，怕被养父看见。她也不哭，就看着我给她上药。"

他望着她，半天不说话，他知道她爱钱，原来钱都送来孤儿院了。因为她自己就来自孤儿院。有那么一瞬间，他不想欺负她，而是有种保护她的欲望……她的故事，从小到大，他都想了解。"院长，我们去外面说，让她好好睡一觉。"凌天傲说着，走了出去。

吕院长见凌天傲对夏芷苏那么关心又感兴趣，也跟了出去。院长说了很多，但是唯独欧少恒那一段，她是略过了。凌天傲一直静静地听着，时不时手中的拳捏了起来。

"院长婆婆，芷苏姐姐去哪里了？"一个小孩子从房间里出来问。

"不是在房间里吗？"院长问。

"没有呀！有人找芷苏姐姐！可是我进来也没有看到她！"那小孩疑惑地说。

凌天傲眸子里微凛，倏然起身。房间里果然没有夏芷苏！

"奇怪，麻药的药效没那么快过的，难道芷苏醒了？"吕院长疑惑地自言自语。不对！还有人进来！凌天傲一眼就看出来了！难道是父亲派来的人？凌天傲大步走出去，一边打电话给自己父亲："你抓了她？"

"你在说谁？"

"夏芷苏！"

"那个不断勾引你的女人？"

"你把她抓哪儿去了！我告诉你，你要敢伤害她试试！"凌天傲愤怒地吼。

"我的确是派了雇佣兵追杀过她。可惜没有成功。那个小姑娘还挺能跑！要不是你把她保护得太好，你觉得你父亲我还没能耐杀了一个小丫头！还需要抓了她而不是当场处决？"凌父嘲讽。

凌天傲的声音已经冰冷到极致："这么说，不是你的人？"那会是谁！夏芷苏这个女人惹了什么仇怨了！

"管家！全城搜索！把夏芷苏找出来！"凌天傲打电话命令凌管家。

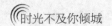

▌▌▌ 第十章 被绑架了不能怕 ▌▌▌

夏芷苏觉得头很晕，蒙眬地睁开眼，就看到一双猥琐的眼睛盯着自己。

"还认得我吗？还是被你男人打成这样，你就认不出了？"原来是之前撞了她的车主！她在车上，车子还在疾驰。呵！敢情她被人绑架了！

夏芷苏冷笑："你都被打成这熊样了，真是不好认。"

"你！"那车主扬手一掌就劈在夏芷苏的脸上，"知道老子是谁吗！连老子也敢打！秦守帮知道吗！老子就是秦守帮的太子爷秦召！"秦召很得意地指着自己。

夏芷苏的脸被抽得生疼，但她也不是第一次被人打耳光了，还能承受。夏芷苏呵呵笑了一下："禽兽帮啊？还真没听说过。"

"臭婊子！老子让你嘴硬！"秦召一巴掌一巴掌地抽着夏芷苏，抽得她头晕眼花得要命。要不是她现在全身发软，早就还手了！秦守帮，她是知道的，是这里有名的黑帮，专门放高利贷，还会收保护费，连警察都拿他们没办法。夏芷苏被抽得满脸通红，嘴角有血丝出来，她还是一声不吭，咬着牙关。

"还挺耐打的是吗？臭婊子！看老子待会儿怎么玩你！敢惹老子我！找死！打电话！让你男人过来！"劈头又是一掌。

秦召的手都打疼了，夏芷苏却一声没吭。

"叫你打电话，听到没有？"夏芷苏冷笑，吐了口血："你让我打就打，你是什么东西！"

秦召简直要被气疯了，于是他一拳拳打到她的头上，打得夏芷苏直接晕死过去。

"秦少！她晕过去了！"坐在副驾驶的小弟喊。

秦召啐了一口："废话！老子没看见啊！拿水来！"秦召拿了大瓶的矿泉水直接从夏芷苏的头顶浇下去。

夏芷苏就算不想醒来，也被冷得一个激灵。白色的裙子因为濡湿全都贴在肉上，她的身材曲线暴露无遗，凹凸有致的身材让秦召看了不由得吞口水。

再看夏芷苏被他抽红的脸蛋，只觉得这个女人美丽妖娆。捏住夏芷苏的脸，秦召的视线更加猥琐："看不出，你这婊子还有点料！长得也还不错嘛！"夏芷苏被他恶心得不行，狠狠甩开自己的头，离开他的掌控。

"还给我要硬是吧！"秦召看夏芷苏那恶心的眼神，抓住她的头发就抓到自己这边来。"等老子快活快活再把你丢给我的兄弟们！看你还敢不敢拽给老子看！"秦召抓了夏芷苏到自己的腿上，手掐住她的腰，就往她的裙摆里探。

夏芷苏睁大眼睛，惊恐地想要推开他，可是根本使不上力气！

"放开我！"夏芷苏拼命地挣扎，可是秦召一手就撕碎了夏芷苏的底裤。

夏芷苏全身颤抖："放开我。"她奋力躲避，可是她根本使不上力气！

"别再挣扎了小美人！你今天注定是老子的人！"砰，突然传来一声枪响，后窗的玻璃被打穿。秦召下意识地丢开夏芷苏，自己扑到座椅下面。

砰砰砰！又是接二连三的枪声打在车身上。夏芷苏被丢在车窗边，全身软软地靠在车门上。看到窗外一辆黄色的敞篷法拉利跟她所在的车子并肩疾驰，而车上凌天傲手里拿着枪对着秦召的车不断地开枪。这个时候看到凌天傲，夏芷苏的心怦怦直跳。她想打开车门，可是车门被锁着。

"凌天傲！"她嘶哑着嗓子拍打车窗。

凌天傲一眼就看到了里面的夏芷苏，大喊："低头！"夏芷苏立马低头，砰一声，车窗破碎了。

"夏芷苏，手给我。"凌天傲伸手想将夏芷苏拉出来，夏芷苏刚探出脑袋就被抓了回去，秦召也拿了枪对着凌天傲砰地开了一枪，凌天傲方向盘急转，避开。砰，又是一枪，凌天傲再次避开。

"凌少是吗？老子看看你有多大的能耐带走这个女人！"秦召抓着夏芷苏的头发，伸出舌头在她脸上一舔，"这个女人，老子要定了！"

夏芷苏浑身恶寒，却努力让自己忍住泪水，看着凌天傲。

"狗东西！你再碰她一下！"凌天傲见到，简直双眼喷火。手中的枪微抬，砰一枪直接打穿了秦召的手掌。

"啊！"秦召惨叫一声。

夏芷苏趁机推开他，探出窗外。凌天傲的车子靠近，手一把抓住了夏芷苏的手。

"跳过来！"凌天傲喊，可是夏芷苏的腿再次被秦召抓住。

砰砰砰！前排的小弟对着凌天傲开枪。凌天傲侧身——避开！此时，两车的速度都是飞快，夏芷苏如果跳得不好，就会直接摔在地上死掉。可是就算死掉，也好过被秦召侮辱！

"不要怕！我会接着你！跳！"凌天傲对夏芷苏喊。夏芷苏爬出了车窗，看着并肩行驶来的凌天傲。

那一刻，她真的觉得就算被凌天傲欺负到死，也好过被秦召这个禽兽带走！

夏芷苏狠狠地扑了过去。凌天傲一手抓住夏芷苏的手臂，然后用力往自己的右侧一甩。

夏芷苏整个人被抛了半圆，接着稳稳地落在凌天傲的副驾驶座上。疾驰的车上秦召小心又害怕地趴到窗口，想找机会弄死凌天傲。

凌天傲的车子已经放缓了速度，他一门心思担心夏芷苏。看身边的女人衣衫不整，凌天傲双眼赤红："他欺负你了！"夏芷苏还在大力地喘息，刚才的惊心动魄，让她的双腿发软，而她四肢原本就没法动弹。

夏芷苏还没张嘴就看到秦召的枪口对着凌天傲："小心！"夏芷苏直接扑了过去，抢过凌天傲的方向盘，左打了半圈，车头掉转，子弹从凌天傲的脸颊擦过，堪堪避开。凌天傲看到夏芷苏的样子已经是暴怒至极。凌天傲抓了枪，砰！直接一枪射穿了秦召的脑门。秦召睁大眼睛盯着凌天傲，似乎到死了还在诧异，他难道就这么死了！

"别看！"凌天傲捂住夏芷苏的眼睛，不想让她看到，夏芷苏却已经看到了，还看着子弹打穿了秦召的脑门。她的心口被猛烈地撞击，惊恐席卷了脑海。她是第一次看见一个人这样被活生生打死。凌天傲的车子慢慢停住，他看向身边的夏芷苏。

"吓到了？"凌天傲心疼地问。

夏芷苏深吸口气，摇头："还好……只是……我觉得他罪不至死……"

"你还同情他？这个该死的东西敢掳走你！你看看，还把你打成什么样！"凌天傲看夏芷苏的模样，抓住她的肩膀，"那东西有没有欺负你？"夏芷苏还是有些呆愣。前一刻，她还被黑帮掳走；这一刻，她又看到杀人的场景。

"没……没欺负成……"夏芷苏呆呆地说，凌天傲也松了一口气，脱下自己的外套给夏芷苏。

"别怕，有我在！秦守帮，我倒是听说过。我打死了他们太子爷，他们也不会罢休，先跟我回去再说！"凌天傲发动车子掉转车头迅速离开。

一直到了凌家，夏芷苏还是显得有些呆愣。一时间发生了太多事情，让她一时没办法接受，凌天傲看她的样子实在心疼。夏芷苏还是不说话，她的脑海里是秦召惨死的模样，而之前的画面是她被秦召一遍遍毒打，还差点失身。如果不是凌天傲及时赶来，她真的会被秦召欺凌。想起来，她很后怕。想起秦召那猥琐的视线，她又觉得极其恶心。

"我想回家。"半天夏芷苏开口了，却说想回家。凌天傲微微皱眉，看着她的样子。回家了，谁照顾她？姚家的人会照顾吗？

"我想回家。"夏芷苏侧过头又看着他重复着，眼神那么坚定。

凌天傲相信在车上一定是发生了什么，或者是差点发生什么，才会让夏芷苏这样失魂落魄。也许，他在她面前，会让她想起他也是那么欺负她的。他俯身抱起夏芷苏，夏芷苏还是任他抱着，圈住他的脖子，她的双腿夹在他的腰间，脸搁在凌天傲的肩膀上。凌天傲紧紧地抱着夏芷苏，生怕她再受伤害。连凌天傲都是一愣，回来的时候都是公主抱。她既然喜欢这么抱，他以后便这么抱。

回姚家的路上，两人坐在车子后排，夏芷苏表现得异常温顺，靠在凌天傲的怀里，只是呆呆地看着外面的世界。车窗外，风景在眼前急速掠过。夏芷苏的脸色难看又有些疲惫，把她的脸扳过来，凌天傲说："你睡会儿，还要点时间才能到你家。"

夏芷苏也不说话，只是安静地闭上眼。不知道为什么，睡在凌天傲身边，她竟然觉得踏实。到了姚家，夏芷苏还没醒来。姚正龙听说凌少亲自送了夏芷苏回来，早早在门口迎接。"女儿！"姚正龙上来就喊。

凌天傲抱着夏芷苏下车，冰冷的眼神扫过姚正龙，示意他不要发出声音，会吵醒夏芷苏。

姚正龙看到女儿脸上明显被人打过，担心地问："芷苏她，发生什么事了？"

"她被秦守帮的少帮主秦召绑架，受了些刺激，你照顾好她。"凌天傲说，完全是命令的口吻。

"是！是！凌少！这是我女儿，我一定照顾好她！"姚正龙伸手来接女儿。

凌天傲避开："她的房间在哪儿，我亲自送她回房。"姚正龙一愣，看得出凌少很关心夏芷苏，顿时心里也很愉悦。

门口姚丹妮也在，听到夏芷苏被秦守帮的人绑架，勾了勾唇角。这个女人还真不省心，连秦守帮都得罪！被秦守帮绑架还能活着回来，真够幸运的。不过，看夏芷苏衣衫不整的模样，外面套着凌少的衣服，也不知道在秦守帮被人怎么样了！凌天傲送夏芷苏回房了。外面姚丹妮就跟姚正龙说："爹地，你看她那样，不会是被秦守帮的人欺负了吧？要是真的，可真是丢了咱们姚家的脸！"

姚正龙自然也看见了夏芷苏的模样，心里虽然很是疑惑，但还是骂丹妮："别胡说！"

"这可说不准呢！不然夏芷苏被绑架，怎么凌少还把她送回来了！不会是嫌弃她了吧？"姚丹妮调侃，姚正龙耳根子原本就软，一听姚丹妮这么说也有些担心，走到夏芷苏的房间打算探探口风。

房间里，凌天傲坐在床边看着夏芷苏："你马上就要来我公司工作，我先放你几天假，等你心情好些再去公司上班。"夏芷苏看着他，又低头抱住自己的膝盖，把下巴搁在膝间。

凌天傲知道夏芷苏不喜欢自己，这个时候他就不刺激她了。

"你放心，这些日子我不会来找你。"凌天傲跟她保证，夏芷苏依旧没有说话。

凌天傲看她的样子，只好起身说："我走了。"夏芷苏这才抬眼看他。其实，她也是欠他的，至少欠了他两条命。上一次的车祸，这一次，她被绑架。事实上，都是凌天傲救了她。可是，她真心不喜欢他。有未婚妻还来招惹她，让她成了那么多人的笑话。毕业午宴上，凌天傲的未婚妻萧蓝蓝出来，她的小三罪名坐实。手机铃声响了……

原来是导师的电话："芷苏啊！今晚的毕业晚宴你不来了对吗？听说身体不好！芷苏，午宴上的事，同学们说的话别当真！老师相信你！"今晚是毕业晚宴，她没去，应该是凌天傲打电话告诉学校了吧。

她身体不好，呵呵，他果然想得很周到，被人绑架差点被玷污的新闻，对她来说一点好处都没有，顶多又成了人家的笑话，不会有人来同情的。

姚家客厅里，姚正龙想要多留凌天傲一会儿。

凌天傲却只是吩咐："照顾好她！还有你，不准接近她！"凌天傲的目光冷冷扫过姚丹妮。

姚丹妮被吓得退后了几步，被姚母扶住。

姚母呵呵地对凌天傲笑："凌少对小女是不是有误会？丹妮是芷苏的妹妹，两人感情很是要好！"

凌天傲哼了一声："本少说了，这个女人不准接近夏芷苏！尤其是她现在容不得一点儿刺激！听到了吗？"凌天傲的声音像魔鬼一样在姚丹妮的头顶响起。

"听，听到了，凌少……"姚丹妮小心翼翼地点头，暗里在狠狠咬牙，难道夏芷苏在凌少面前说她的坏话了？

这个夏芷苏，真是够恶毒的！夏芷苏自然不会说坏话，只是吕院长跟凌天傲说了夏芷苏在姚家的事情。凌天傲知道姚丹妮看不起夏芷苏，而且经常刁难她。

"等过阵子本少再来，要是见不到白白胖胖的夏芷苏，姚总，关于咱们的合作也就到此为止了！"凌天傲威胁地说。姚正龙简直诧异，为了一个夏芷苏，一向公私分明的凌天傲竟然也徇私舞弊起来！果然，他这次跟 GE 集团的合作，都是靠着夏芷苏的关系！

"是，是！凌少！放心，这是我的女儿，我怎么会对她不好！"姚正龙保证，"等凌少回来，一定是白白胖胖的！"

"还有！她被秦守帮绑架的事，一点消息都不能泄露！尤其是你！别在学校瞎说！小心本少割了你的舌头！"凌天傲直接威胁姚丹妮。

姚丹妮特别害怕，几乎完全躲到姚正龙的身后，忙不迭地点头："明白，明白的！凌少！家丑不可外扬！我们也没传出去的必要！"

凌天傲冷冷一笑："家丑？你应该庆幸，你成了她的妹妹！"姚丹妮面红耳赤，却只好忍气吞声。

凌天傲一走，姚丹妮就忍不住跑楼上去吼："攀上凌少了就知道在他面前说别人坏话了！乌鸦终于飞上枝头了！可就算飞了，也还是乌鸦！被秦守帮的人糟蹋成这样了，别以为凌少不知道啊！他那是同情你，过几天就把你甩得干干净净！"

"是呀！这才刚开始腾达就忘本了！还知道在靠山那挑是非了！亲妹妹都陷害，真是良心被狗吃了。"姚母也配合姚丹妮。

姚正龙看不下去，呵斥："够了！两个女人唧唧歪歪，有完没完！凌少刚说了照顾好芷苏，你们这是做什么？"

"爹地啊！你看看夏芷苏多欺负人啊！都怪您平时把她宠坏了！"姚丹妮抱住姚正龙的手臂撒娇，委屈地说，"凌少当着你们的面这样说我，我在凌少心里都成什么样了！"

"老爷！凌少又不认识丹妮，怎么好端端地训斥她！当然是夏芷苏那丫头在凌少耳边吹耳旁风！"姚母恨恨地看了眼楼上。

楼上的夏芷苏，把姚母和丹妮骂自己的话都听全了，听到了又怎样？小时候不也那么听过来了。夏芷苏动了动唇角，就当什么也没听到，这样自己还清净。

"女儿！"门口是姚正龙的敲门声，"爹地，请进！"姚正龙亲自端了一碗养生粥进来："我特地让厨房熬的，还有几个热鸡蛋，你敷脸用，没事的时候就拿着在脸上敷！"至少在这个家里，父亲是对她好的，所以她很珍惜！她不想被赶出去，成了没家的孩子。

"爹地，怎么好意思让您亲自送来！"夏芷苏起身来接粥。

"坐着就好，爹地给你端过来。凌少吩咐了，让我们好好照顾你。"姚正龙把粥端到女儿手里，"凌少对你，那真是没话说。"说到凌天傲，夏芷苏只是莞尔一笑。她感激凌天傲救了她，但是她并不想跟他扯上任何关系。

119

夏芷苏喝着粥，姚正龙犹豫着问："芷苏，听说凌少有未婚妻？"果然，父亲现在跟她的话题就是凌天傲。"是的，爹地，是瑞士萧家的大小姐。"夏芷苏说。

"瑞士萧家又怎样，你可千万别怯场！凌少这样的男人能绑住，你这辈子都衣食无忧！你看，你跟凌少也有一段时间了，你……"姚正龙看向夏芷苏的肚子，还是觉得作为父亲不好开口。

"爹地，你想问什么？"夏芷苏很是疑惑。

"我的意思，就算是瑞士萧家，咱们也不怕！再说了凌少宠着你，你怀上凌家的子嗣那是迟早的事！"姚正龙还是说出来了。夏芷苏一愣，不知道该怎么接话。

"你可要加把劲！"姚正龙又交代。夏芷苏微笑了一下，带着苦涩，其实养父真的很好。她从孤儿院出来，被第一任养父夏仲收养，夏仲是个赌徒，把家里什么东西都拿去赌掉了，经常喝得酩酊大醉回来还要把她毒打一顿，后来夏仲把她也赌输了，于是她被卖进姚家，自此她的生活才得以改善。她是真的很感激现在的父亲姚正龙，所以从小那么努力，只是不想让父亲失望。

夜很深了。夏芷苏独自一个人坐在家里的草坪上，仰望着天空的星星，她的脑海里都是秦召死时的模样。只要闭上眼，她就害怕。在凌家的几天，日子并不长。可是每晚睡觉，她的身边都有凌天傲。今天好不容易凌天傲不抱着她睡觉了，她竟然有些不习惯。只是今天的惊吓真的太大了，所以睡不着罢了。可是脑海里怎么总出现凌天傲的身影？今天凌天傲走的时候，身子有些跟跄，腿也有点一瘸一拐的。不知道在救她的过程中，凌天傲是不是受伤了？

"夏芷苏！"身后突然传来焦急的声音。夏芷苏回头，看到来人，有些诧异。

"快给我看看！"竟然是欧少恒，他大步走上来，俯身检查夏芷苏的身体，"伤着哪里了？秦守帮的那些畜生欺负你了？"

"欧少恒……这么晚了你怎么……"夏芷苏实在是惊愕欧少恒的出现。他不是不理她了吗？在学校的时候，他看她的眼神分明那么厌恶。她甚至不知道自己到底哪里惹他不开心了。

"脸肿得跟猪头一样！"欧少恒见夏芷苏没其他地方伤着，只是脸肿着，便松了一口气，就开始嫌弃。

"……我都这样了，你能别笑话我了吗？"夏芷苏无语。

欧少恒拿过夏芷苏手里的鸡蛋，给她肿胀的脸热敷着，他的气息就在她的耳边，欧少恒又开始骂："要不是丹妮不小心说漏嘴，这么大的事，你还不打算告诉我是吧？你傻啊！没事去招惹秦守帮干什么？连姚家都要给他们保护费！你说你一个女孩子家，整天就知道惹事！"听到他的骂声，她的心情竟然好了许多。她真的是习惯了，习惯了他劈头盖脸地骂她。因为这骂声中，她总感觉有一种关怀。

"你大半夜跑来姚家，就是来看我的？"夏芷苏问，眼底带着笑。

"笑什么笑？都这样了还笑得出来！就凭你，一定没让那些畜生得逞吧？"欧少恒才不信夏芷苏能被秦守帮的人欺负了去！

"当然没有了！我清白着呢！"夏芷苏立马解释。

欧少恒呸了一声："清白个毛！自己什么德行还用得着我来说？"

"……"好吧。

夏芷苏看着他，想起他在学校时对自己的冷漠："你怎么总是一会儿理我，一会儿不理我的？我做错什么了？你在学校突然又生我的气了！"

当然生气了！他好心带她去意大利餐厅，她说想逃开凌天傲，他帮着她！回来就看到她跟凌天傲在洗手间吻上了！她那么耍弄他，他能不生气吗？

"自己拿着鸡蛋，好好地敷！真是丑死了！"欧少恒嫌弃着，站起身，"我得回去了！"

"哎！你就这么走了？"夏芷苏抓了抓他的裤脚。

欧少恒低头看她，哼了一声，"难道还要我陪你一整晚？要陪也不是陪你，而是陪我的未婚妻！"

"我不是让你陪我一整晚，既然来了，再陪我一会儿吧！"夏芷苏扯着他的裤脚，哀求着。欧少恒考虑到夏芷苏受到了惊吓，听着她的哀求，也不忍心拒绝，于是坐下来。

欧少恒又忍不住骂："也不知道你这女人整天都干些什么，惹上那么多的仇家，一会儿追杀，一会儿绑架！你就不能学学丹妮，乖乖地做大小姐？"

"可我不是大小姐，我只是赌徒的女儿……"

欧少恒一掌拍在她的脑袋上："说什么傻话？被人打傻了啊？丹妮那么说你就算了，怎么连你自己也那么说？就算你不是大小姐，你就能惹出那么多事来？被人追杀，被人绑架！傻乎乎笑什么笑？"欧少恒正骂得起劲，却看到夏芷苏嘿嘿嘿地傻笑。

"我没事呢！你别担心了！"夏芷苏笑着说。

"谁担心你？你傻啊！就算我是特地过来看你，也因为你是丹妮的姐姐！"欧少恒说着又拍了她一巴掌。

夏芷苏捂着脑袋："很疼啊！"

"还知道疼？知道疼还惹那么多事？"欧少恒又想打她，可是看到她猪头一样肿着的脸，又放下手。

见欧少恒那么激动地打她，夏芷苏的心里却温暖起来。以前每次在学校她跟别人打架，欧少恒都会一边拍她一边骂她，然后还帮她上药。

"你吃吗？"夏芷苏将敷脸用的鸡蛋递给欧少恒。

"……"欧少恒无语，"你当我跟你一样是猪啊，好好敷脸，吃什么吃？"

欧少恒说着又把她的鸡蛋拿过来，放到她肿胀的脸上慢慢地敷着。

"我这还有呢！"夏芷苏左手也拿着一个热鸡蛋。

"……"欧少恒瞪了她一眼。也只有这个女人，受了那么大的惊吓还能这么淡定地开玩笑！

他给她敷脸的时候，他们的脸离得很近，她甚至能感觉到他的呼吸就在自己的脸上，缓缓的、温温的，带着欧少恒的气息。

夏芷苏本能地往另一边撇开脸，想要离他远点，欧少恒也发觉两人的姿势有些暧昧。

"自己敷！"欧少恒直接把鸡蛋给夏芷苏，"哦……"夏芷苏接过，自己拿着鸡蛋在脸上滚动，两人都安静地坐在草坪上，谁也不说话了。

不知道过了多久，至少在夏芷苏眼里是很久了。

夏芷苏站了起来，拍了拍屁股："欧少恒，我睡觉去了，晚安！"天色很晚了，欧少恒这么晚了跟她坐一块儿真的不合适，因为欧少恒的未婚妻丹妮就在这里。

欧少恒愣了一下："哎！你这个女人！我好心来看你！你叫我陪你的！你又丢下我自己走！"夏芷苏当然不想丢下他，她巴不得跟他多待会儿。

可是……夏芷苏指着不远处说："丹妮在那呢！"

在黑暗中，姚丹妮虽然躲得很隐蔽，可是有那么一双眼睛一直仇恨地盯着她，她怎么可能没发觉。欧少恒也看到了，冲着姚丹妮喊："丹妮！你偷偷摸摸躲在那里干什么？"姚丹妮这才走出来，满是敌意地盯着夏芷苏，又跑过来抱住欧少恒的手臂。

姚丹妮说："见你跟姐姐在说话，我不敢打扰！"欧少恒好笑，搂住姚丹妮的肩膀："你傻呀！我跟她能说什么悄悄话，你躲什么？既然她没事，我送你回去休息吧！"欧少恒看着姚丹妮，眼里充满了宠溺。

夏芷苏站在一旁看着，脸上笑着。

姚丹妮靠在欧少恒的怀里，看起来像是故意对着夏芷苏说："姐姐！麻烦你以后别在凌少面前说我的坏话！我们就算不是亲姐妹，好歹我也做你妹妹那么多年了！"

　　夏芷苏有些愕然："丹妮，我怎么会在他面前说你的不是呢？"说到凌少，欧少恒的脸色有些难看："你姐姐不是爱嚼舌根的人，别误会她。"姚丹妮有些悻悻，她原本是想让欧少恒觉得夏芷苏在背后说她坏话，结果，欧少恒反过来还帮着夏芷苏！

　　姚丹妮真是讨厌夏芷苏，哼了一声："假惺惺！"说着，拉了欧少恒就走开了。

▮▮▮ 第十一章 夫人驾到 ▮▮▮

一周后，凌家豪宅内，气氛压抑，房间里所有人都屏息静立，柔软的大床上正躺着一个男人。眉目俊朗，可是脸色苍白。他紧闭着双眼，眉毛拧成一块儿，额头不断有冷汗冒出。

清冷的房间，传出一个暴怒的女声："你们这么多人都干什么吃的？难道这么多人都伺候不了你们少爷？腿部伤得那么严重，不及时处理，让他感染发烧到这种地步！"

连医生也没想到一向身体硬朗的少爷，竟然在回来之后就晕倒发起了高烧！而且已经好几天昏迷不醒！腿部更是发炎得厉害！多半是上次车祸的伤还没好，在救夏芷苏的过程中，腿部又伤得严重，还没及时处理，抵抗力比以前薄弱的缘故！

"你们两个——凌管家！叶落！一个是贴身管家，一个是贴身用人！你们少爷腿伤成这样，你们会不知道？"萧蓝蓝训斥着叶落和凌管家。

"萧小姐责骂得对，是我的错！"叶落承认错误。

"萧小姐，属下没能保护好少爷，是属下的错！"凌管家也领责。

"一句错了就了事？难道每次天傲受伤，你们认个错他就没事了？平时少爷怎么罚你们的，你们下去自己领罚！"萧蓝蓝手一指，示意他们滚下去。

叶落和凌管家面面相觑，只能躬身退下去领罚。

客厅里，用人小声地抱怨："这都还没进门呢，已经是少夫人的架子！进了门还了得？"

"嘘，轻点，要是让萧小姐听见，咱们也跟叶落和凌管家那样的下场！"每人领三十鞭啊！凌管家是男的还好，叶落细皮嫩肉的，怎么受得了！这少说也要一个月不能下床了啊！萧蓝蓝守在凌天傲身边，细心地照料他。她从未见过凌天傲这么虚弱，可是回国没多久，他就几次三番地受伤！而且每次都跟夏芷苏有关，听说是因为夏芷苏被绑架。可是夏芷苏回来的时候人好端端的，凌天傲偏偏非要亲自送她回姚家。想起来，萧蓝蓝就很不甘心。

萧蓝蓝的管家从外面急匆匆地走来："大小姐！大小姐！"

"嘘！天傲病着呢！什么事那么着急？"萧蓝蓝忙着照顾凌天傲，怕管家把天傲吵醒。

"夫人来了！估计还有半个小时就到了！"萧管家说。

"夫人？妈咪来了！"萧蓝蓝震惊，"妈咪怎么突然回国了！管家，你是不是跟妈咪说了什么？"

"我……我只是告诉老夫人，小姐您回国住在酒店！"萧蓝蓝急得跺脚，"你这不是让她操心吗？我不住凌家住酒店，妈咪肯定是找天傲算账来了！"妈咪实在是疼她，知道她回国了住酒店肯定心疼，会以为凌天傲欺负她！

一架私人飞机在凌家广阔的空地降落，上面先走出两排保镖，层层护卫，接着走出来一个雍容华贵的女人，得体的包臀裙，女王式的米色毡帽，从飞机上一步步下来，让人无不仰视。

"妈咪！"萧蓝蓝早早等候在门口，看到母亲下来，立马迎了上去。

"妈咪的心肝宝贝！"萧夫人看到女儿，很是高兴，抱住她，满是心疼，"让妈咪看看，瘦了瘦了！宝贝，妈咪原本想回来陪你过生日，但是晚了，这是生日礼物，你看看喜不喜欢？"萧蓝蓝接过母亲的生日礼物，是一个镶着钻石的发夹，在清晨的阳光下更显得闪亮迷人。

"谢谢妈咪！妈咪对蓝蓝真好！"萧蓝蓝开心地扑到母亲的怀里。

萧夫人抱着女儿简直是抱着最珍贵的宝贝："傻话！你是妈咪、爹地的宝贝女儿，妈咪不对你好，还能对谁好？天傲呢？"萧夫人见凌天傲没出来迎接，顿时很不高兴。

"他怎么让你一个人在这等我！真是不像话！听说他还让你住酒店！"萧夫人一来就兴师问罪！

"不不！妈咪！是我自己要住酒店的！"萧蓝蓝立马为凌天傲开脱，"别跟我解释，妈咪什么不知道！凌天傲外面有人了，那个女人姓夏！来人！把那女人叫来！"

萧夫人安抚她："蓝蓝，我的好女儿，你看着就可以了！不用插手！"

姚家。

萧管家说是凌少派来接夏芷苏的，姚正龙当然没有怀疑，于是直接去喊夏芷苏。

夏芷苏正疑惑着，却被自己的爹地推上了车，来接夏芷苏的是萧家的管家。

夏芷苏看着很是陌生，疑惑地问："怎么以前我在凌家没见过你？"

"凌家那么多下人，夏小姐不能每个都见过。"萧管家说，"夏小姐放心，我们的方向是往凌家，您应该认识路！前面就是凌家宅子。"

夏芷苏还是狐疑："凌管家呢？"

"凌管家因为少爷受伤的事被责罚，现在还躺在床上休养。"

凌天傲受伤了！夏芷苏心里一咯噔！莫名地，心里也很着急。仔细一想，他这次的伤完全跟下人们无关！按照凌天傲那么赏罚分明的性格，不可能罚下人的。那肯定是别人责罚了凌天傲的人，这么说凌家还有别的主人？凌老爷？不对，如果是凌老爷在路上就可以杀了她，何必还要到凌家，那么只有一个人了……

"你是萧小姐的人吧？"夏芷苏问。

萧管家确实诧异，夏芷苏是没见过的，却能猜到他是谁。

"夏小姐果然聪明伶俐，我是大小姐的管家，我们老夫人要见见你。"

"所以就算我想下车，你也不可能停了？"

"夏小姐，已经到凌家，您可以下车了！"车子果然停住，萧管家笑得体，走过来打开车门。望着面前的豪宅，夏芷苏更加疑惑。

"你们老夫人，你们萧家的老夫人？"夏芷苏问，"是的，封宇集团董事长夫人萧老夫人！"萧管家很骄傲地说。

夏芷苏微微皱眉：为什么要见她呢？

"夏小姐，里面请吧？"萧管家伸手，欠身，示意她进去。

夏芷苏走进客厅，就看见一个妇女坐在法式长椅上，手里拿着杯子，低头优雅地品喝着茶，姿态雍容，举手投足间无不显示出她的优雅华贵。

萧夫人抬眼细细地打量面前的夏芷苏，标准的美人，傲然挺立，不卑不亢，有些大家风范。夏芷苏眉宇间带着戒备，脸色有些苍白，却给人一股冷艳的感觉，很干净的脸，没有任何修饰。朴素的衣着，却恰到好处地展现她的身姿，有品位，还落落大方。

"不错。"萧夫人手中的茶杯被用人拿走放在一边。

"夫人找我有事吗？"夏芷苏先开门见山地问。

"你觉得我找你有事？"萧夫人反问，气势逼人。

"我不知道，所以想请问夫人，找芷苏来，不知道是什么事？应该不是凌天傲叫我来的吧。"

"凌、天、傲，可以连名带姓地叫 GE 集团继承人的名字，全世界可没有几个。"

"是吗？那是我的错，我应该叫凌少。"

"你知道就好！"萧夫人站起身，一步步走到夏芷苏面前，"你有几分姿色，我的女儿蓝蓝不仅漂亮，还有地位和身份。你有什么？姚家的一个养女！

就算是姚氏集团的千金，跟我女儿比，那也是野鸡比凤凰！"果然，萧夫人是为了给女儿出气来了。

"夫人是为了给萧小姐出气吗？或者是对我下放逐令，让我远离凌天傲？"

萧夫人眯着眼睛看面前的女人："难道我不该为自己女儿出气？我女儿还没进凌家的门，这小三小四就冒出来了！"

"夫人放心，就算您没有赶我，我也不想出现在凌天傲的面前。"

"哈！"萧夫人哈哈了几声，"你这种女人，这种手段我见得多了。人前一套，人后一套。等我走了，你照样会主动贴到凌天傲身上去！你放心，我今天不是为女儿出气，而是代凌老爷过来，替他教育教育你。他们凌家唯一的儿子，因为你的出现，几次三番差点丢了性命。"

夏芷苏皱眉，看来，她今天是逃不开了，因为凌老爷跟萧夫人伙同一起。

"现在凌天傲还高烧不退躺在床上不省人事。凌老爷说了，天傲跟他求过情，希望他放了你。不过，凌老爷也说了，死罪可免，活罪难逃。你要好好认个错，主动离开天傲，我们都不再追究以前的事。"萧夫人说。

凌天傲高烧不退，夏芷苏的心口被揪了一下。

"我可以认错，但我能先看看他吗？"夏芷苏恳求，毕竟凌天傲是为了她，没想到还会发展成高烧不退。

萧夫人的脸色顿时变得很难看："怎么，还想见天傲，想让他给你求情，还是想让他跟我反目？"

"我只是想看看他，我承认，是我害的他。"

"想看他，也不是不行。等你认错受罚，深刻反省自己的过错，承诺主动离开他。我保证，以后没人能把你怎么样。"说到底还不是为了给她女儿出气。

夏芷苏看向楼上，凌天傲的房间就在拐角，她真的想去看看他到底怎么样了。这个时候，她竟然有些担心他。

"夫人，什么罚我都愿意接受，是我害的他！可我真的就看他一眼！"她真的只是想看看他好不好！哪怕他不好，她也想看看。她心里很是愧疚，凌天傲成今天这样，真的全是她害的！

"三十鞭，换一眼，如何？"萧夫人挑眉问。

"夏小姐，就是用鞭子抽三十下。"一旁萧管家提醒，又说，"凌管家和叶落没有保护好凌少爷，全都接受了处罚。"这三十鞭抽下去，还有命活吗？

"怎么，不是还想见凌天傲，这点罚都不愿意承受？"萧夫人嘲讽着。

就算夏芷苏不愿意，今天这鞭子也是抽定了。萧夫人本来就是故意让她过来，特地为自己女儿出气教训她的，就当是她还给凌天傲的吧！

"我愿意，只要夫人答应以后不再找我麻烦，也不找姚家麻烦。"夏芷苏生怕事情牵扯姚家。毕竟瑞士萧家真的不好惹，她惹不起。

"本夫人保证，要找也找你麻烦，而不是姚家。你是姚家的养女，说到底也是个外人。我还不至于为了你的事，牵连无辜。"萧夫人冷冷地笑，话语间都是嘲讽。

"带下去吧。"萧夫人抬手，让萧管家带夏芷苏去领罚。夏芷苏看着面前的老妇人，应该说她不老，而且姿态雍容。她那么有气质，可是，她却为了自己的女儿，仗势欺人。夏芷苏唇角凉凉地勾起，表面美丽的女人，内心真是丑恶。

在满是刑具的房间内，夏芷苏双手被绑在十字架上，萧管家亲自拿着皮鞭，还在上面涂抹了一层辣椒水。这个夏芷苏，他今天非要替大小姐好好教训她，竟然跟萧家大小姐抢凌少！

真是不知好歹！夏芷苏深吸一口气，闭上眼睛。凌天傲，我欠你两条命，今天都还给你！

"叶落姐姐！不好了！"叶落的房间里，用人小景跌跌撞撞地跑过来。叶落被打得背后满是伤痕，只能虚弱地趴在床上，看到用人小景跑进来，她以为是少爷出事了。几乎扑下床来："是不是少爷情况不好？"

"不！不是的！少爷一直昏迷！欧阳医生没离开半步！是那个夏小姐来了！"用人小景着急地说。少爷没事就好，叶落松了一口气。

"大惊小怪的，夏小姐来了有什么好奇怪。"叶落由小景扶着一步步回到床上。

"可是夏小姐也被萧夫人带下去领罚了！三十鞭！我看少爷对夏小姐挺好的！少爷要是醒来发现夏小姐被抽了那么多鞭，他应该会迁怒我们的吧？"小景担心的是少爷的迁怒，才来告诉叶落夏芷苏被带走领罚。

"夏小姐为什么被带下去领罚？"叶落简直诧异，"快！快带我去！哟……"叶落每走一步，背后都是揪心地疼。

"叶落姐姐！你这个样子怎么去啊？"

"夏小姐要是挨了鞭子，等少爷醒来一定会迁怒我们的！到时候就不是领鞭子那么简单！"叶落着急地说，"你扶着我！快！我们去找少爷！"

"可是少爷还没醒呢！"

"只有少爷能救她！我们自身难保！都不可能救她！"叶落只能去凌天傲的房间，期盼少爷早些醒来。

刑具房内，是一声声的惨叫。

萧管家拿着鞭子，鞭鞭抽在夏芷苏的身体上，完全入肉，沾着的辣椒水更让夏芷苏痛彻心扉。前面几鞭，夏芷苏还能忍。可是后面的几鞭，她真的疼得受不了。她可以预计到那股疼痛，可是没有想到他们还沾了辣椒水。那样蚀骨的痛，几乎让她晕厥过去。

"第十！"萧管家挥手又是一鞭子下去。此刻的夏芷苏几乎无法站立，全是被绑着的双手维持着身体的重量。意识慢慢被剥夺，痛苦蔓延到整个身体。而隔壁的房间里，萧家夫人和萧家大小姐却全程在看夏芷苏整个受罚的过程。看着夏芷苏被教训，萧蓝蓝的心头无比爽快。而萧老夫人也是勾了勾唇角，告诉身边的女儿："对付这种女人就得用狠招，有过这次教训，她就知道怕了，不敢再欺负到你的头上。"

"我看她也不敢再来找天傲！"萧蓝蓝的眼底闪过一抹狠毒，挽住萧夫人的手，亲昵地喊，"妈咪！蓝蓝有你，真是幸福！"萧夫人慈爱地抚摸着女儿的脑袋："当年是妈咪不小心弄丢了你，害你在孤儿院待了那么长时间，都是妈咪的错。妈咪说过，你要什么，都给你！你就是爹地、妈咪的心肝宝贝！"

萧蓝蓝的脸色顿了一下，然后又嘟嘴："妈咪！不都过去了吗？不要再提了！"

一看到萧蓝蓝撒娇，萧夫人就心软了："好了好了！妈咪不提！再也不提过去的事！过去就让她过去，总之从今以后没人能欺负你。谁敢欺负你，妈咪一个都不放过！"

萧蓝蓝看着夏芷苏被毒打的过程，眼底有微光闪过。最好能打死，到时候也是妈咪的错，跟她萧蓝蓝没有关系！啪！啪！刑具房里，只有一声声的抽打声，已经19鞭了。

夏芷苏的头发全被冷汗濡湿贴在脸上，汗水和泪水滴落，她仰头看着天空，她是撑不过三十鞭的，再这么下去，她一定会被打死，而且萧管家原本就对她往死里打。等待下一鞭落下来的时候，鞭子突然停住了。好像外面有人进来，一个下人进来跟萧管家说了几句："大小姐说了，不用数了，使劲打，打死了了事。"萧管家了然地点头，拿起鞭子继续抽。

啪！又是一鞭子，夏芷苏的身体颤了一下，头无力地垂下，她突然想到了自己的母亲、自己的父亲。为什么在孤儿院的时候，他们不来接她？是不想要她吗？是啊，不想要！妈咪，女儿好痛，你们知道吗？恐怕女儿这辈子都见不

到你们了吧！恐怕，她今天是真的要死在这了吧！死了也好吧，少了那么多的
尘世纠纷。

　　脑海里突然出现了凌天傲的身影，他霸气张狂的模样、嚣张狂野的笑声，
再也不用面对那贱货了，真好！抬眼，眼风里扫到那快要落下的鞭子，夏芷苏
竟然笑了起来。这一鞭子下来，她真的就承受不住了……凌天傲，你个贱人！
这条命，还你了！

　　砰！一声巨响。大门被人踢开。

　　"住手！"一声怒吼从门口传来。"凌，凌少爷……"萧管家看到凌少，
手中的鞭子刚要下去。

　　凌天傲大步冲上前来，捏住他的手腕，狠狠一掰，几乎生生把他的手腕掰
断。"本少的女人你也敢打！你这该死的东西！"凌天傲一脚把萧管家踹了出
去，生生把人踹出五米开外。

　　萧管家几乎整个人都被踢到墙上，从墙上掉下来，脸朝地，还磕坏了四五
颗牙齿，满嘴的血，一地的哀号。

　　夏芷苏吃力地抬眼，看到凌天傲，微微扯了扯嘴角。凌天傲脚步有些踉跄，
脸色依旧苍白。凌天傲大步走了上来，他捧住夏芷苏的脸颊，分明满是心急：
"死了没有？吭一声！"她都这样了，他还这么咒她。

　　"你才死了呢……"夏芷苏虚弱地骂了一声。

　　"还能骂人！"见她开口，凌天傲这才松了一口气，可是看到夏芷苏双手
被吊起，整个人悬空，他又怒又心疼。

　　"松开！给本少松开！"凌天傲怒喊，他的手下立马解开夏芷苏手上的
绳子。

　　夏芷苏整个人瘫软在他的怀里，根本没法站稳。

　　"夏芷苏！"凌天傲架住她的手臂，因为她浑身都是伤，他连抱她的地方
都没有！他俯身，把夏芷苏来了一个公主抱。凌天傲自己也是一个踉跄。

　　"少爷！让下人们来吧！"叶落被用人小景扶着，担心地说。

　　这里有的是守卫，个个精壮无比。可是！他怎么可能让那些男人碰她？

　　"连自己的女人都抱不起，还算什么男人？"凌天傲说着打横把夏芷苏抱
起，大步走出门。

　　那一边另一个房间的萧夫人和萧蓝蓝都知道凌天傲来了。萧蓝蓝狠狠瞪了
叶落一眼，就知道是叶落告状，叶落低下头，跟着凌天傲，凌天傲看到萧蓝蓝
母女，满眼喷火。

"晚点找你算账！哼！"凌天傲抱着夏芷苏直接从萧蓝蓝身边走开。

"天傲……"萧蓝蓝心碎地喊。萧夫人看凌天傲的反应，的确，重病中的凌天傲挣扎着爬起来是为了救夏芷苏。夏芷苏这个女人果然不简单！

"妈咪！都怪你！天傲对我发火了！"萧蓝蓝抱怨地说。

"傻女儿！他除了对你发火还能怎样，还敢退了你的婚不成！这件事，也不是没收获。至少知道，夏芷苏这个女人留不得。"

夏芷苏因为太过疼痛，意识几近模糊。她的手勾着凌天傲的脖子，睁开眼睛，努力看清面前的男人。

"你醒了？"这句话是夏芷苏说的。

凌天傲一愣，却听到夏芷苏说："他们说我领了三十鞭就让我看看你。凌天傲，我是不想欠你……现在算不算还给你了……"她喃喃着，凌天傲浑身一颤，心头有席卷而来的狂喜，领鞭子是为了看看他？

"你别多想……我就想看看你死了没有……"夏芷苏又自顾自地说，因为她知道一旦自己说了领鞭子是为了见他，这个男人一定会嘚瑟得飘起来，果然凌天傲的脸色一僵。这个死女人，一会儿给他糖吃，一会儿又打他一棍子。也只有她才能让他一会儿高兴、一会儿生气。

夏芷苏脸上全被汗水濡湿，头发贴着她的脸颊，一双带着泪水的眼睛看着面前的男人，迷蒙又彷徨，勾着他的脖子，她说："不过……真的好疼……好疼……"

凌天傲的心被揪住了一般，开口，声音沙哑："我知道。"

"你不知道……疼死了……比那一次还疼……"第一次在酒店被他那个的时候，她是有感觉的，那种痛，痛彻心扉，连带第二天她走路都别别扭扭。

凌天傲一瞬间就听懂了，那一次……她说的是哪一次？果然一个人在意识模糊的时候，什么话都说得出来。既然还能说话，就证明死不了！

凌天傲说："很快就不疼了！你睡一觉，醒来就不疼了！"

她好像被他安抚住了，闭上眼，疼得晕过去。

欧阳医生走上来说："少爷，把她交给我吧，我给她上药。"

"不必，我自己来，你给她打止痛药。"凌天傲说。这个女人全身被打得皮开肉绽，那得脱光了衣服才能上药！他可不想让别的男人看她的身体！

"可是少爷，您的身体……也没有恢复啊！"欧阳担心地说。到现在凌天傲还是高烧状态，都是强撑着一口气，必须休息！

"行了！给她打针！"凌天傲不耐烦地命令。欧阳无奈，只能给她打针。

一旁，叶落也担心少爷的身体，上来说："少爷，把夏小姐交给我们吧！都是女孩子，上药也方便！"叶落一眼就能看穿少爷的心思。少爷是不想让别人看见夏小姐的身子，特别是男人，哪怕是救命的医生也不行。

凌天傲头还有些晕，他自己给夏芷苏上药，估计会弄疼她。

叶落见少爷犹豫了，立刻吩咐旁边的用人小景："快去给夏小姐上药！"

"是，是！"小景马上上前拿了欧阳配好的药，所有人都出去了，就剩下凌天傲、叶落和小景。

"少爷，您先坐一会儿吧！"叶落想把凌天傲扶到一旁的沙发上，自己却一个踉跄，差点摔倒。凌天傲一手扶住叶落，她穿得很单薄，背上的鞭痕还若隐若现。

凌天傲怒道："萧蓝蓝让人打的？"他指的是叶落身上的伤。

"少爷，是属下没保护好少爷，领罚是应该的！"叶落垂下眼说。

"罚？你是我的人，只有我能罚你！本少爷都不怪罪，她萧蓝蓝有什么资格罚你们？还敢把我的女人打成这样！"凌天傲实在气不过，打算出门兴师问罪。

"少爷！萧夫人在！"叶落立马拦住他。

"她在又怎样！她在就敢欺负我的人？让开！"

叶落不让："少爷，我们不能跟萧夫人正面冲突！至少现在不能！"

"那老太婆，你当本少还真怕了？"

"少爷不怕任何人，可是少爷忍一时，可以得到更多。"

"以后的东西本少会得到！但是现在，欺负到我头上来，忍不了！"凌天傲抓住叶落的胳膊，把她拉到一边，大步走出去。

"少爷！"叶落想追上去，实在是疼得厉害，没法追上。

凌天傲下楼来，看到萧家母女还在客厅，正悠闲地喝着咖啡聊天，顿时气不打一处来。

"萧蓝蓝！"凌天傲怒喝。萧蓝蓝正跟母亲说话，见凌天傲来了，立马放下咖啡站起来。

"天傲！你身体没好，应该继续休息啊！"萧蓝蓝关切地说。

凌天傲上前，啪一巴掌打了过去。萧蓝蓝被生生打趴在地上。这一巴掌抽得她嘴角都是血水。连萧夫人都愣了半晌没有反应过来。等她反应过来，凌天傲再次上前揪住萧蓝蓝的衣领，准备打下去。

"凌天傲！"萧夫人上前抓住凌天傲的手，凌天傲想抽回手，竟发现一时抽不开，可能是身体没恢复的原因。

"她是你的未婚妻！你竟敢当着我的面这样打她！她可是我的女儿！"萧夫人怒吼。

凌天傲起身，整了整衣服，冷冷看着萧夫人："还有你！你下命令打的夏芷苏！你以为我会这么算了？"

"我倒要看看你能把我怎样！你这目无尊长的畜生！我今天就替你爹好好教训你！来人！"萧夫人一声呵斥，立马有人冲进来，是萧夫人的保镖。

"把凌天傲抓起来！"萧夫人命令着。

"妈咪！"萧蓝蓝想要阻止。

"你别插手！妈咪是在替你教训未婚夫！这个男人怀里抱着别的女人还敢跟我们萧家结亲！抓起来！"萧夫人命令保镖，保镖上前就要去扣凌天傲，凌天傲就算生病，对付这几个保镖也是绰绰有余。

只是还没开打，保镖就拿枪指着凌天傲："凌少，别再动了！"

"敢拿枪指着本少爷！好大的胆子！"凌天傲冷笑，手一挥，外面冲进一大批守卫，把这几个保镖团团围住，一时间那保镖也不知所措。

凌管家虽然被打得重伤，但是少爷醒了，他自然是知道的，立马赶了过来。

"都把枪放下！否则我们开枪了！"凌管家指着那群保镖喊，萧夫人的脸色有些难看。

凌天傲却嗤笑一声："萧阿姨，难道你不知道这里是本少爷的地盘！在我的地盘打我的女人，你好大的胆子啊？"

"你的女人？你应该看清楚，我的女儿萧蓝蓝才是你的女人！凌天傲，你是不想要 GE 集团了是吧？你应该明白，你姑姑跟你父亲所持有的股份差不了多少，而我手里的股份却可以帮助他们中的任何一个人！我的女儿嫁给谁，我就支持谁！可你明显不想要我的支持！"萧夫人冷笑着威胁说。

"你在威胁我？"凌天傲双瞳微眯，恨不得拿枪指着萧夫人。这个心肠恶毒的老妇人，竟然把夏芷苏打成那副模样！

"难道本夫人还没资格威胁你？"萧夫人觉得凌天傲根本不敢把她怎么样！

"看来你不知道本少最讨厌别人的威胁！要不是看在你是萧同浩的母亲的分上，我早把你赶出门了！不过，本少爷现在改变主意了，你打了夏芷苏三十鞭，那么你的女儿就赔偿三十鞭吧！本少就不计较了！"

萧蓝蓝吓得缩到母亲身后。

凌天傲冷冷看了一眼，嗤笑，萧夫人气得全身颤抖："我的女儿你也敢打！凌天傲，你简直无法无天！"

"本少无法无天也不是今天的事，萧阿姨你难道不知道吗？把萧蓝蓝带下去！"凌天傲命令。

守卫一上来，萧夫人护着女儿："你们敢！"守卫犹豫了一会儿，还是走上去想要扣住萧蓝蓝。

"妈咪！妈咪！救我！"萧蓝蓝很快被扣住，准备带走。

"天傲！你不能那么对我！我才是你的未婚妻啊！"萧蓝蓝几乎哭出来，她有什么错，她真的好委屈！

凌天傲依旧冷笑："带走。"

"蓝蓝！"萧夫人上前却被凌天傲的守卫拦住，"凌天傲！你今天敢碰我女儿一下，我保证让你净身出户！从此以后 GE 集团跟你半点儿关系都没有！"萧夫人气得大吼。

凌天傲不过是勾了勾唇角："以后的事以后再说！打了我的女人不能就那么算了！把萧蓝蓝带下去！打！"

"凌天傲！你敢！"萧夫人指着凌天傲气得身子颤抖。

"天傲……"萧蓝蓝又伤心又绝望，知道今天她是逃不过一劫了，顿时瘫软下来，身子被守卫架住。

外面突然又冲进一批人，团团把凌天傲的人包围，凌天傲微微皱眉。就看到从外面进来一个身材高大、染着一头嚣张紫发的男子，二十五六岁模样，穿着一双军靴，从外面疾步走进来。

萧蓝蓝看到他，兴奋地睁大眼睛："哥哥！"萧夫人看到来人，也松了一口气，顿时腰板也挺直了，她的儿子萧同浩来了。

"都把枪放下！"萧同浩命令自己的人，他从萧蓝蓝身边走过，一眼都不看她。萧同浩径直走到凌天傲面前，看着他，凌天傲淡漠地抬眼，唇角微勾，两人对峙了一会儿，突然伸手，两人相互捶了一拳。

"天傲！我不在场，你那么欺负我萧家的两个婆娘，太不给面子了吧？"萧同浩半开玩笑半求情地说。

"正是看在你的面子上，我才没赶萧阿姨——你的母亲。"凌天傲扫了一眼萧夫人。

萧同浩也看自己的母亲："她们的事，我听说了。但这次来，我是听说你生病，特意回国来看你。看你没死，我倒是放心了！"

"尽管放心，死不了。"

"所以一醒来就冲我妹妹发火？就算我妹妹有千万个不是，那也是我妹妹。她犯了错，是我管家无方，把她交给我，我会替你教训她。"萧同浩说。

凌天傲看着萧蓝蓝，再看了眼自己的好兄弟萧同浩，从小到大，十几年的兄弟感情。可是萧蓝蓝打了夏芷苏，还打了他的用人和管家。

萧同浩知道凌天傲还在气头上，放软语气求情："天傲！兄弟的面子都不看了？错已经犯下了，就算打她也无济于事，给我个面子！"

话都说到这种程度上了，凌天傲哼了一声抬了抬手，守卫放了萧蓝蓝，萧蓝蓝立马跑到自己的哥哥身后。萧同浩回头冷眼看她："给天傲道歉！"

"哥哥，我又没有错！是天傲他先带别的女人回家！"

"那又怎样？你跟天傲没有订婚，天傲也从未承认你是他的女朋友！你们的订婚宴还要过阵子！他带别的女人回家，需要经过你的同意？"萧同浩质问。

萧蓝蓝一下子就哑口无言了。

"所以，道歉！"萧同浩要自己的妹妹道歉，"你们打了天傲的女朋友，原本就是你们不对！如果你跟天傲已经订婚了，今天天傲还带别的女人回家，就算你不教训，我也会教训！"

哥哥句句在理，萧蓝蓝完全无从反驳。

"天傲，我错了……"萧蓝蓝只能道歉。

"等夏芷苏醒来，你跟她道歉！跟本少爷道歉没用！"凌天傲冷哼一声。

"天傲！这样好了，蓝蓝她是被宠坏了，不如我替蓝蓝给你朋友道歉！"萧同浩说。

"我要她自己道歉！至于我女朋友接不接受道歉，那是她的事。如果还当我是兄弟，就别再这么宠着萧蓝蓝！"凌天傲一想到夏芷苏被打个半死就生气，恨不得把萧蓝蓝给生吞活剥了！

萧同浩知道凌天傲的个性，拍了拍他的肩膀："都按你的意思来，但是我妹妹要交给我处理！"

凌天傲逼视萧蓝蓝，给她警告："看在你哥哥的情面儿上，这次就放过你，要敢有下一次，我饶不了你！"

"不会有下次！我回国要待上一阵子，一定帮你看着她们！"萧同浩凉凉地扫了一眼自己的母亲和妹妹，对凌天傲说，而萧蓝蓝还是躲在自己哥哥的身后不敢出来。

凌天傲觉得自己有些累了，嗯了一声："我上去了，你随意！至于有些人，本少不想看见，你自己看着办吧！"他的意思，只有萧同浩可以待在凌家，萧家母女不行。

萧夫人气得都想拿枪打人了，又被自己儿子萧同浩一个眼神逼回去。看着凌天傲被人扶着走开，萧同浩看了眼自己的母亲和妹妹，脸色愠怒："丢脸丢到这来了？萧家的脸很好丢是吗？"

萧夫人见凌天傲那么嚣张，还是不高兴："儿子！你跟凌天傲那种人客气什么！你那么多人还怕他的人不成？咱们萧家从来不需要怕凌家！"

"萧夫人！你可真是为老不尊！你们自己打了人，还敢这么理直气壮，差点出人命啊！要不是我刚好来中国，你，还有你！"萧同浩又指着自己妹妹，"真以为天傲会那么容易放过你们？"

萧夫人知道儿子叫自己萧夫人说明是很生气了，顿时也只好嘟哝："不知道的还以为你怕了凌天傲！"

"老夫人！我的好妈咪！别挑拨我跟天傲的兄弟情！我们从小一起长大！我明白凌天傲这个人吃软不吃硬！别人不招惹他，他绝对不会招惹人家，你们是咎由自取！"萧同浩斥责母亲。

萧夫人听了更加不高兴："按你的意思，小三都欺负上门了，咱们还不能帮着你妹妹？"

"亏你还是萧家夫人！说的话多庸俗！蓝蓝跟天傲根本就没订婚！之所以被人称为未婚妻，那是因为他们订婚是迟早的事。天傲迟早都是蓝蓝的，你又何必跟那些小三过不去？再说了，来了个小三，还有个小四小五！最重要的是蓝蓝要抓住天傲的心，不然就算结了婚，天傲照样外面有女人，难道来一个打一个？"

萧同浩回头教育自己妹妹："还有你！萧蓝蓝！天傲那样的人，没有女人贴上来才奇怪了！谁让你偏偏要嫁给他？自己又看不住，你自己没用，还怪别人跟你抢人？"

萧蓝蓝被骂得一点不敢顶嘴，只是委屈地拉着自己的母亲。送走了那对母女，萧同浩都觉得松了一口气。他看了眼楼上，听说，那个欺凌到自己妹妹头上的女人就住在楼上。他倒想看看，是什么样的女人可以让凌天傲一再破例。他的母亲萧夫人可是凌天傲继承 GE 集团最大的垫脚石，他宁可跟萧夫人撕破脸皮也要为自己的女人出气，太不理智了。

萧同浩走进凌天傲的房间，叶落也在场，看到萧同浩，有些意外。

"萧少爷！"叶落立马打招呼。

萧同浩看到叶落虚弱的样子，肩膀上明显的鞭痕印记，皱眉："天傲让人罚的你？"

叶落立马摇头："不！当然不是！"

萧同浩明白了，说："我妹妹？"叶落不说话，只是恭顺地站在一旁。

萧同浩叹息："这个妹妹从小就被家里宠坏了，真是抱歉！"

"萧少爷，我没事的！"叶落立马说，"不怪萧小姐，是我自己没有照顾好少爷！"

"你呀！从小到大就知道护着天傲！太偏心了！"萧同浩捏了捏叶落的脸颊。

床上，凌天傲咳嗽了一声："你一来就调戏我的人，这样好吗？"叶落脸一红。萧同浩走过来："看来说话还是有力气的！天傲，你怎么那么不理智！跟我妈咪杠上，对你有什么好处？"

"没好处。"凌天傲也清楚。

"你明知道却还失去理智！你的表哥东野润一现在可是在总部做副总！原本就是很会收买人心的人！要是我妈咪也帮着他，GE 集团可一点也没你的份！"

"我知道。"

"你知道还敢动她们母女？"凌天傲见萧同浩一直站在自己这边，眉梢轻佻地勾起："萧同浩！一个是你母亲，一个是你妹妹，你怎么吃里爬外？"

"我是帮理不帮亲。天傲，说实话，玩够了就收手！男人，有谁不玩的，可是总要成家！等你跟我妹妹订婚了，你再这样跟别的女人纠缠不清，我可就不帮你了！"萧同浩的拳头在凌天傲肩膀上作势捶了一下。

凌天傲唇角微扬，眼底却闪过意味不明的光。玩吗？他也觉得自己在玩，可是这种玩似乎牵扯了太多东西。的确，他在没拿到 GE 集团之前是不该跟萧夫人正面冲突的。

可是看到夏芷苏被打得伤痕累累，他只想把那些欺负她的人通通处理！

▌▌▌ 第十二章 生死边缘守候着她 ▌▌▌

无人的公路上，一辆黑色的劳斯莱斯缓慢地行驶在路上。

车内，萧蓝蓝不高兴地撇嘴："妈咪，天傲把我们赶出来了！他现在一定非常生气！"

"什么叫他把我们赶出来了？蓝蓝，我的好女儿！是咱们自己要出来！凌家咱们不去住，咱们不稀罕！"萧夫人拍着女儿的肩膀安抚着。

"天傲一定讨厌死我了！妈咪，我都说了夏芷苏那个女人动不得的！"

"你怎么还在想这事！打都打了！这打完了，他凌天傲又能把我们怎么样？还不得乖乖放了我们，当成什么事也没发生！"

萧夫人刚说完，车子突然被急刹车！萧夫人和女儿都是一个趔趄。

"停下来做什么？发生什么事了？"萧夫人不满地呵斥。

"夫人！突然一辆车撞到我们的车了！"司机着急地喊，推开门想看看情况。

刚推开门，司机就被人揪了出去，萧夫人这边的车门也被打开，萧夫人看到几个蒙面人拿着棍棒，嚣张地拍打着车门。

"妈咪！"萧蓝蓝害怕地惊叫。

"你们是什么人？啊！"萧夫人被拽了出去，紧接着萧蓝蓝也被拉了出去，五六个蒙面人上前就对着萧夫人和萧蓝蓝一阵拳打脚踢。

"快！把值钱的都交出来！开着劳斯莱斯肯定有不少钱！把钱交出来！"蒙面人拿着棍棒对萧夫人和萧蓝蓝毫不手软地暴打。

"啊……"一声声地惨叫。萧夫人刚才是猝不及防，此刻猛然起身，一脚把一个蒙面人踢了出去，蒙面人感到特别意外，根本没料到这个老妇人还有功夫。

"蓝蓝！"萧夫人去扶萧蓝蓝。

另一个蒙面人上前对着萧蓝蓝就是一通打，剩下的蒙面人就专攻萧夫人。萧夫人毕竟老了，身手再好，也有些吃不消。

"不就是要钱。我给你们！住手！住手！"萧夫人看到女儿被暴打，气得大叫，甩了自己的包就给那些蒙面人。

拿到了包，蒙面人都看了一眼，抓起棍子，立马跑回自己的车上。萧夫人哪有力气去追，只是着急地扶起女儿："宝贝！你怎么样啊？"

萧夫人抬眼就看到蒙面人飞快地开着车跑了，而车牌号是被遮住的。真是倒霉！竟然遇到抢劫！

"妈咪！好疼啊！"萧蓝蓝哇哇地哭出来，完全不顾形象了。

萧蓝蓝的嘴都被打肿了，浑身上下都是瘀青！那些人是往死里打的！这里的治安怎么就那么差！萧夫人气得简直要断气，拿出手机给儿子打电话，这边蒙面人飞快地逃走。见已经逃离萧夫人好长距离了，蒙面人把头套拿掉，也给人打电话。

"少爷，您交代的事情完成了！"蒙面人跟电话里的人说。

凌家豪宅内。

凌天傲和萧同浩都同时接了电话。

萧同浩诧异地问："什么？你们被人抢劫了！人没事吧？别急别急，我马上派人过去！"

凌天傲听着自己的电话，唇角微微地上扬。

萧同浩走过来跟凌天傲说："妈咪跟蓝蓝路上被人抢劫了！那些劫匪太嚣张！还把她们母女打了个半死！"

凌天傲一副诧异的样子："是吗？还有这种事！在本少的地盘，可太嚣张了！"

"一定要把这些劫匪找出来！一对弱母女也下得了手，太可恨了！"萧同浩气愤地说。

"弱母女？本少看他们一点都不弱！不然怎么能对一个弱女子狠下手打了三十鞭，差点把人打断气！"凌天傲唇角带着嘲讽。

萧同浩一时也无言，自己母亲也算是遭了报应！反正已经被抢劫了，他现在过去也没用。派了人去了，肯定能安顿好这母女俩。现在他倒是想看看那个姓夏的女人，到底有什么魅力能让凌天傲跟萧家翻脸！

凌天傲心情好了不少，萧家母女被打本来就是活该。不是遭报应，而是他特地派人让她们遭报应！打他的女人，找死！也不知道夏芷苏怎么样了。

凌天傲不放心，还是执意起床去看看。不论叶落怎么阻拦，凌天傲一步步，跟跄地往夏芷苏的房间走去。

房间里，夏芷苏还躺在床上，紧闭着双眼，只有眼珠子在痛苦地动着，好像是梦到了很痛苦的事情。用人小景在一旁不停拧着湿毛巾放到夏芷苏的额头。

萧同浩进来看到夏芷苏，第一眼看不出什么，只觉得夏芷苏不加修饰的五官还是挺好看的。

"怎么还没醒？"见夏芷苏这副样子，好像越发严重了，凌天傲不悦地质问欧阳医生。

"少爷，夏小姐伤得太重了！"欧阳说。

"是啊，少爷！刚才给夏小姐擦药，她全身有四十多道鞭痕呢！"用人小景立马说。

"什么！"连萧同浩都感到很诧异，"这简直是活活要人命啊！"凌天傲也微微皱眉，没想到萧家母女那么狠心，竟然直接奔着夏芷苏这条命去！

"天傲！你放心！等我回去，一定教训萧蓝蓝！"萧同浩保证。

凌天傲实在心疼，俯身，手摸向夏芷苏的脸颊："怎么这么烫？"简直比他的高烧还烫。

"少爷，夏小姐是伤口感染了才发烧的，她的伤口上都有辣椒水！"欧阳只检查过夏芷苏肩膀上的伤口就知道，凌天傲的身子几乎一晃。

"天傲！"萧同浩立马扶住凌天傲。

辣椒水！四十多鞭！普通的男人都要活活被打死了！

"夏芷苏，你给我活下去！你一定要给我醒来，听到了没有？"凌天傲握着夏芷苏的手，大声地命令。床上的夏芷苏整个身子都在微微颤抖着，她似乎是做了可怕的噩梦，身子不断地扭动，双眼好像在极力地想挣开。

"蓝蓝……蓝蓝……"夏芷苏嘴里喊出的名字。

这让所有人意外，却也觉得是情理之中。是萧蓝蓝把她打成这样的，她恨萧蓝蓝，这个时候念着萧蓝蓝的名字也是正常的。

作为萧蓝蓝的哥哥，萧同浩却更加愧疚，问欧阳："快想办法啊！有什么办法让她醒来！她一直做噩梦下去，对身体的恢复一点好处都没有！"

"是的，萧少爷！我一直在想办法让她醒来！可是什么办法都试过了，她就是醒不过来！"欧阳也着急。很明显，少爷那么在乎夏芷苏，他要是治不好，肯定被牵连。

"蓝蓝！蓝蓝……"蓝蓝对不起……夏芷苏又梦到了那一年在孤儿院的事情……

暴风雨的夜晚。

她让蓝蓝帮她站在门口等她父母过来叫她，那天的暴风雨太大，寝室楼摇摇欲坠。校长也在里面，她担心校长所以跑开了。蓝蓝站在门口，被压在了倒塌的废墟里面。

那时候院长也死了，所有孩子都好像没了爸爸一样，不知所措地哭喊，没有人帮她把蓝蓝挖出来。

她一个人在厚厚的废墟里挖啊挖啊！可是以她一个人的力量简直就是徒劳！

她去外面找大人帮忙，可是没有大人愿意听她一个小女孩乱说话。

那时候的她，四处找人帮忙，像个乞丐一样求，一个星期过去了，她终于找了人来一起挖废墟。一个星期，她明明知道蓝蓝肯定早就死了！连跟她一起挖废墟的人告诉她，一个星期埋在里面的人肯定死了！她还是不信，还是要挖！可是最后连帮她的叔叔都不帮她了……她把蓝蓝害死了……她一个人躲在墙角哭泣，一直哭一直哭，直到她被一个叫夏仲的养父领走了。是她害死了蓝蓝……是她害死了蓝蓝啊……

"蓝蓝，蓝蓝……"夏芷苏依旧在喊着蓝蓝的名字。

凌天傲的双手捏紧，他真恨不得现在去把萧蓝蓝给掐死！看着夏芷苏不省人事的模样，他的心口痛到无法呼吸！这种感觉该死的讨厌！

"夏芷苏！给我醒过来！"凌天傲拍着夏芷苏的脸颊，夏芷苏说，她欠他的还了。可是他知道，他想要的偿还方式并不是这样的！

也不知道过了多久，至少夏芷苏不知道。她醒来的时候是在一个很深沉的夜晚，睁开眼睛，看到房间是昏暗的，也是陌生的，只有落地窗外的白月光把房间铺洒得多了一丝温馨。

夏芷苏的手好像被人压住了，有些发麻。夏芷苏侧头看到一张英俊的脸，浓黑的眉毛，刀刻般的五官，像宝石一样镶嵌在他无瑕的脸上。

月光倾泻在他的脸上，虚弱带着缥缈。凌天傲？哦，对了，她被打得浑身疼痛，后来被凌天傲抱到了房间，然后……她就没有意识了吧。

怎么好像浑身不是鞭打的痛，而是酸痛，好像很久没活动筋骨了一样。夏芷苏手麻，想抽开手，可是又觉得会惊动凌天傲，看他的样子是睡得很沉了。

对面墙壁就挂着时钟。

夏芷苏原本以为现在应该是晚上八九点吧，不然凌天傲不会趴在这。4点！凌晨4点！凌晨4点，凌天傲怎么趴在她的床头啊！

"夏小姐！醒了！"外面用人小景进来，看到夏芷苏醒了，激动地喊，突然又意识到少爷在场，立马闭嘴，可小景还是吵醒了凌天傲。

凌天傲蒙眬地睁开眼睛，孩子气地揉了揉眼角，好像不高兴有人打扰他的睡眠，睁开眼，却跟某女人的视线相对。凌天傲以为自己在做梦，他好几次做梦都梦到夏芷苏醒了。

"夏芷苏！"凌天傲不敢相信地叫道，接着抱住她的双肩。

"夏芷苏！你终于醒了！"凌天傲太过激动了，好像她已经死过一次了一样。

这个时间凌天傲在她的床边守着，她醒来看到他是真的挺感动的。"想吃什么？饿了吧！快端进来！"凌天傲让用人时刻都熬制着新鲜的粥，因为他不知道夏芷苏什么时候会醒过来，所以要随时准备着。

"我来！"凌天傲端了粥，给夏芷苏喂。勺子放在她的嘴边，他命令："快张嘴！"夏芷苏有些愕然，愣愣地张嘴，稀粥从喉咙流下去，舒服了很多，但有些干燥。

"我渴。"夏芷苏说，声音都沙哑了。

"水！水！"凌天傲又立马吩咐用人，小景马上去倒水。凌天傲又亲自端了水放到夏芷苏嘴边。夏芷苏还是愣怔，怎么觉得凌天傲很热情，很关心她一样，这种感觉让她心里感觉毛毛的。喝了水，感觉好了太多。

夏芷苏说："粥给我，我自己喝吧。"

"不行，我喂着挺好！"好像自己不喂，就不能证明她吃了一样。夏芷苏只好张嘴，她反正也饿。室内的光线渐渐亮了起来，她可以清楚地看见凌天傲下巴上胡子拉碴的，明显好久没有打理自己了。凌天傲不是那样的人啊！怎么可能几天都不打理自己！

"少爷，您去休息吧，这里有小景呢！您照顾了夏小姐大半个月了，再不休息，会累坏的！"小景劝说凌天傲。

凌天傲压根儿不理会，只是给夏芷苏喂粥："多喝点！"夏芷苏听懂了："我睡了大半个月？"而这大半个月里凌天傲在照顾她？真的很不可思议好吗？

"对啊！夏小姐！您这次真的是在鬼门关走了一遭！少爷担心你，一直亲自照看你呢！"小景在一旁说。夏芷苏真的觉得受宠若惊。

"多嘴！"凌天傲哼了一声，但心里却极想要小景告诉夏芷苏他照顾了她大半个月的事实！死丫头，就是让你欠我人情！还都还不起！小景不敢再说话了，小心地站在一边，随时听候差遣。

"凌天傲，你抽什么风啊！"夏芷苏觉得凌天傲真是多此一举。照顾人，他家里的用人不是更有经验？凌天傲脸色不悦，上一秒还偷着乐，这一刻简直跟吃屎了一样。

"你这个没心肝的死女人！怎么不去死！"凌天傲的好意没被她心领，大怒。看到凌天傲生气，夏芷苏咯咯笑起来，看到夏芷苏在笑，凌天傲更生气了，连粥都不想喂她了！

夏芷苏见他生气了才高兴，她才不想见他那么嘚瑟！不想让自己觉得欠了他！

"生气了？"夏芷苏拉住凌天傲的衣袖。哼！当然生气了！

"你怎么那么小气，跟你开个玩笑，你身体好了吗？"夏芷苏还记得凌天傲当时高烧不退。"没良心的女人，还知道关心本少爷！"凌天傲鼻孔朝天。

"骂得那么大声，中气十足，看来是没事了。不是说伤到腿上了，好了吗？"夏芷苏又俯身去看凌天傲的腿，却牵扯了自己身上的鞭痕，疼得龇牙咧嘴。

"你别动了！"凌天傲立马扶住她，"伤口好不容易结痂！裂开了麻烦！"

"结……结痂你都知道？"夏芷苏小心地看了眼自己的身体，"天天看！能不知道！"那神情看起来理直气壮。

"……"夏芷苏嘴角一抽，完全不想跟他继续这个话题。

把被褥拥上胸口，夏芷苏见凌天傲眉眼间带着掩不住的疲惫："凌天傲，你别站我面前晃悠了，出去吧，我看见你头疼。"她想让他回去休息，但是让他休息去这种话她说不出口。

凌天傲睁大眼睛："你说什么？"夏芷苏胆肥了，因为此时此刻凌天傲肯定是不会掐死自己的。因为她好不容易醒过来，还是托他的照顾。

"我说，你出去吧，我不想看见你。"夏芷苏说。凌天傲想到这些天为她担的心，全被她当成了驴肝肺，心里那叫一个气啊！想掐她的脖子，又忍住了，捏拳。

"不识好歹的臭女人！"凌天傲气呼呼地走出去，快要被她气死了！用人小景听了也觉得夏芷苏不识好歹，忍不住说："夏小姐！这些天真的都是少爷亲自照顾你，怕我们照顾不周。他从来没对一个人那么上心过，你这么说，少爷太伤心了！"

"你劝他去休息他不听，我劝也未必听。你看，这不走了嘛！"夏芷苏云淡风轻地说。

小景一愣，这才反应过来，敢情夏小姐是为了让少爷去休息！"夏小姐真是用心良苦！"

"你别夸我，我只是不想欠他太多。"夏芷苏叹息地说。

门口听到动静的萧同浩原本是来看看夏芷苏是不是熬不过去了，没想到这女人竟然醒过来了，而且还把凌天傲三言两语就气走了。萧同浩唇角微扬，感觉这女人有点意思。

凌天傲却被夏芷苏气得不行，一回自己房间就在那骂："没心肝的死女人！死女人！这个死女人！"

叶落早早地起床来伺候少爷，就听到少爷在那怒骂。听说夏芷苏醒来了，怎么少爷还那么不高兴？

"少爷，发生什么事了？是不是夏小姐出什么事了？"叶落疑惑地问。

"她能出什么事！全世界的人死光了，她都死不了！这个该死的女人！"凌天傲又大骂了一句，还是冲着门外吼的。夏芷苏的房间离他的房间不远，骂大声一点，还能听见。叶落实在不明白到底发生了什么事。

凌天傲越想越气，他都多久没合眼了，掀开被褥就上了床，叶落立马走过去给他脱衣服。

凌天傲坐在床上还是气，指着门外："那女人一醒来就说什么看到我就头疼，你说气不气人！你说这个女人是不是没心肝？"

"哦……"这样确实有点气人，可是夏小姐那么说，至少把少爷气回房间了，不然少爷还在夏小姐的房间吧？

"少爷，叶落伺候您休息吧！夏小姐既然醒了，说明就不会有事，少爷也不必再担心了。"叶落给凌天傲掖好被子。

"本少担心她？那个没良心的！本少爷有什么可担心的！"凌天傲又是大声地吼，门开着，他得确保夏芷苏听到。叶落有些不知道说什么好。

凌天傲翻身，哼了一声，就闭上眼："还不如睡我的觉！懒得操心那死女人！"说着说着，凌天傲闭上眼就睡着了。这些日子他实在太累了，无时无刻不守在夏芷苏的床边，生怕她醒不过来。房间里终于安静了，而旁边房间的夏芷苏也觉得耳根子清净了。这个凌天傲，还挺会骂。回房间就没停过。叶落见少爷睡着了，轻轻关上门，来到夏芷苏的房间。

"夏小姐。"叶落喊。夏芷苏看到叶落会心一笑："他睡了吗？"

"少爷睡着了。"叶落说。

听到夏芷苏这么一说，叶落确定夏芷苏是故意把少爷气走的。

"夏小姐，谢谢你。"叶落由衷地说。

"你怎么能谢我！我都没好好谢谢你！听小景说，是你及时叫来了凌天傲，我才没被吓死。真的，太谢谢你了！"夏芷苏感激地说。

叶落微微一笑："夏小姐应该感激的是少爷。少爷为了你也算是吃尽苦头。从小到大，少爷可从没这样委屈过自己。可是为了你，他日夜守在你的床头，我希望夏小姐能知道。"

这些她自然是知道的，这一次，她欠了凌天傲很大的人情，还不知道该怎么还呢，难不成又给他暖床？因为凌天傲很可能会提出这样的要求，想起来就头疼。

凌天傲这个人，真的不算个正人君子啊！"你们少爷身体全好了吗？"夏芷苏想了想还是跟叶落确认一遍。

叶落依旧微笑："夏小姐为什么不亲自问少爷呢？"她如果问得太细致，怕是不合适吧。

"萧夫人还有萧小姐她们……"夏芷苏想问她们是不是还在凌家。

叶落知道夏芷苏担心什么："夏小姐别怕，少爷知道她们故意让人打你，差点没把萧小姐抓起来打死，后来是萧同浩少爷回来救下了萧小姐。"

"萧同浩？"

"就是萧小姐的亲哥哥！"夏芷苏有些疲惫地扶额，真是扯淡的人生啊！

萧家来一个萧夫人撑腰已经够呛了，现在还来了一个萧家少爷！当然也是为自己妹妹撑腰来的！

"萧家真是家大业大……"夏芷苏叹息地说。如果萧夫人在凌家，恐怕凌天傲一个睡觉的工夫，她又要被萧夫人打死了！现在还来了个萧家大少爷！没活路了……

"夏小姐，短时间内，萧家夫人和小姐是不可能出来的！"叶落有些幸灾乐祸地说，"我的意思是，不可能来凌家找你麻烦的！"

"她们要是再找我麻烦，我就没命顶了！"

"夏小姐，放心吧！一切有少爷在呢！只要少爷在，没人能伤害你！况且……"叶落看了看门口，确定没人了，说："打你的那一天，萧夫人和小姐在路上遭抢劫了！两人都被暴打了一顿！"

有这种好事，夏芷苏不是幸灾乐祸，但还是忍不住心里特别畅快！果然，短时间内是不会来找她的麻烦了！

凌天傲好像真的生气了，连续几天都没去房间看她。夏芷苏躺得实在是浑身酸痛，于是起来去外面走走，当然是第一次在凌天傲的豪宅里逛，这真的是逛，豪宅里有泳池、有温泉，还有层峦叠嶂的假山，假山后面是一个喷泉，风儿吹过，泉水打在身上，很凉快。

夏芷苏坐在石凳上看着面前的风景，手放在石桌上，手掌撑着脑袋。生活在这样的环境中，真的是太舒适了，每天睁开眼睛看到的就是大自然，不远处还有一大片果树。

听说凌天傲要吃的水果要么是自家用人种的，要么是空运过来的，他是绝对不吃国内的食物。几乎每一样食物都需要空运，而且得保证最新鲜，所以几乎每天早上都有飞机停在私人机场上。唉，像她这种吃地沟油长大的孩子实在无法体会这种豪门大少的生活。

"你好！"突然身后传来一个声音，是个男人的声音，但不是凌天傲的。夏芷苏抬眼看到一个"洋葱头"男人，染着一头紫色的头发，阳光下，实在是耀眼得让人睁不开眼睛。

"你的头发很适合你。"夏芷苏由衷地说。

第一眼就觉得紫色竟然可以这样适合一个人，像是为他量身打造的颜色。那男人一愣，随即笑起来说："谢谢。"

"不用谢，我说的是真心话，头发很好看，萧少爷。"夏芷苏说。

萧同浩再次怔住："你认识我？"

"不认识，但听叶落说起过，你是萧小姐的亲哥哥。"萧同浩饶有兴致地看着她："你没见过我，怎么就确定我是蓝蓝的哥哥？"

"凌家的守卫这些天我基本都见过了，显然你不是守卫，是凌家的客人。那么只剩下萧少爷你了。"

"你很聪明。"萧同浩赞赏地说。

"换成任何一个人都可以看出来，你就是大少爷的身板。"夏芷苏看着不远处的喷泉，淡淡地说。

即使知道他是瑞士萧家的少爷，她说话依旧是不卑不亢，甚至还带着幽默。萧同浩看着面前的夏芷苏，眸中增添了更多的赞赏。

"你说得没错，我叫萧同浩，也是凌天傲未婚妻蓝蓝的亲哥哥。"萧同浩故意强调蓝蓝是凌天傲的未婚妻。

说到萧蓝蓝，夏芷苏脸色有些不自然。其实说到底她都算是个小三，在正妻面前，脸色不自然也正常。而萧同浩以为夏芷苏是因为萧蓝蓝差点害死了她，所以见到萧蓝蓝的哥哥，脸色自然难看。

"抱歉，我的妹妹太不懂事。她已经受到了惩罚，我也让她闭门思过。"萧同浩说。

夏芷苏只是莞尔一笑："你不用跟我道歉。"

萧同浩双眼微眯："你是希望我妹妹给你道歉？"

"不是，谁都不用跟我道歉。是我有错在先，破坏了凌天傲和萧小姐的感情。萧小姐对我有气也算正常，她出气了就好，不然，我很愧疚。"夏芷苏说。

"知道愧疚为什么还勾引天傲？"萧同浩直接接口。

这一次夏芷苏愣了一下，然后勾起唇角，偏头一笑："你怎么就确定是我勾引他，而不是他勾引我呢？"

"天傲他还不至于，我了解他。"那么你了解我吗？你怎么就确定是我勾引他？

"夏芷苏反问。萧同浩顿时哑口无言，只好说："一个巴掌拍不响。"意思是就算凌天傲勾引了，她也是回应了。

夏芷苏随便他怎么说，看着不远处的假山："你是萧小姐的哥哥，自然是为她抱不平，我理解。可是你相信我，我比谁都不愿意待在凌天傲的身边。"

"这句话，我不信。既然你已经醒了，何必还待在凌家？"

"我不想回家被父亲看见这一身伤，我不想他担心。"

"这理由不充分。"

"我以为很充分，我在意父亲对我的感受，我在意我家人的感受，仅此而已。"夏芷苏淡漠地说。对于她漠然的态度，萧同浩有些生气："你跟任何人说话都是这副态度？"

"我觉得我态度还可以，只是你戴着有色眼镜看我。首先在你眼里，我就是个抢你妹妹男人的坏女人。"萧同浩唇角上扬："难道不是？"

夏芷苏叹息："萧少爷，我真的不想跟你谈论这个问题。但我可以跟你保证，我的身体好了，就会立马离开这里，绝对不逗留。如果我不走，就让雷劈了我！"

萧同浩被她逗笑了，然后又板着脸说："就算雷不劈你，我也会劈你。身体恢复后立马离开，从此跟天傲不要有任何牵扯。"夏芷苏扯了扯嘴角还想再说些什么，想了想还是不说了。

夏芷苏看着不远处，萧同浩看着夏芷苏，两人都是无言。

夏芷苏实在被看得头皮发麻，转头问萧同浩："哎我说……我脸上也有鞭伤是吗？"

夏芷苏突然跟他说话。萧同浩有些愣神，然后摇头说："没有。"

"那你老盯着我做什么呢？"

"眼睛在我身上，我喜欢看哪是我的自由。"

夏芷苏无力吐槽，果然，凌天傲的朋友也是一样的霸道。夏芷苏站起身，还是离开好了。

"怎么，你觉得自己长得丑，不好意思让我看？"萧同浩是用激将法。他只是好奇夏芷苏的为人，为什么凌天傲会看上她，而且是不分日夜地照顾她。

"是啊，我没觉得自己漂亮。"夏芷苏说着就转身离开，完全不理会萧同浩的激将法，反而把萧同浩激得哑口无言。面对这个女人，他竟然又无言！这个女人，有那么点意思！他其实不太喜欢夏芷苏，因为她跟自己的妹妹抢凌天傲。可是跟夏芷苏说了几句话，他再看着她的容颜，莫名地觉得有种熟悉的感觉。

"我们……是不是在哪里见过？"萧同浩突然问。

夏芷苏回头看他，紫色头发还是那么耀眼，如果见过，那一头紫发她肯定记得。

夏芷苏很肯定，又笑着说："萧少爷说这话太老套了！您肯定是认错人了。听说您刚回国，可是我从未出过国。"萧同浩也觉得自己突然傻了，怎么会问出这样的问题。夏芷苏表情淡漠，话语清淡，她美丽的脸上带着冷艳的高贵。是高贵！他觉得她身上有股什么东西被隐藏了！她其实可以很耀眼，可是明明她看着那么普通。他调查过她，姚家的养女而已，听说连姚家的用人都不如，曾经还在酒吧打工！这样一个女人，明明那么平凡，他却总觉得她身上的芳华被一层厚厚的尘土掩盖了。

第十三章 我觉得应该马不停蹄地跑

夏芷苏真心觉得凌天傲这个人小气，从她受伤醒来到身体好了，还在生气。就因为她醒来的时候说了句："凌天傲，我看到你头疼。"导致凌天傲看到她就哼一声，鼻孔朝天地从她身边走过。夏芷苏的伤好了，身体好得不能再好，蹦蹦跳跳都可以了。

夏芷苏走到凌天傲的书房门口，里面在开会，站着四五个人，听说都是公司的高层领导人。夏芷苏等着他们开完会，从里面走出几个人，他们看到夏芷苏似乎都很诧异。其中有人知道凌少是有未婚妻的，就是萧家小姐。

"萧小姐！"那人对着夏芷苏躬身。其他人这才反应过来，也一致地跟她打招呼："萧小姐，下午好！"

夏芷苏尴尬得不能再尴尬了，刚想开口，凌天傲就从门口走了出来。

凌天傲看到夏芷苏，冷哼一声，抓住她的手，把她拉进书房。

门口的几人面面相觑，更加确定这是萧家大小姐。凌天傲把夏芷苏拉进房就放开她的手，自己走到沙发边，坐下。

抬眼，冰冷的目光扫她："有事找我？"死女人，终于知道主动来找他了！他生气，她就不知道哄哄他！这个该死的女人！等了那么久，这个倔强的女人才低头。

"你忙完了？"夏芷苏问。

知道关心他了！凌天傲唇角微微勾起，很是开心。

"还没。"凌天傲说。

"那你继续忙！"夏芷苏转身就要走。凌天傲被呛了一下，起身，大步走过来就拽住她的胳膊："你到底要跟本少说什么？"

"没什么……那个……就是想谢谢你对我的照顾，真的，很感谢。"夏芷苏说完怕凌天傲问她怎么谢他，立马说，"你忙吧忙吧！我先出去了！"

"夏芷苏！"凌天傲见她那么着急走，把她拽回来，低头睥睨，"所以，你只是特地来感谢我的？就这么简单？"凌天傲的声音逼近暴怒，好像她一点头，他就要把她拍墙里去了。

夏芷苏觉得不能点头，于是摇头说："那个……我是来告别的，我觉得我该走了！在这待太长时间了！谢谢你的照顾！"

房间里像被龙卷风刮过，一阵安静，宁静得好像暴风雨要来临，凌天傲握着她的手臂慢慢地收紧、越收越紧，捏得她的手臂疼得抽筋！

"凌天傲……疼……"夏芷苏只能提醒。

凌天傲盯着她，漆黑的眸子里好像酝酿着暴风雨。

夏芷苏下意识地退后一步，凌天傲跟上，居高临下地看着她，眸子里阵阵的火光，好像要火山爆发了……

"凌……凌天傲……"夏芷苏结巴地喊，身子一缩。

"夏芷苏！"凌天傲再次咬着这个名字，似乎要把她生吞活剥了！

"是……"夏芷苏回应。"你这死女人，你想死啊！"凌天傲大吼，吼声震天。

刚才出去的那批人都听到了，楼下的用人也听到了，少爷好像又生气了。刚才看夏小姐进去，好像夏小姐又惹少爷生气了。叶落在楼下也听到了，无奈地耸肩。能把少爷气成这样的，除了夏芷苏还真没有别人了。

"我……我死过一次，真不想死了……"夏芷苏弱弱地回答。

"你不想死还敢跟我说这种话？"她说什么了她，她就是说谢谢他，然后她要走了。

"我看你想死得很！想死都想疯了吧你！"凌天傲大吼。

夏芷苏侧身，眯起眼睛，想躲开他的吼声。

"凌天傲……我……不想跟你吵……咱不吵了好吗？"夏芷苏努力服软。

"我是在骂你！你还不配跟本少爷吵架！"

"……好吧，我不配。"夏芷苏很配合。

"你！"凌天傲简直被气得想吐。见凌天傲那么生气，夏芷苏实在不敢说什么，加上这里是凌天傲的地盘，她就更不敢说什么了。

房间里更加寂静，静到夏芷苏都能听到凌天傲急剧的喘息声，夏芷苏小心地抬眼看他。

凌天傲叉腰瞪着面前的女人，夏芷苏吞了吞口水，鼓足勇气说："那……那我走了？"

夏芷苏见凌天傲跟定住了一样，然后转身，小心地迈开脚步。

"啊！"才走了几步，她的腰就被圈住，凌天傲抱住她，拖走，然后把她丢到沙发床上。

他烦躁地解开领带，扯在一边。夏芷苏努力咽下口水，双手撑住沙发后退："凌，凌天傲……咱们有话好好说啊……好好说……"

凌天傲冷冷扫了她一眼，又走到门口把门重重摔上，摔得楼下的用人都紧张得一抖。

夏芷苏趁凌天傲走开，立马又起身。可是凌天傲用手一推她的肩膀，夏芷苏被推在沙发上。

"跟你能好好说话？"凌天傲冷笑着。

"那也不能动手呀……"夏芷苏抗议着。

凌天傲嗤笑："绝对不动手！"

"那就好，那就好……呵呵呵……"夏芷苏又起身。

凌天傲整个人起身上前。"凌天傲！咱们好好说话！"夏芷苏说。

"都说了！跟你没什么好说的！"凌天傲低头，一口咬住夏芷苏的嘴唇。

"唔……"夏芷苏双手捶打凌天傲的肩膀。凌天傲扣住她的手，刚好扯下领带把她的手腕绑起来，夏芷苏的双手再也没法动了。呜呜着，嘴唇也不能张。

"凌，凌天傲……唔，君子动口不动手！"夏芷苏喘息着大叫。凌天傲嗤笑一声："从来没说本少是君子！"他的嘴唇开始往下移动，一口咬住她的肩窝。

夏芷苏气得浑身颤抖："凌天傲！别玩了！"夏芷苏要哭了。

凌天傲咬得更重："死女人！我真该种些什么，好让你明白你自己的身份！身为本少的女朋友，你该履行怎样的义务！好提醒你，别忘了，我是你男朋友！"

"……"就这么过了三个小时。

三个小时后……

凌天傲慢悠悠地起身穿着衣服，沙发上的夏芷苏气若游丝。困难地抬了抬手，夏芷苏说："我，我……我要走！"非走不可！非走不可！她现在身体好了，凌天傲也恢复了！

她再不走，就要干起暖床的勾当了！凌天傲眉头再次皱起，说："怎么，难道刚才我伺候得你不舒服？"

"……"根本就没关系好吗！她要走！要走！

夏芷苏挣扎着起床，又跌回去，凌天傲很满意看着她此刻的模样。

夏芷苏头发凌乱，脸颊通红，气喘吁吁又无力地抬手，光滑的手臂横在沙发上，白嫩的肌肤泛着汗水。

只是没想到，月黑风高的夜晚，一道人影在凌家豪宅飞速地乱窜，是一个长发飘飘的女人。她连头发都来不及梳，抱着衣服飞快地奔跑。

"夏小姐跑了！夏小姐跑了！"不远处灯火通明，有人拿着手电筒到处找。凌天傲正跟萧同浩聊天，简直大跌眼镜！跑了！这个该死的女人，睡完他就跑！每次都这样！

夏芷苏回头，郁闷，怎么那么快就被发现了！发现了也要跑！砰！黑夜中撞到了什么人。夏芷苏惊叫了一声，嘴巴被人捂住。她睁大眼睛，看到面前的男人，是凌天傲的兄弟萧同浩。

夏芷苏戒备地后退："别抓我，我要是回去肯定会被凌天傲生吞活剥了！"

萧同浩疑惑地看着她："为什么要跑？你应该知道，无论你跑到哪，他都能找到你，除非他心甘情愿放你走。"

"那是不可能的！你放我走！我跑了肯定不让他找到！我不想给他暖床啊！"夏芷苏快要哭了，她真的很讨厌凌天傲霸王硬上弓！

萧同浩狐疑地看着面前的女人，看样子真是如她所说想要跑。"留在凌天傲身边，那是多少女人梦寐以求的。况且，在我眼里，天傲对你不错。你确定真的要跑？"萧同浩还是不相信她，凌家的守卫已经往这个方向追来。

夏芷苏着急得不行，一脚踢了过去："反正我要走！你别拦着我！"萧同浩下意识地闪身避开。夏芷苏侧身，抬腿，再踢。萧同浩还是轻易避开，闪身就到她跟前，攥住她的手："你还会功夫！说！留在凌天傲身边，你有什么目的？"

夏芷苏真觉得跟这个男人没法沟通，她是想跟他打一架，跑了算了。意料之中的，她打不过他。

"我要有什么目的，我现在干吗要跑呢！他们追来了！我不想回去！不想被他折腾了！"夏芷苏着急地强调。

看夏芷苏的样子的确是想跑，在凌天傲那么宠爱她的时候跑，真是匪夷所思。

在别人眼里是宠，可在夏芷苏眼里分明是霸王硬上弓！全是强迫！

"那边有人！去那边！"追兵跑了上来。

夏芷苏只能不断哀求萧同浩："放我走吧！求你了啊！"萧同浩只是一瞬间的犹豫，抱住夏芷苏的腰，闪身躲进黑暗中。看着那些追兵从自己眼前跑过，萧同浩拉着夏芷苏往后院走去。有人帮忙，夏芷苏果然很顺利地出来了。

"一公里外有车子在等你！去吧！"萧同浩说。

"谢了！改天请你吃饭！"夏芷苏毫不犹豫地跑了。萧同浩看着她落荒而逃的样子，突然有些想笑，恐怕凌天傲真要被气死了。

"少爷，夏小姐恐怕是跑远了，还追吗？"凌管家没找到夏芷苏，回来小心地问凌天傲，凌天傲满肚子的气。

"追什么追！还嫌本少不够丢脸！满世界追一个女人！眼皮子底下她还跑了！"想起来真是够丢脸的。他那么追着她，她却跑得更快！

"我对她不好吗？！"凌天傲质问，谁也不敢吭声，只是低着头大气不敢喘一下。

"少爷，要不属下派人去姚家要人？"凌管家爬起来，又小心地揣摩少爷的心思。明显少爷是想把夏小姐留在身边。

"要什么要！本少爷没这脸！"凌天傲指着自己的脸皮，气不打一处来。这女人已经摆明了是讨厌他到极点了！他还拿着热脸贴人家冷屁股！

"全都滚！"凌天傲大吼。所有守卫都有条不紊地退下，只是脚步里带着匆忙，生怕被少爷的怒火波及。

萧同浩走上来："算了吧，强扭的瓜不甜，你对她确实不错，但她不领情也没有办法。"

"她就是不知好歹！"凌天傲想起来就窝火。照顾了她那么久，还是带病照顾她，醒来就被她泼了一盆冷水！更可恶的是，他故意冷落她，她反而来跟他告辞！她就是巴不得离他远远的！想起这个女人就烦躁！既然她那么想逃，他就让她逃！还真以为他凌天傲没女人了，还真以为他凌天傲稀罕她！他发誓，他一定把这个该死的女人甩得干干净净！从此以后都不去招惹她半分！

名仕酒吧内。

夏芷苏的酒吧同事风小洛看到夏芷苏时觉得非常意外。

"芷苏你好歹名牌大学毕业，怎么还要来酒吧打工啊！"风小洛不理解，"听说你不是进 GE 工作了吗？"她哪里敢去 GE 啊！还不被凌天傲整死？

再说了，去 GE 她哪里合适！那个萧蓝蓝和萧夫人都不是好惹的，还有那个萧同浩也警告她离凌天傲远点！她是真心不想做小三啊！除了跑，还能咋办？

突然，门口传来熟悉的声音，竟然是萧同浩和凌天傲！萧同浩扶着跌跌撞撞的凌天傲进来，凌天傲显然已经喝多了！

没等两人过来，夏芷苏立马嘘了一声，蹲下身，坐在柜台前的地上。

"就当我不存在！"夏芷苏对着风小洛轻声说，风小洛还想问什么，凌天傲和萧同浩已经坐到了吧台。

"拿酒来！"显然凌天傲的心情很不好！风小洛立马去倒酒，又看了眼吧台下面的夏芷苏。夏芷苏听到凌天傲一直骂骂咧咧，什么死女人，什么掐死你，什么给我滚！想来都是骂她的。

骂得差不多了，萧同浩才扶起凌天傲说："天傲！该回去了！"确定他们走出去，夏芷苏这才起身，忍不住跟了出来。因为凌天傲烂醉了，走得很慢。

她看着凌天傲摇摇晃晃的身子，边走还边骂："本少爷要再找那个女人，就打断自己的腿！"说着凌天傲俯身，哇的一口吐了出来。萧同浩不断拍着他的背，还回应："是是是！以后你再不找那女人了！"

一辆车停在他们的面前，从上面匆匆走下一个女人，红色头发的，在路灯下还是很明显，那是萧蓝蓝。萧蓝蓝看到凌天傲的样子，心疼地上来扶住他："哥哥！天傲怎么喝了这么多酒啊！"

"所以才叫你过来送他回去，这些日子他每天都喝这么多，差点没把自己喝死！"萧同浩无奈地说，"你照顾好他，现在那个女人不在他身边，你也算是有机会！"

"谢谢哥哥！我明白的！天傲！我们上车吧！"萧蓝蓝扶着凌天傲，艰难地把他拉进车里。凌天傲靠在萧蓝蓝的肩膀上，闭着眼睛，还在喃喃着："该死的女人！"

不远处，夏芷苏的心口微微地抽痛。这种痛让她疑惑，为什么感觉会那么痛？甚至比鞭打的痛还要烈上几分呢？她突然很想上前扶住凌天傲，想照顾醉酒的他，可是她知道自己不能。萧蓝蓝是萧家的千金，跟凌天傲是天造地设的一对。她是真正的第三者，不应该去破坏的，而且她也没有资格破坏。于是转身，夏芷苏一步步往回走。

风很大。夏芷苏穿着一件军绿色的棉衣，往自己身上裹了裹，她经过酒吧旁边的一条小巷，突然想起了欧少恒。那一次欧少恒在小巷口被人殴打，她救了他去酒店，后来发现欧少恒被人下了药，他想对她做什么。她落荒而逃，逃进了一扇门，然后遇到了凌天傲。

摇头！她分明借着这条小巷，想的是欧少恒，怎么变成凌天傲了！于是转身，大步走开。没走多久，她的身后就传来细碎的脚步声，夏芷苏回头，却没看到人。四周漆黑一片，只有偶尔的风刮在耳边，有些吓人，不由得，夏芷苏加快了脚步。似乎知道夏芷苏加快脚步离开，身后的人走得更快。前面的路被挡住，是一个高大的壮汉，手里拿着一根棍子，几乎把整个巷口遮挡住，还遮住了大片的月光，只有他的影子拉得很长。

"喂！我们帮主让你跟我们走一趟！"那壮汉指着夏芷苏说。

凌家豪宅内。凌天傲因为昨夜喝了太多酒，现在还头疼着。

萧蓝蓝照顾了他整个晚上，此时从厨房出来，端了醒酒汤。

萧同浩一早进来看了一眼萧蓝蓝，跟凌天傲说："天傲！你母亲今天要过来！你跟蓝蓝的婚事，之前就说好的，定在明天！我已经安排了酒店席位，具体的细节，我跟你谈谈！"萧蓝蓝也看向凌天傲，这婚事，的确是很多年前就说好的，订婚宴确实也早就安排好了。当初是他父亲撮合的，他也默认过。突然又想到夏芷苏，一时烦躁，算了，娶个女人而已，娶谁不都一样！何况萧蓝蓝的确配得上他。

"你看着办吧。"凌天傲说。萧蓝蓝一喜，开心地看向自己哥哥。萧夫人要来，凌天傲实在是不想见她，直接避开了。萧夫人来了，听说凌天傲对婚宴没有意见，也松了一口气。

萧同浩说："妈咪，这下可以放心了！蓝蓝的婚事是成定了！"萧夫人叹息："我也不想逼凌天傲，可是谁让你的妹妹喜欢他。那么多的名门公子让她挑，她就是不要，偏偏要凌天傲！说实话，凌天傲的性格我真是不喜欢，生怕你妹妹嫁给他，会受委屈。"

萧同浩抱住母亲的肩膀："妈咪！其实天傲是个很专情的人，只要天傲接受了蓝蓝，一定会尊重她！你为蓝蓝操的心够多了，等她嫁了人，你总算可以放心了！"

"我怎么放心得了！生怕一不小心又把蓝蓝弄丢了！她小时候在外面漂泊，受了不少苦。都是妈咪的错，弄丢了她。害她一个人在孤儿院。不管怎么样，我都要自己的女儿成为最幸福的人！"

所以有些人她绝对不能留！

破旧的废弃大楼内。

一个女人四肢反绑，眼睛蒙着黑色的纱布，被扔在硬邦邦的水泥堆上，房间里除了那个壮汉还有一个胖子，此刻又多了一个四五十岁模样的男子。那男人叫秦守，是秦守帮的帮主。

这时候，外面走进来一个女人，也是四五十岁上下，黑色的墨镜遮挡了大部分的脸。

"萧夫人，这就是你要的人。"秦守指着地上的女人说。萧夫人走上前揭开女人脸上的黑纱——夏芷苏。没错，就是夏芷苏。

"多少钱，开个价吧，这女人我要了。"萧夫人说。"这个价格，恐怕夫人你付不起！"秦守说。萧夫人不屑一顾，拿出支票："三千万。秦守看了一眼支票，拿过来，撕掉："不够！"萧夫人皱眉："再加三千万！"

"还是不够！"

"那你到底要多少？说好了抓住这个女人，我给钱，你们给人！"萧夫人不满意。

"我不要钱！我要给我儿子报仇！"秦守拿着一把刀，走到夏芷苏身边，刀尖对着夏芷苏的脸，"这个女人是害死我儿子的凶手之一，我绝对不会放过她！但是夫人你，也必须给我一样东西！"

"只要我有的，你都可以开口。"

"凌天傲！"秦守的刀指着萧夫人，"我要凌天傲的性命！"怎么会是凌天傲？

萧夫人果断摇头："他快成为我的女婿了，我不可能要他的命！再说了，你一个小小的黑帮，怎么斗得过凌家！别痴人说梦！我劝你还是收了钱，再把人交给我！"

"老子就要凌天傲的性命！除了凌天傲，我什么都不想要！我唯一的儿子被他一枪打死了！打死了！那是我的命根子！凌天傲杀了他，我要他偿命！"秦守失控地尖叫。

"神经病！不要钱，我一分钱不给你们！想杀凌天傲，痴人说梦！这个女人你们爱怎么处理怎么处理！我们走！"萧夫人说着，几乎有些落荒而逃。

她心有余悸地回头看了眼地上的夏芷苏，夏芷苏还在昏睡着。原来夏芷苏跟秦守帮还有这个渊源。她当初找秦守帮来抓夏芷苏，从没想过，原来夏芷苏和凌天傲杀害了秦守帮的少帮主！

凌天傲和萧蓝蓝的订婚宴原本是要放在美国，因为临时放在国内，所以一切从简。

婚宴上，萧蓝蓝是一袭白裙，简单素洁，大方又美丽。萧夫人看到自己女儿的样子，喜极而泣。萧同浩看到妹妹要跟自己最好的兄弟订婚，也是真心高兴。一切都准备妥当，就等准新郎进场。萧蓝蓝紧张地看着门外，生怕凌天傲会不来。萧夫人安慰女儿："放心吧，凌天傲肯定会来。"萧蓝蓝点点头，看到门口一个高大的身影慢慢进入自己的视线。

"天傲！"萧蓝蓝开心地提着裙摆跑过去，挽住凌天傲的手臂，"天傲！你看我今天漂亮吗？"凌天傲的脸色黯淡，甚至带着阴郁，看了一眼，随口说："好看。"凌天傲看四周，这里都是一些达官贵人，没有他想看的身影。唇角微扬，凌天傲竟然有些苦涩。他在期盼什么？难不成还期盼那个女人来抢婚不成！怎么可能！那个女人听说他跟萧蓝蓝正式订婚，估计欢快得敲锣打鼓了吧！

订婚仪式以萧蓝蓝的钢琴演奏拉开序幕：大厅正前方是一个巨大的 LED 显示屏，屏幕上播放着萧蓝蓝和凌天傲从小到大的一些合照，所有人都听着萧蓝蓝演奏的动听音乐，又欣赏着 LED 屏上的照片，只觉得萧蓝蓝和凌天傲真是天造地设的一对！

屏幕突然一闪，画面竟变成了一个动态！图片上出现的是一个双手双脚都被反绑的女人，她被绑在椅子上，旁边一个胖子拿着刀对着她。

"凌天傲！这个女人你还认识吧！要救她，你就亲自过来！十分钟内要是不到！我就把她的肉一块块割下来！"屏幕上传来威胁的声音。

一时间宴会厅里一片哗然，不知道发生了什么事，萧夫人懊恼不已：真不该在这个时候让秦守帮的人绑走夏芷苏。

凌天傲的眸子微缩，手中的酒杯啪啦一下就被他捏碎。

"天傲！怎么回事！那不是夏芷苏吗？"萧同浩走过来，着急地问。凌天傲还盯着屏幕，漆黑的眸子里有鹰的张狂。

"少爷！电话！"凌管家匆匆走上来，把手机给凌天傲。凌天傲拿着手机，依旧盯着 LED 显示屏："什么人？"

"秦守帮！还记得吧！你杀了我的儿子！我今天就是专门为儿子报仇！"电话是秦守打来的，"地址不用我告诉你！你要连地址都找不到，也别妄想救出这个女人！记住，一个人来！不然，我就砍她一只手给你送去当订婚礼物！"凌天傲捏紧手里的电话，脸上是暴怒的戾气，然后转身。

"天傲！"台上，钢琴旁边的萧蓝蓝着急地喊。凌天傲脚步一顿，回头看她："等我回来！"他还是要走，还是要去救她……萧蓝蓝眼底带着泪水："天傲！不要走！求求你了！"那么多人，他要丢下她不管吗？所有人都同情地看向萧蓝蓝，同时又猜测被绑架的女人跟凌少是什么关系。一时间，在场的宾客议论纷纷。

萧夫人拦住凌天傲的去路："凌天傲！订婚仪式还没结束！你要敢走出这个门……"凌天傲直接绕开萧夫人大步走出去。夏芷苏落在秦守帮的手里，秦守帮是不会放过夏芷苏的!

"凌天傲!你敢!"萧夫人怒指着凌天傲的背影,回头又看到女儿吧嗒吧嗒掉眼泪,实在懊恼至极。

这时候绑了夏芷苏,没想到秦守帮还会利用夏芷苏来威胁凌天傲!早知道,就自己动手杀了夏芷苏,干脆了事!萧同浩跟着凌天傲出来,也拦住他:"天傲!你不能走!你跟我妹妹的订婚宴还没结束,救夏芷苏的事交给我!"

"他们要找的是我,不是你,让开!"凌天傲坚决地说。

萧同浩还是不让:"天傲!你就是放不下夏芷苏对不对!"

"对!看到别人欺负她,我就受不了!她可以被欺负,但只能是我!"凌天傲的态度很强硬。

第十四章 心，扎扎实实地疼

夏芷苏几乎是被痛醒的，因为秦守一想到自己的儿子秦召就那么死了，一直踢着夏芷苏出气。夏芷苏疼得惊呼，却看到一个陌生的男子，而自己双手被反绑。

"你们……是什么人？"夏芷苏吃力地喊。

"你不认识我，但是你认识他吧！"秦守把一张照片给夏芷苏看，照片上的人是秦召。那个差点玷污了自己，然后又被凌天傲一枪打死的人！

"他是我儿子！"见夏芷苏认出来了，秦守一脚踢了过去，"我那可怜的死去的儿子！今天抓你就是为了让你偿命！"

"唔！"夏芷苏闷哼一声，却冷笑，"原来你是秦守帮的帮主！是，你儿子是我杀的！要杀要剐随便！"

"哈！还挺硬气的啊！我儿子不是你杀的，是因你而起！杀我儿子的人，我自然也不会放过！你放心，一定会杀你，但我要你跟凌天傲一起去死！"秦守大吼。

夏芷苏嗤笑："想拿我威胁凌天傲啊！你们想多了！凌天傲不会来的！"夏芷苏觉得眼前这个男人真是脑子进水了，竟然拿她威胁凌天傲！

秦守的刀子在夏芷苏脸上拍了拍："我倒觉得凌天傲一定会来！他要是不来，我就把你的肉一片片割下来，全都放到我儿子的坟头！你觉得从哪里割起比较好？"刀子在夏芷苏的脸上比画，夏芷苏本能地身体往后仰，还是强装镇定。

"你要动手就赶紧，但是我可以告诉你，别做梦了，凌天傲他不会来！"夏芷苏断言，凌天傲才不会为了她冒险！因为她都把他气成那样了！

"这可真说不准！我在凌天傲的订婚宴上让所有人都知道你被绑架！他要是不来，这订婚仪式也该结束了！可我那边的人说，订婚仪式没有开始！这就说明，凌天傲很可能已经过来了！"夏芷苏特别意外："订婚宴？"

"看来你还不知道，凌天傲今天跟萧家大小姐订婚！"秦守好意提醒，"而他为了你丢下萧家大小姐，来救你这个不知名的小丫头！你说，有你在，我能不能杀了凌天傲？"

夏芷苏的心里五味杂陈，凌天傲跟萧蓝蓝要订婚了，他却跑来救她！为什么？

砰砰砰！突然外面传来激烈的枪声，是头顶，有人在用机关枪扫射。

秦守的眼睛大放光彩："没想到这么快就来了！"

"把这女人抓起来！"秦守命令房间里的胖子，胖子扣住夏芷苏。

夏芷苏抬眼就看到废弃的大楼外面，一架直升机飞了过来，而凌天傲一手架在梯子上，一手拿着枪正对着秦守，秦守一把拉过夏芷苏挡在自己面前。

"凌天傲！有本事你就开枪！"秦守压根儿不怕，因为他敢肯定，凌天傲能丢下未婚妻来救这个女人，就一定舍不得让她死！

凌天傲盯着夏芷苏，简直愤恨极了。夏芷苏看到凌天傲，又是震惊又是愧疚，她真的没想到凌天傲会来救她！

"放了她！我保你全尸！"凌天傲嚣张地说。

"好猖狂的口气！我能引你到这，真以为我就拿你没办法？"秦守一挥手，从走廊上跑出十几个人，个个拿着枪，对着凌天傲。

凌天傲唇角一勾："跳梁小丑！"完全不屑。

砰砰砰！直升机上，凌天傲的守卫拿着机关枪瞬间扫射了走廊上的十几人。

秦守见了大怒："凌天傲！我叫你一个人来！你还带了人！"他拿了刀抵住夏芷苏的脸颊。

"不怕我杀了她？"秦守大喊，直升机从不远处靠近。凌天傲从梯子上一跃跳了下来："本少也说了，你要敢伤她一根毫毛，我把你大卸八块！就算你死了，也不让你跟你儿子死在一起！"

"凌天傲！你好狂妄的口气！"秦守手中的刀子狠狠一割夏芷苏的脖子。夏芷苏闷哼一声，努力不让自己发出声音。

"放开她！"凌天傲见夏芷苏受伤，着急地上前。

砰！秦守手下的那个胖子开枪打在凌天傲的脚下，凌天傲不得不后退一步。

"让你的手下离开！不然我割断她的脖子！"秦守的刀横在夏芷苏的脖子上，谈筹码。凌天傲看着夏芷苏苍白的脸颊，狠狠一抬手，直升机掉头飞走。

外面秦守的人四处查看了，确定没有凌天傲的人，再跟秦守汇报。

秦守哈哈大笑："凌天傲，你可真听话啊！为了这个女人，还真是不要命！"

"废话少说！你找的是本少！放她过来！"凌天傲枪口指着秦守命令。

"现在你最没资格命令我！把枪放下！"秦守说，刀子又靠近夏芷苏，划出一道血痕，"放下！踢过来！"

"好！我放！"凌天傲毫不犹豫地扔了手里的枪。

"凌天傲！别放下枪！"不然他真的会死！夏芷苏大叫。凌天傲冷冷看着她："你也知道关心我！"一脚，把枪踢到秦守的脚下。

夏芷苏着急了，秦守俯身捡了枪，更加得意："好不容易抓了凌少你，就这么让你死了，不是太便宜你了！放了她也是可以的，不过，我还没玩够！"

"你还想怎么样？"凌天傲怒目而视。

"想看到凌少你对我求饶！"秦守嚣张地说。

"做梦！"凌天傲冷笑。

"小心！"夏芷苏睁大眼睛看向身后，秦守的手下——那个壮汉，拿着棍子从凌天傲的身后出来，一棍子打了过去。凌天傲侧身避开，一脚踢过去，腿却被壮汉抱住。壮汉对着凌天傲的脚一扭，凌天傲身子凌空一个翻腾，差点摔倒在地，幸好手掌及时撑在地面。另一只脚踢出去，踢中壮汉的心口，那壮汉趔趄着后退了几步。

"凌少果然好身手！我这位手下可是泰国拳击冠军，今天倒是打不过凌少，这样可就不好玩了！"秦守的枪口指着一旁的夏芷苏，"如果我是凌少，现在就乖乖地不动，任由他打。不然我这枪一走火！这位姑娘的头颅就被打穿了。"

"放开我！凌天傲不要理他！"夏芷苏大喊，秦守抓着夏芷苏一个膝盖踢中她的腹部，疼得夏芷苏双目含泪。

"不准动她！"凌天傲看到夏芷苏被打，赤红的双眼全是怒火。

"我不动她，那凌少也乖乖地别动！"秦守昂起脖子，对凌天傲满眼的憎恨。那壮汉再次上前，一把扛住凌天傲，直接把他摔了出去。凌天傲被摔在一根石柱上，又落到地上，满口的血由出来。

"凌天傲！"夏芷苏忍着痛，大声喊着他的名字。

壮汉又走上前，一拳拳打在凌天傲的脸上，抓起他整个人，再次扔到半空，然后膝盖一顶，直接顶在他的胸口。凌天傲闷哼了一声，身子跌落，壮汉上前又是一拳。

"凌天傲！还手啊！还手啊！凌天傲！"夏芷苏哭着喊着。秦守在一旁看着，凌天傲真的没有还手，任凭拳打脚踢，一口口的血从凌天傲的嘴里吐出来，凌天傲挣扎起身，看着夏芷苏。

"你哭什么……我被打……你应该开心才对……"凌天傲晃动着身子，冷冷地笑。

夏芷苏不断地摇头："不！不是这样的！凌天傲！我求你！还手啊！还手啊！凌天傲！不要打了！不要再打了！"

"哈哈哈哈……"秦守开心地大笑，"凌家少爷，也不过如此，为了个女人，连命都可以不要！打！接着打！狠狠地打！"

秦守笑得太开心，完全忘了身边的夏芷苏，拿着枪指着凌天傲，秦守还在得意地命令："凌少，可不能还手啊！哈哈哈！不过看你现在半死不活，也实在还不了手！哈哈哈……"

凌天傲艰难地爬起来，又被壮汉一手扛起，他整个人被架在半空中。

秦守觉得很刺激，激动地大喊："把他从楼上扔下去！我要他死！"壮汉扛起凌天傲准备扔出去。

砰！突然一声枪响，壮汉整个后背被打穿了。看着自己胸前的子弹，似乎还在不敢置信。

秦守诧异地回头，却看到他刚才扔下的刀子被夏芷苏捡走，还解开了捆绑自己的绳子！连她的枪是从他手中拿走的！他只顾着兴奋，却忘了提防身边的女人！

"别动！"夏芷苏用枪口指着秦守，自己一步步后退。那壮汉被打了一枪，踉跄地跪倒在地，同时凌天傲也被扔到了地上，夏芷苏慌忙过去扶住凌天傲。

他已经奄奄一息了，秦守想过来。夏芷苏一枪打在他的脚下："别再上前！不然我开枪了！"凌天傲抬了抬眼皮，整个身子被夏芷苏架着。

"凌天傲半死不活了！你还以为你可以把他带出这里？"秦守指着夏芷苏，"我告诉你！哪也别想跑！杀了我儿子，你们俩都得偿命！"

"凌天傲你怎么样？别睡啊！"夏芷苏才不管秦守，架着凌天傲，拍着他的脸，他原本英俊的脸上此刻全是血！为了她，他真的不还手，任凭别人对他拳打脚踢！夏芷苏真的不想相信，可是她却亲眼看到了！

"死女人！我要死了！你开心了吧！"凌天傲吃力地扯了扯嘴角。

"你死了我当然开心了！我那么气你，你为什么还来救我！你个蠢货啊你！"夏芷苏是想用激将法。凌天傲果然受了刺激，一把掐住夏芷苏的腰。

"该死的女人！"凌天傲怒吼，他还有力气吼，这就好！夏芷苏架着凌天傲转身想出去。

秦守立马追了上来。砰！夏芷苏又是一枪打在他脚下，"我不想杀你！不要再追上来！"

"杀了人就要偿命！拦住她！"秦守命令身边的胖子。胖子上来，夏芷苏直接一枪打了过去，打中了胖子的膝盖，胖子跌在地上起不来。

"凌天傲！我们走！"夏芷苏架着凌天傲要出去。

外面又跑进十几个人，个个手里拿着棍棒，团团把夏芷苏围住，凌天傲眼角都是血丝，看了眼面前的几人，把夏芷苏拉到身后。

"我来！"夏芷苏不肯让凌天傲上前，抓着他不让他动，"全都给我上！"秦守命令自己的手下。他就不信，十几个人还打不过一个小丫头！十几人一哄而上，一人一口唾沫都得淹死她！啊！啊！接二连三的惨叫传来，竟然是那十几个守卫一连串地被夏芷苏踢了出去。秦守震惊，他没有想到夏芷苏会功夫，而且还不赖！夏芷苏放开凌天傲，跟那群人打斗起来，只要片刻工夫全部解决。她转回来，趁着凌天傲没摔倒之际扶住他。

"贱人！我杀了你！"秦守被激怒，捡起地上手下的刀子，冲上来。夏芷苏一脚踢掉他的刀。

"你的手下，我打不过那个，还有这胖子！"夏芷苏指着倒在地上的壮汉和胖子说，"但是对付你，我还是绰绰有余的！"她一脚踢中了秦守的腹部，把他踢得远远的。秦守惨叫一声，眼睁睁看着夏芷苏带着凌天傲离开！他这么处心积虑，怎么能让他们这么走了？顿时恶从心头起。

夏芷苏和凌天傲到了走廊，而这废弃的大楼，走廊没有栏杆。

"要死，大家一起死！"秦守冲了过来，想把夏芷苏和凌天傲推下大楼，夏芷苏正架着凌天傲，根本来不及跑开。

"走！"凌天傲见了，一把推开夏芷苏，秦守整个身子扑了过来，把凌天傲推下了大楼。

"凌天傲！"夏芷苏大惊，整个身子一跃扑了过去，抓住了凌天傲的手腕。啊！一声惨叫。

夏芷苏眼睁睁地看着秦守摔到了楼下，她甚至看到秦守摔成了肉酱。凌天傲的手腕被她拉住了。夏芷苏吃力地拉着他："凌天傲！我拉你上来！一定会拉你上来的！你别放手！别放手啊！"凌天傲睁开眼睛看着她着急的样子，扯了扯嘴角。

"在担心我？真的怕我死？"凌天傲还要问。

夏芷苏忙不迭地点头："我担心你！我担心你！我真的怕你死！拉着我！别放手！"

刚才如果不是凌天傲推开她，被推下去的人就是她了！她那么讨厌他，可是不得不承认凌天傲真的是三番五次地救了她啊！夏芷苏啊夏芷苏！你真的好没良心啊！就因为凌天傲拿了你的第一次，你就那么恨他！

是，她是恨他！因为她的身体是留给她最喜欢的人的！最喜欢的人，不是凌天傲！所以她生气！真的很生气！甚至无视了这个男人为她做的一切事情！她害他出车祸，害得他差点死去，可他不仅不怪罪、不迁怒，还为了救她，让她留在自己身边。她被秦召绑架，他的腿伤得严重，他却开车追出来，拦截了秦召的车救她出来。她被萧夫人毒打差点死去，凌天傲带着病每天守在她的床前看护她。他其实做了很多，但是她选择无视！现在，他为了她，抛开自己的订婚宴，任凭别人对高高在上的他拳打脚踢，他一句怨言也没有！甚至在生死关头，他还要推开她！够了，真的够了！

夏芷苏用尽了所有力气，也没能把凌天傲拉上来。她真的快拉不住他了！

"凌天傲！你别睡！别睡！会有人来救我们的！凌天傲！你答应我，别睡！好不好？"见凌天傲快要晕厥过去，夏芷苏不断跟他说话。凌天傲努力掀开眼皮，却是血水流进眼睛。

"放开我吧，不然你会被我拉下去。"凌天傲吃力地说。

"不放!"这一次,轮到她说不放!以前她总是让他放开她!他却说不放!凌天傲有些哭笑不得:"你这个该死的女人,我到底看上你哪里了!"是啊,他终于不得不承认。从一开始他只是想逗弄她,到现在,他太明白不过了。他是放不开她!他的心里有她!为了她,他甚至到了愿意去死的地步!真是不该啊!他可是凌天傲!却被一个女人牵着鼻子走!

"你终于承认你看上我了!你就是看上我了才总是来招惹我!"夏芷苏想跟凌天傲继续说话,好保持他的清醒。

"胡说!明明是你打扰了本少的好事!你先来招惹的我!"凌天傲说。

"是是是!我招惹的你!我对你负责!我会对你负责的!"夏芷苏不停地说。

凌天傲眼前一亮:"你说什么?再说一遍!"

"我是你女朋友!我当然要对你负责!"

"你!"凌天傲开心得心脏剧烈跳动。

"可是你跟萧小姐订婚了……我就是名副其实的小三啊!"夏芷苏又摇着头说,"小三就小三吧!反正你别死就行了!"夏芷苏就是想说些让凌天傲开心的话,可是凌天傲却当了真。

"我不死!一定不死!"凌天傲跟她保证。

夏芷苏还想说什么,却感觉到身后有人,是刚才被她开枪打中的胖子,一步步瘸着走了过来,手里还拿着一根棍子。

"夏芷苏!你放手!"凌天傲在下面也看到了。

如果此刻夏芷苏放手,她对付受伤的胖子还是可以的!不,她不能放手!可是眼睁睁看着胖子手中的棍子打了下来。夏芷苏原本是两手抓着凌天傲,此刻,只能改用一只手。

可是她一只手根本就抓不住凌天傲!却不想凌天傲另一只手拿开夏芷苏的手,直接放了。

"凌天傲!"夏芷苏惊叫着眼睁睁看着他从十几层的高楼掉下去!看着半空中的凌天傲,夏芷苏真的怔愣了。她真的不明白,凌天傲为什么可以为她做那么多!真的不明白!想也没想,一头,夏芷苏便栽了下去。她不想欠他的!原本他可以不管她,原本该死的本来就是她!要死就一起死!凌天傲根本没想到夏芷苏竟然还会从楼上跟着跳下来。他伸手,一把把夏芷苏捞到自己怀里来,连楼上的胖子都傻在那里。他还没动手呢,那女人竟然自己跳下去了!

"你疯了!"凌天傲抱着她,却骂她。

夏芷苏抱紧他的腰:"我是疯了!你不也一样!为了我,你何必!"

"对!我是为你而疯!夏芷苏!下辈子,我一定不会放过你!"可是这辈子，他要娶的女人不是她！凌天傲抱紧她，把她整个人护在手心，一字一句，是在宣誓他对她的占有。下意识地，她更紧地搂住凌天傲的腰，闭上眼。下辈子，她不要遇见这么坏的男人！

睁开眼的时候，夏芷苏看着白色的天花板，她以为自己到了天堂了，只是天堂上也有这么华丽的水晶吊灯吗？

"夏小姐！"还有人叫她呢！夏芷苏侧头却看到熟悉的人，是用人小景，凌家的人。

"你怎么也死了？"夏芷苏疑惑着。

"呸呸呸！说什么死呢！夏小姐是摔糊涂了！医生说了，您没什么事！都是一些轻伤，养几天就好！"小景说。

"啊？你的意思是，我没死？"夏芷苏不敢相信地看着自己。

"当然没死了！"

"我怎么会……那么高的地方啊！"夏芷苏还是觉得不敢相信。

"萧少爷和凌管家及时赶到了！他们用网布接住了你！"小景说。

夏芷苏睁大眼睛："那！那凌天傲呢！"她着急地拉住小景的手。

"少爷他……"少爷他就不乐观了，多处骨折，受伤严重。夏芷苏还以为凌天傲死了，都要哭出来了！

"少爷在房间呢！他……"小景还没说完。夏芷苏掀开被褥就下床，她要去见凌天傲最后一面，眼里忍不住流下泪来。

凌天傲！对不起！夏芷苏匆匆地跑出门，还没到凌天傲的房间，走廊上，却看到一个包裹得跟个木乃伊似的人从房间里出来，大步往夏芷苏的房间走。

"夏芷苏！"一边走还一边喊，这个声音……夏芷苏看着面前的"木乃伊"……

"凌天傲！"夏芷苏不敢置信地回应，凌天傲一醒来就在找夏芷苏，刚好夏芷苏也醒来了。

"天傲！"一直照顾凌天傲的萧蓝蓝从房间里追了出来，就看到凌天傲大步走到夏芷苏面前，抱住她的肩膀，直接把她捞进自己的怀里。

"你没死！"两人异口同声地问对方，然后一致地点头。

"死女人！"凌天傲把她扯进怀里，还骂了一句。

夏芷苏靠在他的怀中："你别骂了吧……差点被你骂死了……"凌天傲低笑出声，还能开玩笑，说明身体好着！凌天傲那么堂而皇之地抱着夏芷苏，完全把未婚妻萧蓝蓝扔在一边，萧夫人很不高兴，想为女儿抱不平。萧同浩抓住母亲的胳膊，对她摇头，萧夫人还要上前，被自己的儿子拉走了。

角落里，萧夫人不满地打开儿子的手："萧同浩，你怎么胳膊肘往外拐！

凌天傲当着你妹妹的面抱着那臭丫头是什么个意思？"

"妈咪你还好意思说！本来天傲跟蓝蓝已经要订婚了，是谁串通秦守帮绑架了夏芷苏？"萧同浩生气地质问。

萧夫人眼神闪烁："你……你说什么呢……我听不懂！"

"你那点事，我还会不知道！要不是我瞒着，天傲早就知道了！你以为天傲会那么算了！说到底蓝蓝的订婚宴还不是被你破坏的！"萧同浩忍不住斥责母亲。

"我……我也是为了女儿好！凌天傲是蓝蓝想要的，我就一定要给她！"

"妈咪！你对蓝蓝已经够好的了！就算你当年弄丢了她心有愧疚，可这些年你对她的弥补，真的是要风得风、要雨得雨！公主的待遇也不过如此！"

"她是我的女儿，自然要得到最好的！何况当年她受了那么多的苦，都是因为妈咪的疏忽！我必须要弥补她！给她全世界最好的！凌天傲是很优秀，刚好蓝蓝也想要，我帮她争取有什么错？"

从小到大都这样，不论蓝蓝做得对还是错，她永远不舍得责骂萧蓝蓝！夏芷苏被凌天傲紧紧抱在怀里，她想挣开，可是挣不开。一旁萧蓝蓝就站在那，咬着嘴唇看，一声不吭。夏芷苏有些尴尬地推开他："凌天傲……别这样……你未婚妻……"凌天傲也反应过来，自己的未婚妻在场，订婚宴虽然没有真正结束，但是萧蓝蓝的确是他的未婚妻了。他对萧蓝蓝承诺过，他会回去完成订婚仪式，虽然他因为受伤没回去，但是他答应过的，要娶萧蓝蓝，就一定会娶。

凌天傲真的推开了夏芷苏，原本关切的眸子变得冷淡："你没事就好。"凌天傲淡淡说了一句。

"管家，送她回去吧。"凌天傲吩咐凌管家。凌管家一愣，少爷明明一醒来就着急地找夏芷苏，可是此刻夏芷苏完好无缺地站在他眼前，他却置之不理了！

"是！少爷！"凌管家立马走上来，跟夏芷苏说，"夏小姐，您这边请！我送您回家！"夏芷苏也许是真的不习惯一直纠缠她的凌天傲突然对她的冷漠。上一秒还抱着她喊她死女人，这一刻他看着自己的眼神却那么冷漠。萧蓝蓝看了，一阵欢喜，下意识地上前挽住凌天傲的手臂，对夏芷苏宣誓自己的占有。凌天傲也抱住萧蓝蓝："你扶我回去。"

"嗯！"萧蓝蓝扶住凌天傲，回头看了眼有些失魂落魄的夏芷苏。连萧夫人和萧同浩都感觉震惊和意外！夏芷苏跟着凌管家一步步走开，脚步太沉重了，真的好像灌了铅一样，有些挪不动。她回头看了眼凌天傲的房间，还可以看到凌天傲和萧蓝蓝的身影。他们是未婚夫妻啊！他们在一个房间，凌天傲抱着萧蓝蓝是很正常的啊！她心里为什么那么堵呢？

等等！"萧夫人突然叫住夏芷苏。

夏芷苏看到萧夫人，明显的戒备。萧夫人却是满面的笑容："这是天傲跟我女儿蓝蓝的订婚喜糖，这一袋你拿着吧！"夏芷苏怔怔地看着那袋红色的喜糖，半天都不知道说什么。

"哦！还有，关于之前的事，是我误会你了！原来天傲跟蓝蓝的感情好着呢！我还以为是你插足破坏他们的感情，所以让人把你毒打了一顿，好让你知难而退。看来我完全没必要！是我的错，我跟你道歉！"萧夫人虽然说道歉，但一点儿没有道歉的意思。

夏芷苏扯了扯嘴角："夫人，我把你打一顿，再跟你道歉，你觉得可以吗？"

萧夫人的脸色一窒："你！"

"你们萧家我惹不起，也不敢惹！之前我的确不对，不小心插足了他们的感情，是我的错，我道歉！"夏芷苏说了一句，把喜糖还给萧夫人，"可是现在夫人可以放心了，还请不要迁怒我们姚家！"

萧夫人冷冷一笑，她真不喜欢这个女人，这个女人差点就破坏了凌家和萧家的订婚宴！

"你放心！只要你跟凌天傲没有一点瓜葛，我绝对不会来动你！"萧夫人保证，夏芷苏扯了扯嘴角，走开。

"我送你出去！"说话的是萧同浩。对于母亲指使秦守帮绑架夏芷苏的事，萧同浩很愧疚。夏芷苏的确无心招惹凌天傲。她之前为了逃开凌天傲，也是颇费心思了。母亲伤害这个女人，真是不应该！

"萧同浩！你回来！送什么送！"萧夫人觉得丢脸。萧同浩不顾母亲的喊叫，直接跟着夏芷苏走出去。夏芷苏坐在萧同浩的车内有些失魂落魄，有些惊魂未定。她的脑海里并没有劫后余生的喜悦，也不是被绑架的惊恐，而是凌天傲看自己时冷漠的表情、如寒冰的眸子。从来都是凌天傲追着她跑，她躲哪他追哪，突然凌天傲转身抱着未婚妻走开了，她应该高兴的，可是心里面好像有什么东西被打翻了，滋味是难言的。她还记得凌天傲为了自己被人毒打不还手的情形。她的脑海里还全都是凌天傲为了保住她的性命，宁可自己跌落十几层高楼的画面。她看着他掉下去，想都没想就跟着跳了下去。她在他的怀里，疾风刮疼了脸颊、模糊了视线。可是她看着他的脸颊，依旧俊美如神祇。

画面突然转变。变成了凌天傲那冷漠的眼神、那陌生的目光，还有那决绝的背影……心，扎扎实实地疼了起来。萧同浩真的觉得夏芷苏有些特殊，这种特殊似乎是藏在她的平凡里不经意间流出来的。总之，他真的不讨厌她，哪怕她差点毁掉了妹妹跟凌天傲的婚事。

"谢谢！"送到家，夏芷苏跟他道谢。

"不用谢我！上次帮你逃跑，你说请我吃饭，还记得吧？"萧同浩突然说。夏芷苏愣了一会儿，那时候随口说的！

"那就明天吧！我有空！会来接你吃饭！就在这路口等我吧！"萧同浩说完关上车窗，车子掉头就走。只留下夏芷苏，觉得实在莫名其妙。

今日的夜似乎没有往常那么美，坐在床上的凌天傲看着落地窗外的景色，眸中带着灰色的冷漠。白色的月光透过玻璃洒落了一地的苍凉。

他终于对那个女人放手了，这个没心肝的女人，不知道怎么开心了吧！她估计是要放鞭炮庆祝的。是的，如果是那个女人，一定干得出这种事。

"天傲，这么晚了怎么还没睡呢？"门口萧蓝蓝穿着一件很透明的睡衣，里面的身体若隐若现地展现在凌天傲面前。

凌天傲淡漠地扫了她一眼，萧蓝蓝有一张很标致的锥子脸，她的美符合任何一个男人的口味，而且她的身材凹凸有致，前凸后翘，腿修长，皮肤如凝脂。加上她的地位，追求她的人，确实数不胜数。可是萧蓝蓝从小就爱追在他身后跑，几乎是他去哪，她就跟到哪。

听说萧蓝蓝在孤儿院待了很长的时间，受过很多苦，凌天傲又想到了夏芷苏。

夏芷苏也在孤儿院待过，"听说你以前在孤儿院待过？"凌天傲随口问。他反正是要娶这个女人的，多了解一些她的事而已。

萧蓝蓝脸上有些尴尬："对，对啊……怎么了？"

"你是萧家的大小姐，怎么到孤儿院去了？"凌天傲侧头看着面前的女人，"这一点，我倒是很好奇。堂堂萧家，还能把自己女儿弄丢了！"

"这个……我听爹地、妈咪说，我还是婴儿的时候就被仇家抢走了！爹地、妈咪到处找我，后来终于打探到消息，说我在孤儿院，我就是这么被找到的。"

"被仇家抢走？那你小时候肯定受了不少苦，萧阿姨对你愧疚得很，所以对你那么好。"萧夫人对萧蓝蓝的宠溺，那真是人尽皆知。

萧蓝蓝从小到大完全就是公主待遇，或许连公主都比不上萧蓝蓝。萧家也算是财大气粗、富可敌国，公主又算得了什么。

"是啊！妈咪对我可好了！从小到大，我要什么妈咪就给什么！让我上最好的学校，穿最好的衣服，吃最好的美食！妈咪说，我就是她的公主！是她的心肝宝贝！"萧蓝蓝想起妈咪，开心地说着。

凌天傲看着她，同样是孤儿院出来的，一个成了养尊处优的公主，一个成了赌徒的女儿，还被转手卖进了姚家。

命运果真是天注定的。

第十五章 原来是怀孕了

其实夏芷苏真没怎么乐起来，这几夜她睡得不太好，睡觉的时候都在做噩梦。一会儿梦到秦守帮的少帮主秦召被凌天傲打死，一会儿又梦到自己亲眼看着秦守从十几层的废弃大楼跌落，然后又是凌天傲被人毒打，满身的伤。后来她又梦到自己被凌天傲抱着一起跌落了悬崖。整晚噩梦不断，但是却怎么都睁不开眼睛。看了眼时间已经是中午了。夏芷苏突然觉得很茫然，接下来她应该做什么呢？她应该工作的，去 GE 集团工作。

既然凌天傲根本没缠着她的打算，他跟萧蓝蓝又订婚了，她又躲什么呢！再不赚钱养活自己，这生活还怎么继续？下午就去 GE 集团报到吧！坐在公交车上，夏芷苏看着手机，盯着一个号码很久了。想打过去，又没一点勇气。凌天傲伤得那么重，不知道现在情况怎样了？好想问问……

毕竟他是为了救她才受了那么重的伤，不是吗？可是这么主动打过去似乎又不好吧……想起凌天傲看着自己那冷漠的眼神，夏芷苏就感觉浑身不自在。这明明是她想要的结果，怎么一点都欢快不起来了。凌天傲终于不理她了，她应该放个鞭炮庆祝一下才对啊！没忍住，夏芷苏还是拨通了凌天傲的电话。凌天傲的电话响起，手机就放在床头柜上，凌天傲正好去了洗手间，叶落在里面伺候着。房间里只有萧蓝蓝一个人，能打进天傲的私人电话，那肯定不是公司的事。萧蓝蓝拿起手机，看到上面的名字是夏芷苏。看了眼洗手间，萧蓝蓝拿着手机去阳台。

"喂，哪位？"萧蓝蓝接了夏芷苏的电话，故意问是谁。夏芷苏看了眼自己的电话，没错的，是凌天傲的手机。女人接的，那肯定是萧蓝蓝吧！

"萧小姐，是我，夏芷苏！"夏芷苏说。

萧蓝蓝勾了勾唇角，唇边划过冷笑："夏芷苏，原来是你！请问，你找我未婚夫有什么事吗？"

夏芷苏愣怔了一会儿，竟不知道该怎么开口。是啊，她找萧蓝蓝的未婚夫是多么不好的事！

"我，没事没事！我就是想问问凌天傲他，就是你的未婚夫，他还好吗？"夏芷苏特意强调她的未婚夫，是想告诉萧蓝蓝，她的未婚夫，她不会抢。

萧蓝蓝满意地翘起唇角："既然是我的未婚夫，你那么关心他做什么？"

"……"夏芷苏被问得哑口无言，是啊，她在做什么。

"我没有别的意思，只是，是凌天傲他救了我，他是因为我才伤得那么重！所以我只是……"夏芷苏还没说完，萧蓝蓝就打断她："所以你只是很得意！得意天傲为了你直接抛下我们的订婚宴！夏芷苏，既然天傲都不想理你了，你何必主动贴上来？"

"我不是这个意思！我只是想知道他怎么样了？"

"我未婚夫怎么样了，你一个外人那么挂念着，你觉得好吗？"萧蓝蓝质问。夏芷苏知道萧蓝蓝因为自己破坏了他们的订婚宴肯定是不高兴的。况且凌天傲为了她还赶走过萧蓝蓝。萧蓝蓝极其厌恶自己，是正常的。毕竟，她跟凌天傲做过对不起萧蓝蓝的事。

"对不起！"夏芷苏说。对不起？你也配跟本小姐道歉！如果你还知趣，我劝你以后都别再来找我的未婚夫！天傲现在不想理你，如果你还主动贴上来，我作为他未来的妻子，一定不会放过你，还有你们姚家！"萧蓝蓝威胁道。

夏芷苏还没开口，萧蓝蓝就挂断了电话。看着手机里的通话记录，萧蓝蓝直接删除了夏芷苏的来电记录。看了眼洗手间，天傲还没出来，唇角扬起得意的弧度，萧蓝蓝把手机放回原来的位置。

公交车上。

夏芷苏被萧蓝蓝一通说，也觉得自己真是多此一举。凌天傲有那么多人照顾着，能出什么事啊！可是毕竟凌天傲是为了她才受伤，她关心一下也很正常吧！连命都差点没了，她要是还不关心，那就太没良心了！可是萧蓝蓝说得也没错。她跟凌天傲的关系很尴尬，在凌天傲未婚妻面前关心他，真很过分。

GE集团还没到。夏芷苏就接到了父亲姚正龙的电话。

姚正龙声音有些着急："芷苏！凌少跟萧蓝小姐订婚了，你知不知道？"

"爹地，怎么了？我知道啊！"夏芷苏疑惑地回答。

"你是不是在上班？下班后立马回家一趟！"姚正龙还以为夏芷苏可以搞定凌天傲，没想到却听到了凌家和萧家订婚的消息！而她这个女儿却一点反应都没有，怎么能不气人！眼看着，夏芷苏跟凌少关系那么好了！夏芷苏每天住在凌家，怎么就让凌少跟萧家订婚了！夏芷苏看着挂断的电话，更加疑惑。

父亲不是早就知道凌天傲有个未婚妻是萧家的小姐，两家订婚，他怎么那么生气呢？还以为发生什么事了。夏芷苏立马下了公交车打车回到姚家。

"爹地！妈咪您也在！"夏芷苏回到家就看到姚正龙手里拿着一份报纸，而姚母坐在旁边给父亲泡茶。姚正龙看到夏芷苏这么快回来，诧异地问："你不是应该在 GE 集团上班吗，怎么这么快就回来了？"

"我……"夏芷苏当然不敢让父亲知道她其实今天才准备去上班。

"我以为家里有事，所以请了假就回来了！"夏芷苏撒谎说。

这些日子，她都住在酒吧的同事风小洛那里。

"你的脸怎么了？"姚正龙见女儿鼻青脸肿的，明显被人打过。

夏芷苏遮了遮脸："那个……不小心摔了一跤！"

姚母嗤了一声："摔跤能摔成这样，也就你能。从小就爱跟人打架，长大了还这副德行！难怪凌少不要你，跑去跟萧家小姐订婚了！这订婚了，过不了多久就可以结婚了！"

姚母那么一说，姚正龙更加生气，摔了手里的报纸："你又跟人打架了！以前我就不赞同你学什么跆拳道！像丹妮那样学学跳舞，学学钢琴！这样子的她才能得到欧少恒的青睐！你一个女孩子动不动就打打杀杀的，难怪凌少不要你！"

夏芷苏真是奇怪，爹地生气的原因怎么跟凌天傲有关呢！夏芷苏见爹地那么生气，也有些着急："爹地，凌少跟萧家小姐订婚，这本来就是大家都知道的事情，这跟我又没关系……"

"怎么没关系啊！你爹一直把你往凌少身边推，给你们制造了那么多次机会！你倒好，到现在肚子一点儿动静都没有，这么久没怀上凌家的子嗣，难怪凌少会跑。"姚母在一旁插嘴嘲讽。

把她往凌少身边推？怀上凌家的子嗣？夏芷苏真的快奇怪死了："爹地！我怎么可能怀上凌家的子嗣！"姚正龙的脸色很难看："怎么不可能！你怀了凌家的孩子，凌家还敢把你赶出门不成！但凡你在凌少订婚之前怀上孩子，萧家小姐都没这个机会进凌家的门！"夏芷苏几乎一个跟跄，脸色死一样惨白。爹地的话是什么意思啊！爹地一向那么疼她，怎么会把她当成玩偶一样，就这么推给凌家呢！她可从来没想过怀上凌天傲的孩子，没想到要进凌家！

"爹地，我从来没想嫁进凌家！"夏芷苏实话实说。

姚正龙听了更加生气："你这个不争气的东西！你以为我把你推给凌少，就是让你给凌少玩玩而已？我姚正龙的女儿怎么能像你这么没用！你看看丹妮，你的妹妹！都快嫁进欧家了！你怎么就搞不定凌家？"

"她不仅搞不定凌家，连 GE 集团都搞不定呢！"门口传来个女声，是姚丹妮回来了。姚正龙脸色难看："你说什么？"

"爹地，姐姐她骗了你！她根本就没进 GE 集团，而是在酒吧打工呢！"

姚丹妮翘着唇角，幸灾乐祸地说。

"没进GE，还在酒吧打工！"姚正龙气得不轻，回头怒瞪着夏芷苏，"你这个逆子！你自己说！你妹妹说的是真是假！"

夏芷苏没想到丹妮会突然回来插一句，一时也不知道说什么好。

"我……"夏芷苏刚张嘴。姚正龙见夏芷苏慌张的模样，气得一巴掌就打了过去。夏芷苏吭都没吭一声，跟跄地跌坐在地上。

"爹地……我……我不是故意要骗您的！"夏芷苏捂着脸颊想要解释。自从她被萧家管家接去凌家，真的发生了很多事，她不知道该从何解释。

"连GE的大门都没进去，难怪凌少会不要你！叫你加把劲怀上凌家的子嗣，你怎么那么没用！这么没用，亏我养你这么大！简直浪费时间！"姚正龙气得破口大骂。姚丹妮站在一旁抱胸看着好戏。夏芷苏一向在爹地面前乖顺无比、优秀无比。还是第一次见到父亲打她，还把她骂成这样，真是大快人心！夏芷苏怔怔地看着自己的养父，没有想到父亲会说出这样伤人的话来。

"爹地！我不明白，我为什么要怀上凌家的孩子！凌家跟我有什么关系啊！"夏芷苏真是不明白。

"夏芷苏！我养你那么大，你也总该报答我！知不知道我们姚家现在……"姚正龙说到这里一顿，似乎有难言之隐，"我就指着你了！你竟然这么没用！废物！"

姚正龙气得甩手，转身大步走开："丹妮！跟我过来！"

"是！爹地！马上来！"姚丹妮看了眼地上的夏芷苏，开心地上扬着音调。夏芷苏捂着脸颊看着从小疼爱自己的父亲气冲冲地走开，再看到自己妹妹幸灾乐祸地笑，然后是她的养母更开心地起身走开。客厅里就她一个人，落寞地坐在地上，一时间，心里有什么东西崩塌了一样。她想哭，可是却不知道哭什么！那个疼爱她的父亲，怎么突然对她撕破了脸皮，而且说出那么多伤人的话来。这就是她从小就小心翼翼维护着的家啊……跟跄地站起身，夏芷苏觉得头很晕。她甚至都不知道该回房间，还是该出去。夏芷苏晃悠悠地走出门，脸上有什么冰凉的东西落下，夏芷苏以为是自己哭了，抬头却看到是细小的雪花。下雪了呢！真美！

一路这么走下去，她甚至都不知道自己该去哪里。原本是去GE集团报到的，今天这个状态，是去不了了。脑海里突然闪过一个人的画面，摇头，她是怎么了，今天总想起他来！为什么她感觉自己所有的幸与不幸都跟凌天傲有关呢？还没回到风小洛的住所，夏芷苏觉得实在头晕得不行了，仰头望着天，都感觉天空在旋转。身子一软，突然落进一个人的怀抱。

"夏小姐！"有人急迫地在喊她。夏芷苏迷糊糊地睁开眼，看到的竟然是萧家的大少爷萧同浩，怎么会是他？有点失落，有点意外。

"这是怎么了？怎么那么烫！你发烧了你不知道吗？"萧同浩扶着夏芷苏，碰到她滚烫的手臂，再摸一下她的额头，简直烧得厉害。

"是吗？没关系的。"夏芷苏推开他，自己踉跄地往公寓走。

"你这是去哪儿？我先送你去医院吧！"萧同浩把夏芷苏拉回来。她现在只想回去踏踏实实地睡一觉。因为头很痛，心很累。她才刚刚遭受过绑架，从十几层的高楼跌落。

她甚至都来不及恐惧，今天就被父亲叫回去，打骂了一顿。骂她的理由，竟然是她看不住凌天傲！想来真的很可笑！夏芷苏实在是走不了路了，任由萧同浩扶着："不用去医院，麻烦你送我去东郊的孤儿院就好！"萧同浩有些愕然，生病了怎么还去孤儿院？

"麻烦你了！"夏芷苏又恳切地说了句。萧同浩点头，把她扶到车上。夏芷苏靠在座位上，看着外面越来越大的雪，脸上没有一点儿表情。

"昨天说好的，你在这边的路口等我，我来接你吃晚饭，还以为你不过来了。"萧同浩说。

"抱歉，让你久等了。"夏芷苏淡淡地说。

"我也是刚到不久，就看见你一个人摇摇晃晃地走在路中间！你刚受了那么大的惊吓，怎么也不照顾好自己。好歹应该回家，让你家人来照顾！"萧同浩说。

家人？夏芷苏不知道该说什么好。她这个样子不回家，只是不想让父亲担心，可是父亲担心的好像并不是这一点……

"我也不知道自己的家人在哪里，我的亲生父母在我很小的时候就不要我了。我是在孤儿院长大的。"夏芷苏云淡风轻地说。

关于这一点萧同浩是知道的，对于夏芷苏，他也是做过调查的。毕竟这个女人跟自己的妹妹抢男人，而且夏芷苏的身手不错。萧同浩也是以防万一，怕夏芷苏是别人派在凌天傲身边的。

"你不是姚家的养女吗？听说姚家对你还不错！"萧同浩边开车边说。

"是啊，爹地一直对我很好……"夏芷苏啊夏芷苏，爹地对你那么好，养育之恩无以为报，只是骂了你一顿，你就那么难受吗？夏芷苏，你心眼真小。

"我理解你，哪怕你养父对你再好，也不是你的亲生父亲。"萧同浩以为夏芷苏是心存芥蒂。

夏芷苏笑着摇头："不是的，我从来没那么想过。我把养父当亲生父亲一样尊重爱戴！可从来没想过见自己的亲生父母。不管是什么原因，他们把我丢在了孤儿院，我难道应该感激他们生下我吗？"

说到这个，萧同浩想起了自己的妹妹，当年妹妹就是被仇家掳走才沦落到孤儿院。爹地、妈咪费尽心思终于找回了妹妹。

"你有没有想过，你的父母真的很不小心，才弄丢了你！也许，他们正在满世界找你呢！"萧同浩安慰她。夏芷苏却笑了起来，笑声里带着嘲讽："我不怕你笑话，小时候我听院长说爹地妈咪会来接我的，让我在孤儿院门口等，那天下着很大的暴雨，我等啊等……真的等了很久很久他们都没有来……"

"如果他们要来接我早就来了，他们肯定是后悔了，不是吗？"夏芷苏轻松地笑着说。

萧同浩看着夏芷苏轻松的笑脸，一时竟然不知道说什么才好。等待，特别是漫无止境的等待一直是最痛苦的事。何况她小时候怀揣着极大的希望在等待，等来的却是绝望。那种滋味，他就算没有经历过也懂。萧同浩见夏芷苏跟自己说了孤儿院的事。他原本也想找话题继续跟夏芷苏聊，想到自己的妹妹了。

他说："其实你别看我妹妹蓝蓝现在那么风光，她小时候也受了很多苦，我母亲才会那么宠着她。你的出现对蓝蓝来说是威胁，我母亲对你做了过分的事，我很抱歉。"

"你已经道过歉，再说，我跟凌天傲的事，不是三言两语就能解释清楚的，可我确实破坏了他们的感情。"

"感情？天傲对我妹妹是什么感情，我再清楚不过。都是我妹妹一厢情愿，你从来没破坏他们的感情。"

到了孤儿院，吕院长听说夏芷苏生病了，立马去煎药。院长端了药出来的时候，夏芷苏坐在院子里的椅子上睡着了。

"这丫头，病成这样了还不去医院！"吕院长心疼地说，"这位先生你扶着她点，我给她喂药！"萧同浩蹲下身，让夏芷苏的脑袋靠在自己肩膀上。

院长轻轻地叫夏芷苏："芷苏！芷苏！阿芷！醒一醒，喝药了！"夏芷苏迷茫地睁开眼睛，看到院长，也闻到了药味，张嘴喝了几口。

"阿芷？"萧同浩听到这个名字，愣了一下。

"她小名叫阿芷！白芷的芷！"吕院长指着不远处一丛白芷草说。

"很好听的名字！"萧同浩说。

"可不是，这名字最适合她了。白芷草，香味令人止步的草。你看路上那些白芷草成天被人踩来踩去，过几天又长出新的了。芷苏不就是这样的人，坚强勇敢，热爱生活。"吕院长夸奖芷苏。

虽然萧同浩认识夏芷苏的时间不长，但是夏芷苏真给了他这样的感觉。夏芷苏醒来的时候天还没有很黑，雪倒是下了厚厚的一层。孤儿院的孩子们都在雪地里打雪仗。夏芷苏的身上盖着一件外套，是男士外套，想来应该是萧同浩的。

"夏姐姐！你醒啦！身体好些了吗？"有小孩子看到屋子里的夏芷苏醒来了，立马跑进来问，还冲着外面的小朋友喊："芷苏姐姐醒啦！"

外面的小朋友都不玩雪了，跑进来喊着芷苏姐姐！萧同浩刚从吕院长那里端了药出来，看到夏芷苏被孩子们围在中间，孩子们都是担忧又开心地喊着夏芷苏。这画面，让他觉得很温馨。

夏芷苏坐起身，微微地笑："我没事了，你们都去玩吧！姐姐来得匆忙没给你们带礼物，下次再给你们补上！"

"姐姐，我们不要礼物！我们只要你健健康康的！"孩子们围着夏芷苏说。夏芷苏的眼里一阵热流，这个时候听到这话，让她的心里好像住进了一个小太阳。

"别围着了，都去玩吧！你们姐姐要休息！"萧同浩走上来说。小朋友们这才走开，还不时地回头看夏芷苏的情况。

"喝药吧。"萧同浩把药给夏芷苏。夏芷苏接过，说了声谢谢。

"感觉怎么样？"萧同浩问她的病情。

"好多了。"夏芷苏说，"今天真是麻烦你了！"

"一点都不麻烦的，阿芷！"萧同浩不叫她夏小姐了。夏芷苏愣了好一会儿。

萧同浩笑着说："怎么，你的小名不能叫吗？我以为叫你夏小姐太生疏了！如果你不介意，你也叫我名字？"夏芷苏呵呵干笑了一下，她觉得自己跟萧同浩不熟吧！夏芷苏刚想说什么，萧同浩的电话响起。

萧同浩立马去接了电话，回来跟夏芷苏说："抱歉阿芷，我有点事得先走了！你要去哪里，我先送你回去！"

夏芷苏见萧同浩那么着急，摆手："你自己走吧，我今天留在这里！不用担心我，快回去忙吧！"

这孤儿院里的人跟夏芷苏似乎都很熟。萧同浩也放心，毕竟吕院长对夏芷苏很不错！

"改天再联系你，照顾好自己。"萧同浩说着就走了出去。

"哎！"夏芷苏想说他的衣服还在她这里呢，可是萧同浩走得很急。夏芷苏想起身活动一下，可是一站起来就感觉眼前一阵眩晕。

刚才喝了药，此时觉得肚子里翻江倒海般难受。

"呕！"夏芷苏捂着嘴巴冲到门口，哇的一口把喝掉的药全吐了出来。

"芷苏！"吕院长出来看到夏芷苏，着急地走过去，拍着她的背，"还有哪里不舒服啊？你的烧已经退了啊！"

"可能是药太苦了，没事的。"夏芷苏摆摆手。直起身，感觉胃里又一阵难受。

"呕！"俯身再次吐了，这一次却没什么东西吐出来，全是水。

"快！快过来，我给你看看！"吕院长拉着夏芷苏坐下。夏芷苏抚着自己的胸口，很难受，难受到恨不得连胆汁都吐出来。

"院长，我没事吧？"夏芷苏见吕院长面色凝重，狐疑地问。吕院长退休前在公立医院做中医主任，精通很多疑难杂症，何况是……

"芷苏，你那个多久没来了？"吕院长小心地问。

"哪个？"

"就是女人那个！例假！"

夏芷苏摇头："我不知道啊！我一向不是很正常的，有时候两个月来一次，有时候一个月一次。"

"我建议你还是去医院检查一下吧！"

"院长！你别吓我啊！我这是什么病啊？"夏芷苏被院长的神秘兮兮吓到了。

"你没病！"

"那我为什么去医院检查？"夏芷苏正说着又有点想吐了，反胃地捂着嘴巴，想忍住，结果还是得起身跑到外面去。吐了一会儿，却什么都没吐出来，吕院长走过来拍着夏芷苏的背，云淡风轻地说："怀孕了衣服就多穿点。"

"咳咳咳……"夏芷苏被自己呛到了，"院，院长，你开什么玩笑啊！我怎么可能怀孕啊？"夏芷苏简直哭笑不得。

"我都这把年纪了，以前在医院看过那么多的病人，基本上是错不了的。所以让你去医院好好检查一下！或者你有空去买根验孕棒，也是很准的。"吕院长建议说。

夏芷苏怔怔地说不出话来。因为吕院长的医术，她其实不用怀疑！白天爹地还骂她没怀上凌家子嗣，怎么那么灵光啊，不会真怀上了吧！夏芷苏烦躁地看了眼自己的肚子，如果是真的，这个孩子来得太不是时候了！

"是凌少的？"吕院长好奇地问。

"院长！我这不是还不确定是不是怀孕了吗！"

"十之八九错不了！凌少的孩子？"吕院长又问。

夏芷苏心里叹气："嗯。"

"打算怎么办？跟凌少结婚吗？"吕院长不关注那些八卦新闻，自然不知道 GE 凌少跟萧家订婚的消息，怎么可能结婚！父亲想得太天真了，就算她怀了凌天傲的孩子，凌家也不可能接受她！况且凌天傲现在根本不想理她，她才刚刚大学毕业，工作还没稳定，如果真怀上了……她想都不敢想！

夏芷苏躺在床上已经盯着手里的验孕棒很久了，上面真切地显示她怀孕了，她烦躁地把脸埋在膝间。她实在不知道该怎么办了！一下子遇到那么多的事，让她措手不及，她甚至都不敢回姚家！手机响了好一会儿了，夏芷苏拿过手机，看也不看地接起。

"芷苏！在哪儿呢？"里面是一个关切的声音。

夏芷苏一愣，立马看电话号码："爹地！我，我在朋友这呢！"

"现在你不住凌家，还能去哪儿！是爹地不对，爹地也是一时生气，一时糊涂了！你回家来住吧，好吗？"姚正龙低声下气地，听着很忏悔。这个时候接到父亲的电话，夏芷苏真的感动得想哭，她就知道爹地一定只是一时生气！忍着泪水，夏芷苏说："爹地，我要过阵子才回去，现在还有点事呢！"她得去医院确定一下，到底是不是真怀孕了。

"女儿，是不是还生爹地的气？爹地真的是一时生气！生气你瞒着我，却没有去 GE 上班！女儿，前途很重要，你应该知道，在 GE 集团里面你才能找到自己的前途！在里面，你才能更进一步接近凌少！爹地的意思是，凌少之前那么对你，一定对你还有感情的！爹地也不想你难过！"姚正龙细心地安抚着女儿。

"爹地，我知道你是为了我好！您放心，我过几天就去 GE 集团报到！"养父的电话让夏芷苏心里温暖了很多，她就知道爹地是真心疼她的。爹地只是担心她而已，她没去 GE 上班，的确是瞒着父亲的。她现在首先要做的就是去医院确定一下自己是否真的怀孕。如果真的怀上了……刚好，可以顺便把孩子打掉。这个孩子，她怎么可能留下！

脑海里又闪过凌天傲的面孔，那冷漠的眼神让她的心被揪住了一般，凌天傲现在跟未婚妻的感情那么好。她是不应该去破坏的，自然也不可能告诉凌天傲，她怀孕的消息。

医院里。夏芷苏验完血做了 B 超就在休息室等候结果。结果马上就要出来了，她还想好了，如果怀孕了，就去收费窗口交钱做手术，省得浪费时间。

"夏芷苏！"导医台的护士喊夏芷苏的名字。

"在！"夏芷苏立马走了过去。

"你的化验单还有手术预约单！填好了交上来！下周可以手术！"护士把单子给夏芷苏。夏芷苏接过单子，看着上面的结果，心里也没有那么惊讶了，果然是怀孕了。下意识地看向自己的肚子，就在这里面，她孕育了一个小生命，可是这个生命来得太过突兀和惊吓。

夏芷苏！

医院的 CT 房门口，凌天傲正好来做身体全身检查，听到夏芷苏的名字，他以为自己是幻听了！怎么在医院里都能听见夏芷苏的名字！

"天傲，在看什么呢？"萧蓝蓝陪在凌天傲身边，疑惑地问，四周也没什么人啊！萧蓝蓝还以为是碰到夏芷苏了。

总不至于那么巧，夏芷苏刚好也在放射科！

凌天傲看了一眼，四周都是人，也没见到熟悉的身影。

"没什么，出去吧！"凌天傲说。

欧阳医生拿了报告单出来说："少爷，今天就住在医院吧！明天还有几个项目要检查！"

"怎么那么麻烦！"凌天傲不耐烦地说。

"天傲！欧阳也是为了你的身体着想！毕竟你这次伤得那么重，还从那么高的地方掉下来！咱们家里的设备虽然也有，可医院里的毕竟都齐全！"萧蓝蓝安抚。凌天傲皱眉，突然想到夏芷苏，从那么高的地方掉下来，也不知道伤哪里了！那个女人也该来做一次全身检查才对！

"少爷！这边走！我们去病房吧！"欧阳医生说。

凌天傲走开了，从走廊的尽头走出一个女人，手里拿着报告单，看着凌天傲被萧蓝蓝扶着，一步步走开。凌天傲那样的人，到哪里都能吸引那么多的目光，夏芷苏怎么可能没发现他。转身准备走开，抬眼却跟一道冰冷的目光对上了。夏芷苏几乎一个踉跄，手扶住墙壁。凌天傲什么时候走回来的！看到夏芷苏站的位置，凌天傲望了一会儿天，觉得很可笑。

"所以刚才还是在躲我。"凌天傲开口，冷冷地质问。

"我……我上厕所！"夏芷苏说。

“据我所知，洗手间在那一头！”凌天傲指着相反的方向，夏芷苏不知道还能说什么，低头：“你……还好吗？”

“死不了！”

“那就好……”夏芷苏的回答让凌天傲简直吐血。

凌天傲见夏芷苏手里拿着一个单子，冷冷地问：“来医院做什么！”

夏芷苏把单子放到身后：“来做个全身检查！上次从那么高的地方摔下来，我不放心……”

“还真是怕死得很！”凌天傲凉凉地一笑，转身就走开了，而夏芷苏却低头看着手里的报告单，重重地叹了一口气。

萧蓝蓝坐在阳台，看着走出医院大门的夏芷苏，怎么就那么巧，天傲才刚来医院就碰到她。这女人不会是故意在这里守着天傲吧！

“查到了吗？夏芷苏来医院做什么？”萧蓝蓝问自己的管家，凌天傲都看见夏芷苏了。她当然也看见了。

“大小姐！夏芷苏怀孕了！这是她的检查报告，我又让人打印了一份出来！”萧管家把报告给萧蓝蓝。萧蓝蓝接了报告单，看到夏芷苏真的怀孕了，顿时如遭雷击。怀孕了！谁的孩子？夏芷苏跟天傲走得那么近，她知道夏芷苏跟天傲发展到了什么地步！孩子是凌天傲的！萧蓝蓝几乎坐都坐不稳了！

离处理孩子的事，还有一周的时间。夏芷苏还是按照原计划去 GE 集团上班，听说夏芷苏来报到了，人事经理 Suki 亲自来接待。看面前的女人好像也没那么漂亮啊！倒是总裁的未婚妻萧蓝蓝，贵气美艳更胜一筹吧！技术部门原本男同事比较多，突然来了夏芷苏这个美女，所有人都在议论纷纷。

凌天傲已经知道夏芷苏来公司上班了，坐在医院里，他都坐不住了！那个女人，连个电话都不打给他，一点都不关心他！竟然还淡然地上班去了！不行！他也上班去！

“总裁！您身体还没好……”总裁助理齐凯，看到总裁来了，也是惊呼。凌天傲走进办公室烦躁地吼：“滚！”总裁回来了。

这一消息很快就在公司传开，夏芷苏也知道凌天傲来上班了，想到凌天傲，她在键盘上的手指一顿。办公室里，虽然大部分是男同事，但也有女同事。同事们都在积极地八卦着：“看来萧小姐没伺候好总裁呀，不然总裁刚订婚不久，怎么心情还那么差呢！”

“这话说的！萧小姐都伺候不好，还有谁能伺候好啊！”

“你们没听说呢！咱们总裁之前在某大学高调宣布他有女朋友呢！这女朋

友可不是萧家的大小姐！为了这个女朋友，总裁还给萧小姐脸色看呢！就在那大学的毕业午宴上！总裁是追着女朋友出去的！"八卦的是办公室同事丁叮。说得绘声绘色，好像她当时就在场一样。

"真的啊！总裁的女朋友，那不就是总裁跟萧小姐之间的小三了！"同事们一听，八卦得更加厉害。

"新同事！你不是就那什么学校的吗？你看见过总裁的女朋友吗？"同事丁叮问夏芷苏。

夏芷苏正在修复一个系统漏洞，头也不抬地说："没有。"

夏芷苏的冷漠让同事们都有些悻悻的，面面相觑地各自散开。看着电脑屏幕，夏芷苏的眸子里却是一片黯然，感觉好像很久没有见到凌天傲了，为什么现在脑海里总是不经意地出现他呢？到了午餐时间，夏芷苏一个人坐在一张桌子旁。

"总裁！"

"是总裁来了！"门口一阵骚动，真的是凌天傲。凌天傲怎么来员工餐厅了？凌天傲站在门口对着餐厅巡视了一圈，绕过一排排的桌子，直接站到夏芷苏的对面。面对凌天傲的视线，夏芷苏淡然地低头，拿起筷子低头吃饭。

"总裁，您的饭菜！"助理齐凯端了饭菜到凌天傲面前，又看了一眼对面的夏芷苏。凌天傲拿了筷子吃饭，吃得很快，但不失优雅。所有同事都在看着总裁大人坐在员工餐厅吃饭，实在是惊讶无比！

总裁大人怎么突然来员工餐厅了？还坐在那新来的夏芷苏的对面？可是总裁好像并不理会夏芷苏啊！全场就夏芷苏的座位有空位。所以总裁才坐那的！肯定是这样！凌天傲吃着饭，根本就没抬头看夏芷苏，夏芷苏也低着头自己吃饭。吃完饭，凌天傲就站起身，头也不回地走了，轮到夏芷苏抬眼看着走开的凌天傲。俊朗的背影，桀骜又张狂。

"芷苏！总裁坐你对面呢！"是夏芷苏同部门的同事丁叮，尖叫着。

夏芷苏笑了一下，低头继续吃自己的饭，她以前真的很讨厌凌天傲缠着她的。她也是真心想逃开，可是现在凌天傲看到她会走上来，可是却冷漠到极点，她反倒有些不习惯了，于是叹了口气。

放下筷子，起身走了出去，她其实真的很想问问凌天傲：你的身体好了吗？你最近过得好吗？从那么高的楼上掉下来，有没有后遗症呢？她很想问的。那天鼓足勇气打了电话，可是接电话的是萧蓝蓝——凌天傲的未婚妻。夏芷苏想到这里，脚步一顿，她跟着凌天傲出来做什么呢？凌天傲有未婚妻的。

转身，夏芷苏还是决定回办公室，可是她的腰突然被圈住，她几乎是被人拖着走了好几米，然后她被抵在一块巨大的观赏石上。面前的男人，俊朗的脸上带着愤怒，盯着自己，好像要喷出火来。

　　"是不是哪天我要死了，你才会看我一眼？"凌天傲大声地质问她。夏芷苏怔怔地看着他："这话怎么说呢，你不会死的。"夏芷苏淡漠的态度惹怒了凌天傲，他转身就走，这个该死的女人就是从来不关心他！他都这样了，她连个电话都没有！

　　"凌天傲！"夏芷苏抓住他的手，急迫地喊道。凌天傲一愣，看着她抓着自己的手。这些天，她满脑子都是凌天傲！她真的不知道自己怎么了，她以前满脑子装的分明是欧少恒啊！"你，你身体好些了吗？"夏芷苏问他。

　　凌天傲的心口好像被敲击过了一般："你会关心吗？本少爷为了你从那么高的楼上掉下来，你连一个电话都没有！夏芷苏，在你眼里，我就那么命贱吗？"

　　"我给你打过电话的！"

　　"接着编！"

　　"我真的有！"

　　"你有没有打我电话，你以为我会在乎！"

　　"……"那到底是生什么气啊！她张嘴，其实她有过念头，想跟他说，她怀孕了，可她不敢猜测他的反应。他们到底算什么关系！这个孩子，凌天傲又怎么会接受！她跟出来，大概也是想说这件事，可最终，她还是忍住了。

　　"我回去上班了。"夏芷苏走开了，就这么淡然地离开，凌天傲是真心气炸了！敢情这些日子，也就他一天到晚都在想着她吧！

▓▓▓ 第十六章 你说，你瞒着我什么 ▓▓▓

凌天傲开着车出去，车子都要飞起来了。他明明就快被夏芷苏那女人气死了！可是夏芷苏看着永远是那么云淡风轻！一拳砸在方向盘上，凌天傲自己都不知道，到底该把夏芷苏怎么办！

"凌少！凌少！"有人拍打凌天傲的车门。凌天傲不耐烦地放下车窗，看到一个胖胖的老女人。

"凌少！真的是你啊！我认得你的车！"是孤儿院的吕院长，看到凌天傲开心地说，又看了眼车里面，"芷苏不在吗？"

"不在！"凌天傲没好气地哼了一声，想到吕院长怎么在这，也就随口问了句，"院长你到这来做什么？"

"对面就是菜市场，我给孩子们买了一些菜，在这里等车呢！"吕院长说。凌天傲看到吕院长手里提着很多菜，而且还大包小包的。

凌天傲推门下车，直接拿了吕院长手里的菜放后备厢。

"凌少……这……"

"上车！"凌天傲命令着，自己先上了车。

"那，那真是麻烦凌少了！"吕院长不好意思地说。车子开得很快。吕院长见凌天傲脸色阴郁，都有些怕了："凌少，是不是跟芷苏吵架了？"凌天傲不吭声。

吕院长又笑着说："凌少，不是我说你，你也应该让着芷苏一点的！毕竟她现在情况特殊！"她特殊什么特殊？

"女人在怀孕期间，脾气是特别不好的，你应该多包容！"

刺啦一声，凌天傲的车子猛然停住，吓得吕院长差点从车子里飞出去。

"你说什么？谁怀孕？"

"芷苏啊！没跟你说吗？她不是怀了你的孩子？"

"她怀孕了？"凌天傲真的一点消息都没有！

"是啊，孩子是你的吧？"吕院长见凌天傲诧异的模样，还以为孩子不是凌少的。

"当然是我的！"凌天傲几乎狂喜地大吼。

"你！下车！在外面等！我会派人送你回去！"凌天傲直接把吕院长赶了下来，吕院长立马就下了车，凌天傲现在脑子里一片空白。

掉转车头，凌天傲往公司飞驰而去！凌天傲，冷静，冷静！凌天傲深吸一口气！还是觉得有些不敢相信！如果怀孕了，那个女人怎么一点动静都没有！不来找他，也不告诉他！对，也就只有那个女人敢这么做！怀孕了都敢不告诉他！

"新同事，帮你倒了橙汁！"办公室里，夏芷苏的同事丁叮从休息室顺手帮她拿了橙汁。夏芷苏笑了一下说："谢谢！"丁叮的眼底闪过什么，看着夏芷苏喝了橙汁才走开。夏芷苏总觉得肚子不是很舒服，去了洗手间，肚子还是隐隐作痛。

靠在去办公室的走廊上，就听到大老远一声怒吼："夏芷苏！"夏芷苏抬眼就看到凌天傲大步从电梯里出来，一声吼，所有人都听见了。

"总裁！是总裁啊！"同事们议论。

凌天傲一步步走向夏芷苏，看着她又是愤怒，又是惊喜。

"总裁跟夏芷苏认识啊！"同事们愕然地议论。凌天傲大步走到夏芷苏面前，低头看着她。夏芷苏看着他的样子，有些吓住。凌天傲看向夏芷苏的肚子，眼睛里是狂喜："说！你有什么瞒着我？"他要她亲口说出来！

"你别喊那么大声，同事们都看着呢！"夏芷苏尴尬地说，她想要走开。凌天傲抓住夏芷苏的手腕，不让走："快说！再不说，我掐死你！"又是这句话……

夏芷苏说："听不懂你说什么！"

"看来你还不打算告诉我！夏芷苏！你真够狠心的！还不准备让我儿子认爹了！"凌天傲大声地说。一句话，让走廊里一片寂静，两边都是办公室，同事们都诧异地盯着夏芷苏。总裁这话是什么意思啊？简直要沸腾了好吗！夏芷苏不仅跟总裁认识，而且发展很迅速，都已经怀孕了！

天哪！天哪！公司有史以来最劲爆的消息也莫过于此啊！可是总裁有未婚妻啊，那夏芷苏不就成了第三者吗？第三者啊！总裁大人的第三者啊！听到凌天傲的话，夏芷苏心里一咯噔："你说什么呢？我听不懂！"夏芷苏甩开凌天傲的手。凌天傲一把掐住她的腰，捞了回来。夏芷苏的手机响起，她刚想接电话。凌天傲一把抢了她的手机，对着电话就喊："她现在没空！"

那一头是医院里的来电，立马说："我们这是市中心医院！麻烦转告夏小姐，人流手术已经安排好，随时都可以过来！"凌天傲的脸色慢慢阴郁。

夏芷苏不知道是谁的来电，看到凌天傲抢了自己的手机，跳起来去拿："把手机还我！"凌天傲掐断了电话，盯着夏芷苏，气得咬牙切齿。

"你要杀我儿子？"凌天傲质问，声音里带着灭绝一切的恐怖。

"把，把手机还！我不知道你说什么！"夏芷苏把手机拿回来，转身想进办公室。凌天傲已经不能再生气了！她怀孕了不告诉他，还要去做手术！夏芷苏！我把你千刀万剐都不解恨！

"凌天傲怒吼一声，冷冷甩开夏芷苏。夏芷苏被他甩得一个踉跄。凌天傲看着她，根本怒极！她怎么可以这么对他！凌天傲是真的很想很想把这个女人亲手掐死了了事！夏芷苏被那么一推，只感觉肚子疼得难受，捂着肚子，手撑在墙上。"好疼……

"夏芷苏几乎滑落在地。凌天傲还生气着，想丢下这个女人不管。

可是看到夏芷苏的样子，他又着急地上前："哪里疼？是不是肚子？"凌天傲以为是自己推的，担心地扶住夏芷苏。夏芷苏捂着肚子，身子都蜷缩起来了。

"好疼……凌天傲……好疼……"夏芷苏疼得眼泪都出来了。凌天傲心口一颤，俯身把夏芷苏直接抱起。

"救护车！快叫救护车！"夏芷苏躲在凌天傲的怀里，捂着自己的肚子，感觉到那抽心的疼痛，突然间她好担心自己的孩子！明明她想把孩子打掉的。

可是此刻，肚子的疼痛让她对孩子的爱越来越浓！

"凌天傲！孩子……孩子……"夏芷苏揪住凌天傲的衣领，着急地喊着，"这是你的孩子！凌天傲！这是你的！"她是想告诉他，你的孩子，你一定要保住！

凌天傲心口剧烈地跳动："我知道！这是我的！我知道！你还敢瞒着我！夏芷苏，你没照顾好我儿子，他要是有个三长两短，我要你赔！我要你赔我一辈子！"夏芷苏疼得睁不开眼睛。可是却还是看见了他的着急，感受到他手心的颤抖。抱着她，他的身子都在抖。这让她想起了他订婚那天，她被秦守绑架，他抱着她从高空跌落。那时候他都没有颤抖，只是抱着她，紧紧地抱着。闭上眼是这个男人，睁开眼还是这个男人。这些日子的煎熬。此刻到了这个男人的怀里，她是那么安心。也许，她不得不承认，她有喜欢的人了，而这个人，一直是她觉得讨厌的人！一个很坏很坏的男人！

病房外面，凌天傲站在门口，焦急地踱步。

欧阳医生说："夏小姐是吃错了药！而这种药，平常人吃了没关系，孕妇吃了会流产！"吃错药？难道是夏芷苏故意吃错的？不可能！她都安排手术了，怎么可能冒着风险吃错药！那就是有人在害她！凌管家的办事效率实在是很高，不到一刻钟就查到了消息。

"很好！敢动我的儿子！"凌天傲怒火中烧，大步走了出去。几乎不到片刻，他就到了萧家在中国的老宅。

"萧蓝蓝！给我滚出来！"萧家老宅。凌天傲带着人直接闯入。

萧蓝蓝正和萧夫人在聊天，听到凌天傲的声音，开心地跑了出来。

"天傲！你怎么来了？"萧蓝蓝看到凌天傲激动地喊。凌天傲的身后跟着一个女人，这女人叫丁叮，是 GE 集团技术部，夏芷苏的同事。丁叮满眼的惊恐，萧蓝蓝脸色一室。

"这个女人你认识吧！"凌天傲把丁叮推了过去。

"我……我怎么会认识呢？"萧蓝蓝呵呵干笑，"天傲，你带这么多人来，这是做什么呀？"

凌天傲直接拿枪指着萧蓝蓝："做什么？这得问你了！"萧蓝蓝吓得踉跄，还没躲到自己母亲身后，萧夫人已经上前把女儿拉开，面对着凌天傲："凌天傲！你可真是厉害，还敢拿枪进我们萧家，指着萧家的大小姐！她可是你的未婚妻！"

"我的未婚妻？你问问她都做了什么！"凌天傲的枪是不准备放下了。

"妈咪，我能做什么呀！天傲，你是不是又误会我了？"萧蓝蓝伤心地说。

"凌天傲，你把话说清楚！你今天要是说不出个所以然来，我们萧家跟你凌家可就没完了！"萧夫人挺直着腰板。她一抬手，萧家的守卫也冲了进来。

"萧夫人！你的好女儿，可是要毒杀我凌家的子嗣！你说，她该不该死？"凌天傲冰冷的眸子盯着萧夫人，质问。

"毒杀你凌家的子嗣？哈！"萧夫人觉得可笑，"凌天傲，你说什么呢？"

"听不懂？那我告诉你，夏芷苏怀了我的孩子，而这个女人——你的女儿却下毒害夏芷苏！"萧夫人皱眉，夏芷苏怀孕了！萧夫人瞪了眼萧蓝蓝，这么大的事都不告诉她！

"妈咪！我没有！没有！我是冤枉的！"萧蓝蓝不想承认。

"冤枉？你问她！"凌天傲的枪口又指向丁叮。

丁叮哪里被枪指过，吓得径直跳起来："是萧小姐！萧小姐让我给夏芷苏下毒！是萧小姐指使我干的，不关我的事！凌少别杀我，别杀我！这是萧小姐给我的支票，我不要了，不要了！"

丁叮把支票拿出来，上面的确是萧蓝蓝的签名。萧蓝蓝吓得脸色苍白，害怕地躲到萧夫人身后。萧夫人看明白了，原来是这么回事！

"人证物证都在，萧蓝蓝，你还有什么好说的！"凌天傲冷笑。

"我……"萧蓝蓝还没开口，萧夫人就说："不关蓝蓝的事，这是我做的。不就是给夏芷苏那个女人下毒吗，这有什么！凌天傲，你的未婚妻是我女儿萧蓝蓝，可你现在却让别的女人怀孕了，你怎么对我们萧家交代？本夫人心宽原谅你，顺手帮你解决了夏芷苏那个麻烦，怎么你反倒怪起我来！"

"妈咪！"萧蓝蓝不敢相信母亲把什么事都往自己身上揽了！

凌天傲转而枪口指向萧夫人："你可真够恶毒！不仅没有悔意，还倒觉得自己做得很对！我凌天傲的孩子，我凌天傲的女人，也是你能动的？"

凌天傲扣动扳机，他是真想开枪！萧夫人依旧不怕："凌天傲，没有悔意的是你！是你让别的女人怀孕！而你的女人，你的未婚妻是我萧家的女儿！你要是敢开枪，从此以后就别想娶我的女儿！"

"好啊！这可是你们萧家退婚，不是我凌家！开枪？你以为本少不敢吗？"凌天傲张狂地冷笑，枪口对准萧夫人，砰的一声，完全二话不说。

"妈咪！"萧蓝蓝惊恐地大叫，只看到一个身影掠过，把萧夫人重重地推开。"哥哥！"

"萧同浩！"是萧同浩飞扑过来，把自己妈咪推开，自己的肩膀重重挨了一枪。

"天傲！是我妈咪不对，我跟你道歉！"萧同浩捂着肩膀，吃力地说。凌天傲立马放下手，大步上前，扶住萧同浩："你干什么啊？"

"夏芷苏的事我听说了，是我妈咪不对！你有什么气冲着我来！"萧同浩无奈，只能给妈咪求情。

"你每次都要帮着她们！"凌天傲怒极。

"一个是我妈咪，一个是我妹妹！天傲，无论她们做什么，都让我来承担！是我管教无方！"

"你！你气死我了！"凌天傲想开枪，可是萧同浩还没站稳就挡在了那对母女的面前。"少爷！夏小姐醒了！"外面是叶落跑来通报。叶落是专程从医院里跑来的。她就知道少爷不会放过萧家母女，所幸，萧家母女没事！一旦出了事，少爷的处境也好不到哪去！凌天傲一听夏芷苏醒了，吩咐萧家的守卫："照顾好你们少爷！"再怒视萧夫人母女："咱们走着瞧！"

又吩咐叶落："你留下！照顾好萧同浩！"然后转身就大步出去。

"凌天傲！你有本事别走！"萧夫人怒气冲冲地指着凌天傲。儿子回来了，她才不怕凌天傲！萧同浩瞪了自己母亲一眼："够了！你还不嫌丢人！"萧夫人被儿子一骂也不敢多说："本来就是凌天傲欺人太甚！还好意思到我们面前来说夏芷苏怀孕了！怀的也是野种！"

"她怀孕了你们就下毒？"萧同浩盯着自己的妹妹，怒不可遏，"萧蓝蓝！有你这种妹妹，我真觉得羞耻！"

凌天傲几乎是跑着到了夏芷苏的病房。到了门口，他甚至都不敢进去，夏芷苏或者孩子，任何一个出现问题，他都会心痛死的！推开门就看到夏芷苏已经靠坐在床上，脸色苍白难看，眼睛里含着泪水，似乎有什么东西丢失了一般。房间里死一样寂静。凌天傲的心猛地一跳。夏芷苏看到凌天傲，微微咬住唇，眼里带着愧疚。

"这是什么表情！孩子还在不在？"凌天傲直接问夏芷苏。

"少爷，孩子……"欧阳想来回答。

"本少问你话！你把本少的儿子弄哪儿去了？"凌天傲见夏芷苏没事，也就放心了，但还是生气地质问，特别是他知道夏芷苏要打掉他的孩子！夏芷苏低头，眼泪唰唰地掉下来。

凌天傲几乎一个踉跄，抱住她的肩膀："夏芷苏！你怀孕了你还去上班！你怀孕了还想着害死我的孩子！你这个女人怎么那么狠心！"

"我……对不起……"夏芷苏不知道说什么好。

她根本没想到凌天傲会那么在乎这个孩子。

"对不起有用吗？你跟我说对不起，这孩子就会回来吗？"凌天傲大声地质问，心口剧烈地颤抖，"夏芷苏！我真是恨死你了！你这个坏女人！"

夏芷苏一愣，看着自己的肚子："孩子没走啊……"凌天傲怔愣了一下，狂喜地看她的肚子："你说什么？"

"我说，孩子还在我肚子里……"

凌天傲愕然睁大眼睛，愤怒掩盖了狂喜："那你哭丧着脸干什么？"

"我只是后怕啊……"夏芷苏说。

"这个时候知道怕了！怀孕了怎么不告诉我？你还敢把它打掉！夏芷苏！你害我儿子，本少弄死你！"凌天傲哼一声。知道孩子没事，又兴奋地抚着夏芷苏的肚子。

"儿子哟，你怎么突然来了，也不告诉爹地一声，宝贝儿子哟！"凌天傲刚才还气势汹汹地质问，话锋一转，就摸着夏芷苏的肚子欢快地嘟哝。

"……"房间里的气氛很是尴尬。夏芷苏拿开凌天傲的手说："别摸了，待会儿摸没了。"凌天傲瞪了夏芷苏一眼，示意她闭嘴："再敢说没了，我现在就弄死你！"

夏芷苏嗤了一声："你有本事弄死我！"现在有这孩子在，凌天傲又那么喜欢，肯定不敢把她怎么样！

"你！"凌天傲抽回手，恨恨地盯着她，秋后算账，"知不知道这次多危险！要不是我及时送你来医院，你跟孩子都不保！在外面乱吃什么东西！"

"夏芷苏，你再敢动我儿子，看我不把姚家给掀了！"凌天傲威胁。

"哎，你别老牵扯无辜呀！这孩子是我的，我爱怎么处理怎么处理！"

"这也是我儿子！没有我，哪来的孩子！"凌天傲骄傲地说。

"……"夏芷苏刚醒来不想跟他吵。

凌天傲见夏芷苏脸色不好，也不跟她吵，抱住她的肩膀："躺下！闭上眼好好休息！你要休息不好打扰了我儿子，你看我追究谁的责任！"追究的当然是姚家的责任，他也就能拿姚家威胁她。

夏芷苏还没躺下呢，外面突然传来尖锐的叫声。一个身影疯狂地冲进来，直接冲到夏芷苏的床前，揪住夏芷苏的头发就大喊："夏芷苏！你跟我保证过你会离开凌家！你跟我保证过你会离开天傲！你这个说话不算话的贱女人！"

萧蓝蓝抓着夏芷苏的头发疯狂地乱扯。夏芷苏猝不及防，被人抓着头发了，还怎么反抗！"萧蓝蓝！给我放手！"凌天傲上前抓住萧蓝蓝的手臂，想要拉开她。可是萧蓝蓝抓着夏芷苏的头发，凌天傲一抓萧蓝蓝，就扯痛了夏芷苏。

夏芷苏嗷呜痛呼了一声，凌天傲立马放开萧蓝蓝的手。

"夏芷苏，你说话不算数！你这个贱人，我早知道你不会离开天傲！我早知道你要跟我抢他！我跟你拼了！"萧蓝蓝尖叫着，完全失去了大小姐的风范！再要什么大小姐风范，她的未婚夫都失去了！受够了！她真是受够了！每次都要看着凌天傲为了夏芷苏赶她走！凭什么？凭什么？

夏芷苏头发被抓，疼得龇牙咧嘴，她想要萧蓝蓝住手，可明显萧蓝蓝是不会主动罢手了。无奈，她也只能伸出手抓住萧蓝蓝的头发。女人之间的打架，就是一手一个头发揪着，使劲打。

"萧蓝蓝！"凌天傲一时竟然插不上手。病房里其他人就更插不上手了！两人在床上扭成一团，萧蓝蓝手乱挥，差点打到夏芷苏的肚子。

夏芷苏一时母性大发："萧小姐！你再不放手我就不客气了！"夏芷苏大喊，直接握住萧蓝蓝的手臂，把她甩开。

同一时间，凌天傲上前一把抓住萧蓝蓝的头发，直接把她从床上扯了下来。萧蓝蓝摔在地上，见是凌天傲扯的她，顿时大哭起来。

"天傲！你好过分！你帮着她欺负我！"萧蓝蓝哭得完全没了大小姐形象。凌天傲怒从中来："萧蓝蓝！你还好意思到这来撒泼！我和芷苏的孩子差点被你害死，你还敢来闹？"她的孩子是被萧蓝蓝害的？夏芷苏似乎听明白了，原来她痛得死去活来、差点孩子不保，都是因为萧蓝蓝！

夏芷苏也怒了，从床上挣扎着爬起来："萧小姐，动我可以，你动我的孩子，你就太过分了！"萧蓝蓝一抹眼泪，站起来，指着夏芷苏："你的孩子？你的孩子是我未婚夫的孩子！我怎么动不得！你鸠占鹊巢还好意思指责我！当初你答应过我，只要我帮你处理了图书馆的书，让你顺利毕业，你就离开凌天傲，永远不踏进凌家！我帮了你，你就这么报答我？"凌天傲听明白了，他倒是想起来了，夏芷苏顺利毕业的事，他还以为是姚家的关系，原来是萧蓝蓝帮忙。见萧蓝蓝还要冲上去打夏芷苏，凌天傲一把抓住她，想把她丢开。

"住手！"萧夫人大步走进来，直接把萧蓝蓝拉了过来，把她护在身后。

然后萧夫人就对着凌天傲呵斥："凌天傲，你只有两个选择。第一，放弃GE集团的继承权，跟这个女人过。第二，娶了我的女儿萧蓝蓝，继承GE集团！"凌天傲冷哼一声，走到窗边抓起夏芷苏的手腕："我选第三——娶了夏芷苏，继承 GE 集团！"凌天傲的脸上依旧是张扬，那么信心十足。

"好！很好！没有萧家的帮助，我看你怎么拿到 GE 集团！到时候你就跟着这个女人喝西北风吧！"萧夫人拉自己的女儿，"蓝蓝，我们走！"

"妈咪！"萧蓝蓝不肯走。

"走！跟我回国！以后都不准回来见凌天傲！"萧夫人被凌天傲气得不行。

夏芷苏看到萧蓝蓝哭喊，心里被挠着一样，本想甩开凌天傲的手，可是突然又不怎么舍得甩开他了，况且他抓着自己实在太紧了。凌天傲低头睥睨，见她想甩开自己的手："夏芷苏，可别忘了自己说过的话！你先招惹的我，你得对我负责！"是，她说过，她清楚地记得就是在那天，他订婚的日子。她被绑架的时候。他差点从高楼跌落，她抓着他的手，努力地想要他保持清醒。

她说："凌天傲！你终于承认你看上我了！你就是看上我了才总是来招惹我！"

他说："明明是你打扰了我的好事！你先来招惹的我！"

她顺着他说："是是是！我招惹的你！我对你负责！我会对你负责的！"那时候她说的话，全是为了保住凌天傲的性命啊！没想到，她说的话，他那么容易当真！

夏芷苏叹息："凌天傲，我不是傻子，我听得懂。娶了萧家小姐，你的前途无量！为了这个孩子，你不值得！萧蓝蓝也能给你生孩子！"是，他之前也是这么想的。

毕竟，跟萧家联姻对他有百利而无一害。况且，他自己还答应过萧蓝蓝，一定会跟她订婚。毕竟他是跟萧蓝蓝订了婚的，再跟夏芷苏纠缠，别人都会把夏芷苏当小三。他不想任何人说她的不是，所以他努力忍着不去找她。可是——太难忍了！每个晚上，他都在煎熬，太想她！

"夏芷苏，你听好了，这个孩子我要定了！还有你，我也要定了！"他就盯着她，一字一句地放出豪言。夏芷苏怔怔地看着他，竟无言以对。甚至有那么一刻，她竟然庆幸自己怀孕了，而不是害怕这个孩子的到来。

他低头凝视她，她也望着他，眸子里有异样的情愫。其实，这么近距离看凌天傲，真的觉得他的五官很帅很帅！无论分开，还是放在一起，都是最完美的艺术品。他的嘴唇很薄，而且是有曲线的那种，都说有这种唇的男人最薄情了，凌天傲也不例外，至少他对萧蓝蓝的态度已经表明一切。

"唔……"凌天傲突然低头，一口吻住了她的唇。舌尖在她的唇上扫过，撬开她外面的防备，直接进攻里面的舌。她从一开始的抵触到后来的慢慢沉浸。直到最后，她竟然开始回吻。很生涩，却一遍遍地吻他的唇。他的唇有点苦，却很柔。但是，她不得不承认真的很好吃。凌天傲没想到这个女人会回吻，一时激动，一口就吻上了她的肩窝。

"别……"夏芷苏本能地推拒他，凌天傲猛然想起来夏芷苏怀孕了！

"抱歉！"凌天傲别扭地道歉。夏芷苏却低笑起来，看到他像个做错事的孩子一般脸红。

"大少爷你也会脸红啊！真是稀罕事！"夏芷苏嗤笑着，凌天傲狠狠瞪她，还敢嘲笑他了！他都还没找她算账！这个孩子，她可是不准备要的！手术都预约了！

"说清楚，这孩子你要不要？"凌天傲冷哼，其实夏芷苏知道，她醒来的时候第一反应是担心孩子不在！真到了孩子快没有的时候，她明明就舍不得。可是这孩子生下来，她也就坐实了小三的名头了吧。凌家是绝对不会允许凌天傲娶她这样一个从孤儿院出来的女人的。

见夏芷苏不说话，凌天傲知道她是犹豫的。哼了一声，凌天傲威胁道："反正我把话撂在这，你要敢动我儿子，我就把姚家给拆了！"

"……"多么赤裸裸的威胁呀！凌天傲说完，翻身上了夏芷苏的床。

一夜没睡，他困了，挨床就睡着了。夏芷苏愣了半天，竟忘了推他下去。其实，她跟凌天傲同床共枕了一段时间，所以并没有不习惯。夏芷苏看着他英俊的脸，想着这些天发生的事。自从遇到这个男人，她就没有一天安生的日子。看到凌天傲手边的手机，夏芷苏想到她有一些照片在凌天傲的手机里。夏芷苏凑过去准备拿他的手机，凌天傲刚好一个翻身，夏芷苏的手被挡住，翻不过去，恰好夏芷苏又是趴着的。凌天傲的唇就贴上了她的，夏芷苏浑身一个激灵。她小心地退后，离开他的唇，还没完全离开，凌天傲的手突然一勾，勾住了她的脖子，把她整个人往自己怀里带。

闭着眼睛，凌天傲说："睡觉！别累到我儿子！"于是把她的脑袋摁在自己怀里，他睡得更加安心。

"……"夏芷苏真是无语，这个男人说话真是让人不爱听。趴在他怀里，她却不敢动，

心里有什么东西在莫名地涌动。靠他那么近，她的心再次怦怦跳动，跳得很快很快，甚至有些喘不过气来。他的鼻息就在她的眼前，温温的、热热的。

脑海里突然出现她跟凌天傲相遇以来发生的种种——她跑进了他的房间打扰了他的好事，她被他抓上床，差点被吃掉。后来她故意跟他去酒店，是为了报复他给他下药，结果吃了药的人成了她。她莫名地失身，他穷追不舍。她差点出车祸，他为她挡住。她被人欺负，他就去欺负人家。她被绑架，他就舍命相护。她的心里有暖流滑过，一丝丝地流淌，沁人心脾。看着他的唇，她突然失魂般地低头吻了上去，吻上他的刹那，她感觉自己的唇触电了，惊魂未定地

离开他的唇，却看见床上的男人猛然睁开了眼睛。

夏芷苏看着睁开眼的他，更加瞠目结舌。

"你刚在做什么？"床上，某男挑眉问，语气里是惊喜。

"没什么啊！"

"做了什么？我要你自己说！"凌天傲追问，眉梢挑得更高。夏芷苏真想一巴掌拍死自己，她刚在做什么啊！怎么突然脑子短路了去亲他！

"不就是……不就是亲了你一下……"夏芷苏嘟哝着，近乎自言自语。

凌天傲的眼里大放光彩，却挑唇问："为什么亲我？"

"这，这能有什么为什么……你……你不是救了我跟孩子的命吗，我谢谢你啊！"夏芷苏的眼底满是闪烁。

"夏芷苏，难道你每谢一个人都用如此特殊的方式？"

"当然不是了，这哪能随便亲？"

"这么说来，刚才不是随便亲的？是真心想亲的？"凌天傲继续追问。夏芷苏被问得脸都红了，她也不知道自己在干什么啊！她脑子一热就吻上去了！她真的不知道自己发什么神经！房间里的空气好像突然凝固了一般。两人的视线相对，空中弥漫着暧昧的气息。

面前的女人乌黑的头发垂落，散在他的脸上，修长的睫毛忽闪忽闪，一双清澈见底的眸子几乎望进他的心房。

凌天傲吞了口水，有些渴。突然，凌天傲开口说："我有些渴。"

夏芷苏说："我也是。"话音刚落，凌天傲扬起脑袋，凑近她的脸，一口堵住了她的嘴。

夏芷苏愣神了片刻，闭上眼，接受他的吻。柔软的舌头像羽毛一样扫过她的唇瓣。她舒服得眯起了眼睛，像猫咪一样，全身的毛孔都舒展开了。

"夏芷苏！"他离开她的唇，叫她的名字。

"嗯。"

"把孩子生下来，听到了吗？"他对她说。

她还是没有很快点头，只是双睫有些颤抖。他低头再次吻住她的唇，吻得她快窒息了。

他才抬头，声音带着的竟然是恳切："生下来，好吗？"

▌▌▌ 第十七章 超出想象地喜欢你 ▌▌▌

在凌天傲家里休养了好一阵子，显然夏芷苏想去上班是不可能的了！现在就连她自己喝水吃饭，凌天傲都巴不得找人来代替！她走几步路，就只是从楼上走到楼下，凌天傲都拉着她说："给你准备个轮椅吧！"

"……"夏芷苏嘴角都抽了，"凌天傲，我是怀孕了，不是残废了！"

"那你就别出来啊！到处走来走去做什么！"

"我成天闷在房间里都快闷坏了啊！就算我没闷坏，这小家伙也闷得难受呀！"夏芷苏指着自己的肚子说。凌天傲觉得有道理："你想去哪儿玩？我带你去！"

"其实我没那么娇弱，你让我回去上班吧，我觉得上班挺好的！"

"怎么可能！你都怀了我儿子，怎么可能还去上班！技术部的职位不适合你！"凌天傲一口否决。

"我是计算机专业的，技术部不适合我，还有什么职位适合我啊？"凌天傲唇角一扬，凑过来，说："总裁夫人适合你！"

"……"夏芷苏不知道说什么好了。

夏芷苏看着身边的男子，俊朗张狂，嚣张又傲娇，有时候痞痞的，有时候坏坏的，对她以命相护，却又总是欺负她。她拼命地想要逃开他，可是真的等他放开了她，她的心里却很失落。此刻，坐在他的身边，她是那么安心。她一直担心凌天傲不要这个孩子，所以不敢告诉他，甚至想偷偷地打掉。没想到他那么喜欢这个孩子，为了她跟孩子，他跟萧家撕破了脸皮，当着她的面，他再次把萧蓝蓝赶走。欧少恒说，凌天傲只是玩玩她而已。如果这是玩，那什么才叫认真？

"少爷，少爷！"凌管家从外面急匆匆地赶来，"萧家要从 GE 集团撤资！萧夫人已经召开新闻发布会，跟我们凌家，跟您解除婚约！"夏芷苏微微皱眉，萧夫人的速度好快，侧头看向身边的男子。凌天傲不过是勾了勾唇角，拿了遥控器打开电视，屏幕上正播放着新闻。

"萧凌两家原本是世交，可是此刻萧家夫人突然宣布要从 GE 集团撤资，甚至宣布女儿跟凌家少爷解除婚约！萧夫人表示，这一切的主要原因是凌家少爷移情别恋，被一个赌徒的女儿勾引，不能自拔！一时受了迷惑将自己的未婚妻赶出了家门！"主持人慷慨激昂地陈述，甚至对那个勾引凌少的赌徒女儿异常愤慨。

换了一个频道，还是关于萧家、凌家的新闻："防狼防贼却防不住小三！这年头，小三当道，小三上位屡见不鲜！连凌家少爷也不例外，被小三勾引，抛弃自己的未婚妻……"再换频道，是娱乐新闻。

新闻主播很夸张地说着："欢迎来到娱乐星频道！话说最近传得最为火热的就是萧家和凌家的撕逼大战！哦不，应该是千金小姐和赌徒女儿的撕逼大战！GE集团继承人凌家少爷放萧家千金不要，却偏偏选择了赌徒的女儿！听说此女子美艳无比，专门跟世家公子牵扯不清！连凌家大少爷也不能免俗，竟然被这样一个女子勾引，还抛弃了跟随自己多年的未婚妻……"那新闻主播侃侃而谈，好像跟夏芷苏完全认识一样。

频道再次切换，依旧是萧家、凌家两家的婚姻，炒得火热。凌天傲关了电视，脸色有些阴郁："萧老太婆就是聪明，知道用媒体来压人！"先毁他的名声，再毁夏芷苏的名声，然后再来毁GE集团！她这是报复。

"少爷！萧夫人这么做，无疑是想把你推到水深火热的地步！萧家一旦撤资，我们公司的股票必然动荡！"凌管家担心地说。

凌天傲偏头看着身边的女子，勾住她的下巴，却关心别的："你说，你还跟哪些世家公子牵扯不清了？"新闻上说她"美艳无比，专门跟世家公子牵扯不清"。

夏芷苏打开他的手，却为凌天傲担忧："萧家这是跟你撕破脸皮了，所有的负面新闻都在你身上！"

"别转移话题，你还跟谁纠缠不清了？"凌天傲还在纠结这个，夏芷苏更加无语。

"少爷，老爷的电话！"凌管家的手机响起，小心地跟少爷说。他家老头子找他还能有什么事，无非是萧家退婚的事！凌天傲盯着夏芷苏看着她心虚的样子，拿过手机，直接挂断，把手机往沙发上一扔。

"女人，跟你说话呢，怎么聋了一样？"凌天傲又问。夏芷苏盘腿坐到沙发上，抓了遥控器重新打开电视。凌天傲抢了她的遥控器，又关掉电视。

"回话！是谁？你不会有喜欢的人吧？告诉我是谁，本少亲自开枪打死他！"凌天傲威胁地说。

夏芷苏真是特别无语："凌天傲，我要是喜欢你，你是不是得打死自己啊？"凌天傲一怔，盯着夏芷苏半天没反应过来。

"你这话本少爱听！"凌天傲挑唇说，"这么说来，你喜欢我？"

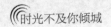

"我就是打个比方！"

"……"凌天傲的心情一下子又到了谷底。旁边凌管家的手机还在响，是凌老爷的电话。凌天傲完全无视，一个劲地追问夏芷苏："那你说清楚啊！你说你喜欢谁了！你都怀着我孩子了还在朝三暮四，你这是对本少不忠！放在以前你应该被浸猪笼！"

"……"她怎么了呀她！她干了什么伤天害理的事啊她！这凌天傲，现在都火烧屁股了，还有闲情这么逗弄她！外面一个守卫匆匆进来，把什么东西交给凌管家，跟管家说了几句就退出去了，管家手里拿着一张请柬。

"少爷，这是姚家送来的请柬。"凌管家看了一眼夏芷苏说，"是姚家二小姐姚丹妮的生日宴会，说是普通的家宴，姚总邀请您参加。"

凌天傲手撑在沙发边缘，脑袋贴着手掌盯着夏芷苏看："你不学学你爹，这么巴结本少！小女儿生日都想邀请本少爷参加！夏芷苏，你生日是什么时候？本少爷亲自给你操办！"

夏芷苏瞧了他一眼说："不知道。"

"不知道？你怎么会没有生日？"

夏芷苏的眼睛里一阵湿热，很快又恢复正常："你又不是不知道，我是姚家的养女，我第一任养父把我带走后从没给我过过生日，时间久了，我原本在孤儿院过的生日也忘记是什么时候了。"凌天傲脸上上扬的唇角有些僵硬。看着面前的女人，想起东郊星空孤儿院吕院长跟他说的话。

夏芷苏小时候是在孤儿院长大的，那时候她的家人说过来接她，后来却没来。所以夏芷苏一直耿耿于怀，觉得父母不要她了。这么说来夏芷苏的父母应该还健在！至于是什么原因没来带她，他自然就不得而知。

"你第一任养父是从哪家孤儿院把你接走的？"凌天傲问。

夏芷苏想了想说："其实孤儿院的事我也记得不是很清楚了，我就记得一件事特别清晰，我有个小伙伴叫蓝蓝。"这个蓝蓝，凌天傲倒是几次从夏芷苏的睡梦中听到过。

"萧蓝蓝的那个蓝蓝？"凌天傲问。

"应该是吧！小时候都叫蓝蓝的，我也不是特别清楚是不是萧蓝蓝的这几个字。不过肯定不是萧蓝蓝！人家是萧家大小姐！"

凌天傲不以为意："这可真说不准！萧蓝蓝，也是从孤儿院来的，搞不准你们小时候还见过！"

夏芷苏失笑："怎么可能！她可是萧家大小姐，怎么会沦落到孤儿院！"

"这有什么奇怪的！"凌天傲不想再说萧蓝蓝的事，拿起姚正龙送来的请柬，"姚家的晚宴，你觉得本少去还是不去？"

"我爹地都派人送来了，你就给个面子去吧！"夏芷苏当然知道爹地是很希望凌天傲去的。

"去了有什么好处？"

"我跟你一起去！"

"什么身份？"

"你女朋友！"

"这个我喜欢！"凌天傲挑唇，邪邪地凑近夏芷苏，在她唇上咬了一口，又在她脸上哈着气，"夏芷苏，你知道本少爷最喜欢你说什么吗？"

"什么？"

"承认你是我的女人！当然，你现在不仅是本少爷的女人，还是我儿子的妈！"说到这个，凌天傲高兴地摸着夏芷苏的肚子。夏芷苏却高兴不起来，她到现在还不确定这个孩子该不该要呢！新闻都说了，她是个登堂入室的小三，凌天傲为了她这个小三把未婚妻都赶走了。就算她怀了凌天傲的孩子，她的身份也是配不上他的。她很清楚，她跟凌天傲一点未来都没有。如果她的孩子出生了，也是个私生子，将来不知道会被怎样对待！

听说夏芷苏要回来了，姚正龙带着全家在门口等！姚正龙已经知道消息，凌少赶走了未婚妻，为了一个赌徒的女儿！这女儿自然是他姚正龙的养女夏芷苏，而且夏芷苏可是怀了凌少的孩子！他就知道夏芷苏一旦怀孕，嫁入凌家是迟早的事！

成天都盼着夏芷苏怀上凌少的孩子，这还真怀上了，姚正龙笑得简直合不拢嘴。凌天傲的车子很快停在门口。姚正龙就看到凌少亲自抱了夏芷苏过来，门口那么平坦的路，凌天傲却非要抱着夏芷苏。夏芷苏尴尬地说："别那么夸张啊，爹地看着呢！"

"让他看！他巴不得看到这种场景！本少这是做你爹地爱看的事！他高兴了，对你就好了！"凌天傲太明白姚正龙这只老狐狸了。

夏芷苏却云里雾里："你怎么说得我爹地很贪慕你们凌家似的！"凌天傲勾了勾唇角，不置可否，抱着夏芷苏进门。

"爹地！"夏芷苏想下来，可是凌天傲非抱着不放，她无奈地喊姚正龙。

姚正龙脸上都笑开花了，看了眼夏芷苏的肚子："好！好！爹地的好女儿！凌少大驾光临，实在是我们姚家的荣幸！这边请！这边请！"

凌天傲抱着夏芷苏走进门，客厅里坐着一个年轻的男子，看到凌天傲进来，他没有起身，只是凉凉地盯着凌天傲，眼风里却是夏芷苏。

欧少恒！夏芷苏的心口猛然咯噔了一下。

"凌少！给您介绍一下，这位是欧氏集团的大少爷欧少恒，他是我未来的女婿！"姚正龙介绍说，"少恒，这位是 GE 集团的凌少！"

凌天傲刚刚把夏芷苏放到沙发上，还没完全放开她。一听是未来女婿，手下意识地掐住夏芷苏的腰。夏芷苏痛呼一声，强调："我妹妹的未婚夫！"

凌天傲原本脸色紧绷，此刻舒展眉头，跟夏芷苏说："你早说啊！"夏芷苏无语地翻白眼。

欧少恒的手紧紧捏成拳，他已经知道夏芷苏怀孕了，怀了凌天傲的孩子！夏芷苏还当着他的面跟凌天傲说他是姚丹妮的未婚夫，这是要跟他撇清关系啊！心口被怒火充斥。除了怒火，甚至还有浓浓的醋味！自从知道夏芷苏怀孕开始，他就寝食难安！特别想亲自问问夏芷苏，这到底是不是真的！现在消息都传开了，凌少为了一个赌徒的女儿把自己的未婚妻都赶走，想来夏芷苏是母凭子贵了。

"少恒！可以去用餐了！"姚丹妮走过来拉住欧少恒的手，此刻气氛有些尴尬。欧少恒一直盯着夏芷苏看。而夏芷苏低头，不敢直视欧少恒。凌天傲是盯着夏芷苏的，刚好抬头看向欧少恒。姚丹妮先一步挡在欧少恒的面前，冲着凌少呵呵地笑："凌少！您也可以用餐了！"

凌天傲凉凉地扫了姚丹妮一眼，又低头看夏芷苏，觉得她不对劲，捧住她的脸，问："怎么了？"

夏芷苏被欧少恒看得头皮发麻，摇头："没事，没事！回家来太高兴了！"

"怎么说得好像我虐待你一样！"凌天傲不满意地一哼。

姚正龙立马来圆场："凌少，芷苏当然不是这个意思！只是回家来毕竟是高兴的！芷苏也有段时间没回家了！想来一定是凌少把她照顾得很好！"

凌天傲不理会姚正龙，只是看着夏芷苏问："你说，我对你好不好？"能不好吗，连她上厕所，都巴不得找人代劳了！完全把她当残疾人照顾！

夏芷苏皮笑肉不笑："好！当然好！"

听到夏芷苏这么说，凌天傲满意地在她唇上亲了一口，完全把在场的人全都无视了！

姚正龙看了，笑得跟吃了蜜一样。而夏芷苏脸色尴尬，下意识地看向欧少恒。欧少恒也看见了凌天傲和夏芷苏的亲昵，脸色更加难看。一顿饭吃得太过微妙了。欧少恒今天反常地一直盯着夏芷苏看，夏芷苏是有感觉的。而凌天傲一边吃一边盯着夏芷苏看，姚丹妮都快急死了！看凌少对夏芷苏的样子，夏芷苏明显是母凭子贵，凌少疼她疼得不行。要是这时候让凌少知道夏芷苏喜欢的是欧少恒，整个姚家甚至欧家都要陪葬了。凌天傲似乎对那视线有所感觉，抬眼看向欧少恒。

"少恒！你看你吃饭吃得嘴边都是了！"姚丹妮立马扳住欧少恒的脸，面对自己，帮他擦掉嘴角的污渍，动作很是亲昵。凌天傲扬眉，自己是不是太过敏感了。这个欧少恒明明和姚丹妮是未婚夫妻关系，夏芷苏连插入他跟萧蓝蓝中间都愧疚得不行，总不至于跟自己的妹妹抢男人！姚丹妮给夏芷苏使了个眼色：再这么下去，凌少就发现欧少恒的异常了。

夏芷苏会意地说："爹地，妈咪我吃饱了，你们慢慢吃。"

姚正龙还没说完，凌天傲开口："我看你都没吃什么东西！是不是这里的饭菜太难吃了？"

"……"他这么直白。姚正龙的脸色都是一僵，却得呵呵笑着。

夏芷苏很无语："你瞎说什么呢！家里的饭菜当然最好吃了！只是我真的吃饱了！你也吃饱了吧，咱们出去走走！"夏芷苏直接起身走开，凌天傲也不吃了，跟着夏芷苏走了。

见两人走开，姚丹妮松了口气："少恒！你干吗老盯着夏芷苏看啊？凌少在啊！"

欧少恒把筷子一扔，也起身："在就在！我爱看谁就看谁！他管得着吗？吃饱了！"欧少恒也站起身，看着夏芷苏和凌天傲走开的方向跟了过去。

"少恒！"姚丹妮都急死了。谁都知道，如果让凌少知道夏芷苏喜欢欧少恒，欧家就得承担后果！欧家再怎么厉害也拼不过凌家啊！

欧少恒走出来就看到凌天傲抱着夏芷苏的肩膀坐在花坛上，那里以前是他跟夏芷苏坐的地方，从小到大，他们就一起坐在那长大！此刻，夏芷苏却在凌天傲的怀里！欧少恒的手捏成拳头。

"少恒，你看姐姐跟凌少还是挺般配的！至少郎才女貌！"姚丹妮跟出来故意说。

"般配什么！新闻上不都说了，一个是赌徒的女儿，一个是高高在上的大少爷！怎么般配得了！"欧少恒恨恨地说。

"那倒也是！所以你跟夏芷苏也不配啊！她根本配不上你！何况姐姐现在有孩子了！还是凌少的孩子呢！就算姐姐再喜欢你，也不可能的！"姚丹妮继续说。

欧少恒烦躁得要死，看到夏芷苏依偎在凌天傲的怀里，心里如被车子碾过了一样，血淋淋的！有种感觉在他心里升腾了很久，可他就是不愿意承认！夏芷苏又不是什么千金小姐，他怎么可能会对她……不可能的！

凌管家匆匆从外面赶来，在凌天傲耳边说了什么，凌天傲的眉头皱起来，似乎想走，却看了眼夏芷苏。、

夏芷苏见他一副为难的样子，说："你有什么事就走吧！我在家里呢，爹地会照顾我的！"

"最好别出门，我会派守卫来姚家，过几天马上来接你！"凌天傲说，起身想到什么，交代夏芷苏，"照顾好我儿子！你要敢对它做什么！姚家！知道？"就是拿姚家威胁她啊！

夏芷苏无奈地叹息："我知道啊！我杀你儿子你就灭我姚家！"凌天傲哼了一声，俯身，亲了她一口，起身，还觉得不够，又俯身吻住她的唇。

"你是本少爷的，别成天想别的男人！"凌天傲不高兴地哼一声。夏芷苏真想喊冤，她确实任何男人都没想，盯着凌天傲一个就够了好吗。

凌天傲回去了。夏芷苏也转头看向身后，她有感觉，欧少恒在看她。可是回过头，却什么人也没有。难道是她多想了吗？为什么感觉今天欧少恒一直盯着她看呢？

凌天傲一上车就问凌管家："老头子这次派出多少人？"凌管家着急地说："少爷，还不确定！但是老爷给美国的黑帮首领付了酬金，无论多少代价，追杀夏芷苏，包括她肚子里的孩子！"

凌天傲凝眉，冷笑："这还真是他的风格，为了自己的家业六亲不认！凌家的子嗣他不要，我要！加派人手守住姚家！在杀手没来中国之前，半路拦截！绝对不允许任何人动我的女人和孩子！"

很晚了，夏芷苏坐在自己房间玩手机，门突然被推开。然后砰的一声被关上。夏芷苏抬眼，看到门口有个身形摇晃的男人。

"欧少恒……"夏芷苏站起身，看到欧少恒快跌倒了，立马走过去扶住他，"你怎么喝那么多酒啊？你进错房间了，丹妮的房间在楼上呢！"

欧少恒的确是喝了不少酒，可他却清楚地知道自己进的是哪个房间！看着面前的女人，再看着她的肚子。如果不是喝了那么多的酒，他根本就没勇气进来！

"夏芷苏！"欧少恒捧住夏芷苏的脸，迷蒙的眼睛看着她，"你跟我说，

你躲着凌天傲！你跟我说，你跟凌天傲没关系！你还跟我说，你一点都不想跟萧家小姐抢男人！我都相信你了，你怎么还骗我？"

夏芷苏愕然看着他："你喝多了，我扶你出去！我扶你回丹妮的房间！"夏芷苏扶着他，打开门，欧少恒一脚把门踹回去。夏芷苏一怔，却看到欧少恒捧住自己的脸，低头看着她。

"我不去！去她房间干什么，我就要在你的房间！"欧少恒甩开夏芷苏的手，自己跟跄地走到夏芷苏的床边，坐下，"我要睡你的床！我要跟你夏芷苏睡在一起！"夏芷苏的心里突然被刺痛了一下。

欧少恒躺在床上喃喃着："夏芷苏，你从小说你喜欢我的！你说完了就跑！你怎么能这样！"夏芷苏不知道他怎么突然这样说，他喝醉酒了。到底他的话，是酒后真言，还是酒后胡言？

"欧少恒，我在原地等了你那么久，你只是回过头看看，却从没回过头来找我。欧少恒，没有一个人是可以永远在原地等你的？我也不例外！"夏芷苏突然想说一说这些话。

"可我喜欢你！"欧少恒突然大吼，"我喜欢你……夏芷苏！我喜欢你……"他把她拉了过来，不等夏芷苏反应，他把脸埋在她肩膀上，"我原来一直都很喜欢你……只是我不知道……我不知道……"

夏芷苏浑身僵硬，脑袋里一片空白，她甚至觉得自己一定是幻听了！她在做梦吧！一定是吧！可是他的呼吸就这么喷在她的脖子上，一下一下，带着酒的气息。她甚至不知道该怎么办，是起身，还是继续听他说。

他的这些话，她等了那么多年，终于等来了。可是她却一点都不开心！甚至连心跳的感觉都没有！脑袋里嗡嗡地响，夏芷苏的脑海里猛然跃过凌天傲的身影。夏芷苏不得不强调，让自己冷静下来："欧少恒，我怀孕了！我怀了凌天傲的孩子！"

欧少恒一怔，却还是没有放开她："那又怎样！你喜欢这个孩子那就生下来！我也可以养他，我也有钱！不是只有凌天傲才有钱！"

"我不喜欢钱！我只想要喜欢的人跟我在一起！"

"你是说你喜欢凌天傲？"欧少恒几乎嗤笑。

"我不知道！但至少我现在不讨厌。可是欧少恒，你现在这个样子，真是让我讨厌死了！我怀孕了你跟我说你喜欢我！我怀孕了跟我说要在一起！我等你这句话等了那么久，不是想要在这个时候听到！"

"你再不听到就来不及了！等你生下凌天傲的孩子，等你跟他结婚！等你跟他老去，我就没机会说了！"欧少恒大吼。

扳过夏芷苏的肩膀，欧少恒看着她说："夏芷苏，我今天才知道我喜欢的人一直是你！我会跟姚伯伯说，我不要娶姚丹妮，我退婚！好不好？"

夏芷苏真是要呵呵笑起来了，她也有成为香饽饽的一天啊！凌天傲为了她退婚，欧少恒现在为了她也要退婚！夏芷苏想说，真的不需要！她真的不想破坏欧少恒跟姚丹妮的婚姻！她已经破坏了凌天傲的婚姻，她不想再做小三了！可是她还没开口，门就被踢开了。

"夏芷苏！"姚丹妮在门口撕心裂肺地喊，"你怀孕了还勾引我的未婚夫！你简直不要脸！"姚丹妮冲进来就一巴掌甩向夏芷苏。

欧少恒的酒意早就消除，捉住姚丹妮的手腕："你干什么？"

"我干什么？这个女人勾引你！她大着肚子了还勾引你！"姚丹妮哭喊着。

"她没有勾引我！是我！是我自己勾引她！"欧少恒指着自己喊，"姚丹妮！我今天才知道我喜欢的是夏芷苏！不是你！"

姚丹妮几乎心碎，满脸的绝望："少恒！你说什么？你说你喜欢的是我啊！你怎么突然说喜欢她了！是这个女人逼你这么说的，对吗？是这个女人勾引你的！一定是的！"

姚丹妮疯狂地去推夏芷苏，欧少恒挡在夏芷苏的面前，毫不留情地推开姚丹妮。他转身就抱住夏芷苏的肩膀："你没事吧？"

夏芷苏只觉得恶心，打开欧少恒的手："你别碰我！"

"夏芷苏！"

"不要碰我！"夏芷苏摇头，退后几步，想跟欧少恒保持距离。

"你别听丹妮说！这次是我主动的，不关你的事！"欧少恒安慰她。

夏芷苏脸色惨白，脑子里一片空白！欧少恒突如其来的表白让她完全乱了分寸！

"不要过来……"夏芷苏摇头，一步步地往门口退。

"夏芷苏！"欧少恒从来不知道自己的表白会把夏芷苏吓成这副模样，顿时又是懊悔又是心痛。他想上前，却不敢上去。

姚丹妮站起身："你这个不要脸的女人！夏芷苏我跟你拼了！"姚丹妮疯狂地冲到夏芷苏面前，双手推着她的肩膀。夏芷苏原本就在后退，被姚丹妮一推，一脚踩空了！欧少恒睁大眼睛，是楼梯！

夏芷苏踩空了楼梯！夏芷苏自己也反应过来，想要抓住扶手，可是根本来不及！

啊的一声喊叫。夏芷苏满脑子的空白，手本能地护住自己的肚子。姚丹妮也没注意到夏芷苏的身后就是楼梯，一时间也愣愣地不知道做何反应。

"夏芷苏！"欧少恒冲上来想抓住夏芷苏的手。

夏芷苏也伸手想让欧少恒拉住，可是她的指尖只来得及碰到他的手……身子往后仰倒，一点都没法控制住，本能地低头看着自己的肚子。再一次，她的心口狠狠被刺痛。

孩子，妈咪对不起你！

楼上听到了动静，姚正龙和自己的夫人都跑出来看，却眼睁睁地看着夏芷苏从楼梯上滚落，而自己的亲生女儿姚丹妮站在楼梯口愣怔着不知所措！是姚丹妮推了夏芷苏！夏芷苏怀的可是凌家的孩子！连姚正龙的身子都在晃动。他的心里只喊了一声：糟了！

欧少恒匆匆地跑下去，也是眼睁睁看着夏芷苏从楼梯滚落，可是他根本来不及接住她。又眼睁睁看着她跌落在地，额头重重磕在冰冷的地板上。

"夏芷苏！"欧少恒跑下楼抱住躺在地上的夏芷苏。夏芷苏浑身颤抖着，只感觉腿间有什么东西流出来……低头，血红一片！

夏芷苏揪住欧少恒的衣领，迷蒙着双眼，颤抖着喊："凌天傲……找凌天傲！救孩子……救孩子！"

萧家老宅内。

萧蓝蓝整天把自己关在房间里闭门不出，瑞士萧家她也不肯回去，她一点都不想退婚。

可是妈咪却不顾她的反对直接退了凌家的婚，就算回到瑞士，她的朋友们也会嘲笑她，嘲笑她看不住未婚夫，还被小三钻了空子！何况这小三还怀孕了，堂而皇之地住进了凌家，她怎么能甘心！可是她不甘心又怎样，她抢也抢了，骂也骂了，甚至跟夏芷苏打架了。凌天傲却还是不看她一眼，直接把她赶了出来。

"大小姐！大小姐！"萧管家几乎跌跌撞撞地跑进来。

萧蓝蓝烦躁地抓了一个花瓶就摔出去，"不要叫我回瑞士！夏芷苏一天还跟天傲在一起，本小姐一天就睡不好觉！"

萧管家险险地避开摔过来的花瓶："我的大小姐呀，是喜事！天大的喜事！"

"难道夏芷苏死了不成？"萧蓝蓝冷笑。

"比这个还要高兴！夏芷苏在姚家，从楼上摔下来了！还是她妹妹推的她！整个姚家都知道了！现在正极力封锁消息！但是凌少派在姚家的守卫有人看见了！恐怕这个时候凌少也知道消息了！"萧管家激动地说。

萧蓝蓝开心地跳起来："有这种好事？夏芷苏可真是报应！"

"只要没了这个孩子，那个女人根本没法跟大小姐你争夺凌少啊！孩子没了，凌少也没有理由再留着她！大小姐，您回到凌少身边的日子也不远了！"萧管家先恭喜大小姐。

萧蓝蓝却不太乐观："就算夏芷苏没了孩子，天傲也不见得会抛弃她！为了夏芷苏，他可是跟妈咪撕破了脸皮！现在妈咪那么反感天傲，还公然从凌家撤资，又买通媒体报道那么多天傲的负面新闻，天傲肯定讨厌死我了！"

"大小姐，这些都是夫人做的，跟您又没关系！夫人越是打压凌少，在凌少越危机的时候，您越要及时出现帮助凌少。夏芷苏一个姚家的养女，什么都帮不了凌少！到时候凌少就会知道您的好！"萧管家说。

萧蓝蓝眼底平静如水："管家，你的意思是，我们现在静观其变！可是天傲知道我下毒想害死他的孩子，他肯定不会原谅我的！"

"小姐忘记了？夫人已经承认是她要加害凌少的孩子！您只要一口咬定是夫人所为，凌少总不至迁怒于你！再说了，这孩子也没死，而是现在姚家的二小姐推夏芷苏下楼才害死了孩子！这跟您可一点关系都没有！"

萧蓝蓝被管家这么一说，豁然开朗："对啊！妈咪已经主动承认是她要加害夏芷苏了，现在也是妈咪主动退婚跟凌家撇清关系，跟我可没有关系！这姚家二小姐可真是讨人喜欢！上帝保佑，让夏芷苏的孩子流掉吧！"

"大小姐！这个时候也是好时机！夏芷苏一定会被送往最近的医院！我们要不要派人手，在手术室里就把夏芷苏给……"管家做了一个抹脖子的手势，"毕竟怀着身孕从楼上滚落，夏芷苏就算当场抢救无效也很正常！"

萧蓝蓝的眼底闪过挣扎："从丁叮下毒的事情中可以看出，天傲手下的人调查能力很强。不能！这个时候绝对不能动手！一旦被天傲查到，他是不可能再放过我的！"

可是机会那么好！就这么放过实在是可惜。萧蓝蓝走到窗边思索了一会儿，夏芷苏，总是让她莫名想起一个人！不到万不得已，她真的不想杀了她！摇头，一定是她想多了，夏芷苏肯定不是她认识的那个人！

"大小姐！您想好了吗？到底做不做？"萧管家着急地问。有过上一次的教训，萧蓝蓝更加谨慎，就算动手，也不能是她来动手！

"千万不能露出马脚！"萧蓝蓝只是交代了一句。

管家就明白了，立马去准备。

第十八章 依然爱着你

凌天傲正跟萧同浩商量拦截凌家老爷派出的杀手的事，莫名地心口突然一阵刺痛。

"怎么了？"萧同浩见凌天傲捂住胸口，担心地问。

凌天傲摇头："心口痛了一下，没事。"

凌天傲话音刚落，外面凌管家匆匆来报："少爷！少爷！"

凌管家几乎跌跌撞撞地跑过来："夏小姐，夏小姐她……"

"夏芷苏怎么了？"凌天傲还以为杀手已经过来，着急地问。

"夏小姐从楼梯上摔下来了！是姚家二小姐把夏小姐从楼上推下来的！"凌管家颤抖着嗓子说。凌天傲几乎一个跟跄，管家立马扶住他！

"夏芷苏人呢？"

"送去医院的路上！"

医院里。

夏芷苏被放在手术车上，意识已经近乎模糊，可是她不停喊着凌天傲的名字。手术车快被推进手术室了，一个医生早早地站在手术室门口，见夏芷苏要被推进来，他的袖子里露出了半个针筒。

大小姐吩咐了，一定要抓准时机！夏芷苏如果这个时候被推进来，就是最好的时机！

只要完成任务，大小姐一定重重有赏赐！

昏迷着的夏芷苏还没被推进门，突然醒来了，她一把抓住手术室的门不肯进去。

"凌天傲来了吗？"夏芷苏想要坐起身，可是无奈疼得厉害。睁开眼看到了欧少恒，她着急地问他。

欧少恒心口一痛："他肯定得到消息了，很快就来！你先进手术室！不要担心，我就在外面！"

"凌天傲！我一定要见到凌天傲！"夏芷苏转而拉着欧少恒，"你快去找凌天傲！快啊！"

欧少恒虽然担心夏芷苏，可是此刻夏芷苏要见的是凌天傲，他也只能去找，吩咐医生："等下再进手术室，我马上回来，你们照顾好她！"欧少恒立马走开，那戴着口罩的医生见夏芷苏身边的人走开了，从长长的袖子里拿出了细小的针筒，对着夏芷苏的手臂就要扎下去。现在没有人，是最好的机会！这个女人就算当场死了，也是没人怀疑的！

"夏芷苏！"一声焦急的喊声突然出现在医院走廊，从电梯里走出来的正是凌天傲！医生看到凌天傲，睁大眼睛，立马收回了手里的针筒，低头站在一边。

"夏芷苏！"凌天傲大步走到夏芷苏的推车前，一把握住夏芷苏的手，看着她苍白的脸色，额头还有一大块红肿，实在心疼得不行！

"我才离开多久，夏芷苏，你就把自己照顾成这样！姚丹妮！我一定一枪崩了她！"凌天傲暴怒地吼，手里真的拿着枪！

"答应我，不要伤害我妹妹！答应我！"夏芷苏等他来就是想为丹妮保住一命！所以迟迟不肯进手术室。

"这个时候你该顾着你，还有孩子！"

"凌天傲！你不要碰丹妮好不好！她是我妹妹！她是不小心的，她不是故意把我推下楼的！"夏芷苏知道凌天傲是不会放过姚丹妮的。如果她进手术室之前没看到凌天傲，凌天傲一定会直接对付姚丹妮！所以她必须见到凌天傲！

"夏芷苏！你要气死本少爷！你就那么不关心自己！你跟孩子都会没事的！你跟我保证！"

"先生！病人要进手术室了！麻烦您放开！我们要马上进行手术，不然病人会有生命危险！"那医生故意着急地说。

如果再不进手术室，等欧阳医生来了，就更没机会下手了。凌天傲听了还不立马放开，夏芷苏却抓着他的手恳求："如果你不放过丹妮，我就不进手术室了！就算进去，我也不配合！"

"你这个女人！人家那么对你，你求什么情啊！"凌天傲快要被她气死了。"丹妮真的不是故意的！我求你，凌天傲，不要伤害她！她是爹地的亲生

女儿，你不要伤害她！"夏芷苏不断哀求，却疼得连泪水都出来了。要不是欧少恒表白被丹妮听到，丹妮也不会这样发疯。本来早就可以进手术室，没想到夏芷苏迟迟不肯进去！那医生才着急！再不进去，就没机会下手了！

"先生！不能再耽搁了！我们一定要马上进行手术！"那医生着急地催促。

凌天傲想放开夏芷苏，可是夏芷苏死死抓着他不放，明明疼得没力气说话，却还是用力抓着他不放。凌天傲真是要被夏芷苏气死了！

"好！我保证！保证不伤害她！但是你也保证，配合手术！无论结果什么样，你要好好的！"凌天傲一字一句地交代。夏芷苏这才放心，放开凌天傲的

手，安心地让医生、护士把她推进手术室。其实夏芷苏是知道的，她保证不了任何东西。但是凌天傲可以跟她保证，不会伤害姚丹妮。只要凌天傲保证了，他一定会做到的。

夏芷苏强撑着意识，终于在得到凌天傲的保证后，昏迷了过去。手术室的门就要关上，凌天傲直直地站在门口，看着被推进门的夏芷苏，心里万分着急。

那医生见时机一到，只等着关上门给夏芷苏来致命的一针，到时候再出去宣布，母子都无法存活！夏芷苏的死就得死得理所应当，没有一点儿破绽！大小姐真是很聪明！

"等等！等等！"不远处跑来欧阳医生，欧阳的身后跟着凌管家，是凌管家派人去接欧阳医生的。凌天傲见欧阳来了，立马挡住手术室快要关上的门。

"怎么那么慢！快进去！"凌天傲直接把欧阳推进门。里面的医生看到欧阳来了，再不敢造次。有欧阳在场，无论动什么手脚都不可能了！这个夏芷苏磨磨蹭蹭的，结果他根本没机会下手！

欧少恒一出去就听说凌天傲来了，走回来发现凌天傲一手撑在手术室的门上，低着头，闭着眼睛，脸上是痛苦的神情。

看着手术室的大门，欧少恒满眼的愧疚。如果夏芷苏的孩子保不住，他就是罪魁祸首！他该怎么弥补她才好？欧少恒失魂落魄地从急诊室出来，走在医院里，低垂着头，他真的很想狠狠打自己一顿！

明明喜欢夏芷苏，却总是不肯承认！明明那么关心夏芷苏，可是总说，因为夏芷苏是丹妮的姐姐才关心她！原来，他选择丹妮也只不过是想跟夏芷苏更亲近一些啊！说不出的忏悔和痛苦弥漫在脑海。欧少恒一步步走在路上，却如同行尸走肉一样。走过一个拐角，看到一个医生跟一个中年男子在说话。

那医生说："欧阳医生来了，实在是没办法下手！一旦动手，欧阳一定会发现，凌少就知道了！到时候我在医院的饭碗也不保了！"

那中年男子就是萧蓝蓝的管家，拍了拍医生的肩膀，给他一个很厚的信封："翟医生，这是大小姐给你的钱，是美金！就算没成功，大小姐也不会怪你！小姐本来就没打算这样轻易就能要了她的命，所以不怪你！"

看到那么厚的信封，翟医生的眼底大亮，就算在医院做几百场手术，也不一定有这么多钱！

"大小姐人真好！只是我没有完成她交代的任务，真是惭愧！"翟医生愧疚地说，"以后大小姐有什么需要尽管吩咐！"翟医生还没回话就感觉有人在看他们，是欧少恒疑惑地盯着他们。他们说什么，欧少恒听不太清楚，但是清楚地看到那个医生收了钱。

翟医生慌乱地把钱放到身后，匆匆离开。萧管家见有人在看，顿时也慌忙走开。欧少恒无所谓地耸肩，医院里医生收病人的贿赂很正常，他才不喜欢多管闲事！于是他转身走开，又回头看了眼医院。不论如何，他都希望夏芷苏没事！

病房里。

凌天傲坐在椅子上，冰冷的眸子盯着床上还在昏睡的女人。

耳边是欧阳医生亲口跟他说的话："少爷，这个孩子经过上次的中毒原本就很虚弱，现在从这么高的楼梯上摔下来，保不住也是很正常的！孩子当场就流掉了！"

他刚知道自己有了孩子，是跟夏芷苏的孩子。可是转眼的工夫，他的惊喜还没完全消失，立马就告诉他孩子没有了！

凌天傲起身，走到窗边，抽着烟，地上已经扔了十几个烟头，他想为自己的孩子报仇，可是孩子的母亲不让。他心里有火，却不能发。那是他凌天傲的孩子啊！他却没有保护好他！

漆黑的眼睛里，有水汽弥漫。凌天傲仰头看着天花板，呼出一口烟圈。

"凌天傲……"床上是虚弱的喊声。凌天傲回神，掐灭手中的烟，扔在地上踩了踩。走过来，看着床上的夏芷苏。

"感觉怎么样？"凌天傲问她。

夏芷苏看着他通红的眼睛，心里微微地痛："对不起……"

看来不用他说，她也已经知道她的孩子没有了。他原本还在想，是要骗她呢，还是告诉她真相，想来这点他不用纠结。

"孩子没有了，倒是如你所愿了，反正你也不想要。"凌天傲淡漠地说。

夏芷苏心口一阵颤抖，看见凌天傲对自己的冷漠，她的心里就像被鞭子抽打一样。"我想要他，很想留住他，可是我……无能为力。"夏芷苏吃力地拉住他的手。莫名地，她不想看他冷漠的背影。她也不想骗他，她就是想说，他的孩子，她要！

"你那么想要他！你为什么就那么不小心，还让人把你从楼上推下来！夏芷苏，凭你的能力，十个姚丹妮也推不了你！"凌天傲失控地大喊。想甩开她的手，却又不忍心，一边抓着她的手一边大骂。

的确如此，这点她承认，可是当时情况特殊，她真的不是故意的。她不能告诉他实情，告诉他当时欧少恒对她表白，她脑子里一片空白了。她只能说："对不起……对不起……"

孩子对不起，凌天傲对不起……夏芷苏说着说着，眼泪吧嗒吧嗒地掉下来。

看着她的样子，凌天傲心疼地抬起她的脸："是我不对，不该这个时候还质问你。你没事就好，孩子，我们以后可以再要。"还能有以后吗？因为孩子，凌天傲才来找她的，没了孩子，她跟他不可能的吧。

"不准哭了！"凌天傲吼了一声，俯身就吻上她的脸颊，把她的泪水吻干。夏芷苏被他吓到，却又被他的吻安抚。

"你干吗那么凶啊？"夏芷苏一抹眼泪，吼了回去。

坐下，凌天傲一把抱住她的肩膀，他是心疼她的："即使孩子没了，你也别想跟我撇清关系！孩子以后会有！你要多少，我给多少！总之，无论遇到什么困难，无论前面是什么等着你我，我们一起面对，怎样？"他说这话的时候甚至不敢去看她的眼睛，他觉得她跟他的孩子没了，她一定又会马不停蹄地跟他撇清关系。夏芷苏仰头看着身边的男人。他的侧脸立体又俊朗，高挺的鼻梁下几乎屏住了呼吸，等待她的答复，她想要拒绝。可是她知道，连欧少恒的表白，她都可以无动于衷了。那眼前这个男人，对她是怎样的存在，她再清楚不过了。

"好！"她看着他，就说了一个字。却感觉他的身形一顿，抱着她的手都是微微僵硬的。

似乎不敢相信她会说"好"，凌天傲侧头，捏住她的脸，低头，吻住她的唇。凌天傲问："你说，我是你的谁？"

"我的男朋友！"

凌天傲的眼底是狂喜的："这次，我可没逼你！"

"对，是我主动承认的！"看着面前的女人，他简直如获至宝。狠狠地，把她搂入怀中。

姚家豪宅内，此时此刻几乎闹翻了天。

姚正龙已经把姚丹妮狠狠骂了一顿，想动手打，又被姚母拦了下来。姚丹妮哭得天昏地暗，她也不想这样啊！

"老爷！夫人！"门卫涛叔匆匆地从外面进来，"老爷！欧家来传话，欧少要退婚！"

"退婚？退什么婚？"姚母激动地质问。

"跟二小姐的婚事，欧家要跟我们解除！"涛叔小心地说。

姚丹妮一个踉跄，几乎站不稳："爹地！你看到了吗？夏芷苏把我的未婚夫都勾走了，你还让我去跟她道歉？"

姚正龙跌坐进沙发："欧家没理由退我们姚家的婚啊，怎么突然……"

"老爷，刚才欧家的管家偷偷跟我说，欧老爷是知道二小姐得罪了凌家！怕凌少怪罪！所以……"涛叔说。

姚正龙一拍桌子："他欧家欺人太甚了吧！我女儿夏芷苏现在可是凌少的人！"

"老爷，我也这么跟欧管家说，可是欧管家还说了，别说咱们大小姐能不能嫁进凌家，单单孩子没了，筹码就没了！何况大小姐还不是您亲生的，毕竟是个外人！"

姚正龙抓起桌上的杯子摔了出去："这些白眼狼！都是些白眼狼！都只会落井下石！"

姚母想了想，看向一旁还在哭的姚丹妮："老爷！欧家，咱们不稀罕！可是人家说得也对，夏芷苏毕竟是外人，丹妮才是我们的亲女儿！如果丹妮攀上凌家，看他欧家还敢不敢退我们的婚，敢不敢看不起人！"

姚正龙看着姚丹妮，不得不承认自己夫人说得没错。关于这一点姚正龙早就想过，也想了很久！到底是让丹妮跟着凌少，还是夏芷苏跟着凌少！现在看来，丹妮是最合适了！既然欧家要退婚，那就干干净净地撇清关系！

"丹妮，爹地的好女儿！刚才爹地为了一个外人骂你，真是不对！"姚正龙给丹妮道歉。

丹妮摇头："爹地，我喜欢少恒！您可千万别逼……"

"说什么傻话！人家都退婚了，你还喜欢他！你不是说夏芷苏抢了欧少恒吗，那你怎么不把夏芷苏的人——凌少给抢过来！等你跟凌家扯上关系，那欧少恒还得屁颠屁颠地来求你！"姚正龙轻声教导女儿。

"再说了，我们姚家现在情况危急。公司盈利一直下滑，要是真破产了，你就什么都没了！欧少恒更加看不上你！而夏芷苏成了凌少的女人，那也是高高在上，欧少恒自然喜欢她，不喜欢你！"

姚丹妮不得不承认爹地的话都是事实。姚家要是破产了，她就什么都没了！她要救姚家！她要欧少恒跑回来求她嫁给他！她要抢她男人的夏芷苏付出代价！

欧少恒是趁着凌天傲不在的时候来看夏芷苏的。夏芷苏正坐在床上看书，看到欧少恒进来，夏芷苏愣了好半晌。以前出门就好好打扮，喷香水抹啫喱膏的欧少恒，此刻头发蓬乱，下巴上全是黑色的胡楂，脸色憔悴，眼睛是很大的黑眼圈。

快半个月了，欧少恒挣扎了很久，还是决定来看夏芷苏，他手里提着很大一袋提子。那是美国进口红提，夏芷苏最喜欢吃的水果。站在门口，一向坏脾气的欧少恒看着她，礼貌地问："我能进来吗？"夏芷苏放下手里的书，点头。欧少恒把提子放到桌上，拿出一串，去里面的洗手间洗了洗，放在盆子里端出来。

"刚刚空运过来的提子，很新鲜，你吃吧！"欧少恒说。夏芷苏看着他手里的提子，拿了一颗放进嘴里，很甜，很甜，是她喜欢的味道，可她却莫名觉得有些腻。

欧少恒又搬了不远处的椅子，坐到夏芷苏的面前："我跟姚家退婚了。"夏芷苏心头一惊，不知道该说什么。丹妮一定难过死了吧，因为丹妮那么喜欢欧少恒，从小到大都在欧少恒的身边。

"对不起，是我害死你的孩子。"欧少恒愧疚地说。如果他不表白，夏芷苏就不会精神恍惚发生意外。

"那是意外，不关你的事。"夏芷苏开口说。想起那天欧少恒对自己的表白，她又说，"欧少恒，之前的事，我希望你忘了吧，丹妮很适合你，你应该珍惜的。"

"之前我是喝了酒，但我没醉，我很清楚自己对你说了什么，我……"

"别说了！"夏芷苏立马打断他，看了眼门口确定没人，"什么话都别说了，你那天喝醉了，我就当什么都没听过。"

"我说了我没醉！我很清楚自己在做什么！你的孩子，我真不想是这样的结果！夏芷苏，我很抱歉！我只希望你别恨我！"

"我都说了过去！你退了丹妮的婚，她会很难过，父亲也会不高兴，你真的没必要为了我……"

"对！我是为了你！为了你才退婚的！夏芷苏，我真的不知道我再不开口，是不是就要一辈子错过你！"欧少恒慌忙拉住夏芷苏的手，目光恳切，"我以前，以前实在太蠢了，直到知道你怀孕了，看着你躲在他的怀里，我才知道，我才知道我心里想要的到底是谁！"

"欧少恒！"夏芷苏甩开他的手，"别玩了好不好！"

"我没玩！你让我怎么办！我都后悔死了！这些年，你明明就在我身边！

可是转眼，你却成了别人的！我很着急，我想要重新让你回到我身边！就是这样而已！"欧少恒急切地说。

"这样而已吗？可是对我来说，这样就很难了！欧少恒，我以前是喜欢你的！而且很喜欢！那么多年了，一直都没变过！可是后来我遇到了凌天傲，这个男人不好，很坏！可是他为了我，几次三番连命都不要了！我很感激他！"

"所以你对他只是感激而已啊！夏芷苏，你喜欢了我那么多年！怎么可能转眼就不喜欢了呢！"欧少恒着急地说。

"你觉得我对他只是感激那么简单吗？我愿意把我的一辈子给他，这还是感激吗？"

欧少恒看着她，怔怔地，一句话都说不出来。她说，她愿意把一辈子给他。一辈子啊！夏芷苏甚至从来没对他说过一辈子。

"是这样吗……"欧少恒近乎自言自语。他甚至都想，他认认真真对夏芷苏表白一次，也许她就会扑到他的怀里，然后开心地说："欧少恒！我终于等到你的表白了！"欧少恒脸上的沮丧，是毫不掩饰的。

欧少恒盯着夏芷苏的眼睛，问："所以，你一点机会都不想给我了？夏芷苏，你忘了你以前是多喜欢我的！"

"以前喜欢，不代表以后也会喜欢。"

"难道喜欢一个人还会有期限？"欧少恒失控地大吼。夏芷苏却无比平静："我等了你那么久，在原地，你没有走过来看看。等我走开了，你却来了。难道你一来，我就得乖乖地回到原地等你吗？欧少恒，哪有那么好的事？"

曾经那么高高在上的大少爷，他对她那么嗤之以鼻。她不想说得那么狠心，可她怕自己不狠心点儿，欧少恒跟姚丹妮就真的完了！她已经破坏了凌天傲的婚姻，不想再破坏自己妹妹的婚姻。欧少恒豁然起身，看着夏芷苏，想说什么，可是张了张嘴，却什么都说不出来！转身，他直接走了出去。对于欧少恒的表白，她除了诧异，竟没有一点心动的感觉。此时此刻，她竟然会觉得轻松，好像多年的心结被解开了一般。

住院期间，凌天傲每天下班就过来陪着她，有时候还把工作带到医院里。他做工作，夏芷苏坐在一旁玩电脑。她每天吃得都很好，吃完了，他还会带她出去散心。他从来不提孩子的事，生怕她会伤心。其实她以为她没了孩子，她跟他之间一定不会再有联系；可是他却以为，她没了孩子，一定会离开他，像之前那样，所以门口还守着两个守卫，他自己也经常来陪她。他工作的时候，特别认真，俊美的脸上满是严肃，却真的很帅。她给他泡了一杯茶，在他身边坐下。

她看着他在电脑上处理文件，合上电脑，他扭头，她靠得很近，他的唇就擦过了她的。他们都是一愣。夏芷苏却凑过去，亲了他一口。凌天傲完全愣住，夏芷苏却起身，准备走开，凌天傲一手圈住她的腰把她扯了回来。

"刚才是你主动的！"凌天傲哼一声，眼底却满是惊喜。是啊！是她主动的啊！看她傲娇的样子，凌天傲扬起唇角，捧住她的脸直接吻了上去！等她出院时，身体已经恢复得很不错了。孩子没了，她还是想回姚家，可凌天傲不同意，直接带她回了凌家。

下车的时候还要抱着她。夏芷苏靠在他怀里，看着他，脸上不自觉地浮起笑。凌天傲眼风里看到她笑着，低头亲了她一口："笑什么？"

夏芷苏一愣，脸微红："没笑！"凌天傲还要亲。

"少爷！"凌管家从里面出来，看到少爷抱着夏芷苏，也不意外，只是躬身说，"姚家二小姐来了一段时间了！知道夏小姐今天出院！"看到少爷暧昧地抱着夏芷苏亲吻，很镇定地选择无视。夏芷苏反倒有些不好意思，想从凌天傲身上下来。

"丹妮来了啊！"夏芷苏随口说。

凌天傲还就抱着她了："别动！你开心个什么劲！那个女人害死咱们的儿子，你可别忘记了！"说到"儿子"，夏芷苏的眸子一黯。她没有很兴奋，只是毕竟姚丹妮是她这么多年的妹妹了。而且孩子的事，她没法怪丹妮。

那天，丹妮亲眼看见了，欧少恒对她表白。自己的未婚夫对别的女人表白，还是自己的姐姐，丹妮受了刺激很正常。

那天也是她太过意外、太过失态，脑袋里一片空白了，才被丹妮不小心推下楼。如果不是自己失态，十个丹妮也推不了她，说来，也只能怪自己。

"唉，我都说过去了，不要再追究了！"夏芷苏无奈地说。凌天傲的确是答应过的，可这心里怎么都过不去。

"姐姐！姐姐！"姚丹妮哭喊着跑了出来。"叫得那么恶心干什么？不知道的还以为你姐姐死了！"凌天傲听了很不高兴。

姚丹妮立马闭嘴，颤颤地喊："凌少……"夏芷苏从凌天傲怀里跳下来，笑着跟丹妮说："丹妮！你怎么来了！"

"我……我是来负荆请罪的！那天是我不对，可我真的是不小心的，希望姐姐原谅我！"姚丹妮小心地看了一眼凌天傲说。

夏芷苏一笑："都过去了，不要再提了！"

"不不！真的是我不对！是我害死了……"姚丹妮还没把后面的话说出来，就感觉到那凌厉的视线。

211

凌天傲盯着姚丹妮，根本是想把她生吞活剥了！姚丹妮本能地躲到夏芷苏的身后。

"姐姐我真的知道错了！今天是来认错的！而且，我也受到了惩罚，欧家已经把我的婚事给退了！姐姐，如果还不高兴，就打我一顿吧！我是来负荆请罪的！"姚丹妮说着从背包袋子里拿出了一根皮鞭。姚丹妮说得没错，欧家退婚，她已经得到了惩罚。而且姚丹妮也是一时失控，真的不是故意的。

"把鞭子收起来吧，我说了都已经过去了！"夏芷苏想让丹妮把鞭子收起来。

姚丹妮心里一喜，就知道夏芷苏不会真打她，就算看爹地的面子，夏芷苏也不能打她！她正准备把鞭子收起来。

"既然是来负荆请罪的，不打都不好意思！"凌天傲直接拿过姚丹妮手中的鞭子，在地上一甩，看向夏芷苏，"是她自己找打，不是本少要打她！"姚丹妮一瑟缩，还是忍不住躲到夏芷苏身后。

"凌天傲，别闹了！"夏芷苏阻止。凌天傲不听，指着姚丹妮："躲什么！这么没诚意,还来负荆请罪！你害死的不仅是你姐姐的孩子，也是本少的孩子！她可以原谅你，本少不能！出来！"

姚丹妮只能小心地走出去："凌少！对不起……"

"凌天傲！"夏芷苏把姚丹妮拉过来，站到自己身后，面对他，"我已经原谅她了，她真的不是故意的，别打了！"

"是她自己找打！你自己说，要不要打！"凌天傲指着姚丹妮。姚丹妮不得不点头，这是自己挖的坑，怎么也得跳啊！

"看到了吧！她自己找打的！你过来！"凌天傲把夏芷苏拉到自己身后。

挥手，一鞭子抽下去。

"啊！"姚丹妮惨叫一声，鞭子打在她的肩膀上，衣服直接被打破。凌天傲再次挥手，又一鞭子下去，姚丹妮惨叫着跌到地上。

"姐姐！姐姐我知道错了！真的知道错了！"姚丹妮知道对凌少求饶没用，只能冲着夏芷苏喊。

这鞭打的滋味，夏芷苏尝过，真的很不好受。凌天傲第三鞭还没下去，夏芷苏闪身就站到了姚丹妮面前。凌天傲的鞭子才刚挥下去，一见是夏芷苏，立马收回鞭子，可是冲力太大，鞭子差点打在自己身上。夏芷苏见状，冲上前，一把握住快打在凌天傲身上的鞭子，自己的手心是深深的一道血痕。

"夏芷苏！"凌天傲惊叫一声，丢开鞭子，握住夏芷苏的手腕，见她的手掌受伤，凌天傲心疼地大骂，"仗着自己功夫好，就可以这么乱来！"

夏芷苏疼得倒吸口气："我怕鞭子打在你身上，很疼的！"一句话，让凌天傲的心被融化了一般，真是迟早得被这女人气死！这个姚丹妮害死他们儿子，不教训一顿，难解他心头之恨。可是教训姚丹妮，夏芷苏又要拦着！

他知道，因为姚丹妮是妹妹，是姚正龙唯一的亲女儿，所以夏芷苏不舍得！这个女人，真是让人又气又心疼！凌天傲俯身就把夏芷苏抱起，大喊："叶落！拿药箱！"抱着夏芷苏脚步匆匆地进房间。

剩下姚丹妮一个人跌坐在地上，肩膀上、手臂上都是被鞭打的痕迹。姚丹妮努力隐忍着泪水，看着被凌天傲抱走的夏芷苏，真是不甘心！一个养女，一个赌徒的女儿，凭什么能让凌少这样宠在手心里！就算她不喜欢凌少，她都嫉妒得很！

凌天傲把夏芷苏放到沙发上，叶落一拿了药，凌天傲直接接过，蹲下身，就在夏芷苏的脚边，握住她的手腕给她处理手掌上的伤口。他在她的掌心吹着气，又小心地清洗伤口，然后笨拙地给她上药。夏芷苏低头看着他紧张的样子，忍不住好笑："这么一点伤，不疼的！你别紧张呀！"

凌天傲抬眼怒瞪她："原本你不必受伤！鞭子收回，难道我还避不开那一鞭子？"

"我当时什么也没想，就是不想让鞭子伤到你。鞭打的滋味，真的一点儿都不好！"夏芷苏还清楚地记得自己差点被鞭子打死。

"滋味不好，你还不知好歹地用手拦住那一鞭子！夏芷苏，你知不知道，打在你手上，疼在我心里！"凌天傲怒气冲冲地吼。夏芷苏看着他焦急又生气的样子，扬唇笑了起来。

"还笑！"

夏芷苏还是笑着："你别生气了！有些事情就让它过去吧，总要翻篇的，不然大家心里都不好受。"夏芷苏指的是孩子的事情。

凌天傲给她包扎好，站起身，凉凉地扫了一眼跟进来的姚丹妮，吩咐叶落："带她去换件衣服，处理伤口。"

叶落立马点头："是，少爷！姚小姐这边请。"

看着姚丹妮跟着叶落上楼了，夏芷苏也放心了，感激地看凌天傲。姚丹妮那样的千金身板哪里受得了凌天傲这样重的两鞭子，直接卧床不起了，自然得在凌家留一夜。

凌天傲从健身房里出来，正打算去夏芷苏的房间。经过走廊，姚丹妮从房间里走出来。她穿着一件睡衣，领口拉得很低，那深深的乳沟直接暴露出来，甚至那两团也是若隐若现的。

"凌少！"姚丹妮靠在走廊上，娇弱地抬眼挡住凌天傲的路。

凌天傲淡漠地扫她一眼，直接从她身边走过。

"凌少！"姚丹妮转身立马追上去，作势站不稳，跌到凌天傲的身上。凌天傲刚运动回来，只穿着一条运动短裤，脖子上挂着毛巾，身上都是汗水。凌天傲想让开，姚丹妮扑过去，抓住了他脖子上的毛巾，然后身子贴上去。顺手又把自己睡衣的领口拉低，完全把那两团肉暴露出来。

"凌少，我出来散散步，但是太累了，走不回去了！"姚丹妮靠在凌天傲身上，虚弱地说。凌天傲冷冷一笑，低头看着面前的女人，手指勾住她的下巴，这一动作让姚丹妮一喜。

"凌少，麻烦你扶我回去吧？"姚丹妮恳求说。

"还能出来散步？看来是本少打你打得太轻了，你觉得呢？"凌天傲勾着她的脖子反问。姚丹妮笑着的脸瞬间僵硬，还没说话，凌天傲冷冷地推开她："滚！"姚丹妮一个踉跄趴在走廊的扶梯上，凌天傲那么一推，就算力气再小，姚丹妮也承受不了，差一点就被推到走廊外了。姚丹妮的身子探了出去，底下就是鳄鱼池！姚丹妮此刻才发现，惊恐地睁大眼睛，脚一软，身子探了出去，差点跌落鳄鱼池！

"丹妮！"夏芷苏刚好从楼上下来，眼看着姚丹妮要跌下去，她迅速闪身，一手拉住姚丹妮的手，把她扯了回来！

"姐姐！"姚丹妮惊魂未定，几乎哭出来，看到夏芷苏就扑上去抱住她。

夏芷苏松了一口气，拍着她的肩膀："没事了！没事了！"瞪了一眼凌天傲，刚才她下楼刚好看见凌天傲推姚丹妮，差点把丹妮推到鳄鱼池！

"姐姐，我好怕！下面都是鳄鱼，我差点掉进去了！"姚丹妮怕得身子颤抖。

"别怕了！"夏芷苏安慰，"你快进房去休息吧！"

"我……我没力气走……"姚丹妮指着自己肩膀和手臂的鞭伤，"这里真的很疼！我只是出来散散步，可是太累了，我又没法走回去了！"

"我扶你！"夏芷苏说着扶起姚丹妮。

夏芷苏的手掌还伤着，那么大的鞭痕，当然也疼！凌天傲上前一步，把夏芷苏拉开，自己扶住姚丹妮："怎么不能走了！本少打的是你的胳膊，不是腿！"

看到姚丹妮委屈得憋红了眼睛，夏芷苏喊："凌天傲，你别说了！"

凌天傲一愣，这个女人还冲着自己吼上了，顿时也来气，于是俯身就抱起姚丹妮，大步走进房里："行！不能走！本少抱你回去！"

姚丹妮脸上一副受宠若惊的样子，心里乐开了花，勾住凌天傲的脖子，脸埋在他肩上："凌少，麻烦你了……"凌天傲抱着姚丹妮从夏芷苏身边走过。夏芷苏微微皱眉，看着凌天傲抱着丹妮进了房间，还关上了门。凌天傲也是生气了，姚丹妮明显想勾他，夏芷苏却一点儿危机意识都没有！那是因为夏芷苏根本不在乎自己，想起来就来气。

凌天傲把姚丹妮直接扔在床上。姚丹妮一沾上床，就抱住凌天傲的手臂："凌少，别跟姐姐生气了，都是我不好，害得你跟姐姐吵架了！"

凌天傲看她的样子，冷笑一声："你哪只眼睛看见本少跟你姐吵架了？把你的脏手拿开！"

姚丹妮小心地放开抓着凌天傲手臂的手。

"凌少还在怪我推了姐姐吗？其实我真的没有推她！那天是有人跟她表白，是她喜欢的人！她太激动才掉下去的！我是去拉姐姐的！结果您的守卫误认为是我推的她！"姚丹妮低着头，很委屈地说。

凌天傲的眸子猛然一凛："你说什么？"

"凌少！我真的不敢骗你！我怎么敢！我说的都是实话！姐姐她喜欢的人跟她表白了！她喜欢了人家七年了！一直是姐姐穷追不舍！就算当初怀孕了，姐姐还是一样喜欢人家！"

夏芷苏从楼上跌落，是因为喜欢了七年的人跟她表白了！喜欢了七年终于有了回应，不激动才怪！如果是这样，他们的孩子就死得太无辜了！凌天傲的手捏成拳。

姚丹妮看出凌天傲的怒火，继续添火："凌少，你难道不知道姐姐有喜欢的人吗？而且她喜欢的不是别人，正是我的未婚夫欧少恒！她还当着我的面说，她喜欢欧少恒！明知道欧少恒有我，她还跟欧少恒表白！"

"闭嘴！"凌天傲暴怒地大吼，姚丹妮立马闭嘴，眼底却闪过幸灾乐祸。

▌▍▌ 第十九章 敢喜欢别人，撕碎！ ▌▍▌

夏芷苏站在丹妮的门口见凌天傲半天不出来，转身走回自己的房间。明明知道凌天傲抱着丹妮回房只是因为丹妮受伤了走不动路，可是心里还是不太舒服。夏芷苏坐在房间里等了好一会儿，凌天傲也没回来。夏芷苏按捺不住，想出去看看。手机铃声响起，是欧少恒的电话。夏芷苏盯着看了半天，也不知道该不该接。想了想，还是挂断算了。

以前都是她在欧少恒身后穷追不舍。从来没想过，欧少恒会对她表白，真的从来都没有，甚至一点都不敢奢望。电话还在继续响，夏芷苏看着"欧少恒"这三个字，终究还是不忍心地接了电话。

"夏小姐！"却不是欧少恒的声音。

"夏小姐！少爷病得很严重！现在呼吸不畅，只能靠着氧气机维持！他一直在叫你的名字！医生说少爷再不醒来恐怕就醒不过来了！麻烦您来看看少爷吧！"是欧家的管家打来的电话。

夏芷苏的心里狠狠一咯噔，犹豫了片刻，还是决定出去。抓了一件外套，甚至都来不及换下睡衣，就匆匆出去了。凌天傲从姚丹妮的房间出来，姚丹妮的话一直回荡在耳边！

"少爷！夏小姐刚才匆匆出门了，不知道发生了什么事，也不让我们跟着！"叶落来报告说。

凌天傲第一反应是以为夏芷苏想跑，可是突然想起姚丹妮的话。凌天傲大步走下楼，他要跟上去看看，证实姚丹妮说的话到底是真是假！

"少爷！您去哪儿？"叶落见少爷匆忙走开，想跟上来。

"不用跟着！"凌天傲烦躁地喊了一声。

"少爷！那您穿件衣服再出去！外面冷！"叶落担心地说。

可是凌天傲已经走了出去。没一会儿，一辆跑车从车库里开出来，向外面疾驰出去。叶落有些担心，不知道少爷跟夏小姐之间发生了什么事！突然想到什么，叶落看了眼楼上，此时姚丹妮也走了出来，就依在走廊的栏杆上，唇角带着恶意的笑。

见叶落看过来，姚丹妮立马恢复虚弱的表情，对叶落点点头，转身走进自己的房间。叶落皱眉，这个姚家二小姐来者不善啊！少爷又是关心则乱！凌天傲的车子就停在欧家门口。

他亲眼看着那个熟悉的女人走进欧家的大门。大半夜的，完全把他这个正牌男友无视了！竟然正大光明地来找她心爱的男人！夏芷苏！你当我凌天傲是什么人！

夏芷苏一走到房间门口，欧父欧母都迎了出来。原本对夏芷苏嗤之以鼻的欧家两老，此刻见到夏芷苏简直像见到了救星一样！

"芷苏！你终于来了！快去看看我们少恒！他一直在念叨你呢！医生说了，也许你来陪着他，陪着他跟着说说话，他就会醒的！"欧母抓住夏芷苏的手恳切地说。

"欧伯母，您不要担心，欧少恒一定会没事的！"夏芷苏说。

欧父实在后悔："都怪我，听说他要退了姚家的婚，我一时生气把他打重了！你快去看看吧！芷苏，麻烦你了，这么晚还过来！"夏芷苏担心欧少恒，也不多说，立马走进屋内。

大床上，欧少恒瘦了很多，眼窝深深地凹了进去，脸上几乎都见骨头了，这比上一次在医院见到的他还要憔悴！夏芷苏看到他的样子，自然是心疼的，可更多的是愧疚。欧少恒退婚被父亲毒打，又因为她拒绝他的表白，冲进了大雨里，欧少恒从小养尊处优，哪里受得了这样的苦。

"夏芷苏……"床上的人，似乎只剩下一口气了也要喊这个名字！

他终于知道自己喜欢谁了！那么多年，他其实真的很喜欢她！可是他自己不知道！从他知道的那一刻开始，这七年的空白，七年的爱，全都在一瞬间呈现！

他喜欢一个女人，那个女人是他以为自己讨厌的！她叫夏芷苏，不是个千金小姐，而是个酒吧陪酒的小姐！她一点都不知书达理，反而粗鲁、野蛮、恶毒，还贪钱！

"夏芷苏……你不要跟他走……夏芷苏……"欧少恒喃喃着。

"欧少恒！我在这里！欧少恒！"夏芷苏拉住欧少恒的手，跪在他的床边，含着泪，回应他。似乎真的听到了夏芷苏的声音，欧少恒的眉头有些缓和，竟然渐渐地舒展开来。

"欧少恒，你醒过来好不好！醒过来看我一眼好不好？"夏芷苏恳求着，声音里带着哀伤。

门口，欧父欧母都忍不住摇头，自己的儿子生病的时候喊着的是夏芷苏的名字。可想而知，欧少恒想要的是夏芷苏，不是姚丹妮！可是他们都知道，夏芷苏现在是凌少的女人！欧家怎么能跟凌少抢女人！以前他们那么不待见夏芷苏，也是因为夏芷苏是姚家的养女，不仅是赌徒的女儿，还来自孤儿院！这样一个背景的女人，他们怎么能让欧少恒跟她走得近。所以夏芷苏一来欧家，他们就没给好脸色，甚至公然赶夏芷苏出门！没想到也有求着夏芷苏上门来的一天！即使夏芷苏不停地跟欧少恒说话，重病中的欧少恒终究还是没有醒来，夏芷苏守在欧少恒的床边，不敢离开。握着他的手，她也不敢放开。她真的很怕，很怕他不会醒来！握着欧少恒的手，夏芷苏趴在床头睡着了。

天渐渐地亮了起来。欧少恒似乎感觉到自己的手是被谁拉着的，他很想睁开眼睛看看，努力地睁开。终于，天亮起来的时候，欧少恒醒来了。他不敢置信地看着床边的女人，他甚至一点声音都不敢发出来，生怕他一出声，就惊跑了这个女人。

"少爷！少爷醒来了！"门外用人端着水进来，看到欧少恒醒了，激动地跑出去大喊，夏芷苏也被惊醒了。看到醒来的欧少恒，夏芷苏惊喜地站起身，因为站得太快，她眼前一晕，双手撑在床上扶稳，欧少恒下意识地伸手去拉。

"你醒了！"夏芷苏高兴地喊。欧少恒看着她："你怎么……"

"听说你病得厉害，我就赶过来了！你醒了就好！"夏芷苏看了眼外面，天亮了，她也该回去了。一夜不归，恐怕凌天傲也要担心！这里有那么多人照顾欧少恒，一定会没事的！

"我去叫人照顾你！"夏芷苏转身想走开。欧少恒拉着她的手，不让她走："一见我醒了，你就要走吗？"

夏芷苏说："你没事就好！"

"你还是关心我的！知道我生病了，立马就来看我！夏芷苏！你那么关心我，怎么可能不喜欢我了呢？"

夏芷苏不想谈论这个问题："抱歉，我该走了，凌天傲发现我不见了会着急！"也不看欧少恒什么反应，她只知道他没事了就好。夏芷苏走出去，这才想到应该给凌天傲打个电话。

此刻，凌家豪宅。

凌天傲一直坐在房间里，手里的手机在响，可是他却不想接电话，明明那么想问问她，问她去了哪里。可是他知道她去了欧家，去见她心爱的男人，他竟然没有勇气接她的电话。

整夜他坐在房间里，根本睡不着！想起他可怜的死去的孩子，想起夏芷苏因为别人的表白害死了自己的孩子，他心里憋着一团火，愤怒地带着仇恨。

"少爷！"叶落原本走进房是来伺候少爷洗漱的，却发现少爷还是穿着昨晚健身回来的运动短裤。再看少爷坐在沙发上，拿着手机，这个姿势好像维持了很久！

叶落心疼地问："少爷一整夜都没睡吗？您先吃点东西吧！"叶落转身要去拿食物。

"不必了！她回来了没？"凌天傲淡淡地问。这个她当然指的是夏芷苏。

叶落低头想到什么："少爷，夏小姐还没回来！"凌天傲简直想杀人，起身大步走进浴室。叶落立马跟进去伺候他洗漱。

凌天傲刚从浴室里走出来，叶落还在给他擦身上的水珠。

门口丹妮走过来："凌少……啊！"丹妮看到凌天傲没穿衣服的样子，害羞地叫了一声，捂住眼睛。

凌天傲冷冷地看她："滚出去！"

丹妮立马转过去："凌少，我还有件事跟您说，是关于姐姐的！"叶落淡淡地了眼姚丹妮，拿了浴巾给凌天傲围上，关于夏芷苏的，少爷一定会听！

"少爷，我先出去了！"叶落躬身退下。

凌天傲转身坐到沙发椅上："进来吧。"

姚丹妮小心地扭头确定凌天傲穿了衣服，这才转身走进来。凌天傲只围了一块浴巾，饱满的胸肌、精壮的腹肌暴露无遗。姚丹妮不得不承认凌天傲身材完美、五官完美，比欧少恒要英俊很多！

"说什么？"凌天傲双腿交叠，顺手拿起手机看夏芷苏有没有来电话。

"姐姐昨晚去了欧家！"姚丹妮说。

凌天傲眸子微眯："就这个？"

"欧少恒生病了，她是去照顾他的！"姚丹妮又说。

凌天傲握着手机的手猛然收紧。这点，他确实不知道！他知道她进了欧家！原来是欧家少爷生病了，她就迫不及待地去找心爱的男人！

"凌少……姐姐她真的不值得！她一点都不喜欢你的！她喜欢的一直是我的未婚夫欧少恒！可现在欧少恒已经不是我的未婚夫了！他退了我的婚，就是为了姐姐！他想娶的是夏芷苏！"姚丹妮走过来，蹲到凌天傲的身边，手慢慢地攀上凌天傲的手臂。

"凌少，你为姐姐做了那么多！你就算再宠她，她的心也不属于你！七年！她喜欢了欧少恒七年，怎么可能会对你有感情呢！"姚丹妮的手指暧昧地移到凌天傲的小腹，对着上面的腹肌，轻柔地摩挲，凌天傲的眸子几乎眯成了一条缝。见凌天傲生气了，姚丹妮身子一歪就倒进了凌天傲的怀里。坐在凌天傲的腿上，她的手指摩挲着他的胸肌："凌少，就算姐姐不喜欢你，可是我，愿意跟在您的身边，伺候您！"她的手掌沿着他的胸肌一路向下，探入凌天傲身上唯一的一块浴巾。凌天傲眯着眼睛盯着面前的女人，任凭她动作。

姚丹妮心里一喜，身子更加卖劲地贴了过去。

"凌少！让我伺候您吧！"姚丹妮娇滴滴地喊，手指撩开浴巾，正打算掀开。

凌天傲一手握住了她的手腕："怎么，欧少恒不要你，你就贴到本少身上？凭什么以为本少爷会要你这只破鞋！"姚丹妮话还没说完，凌天傲抬手一巴掌就打了过去，把姚丹妮直接从他身上打到了地上，姚丹妮脸颊红肿了一片。

"凌少，难道我说错什么了？"姚丹妮捂着脸颊，哀怨着。

"你是比不上夏芷苏，你的姐姐！她是什么样的人，还轮不到你来说三道四！本少爷最讨厌的就是有人在我面前说夏芷苏的坏话！那是我的女人，本少可以说她的不是，但是别人都不准！"

"是！凌少，我知道错了！我以为我说的是事实，这些您都知道的！凌少，我说姐姐的坏话，只是心疼你！你这样喜欢姐姐，对她那么好，她却不知好歹还跑去欧家！去照顾欧少恒！她心爱的男人！"姚丹妮一边哭喊着，一边刺激着凌天傲。凌天傲对夏芷苏是怎样的感情，她全都看在眼里，就是因为太过喜欢了，眼睛里才会容不得沙子！

"够了！"凌天傲怒吼，大步走出门。

"凌少……"姚丹妮还在哭喊。看着凌天傲离开自己的视线了，姚丹妮抹了抹眼泪，唇角勾了勾，一副幸灾乐祸的样子。她就是要凌天傲跟夏芷苏产生误会！夏芷苏，你抢走了欧少恒，我也不会让你好过！

给凌天傲打电话，对方已经关机了。她应该赶紧回去了，凌天傲肯定是生气了！欧家比较偏，夏芷苏得走将近两公里才能到马路上打车。这里的周围是依山傍水的，风景很美。

头顶突然有轰鸣声，夏芷苏抬眼看到一架直升机，这边都是豪宅，有直升机也不奇怪。夏芷苏继续往前走。

砰！突然一声响，枪声就响在头顶，一颗子弹掠过她的脸颊，夏芷苏本能地一个跳跃，堪堪避开头顶飞来的子弹。砰砰！又是接二连三的枪响。都是往她这个方向，夏芷苏眉间一凛，迅速侧身闪躲到树后面。探头出去看到飞机上扔下一个扶梯，从梯子上接连跳出四五个拿着枪的人，全都是西方面孔，身材魁梧。

夏芷苏心里一咯噔，这是冲着她来的！雇佣兵！她拿出手机想通知凌天傲，可是手机还没拿出来，突然砰的一声，子弹飞掠，夏芷苏的手机被打落在地上。

"在那边！"有人发现了夏芷苏，指挥，所有人都冲了过来。夏芷苏看了眼四周，他们手里有枪，她无论躲到哪里都是躲不过的！一共五个人，还是雇佣兵，她的身手再好，也不可能躲过那些子弹吧！可是躲不过也得躲！

一个拿着枪的雇佣兵一步步小心地走过来，还没走到夏芷苏身边，夏芷苏猛然一闪身到了他的身后，一脚踹了过去。那人跟跄了一步，转身就拿枪打，夏芷苏再次闪身到另一棵树后面，对着那人狠狠一劈，趁着他叫出声之前捂住他的嘴巴，把他拖到树后面，夺了他手中的枪。一个一个分散对付，她可以。如果五个强壮的雇佣兵一起对付她，她就不一定可以全身而退了！

用同样的方法解决了四个，还剩下一个！夏芷苏正从树后面走出来，砰！剩下的一个雇佣兵发现了她，朝她开火。夏芷苏在地上一个翻滚，躲到了另一棵树的后面。她深吸一口气，幸亏以前军训的时候摸过枪，不然，她都死好几回了！

听声音应该在她旁边，夏芷苏侧身，准备开枪，后脑突然被什么东西顶住。

"好厉害的小丫头！竟然可以分散我们，逐一攻破！敢正面跟我们作战，你的勇气我很佩服！可惜，你的生命到此为止！"那人枪口指着夏芷苏，扣动

扳机。他说的虽然全是英文，但是夏芷苏都听懂了，额前冷汗直冒，就算她现在转身开枪也根本来不及。

砰！一声枪响，夏芷苏还以为自己死了。可是身上一点都不疼，尤其是脑袋根本没有被打穿的痛苦。

"快过来！"有人拉了她一把，夏芷苏一个跟跄，跌进某人的怀抱，抬眼看到面前熟悉的俊脸。

"凌天傲！"夏芷苏激动地喊，看到刚才指着她脑袋的雇佣兵已经倒地不起。砰！他们躲在树后面，却还有子弹打过来。

"怎么回事，不是只有五个人吗？"夏芷苏诧异。这五个人，她不都解决了？

"抬头！头顶多的是！怎么可能就五个！"凌天傲示意夏芷苏抬头，上面有直升机在巡视，似乎在查找他们的身影。砰砰！又别的地方在回击枪声，帮他们阻挡了大部分的火力，是凌天傲的人跟那批雇佣兵打起来了。

夏芷苏更加意外："你的人什么时候来的？"

"比你想象中早。"凌天傲冷哼一声，一把掐住夏芷苏的腰，"走这边！下次看到雇佣兵就跑！你以为你一个女人真是他们的对手！"

夏芷苏不赞同他的话："你看我自己解决了四个雇佣兵！"

"你还差点被第五个雇佣兵打死!"凌天傲怒斥。

"……那是意外。"

"战场哪来那么多意外!以后记住了,见到这些杀人不眨眼的雇佣兵先逃!逃不了就躲!不能硬拼!听到了没有!"凌天傲见夏芷苏不说话,又大吼了一遍。

"是……我知道了!"她打得过当然打了!

"凌天傲,你怎么不接我电话?"夏芷苏问。

凌天傲拉着夏芷苏的手迅速往一个方向跑——他车子停靠的地方。凌天傲一边观察着敌情:"你还知道关心我?"

想到凌天傲能出现在欧家附近,他肯定是知道她来欧家:"凌天傲,昨晚我是来看欧少恒的,他生病了!"夏芷苏想跟他解释。

"行了,不用解释,我不想听!"因为他全都知道。这个时候,夏芷苏也知道不是解释的最好机会,可是看他板着脸,浑身肃杀,夏芷苏还是忍不住问:"你是不是生气了?"

"低头!"凌天傲大吼一声,夏芷苏立马低头。

砰的一声,凌天傲把手肘放在夏芷苏的背上,对着某个方向开了一枪,夏芷苏看到有人应声倒地。凌天傲抱住夏芷苏的腰,一个侧身,砰!又是一枪,就在他们的背后,如果凌天傲动作不快,他们就被击中了。凌天傲这才冷眼看身边的女人,姚丹妮的话都在他的耳边——她心爱的人对她表白了,这个女人是如此激动,激动到失态地从楼上掉下来!

"凌天傲!"夏芷苏突然推开凌天傲,凌天傲一个踉跄,眼看着一颗子弹飞向夏芷苏。

他伸手想拉,可根本来不及。夏芷苏只能侧身倒在地上才能避开那颗子弹,可是她跌落的地方又是一块尖锐的石头。

夏芷苏刚倒地,凌天傲一个闪身冲过去接住她,让她稳稳地落在自己怀里。看着怀里的女人,凌天傲伸手砰的一枪,刚才冲他们开枪的人直接惨叫一声倒地不起,收回枪,凌天傲暴怒地盯着夏芷苏。

"推开我做什么!你找死啊?"如果不是夏芷苏及时推开他,他一定会中枪。

当时只顾着盯着夏芷苏生气,完全忘记了这里此时是可怖的战场!

夏芷苏在他怀里,抬眼看他,咧嘴一笑:"本能反应!"是的,意识到危险,她的本能反应是推开他。凌天傲一愣,心里被塞跟吃了蜜糖一样,哼了一声，抱着夏芷苏起身。

"3点钟方向！"夏芷苏一起身，就大喊。

凌天傲直接手一伸，看也不看，砰！枪响了，不远处的人应声倒地。

"凌天傲，我发现你开枪的时候好帅啊！"夏芷苏啧啧赞叹。

凌天傲一肚子的火，可是这个女人对他嬉笑一下，他的火气就降了大半！又有人追了上来。

"本来就帅！"凌天傲哼了一声，拉了夏芷苏到自己怀里来，上前一步，开枪。

无论是谁想追上来，都会被凌天傲打得止步。夏芷苏在一边根本不用动手，只要看着凌天傲玩枪战就行。

他一个眼神，一个抬手，一个姿势，扣动扳机，绝杀无情。靠在他的怀里，她是那么安心。

看着他英俊的脸，夏芷苏实在忍不住，踮起脚尖在他的脸上亲了一口。凌天傲一愣，低头看着夏芷苏红艳的双唇，只想咬一口。也不管还有多少人追上来，低头吻了再说。

战火纷飞，凌天傲抱着夏芷苏，吻得旁若无人。有人冲了上来，凌天傲在吻着夏芷苏的同时，一脚把人踢开，顺手一枪，直接枪毙。又有人冲上来，对着夏芷苏的方向，夏芷苏任由凌天傲吻着，抬手，手肘直接把人打了出去，那人被打出一米多远。砰！凌天傲顺手一枪，就解决了。

终于凌天傲放开夏芷苏，低头盯着面前的女人，这个可恶的坏女人，大半夜跑来见情人！连招呼都不打！他气都气死了！人家一个表白，就激动得从楼上掉下来！他恨都恨死了！看着气喘吁吁的她，凌天傲再次把她扯过来，低头吻上。

"唔……"夏芷苏实在没法喘息，推拒着凌天傲。砰砰！四处的枪声炸起，凌天傲放开夏芷苏，盯着她一字一句地宣告："夏芷苏，你是我的，你知不知道？"

夏芷苏捂着胸口喘气，是，她知道！不等她说话，凌天傲一把掐住她的腰，抱起。

"少爷！"凌管家跑了过来，"都解决了！"凌天傲冷冷一勾唇角。对于这些杀手，凌天傲完全是不屑一顾啊！

凌管家话音刚落，头顶就飞出来一架直升机。直升机在不远处的空地停下，阶梯放下来。

凌天傲抱着夏芷苏走过去，这种场面夏芷苏大体是没见过的，腿软了不奇怪。见凌天傲看着自己，夏芷苏呵呵干笑了一声，其实还是很害怕的呢！

飞机上，夏芷苏捧着热水，还在惊魂未定。

"怎么，还回味无穷了？"凌天傲指的是夏芷苏来欧家照顾欧少恒的事，而夏芷苏却以为他说的是追杀的事。

"凌天傲，我跟你不一样，我就是个很平凡的女人，平平常常地长大，最多的打斗也就跟那些混混，跟我的同学！这么大阵仗，我见得真的不多，所以害怕啊！"

"知道害怕大半夜还敢跑出来！"凌天傲冷笑。

夏芷苏觉得他还在生气，扯了扯他的衣袖："还生气呢？我就是去见一个朋友，欧家的大少爷！"凌天傲嗤了一声："还真够坦诚的。"

"你见过的呀！在姚家的，我妹妹丹妮的未婚夫！"

"是退了婚的未婚夫！"

"……"这点夏芷苏不得不承认。关于欧少恒，在凌天傲面前提起，夏芷苏总是显得很心虚。见凌天傲生气，她也不想多谈，低头看着手中的杯子。见夏芷苏干脆不说话了，凌天傲更来气了。

他倒想听听这个女人大半夜会情人能给他解释出什么来，没想到她连解释都懒得给他！他们的孩子死得那么突然、那么莫名其妙，听了姚丹妮的话，再见到夏芷苏真的半夜去见欧少恒，凌天傲越发觉得恼火。

夏芷苏突然想到她去欧家的时候特地让司机把车停在市中心，自己打车去的欧家。怎么凌天傲还知道她去了欧家！

"凌天傲，你是不是跟踪我？"夏芷苏抬头问。

"我要不跟踪你，你今天早被那些雇佣兵打死了！夏芷苏！你个没良心的女人，你死了活该！"凌天傲怒吼。

夏芷苏有些郁闷了，欧少恒病得那么重，她去看他是很正常的啊！再说她昨晚瞒着他去见欧少恒，就是不希望凌天傲误会。现在她不也主动交代了自己的去向！

"哎，你怎么突然人身攻击？"夏芷苏抗议。

凌天傲简直被气死，霍然起身，直接去飞机舱内的休息室，把自己重重扔在了床上，看到夏芷苏就火大。夏芷苏突然想到什么，站起来走过去问："我妹妹丹妮回家了吗？她被你打了两鞭子，伤得挺严重，这个时候要是回去，爹地和妈咪知道了肯定又是心疼一番。你跟叶落说一下，让丹妮养好伤再回去吧！"

姚丹妮一个劲地勾引他，要不是他意志力过人，再圣人的男人见到姚丹妮那样火辣的身材袒胸露乳地在自己面前撩拨，都会把持不住！这个死女人却一点危机意识都没有！好啊！她妹妹点的火，她自己负责灭火！

凌天傲直接把她拉了过来，一掌拍在夏芷苏的屁股上："脱衣服！"夏芷苏睁大眼睛，凌天傲也不管她什么反应，直接把她扔到床上。夏芷苏觉得莫名其妙。她说了什么，让凌天傲突然想干那事！

"唔……"完全来不及问。

于是一通热吻席卷而来，完全把她的理智剥夺了……他们就这样在飞机上翻云又覆雨，真的在云端感受着人生美妙的巅峰。他听着她动听的叫声，她感受着他火一样的温度和力道，眼前的一切都似梦似幻。看着面前俊朗的男子，夏芷苏只能在心底一声叹息：这下好了，连身体都被这个该死的坏男人征服了。

飞机落下，凌天傲起身，穿着衣服，冰冷地说："夏芷苏，以后你要什么，你不要什么，只要你一句话，我都会满足你！"芷苏觉得凌天傲有些反常，怎么睡完了脾气更差！见他要出去，她拉住他的手："你怎么也睡完不认账！你这变脸比翻书还快啊！"

"我要是睡完不认账还有你夏芷苏什么事？要说睡完不认账，你夏芷苏说第二，没人敢说第一！"凌天傲甩开她的手，直接走出门，下了飞机。

夏芷苏看着空落落的手，微微皱眉。在凌家的时候，为了丹妮跟凌天傲吵了一架，还生气呢！还是她不告而别去欧少恒家里，凌天傲才生气呢？想不明白！夏芷苏起身也走出了飞机。

迎面而来的就是冰凉的海风，水蓝的海和碧蓝的天空连成了一条线，此刻的太阳正凌空高挂，阳光很是热烈。这是哪儿？

"夏小姐，这是少爷特地给你安排的！怕你心情不好，所以带你出来散心！这边的大海很蓝，风景也很好，是少爷精心挑选过的！"管家也走下来说。

夏芷苏愣了一会儿，怕她心情不好，是因为孩子的事吧？她一直跟他说这事过去了。面前是一套海景别墅，凌天傲已经走到了门口。迎面走出来一个男子。夏芷苏有些愕然，竟然是萧同浩。显然凌天傲似乎也意外，皱眉问："你怎么在这？"

"怎么一点惊喜也没有啊！待会儿还有个人出来，你可答应我，出来度假的不能生气啊！"萧同浩要凌天傲保证。

凌天傲凉凉地扫他一眼，回头看夏芷苏："愣着干什么？"夏芷苏这才走过去。

萧同浩还激动地冲夏芷苏挥手："阿芷！"

"天傲！"从房间里走出一个红色头发的女子，戴着紫色的大墨镜，一身西瓜红的短裙，踩着一双白色的单鞋，竟然是萧蓝蓝。

见凌天傲眉头皱起来了，萧同浩立马说："说过的，出来度假不能生气啊！蓝蓝是来给阿芷道歉的！你总要给人家这个机会！"凌天傲冷笑："道歉倒是不必了！反正她的孩子也不是你害死的。"

萧蓝蓝立马摇头："天傲！真的不关我的事！下毒的事都我妈咪策划的，我根本不知道！之前是我太不懂事了！天傲，就算我们做不成夫妻，也可以做兄妹，好吗？"

凌天傲冷冷地看着她，萧同浩立马圆场："天傲！我毕竟也是萧家人，总不能让你永远跟萧家为敌！蓝蓝知道错了，你就原谅她吧！阿芷！快过来！"

夏芷苏走过来见萧蓝蓝在场还跟凌天傲聊得欢快，站在原地不走过去。阿芷？萧蓝蓝的心里猛然一咯噔，脑海里立马出现一个小小的身影，怎么会叫阿芷！也对，她叫夏芷苏啊！

夏芷苏走过去，微笑着喊："萧少。"夏芷苏还记得当时孩子差点被毒死的时候，她跟萧蓝蓝在医院里打了一架。萧蓝蓝当时差点害死自己的孩子，她揍她一顿，她至少不愧疚，虽然她的孩子终究没有保住，夏芷苏的眼底一片黯然。

萧蓝蓝很热络地拉住夏芷苏的手："夏小姐，之前的事是我不对，是我妈咪不对！真的真的很抱歉！现在我跟天傲解除婚约了，你们可以正大光明地在一起了！"

夏芷苏简直瞠目结舌，她好歹抢了她的未婚夫啊！怎么话锋一转，萧蓝蓝突然就大方了？

"天傲为了你！宁可承受那么多的舆论也要跟你在一起！我想明白了，强扭的瓜不甜，还是让天傲做我哥哥吧！"萧蓝蓝笑着说。夏芷苏扯了扯嘴角，都不知道该说什么！萧同浩为此刻的萧蓝蓝真是感到骄傲，大方又知书达理，还懂得隐忍谦让！

"阿芷！我妹妹真心跟你道歉，你就原谅她吧！"萧同浩在一旁说情。萧同浩都把话说到这个情分上，夏芷苏要是不接受萧蓝蓝的道歉，那就是她太小气了！可是萧蓝蓝实在是不用跟她道歉。既然毒害孩子的事是萧夫人做的，跟萧蓝蓝无关，而她夏芷苏确实破坏了萧家和凌家的联姻，要说道歉，真应该是她跟萧蓝蓝道歉！

"萧小姐实在是折煞我了，该道歉的一直是我，真的很抱歉！"夏芷苏看了眼凌天傲，她那么正大光明地住在凌家，还差点给凌家生了孩子，她能不给萧蓝蓝道歉吗！

夏芷苏以为，萧蓝蓝这样的度量，真让她觉得未免忒宽了！

"叫我蓝蓝吧，不要那么生疏了！"萧蓝蓝很主动地拉起夏芷苏的手，很亲昵，"我跟哥哥叫你阿芷吧！这名字倒是……"倒是让她真的想起一个人来。夏芷苏，她自然是查过的，来自孤儿院，又叫阿芷！不会那么巧的！

"这名字怎么了？"夏芷苏问。

"真好听！"

"谢谢，我也觉得好听。"这个名字是别人帮她取的。那时候在孤儿院，她根本就没有名字，知道她名字的人也没有几个。她只记得给她取名的男孩叫权权。

萧同浩故意拉着凌天傲走开，想让萧蓝蓝和夏芷苏独处一会儿，让两人和好。夏芷苏看着凌天傲从自己身边大步走过，面色冰冷，好像还是很不高兴的样子。夏芷苏想跟过去，却被萧蓝蓝拉住。

"阿芷，你没来过这里吧？我带你欣赏一下海景！那边有座小山，可以俯瞰到整个沙滩海景，我带你去看！"萧蓝蓝拉着夏芷苏走，很是热情。

夏芷苏觉得萧蓝蓝太过热情了，让她实在不能适应。站在一座小山丘上，果然可以看到更广阔的海景。夏芷苏还看到了海景别墅里面，凌天傲和萧同浩站在天台上，两人扶着栏杆也在看着同一片海景。

萧蓝蓝看着身边的女人，再看到夏芷苏视线的方向正是凌天傲，眸底闪过一抹阴凉。

"阿芷，听说你来自孤儿院，不知道你来自哪个孤儿院？"萧蓝蓝状似无意地问。

"你怎么突然问这个？对了，凌天傲跟我说过，你也在孤儿院待过，你倒是让我想起一个人来！我小时候有个小伙伴跟我在孤儿院的，她也叫蓝蓝！"夏芷苏说。

萧蓝蓝的脸色一下子惨白，眸底掠过惊讶。"蓝天的蓝？"萧蓝蓝问。

"应该是吧，那时候我才6岁，记得真的不太清楚了！而且，那时候在孤儿院也没有条件读书，我也不认识多少字。"

"怎么那么巧……"萧蓝蓝呵呵笑。

"我突然想起我还有事！我先走了！"萧蓝蓝不敢去看夏芷苏纯净的眼神，

转身就跑开了。夏芷苏莫名其妙地看着她，然后看到从别墅里面萧蓝蓝开了一辆蓝色的跑车出去了。

夏芷苏真觉得萧蓝蓝很反常，她从来没想过，可以跟萧蓝蓝站在一起，那么好好地说话，如果小时候的蓝蓝没死，那该多好！她也希望萧蓝蓝就是孤儿院里的小伙伴蓝蓝，这样她就不用那么愧疚了，毕竟蓝蓝是因她而死的！

夏芷苏走回别墅，萧同浩就着急地跑出来问："蓝蓝怎么了？怎么突然一个人出去了？"

"我不知道啊！她说有急事！"

"什么急事那么急，打电话也不接！"萧同浩还是担心，"我出去找找！"

凌天傲也走出来，看着萧同浩开车出去，淡淡地看着夏芷苏："你跟萧蓝蓝说了什么？"夏芷苏见他面色冰冷，带着质问的口吻，也有些生气了。

"她自己跑出去的，难道还怪我吗？你的意思，还是我把她气跑了不成！你觉得我有这能力吗？"夏芷苏有些冷笑。

"你要没这能力，别人就更加没有。"凌天傲说完，从夏芷苏身边走过。

"凌天傲！"夏芷苏叫住他，心平气和地说，"我承认我去欧家之前没跟你打招呼，是我的错！但是当时情况紧急，你又在丹妮的房里没出来……"

"大半夜去会你的情人，当然是你的错！"凌天傲冷笑。

"什么情人啊！欧少恒是我妹妹的未婚夫！"

"已经退了婚的未婚夫！"凌天傲强调，"夏芷苏，人家退了你妹妹的婚，你是不是很激动！是不是巴不得扑上去啊！在欧家整整一夜，也不知道你都干了些什么！"

夏芷苏气得肩膀都抖了。凌天傲冷笑："还恼羞成怒了！"

"我恼羞成怒？我看你是有病吧！"

"夏芷苏，我不想跟你吵，但是别把我凌天傲当傻子！是，我承认，我是很喜欢你！可你不能拿我的喜欢，一再地伤害我！"凌天傲只要一想起姚丹妮的话，就想起他们可怜的孩子死在了这个狠心的母亲手里！冷哼一声，凌天傲转身大步就走开了。不一会儿，又一辆跑车开出去，是凌天傲的车子。

夏芷苏无力地叹息，她到底干什么了啊！她去了欧家，可是她也给他打电话了，只是他没接！凌天傲口口声声说欧少恒是她的情人，难道凌天傲知道她以前喜欢欧少恒了？

扶额，这下真是糟了！以凌天傲的性格，肯定是要对付欧家了！

已经很晚了，凌天傲和萧同浩、萧蓝蓝聚在酒吧里喝酒。萧蓝蓝今晚有些反常，不停地喝。凌天傲也是一样，不停地灌酒。萧同浩从萧蓝蓝的手里拿过酒杯，关心地说："蓝蓝，别再喝了！你酒量不好，学天傲喝什么酒！"

看着面前的哥哥，萧蓝蓝眼底带着泪水。这个哥哥从小就很宠爱他。她甚至都不敢想，如果哥哥不爱她了，如果妈咪也不爱她了，如果爹地不要她了，她的世界会怎样呢？一定会跟在孤儿院的时候一样，没有人要，没有人疼！

孤儿院，真的很孤单的，就算她长大了，她也从不踏入孤儿院半步。那里是她的噩梦，她永远都不要再过那样的日子！

"哥哥……当年你们到底是怎么找到我的？"萧蓝蓝突然醉眼迷蒙地问。

"找你，我们可是花了六年时间！这六年，爹地妈咪一直没放弃找你！后来有情报说你在国内的孤儿院里，妈咪专程从瑞士飞回来！我那时候还小，但也有印象。听说那天有台风，妈咪的飞机被迫降落在国境线附近。后来妈咪又冒着暴雨去了孤儿院，这才把你找到！"萧同浩说。

找了六年！那时候的她不是应该 6 岁吗？

可她那时候 7 岁了！萧蓝蓝的心慌乱起来，恐惧席卷了全身。

"孤儿院里那么多人，为什么妈咪那么快找到我了？"萧蓝蓝说得有些结巴，刚好借着酒掩饰。

"你那时小，当然不记得了！你们孤儿院是在一座偏僻的山上，没有信号，跟外界隔离了！孤儿院的院长我们都没见过，也没法取得联系！但是据确切的情报说，你还活着！我们的情报网是错不了的！后来我们的人通知院长，让你在门口等，你连这个都忘记了？"

"是啊！我在门口等的……"萧蓝蓝呵呵笑着，说出的话，自己都听不清了。脑袋里一片嗡嗡地响。

"妈咪说，那时候的你又瘦又黑，一个人站在门口等，身子都在发抖！要不是台风来了，妈咪早就到了，也不会让你一个人在暴雨里等那么久！"萧同浩说起来感慨，又拍了拍凌天傲的肩膀，"现在知道了吧天傲，我妈咪宠着蓝蓝是有道理的！"

凌天傲虽然喝着闷酒，但是萧蓝蓝的话都听进去了，他脑海里本来全都是夏芷苏。此刻，凌天傲突然想起夏芷苏说过的，她小时候有个朋友叫蓝蓝，同样是在孤儿院一起长大。

"她是在孤儿院里就叫蓝蓝，还是你们接回家后改名叫蓝蓝？"凌天傲喝着酒，突然，状似无意地问。

"从小就叫蓝蓝，没改名！"萧同浩说。

"哪家孤儿院?"凌天傲又问。

萧蓝蓝慌得很,虽然喝多了酒,但意识还清醒:"天傲,你怎么也关心我在孤儿院的事了……那时候还小,我不太记得是什么孤儿院。"凌天傲直接看萧同浩。

萧同浩耸肩:"我也不知道啊!我也小,记得不是特别清楚。况且我当时也不在场!听说是在一个山旮旯儿,反正很偏僻,盘山公路都要绕两三个小时!有一段泥泞的路还得走个一整天翻一座山才能到孤儿院!要是没车子,人都出不来!这么偏僻的孤儿院,难怪找我妹妹那么难!"说到这里,萧同浩也有些心疼,摸了摸蓝蓝的脑袋。

"是不是想起以前孤儿院的事情了,所以今天那么难受喝那么多酒?别去想了,都过去了。我们是一家人,会照顾好你,再不会把你弄丢了!"萧同浩宠溺地说。

凌天傲的眸子里闪过什么,酒气也消除了大半,酒杯往吧台一放。

凌天傲开口:"夏芷苏小时候在孤儿院有个小伙伴叫蓝蓝,你在孤儿院也叫蓝蓝,真够巧的。"

萧蓝蓝的脸色一窒,又笑起来:"是啊,真巧,我跟阿芷也在说这个事情!可惜阿芷的朋友蓝蓝很小的时候就已经死了!"

萧同浩诧异:"还有这样的事!不过同名而已,蓝蓝这个名字也很常见,倒是也不奇怪。"

萧蓝蓝的脸色很难看,但是喝多了酒,刚好脸上的红晕遮挡了难看的脸色,拿着酒杯,萧蓝蓝的手在抖。萧蓝蓝立马放下杯子,装醉:"哥哥,我头很晕,你扶我回去吧!"

"让你喝那么多酒!你酒量又不好!"萧同浩心疼地扶她,问凌天傲,"你走了吗,你大晚上喝那么多酒干什么?阿芷一个人留在海边呢!"

凌天傲抬手示意他不走:"你带你妹妹先回去吧!"

"那你自己悠着点,我可先走了!"萧同浩扶着萧蓝蓝离开,凌天傲侧头看着萧蓝蓝踉跄的脚步,眼底闪过什么。

拿出手机,打电话,给自己的管家,凌天傲问:"让你查的夏芷苏的孤儿院是哪家,有眉目了没?"

凌管家立马回答:"少爷!正在派人查!因为是十几年前的事了,比较难查!但是只要找到夏小姐的第一任养父夏仲,应该会很快知道夏小姐来自哪家孤儿院。"

"顺便查一查萧蓝蓝的孤儿院。"凌天傲吩咐。

凌管家虽然意外，但还是立刻领命："是，少爷！"凌天傲看着酒杯里的酒，轻轻地摇晃着。夏芷苏对他无情无义，他有时候真恨不得把她掐死算了！可就算如此，他还是奢望得到她的心。既然夏芷苏的父母当初要来接她，说明她的家人一定还活着！不管夏芷苏要不要，找到她的父母，就当是送给她的礼物。

虽说夏芷苏恨自己的父母，但是有谁不想知道自己亲生父母是谁！这个可恶的坏女人啊，他都为她做到这种程度上了，可她呢，就知道在他心口撒盐，撒完了再捅刀子！

"帅哥！一个人喝闷酒吗？"有穿着暴露的女人主动贴到凌天傲身上，身子火热地蹭着他。凌天傲抬眼淡漠地扫了一眼，继续喝酒。

"怎么了？心情不好吗？心情不好，就一起玩玩吧？"女人勾住凌天傲的脖子，坐到他的腿上，嘴凑过去在他的耳边哈着气，"想怎么玩都行哦！"对于这么主动贴上来的女人，凌天傲从来都没兴趣！他都觉得自己犯贱，主动的女人不要，偏偏要夏芷苏那样可恶的坏女人！丢下他，大半夜去找她的

情人！怀孕了还追着情人跑！更可恶的是，为了情人，害死了自己的孩子！真是可恶死了！

凌天傲心中腾起怒火，一手就掐住了那个女人的腰，冷笑道："想怎么玩都行？"

女人见凌天傲这么勇猛地一手就抱起她，忙不迭地点头，勾着他的脖子："对，怎么玩都行！帅哥，换个地方吧！"

凌天傲唇角一勾，准备起身。还没站起身，就感觉身边有个阴影。抬头看到面前的女人，凌天傲有些诧异，微微皱眉。夏芷苏想了一整天了，她觉得凌天傲肯定是误会她跟欧少恒了，凌天傲那么小心眼，她一定得跟他解释清楚。

夏芷苏看着凌天傲怀里的女人，心里也憋着一团火。她要是不及时赶来，凌天傲就抱着这女人出去了吧！

"老公，我找了你半天了，咱们回家吧！"夏芷苏盯着凌天傲说。老公？凌天傲眉梢微挑，这个称呼他喜欢。

"你让一让好吗？我跟我男人说话呢！你这么杵着你好意思吗？"夏芷苏对着凌天傲怀里的女人说。

"我男人"？凌天傲的眉毛扬得更高。

"你，帅哥！这是你老婆啊！"那女人也有些尴尬，准备起身。凌天傲摁住她："什么老婆，本少爷不认识。告诉你，本少单身，未婚！"

女人睁大眼睛，又有些惊喜，几乎抱着凌天傲不肯放了。

"我说妹子，先来后到你也不懂吗？我先来的！这位帅哥都说不认识你了！"女人挑衅地跟夏芷苏说，凌天傲不做任何反应，就是挑眉看着夏芷苏。

夏芷苏面色平静地说："你以为我跟你抢男人吗？我是为了你好！我老公有病！那方面！前几天有个女的就被传染了！你要是不怕传染，你就继续吧！"说着，她转身作势要走。女人惊恐地睁大眼睛，几乎从凌天傲怀里跳起来，凌天傲眉梢狠狠一挑。

"妹子妹子！你把你老公带回去吧！多谢多谢！你是好人！"女人感激地跟夏芷苏说，一溜烟就跑走了。

夏芷苏转身这才走回来，平静地看着凌天傲："是不是可以回去了？"

"夏、芷、苏！"凌天傲一字一字地念她的名字。

"现在认识我了？"

"……"凌天傲霍然起身，大步走出门。

夏芷苏站在原地看着他，把他到嘴的美食气跑了，凌天傲生气了吧？看着凌天傲桌上喝过的酒，夏芷苏拿起来一口喝尽。她来找凌天傲，却看到别的女人坐在他腿上，她也有气啊！本来是来解释她跟欧少恒的关系，现在她一点都不想解释了！

"美女，你老公有病呀！我可没有哦！"有男人贴到夏芷苏身上来。夏芷苏想一巴掌把他拍开的。还来不及拍，凌天傲走出门又走回来，拉起她的手，狠狠，拽出去。走到门口了，确定没有男人会跟着夏芷苏出来，凌天傲这才甩开她的手，重重哼了一声，自己往前走。

凌天傲心里有气，可是想到夏芷苏刚才是怎么赶跑贴他身上的女人的，他又忍不住好笑，又气，又好笑！恐怕只有这个女人能让他如此！

夏芷苏心里也有气，这个男人还真是浪，一出来就勾搭那些妖艳贱货，看着凌天傲走开，她也不想跟上去，就站在路上不走。

酒吧里走出三三两两的男女，见夏芷苏一个人站在那，三个醉酒的男人都围了上来。

"美女！怎么一个人站在这呢……哎哟！挺标志的小妞呀……"一个醉得站不稳的男人上来就抱住夏芷苏，脸凑过去，在她脸上直接亲了一口。那弥漫的酒气，闻着都让人反胃。见夏芷苏不反抗，人家还以为她喜欢。另外两个男人也贴了上来，手在夏芷苏的背上游弋。

"是挺标志的！以前没见过！新来的！唔，好香！还有一股香味呢！"另一个男人鼻子在夏芷苏的脖子上乱闻一通。

夏芷苏淡淡看着面前的三个男子，这三个纯粹是来找死的，抬手，反正她现在有气，撒一顿也好。手才刚抬起，一个男子握住她的手，猥琐地摸着。

"好嫩滑的皮肤……光滑光滑的，摸着真是舒服！"那男子越说越带劲，恨不得当场脱了裤子就上。

夏芷苏深吸一口，对付这种贱人，完全不用手软的！

"跟哥们们去玩玩吧！咱们一起玩好不好啊！"抱着他的男人，猥琐的目光停在她的胸口。夏芷苏深吸一口气，打残了，她也不会负责，刚准备抬脚，就听到啊一声惨叫。

刚才抱着她的男人，被人从身后提了起来，抓小鸡一样，被扔了出去。整个人被扔出十米开外，重重地撞在路灯杆上，脸朝地，摔成了狗吃屎。

"什么人！啊！"手摸着他肩膀的人，咔嚓一声，手腕直接被掰断，被人一脚踢进了酒吧玻璃门上，接下来最后一声惨叫，是摸着她手的男人，被人直接砸了一个酒瓶，整个人都来不及发出声音，直接晕倒在地，身子抽搐，呈半死状态。

夏芷苏叹息了一声："凌天傲，你下手忒重了。"某男站在夏芷苏的面前，居高临下，胸口剧烈起伏，一脚踹在脚下晕倒的人身上，直接把人活活给踩醒了。

"哪只手摸的她？"凌天傲盯着夏芷苏，唰的一下从腰间抽出一把刀指着地上的男人。那男人都被踩得口吐白沫了，睁开眼睛看到刀子，整个人颤抖不止。

"这……这只手……"那人颤抖着举起一只手，刀子落下，直接刺穿了他的手掌。

啊！又是一声惨叫。其余两个男的见了这个阵势，吓得飞快地起身，跑得无影无踪。这边那么热闹，把酒吧里的人都引了出来。见那么多人看热闹，夏芷苏无力地说："不就几个小混混吗？"

"不就几个小混混，你就可以让他们随便摸？摸了还不还手！还不反抗！"凌天傲怒气冲冲地质问。夏芷苏想说，她是准备反抗来着，可是某人动作太快，没给她反抗的机会，张了张嘴也不想说这话。

想到来酒吧的时候，夏芷苏亲眼看见凌天傲抱着个大姑娘调情，差点跟人家走了，她心里也有气。说是来度假的，他丢下她一个人在海边，自己在酒吧里喝酒，是几个意思？

"不就是摸一下吗！"夏芷苏气呼呼地说反话，凌天傲那个气的，一手勾住她的脖子，把她扯进自己怀里，狠狠地咬上。

233

　　夏芷苏疼得惊呼，想推开他。可是他抱着她不肯放，直到血的腥味弥漫在两人的唇齿间，夏芷苏明显感觉嘴唇的疼痛了，凌天傲这才放开她。夏芷苏的唇被他咬出了血，红色的血让她的唇瓣更加艳红。他看着她的血，冷冷一笑，凑过去，舔干净。酒吧门口那么多人都在看，还有人发出惊呼声，夏芷苏微微皱着眉头。

　　"不就是亲一下，这是什么表情！"凌天傲凉凉一勾唇角，丢开她，转身就走。夏芷苏真的快要疯掉了，他的忽冷忽热，让她的心好像在海洋里，沉沉浮浮。

　　"凌天傲！"趁着他没走开，她拉住他的手，"要死要活，你给我个痛快啊！你对我忽冷忽热的，到底想怎样？"

　　"这话该我问你！你到底想怎样？明明心里有人，还屈尊待在本少身边，可真是委屈了你！"凌天傲凉凉地嘲讽。

　　"你怎么那么别扭呢！我要是跑了，你不得把姚家给灭了！"夏芷苏本能地还口。

　　凌天傲更加怒不可遏："你跑吧！跑得远远的！别出现在我面前！有多远滚多远！放心，姚家，我不动。"如果是这个理由让她留在自己身边……

　　凌天傲更加确定这个女人心里眼里全是那个叫欧少恒的，一点儿都没把他放心上！所以大半夜的，她去找他，而他一个人在家里等了她一整夜！凌天傲愤怒地甩开夏芷苏的手。夏芷苏看着空落落的手，心里咯噔了一下，看着凌天傲疾步走开，再看着他的背影，她的心里很是烦乱。她一点都不想看他的背影了！每次这么望着，好像他永远不会回来了一样。黑暗中，凌天傲越走越快了。夏芷苏一点犹豫都没有，追了上去。

　　在昏黄的路灯下，她伸手直接抱住他的腰，从他的背后，稳稳地，重重地抱住他。凌天傲的身子猛然僵硬，他似乎不敢相信，自己就这么被身后的女人抱住了。心剧烈地跳动，激动得让他差点失态。掰开她的手，凌天傲冷哼："不是滚了吗！"

　　"我又滚回来了。"夏芷苏不肯松手，抱着他，脸贴着他的后背。凌天傲正生着气，听到夏芷苏的话，差点笑出来。

　　"放开！"凌天傲拿开夏芷苏的手，夏芷苏又重新抱住他："不放！"她态度很坚定。

　　凌天傲看了眼昏黄的路灯："夏芷苏，你到底想怎样？"

　　"这话该我问你，你到底想怎样？"夏芷苏说。凌天傲不想说什么，还是执意拿开她的手。可是凌天傲一放开她，她就抱住他的腰。无奈，他拿开她的手腕，侧身，从她怀里走开。夏芷苏同样一个侧身，跃过去，仍旧抱住他："我去欧家的事，可以解释！你听我解释吧！"

"夏芷苏，你的身手是很好！可你别忘了，本少的身手一向比你好！"凌天傲一把把夏芷苏推了开。

因为凌天傲的力道太大，夏芷苏一个踉跄，差点就摔倒在地。可她一侧身，用脚的力道稳住了自己。抬眼看着面前的男人，他对她的冷漠，她是可以感觉出来的，这种感觉真的不太好！此刻是她那么死缠烂打地对他，她真觉得自己很犯贱。

"对不起……"既然他不想听，她就不说了吧。从凌天傲身边走开，夏芷苏的心里说不出是怎样的滋味。她那么主动去抱他，想跟他解释了，他还是推开她了。

"你喜欢了他七年，在你心里，他的地位无法取代吧！那么喜欢他，何必留在我身边，夏芷苏，我放你走。"凌天傲更快一步地从她身边走过去。

"凌天傲，是让我滚吗？"

"对，滚！"他轻描淡写地扔下一句话，这让夏芷苏久久都无法回神。这个他，指的是欧少恒。她当然听出来了。

是，她承认，从15岁那年进姚家开始，她第一眼看到欧少恒就喜欢上了！那时候欧少恒经常来找丹妮玩，她一个人偷偷地躲在角落看着他们一起玩耍。她真的好羡慕丹妮，如果站在欧少恒身边的是她该有多好！

有一天，欧少恒突然对她表白了，他拉着她，告诉她，他喜欢的其实是她！那一刻，她真的一点惊喜都没有，反而是惊恐和不敢置信席卷了全身。

欧少恒对她表白的时候，她的脑海里全都是凌天傲的面孔，怎么都抹不去。她根本就无法接受欧少恒！也许第一次，欧少恒表白，她怀着身孕，她不接受是正常的。

可是当孩子没有了，欧少恒来到医院再次跟她表白，她依旧决然地说了"不"。

凌天傲，你知道吗？对于欧少恒的表白，我拒绝了，那是多大的勇气！整整七年的爱都被我拒绝了，你知道吗？还在这里干什么呢？

凌天傲反正也不相信她，她已经这样了，他也不想理她，何苦带她来度假。

"老大！还在呢！就是她！在那边！"不远处风风火火赶来一堆人。个个左青龙右白虎的文身，拿着刀子，气势汹汹地赶来，乍一看少说也有十个人。

就是刚才被凌天傲打跑的几个混混，回来了，还叫来了貌似老大的人。那群人把夏芷苏团团围住，又看四周，竟然没有看到凌天傲。

"就你一个！那打我兄弟的男人呢？"手臂上文着一条龙的老大拿着刀子指着夏芷苏质问。夏芷苏此刻心情不好，看到这些人理都不想理，想走开，可是这群人围着她不让走。

夏芷苏无力地叹息："都让开吧。"

"打了我兄弟，难道就让我这么算了！我三个兄弟都折了胳膊，你就给两只手，一只脚！"那老大指着夏芷苏，嚣张地吼。

"再不让开，别怪我不客气了。"夏芷苏淡淡地说。

"哟呵！小丫头好猖狂的口气啊！不客气！老子倒是要看看你怎么个不客气法！想对兄弟们不客气啊！行啊，兄弟们乐意着呢！是吧，兄弟们！"老大明显把夏芷苏的意思故意扭曲了。

"哈哈哈……"那群兄弟都起哄地笑起来。

围着一个小姑娘，大家实在没什么可怕的！这么多的男人，对付一个小丫头，这小丫头还敢那么嚣张，简直找死！越想越觉得这小丫头真是不知好歹，那群混混笑得好不开心。

砰！夏芷苏抬腿一脚就把老大踢开，踢得他撞在墙上，差点被拍进墙里面。所有人都愕然，下意识地后退了几步。夏芷苏淡漠地瞅眼，活动了一下筋骨："都说了我会不客气的，你们怎么那么听不进去话呢！"夏芷苏无奈地叹息。那老大半天挣扎着爬起来，觉得好丢人，怒指着夏芷苏："兄弟们，把这贱人给我抓住！"

啪！啪！啪！几下的工夫，夏芷苏一脚一个，全都踢得远远的。拍了拍手，看着那原本嚣张的老大惊恐地睁大眼睛，一步步地往后退。

夏芷苏上前一步，那老大就后退一步："你，你，你可别过来！不然我砍人了！"老大拿着刀子颤抖着喊。夏芷苏是走过来捡包的，打斗的时候，她的包扔在这边了，俯身捡起包。

夏芷苏看也不看那老大，转身就走，那么多兄弟看着，一个老大还打不过一个女人，这说出去多丢脸！于是，趁着夏芷苏不注意，那老大拿着刀子直接冲上去，对着夏芷苏的后背狠狠地捅了过去！

"我杀了你！啊！"老大的刀尖离夏芷苏的后背只有一寸距离，还来不及捅进去，有个身影就飞快地掠了过来，一脚把老大手里的刀子踢开，然后一个回旋踢，踢中了那人的脸，再一脚直接把人踢到墙上去了。

夏芷苏转身，看到落地的刀子，心有余悸。抬眼，看到一个带着混血味道的美丽女子，及腰的长发，有着海水一样蓝的眼睛，却是黑色的头发。那女子撩了撩长发，拍手，冷哼："这么个大男人还玩偷袭，羞不羞！把你拍墙上，抠都抠不下来哦！"

那老大从墙上掉下来，趴在地上想起身，却怎么都起不来。夏芷苏诧异，这个女人一脚竟然那么大的力道！那女子转身就跟夏芷苏的视线相对，见夏芷苏看着自己，她甩了甩头发："知道本小姐很漂亮，但也不用这么迷恋吧！"夏芷苏扑哧一声笑出来："谢谢啊！"

"不用谢！"那女人走过来，看着夏芷苏还上下打量了她，"身手不错嘛！"

"彼此彼此！"

"凌天傲的女人，身手总要好的嘛！难怪，他为了你，连萧家都得罪了！"夏芷苏一愣，微微皱眉，这个女人是谁，怎么知道她跟凌天傲的关系？

"顾小默！"那女人伸手跟夏芷苏握手。

"夏芷苏！"夏芷苏自我介绍。

"你的名字好听呀，比我的好听多了，比萧蓝蓝的也好听！明明就是大小姐的名字呀！不像萧蓝蓝，太接地气了！"顾小默嘲讽着说。夏芷苏被顾小默的直白逗得差点笑出来："看来你跟他们都认识！"

"不，我只跟凌天傲认识！萧蓝蓝见过几次，小时候的萧蓝蓝黑乎乎的，跟个黑炭似的，丑得很！也不知道后来是整容了，还是靠化妆品堆砌，倒是长得有点儿人样了！"顾小默漫不经心地说。

"你走哪边？"顾小默问夏芷苏，夏芷苏说："我回家！H市！"

"回家？怎么？你们俩要分手？"夏芷苏干咳了一声说："确切地说，我跟他没在一起过！"

顾小默耸肩："那你要加油呀！能从萧蓝蓝手中把凌天傲抢过来，你也不简单了！千万别再被抢回去！不然萧蓝蓝得嘚瑟死！走了！后会有期！"

顾小默说完，手里晃着一根银丝，直接走开。

夏芷苏觉得这个女孩特别有意思，而且特别有气质，她有种跟她一见如故的感觉呢！

其实凌天傲根本就睡不着，没有夏芷苏在身边，不抱着夏芷苏睡觉，他一点儿睡意都没有。他还清楚地记得在酒吧门口，昏黄的路灯下面。夏芷苏抱住他，那么紧，可是他还是放开她的手。想到她心里藏着一个喜欢的男人七年，为了这个男人，当初夏芷苏想跟他同归于尽，想害死他！他真的说不出的生气，甚至气到想把那个叫欧少恒的，生生撕裂了！

如果不是欧少恒表白，以夏芷苏的能力根本就不可能掉下楼去！因为人家的一场表白，她把他们的孩子都害死了，他想起来就恨得牙痒痒。可是，他又分明舍不得放开她，明知道她那么多的不好，他还是想抱着她睡觉！凌天傲把整个别墅都找遍了。也没找到夏芷苏。

"少爷，夏小姐好像连夜走了！"凌管家来汇报。

"这个该死的女人！怎么不上天！"凌天傲真是气都气死了！让她滚，她就真的滚了！

第二十章 我要你完完整整的心

夏芷苏的车子一路疾驰，因为是开夜路，夏芷苏也不敢睡觉，撑着眼皮看着外面黑色的天。

"小姑娘，怎么这么晚了急着回家，还一个人？"司机为了保持清醒，跟夏芷苏搭话，"一个人真的太不安全了！这要是遇到坏人，你一个小姑娘家多危险！"

夏芷苏笑了笑说："能回家就好，不怕危险。"一个人孤单的时候，总是会想到家吧。

好歹她还有姚家这个避风港，虽然养父不是亲父，可她也是在那里长大的。司机还想接话。头顶突然传来轰鸣声，司机往外面看了看："直升机啊！怎么开得那么低！怪吓人的！"

直升机！夏芷苏心里猛然一凛。不会是追杀她的吧！夏芷苏正警戒。头顶突然传来霸道的声音："黑色大众！车牌××××××，立马停车！"司机一听车牌，更加诧异："说我的车呢！怎么回事？那直升机上是什么人？这是要抢劫吗？抢劫也不用直升机吧！"夏芷苏觉得这个声音很耳熟，她疑惑着。

砰砰砰！突然在车子的前头传来枪声，夏芷苏真以为是追杀的人来了，想让司机快点。

砰！啪！车子的轮胎直接被打爆了！

"枪！是真枪啊！"司机吓得快跳起来了。

啪！啪！接二连三地，轮胎全部爆掉了！车子不得不停下。

"师傅你快跑！"夏芷苏以为是那些杀手，立马推开车门，想要引开那些杀手的注意，省得伤害到出租车司机。

那师傅眼睁睁地看着自己的车子被打爆，哪里还敢跑。这一跑，自己的脑袋还不被打穿了！

"到底是什么……什么人啊……"司机颤抖地喊，压根儿不敢下车。

夏芷苏才刚跳下车，就感觉头顶什么东西落下来，还没反应，她整个人就被搂住了，夏芷苏本能地一个手劈，那人直接握住她的手腕，一把，把她扯进自己怀里。

黑暗中，夏芷苏只知道要保命，完全卯足力气，手肘狠狠地一撞，那人似乎知道她的动作，侧身避开，到了她的身后，再次把她捞了进去，夏芷苏再抬手，另一只手也被抓住。

"是我！"这个声音？

"凌天傲！"夏芷苏抬眼看到面前英俊的男子，简直瞠目结舌，那么立体的五官，如神作的脸颊，怎么会是凌天傲？刚才明明都动上枪了啊！

"怎么会是你？"夏芷苏惊讶至极。

"怎么不能是我！"

"怎么就是你！哎，你要不要那么大阵仗啊！吓死人啊！"动用直升机、机关枪打爆了人家的车胎！

"对付你，就该用这种阵仗！"凌天傲看了眼面前的出租车，"你倒是猴急，知道能逃开我，连夜都想逃！"

夏芷苏原本就惊魂未定，听到凌天傲的嘲讽，想起凌天傲对她的态度，她也生气："是啊！知道能逃开你，我还不马不停蹄地滚！"

"你！"凌天傲被这个女人气得不轻，"跟我回去！"

"不回！"

"夏芷苏！本少亲自来找你，你还想怎么样！难道还要我哭着跪着求你回去不成！"

"这个可以有。"夏芷苏凉凉地说。"你这个不知好歹的女人！"

"是，我不知好歹，我也实在配不上你！"

"夏芷苏！你不要太过分！"

"过分的是你，是你赶我走的，是你让我滚的，我滚远了，你又让我滚回来！凌天傲，我是你手里的玩具吗？玩腻了就可以丢是吗？"夏芷苏一字一句地问他。

"我不想跟你吵！"

"那你就让我走！"

"不准走！"

"你说过的！你放我走的！"夏芷苏吼。

"我后悔了！"夏芷苏不想多说什么，推开他，直接往前面走。

前面的路都是很昏暗的灯光，一条路很长很长，根本看不到尽头。凌天傲跟上来，一把抓住她的手："你要走路回去不成？"

"路上总会有车的！就算没有出租车，我也可以搭车！"

"谁敢载你，我一枪毙了！"凌天傲一字一句地威胁。

夏芷苏停住脚步，看着面前的男人："是，我知道，你有钱有势，你想怎样你都可以做到！但是我真的受不了，你对我忽冷忽热，对我呼之即来挥之即去！不就是去了欧家这点破事吗？不就是我喜欢欧少恒喜欢了七年吗！这点破事都可以说清楚的！你为什么不能让我解释啊！"

夏芷苏失控地大吼。真是够了！她真的不想看着他的背影远去！她真的受不了他对她的冷漠！他可以对她霸道，可以凶她，可以骂她！可是她如果不在乎他，她干吗要在乎他对她的冷淡呢！夏芷苏这一声吼，吼出了她的心声，吼得撕心裂肺，吼得泪水弥漫。

凌天傲看着此刻的夏芷苏，有些怔怔的，不知道该怎么反应。夏芷苏甩开他的手，转身往前面走。凌天傲跟在她的身后，一步步地跟着。

"你不要再跟着我了！"夏芷苏大喊，凌天傲还是跟着她。夏芷苏开始小跑，凌天傲也加快了脚步。看着她瘦小的背影，他的脑海里全都是姚丹妮的话。

"姐姐她真的不值得！她一点都不喜欢你！她喜欢的一直是我的未婚夫欧少恒！可现在欧少恒已经不是我的未婚夫了！他退了我的婚，就是为了姐姐！他想娶的是夏芷苏！"

"那天是有人跟她表白，是她喜欢的人！她太激动才掉卜去了！"

"你就算再宠她，她的心也不属于你！七年！她喜欢了欧少恒七年！怎么可能会对你有感情！"姚丹妮的这些话，一字一句像梦魇一样在凌天傲的脑海里回荡。他想要甩掉，可是怎么都甩不掉！是，她不喜欢他，不喜欢他又怎样！

"夏芷苏！"凌天傲大步上前，拉住夏芷苏，把她狠狠地扯进自己怀里，抱着她，他的身子都在颤抖，"你知不知道我喜欢你？很喜欢！"夏芷苏对于他突然的表白，身形微颤。

"我那么喜欢你！你心里却有别的男人！你还当着我的面，跑去他的家里照顾他！你觉得我该是什么反应！难道不该生气吗？"凌天傲大声地质问。夏芷苏任由他抱着，一时竟然不知道该不该反抗。是的，她知道，那么小气的他一定是生气了，换成任何一个男人都会生气。可是她跟欧少恒真的没有什么。

可凌天傲已经知道了她喜欢了欧少恒七年！就算她说不喜欢欧少恒了，凌天傲也是很难相信的。

"对不起……"夏芷苏靠在他的怀里，感受着他的颤抖，她不知道该说什么好。

"我不要你的对不起！我要你的心！完完整整的心！"凌天傲一字一句地喊。完整的心吗？她真的不确定，对待凌天傲，她的心是不是完整的。可是，她真的不想被他误会。她转身，面对着他，抬眼望着面前英俊的男子："欧少恒病了很久了，医生说可能醒不过来，可是有个方法也许可以救他，因为他一直在叫我的名字，我去了，陪他说说话，也许就醒了。于是我就去了，后来他真的醒了！我立马给你打电话，可是你没接。后来再给你打，你已经关机了。"

"凌天傲，我去欧家的时候，其实是想瞒着你的，因为真的怕你误会。"夏芷苏又说。

她一点谎言都没有，每一句都是真的，看着他，目光直视。

他相信她说的话，可是他听到了她的解释，的确是照顾欧少恒去的。他的心里还是很不舒服！不过就算再不舒服，他也努力让自己理解她。毕竟，她喜欢的人是欧少恒。低头，吻上她的脸颊，吻干她的泪水。放开她，凝视着她。他又忍不住扯她过来，吻上她的唇。

"夏芷苏，不要再离开我了，好不好？"凌天傲声音低沉，带着恳求。她埋在他的怀里，狠狠地点头："你也别再叫我滚了，我滚远了就滚不回来了。"

"我叫你来回滚！"凌天傲低笑着说。

夏芷苏瞪他："你就知道欺负我！"

"我欺负你的时候，你叫得也很开心！"凌天傲说。

夏芷苏立马想到了凌天傲说的是什么，想起在飞机上，他对她的掠夺，门外就是他的守卫，全都听见了！夏芷苏又气又羞，扑到凌天傲身上，一口就咬住他的脖子。

"我咬死你！再把你一口吞了！"夏芷苏恨恨地说，简直咬牙切齿。凌天傲闷哼一声，顺手就抱住她的双腿，让她夹住自己的腰，手掌托住她的臀，故意让她贴近自己。

凌天傲低哑的声音在她耳边响起："你吞了我吧！整个吞！"夏芷苏的嘴角有些抽搐，然后面皮也抽搐了！好污！

周围环境昏暗，不远处是无人的海边，那细腻的沙滩倒像是柔软的床。凌天傲唇角邪恶地勾起，拖着夏芷苏往沙滩边走，背对着从直升机上下来的守卫，一扬手，守卫们齐刷刷地拉住直升机的扶梯，顺手把那出租车司机也架住。

"你们！你们带我去哪里啊？"司机惊恐地大叫。

可是，守卫就这么架着他，爬上了扶梯。飞机在空中盘旋了片刻，立马飞高，飞远了。半空中还传来司机的惊叫声："救命啊！救命啊！"

"凌天傲！你把司机带哪里去啊？"夏芷苏反应过来大叫。

"一个不相干的人，你以为我会对他做什么？送他回家难道不好？你放心，他的破车，我会几倍偿还！"凌天傲哼一声，"还有空关心人家！你还是关心关心你自己吧！”

凌天傲这么说，夏芷苏也放心了。“啊！凌天傲！”凌天傲见夏芷苏老想着别人，很是恼火，一把掐住她的腰，直接把她扛肩膀上。

“本少在！”

“你把我当猪啊！老是这么扛来扛去！”夏芷苏抗议。

“怎么可能把你当猪！你要是猪，我能看……上！你？真不会说话！”凌天傲傲娇地哼了一声。夏芷苏扶额，这个男人才不会说话呢，有他那么说话的吗！

“凌天傲！你是猪啊！”夏芷苏大骂。

“你要是喜欢玩这么重口味的，本少不介意当一回猪。”凌天傲挑唇，扛着夏芷苏，慢悠悠地走去海滩。夏芷苏掩面，这个时候她为什么要说他是猪！明明知道他待会儿是想干什么的！啊！好羞涩！

天一亮，夏芷苏和凌天傲就回来了。

凌天傲一路背着夏芷苏，到门口夏芷苏就看到了一个熟悉的身影。

那个黑长发、蓝眼睛的女孩——顾小默。夏芷苏指着她问凌天傲：“那个漂亮姑娘是谁？她好像认识你！”

凌天傲看了一眼说：“顾氏集团的大小姐顾小默。”顾家！原来是四大家族之一的顾家，跟凌家是齐名的！顾小默似乎一直追着萧同浩跑，萧同浩却是很不耐烦的样子。

“萧同浩！你来了怎么不找我玩啊？”顾小默激动地问。

萧蓝蓝躲在萧同浩的身后，嘲笑：“我哥哥又不喜欢你，来了干吗找你玩啊？”

顾小默威胁地盯了一眼萧蓝蓝：“你欠揍啊！”

“顾小默，她是我妹妹，你敢揍她试试！”萧同浩护着萧蓝蓝。

顾小默立马嘿嘿笑：“我知道她是你妹妹，我当然不敢揍她了！我开玩笑呢！这不是好久没见，跟她玩玩嘛！对不对萧蓝蓝！”萧蓝蓝嗤了一声：“谁跟你玩！阿芷，天傲，你们回来了！”萧蓝蓝先看到他们，顾小默回头也看见了。

夏芷苏走上来叫她：“小默！”

“你们认识？”所有人都诧异。

顾小默挑眉卖关子：“就是认识啊！芷苏，千万别跟某些人走得近，黄鼠狼给鸡拜年——没安好心！”顾小默暗指萧蓝蓝不安好心，萧蓝蓝当然听懂了，气得想骂人。可是碍于自己萧家大小姐的身份，不想跟顾小默吵架，见凌天傲拉着夏芷苏走开，她立马也跟上。

萧同浩见他们都走了，骂道："顾小默，你没事也别挑拨离间，蓝蓝跟阿芷的关系现在慢慢好起来了，你捣什么乱？"

"好起来？怎么好啊？一个凌天傲，一个是未婚妻，一个是女朋友，她们的关系好得了才怪！夏芷苏可能真心想跟你妹妹交朋友，可是你的妹妹，省省吧！"

"你怎么把我妹妹说得人品那么差！"萧同浩很不高兴。

"你妹妹是心眼坏，不是人品差！"萧同浩简直要被气死，哼了一声，不想理她，走开。

顾小默追着萧同浩到了海边，直接拉起萧同浩的手："嘿嘿嘿，萧同浩，你妹妹真漂亮！"

"……"萧同浩嘴角一抽，"你想说什么？"

"我这是夸萧蓝蓝呢，你不高兴啊？"萧同浩白了她一眼："真假！"

"行了！说正经的！你到底怎么才肯接受我？"

"喏！看到这片海了吗？等海水干枯了，我就接受你！"萧同浩指着面前的大海说。

顾小默瞠目结舌："你这不是直接拒绝我吗？"

"顾小默，我从小到大都讨厌你！能不能离我远点？我见到你就恶心，就想逃！"萧同浩指着顾小默，完全不耐烦，好像多说几句、多看她几眼都会被恶心到。顾小默被他的话、他的眼神伤到了。

萧同浩不耐烦地走开。顾小默一个人站在海边，脸上有冰冷的东西滑过，她抬手擦了擦。

"其实，不就是被拒绝了，不丢人的，表白的才叫有勇气。"夏芷苏早就看见了，走过来安慰说。

顾小默看了她一眼："你都看见了！我也觉得表白的才有勇气！都说女追男隔层纱，我怎么感觉隔了两座山啊！"

"我也这么觉得。"夏芷苏非常赞同。

顾小默很好奇地问："难道凌天傲是你主动追的？可你好歹追到手了！还把萧蓝蓝赶出去了！"夏芷苏是没有安全感也有防备心的人，但是面对顾小默，她就是很喜欢、很欣赏她，也不瞒着。

夏芷苏说："我追的不是凌天傲，当初我有喜欢的人，喜欢了七年，我一直在追他，但没追上。"

顾小默瞠目结舌，实在诧异："竟然不是凌天傲！我也追了萧同浩好多年了！然后呢？"

"然后前阵子，我喜欢的人跟我表白了。"夏芷苏看着不远处的大海，坐了下来，云淡风轻地说。

顾小默简直好奇极了："然后呢？然后呢？你接受了？不对呀！你要是接受了，怎么会跟凌天傲在一起？你快说呀！"

看到顾小默着急的样子，夏芷苏说："那时候很激动，也很害怕，而且那时候我怀了凌天傲的孩子。"

顾小默睁大眼睛，心里觉得实在刺激！但又冷静下来问："然后呢？"

"然后我的孩子没了，我从楼梯上掉下来！那时候他跟我表白，我真的不知道该怎么反应，然后一脚踩空了楼梯，摔了下来，孩子掉了。"夏芷苏说，话语里很平静。

顾小默沉默了片刻："抱歉！"

"从楼上摔下来的那一刻，我脑海里只有一个人的面孔，那就是孩子的父亲凌天傲。我在想，他那么喜欢这个孩子，这个孩子被我弄丢了，他该多伤心呢！"夏芷苏眼底含着泪水，唇角勾着苦笑。

"从那一刻，我真的再确定不过了。我等了七年的表白，原来真的不是我想要的。我要的是孩子平安，要的是孩子的父亲能陪在我身边。"

顾小默简直跳起来："所以喜欢了七年的人跟你表白，你还拒绝了！有情人怎么就不能成眷属呢！"

夏芷苏见她那么激动，想说："因为我现在喜欢的人是……"

"凌天傲！你是鬼啊，站在这没声音！"顾小默突然叫起来，因为发现凌天傲就在身后。

夏芷苏也是一愣，凌天傲什么时候在身后的？他听去了多少？

凌天傲居高临下地盯着夏芷苏，眸子里大放异彩，看着夏芷苏，就好像要把她整个人生吞了，藏进他的肚子不让任何人看见！大步上前，一把抓起她的手，狠狠一扯。

揽住她的腰，他的额头抵在她的脑门："姓欧的跟你表白，你拒绝了？"

"是啊……"

"你怎么不早告诉我？"

"你也没问啊……"

"夏芷苏！"凌天傲狠狠地把她扯进自己怀里，"你这个挠人心窝的坏

245

女人！"

"我哪里坏了，干吗都说我是坏女人？"夏芷苏真郁闷。

凌天傲却眸子一凛："姓欧的也说你是坏女人？"

"不会连这个都生气吧？"

凌天傲挑眉："本少不得不承认，他的眼光也很不错，不然怎么看上你！"

夏芷苏咯咯地笑："这句话我爱听！"一旁的顾小默看不下去了，两人秀恩爱一点也不考虑她的感受，她很知趣地走开了。

萧蓝蓝就站在别墅的楼上，看到夏芷苏跟凌天傲那么亲密。手捏成拳，脸上生气忌妒到扭曲了。手机震动了，是萧管家的电话。

"大小姐，夏芷苏的第一任养父夏仲，我们找到了！"管家说。萧蓝蓝心里着急，也是急迫地问："夏芷苏是来自哪家孤儿院？"

"是城南的东升孤儿院，那家孤儿院在七年前就被拆迁了，现在变成了一幢大厦！"萧管家说。

"不对！不是这家孤儿院！那里不可能建大厦！"萧蓝蓝很确定地说，"夏仲在说谎！你接着查！千万不能让任何人找到夏芷苏的养父夏仲！任何人都不行！无论夏仲要多少，你给就是！一定要让他说实话！"

如果夏芷苏的孤儿院就是城南的那家孤儿院，倒是好了！可是她必须要谨慎！

那是个暴风雨的夜晚！

原本是阿芷站在门口等家人，后来孤儿院的寝室楼要倒塌了，所有孩子都在尖叫。阿芷担心院长，跑去了倒塌的寝室楼，让她站在门口，还让她不要走开！那个夜晚，她就那么站在门口，替阿芷站在门口。

接着……接着，她就跟着一个阿姨上了车。萧蓝蓝的眼睛愕然睁大，漆黑的眸子里是满满的惊恐。

"不可能！不可能的！"妈咪那么精明的人肯定不会弄错的！

房间里，凌天傲看着夏芷苏疲倦地躺在床上睡着了，睡的时候还拉着他的手，凌天傲原本也是来休息的。可是想到这个女人睡在自己旁边，就兴奋得睡不着了，手撑着脑袋，看着旁边的女人，想起她跟顾小默在海边时说的话，就掩饰不住内心的高兴。姓欧的跟她表白，原来她拒绝了。

他们的孩子不是她害死的，她是真的不小心才弄丢了孩子！明知道姚丹妮的话不能全信，可是听了姚丹妮说的那些话，他怎么能不生气？

凌天傲的电话也响起。是凌管家的来电。凌天傲关上门走上阳台，确定不会吵醒夏芷苏，这才开口："说吧！"

"少爷，夏小姐的第一任养父夏仲还是没找到，之前我们有情报说夏仲在澳门赌场，但是我们去了却没找到他，之后关于夏仲的去向，我们一点消息也没了！"管家把查到的事情跟少爷汇报。

"只要夏仲这人活着，就一定会有消息，你接着找！务必找到！"凌天傲开口说。

夏仲！隔壁房间的萧蓝蓝正坐在阳台边，听到凌天傲的声音，立马躲到阳台外面偷听。

萧蓝蓝心里疑惑：天傲怎么在找夏芷苏的养父呢？

"是，少爷！我们一定加派人手把夏仲找出来！不过少爷，夏小姐来自哪家孤儿院，我们从姚家那边探了一点信息，是在城南的东升孤儿院，现在已经改造成商业中心了！"凌管家说。

凌天傲眉头微皱，如果夏芷苏来自这家孤儿院，那就一定不是萧蓝蓝的那家。萧同浩说过，萧蓝蓝的孤儿院极其偏僻。

"萧蓝蓝来自哪家孤儿院？"凌天傲问。

"萧小姐的来处只有萧夫人和萧老爷知道，十六年前的事，信息实在是太少了！全国那么多的孤儿院，少爷，真的不好查！"管家遗憾地说。

十几年前的事了，当然难查，恐怕萧蓝蓝的孤儿院已经不存在了，就如夏芷苏的孤儿院也不在了。这么说来，夏芷苏和萧蓝蓝来自不同的孤儿院，那他们从小认识的可能性几乎就没了！他之前只是好奇，如果萧蓝蓝就是夏芷苏口中的蓝蓝，那么这个蓝蓝还活着。可夏芷苏以为蓝蓝死了，所以老梦到自己的小伙伴死去，她在梦里都在哭！如果证明萧蓝蓝就是小时候的蓝蓝，夏芷苏至少可以睡个安稳觉。

凌天傲说："不好查也要给我查！先把夏芷苏的养父夏仲找到，只有他最清楚，夏芷苏到底在哪家孤儿院待过！"

"是，少爷！"

萧蓝蓝似乎感觉到凌天傲走过来，躲在角落，捂住嘴巴，努力不让自己发出声音。

如果被凌天傲发现她躲在这里偷听，凌天傲会更加怀疑什么！凌天傲一步步走过来，看着面前空荡荡的阳台，眸子微眯，看了眼房间：这个萧蓝蓝到底是不是夏芷苏认识的蓝蓝？

如果是蓝蓝，为什么她活着却不告诉夏芷苏？这里面到底隐瞒了什么？阳

台的角落里，就在窗帘的后面，萧蓝蓝的眸底简直充满了惊恐！她真的

不知道凌天傲竟然在查她的孤儿院！为什么要查她的孤儿院？凌天傲到底在怀疑什么？不可能的！过了那么多年的事了，凌天傲能怀疑出什么来！萧蓝蓝心里更加慌乱。听着凌天傲走开的脚步声，萧蓝蓝松了一口气，几乎瘫软在地上，慌乱地拿起手机。

萧蓝蓝给自己的管家打电话："管家，夏芷苏的养父夏仲，不用再查了！让他永远消失吧！"不仅如此，她必须还要做些什么！

门外有人敲门。萧蓝蓝吓了一跳。

"蓝蓝！"是萧同浩的声音。萧蓝蓝松了口气，去开门。

"看你这儿灯还亮着，怎么没睡？"萧同浩关心地问。走进来，看到萧蓝蓝桌上放着酒杯和瓶子，竟然还在喝酒。

"又一个人喝酒！"萧同浩皱眉，萧蓝蓝嬉笑着把萧同浩拉进来，也给他倒了酒。

"哥哥，你陪我喝会儿吧！我睡不着！"萧蓝蓝说着把酒杯给萧同浩。还没把酒杯递到萧同浩手上，萧蓝蓝故意放手。

啪啦，杯子落在地上，碎了。

"对不起哥哥！是我太不小心了！"萧蓝蓝立马俯身去捡碎片。

萧同浩见状说："别捡了，到时候让钟点工来清理就好。"

"钟点工要明早来呢！今晚这么多玻璃碎片，我会割到脚的。"萧蓝蓝执意要捡。萧同浩哪里会让妹妹做这个："我来吧。"于是他俯身开始捡碎片。萧蓝蓝看着萧同浩的手，手中的碎片对着萧同浩的手腕一划！咝！萧同浩本能地收回手！

"哥哥！你手割伤了啊！"萧蓝蓝着急地喊。立马从怀里拿出一块帕子，捂住萧同浩的手掌，上面的血沾到了帕子上，萧蓝蓝的眸中闪过什么。

"小伤，不用紧张！我回去清理一下，你早点睡吧！"萧同浩根本不介意这点伤。在萧蓝蓝脸颊上吻了一下，说："晚安！"

萧蓝蓝立马低头，泪水有些弥漫："哥哥，Love you！"

"Love you，too！"

美国，洛杉矶。

GE 集团总部董事长办公室。

啪啦，房间里是一声脆响，董事长凌超愤怒地摔了手里的杯子，气得胸口

剧烈起伏。

房间里站着他的助手吉奥,是个身形魁梧的黑人。他用标准的中文跟凌超说:"新一届董事会马上就召开了,萧家持有的股份如果卖给东野家族,东野少爷继承公司的可能性几乎是百分之百! BOSS,我们该怎么做才能帮助少爷?"

"帮什么帮!自甘堕落,我帮着有用吗?公司乱成这样,股票每天都跌,他倒好,鼠目寸光,就顾着亚洲的分公司!不,他连公司都不顾了,还有闲情陪一个女人去游玩!"凌超当然知道凌天傲在做什么。

中国有那么多他的眼线。凌超是越想越气,以前就算再怎么不喜欢这个儿子。可是凌天傲的能力,他都看在眼里。本以为儿子跟萧家订婚,他又在中国把分公司打理得井井有条,这样继承权无疑是落在凌天傲身上的,萧家更是顺理成章地支持他。毕竟萧家手里的股份是实实在在的,而他跟自己的妹妹所持的股份本来就不相上下,如果萧家的股份给了妹妹,那就一定是妹妹的儿子东野润一继承 GE 集团!到时候,他跟凌天傲全都得喝西北风!

"总裁,萧夫人已经在休息室等了很久了!"门外的秘书来敲门说。是的,他约了萧夫人。

他正愁该怎么跟萧夫人谈董事会的事。现在他心里有了更好的主意。走进休息室,凌超不断给萧夫人赔不是说好话,萧夫人才给了好脸色。

凌超跟萧夫人经过一番详谈,达成共识。萧夫人真的感觉很意外:"凌总,凌天傲可是你的亲儿子,董事会上如果你不支持他,他可是一点胜算都没有!"

"夫人说笑了!凌天傲是我亲儿子,可是我不止这一个儿子!私底下,我还有个小儿子,不知道夫人是否有所耳闻?"

萧夫人听说过这个凌超年轻时风流倜傥,惹出不少桃花债,是有传闻,凌超还有个私生子,但是凌超都是否认的,没想到是真的!

"所以凌总会在董事会上支持你的小儿子?"萧夫人问。

这可真有意思,凌天傲现在的处境实在不乐观,连自己的老子都要抛弃他了!这下好了,看凌天傲还不乖乖来萧家求她!

"小儿子毕竟听话!"凌超说,"等以后我小儿子凌跃继承了公司,毕竟也会给萧家创造更多的福利!夫人,可千万别站错队呀!"

"凌总的意思,是让我支持你的小儿子凌跃成为下一任 GE 总裁,把凌天傲踢出去?"

"凌天傲什么都没有了,就会乖乖地回来求我,还有夫人你!到时候,夫人提什么条件，他都能答应！"凌超明显是跟萧夫人想到一块儿去了。

萧夫人哈哈大笑："凌总，都说虎毒不食子，你未免也太狠心了点吧！"

"无毒不丈夫！再不狠心，公司都丢了！至于夏芷苏，夫人放心，她活不长久！"凌超很明白萧夫人要的是什么。因为萧蓝蓝想嫁给凌天傲，萧夫人一定会满足她。

萧夫人起身："凌总，你应该知道，我们萧家缺的不是钱，我对钱也实在看不上，不是吗？到底你们 GE 集团由谁继承，都跟我没关系！我只要我的女儿幸福，绝对不容忍第三者破坏！等你的好消息！"

"我已经想到办法了，就算杀不了夏芷苏，也让她乖乖离开天傲！"凌超眼底满是狡黠，势在必得地说。

萧夫人微笑："姜还是老的辣！凌总，期待我们能真正成为亲家！"

TIME LESS THAN YOUR ALLURE

时光不及你倾城

[下 册]

双 凝 著

青岛出版社
QINGDAO PUBLISHING HOUSE

第二十一章 抓她绝对是缜密的计划

其实夏芷苏很清楚凌天傲现在在公司所处的四面楚歌的状况，她问了很多次，不过凌天傲都让她不要担心。她哪里会不担心，公司的事新闻里每天都在报道。她这个魅惑凌少的狐狸精都被骂上天了。

今天准备回 H 市。刚下飞机。

砰！突然传来一声枪响，所有人都没反应过来。"萧蓝蓝！"是凌天傲突然大吼了一声，却看到萧蓝蓝倒在凌天傲的怀里，是有人开枪了。萧同浩立即反应过来，掏枪，砰的一下，把远处的人从树上打了下来，很显然这是冲着凌天傲来的，萧蓝蓝替凌天傲挡住了。

实在是事发突然，所有人都没反应过来，萧蓝蓝当场昏迷过去。

凌天傲抱着她，着急地大吼："叫医生！快！"夏芷苏是跟在凌天傲后面的，她亲眼看着萧蓝蓝被打伤。

凌天傲回头担心地问夏芷苏："怎么样，有没有事？"

"我没事，你快送蓝蓝去医院。"夏芷苏说。

凌天傲点头，说道："你先回家里，我处理好这边的事再来找你。"说完，凌天傲就抱着萧蓝蓝急忙赶去了医院。

夏芷苏从飞机上下来，开机后发现有很多未接来电。电话又响了，是姚母的。

"芷苏！你快回来啊！芷苏！"

"妈咪！"夏芷苏听着声音有些不对，着急地问："怎么了，妈咪！"

"你爹地，你爹地被人绑架了。"姚母吼着说。

夏芷苏愕然，睁大眼睛："怎么回事？我马上回来。"一到姚家，夏芷苏就急忙进了房间。

"夏芷苏！"竟然连欧少恒也在。姚母在哭诉："我也是没办法，不知道该找谁，只能找少恒帮忙了。"

欧少恒见到夏芷苏很激动，但此刻有更重要的事："夏芷苏，姚伯伯被人绑架了。"

"怎么会被绑架啊？到底是谁，报警了吗？"夏芷苏着急地问。

"不能报警，他们说了报警就会撕票。"姚母立马摇头，"芷苏！他们还交代了，只有你去才能换回你爹地。夏芷苏！你在外面到底惹了什么仇家，让他们找你爹地报仇来了。"姚母说着又要哭出来，夏芷苏听出来了，这是冲着

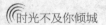

她来的。

夏芷苏问欧少恒："具体情况你跟我说一下，爹地是什么时候被绑架的？"欧少恒简要地向夏芷苏说明了情况。

夏芷苏眉头紧皱，原来就是今天的事，爹地从公司回来，在路上被人绑架了。绑匪让人报信，不能报警，只能让夏芷苏去交换。

"我可以去交换爹地。"夏芷苏毫不犹豫地说。

欧少恒明显不太赞同，把夏芷苏拉到一边说："指明了让你去交换，一定是冲着你来的。你如果去了，一定会有去无回。夏芷苏，你傻吗？去送死。"

"这是冲着我来的，是我连累了爹地，我怎么能对爹地见死不救。"夏芷苏心意已决。家里的电话刚好响起。夏芷苏和欧少恒对视了一眼。看来是绑匪来的电话。

夏芷苏接起电话，那一头的声音立马传来，说道："夏芷苏，已经回到家了吧。"夏芷苏都没说话，对方已经知道是她接的电话，夏芷苏下意识地看向房间里的四周，里面肯定有摄像头在监视着他们。

"是，我是夏芷苏，把我爹地放了。你们的目标是我，不要伤害无辜。"夏芷苏一字一顿地说。

"要想救你爹地，就按我说的做。记住，我绝对不想看到凌家的人出现，特别是你现在的靠山凌少。一旦他插手，你就等着给你爹地收尸吧。"那一头刚说完就传来了一阵惨叫声。

"爹地！"夏芷苏听出是爹地的声音。

"放心，在你没来之前，你爹地绝对死不了。"

"不要伤害我爹地，你们让我做什么都行。"夏芷苏着急地说。

"真是孝顺的女儿。好，在半个小时之后，你们门口会有一辆白色的福特小车，你上去之后怎么做，我会联系你。"

"我不会开车，我没有驾照。"夏芷苏说，她其实会开车，但是此刻，她得找帮手，欧少恒立马指着自己。

夏芷苏了然地说："我可以找人开车，但是放心，绝对不是凌家的人。"

"记住，一旦发现有凌家的人，我们立刻撕票。"电话很快被挂断了。

欧少恒着急地问："绑匪怎么说？"

"半个小时候后会有一辆白色的福特小车出现在门口，让我开车过去，而且绝对不能让凌家的人插手。"夏芷苏说。

姚母一听，又要哭起来，喊道："没有凌少帮忙，怎么能救出你爹地啊。

芷苏！你爹地死定了。你爹地要是死了，我跟丹妮怎么活啊。"说到丹妮，夏芷苏却没看见，想问，又担心爹地的安危。

欧少恒说："你不用担心，我陪着你去。"

夏芷苏真的不想连累欧少恒，可是现在也只能找欧少恒帮忙，因为自己连对方是谁都不知道。她没有把握一个人救出爹地。欧少恒原本是想跟夏芷苏一起去的，想到绑匪的目标是夏芷苏，欧少恒拉起夏芷苏。

夏芷苏本能地甩开他。欧少恒愣了一下说："你出来，我有话跟你说。"夏芷苏安抚好母亲才跟着欧少恒出去。

欧少恒直接说："这些绑匪是冲着你来的，你要是去了，多半会有去无回。夏芷苏，要不你别管了。"

夏芷苏不高兴了，怒气冲冲地说："欧少恒，你说的什么话，我怎么可能不管爹地？"

"他又不是你的亲爹。"

"是他养我长大的，我不能忘恩负义！如果你不想陪我去，你就别去了，反正也很危险。"夏芷苏转身欲走开。

"夏芷苏！"欧少恒拽住她的手，"你当我欧少恒是什么人？你有危险，我怎么可能不帮你！可是这件事真的没想象中那么简单，我们应该从长计议。"

"不用，能救出爹地，用我的命换都可以。等他们的车子一到，我就上车。"夏芷苏淡淡地说。

欧少恒真是受不了夏芷苏对自己的冷漠，想起当初他对她也是那么漠然。欧少恒心里那个后悔，什么叫后悔得连肠子都青了，就是他现在这样。

"夏芷苏，你非要用这种态度对我吗？"欧少恒拉着她的手不肯放开。夏芷苏想甩开，他却拉得更紧。

"我只是想帮你，我想在你有困难的时候站在你身边，我也想有资格站在你身边。"欧少恒一字一顿地说。

夏芷苏看着他，怔怔地说不出话来，一时也忘了要甩开。

姚丹妮为了父亲的事正在奔波，匆匆回来就看到欧少恒拉着夏芷苏的手不放，顿时怒火中烧。如果不是夏芷苏，爹地不会被绑架；如果不是夏芷苏，欧少恒不会退了她的婚，不会不要她，她也不会成了同事、同学们的笑话。

她明明那么挑拨夏芷苏跟凌少的关系了，可是却听说凌少抛下公司带着夏芷苏出海去游玩了。

"妈咪！妈咪不好了！"姚丹妮从外面跑进来叫母亲。

　　姚母还以为是姚正龙出事了，着急地问："是不是你爹地有消息了？"

　　"妈咪！我刚才听到夏芷苏跟欧少恒的谈话。夏芷苏说，爹地只是她的养父又不是亲的。她干吗豁出性命去救他，待会儿等车子来了，她假意上车，到时候不去救爹地，等着爹地死了，她再回来，然后告诉你，她没有救到爹地。"姚丹妮说。

　　姚母睁大眼睛，趔趄地跌坐在沙发上："丹妮！我的好女儿，现在妈咪谁都不敢信，只能相信你。那你说，我们应该怎么做？"

　　姚丹妮脸上闪过一丝恶毒："把欧少恒支开，把夏芷苏直接送给绑匪。他们要的是夏芷苏，只要夏芷苏去了，爹地自然就回来了。"

　　夏芷苏从后院回来，脸色有些怪异，身后跟着欧少恒，脸色也不好。

　　姚母见了，心里咯噔一下，这夏芷苏看来是真的不想救姚正龙，肯定是跟欧少恒商量着到时候怎么逃跑。

　　"姐姐！你回来了！刚才绑匪又来电话了。"丹妮看到夏芷苏就迎上去说。

　　夏芷苏看到丹妮回来，着急地问："绑匪说什么了？"

　　"绑匪说，要我们俩一起去，不能让欧家的人插手。"姚丹妮看了一眼欧少恒说。

　　欧少恒很意外，说："绑匪真这么说？"

　　姚母立马回应说："是的，是的。刚才绑匪来的电话，是我接听的，绑匪说，要我的两个女儿去，绝对不能让别人跟着，不然……不然就撕票。"

　　"夏芷苏，那你就更不能去了。丹妮去根本帮不了你，你到时候还得保护她。"欧少恒下意识地拦住夏芷苏。姚母听了更加确定夏芷苏跟欧少恒是在商量怎么逃跑，而不是去救姚正龙。

　　姚母的脸色也难看了："欧少恒，这是我们姚家的事，我们家的事跟你们欧家没关系，你请回吧。"

　　"姚伯母，可是你给打我的电话，让我来帮忙。"欧少恒气愤地说。

　　"我这不是想起来了，你已经退了丹妮的婚，跟我们姚家一点儿关系都没有，现在绑匪也说了你不能去，你要是去了，万一芷苏的爹地被撕票，那怎么办？绑匪可是冲着芷苏来的，她爹地要是出了意外，就全是芷苏的责任，你能承担吗？"姚母冷笑着说。

　　"你！"欧少恒气得说不出话来，"夏芷苏，你别听他们的。你要去，就得我陪着。"

　　母亲的话一字一句都像针一样扎在夏芷苏的心口。

母亲说得没错，如果爹地出了意外，都是她的责任。之前绑匪说了不能报警、不能让凌家的人参与，现在不让欧家的人参与也是合情合理的！

"欧少恒，你回去吧！"夏芷苏说，"谢谢你的帮忙！"欧少恒怎么肯走，这又少不了夏芷苏以死相逼，欧少恒实在没办法。

姚丹妮看着欧少恒被夏芷苏逼走了，笑着扬了扬唇角。

那边门口很快出现了一辆车子，里面却没人，车里面只有一部手机。这时候手机突然响起，姚丹妮立马上前夺了过来，开始接电话。

夏芷苏在一旁担心地看着。看着丹妮挂了电话，夏芷苏问："绑匪怎么说？"

"绑匪没说爹地在哪里，就是让我们一直往西北方向开，什么时候停车，他们会打电话通知我们。"丹妮说，"我来开吧，我的车技比你好。"

夏芷苏连驾照都没有，当然不能开，只好点头："丹妮，你到时候不要怕！我会保护你！"

姚丹妮在心里不屑地冷笑，对着夏芷苏却是微笑："有姐姐在，我一定不怕！"夏芷苏还是很紧张，心里念叨着老天要保佑爹地一定没事。

夏芷苏突然想起了凌天傲，不知道蓝蓝的伤势怎么样了？有凌天傲在，蓝蓝应该没事吧！

凌天傲，我一定会救出爹地，平安回来！夏芷苏想着想着，突然觉得很疲倦，很想睡觉。

摇头，一定是在飞机上遇到那么大的灾难，身心疲惫了。可是她不能睡啊！她要救爹地的！眼皮一直在打架，夏芷苏实在困得不行。

夏芷苏努力撑着意识，说："丹妮……我好困……我先睡一会儿……有什么情况你一定要马上叫醒我……"

夏芷苏说着还没等姚丹妮回话，就睡了过去。

姚丹妮看到她睡着了，还假意回话："好的姐姐……你睡吧，等到了我就叫你。姐姐，你睡着了吗？姐姐？"

姚丹妮又推了推夏芷苏，夏芷苏完全睡死过去，一点儿反应都没有！姚丹妮唇角勾起一丝冷笑。

听说夏芷苏刚下飞机，连口水都没喝，她特地拿了水给她喝。当然，水里面加了不少她妈咪失眠时吃的安眠药。夏芷苏自然是不会防着她们的。

姚丹妮拿出绑匪留下的手机打过去："不用绕弯子了，也没人跟踪我们！我们也没让任何人帮忙！你们要的是夏芷苏，她已经晕过去，痛快一点，说地点，我现在就把她带过来！"

绑匪接到姚丹妮的电话，简直诧异得要死！踢了一脚地上的姚正龙，绑匪真是要大笑："早知道你小女儿那么厉害，我就跟她合作了！还用得着绑你一个老头子！你女儿直接把夏芷苏弄晕了带过来！"

姚正龙也知道了丹妮要来救他，顿时欣喜若狂、老泪纵横！果然还是亲生女儿好啊！"老大！她们来了！"在一个施工的厂房内，一个绑匪对自己的老大说。

那绑匪老大立马站起身，走到窗户边，果然看到那辆白色的福特车已经停在门口，拔出枪，绑匪老大枪口指着即将下车的人。

"马上去查看有没有凌少的人！"老大说。

手下立马去查看，很快就来汇报："老大！没人，就一个女的。"

"一个女的？这个女人不是夏芷苏！"老大看了眼照片，再看已经下车来的姚丹妮。

"把他押过来！"老大吩咐把姚正龙押过来。姚正龙一过来，老大的枪就指着他："外面那女人是不是你小女儿？"

姚正龙看到姚丹妮就像看到了救命稻草一样，忙不迭地点头："是！是我小女儿！姚丹妮！是我小女儿！"

"爹地！"姚丹妮看不到里面的情况，只是在外面喊。

"走！"老大亲自押着姚正龙，出来。"爹地！"姚丹妮见了着急地上前。

"砰！"绑匪老大直接开枪打在姚丹妮的脚下。姚丹妮吓得几乎尖叫，但立马退后一步："我把夏芷苏带来了，你们放了我爹地吧！"

"丹妮！丹妮！"姚正龙害怕地叫着女儿的名字。

"夏芷苏人呢？"老大看到四周没人，又有手下去检查白色的车子，里面也没人。

姚丹妮壮着胆子说："等你们放了我爹地，让我们安全离开，我马上就告诉你们夏芷苏在哪里！"砰！又是一枪打在姚丹妮的脚下。

姚丹妮很害怕，但努力隐忍着，让自己镇定："你们打死我也没用，我把夏芷苏藏起来了！只要你们放了我跟我爹地，我一定把夏芷苏交给你们！如果我死了，就没人知道夏芷苏在哪里，反正你们要的是夏芷苏，我们这两条命对你们也没用，不是吗？"

绑匪老大盯着姚丹妮："我怎么知道你说的是真是假！我怎么就能确定，夏芷苏真在你手里！夏芷苏可是你的姐姐！"

"你们也发现了，她姓夏，我姓姚！她只是我们姚家的养女！你们是冲着她来的，我们是无辜被牵连的！这时候我们为什么要包庇她！咱们也不要浪费时间！只要放了我们，让我们走，我一定告诉你们我把夏芷苏藏在哪里了！"

"还是不信吗？这是夏芷苏昏迷的照片！"姚丹妮把绑匪丢在车上的手机丢还给绑匪。

那绑匪老大拿过手机，果然看到夏芷苏晕倒在地，而且双手被反绑住。

"我只有一个条件，既然抓了夏芷苏，烦请别再让她逃走！如果你们还是让她逃了，希望不要让她知道是我做的！不然，夏芷苏背后的人也不会放过我，只要我还活着，你们幕后的人以后有什么事帮忙，可以找我！我一定乐意合作。"姚丹妮说。

绑匪老大看着面前的女人，真是越来越喜欢。跟这样的明白人合作，真是一点儿都不累人！他们要的本来就是夏芷苏，也不想节外生枝！

"走吧！"绑匪老大把姚正龙推了过去。姚正龙看到自己的女儿那么镇定，也特别欣慰，他的女儿，真的是长大了！一步步走了过去，直到姚丹妮扶住姚正龙。

"爹地！我们快上车！"姚丹妮扶着爹地上了车，然后迅速从窗户里扔出一张纸条。

姚丹妮发动车子喊："这是夏芷苏所在的地址！"喊完，姚丹妮迅速掉转车头，疾驰而去。

"老大！就这么放了他们吗？"手下问绑匪老大。

绑匪老大看着手机照片还有地址，冷笑："看那姚家的小丫头也不敢骗我！她那股聪明劲儿，她老爹都比不上！走！找夏芷苏！"

于是，他们迅速赶往姚丹妮所说的地址！

在一处偏僻的拆迁房内，夏芷苏双手被反绑扔在地上，她想睁开眼睛，可是怎么都睁不开。她想动一动手，可是感觉到自己的双手被绑住了，唯一的一扇破门被推开。

绑匪老大和手下进来，一眼就看到了被绑着的夏芷苏。

"老大！真的是照片上的女人！夏芷苏！"手下激动地说。

绑匪老大走过来，蹲下身，捏住夏芷苏的脸看了看："还真是夏芷苏！得来全不费工夫啊！我们主人就是厉害，想抓夏芷苏，抓了姚正龙肯定行！没想到这么容易就得手了！听说这女人功夫了得，还担心对付不了她！她有这么个好妹妹，也真是咱们的福气！带走吧！"

......

姚正龙坐在车内，担心起夏芷苏来："丹妮，芷苏是怎么回事？你怎么把芷苏给藏起来了？"

"爹地！你这时候担心她干什么？要不是夏芷苏，那些人能绑架你吗？"

"那芷苏她……"

"她不肯拿她自己交换你，我跟妈咪只能想办法带她来交换你了。"姚丹妮一副无奈的样子，"爹地，咱们姚家养她那么大，一点儿都不欠她了！现在是她该报答你的时候了！"

"什么？是你，这么说是你绑架了芷苏？"

"爹地，这话不能这么说的！怎么会是我绑架了她呢？是您被绑架了！夏芷苏自愿去交换您的！现在她出了事，跟我们也没关系啊！"

"你！你糊涂啊！这要是让凌少知道了，我们，我们姚家……"

"凌少知道了又能怎样，是夏芷苏自己要去交换您的，我们拦都拦不住！

再说了，绑匪本来就是冲着她来的！爹地，您就不要多想了，如果我不那么做，您现在可能就被绑匪撕票了！"姚丹妮故意吓唬姚正龙。

想到撕票，姚正龙就心有余悸！被人绑架，被人拿枪指着脑袋，他怕都怕死了。

"千万千万不能让凌少知道是你绑架了夏芷苏！不然，后果我们都承担不起！"姚正龙心慌地交代。

"当然了，那些绑匪的目标就是夏芷苏！那么多人，夏芷苏又昏迷着，如果还对付不了夏芷苏，那些绑匪也太没用了！爹地，你放心吧，夏芷苏必死无疑！凌少不会怀疑我们的！"姚丹妮安慰。

"万一，我是说万一，芷苏回来了呢？"姚正龙又担心地说道。

"回来那是她命大！她自己睡着了，发生什么也不知道！她自然也不可能知道是我给她下了药！爹地，万无一失，您放心吧！那些绑匪总不可能去告诉凌少，是我把夏芷苏送给他们的吧！"姚正龙想想也觉得有道理。

"芷苏是个乖孩子呀！你把芷苏推下楼，孩子都被你害死了，她也没让凌少追究你！我们这么做，会不会太……"姚正龙心里过意不去！

"爹地，你忘了，芷苏怀着孩子还要勾搭我的未婚夫，还逼着欧少恒退了咱们家的婚，让你成了别人的笑话！爹地，您就不要内疚了！要不是我弄晕了夏芷苏，她还根本不想救你呢！"姚丹妮故意添油加醋。

"当真？"

"当然是真的！妈咪也可以作证啊！"姚丹妮在心里冷冷地笑了。

夏芷苏，就算你回来了，也要你在姚家、在父亲心里一点儿地位都没有。不，你回不来了！

就算凌少想救你，都来不及！姚丹妮的车子刚在姚家门口停住，却见欧少恒着急地上来拍打车窗。

姚丹妮看到欧少恒，一喜，下意识地喊："少恒！"推门走下来，姚正龙也下来，欧少恒却没有看到夏芷苏。姚正龙看到欧少恒有气，哼了一声。

"老爷！"姚母看到姚正龙回来，顿时喜极而泣，跑上来扶住他。

"夏芷苏呢？"欧少恒着急地质问。

姚丹妮笑着的脸上一阵僵硬，然后一副悲戚状："姐姐为了救爹地被绑匪抓走了！"

"什么？"欧少恒一个踉跄。

"少恒！"姚丹妮想扶住他。

欧少恒直接推开她，怒吼："那你们就回来了？就这么丢下芷苏不管？"

欧少恒越想越着急。能救夏芷苏的，当然只有一个人！凌天傲！对！是他！

"少恒！你去哪里？少恒！"姚丹妮见欧少恒跑开，着急地喊。

凌家豪宅。

凌天傲还守在萧蓝蓝的床边，做手术的时候，萧蓝蓝意识不清了，还是拉着凌天傲的手。

凌天傲想出去都走不开，所幸手术成功了，真的没想到萧蓝蓝会为了他不惜生命的代价！

回到凌家，凌天傲竟然没看到夏芷苏，突然想她起来，正准备问管家。管家从外面进来小声说："少爷，欧家的少爷要见您！"

欧家的少爷？欧少恒？凌天傲眸中倏然一抖："不见！欧少恒有什么好见的？"

夏芷苏的心上人，他要是见了，会忍不住一枪毙了他！凌天傲又问："夏芷苏呢？"

"夏小姐出去了，还没回来！"凌管家说。这个女人，一回来就出去！难道去见她的心上人去了？不对！如果是这样，那这个欧少恒来找他做什么？莫非是夏芷苏的事情？

凌天傲的心里猛然咯噔了一下，下意识地要放开萧蓝蓝的手走出去。

"天傲！"这么一放，反而惊醒了萧蓝蓝。凌天傲见她醒了，也是一阵惊喜："感觉怎么样？"

"我难受……"萧蓝蓝吃力地说,"天傲,我好难受……"

"哪里难受?我让欧阳再给你看看!"

"不要离开我,天傲……"萧蓝蓝拉着凌天傲的手,喃喃地说。

"我不走,但是要让欧阳给你看看!"凌天傲一抬手,凌管家就知道要去叫欧阳。

管家想走开,但是又想问,这个欧家少爷到底见不见,可是少爷刚说了不见的!

见萧小姐拉着少爷说话,管家也不便插嘴,立马去叫了欧阳。欧少恒等在门口,很是着急!见管家走出来,欧少恒迎上去:"凌天傲呢?"

"我家少爷有点事,欧少请回吧!"凌管家说。

"不行!我一定要见到他!有很重要的事!凌天傲!夏芷苏被人绑走了!凌天傲!你听到了没有?"欧少恒对着大门大喊着。

凌管家简直特别意外:"夏小姐又被人绑走了?"凌天傲在萧蓝蓝的房间也听见了,有些愕然,直接放开萧蓝蓝的手。

"天傲……"萧蓝蓝也听见了外面的喊叫声。

夏芷苏被人绑走了!凌天傲说:"有欧阳在,你会没事!我还有事!叶落,你照顾她!"

叶落忙点头:"是,少爷!"

萧蓝蓝不甘心地撑起身子:"天傲……"她都为他做到这个地步了!他怎么还不看她一眼呢!

萧蓝蓝因为撑起身子扯痛了伤口,更多的血流了出来!

欧阳医生见状着急地说:"萧小姐,你快躺下!"

"萧小姐!"叶落也急得上前扶萧蓝蓝。

萧蓝蓝可是为了少爷挡子弹,叶落自然要好好照顾。凌天傲大步走出来,直接到欧少恒面前,质问:"夏芷苏被绑走,什么意思?"

"我怎么都找不到夏芷苏!现在能找到她的只有你!"欧少恒立马说了夏芷苏被绑走的过程。

凌天傲非常生气,那么大的事,夏芷苏怎么不找他商量?"管家!封锁全城!"凌天傲大吼着命令,"马上去警察局调出所有监控!把可疑车辆全部排查出来!可疑飞机,一律拦截!"

"是,少爷!"凌管家立马准备去警察局。

"警察局的监控数据我已经让人传过来了,在这里面!"欧少恒把自己的手机拿给凌天傲。

凌天傲眯眼，看了他的手机，伸手直接拿过来。

在监控室里。凌天傲把数据全部传到屏幕上，可以看到各个路段的路况还有来往的车辆。欧少恒也站在一边看着。管家立马查了情况，来汇报："少爷！欧少所说的白色福特轿车已经查到了来处！是在市中心一家租车行被租赁过去的！租车人的证件都是假的！但是租车行有视频拍到了租车人！"

凌管家把得来的消息送过来，把照片给少爷："少爷，我们的情报网已经在分析此人的出入境情况！"凌天傲拿过照片，是一个戴着黑色墨镜、全副武装的人。

把自己遮成这样还刻意躲开了监控！但是没关系！他的人一定会查到！

"少爷！已经查到了！这辆黑色路虎车是今天才出现的！很可能是绑匪的车！他们正往南湖的方向赶！"房间里正在研究监控的一个手下大声说。

凌天傲转身看向监控，记住了那辆车的车型和车牌！"走！"凌天傲大声命令，凌管家立马跟了出去。

欧少恒看着监控上的车子，也转身大步走了出去，凌天傲走出门，直升机就已经准备好了！欧少恒也跑出门，上了自己的车！

这座城市，他从小在这儿长大，熟悉得很！抄小路！

凌天傲的直升机很快起飞，他盯着手里的平板电脑，上面是那辆路虎车行驶的方向！

夏芷苏，等着我！

▍▊▎ 第二十二章 喜欢白芷草的男人 ▍▊▎

　　黑色路虎车内。

　　绑匪老大的手机响了，他接起电话，眉头一皱。"我们已经被人盯上！计划有变！"老大说："五分钟后换车！"

　　"老大，这个女人还没醒！"手下指着躺在后座上的夏芷苏说。

　　"没醒才好，省得麻烦！"老大哼了一声。

　　五分钟还没到，从不远处的岔路口同时出现了三辆黑色的路虎，一模一样的车子，同样都没有车牌号，从交叉路口蹿了出来。

　　老大挥手，车上的手下顺脚跳上对面开来的车。

　　那老大抱起夏芷苏，想把她扔到对面的车上。还没扔出去，原本昏睡的夏芷苏猛然一脚踹到了老大身上。那老大反应很是迅速，一把抓住夏芷苏的手。"哟呵！原来已经醒了！"

　　夏芷苏一手抓着车门，一手就劈了过去。"小丫头，知道你功夫了得，我的功夫自然不会比你差！"老大直接握住了她的手腕，

　　一把把她整个人扔进了对面的车里。

　　随着啊的一声，对面车里的手下接住了夏芷苏，夏芷苏还想反抗，可是脑门上被抵了一把枪，夏芷苏只能乖乖的："你们是什么人？既然要抓我，怎么不动手杀了我？"

　　"问那么多干什么！你只要不反抗，我们也不会对你怎么样！"那手下的枪还是指着夏芷苏，"安分点儿！不然这枪可不长眼睛！"

　　夏芷苏怎能不安分呢！看了眼车内，右边两个绑匪拿着枪，左边一个指着她。前面副驾驶座的位置又有人拿枪对着她！她一点儿反抗的余地都没有！而且从他们的身形外貌，就可以看出一个个身手不凡！知道用姚家来威胁她，还知道找那么好手的人来对付她，这幕后的老大真是颇费心机啊！

　　砰！耳边突然一声巨响，是前面的道路被炸出一个巨坑。车子不得不急速刹车，从大坑边绕过去。

　　有人来救她了！夏芷苏一阵欣喜，一定是凌天傲！可是她被禁锢在车内，外面的情形一点儿都看不清楚，只听到接二连三的巨响和枪声，头顶是直升机的轰鸣声！原来是夏芷苏后面的路虎车跟直升机上的人发生了激烈的枪战！

　　飞机上，凌天傲就站在舱门口，守卫拿着枪不间断地对着下面的车子开枪。

"少爷！突然冒出四五辆一样的车，我们不确定到底哪一辆车上有夏小姐！"守卫边开枪，边说。凌天傲也看到了，是从岔路口突然冒出来的！

不远处就是十字路口了！如果他没猜错，这些车一定会分开行驶！就是让他产生错觉，找不到夏芷苏在哪一辆车上！这些人有缜密的计划、精美的战略、协同的作战能力！堪称完美！对付夏芷苏，是势在必得！

"在十字路口之前，把所有车都给我拦下来！"凌天傲命令。守卫们只能拼命地对付那几辆车，却又不敢打到车身上，因为他们拿的都是最新式的武器，子弹的穿透能力强，一不小心，万一打到夏芷苏所在的车上，很可能会伤到她！那可是少爷心爱的女人，谁都不敢伤到她！

那就只能打爆车胎！

可是十字路口就在眼前，他们必须在几秒之内，把车胎全部打爆！

砰砰砰！激烈的枪声让过往的车辆都害怕地躲避着！路虎车内，绑匪老大手里拿着枪小心地从车里探出脑袋，手中的枪高举，对着飞机上的守卫砰砰开枪，守卫急忙避开。就是这么一避，导致没有足够的时间打破他们的车胎！这时候已经到了十字路口，剩下的两辆车往两个不同的方向开去。

凌天傲站在飞机上，艰难地选择，夏芷苏到底在哪辆车内？砰！地面上传来了突兀的枪声。一辆明黄的跑车冲了出来，追着其中一辆白色的车飞奔而去。

凌天傲一眼就看到了欧少恒："往那边追！"欧少恒选择了一辆，他就选择另一辆！

欧少恒的车子很快追上了黑色的路虎，他的车子直接横在了路虎车面前，逼得路虎不得不停下！欧少恒拿着枪指着司机："下来！"司机立马跳下车，举起手，下来。

"夏芷苏！"欧少恒大步上前，打开车门，里面空空的，什么人都没有！欧少恒睁大眼睛，没人！"里面的人呢？"欧少恒抓起司机质问。

司机整个人都在抖："我不知道……不知道啊！我只是开车的……只是司机而已啊！"

欧少恒气呼呼地把司机丢开，跳上自己的车，迅速掉转方向。凌天傲也很快追上了黑色的路虎。砰砰！连续的爆胎早就逼停了路虎车，凌天傲直接抓着扶梯从直升机上跳下来。

砰！里面传来枪声，凌天傲侧身避开，开枪。砰砰！躲在车门后面的绑匪被凌天傲很快解决！"夏芷苏！"凌天傲着急地喊，走到车门边，却只看到几个绑匪被一枪毙命，根本就没有发现夏芷苏的身影！

"夏芷苏！"凌天傲打开后备箱，还是没人！他拿着枪，简直急红了眼！欧少恒明黄色的跑车开了过来。凌天傲大步走向他："找到夏芷苏了？"

欧少恒惊讶地摇头："那边没有！我以为夏芷苏在你这边！"

"什么？"凌天傲也是惊愕！所有的路虎车都被他解决了，里面根本就没有夏芷苏！这两辆车里也没有，那夏芷苏去哪里了？忽然头顶传来熟悉的轰鸣声。凌天傲抬头，却看到南湖的对岸，从山的后面出现了一架直升机。

"凌天傲！"夏芷苏站在舱门口，大声地喊着。

"夏芷苏！"凌天傲和欧少恒异口同声地喊。可是眼睁睁地看着那直升机迅速飞走，一点儿都不敢停留，用最快的速度离开凌天傲的视线！

凌天傲迅速回到自己的飞机上！"快追！"他着急地命令道，可是却眼睁睁地看着夏芷苏所在的飞机越飞越远……凌天傲低头才发现通往南湖对岸的桥上，有一辆黑色的越野车被扔下。

刚才激战的时候，那黑色的越野车趁着所有人不注意转移了夏芷苏，把她带去了南湖的对岸！而对岸明显是有早就准备好的飞机在接应！

他跟欧少恒却被故意引开了，凌天傲深吸一口气！好一招声东击西！在他凌天傲的眼皮底下都可以把夏芷苏带走！带走夏芷苏，而不是当场杀了她！凌天傲眸子微眯，是谁呢？

夏芷苏不知道自己被带去了哪儿，她被绑在飞机的安全座椅上，身边的绑匪都很警戒地拿枪指着她。

无论她说什么，绑匪都不为所动。根本不知道过了多久，飞机终于落地了。夏芷苏被人从飞机上推着走了下来。面前是一座欧式城堡一样的别墅，门口是鹅卵石铺就的小路。

夏芷苏走到哪里，身后的枪口就顶到哪里。房子的门被打开，夏芷苏被人推了进去。

夏芷苏一路是被推过来的，她真是怒了，回头就怒瞪那绑匪的老大："推什么推啊！我不是有腿能走路吗？这都到什么鬼地方了，还担心我跑了不成？"

那绑匪老大愣了一下，然后拿枪指着夏芷苏："废什么话？进去！"

"怕你啊？一路上都拿枪指着我，也没见你敢开枪啊！"夏芷苏直接转身面对他。那老大一下子语塞，哼了一声，竟然收了枪。"把我抓来这里到底想干什么？"夏芷苏质问。那老大收了枪转身就走了，一句话都不多说。在飞机上也是一样，问他什么，他都不开口，嘴巴真是严实得很！夏芷苏简直愕然，把她绑来这里，就这么走了？

"夏小姐，里面请！"不知道什么时候旁边出现个女人，鬼魅般地站在她面前。那女人穿着用人的衣服，恭敬地欠身。夏芷苏被吓了一跳，看着面前黑漆漆的宫殿，再看了眼突然出现的用人。

夏芷苏深吸一口气："这里是什么地方？"

"夏小姐，里面请！"那位用人还是微笑着，很是得体。

"有谁可以回答我一句，这里是什么地方？"夏芷苏几乎咬牙切齿。

"夏小姐，里面请吧！"那用人又说。夏芷苏真是觉得没法沟通！此刻没有其他人，只有眼前的用人！她要是对付不了，就太丢人了！

夏芷苏一个侧身，上前，扣住用人的脖子："我不知道这是哪里！但我不想待在这！把你的手机给我！"她先拿了手机联系凌天傲再说！凌天傲是亲眼看着她被掳走的，一定很担心她！

用人的脸上很是镇定，看着夏芷苏说："夏小姐，还是里面请吧！"

"你就只会这句话吗？手机给我！"

"我没有手机，夏小姐。"

谁还没手机？夏芷苏不信，搜身，还真没有。

夏芷苏真是懊恼："这里是哪儿？附近有多少守卫，我该怎么出去？说！"夏芷苏不得掐紧她的脖子。

用人被掐得满脸通红，依旧镇定："夏小姐，这附近没有守卫，但是你一定出不去！夏小姐，还是进去吧！"

"你说不说！再不说我真的要掐死你！"夏芷苏狠狠地用力，可是用人还是看着她，都开始翻白眼了，依旧什么都不说！反而是夏芷苏，眼见着这女人要被自己掐死，无奈，只能松开手。用人踉跄了一步，靠在门上。"夏小姐，请进吧。"还是那句话。

夏芷苏气得抚额，也无可奈何。"多谢夏小姐不杀之恩，您这边请！"用人低垂着眼帘说，手恭敬地伸出，欠身。夏芷苏真的是服了这些人，一个比一个能忍。

突然之间，她真的很好奇，到底是怎样的人才能教出这么一批下人？

夏芷苏穿过楼梯下面的一扇小门走出去，竟发现这里别有洞天！打开门看到的是一片热带雨林。里面的花草很是奇异，至少是夏芷苏从来没见过的。是什么花什么草，她全都说不出来。花儿比人高，树木都盘枝错节，把整个天空都快遮蔽了！这种场景，夏芷苏还以为只有在 3D 电影里面才会看到，没想到现实中也有。对于这里的主人，夏芷苏更加好奇了。

"夏小姐，请您洗澡休息吧！"用人把夏芷苏带到一个房间，然后说。洗澡休息！她还以为带她来见他们的老板！用人似乎知道夏芷苏的心思，说："您这身打扮，我们主人见了会不高兴，请洗漱干净了再出来。"虽然说的话听起来很恭敬，但明显傲气十足。

夏芷苏冷笑，还嫌弃上她了！她从凌天傲的飞机上落下就没来得及换衣服，后来又去救爹地，之后就被绑匪绑架了！说到爹地，夏芷苏皱眉，爹地不知道怎么样了！夏芷苏也不想问她主人是谁了，反正问了也是浪费唇舌。

这个姑娘什么都不会告诉她，既来之，则安之！

凌家。

凌天傲正亲自监督、追查夏芷苏的下落，凌管家急匆匆地从外面进来："少爷！美国那边传来消息！您的弟弟凌跃被接回了凌家，还有凌跃的生母崔淑丽也住进了凌家！"

凌天傲眸子猛然一惊："谁的弟弟？我可没有弟弟！"

凌管家立马低头："少爷，属下口误！但是凌跃已经被接回了凌家，还进了总部工作！老爷已经携凌跃的生母崔淑丽公开出现在公众场合！"

凌天傲唇角一勾，冷冷地笑着说："看到了吗？这才叫小三登堂入室！我不在家，真当我死了！老头这是让人知道他还有个儿子，虽然是个私生子，上不了台面，可一旦他给崔淑丽那女人扶正，私生子也就名正言顺了！老头子为了公司，还真是什么手段都敢用！"

"少爷！那老爷的意思是想让凌跃继承公司吗？"

"他觉得本少继承公司无望，那就让他的野种回来！凌跃不过是他的垫脚石！你是不知道啊，我家这老头为了自己的利益，可以抛妻弃子！何况是个私生子，拿来用一用，做个傀儡更好！"一旦凌跃继承了公司，这跟没掌权一样，都是老头子说了算！

"少爷！老爷如果不支持您，那下个月的董事会，我们怎么才能拿到 GE 的继承权？"凌管家着急地问。

"一个 GE 的继承权，想要的可不是只有我一个！凌跃那个私生子掀不起风浪，东野润一才是我最强劲的对手！"凌天傲冷笑。

东野润一？凌天傲的眸底猛然闪过一抹狠绝。

如果真是他想的那样，在董事会开始之前，夏芷苏不会有任何危险！想到这里，又松了口气。

"萧小姐！"管家突然对着门口喊，萧蓝蓝靠在门口，很虚弱的样子。

凌天傲见到她，皱眉："你起来做什么？"萧蓝蓝微笑着说："天傲！我在房间里有些闷，想出来走走！"

"不行！欧阳交代过，你暂时不能下床！回去！"凌天傲着急地说。

萧蓝蓝心里感到一股暖流，天傲在关心她吧！"我也担心阿芷呢！听说阿芷被人掳走了！天傲，你可一定要找到她！"萧蓝蓝看着凌天傲的表情很真诚。

凌天傲突然也觉得以前可能自己对萧蓝蓝有偏见，因为凌家和萧家不顾他的意见执意要他娶萧蓝蓝，所以他很反感。自从萧蓝蓝愿意跟夏芷苏做朋友，还为他挡了子弹，凌天傲觉得自己有些亏欠萧蓝蓝。此刻萧蓝蓝那么关心夏芷苏，他觉得她应该是善良的。

"你不用担心，我自己的女人，我一定会找到她！"凌天傲走出来扶住她说。自己的女人？萧蓝蓝在心里惨笑。

"阿芷人那么好，一定会没事的！天傲你也不要担心，你看你，憔悴了很多。"萧蓝蓝心疼地抚上他的脸。萧蓝蓝的手摸上凌天傲的脸颊，凌天傲直接握住她的手腕，拿开。

萧蓝蓝一愣，很惶恐地说："对不起！"她那么小心翼翼，凌天傲有些皱眉。走过去，抱起她。

"你这样走路小心伤口崩裂，我抱你回去！"凌天傲说。

萧蓝蓝心里充满着喜悦，抱住凌天傲的脖子，脸埋在他的怀里。希望夏芷苏不要再回来了！永远不要再回来！阿芷，只要你不再回来，我也就肯定不会伤害到你了。

"夏小姐！"一早，用人就来敲门，夏芷苏懒得理会，翻身继续睡觉，都在这好几天了，也没见 BOSS（老大）出现。倒是她，每天好吃好喝，顺便把整座岛都游玩了一遍！这里还有一片很大的热带雨林，林子里有各种奇花异草。空气也很新鲜，睡眠质量都好了。

"夏小姐，起床了！"用人直接拿了钥匙开门进来，站到夏芷苏身边说。

夏芷苏又被活生生吓了一跳，从床上跳起来："这么早起床干什么啊，不就是吃早饭！"

"我们主人要见你。"用人说。夏芷苏一愣："终于要见我了？"

"夏小姐，快一些，不能让我们主人久等！"用人说着就出去了。夏芷苏眯着眼睛，看着用人出去。夏芷苏冷冷地一笑，终于要见她了！她都等这么久了，还好意思跟她说，不能让主人久等！

夏芷苏嗤笑一声，慢吞吞地挪进浴室，慢吞吞放水，进浴池洗澡，然后泡在水里，一泡就是半个小时。

外面用人又来催促："夏小姐，你好了吗？"

"快了！"

"夏小姐，您两个小时之前就说过快好了！"用人在门外咬牙切齿地提醒。

"是吗？可我在上厕所，大号！你催我也没用！"夏芷苏在里面云淡风轻地说。

门口的用人急得不行，却只能灰溜溜地离开。

下楼，走到客厅，法式的靠椅上坐着一个穿着水蓝色衬衣的年轻男子，他有一双很深沉的眸子，细长的眉毛还有坚挺的鼻梁，额头上有零散的刘海落下，几乎遮住了眼睛，低着头，他手里拿着一个盆栽，里面有白色的小花。

这株白芷草，是她从院子里移植到盆子里的。没办法，待在这种没有电脑、没有电视、没有手机的鬼地方，简直让她发霉。

"少爷，夏小姐还没出来……"用人都不敢说话了，少爷足足等了两个小时啊！男人微微扬了扬唇角，手指拨弄着白色的花儿。"东少爷，我再去催催她！"用人实在等不住了，又要上楼去催。

"娜塔莎。"那男子开口了。

"少爷！"用人立即躬身站住。

"不用催，她要想出来自然就会出来。"

"可是少爷，您等了她那么久！"

"本少也让她等了不少日子。"他淡淡地说。楼上传来干咳声，夏芷苏终于出来了。

用人见到夏芷苏，一喜："夏小姐，这边请！"夏芷苏一步步走下楼，淡淡地却充满敌意地看着椅子上的男子。他也抬头，跟夏芷苏对视。

两人的视线在半空中似乎交战了一番。夏芷苏先开口："你抓的我！你是谁？"

"东野润一。"他很坦白地开口自我介绍，东野润一，夏芷苏自然是听过的。

凌天傲曾经向她介绍过他们家的基本情况。东野润一是凌天傲的表兄，就是他跟凌天傲在争夺 GE 集团的继承权。因为东野润一的母亲是凌天傲的亲姑姑，他争夺凌家的公司，也是名正言顺的。

"你不会是故意抓了我，然后威胁凌天傲吧！这样很卑鄙不是吗？"夏芷苏也是开门见山，很直白。

东野润一上扬的唇角带着冷酷的味道："过程并不重要，重要的是结果。"

"就算你拿到了 GE 集团，你靠这种手段！那么不光彩，就不怕别人说吗？"

"不怕，也不介意。"

夏芷苏以为，眼前的人，真是个正大光明的小人！他不是君子，一开始就透露给她这个信息。

夏芷苏坐到东野润一对面的沙发上，很坦然地直视着他，不卑不亢。

"既然抓了我，不介意告诉我，你打算怎么威胁凌天傲吧？"夏芷苏问。

东野的确不介意，他低头拨弄着手里的盆栽："只要你在我的手里，凌天傲就不敢继承 GE 集团，就算继承权给了他，他也只能让给我。"

"你是让凌天傲选择我还是选择公司？你就那么肯定他会选择我？"

"我肯定。"东野看着夏芷苏，点点头。

夏芷苏语塞，不知道说什么了。"你还有什么要问的，关于我抓你的事。"东野润一扬眉，看着夏芷苏说。

"我问你什么时候放我走，你会回答吗？"夏芷苏好笑地反问。

"等我拿到 GE 的继承权，顺利继承公司。"东野真的回答她了。

夏芷苏真觉得可笑，那不是废话吗！那都猴年马月了！"你要是一辈子拿不到公司，你就一辈子不放我走了？"

"不会那么久，你放心。"

"我怎么放心得了啊，我现在是被绑架过来，是被囚禁在牢笼里！"夏芷苏指着自己吼。"你可以在海岛到处走走，我没限制你。"的确，他一点儿都没限制她。

因为她无论走到哪里，她都走不出海岛！夏芷苏语塞，跟这个男人能沟通出什么来！

要是说几句话他就放她走，她可以一直说！

见夏芷苏不说话。东野润一站起身，把手里的小盆栽放回桌上："这座岛很美，希望你喜欢。"

"……"夏芷苏无语，看着东野润一走出去，她也跟着出去说："凌天傲不会放过你，你斗不过他！"

"是吗？你对凌天傲那么有自信？"

"因为我的男人很厉害！"夏芷苏为凌天傲说话。

东野润一停下脚步，低头看着她，凑近。夏芷苏本能地后退一步。

东野润一却抱住她的腰，把她扯到自己怀里来："我会把凌天傲踩到脚下，让他永远都不能翻身。"东野润一轻描淡写地说完，却满是志在必得。

夏芷苏的心里一阵紧张，好像他的话说到一定能做到似的。"你关不了我多久，凌天傲一定会找到我的！"夏芷苏昂起头，盯着他。"是，他一定能找到这里。只是时间问题。只要他敢来，那就别想回去了。"

东野润一唇角一扬，一丝冷酷划过，还带着些微的邪魅。他的气息喷在她的脸上，凉凉的。夏芷苏本能地抗拒他，可是推不开。

夏芷苏抬手想用手肘去攻击，东野轻易地扣住她的手腕。夏芷苏就知道她肯定打不过他，恼火地一脚踢了过去。东野又轻易扣住她的膝盖。

夏芷苏就等着他扣住她的膝盖，一个后空翻从他的怀里出来，飞跳，一脚飞踹了过去。

东野一愣，下意识地用手掌去挡，却被夏芷苏的力道逼得生生后退了几步。夏芷苏挑衅地盯着他。东野润一唇角一扬："身手很好。"

"见到我的人都这么说！"

"但你不是我的对手。"

"对！所以我不打了！"夏芷苏很知趣，反正打不过，干吗要打！东野愣了一愣，看着眼前的这个女人，唇角勾起。

午饭时间，夏芷苏坐在餐桌前吃饭，时不时地抬头看对面的男子。餐桌旁只有夏芷苏和东野润一。

午餐很丰盛。总之，她来了这里之后基本就是高级别待遇，饭菜一直都很美味。可是这东野不是跟凌天傲是死对头吗？抓了她，干吗还对她那么好？

见夏芷苏盯着自己，东野抬眼看她："饭菜不合口胃吗？"夏芷苏低头吃饭，不想跟他说话。东野也不介意，优雅地吃饭。吃完用毛巾擦手。然后起身，拿了文件，去外面的雨林，在很大的一朵喇叭花下面坐着，低头看他的文件。

夏芷苏吃完饭走出来，东野也刚好抬头，跟她的目光对视。夏芷苏撇开眼，往雨林深处走去。这人造雨林真的很漂亮，很多奇怪的植物长得都比人高，似乎都是变异品种。

"不要往里面走，有热带蛇。"东野润一见夏芷苏往一个树洞走去，提醒着。夏芷苏脚步一顿，蛇，她还是怕的。夏芷苏见东野润一身边有空位，她走过去，见他在看的文件里面有 GE 集团的标志，那是公司文件了！夏芷苏探了脑袋过去，想看内容。

东野有所感觉："要看？"夏芷苏收回脑袋，懒得理他。东野勾了勾唇角，把文件放到他坐的地方，自己站起身，走开。夏芷苏愕然，公司文件就这么扔在这儿走了！那她不看白不看！

夏芷苏立马过去捡起文件，竟然都是高层会议的重要内容！还有东野的业绩报表！

看着业绩的上升曲线，夏芷苏不得不承认他的业绩好得不得了！还有一些资料是股东的投票数！支持东野润一和凌天傲的投票数，竟然是持平的！夏芷苏开心了一下，本来还以为凌天傲没人支持呢！上面清楚地罗列着谁支持凌天傲，谁支持东野润一。

夏芷苏立即在脑海里把名字都记下来，等回到凌天傲身边，她一定要告诉他！东野润一在房间里倒了杯水又出来了。夏芷苏立马把文件放回原处，像没事人一样在欣赏风景。

抬眼竟然看到眼前的树干上还长了很多白色的小花，很像白芷草！一时好奇，多研究了一会儿。东野看了一眼地上的文件，唇角一扬，又对夏芷苏说："这是白芷，跟你的名字一样。"

夏芷苏一愣，然后冷冷地看了他一眼。"这是我培育的新品种，可以在树枝上开花，不觉得很美吗？"

东野走过来看着上面白色的小花说。"你总这么自言自语吗？"夏芷苏冷笑一声，走开。

"我除了把你掳过来，一直对你还不错吧。"东野说。

"我把你掳走，关在一个没有人烟的地方，每天好吃好喝地伺候你，就是不给你自由，你要吗？"夏芷苏反问。

东野看着夏芷苏，微微勾了勾唇角，似乎无言以对。太阳很快就落山了，又有美味的晚餐等着夏芷苏。

夏芷苏在外面吹着海风睡了一觉才回来，看到东野已经在吃饭了。"你坐下吃吧。"东野看也不看她，说。

他手里拿着报纸在看新闻。夏芷苏坐到他的对面，也伸长了脖子在看东野手里的报纸。

不知道有没有关于凌天傲的新闻！东野眼皮一抬，夏芷苏就低头装作吃饭。没一会儿，东野似乎吃完了，起身走开。夏芷苏立马跑过去拿了报纸，翻了翻，没有凌天傲的新闻，她有些沮丧，把报纸放回去。

东野润一走回来了，手里拿着一个盒子，看了一眼桌上的报纸，微微勾了勾嘴唇。

他的身后还跟着几个人。其中一个人，夏芷苏还认识，就是绑架她的那个绑匪老大！"裘括，把东西搬上去！"东野润一说。那绑匪老大叫裘括，裘括欠身，让人把一个很大的箱子搬上楼。夏芷苏狐疑地看着。

东野润一走过来，把他手里的小盒子给夏芷苏。夏芷苏疑惑地看着他。东野点点头，示意她打开。

夏芷苏打开盒子，竟看到一个平板电脑！她愕然地看向东野。东野点头说："娜塔莎说你在这儿很无聊，送你的。"夏芷苏睁大眼睛，觉得很莫名其妙！

"这里没有网络，里面有很多单机游戏，你无聊可以玩。"东野说。夏芷苏有些惊愕，这男人明明把她绑来这里，怎么对她那么好？"这个平板是我们公司这一季度发布的新产品，你手里的是试用机，有什么不好的你可以跟我说，我能改进。"东野又说。

夏芷苏嗤了一声，把她当试验品啊！拿了平板，夏芷苏就上楼去了。没网络，这平板就只能拿来玩玩游戏！

夏芷苏打开门进去，那绑匪老大裘括却在里面，他站的位置镶嵌了一个很大的电视屏幕。

见夏芷苏进来，裘括说："这是遥控器，夏小姐，你可以试一下电视能不能放。"夏芷苏瞠目结舌，还给装电视了！难道这电视屏幕也是东野的公司做的？

见裘括出去，夏芷苏说："你站住！"裘括转身，看着夏芷苏："夏小姐还有什么吩咐？"

"你没伤害我爹地吧？还有我妹妹！"夏芷苏问。

裘括说："他们安全回家了！"裘括还想说些什么，想了想，还是不多嘴了！这个女人能不能出去还不一定！转身裘括就出去了。夏芷苏打开电视，竟然可以收到电视频道！

敲门声响起，门口站着东野润一。"热带雨林里有一批植物今天刚运到，你要去看吗？"东野润一站在门口问。夏芷苏嗤了一声，这个男人真奇怪！植物有什么好看的！整天就知道欣赏风景！就算再美的风景，看多了也很腻歪吧！夏芷苏刚想说不去，她还不如看电视！

东野润一说："是跳舞草，只有热带气候的条件才会有，会跳舞的草。"夏芷苏愕然，草还会跳舞吗？忽悠人！"我在楼下等你，把你的平板带上。"东野润一见了她的表情，微微勾了勾唇角，转身就出去了。夏芷苏见他不像那么一本正经地骗人啊！好奇，噌的一下起床就冲出去了。看到东野润一在楼下，夏芷苏又放慢了脚步，一步步慢慢地走下来。

东野唇微扬，嘴角划过一丝笑，见夏芷苏来了，转身走出去。跟着东野走进雨林深处，各种奇形怪状的花卉都有，夏芷苏几乎全没见过！"把平板给我。"东野润一伸手，夏芷苏把平板电脑递了过去。东野拿平板放了一首歌。

夏芷苏还没反应过来就看到地上一株株绿色的小草，上面的叶片开始旋转起来，随着音乐声的起伏，翠绿的叶子像蜻蜓的翅膀在拍打，也像个舞者在舞台上展露它的风姿。

夏芷苏的脚边都是跳舞草，每株草都随着节拍在舞动，明艳动人，又魅惑得无法让人抵挡。什么叫草的海洋，还是舞动的草。看着那一整片的跳舞草，夏芷苏忍不住感叹："真的好美！"东野润一也站在草丛间，看着穿着紫色长裙的夏芷苏站在那一片绿色中，乌黑的头发垂落在一边，也真的好美。

"你到底是怎么做到的？"夏芷苏好奇地问，"为什么这些草真的会跳舞！"

"跳舞草对声波非常敏感，在 70 分贝声音的刺激下，随着不同的频率就会有不同的节拍。这种植物已经快绝迹了，所以你很少看见，你们那边应该也没有。"东野润一说。

夏芷苏兴奋地说："我也是第一次看见！好神奇！"

"热带雨林里可以种植出很多奇妙的花卉，跳舞草只是其中之一，你要是有兴趣我可以带你看看其他植物。"东野润一发出邀请，这是要带她逛雨林。

夏芷苏戒备地看着他，说："我防着你是应该的吧！"

东野一愣，随即忍着笑点头："我把你掳到这，你防着我应该！"

"我是你的俘虏，你是要拿我对付凌天傲的！你对我那么好，你还想干什么？"夏芷苏退后一步，更加戒备。东野见状，觉得更好笑了，上前一步，逼近她。夏芷苏后退，他的身影微闪，到了她面前。

"你以为我想干什么？"东野说这话时，眯着眼盯着她，眼底带着一股邪恶的气息。

"我不知道你想干什么，但我绝对不会让你干什么！"夏芷苏说得有板有眼，视死如归。

东野低低地笑起来："我一直是一个人，突然有人来陪我，我就是想尽尽地主之谊。这雨林深处很美，我带你进去看看，相信你会喜欢的！"这雨林，她一个人肯定是不敢进去的。热带雨林里面什么东西都有甚至有些花都能吃人，这点常识她还是有的。

她不想跟东野进去，但是她一个人也出不了这里，只好跟着东野了。这是东野的地盘，跟着他，肯定是不会有危险的。雨林很美，可是再美的雨林，身边陪同的人却不是自己心目中的人，那是怎么也开心不起来的。

　　夏芷苏走累了，在一朵巨大的花朵下面休息，东野去摘果子。夏芷苏靠在粗犷的花茎上，双手抱住腿，下巴抵在膝盖上。不知道凌天傲在做什么，他是不是也在想她呢？萧蓝蓝的伤好了吗？他在亲自照顾她吗？也许这里像仙境般的地方真的太催眠了吧，夏芷苏靠在花茎上不知不觉就睡了过去。

　　东野拿着一些野果回来，就看到夏芷苏靠在花上睡着了，那么美的一朵花下面，是那么美的一个她。东野的唇角微微上扬。

　　突然有什么东西从树洞里爬了出来——一条黄色的热带蛇，身躯如成年男子的手臂一样粗，正对着夏芷苏吐芯子。眼看着那蛇就要扑过来。

　　东野润一身形微闪，站到夏芷苏的面前，淡淡地看着扑过来的蛇。

　　那蛇如突然见到了主人一般，在半空中停顿住，然后蛇头朝下，一副听话的样子。"她叫阿芷，你不能伤害她。"东野润一淡淡地跟蛇说话。那蛇头在半空停顿了片刻，然后爬到地上，在东野的身边围了一圈，似一只宠物在跟主人撒娇。"回去吧。"东野命令。

　　蛇听话地从东野脚下离开，爬到了雨林更深处，东野润一侧头看着地上的女人。

　　"凌天傲……"睡梦中，夏芷苏还在喃喃地念着这个名字。

　　东野的眸子微动，看着手里的野果，还有他随手摘来的白芷草。"阿芷，你忘了我吗？"他几乎自言自语地说。

第二十三章 么么哒，我的男人

美国洛杉矶，东野家私宅。

一个全身霸气张扬的男子坐在主人的沙发椅上，翘着腿，悠闲地品着红酒。东野家的用人只敢远远地站着，大气都不敢出一下。门口传来脚步声，是东野润一慢条斯理地走进来。

看到自己位置上的男人，一点儿都不意外。"你来了怎么也不提前通知？"东野润一淡淡地说，"我可以派人去接你。"

"表哥你那么忙，怎么有时间接我呢？不知道表哥在忙什么，怎么等了那么久你才回来？还以为你躲着我！"

"天傲，这话怎么说，我躲着你做什么？"东野润一走进来。

凌天傲啪的一下就摔了手里的高脚酒杯，房间里更加寂静。东野只是淡淡看了一眼，用人立马上前去收拾地上的碎片。

"真是抱歉！听说这酒杯是表哥最喜欢的，还舍不得用！本少拿来用了一下，结果没想到摔碎了，表哥心疼吗？"凌天傲满是傲气地扬着眉毛。

"一个杯子而已，你喜欢，摔多少都行。"

"可是弟弟不一样！喜欢的东西就会牢牢抓在手心！绝对不容许别人沾手！不容许别人窥觑！更不容许任何人伤害她！"凌天傲一字一顿意有所指。

东野润一坐到一旁的沙发上，又重新在盒子里拿出两个高脚杯，一个放到凌天傲面前，亲自给他倒了红酒，又给自己倒上。

"怎么一个杯子碎了，天傲你那么大的反应？"东野润一的脸上是冷酷的笑，"哥哥都不介意，你介意什么。"

凌天傲手肘撑在膝上，倾身，手指把高脚杯推到东野面前："一个杯子碎了，你不介意，说明你对这个杯子不在乎！可是有些东西就不一样了！比如，我的女人！"

东野把凌天傲推过来的红酒喝掉，唇角勾了勾："女人，哪个？"

"别装蒜！把她藏哪儿了？"凌天傲质问。"你说谁？"

"夏芷苏！这个名字陌生吗？"

"不陌生，你为了她抛弃了萧家大小姐，还退了萧家的婚。逼得萧夫人找我合作，怎么会陌生。"东野嘲讽着。

对于东野的嘲讽，凌天傲不过嗤笑一声："她在哪儿？"

"她在哪儿你怎么问我！她不是你的女人？"

"东野润一！本少再问你一次，她在哪儿？"

"我不知道。"凌天傲很清楚东野润一知道，因为他已经查到夏芷苏的失踪跟东野有关！

"好，那本少换个方式问你，你怎样才能知道夏芷苏在哪儿？"凌天傲问。跟东野说话，就是那么费力气。

"等董事会结束，继承权到我手里，也许我就知道了。"东野很坦白地说。因为凭着凌天傲的能力一定已经查到夏芷苏在他手里。

"果然，你拿她威胁我！东野！你也就这点儿手段！"凌天傲冷笑着。"这点手段对付你就够了。"凌天傲气得站起身，看着面前从来都那么处世不惊的表哥，真是觉得可笑。

"东野润一！GE 集团是我们凌家一手创办的！跟你们东野家一点儿关系都没有！"凌天傲说。

"是啊，没有关系。这本是你们凌家的公司，你们凌家的家族企业。"

"所以你觉得你能从本少手里拿走 GE 集团？"

"能不能拿走，还得在董事会再看。天傲，你也知道，你现在声名狼藉，董事对你都有意见。你还是守着亚洲的分公司好好经营吧！等我做了 GE 的总裁，分公司还是给你经营。"东野淡淡的口气里带着施舍。

"表哥自信可以从本少手里拿走 GE 集团？"

"你的能耐我知道，就算看上去所有形势对你都是不利的，但是你总有办法扭转乾坤。可是这一次，如果你想拿到 GE 继承权，你就得想想，夏芷苏能不能回来了。"东野淡然地说。

凌天傲眸子一惊："她果然在你手里！"

"是又怎样，你找不到她。至少在董事会之前，我不会让你找到。"

"东野润一！你要敢对她做什么，我保证，就算我拿不到继承权，你也别想！"凌天傲一字一顿地提醒。

东野唇角一勾，同样一字一顿地说："本少也对你保证，拿到继承权之前，我一定替你好好照顾她。"凌天傲拳头紧握，恨不得把东野抓起来揍一顿！东野知道凌天傲是在隐忍，为了夏芷苏，他在忍。

"天傲，这一次的继承权之争，你的弟弟凌跃也会参与进来。萧夫人跟你父亲可能已经结盟了。对于继承权，他们志在必得。"见凌天傲起身要走，东野随口说了一句。

凌天傲脚步一顿，冷笑："没了萧家的支持，你也怕了！怕拿不到继承权！"

"我知道顾氏集团总裁顾潇这段时间不断买进 GE 集团的股票，到时候他就可以在总部董事会享受话语权！"东野润一笑了笑："如果我猜得没错，顾氏总裁顾潇已经可以在下次董事会享有投票权！有多少人会跟着顾潇投票还不得而知，但有一点可以肯定，顾潇一定会支持你。"

这些都是非常机密的公司内部消息，就连凌天傲的亲爹都不会知道，可是东野润一知道得一清二楚。凌天傲眸子微凛："你接着说！"

"我要顾潇支持我。"东野润一淡淡地提出要求。

"不可能！"

"夏芷苏你就永远别想见了。"东野润一还是笑。

"东野润一！你还真是小人！"

"有顾潇的支持，GE 的继承权一定是我的。就算你父亲跟萧夫人合作想把自己的小儿子推上总裁宝座，也是痴人说梦。"

"东野润一。"凌天傲让自己平静下来，"你凭什么以为，我会为了一个女人放弃公司的继承权？"

"那就赌一把！你是要公司还是要女人！天傲，我的耐心有限，不会等太久。"

凌天傲当天就飞回了中国的宅邸，在美国真是片刻都待不下去！原本还想回美国的凌家，

可是想到那私生子凌跃住进了凌家，还有那讨人厌的小三凌跃的母亲崔淑丽也住在凌家，他就不想待。当务之急是找到夏芷苏！这个东野润一，抓了夏芷苏来威胁他，真是气人！

"天傲，你回来了！"萧蓝蓝被用人扶着走出来，听说凌天傲从美国那么快回来，她还以为夏芷苏也回来了，看凌天傲的表情还有房间里没夏芷苏，萧蓝蓝暗暗松了一口气。

"阿芷没有回来吗？还没找到？"萧蓝蓝貌似关切地问。

"还没找到她！"凌天傲随口说了一句，萧蓝蓝走上来安慰他："阿芷一定没事的！"

"她当然会没事！"凌天傲大吼。

萧蓝蓝被吓住，不敢说话。凌天傲见状，烦躁地说："我心情不好，你出去吧！"

"天傲，让我陪着你吧！这个时候，你就不要推开我了！"萧蓝蓝满是担

心地说。于是她扶着凌天傲坐下。

萧蓝蓝除了知道凌天傲去找夏芷苏，还猜得到他应该找东野润一去了，她也派了人暗中调查夏芷苏的下落。反正母亲那边没有碰夏芷苏，凌老爷已经改变策略想让私生子凌跃拿到继承权，那么剩下最后一个竞争对手就该是东野润一。

凌天傲的脸色很难看，他似乎在挣扎着什么。萧蓝蓝多半也猜到了，东野肯定让他选择夏芷苏或者继承权。

"天傲……你应该知道，就算我跟妈咪去说，妈咪也不会帮你的！那时候你拿着枪进来质问我，差点儿把我跟妈咪打死了！她那么不喜欢夏芷苏，她到时候一定会站在凌伯伯那边帮他的！"萧蓝蓝开口小心地说。

见凌天傲没有打断她的意思，她接着说："如果我猜得没错，夏芷苏可能在东野的手里！他一定是威胁你，让你交出继承权吧！"

凌天傲哼了一声："东野除了用这种手段还能玩出什么花样？"果然如此！萧蓝蓝在心里暗暗点头："如果你既想要夏芷苏又想要继承权，还剩下一个办法，就是娶了我！"

凌天傲眉间一惊，萧蓝蓝立马说："天傲，听我把话说完！东野的手段我也见识过，他能说得出就一定能做到！如果你不把继承权交出来，芷苏就再也不会回来！我们可以假结婚！只要我们结了婚，妈咪肯定帮你！有妈咪的帮助，东野怎么都拿不走继承权！等芷苏回来，你再跟我离婚！"

凌天傲大吃一惊，没想到萧蓝蓝竟然说出这番话来！一旁的叶落听见了也很震惊，萧蓝蓝竟然可以做到这个份上，这太让人意外了！

叶落忍不住重新审视萧蓝蓝，这个少爷曾经的未婚妻，是那么娇蛮，现在竟然如此大度地为少爷着想！一时间有些佩服！

"天傲，我是说真的！"见凌天傲完全震惊地望着自己，萧蓝蓝笑着说："只要能帮到你，让我做什么都行！"

以前萧蓝蓝说这些话，凌天傲可能觉得她也就嘴上说说。可是萧蓝蓝的确是被他赶走的未婚妻。而且不久前萧蓝蓝为了他挡子弹差点儿死掉！凌天傲掐住萧蓝蓝的脸，重新看着面前这个女人："你不觉得这样做自己很委屈？"

萧蓝蓝笑起来，眼底含着泪水，不掉下来，只在眼睛里辗转。"天傲，我说了，只要能帮到你，让我做什么都不委屈！"萧蓝蓝凝视着他，含着泪水，分明是在告诉凌天傲，就算再委屈，为了你也值得！

凌天傲眸子微眯，眼底闪过异样的情愫。

萧蓝蓝期盼地看着他。"以后这种话别再说了，我不想第二次听见！"凌天傲淡淡地说，

是很直白的拒绝。

萧蓝蓝却很意外，这对凌天傲来说，真的一点儿都不亏啊！她想跟他结婚，哪怕最后是离婚了，她也是他第一任妻子，正大光明的妻子！"天傲！"萧蓝蓝拉住凌天傲，"现在能救夏芷苏又能得到公司，这是最好的办法了！"

"我知道这是个方法，但是对你不公平！"凌天傲起身淡淡地说。

"不！我一点儿都不介意，天傲！真的！一点儿都不介意！等我们假结婚后，救出了夏芷苏，你也拿到了继承权，你想什么时候离婚都可以！"萧蓝蓝几乎哀求地说。

凌天傲看到她的样子，说不感动是不可能的。从她为了他挡子弹开始，他就触动了！

"这对夏芷苏也不公平！她那么干干净净，结果我是二婚！我要跟你离婚才能跟她在一起，外界会怎么看她？"凌天傲说。萧蓝蓝浑身一震，到现在，他还在为夏芷苏着想！

这样一个男人，爱的为什么不是她萧蓝蓝！"天傲……以后的事情以后再说！先拿到继承权，先救了夏芷苏再说啊！"

"夏芷苏我一定会救！但是本少绝对不能欺骗她！就算我们是假结婚，夏芷苏知道了，也会很难过！我绝对不能伤害她！"凌天傲很肯定地说。

萧蓝蓝几乎要笑起来了，笑容那么苦涩。这个时候了，都这个时候了，他还在考虑那个女人的感受！凌天傲望着天花板，知道他跟萧蓝蓝结婚，夏芷苏会难过吗？会的吧！好不容易夏芷苏愿意留在他身边，他怎么能做对不起她的事！

跟萧蓝蓝结婚，哪怕是假的，也对不起夏芷苏！

房间里。

叶落蹲在浴池旁伺候凌天傲洗澡，看着对面的镜子里，凌天傲闭着眼睛。叶落张嘴想说什么，不过还是闭嘴了。"少爷。"叶落忍不住还是说，"其实萧小姐说的不是不可行，您跟她只是假结婚而已！这样继承权和夏小姐都有了！"叶落也是为少爷着急，原本萧家夫人那么敌视夏芷苏，冲着夏芷苏也要对付少爷，凌老爷呢又把私生子凌跃接回家，他们都跟少爷作对了！东野润一更不用说，想跟少爷争夺继承权！

难道真要为了夏芷苏放弃继承权吗？现在少爷的好朋友顾氏总裁帮忙，一

定能在董事会扭转乾坤的，眼看都要拿到继承权了！"这句话，以后不准再提。"凌天傲冷冷地开口。

叶落知道她提了少爷不高兴，可是还是要提！"少爷，夏小姐是东野藏起来的，想找到夏小姐实在太难了！凌家的公司，难道要拱手让给东野家吗？这公司可是您母亲的心血啊！"叶落着急地说。GE 集团是凌老爷凌超和少爷的生母穆婷亲手创办的，现在凌老爷要把私生子带回来，还要把继承权给他！少爷怎么能容忍这种事发生！

说到母亲，凌天傲拳头握紧，一拳打在水里！"我怎么可能让公司落入那个私生子凌跃的手里？"凌天傲冷冷一笑。凌跃生母是怎么把他凌天傲的母亲活活气死的，他怎么都忘不了！"还有那该死的东野！"凌天傲怒吼。见凌天傲生气，叶落说话更加小心，可是这个时候也是更应该说的！

"所以少爷一定会选择继承权，而不是夏小姐，是吗？"叶落小心地问。

凌天傲烦躁地抚额："你出去吧！"

"少爷！GE 集团是您母亲的心血啊！您……"

"滚出去！"凌天傲大吼。"是，少爷！"叶落站起身，只能躬身退了出去。

凌天傲一拳砸在水里，大吼："夏芷苏！你到底在哪儿？再不找到你，难道让我真的放弃你？"

门外，叶落站在门口只觉得心痛。别人永远不知道，她的少爷这一路走来的风景是怎样的！她希望少爷幸福，希望少爷能够保住老夫人的公司！老夫人在天之灵一定会感到欣慰的！可是夏芷苏又是少爷的心头爱，少爷到底应当怎么选择呢？现在如果想保住夏芷苏和继承权，唯一的出路就是跟萧蓝蓝假结婚。少爷真的会吗？

凌天傲想了一整夜，终于还是做出了决定，继承权和夏芷苏他都要！

既然萧蓝蓝都不介意假结婚，他有什么可介意的！等以后找到了夏芷苏，他可以跟夏芷苏解释！

凌天傲走出房间，叶落已经站在门口。

"萧蓝蓝在房间吗？"凌天傲问。叶落惊喜，立马点头："在的！萧小姐一直在房间里养伤！"凌天傲嗯了一声，往萧蓝蓝的房间走去。叶落掩不住地高兴，少爷终于做出了选择！选择跟萧蓝蓝假结婚！这样不仅可以保住公司，以后跟萧蓝蓝离婚了还可以再跟夏芷苏在一起！

夏小姐一定也会谅解少爷的吧！凌天傲走到萧蓝蓝的房门口，思索了片刻，还是敲了门。

门还没敲响，房门已经被从里面打开。

萧蓝蓝激动地看着凌天傲："天傲！"天傲一定是答应结婚了！萧蓝蓝的心里满是掩不住的高兴！一旦结婚，她就是他名正言顺的妻子了！她到时候一定可以感化他，让他不舍得跟她离婚！凌天傲张了张嘴，想到一旦跟萧蓝蓝结婚，他就是二婚！这对夏芷苏来说不公平！

而且，他一旦跟萧蓝蓝结婚，东野润一一定会故意告诉夏芷苏。夏芷苏还可能永远不会回来见他！

"天傲！我这就跟妈咪说去！你要跟我结婚！我要嫁给你了，妈咪一定会帮着你的！公司一定是你的！等你拿到了继承权，东野润一再也威胁不了你！"萧蓝蓝着急地等着凌天傲开口。

见他不开口，萧蓝蓝自然比任何人都急。"天傲！你答应跟我结婚了吗？"萧蓝蓝小心地问。此时此刻，任何一句话都可能改变凌天傲的主意！

凌天傲盯着面前的女人，现在唯一的解决方法就是把萧蓝蓝娶回家！娶了萧家大小姐，继承权的事完全不用担心东野的威胁！

"少爷！"凌管家突然急匆匆地跑来。凌天傲回头见他失态的样子皱眉："什么事？"

"我们收到了一个信号！"凌管家说，显得很激动，"一个坐标信号！"凌天傲也是一阵惊喜，第一反应是："难道是夏芷苏发来的信号！走！去看看！"

"天傲……"萧蓝蓝着急地拉住他的手。

凌天傲说："等我回来再说！"只要想到信号可能是夏芷苏发出的，凌天傲哪里还顾得了别的事，大步走开。萧蓝蓝想要跟上，可是无奈枪伤没有康复，多走几步就会痛得厉害！

子弹穿透了她的胸膛，差点儿就进了心脏的位置，这样她都死不了，上天果然还是眷顾她！可是为什么就不能把凌天傲给她呢！捂着胸口，萧蓝蓝的伤因为激动被扯痛。千万别是夏芷苏发来的信号！千万别是！

凌家情报中心。十几个情报员坐在隐秘的房间内，里面摆着各种先进的探测设备！

其中一台机子收到了一条红色警报，上面是一个坐标信号！凌天傲大步走进来。所有情报员都下意识地站起身，躬身。

凌天傲一抬手。大家都坐下分析数据。"位置在哪里？"凌天傲问。

"少爷！在南纬11°，东经168°！所罗门群岛的深海区！"情报员立马说，"是刚刚传来的数据！发出的是红色警报！SOS摩尔斯求救信号！"情

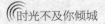

报员立马说。

凌天傲眼前一亮，这是求救信号！能把信号发到他的预警系统里，除了夏芷苏还能有谁？

他的女人啊，原本就是计算机天才！"准备人手！马上出发！"凌天傲转身大步出去，边走边大声命令。夏芷苏，等着我！

在海岛上的夏芷苏，此刻正坐在电视屏幕前，手里的平板电脑放在膝盖上，手指在电脑的虚拟键盘上快速操作。夏芷苏觉得自己真是太聪明了！电脑没有网络不要紧！可是这电视机能收到信号看电视！说明是有无线数据的，她的电脑跟电视机的无线连接，这样的话，电视机就是实实在在的一个计算机网络！

她把自己所在的位置定位出来，然后发给了凌家的警报系统。一定会有人发现这个数据是坐标！她再发个 SOS 求救码，凌天傲肯定会知道这是她发给他的，夏芷苏在心里偷笑。

东野润一干吗无端给她平板和电视机，故意不装网络，却给她装了无线电视！东野怎么都想不到她对计算机那么精通吧！还能把无线电视数据转换成求救信号发出去！

外面突然传来一阵骚动，好像有什么人进来了！

夏芷苏本能地戒备，跑去厨房拿了把刀，站在墙壁后面透过玻璃窗谨慎地看着。先是两排黑衣人冲进来，似乎在四处搜索着什么。这个点了，还有谁闯进来？趁着那些黑衣人分散开，她拿着刀子偷偷地溜出门。才刚到门口，就撞上了什么人。本能的，趁着对方还没出手，她先一刀子挥过去，一下子就被人握住了手腕。

"夏芷苏！"那声音带着满满的惊喜。

夏芷苏抬眼看到黑暗中的男人，震惊地喊道："凌天傲！"丢了手里的刀子，夏芷苏一下子就蹦到凌天傲的身上。凌天傲抱住她的双腿，托住她的臀，夏芷苏双腿缠住他的腰。

看着面前的男人，她那么不敢置信："我不是做梦吧！我总是在梦里看到你！"

"傻女人！当然不是！我看到了求救信号，但不确定是不是你，不过幸好我来了！夏芷苏，你让我找得好苦！"凌天傲抱紧她，又是气又是急，又是欢喜。

夏芷苏也紧紧抱着他："我差点儿以为你再也见不到我了！凌天傲……我真的以为我们再也不会见面了……"

"说什么傻话？你要相信我的能力，这不是找到你了！快！亲一个！"凌天傲嘟嘴，要奖励。

夏芷苏咯咯咯地笑着，抱着他的脖子就亲了上去。"么么哒！我的男人！"夏芷苏实在太开心了，没想到凌天傲那么轻易就进来了！

我的男人？凌天傲听了简直开心极了："再说一遍！"

"我的男人！"

凌天傲不能再骄傲："我的女人！在东野润一眼皮底下还能发出求救信号，也就只有你能做到！我们快走！"

砰砰砰！还没走到沙滩，头顶就出现两架直升机，直升机对着地上的人疯狂地扫射，凌天傲拉着夏芷苏立马趴下。

"该死的！这么快就来了！"凌天傲从进来到现在还不到十分钟，东野润一竟然可以如此神速地派人过来拦截！

从直升机上陆陆续续下来许多人，虽然是黑夜，但是移动的身影，夏芷苏都能看得很清楚。

不得不承认，夏芷苏说："凌天傲，我们被包围了！"凌天傲唇角一勾："那又怎样？你男人我照样带着你冲出去！"

凌天傲的不屑一顾，还有傲娇的表情，夏芷苏实在是觉得好 man（男人）！捧住凌天傲的脸颊，夏芷苏狠狠亲了一口："一定能冲出去！"被夏芷苏亲过，凌天傲感觉浑身充满了力量，扣住她的脑袋，扯过来，再亲一口。

"让你看看你男人的英姿！"凌天傲说着站起来要冲出去。

"凌天傲！"夏芷苏拉住他的手，起身，"我跟你一起！"目光灼灼地盯着他。

凌天傲看着她坚定的眼神，唇角微扬，抽出腰间的一把枪给她，拉起她的手，冲了出去。守卫们哪里能让少爷冲锋陷阵。

凌管家扬手大喊："兄弟们，保护少爷！"凌管家一声喊，所有守卫都疯狂地冲了出去。他们的使命就是保护少爷！

凌天傲拿着枪，砰！砰！一枪一个准，只要谁冲上来，凌天傲一抬手，就倒地一个。

夏芷苏看着身边的男人，真的觉得她的男人好帅好帅！砰！有人偷偷从凌天傲的身后出来，想要袭击凌天傲。夏芷苏立马抬手，开枪。可是越来越多的人冲了过来。

凌天傲知道不能恋战，拉住夏芷苏的手："你先上飞机！穿过这个树洞就能看到我们的人！"

"不！我不走！我要跟你一起！""听话！只有你先上飞机，我才能安心对付敌人！"

"不要！要走一起走！我不会拖累你的！凌天傲，有资格站在你身边的女人，绝对不想拖累你！我已经拖累你太多，不可能再丢下你！"夏芷苏看着他一字一顿地说，"因为我爱你！"

枪声那么大，炮火那么激烈。夏芷苏看着凌天傲，一字一句，铿锵有力。凌天傲看着面前的女人，根本就不敢置信，狂喜把整个脑海冲得一片空白！她说什么？她说什么？

"枪声太大！我听不清楚！你再说一遍！"凌天傲掩住心中的喜悦，问她。夏芷苏看着面前的男人笑起来，举起枪，往天空中砰砰打了两枪。冲着天空，冲着大海，夏芷苏大声地呼喊："凌天傲！你个坏男人！我爱你！"

唰的一下，她才刚喊完，凌天傲就扣住她的腰，把她扯了过来，狠狠地吻上她的唇。凌管家也听到了夏芷苏的呼喊，欣慰地笑起来，这下少爷要高兴坏了！

凌天傲放开夏芷苏，狠狠地捧着她的脸，"该死的女人！不枉本少爷那么辛苦地找你！死女人！"

"干吗骂我死女人！多不吉利！"夏芷苏哼一声。"对，不吉利！你这个坏女人！"凌天傲怒骂。凌天傲拉着夏芷苏走过一个树洞，外面依然战火纷飞。看着身边的女人，凌天傲的脑海里还回荡着那句"我爱你"，嘴角含着掩不住的喜悦！这比拿到继承权还让他开心！

脚下一顿，好像被什么东西缠住了！凌天傲低头，好多的蛇！"夏芷苏！上来！"凌天傲本能的反应是把夏芷苏背起来，因为地上都是蛇。夏芷苏立马跳到凌天傲的背上。凌天傲小心地解开腰间的小包，里面都是手榴弹。退后一步，他往远处扔了一个手榴弹。轰隆一声响，火光冲天，很多蛇被轰上了天，夏芷苏甚至能闻到烧焦的味道。

可即使如此，蛇却没有少，反而越来越多地从四面八方爬出来！"凌天傲，我们过不去，换一条路吧！"这里已经是雨林区。夏芷苏上次跟东野润一逛过，她记得还有一条路。"走那边！"夏芷苏指着一个方向。不知道能不能走出去，但至少要试一试！凌天傲点头，按照夏芷苏所指的方向两人到了另外一条路。

"从这里出去，就是岛的另一端！"夏芷苏说。凌天傲目测了一下位置，另一端有他的人，他派来接应的船只，肯定已经到了！此刻想上飞机是不可能了！他直升机上的人还跟东野一方的人在交战。

"凌天傲你放我下来吧！"夏芷苏说。

"不行！这种热带雨林里有很多乱七八糟的动植物，有些植物都能吃人！还有一种食人草！"凌天傲说，"背着你，我放心！"

夏芷苏听到这句话，心里暖暖的，她抱着凌天傲的脖子，紧紧的。手里拿着枪，也不敢懈怠。"这里我来过！可怕的动植物我没看到！"反而看到了会跳舞的草。即使夏芷苏来过，凌天傲也不会放松警惕。一路走得倒是平稳，没有什么意外，眼看着要走到路的尽头了。

哒！突然听到一声让人毛骨悚然的声音，夏芷苏睁大眼睛："蛇！"好大的蛇！张着血盆大口就向他们扑过来。因为蛇的攻击速度实在太快，凌天傲想要避开，却根本来不及，夏芷苏拿枪想打，可是那蛇头一下子就甩了过来，把她手里的枪撞了出去。

那比两个人头还要大的蛇口，迅猛地凑了过来，似乎想咬夏芷苏，却猛地一顿，凌天傲趁机抱着夏芷苏迅速跳开。

那惊魂未定的一刹那，让夏芷苏和凌天傲的冷汗都出来了！

此刻他们才看清那是一条黄色的大蟒蛇，身躯高高地举在他们头顶，蛇头居高临下地盯着凌天傲和夏芷苏。那蛇不知道为什么，似乎犹豫了片刻，眼睛好像在看夏芷苏，又看了一会儿凌天傲。凌天傲背着夏芷苏一步步慢慢地后退。

蛇也盯着他们，没有动弹。眼见着蛇不动了，凌天傲背着夏芷苏飞快地跑开。那蛇似乎想追，一个身影出现，摸了摸蛇的身体。那黄色的蟒蛇一下子乖顺了，低头，脑袋亲昵地在他的身上蹭来蹭去。

"你还记得我说过的话，不能伤害她。"他喃喃地说，看着夏芷苏跑开的身影，"我知道我留不住她，只是没想到会那么快。"男人的声音带着沮丧，摸一摸蟒蛇的脑袋，"你说，我该怎么做？"

凌天傲背着夏芷苏冲出来，回头诧异地发现那蛇没有追出来！"这是什么鬼地方？"凌天傲看着雨林，也就东野润一可以弄出这么个鬼地方！

"怎么我上次经过这里都没看到那么大的蟒蛇！"夏芷苏从凌天傲身上跳下来，也觉得很疑惑。这里有那么大的蟒蛇，东野他自己知不知道？肯定知道吧，不然东野那么喜欢往雨林里跑，早被大蛇吃了几次了吧！

想到这里，夏芷苏又松了一口气。她只是觉得东野没那么坏！凌管家带着剩下的守卫冲出重围了，经过这条路，大蟒蛇按照主人的意思已经躲起来了。

东野润一的护卫裘括带着人追上来，想把凌管家拦住。"不用追了。"树后面传来一个声音，大蟒蛇从里面爬了出来。裘括看到蛇，听到声音就知道是主人！

立马躬身，裘括说："少爷，我们的人在 10 海里之外埋伏着，您一声命令，一定能拦住他们的去路！他们用船，我们用飞机，肯定能追上！"

"就算追上你们也不是凌天傲的对手，何况他身边还有夏芷苏，你们也不一定是她的对手。"裘括明白了，可是夏芷苏是他们好不容易抓到的，想抓第二次，就很难了！"少爷，就让他们这么跑了吗？"裘括不甘心，"可是好不容易才抓了那个夏……"想说夏芷苏。可是裘括知道少爷对这个女人很不简单，于是说："夏小姐！"

"我倒是很好奇，凌天傲是怎么找到这儿来的？在那么短的时间找到这儿，可不是件容易的事，除非是有人告诉凌天傲这里的位置。"东野润一微微勾起唇角。

"少爷！属下再大的胆子也不敢啊！"裘括立马跪下，身后的属下也全都齐刷刷跪地。

"当然不是你，也不是娜塔莎，那就是夏芷苏自己发出的信号。"东野润一猜测。想到这里，他笑了起来，眉眼里带着邪魅，"阿芷，真是厉害。"

第二十四章 如果哪天你不喜欢我了，请说

船上，看着面前的男人，夏芷苏伸手，抱住他："好久不见，非常想念！"

凌天傲搂着她站在船头，低头看着面前的女人："想我了没？"

夏芷苏埋在他的怀里，感受着清晨的阳光射在身上的温暖。"很想。"

凌天傲的心里简直不能再甜腻了，分开短短几天，简直快想死她了！

凌天傲说："夏芷苏！等我拿到了继承权，我们结婚！"

"啊？太快了吧！"

"你不想跟我结婚？"凌天傲眯眼，威胁。

"……当然不是了！谁不想跟心爱的男人结婚啊！"夏芷苏下意识地吼。

吼完，凌天傲盯着她更加惊喜："夏芷苏！你今天说的话我怎么那么爱听呢！"

"难道我以前说的话你就不爱听了？"

"废话！你以前说的是人话吗？"凌天傲嫌弃道。

夏芷苏眯着眼更加嫌弃："那是因为你以前干的都不是人事！你以前就是个变态！也不知道是谁，跟别的姑娘在滚床单，结果被我撞个正着！"

说到这个凌天傲才觉得好玩，手指勾住她的下巴："酒店那么多房间，你怎么偏偏闯进我的房间！夏芷苏，你是不是觊觎本少很久了！"

夏芷苏打开他的手："得了吧你！你的房间刚好开着门！我是不小心！"

"你可真够不小心的，还能闯入我的房间打扰我的好事！"

"凌天傲啊！你说你是不是种马啊！嗯？你还好意思说啊！我要是不闯进来，你是不是直接跟人家姑娘滚床单啊？"夏芷苏揪住凌天傲的耳朵，开始追究他的往事。

"哎哎哎！你怎么动手？"凌天傲疼得龇牙咧嘴。船上的管家当成没看见，少爷被一个女人提着耳朵，真心是很好看的！而且少爷根本就不敢还手！凌管家都忍不住笑了。

"你倒是说啊！我要是不闯进来，你是不是直接滚上了！还有那次在酒吧，我们在海边的时候，你直接跟那女人走了！我要是不出现，你是不是也想做点什么啊？"夏芷苏提着他的耳朵，问。

"夏芷苏！你再不放手，我生气了！"凌天傲怒吼。"你还好意思生气啊！凌天傲你不知道你以前多变态啊！"

"那不是以前吗！本少爷现在不是洗心革面了吗！"凌天傲疼得龇牙咧嘴，

"你再不放手！我可……"

"你怎样？"夏芷苏挑眉。"我亲你！"凌天傲哼了一声，抓了夏芷苏，扯过来，一口就吻了上去。

夏芷苏瞬间被他吻得酥酥麻麻，哪里还有力气追究他的过往。

"再说一遍！"凌天傲放开她，盯着她，突然说："说你爱我！"

夏芷苏摇头："不说！"

凌天傲狠狠掐住夏芷苏的腰，完全是威胁："说！"

夏芷苏被他掐得好疼："哎，你不要老这么霸道啊！"

"就是这么霸道！快说！我要听！"凌天傲狠狠掐着她，就是威胁。这种话，哪里是随便就能说出来的！

凌天傲哪里真的舍得弄疼夏芷苏，掐在她腰上的力道一松，夏芷苏立马跳开。看着面前的大海，夏芷苏大喊："我终于自由啦！"终于离开那座海岛！终于回到凌天傲的身边！

凌天傲看着不远处的女人，那乌黑的长发随风飞舞，窈窕的身段在大海面前显得那样娇小可人。"我终于把你找回来了，夏芷苏。"凌天傲的话语里带着无以言表的喜悦，抱住她的腰，把她搂在怀里。

无论是夏芷苏还是继承权，他都要！转身，面朝越来越远的海岛，凌天傲冷冷地勾起唇角：东野润一，走着瞧！

萧蓝蓝一直在凌家门口等，因为知道凌天傲马上就回来了。飞机在凌家上空停留了片刻，很快就稳稳地落在私人机场上。

舱门打开，萧蓝蓝开心地走过来，就看到凌天傲从上面下来，刚想喊"天傲"，却看到凌天傲的身后走出一个熟悉的身影，萧蓝蓝脸上的笑容一瞬间僵硬了。

叶落站在一旁说："萧小姐，忘了告诉你了，夏小姐也回来了。"

萧蓝蓝的脸上不知道是什么表情，但她努力地笑着："阿芷找回来了！真，真好……"

凌天傲拉着夏芷苏下了飞机，夏芷苏也一眼就看到了萧蓝蓝。"阿芷！你回来了！你没事就好！"萧蓝蓝走上前笑着说。叶落扶着萧蓝蓝，她的伤没好全。

夏芷苏自然也是关切地问："蓝蓝，你的伤怎么样了？"

"我没事！多亏了天傲照顾我！"萧蓝蓝说，又跟凌天傲说："天傲！我真该谢谢你的！还有恭喜你，找到了阿芷！"

凌天傲还没说话，夏芷苏微笑着说："不，应该是我们谢谢你！那一天多亏你帮天傲挡了一枪，天傲才能安然无恙！"

凌天傲听到夏芷苏这么说，开心地搂住她，配合着夏芷苏说："蓝蓝，的确该是我谢你！"

萧蓝蓝克制着情绪，夏芷苏这么说，很明显的是在宣誓对凌天傲的占有，就是在说，凌天傲是她的！萧蓝蓝努力地隐忍着，微笑着说："我把天傲当哥哥，你们这么说就太见外了！阿芷，这些日子，你被东野藏在哪里？你一个女孩子，没有被东野……"

萧蓝蓝小心地说着，下意识地看凌天傲。

凌天傲眉头皱起来，也想到，问夏芷苏："东野有没有欺负你！"

"当然没有了！你看我的身手，他能欺负我才怪！你想哪儿去了！你还不相信我吗？要是真发生了什么事，我早就以死明志了！"夏芷苏说。

凌天傲也松了一口气，要是东野真做了什么，他就算跟东野鱼死网破也要拼了，萧蓝蓝也是呵呵干笑。果然凌天傲是很相信夏芷苏的，夏芷苏被东野掳走，这孤男寡女的，谁知道会发生些什么！可是，凌天傲就是相信夏芷苏。

夏芷苏也知道萧蓝蓝的猜测不是没有道理，只是没想到凌天傲那么相信自己，顿时抱住他的手臂，亲昵地贴上去："凌天傲，谢谢你相信我！"

"说什么傻话！我不信你还能信谁！"凌天傲宠溺地捏着她的脸颊。萧蓝蓝看在眼里，简直忌妒得眼红。

很明显，凌天傲和夏芷苏的关系因为东野的插手，反而进展了很多！凌天傲看着夏芷苏的样子，那眼光都快溺出水来了！果然是，小别胜新婚！

凌天傲和夏芷苏那么多天没见了，在房间里自然是你侬我侬了。萧蓝蓝哪里还待得下去，开了车就出去了，气得猛踩油门。

萧蓝蓝电话响起。"萧小姐！"

"哪位？"萧蓝蓝不高兴地怒喊。"萧小姐，我是翟科！您送来的血液样本，我已经做了 DNA 鉴定！"说话的是中心医院的翟医生。萧蓝蓝心口跳了一下："你出来，我们见面谈！"

她一点儿把柄都不能落在别人手里，不管结果是什么，她都不能让人知道，她去检查了自己和哥哥萧同浩的血液！

萧蓝蓝特地去商场买了一款沙滩帽，换了一身衣服，又戴着一副紫色的大墨镜，到了跟翟科约好的见面地点。

在一家很偏僻的咖啡厅里面，里面的灯光很昏暗，她又特地避开了摄像头的位置。

翟科早早就等在位置上。萧蓝蓝走过去，把墨镜拿掉。"把检查报告给我。"萧蓝蓝说。

"萧小姐！这是检查报告！"翟科把结果给萧蓝蓝。

萧蓝蓝接过一个文件袋，再把装满钱的信封给翟科："帮我做的事，不要告诉任何人！所有在医院里的检验数据，全部清空。"

"是，小姐！我明白！"翟科顺手拿走了装着钱的信封，"萧小姐还有什么吩咐吗？随时都可以找我！能为萧小姐效劳是我的荣幸！"

翟科说着小心地打开信封看了一眼里面的钱。

萧蓝蓝冷冷勾了勾唇角，又笑着说："只要你不乱说话，你知道多少钱我都给得起！"

"萧小姐，放心！任何人来问，我都说不知道！"翟科很聪明地说。萧蓝蓝这才拿了文件袋，起身走开。回到车里，萧蓝蓝打开文件袋，拿出里面的检验报告。

看着上面的结果，她脸色惨白！她的 DNA 跟萧同浩的一点都不吻合！萧蓝蓝无力地跌靠在座椅上。她果然不是萧家的亲生女儿！她真的不是……

萧蓝蓝捂着脸，几乎崩溃，恐惧蔓延到全身！如果她不是萧家大小姐，那又会是谁？妈咪是在孤儿院的时候把她接错的！那萧家大小姐就一定是孤儿院里的人！

是谁呢？谁才是萧家大小姐？萧蓝蓝的脑海里蔓延着一个可怕的想法！这想法越来越让她恐惧，甚至让她疯狂！

阿芷吗？阿芷那时候就是在门口等家人的！后来阿芷让她站在门口不要走开，她就真的没有走开，想等阿芷回来！后来……后来妈咪就来了，还给了她很多糖，问她愿不愿意跟她走！她根本就不是故意的，不是故意要跟妈咪走的！不可能！孤儿院里那么多人！怎么可能就是阿芷了！一定不是！

夏芷苏已经抢走了她的未婚夫！她不会让任何人抢走她萧家大小姐的位置！绝对不会！

已经好几天了，夏芷苏累得瘫软在床上，好不容易睁开眼睛，想要坐起来，还是没力气，就干脆躺着不起床了。摸一摸身边的位置，没人。

夏芷苏迷迷糊糊地闭着眼睛喊："凌天傲……"没有回应，她又喊："凌天傲……"额头上落下一吻。耳边是呢喃的声音，气息呵着她的脸颊："怎么了？"

"我想喝水……"夏芷苏嘟哝着说。凌天傲失笑，也只有她敢使唤他了！

倒了水过来，杯子放在她的嘴边，凌天傲说："水来了！"夏芷苏喝了几口，又睡回去了。脑袋埋在枕头下面，都快窒息了。

凌天傲看着她的样子，勾了勾唇角，满眼的宠溺。

"我公司还有事，去上班了。"凌天傲说完，把枕头拿开，生怕她这样面朝枕头躺着会窒息。

夏芷苏拉住他的手，噢了一声，"我想起床……可是起不来……"

凌天傲闷笑一声，还是忍不住在她脸上吻了一下："再躺会儿，你才躺了两三天而已。"夏芷苏真的很想从床上跳起来！可是她真的很困！

这个男人怎么那么精神！为什么每次都是她感觉很累，而他却精神饱满！不是说男人会更累吗！怎么他们反着来的！

"少爷，姚氏集团姚先生来了！"管家在外面敲了敲门，轻声说。凌天傲正准备出来，凝眉，姚正龙来做什么？夏芷苏也听见了，立马从被子里钻出来。

"爹地来了！"夏芷苏惊叫，"我都回来几天了也没去看爹地，太不对了！"夏芷苏赤着脚下床，就想出去。

凌天傲无奈，抱住她的腰把她拉回来："你这个样子出去？"

夏芷苏反应过来："是哦！好没礼貌的！我去洗漱一下！凌天傲，你公司有事就去上班吧！"凌天傲俯身抱起夏芷苏，把她抱到浴室里，让她坐在盥洗台上，又拿了拖鞋给她穿上。

"女人呢，不能总是赤脚走路，会受寒气，对身体不好。"凌天傲帮她穿好鞋，交代着。

夏芷苏看着他帮自己穿好了鞋子，搂住他的脖子，亲了一口："去上班吧！"

"你确定你有力气自己洗漱？我让叶落进来伺候你。"凌天傲说。

"不用不用！真的不习惯！"上厕所的时候有人站在身边看着能习惯吗！

凌天傲知道她不习惯，所以也不让叶落进来伺候。"我帮你招待一下姚正龙，你慢慢洗，再吃点东西，别着急。"凌天傲说。他就知道姚正龙来了，夏芷苏一定会立马洗漱完，也不吃东西就去招呼姚正龙的，姚正龙在这个女人心里是什么位置，他清楚得很，恐怕他在她心里都比不上姚正龙。

"你去上班吧！马上就要召开董事会了，你忙你的就好！"夏芷苏说。

"听话！"凌天傲把她从盥洗台抱下来，拿出手机就打电话，只是淡淡一句："会议延迟！"

凌天傲说着就要走出去。夏芷苏忍不住上前抱住他，怎么办，越来越喜欢他了。可是她从小漂泊、居无定所，真的很害怕得到后又失去。她想要一个真正属于自己的家，真正属于自己的，很想要。

"怎么了？"凌天傲见夏芷苏抱着自己不说话，问。

"抱一会儿。"夏芷苏说。

"你不怕姚正龙久等，"凌天傲挑眉，转身，握着她的手，"那我可就更不怕！"凌天傲掐住她的腰就想把她放到镜台上。

　　夏芷苏立马知道他要做什么，阻止他，握住他的手说："别闹了！你先出去吧，我很快就出来！"

　　凌天傲无奈，还是在她唇上咬了一口："我让叶落送吃的过来，你在房间里吃完再出来，听到了没？"

　　"知道啦！"她要是说"不吃"，凌天傲肯定要生气。

　　凌天傲这才满意，捏着她的脸蛋："好好听我的话！嗯？"把这个女人收得服服帖帖的，他可真是太骄傲了！

　　凌天傲从楼上下来，姚正龙忙站起来："凌少！听说芷苏回来了，我不放心，就过来看看，芷苏她好吗？"

　　凌天傲自然知道夏芷苏被抓是因为绑匪抓了姚正龙威胁她。凌天傲走下来，坐在沙发椅上，冰寒的眸子扫了他一眼。"那天发生了什么事？夏芷苏怎么那么轻易就被抓走了？"凌天傲问。

　　"那个……那天吧，我被吓坏了，事情也记得不太清楚了！芷苏和丹妮去救我，然后芷苏就被人打晕了！绑匪就放我回来了！"姚正龙说得很结巴，好像自己完全不在场一样。

　　"看来那些绑匪还是挺仁慈的！只要夏芷苏，倒是一点儿都没动你还有姚丹妮。"凌天傲冷笑。

　　"是……是啊……"姚正龙心里有掩饰不住的慌乱。

　　如果让凌天傲知道是丹妮弄晕了夏芷苏去换他的命，凌天傲肯定不会放过姚家！幸好，这事只有他们知道！

　　"姚总，请坐。这里是夏芷苏的家，夏芷苏是你的女儿，你不用拘束。"凌天傲又说。"是……是……"姚正龙立马又坐下，手掌紧张地搓着，似乎有什么话想说。

　　"芷苏她，她安全回来了，就好……这就好……"姚正龙自言自语地说。不然他也很愧疚！虽然夏芷苏不想去换他回来，可终究是自己养大的女儿。

　　用人端了水上来，凌天傲拿起杯子喝了一口，装作无意地问："姚总，我突然想起个问题，夏芷苏在哪几家孤儿院待过？"

　　"这个……这个我也不是特别清楚，夏仲可能知道。夏仲是芷苏之前的养父。"姚正龙说。

　　"我就是找不到夏仲才问你。姚总是否知道夏仲在哪里？"

　　"这个……这个我确实不知道！夏仲这个人好赌成瘾，只要哪里有赌场，他就去哪里！这些年倒也来过姚家几次！都是来找芷苏要钱！芷苏也偷偷给了他不少钱！结果这个人贪得无厌就一直找芷苏，后来被我发现，我找人把夏仲打了一顿，从那以后夏仲就再没来找过芷苏！"

说到这个姚正龙义正词严，又表明自己怎么对芷苏好："凌少，你知道芷苏这个人心地善良，那夏仲又养了她那么多年，所以夏仲每次找她，她都会给钱。这种赌徒我怎么能让芷苏跟他纠缠！从此我就教育芷苏，看到夏仲能离多远就离多远！"

"姚总，我是问你知不知道夏仲在哪里，不是想听你怎么教育夏芷苏！"凌天傲冷冷一笑。

姚正龙立马住住嘴了，脸色很尴尬："是这样的凌少，今天过来……我也是想……芷苏她……她怎么说也是我养大的，我把她当亲女儿一样对待！现在她不明不白地就这么跟着你，你好歹也要给芷苏一个名分吧！"说完，姚正龙就小心地看凌天傲的脸色，凌天傲漆黑的眸子里有一抹光闪过。

"姚总，做了夏芷苏那么多年的父亲，你总算为她说了句话。"凌天傲勾唇，"等公司的继承权确定下来，我就会娶夏芷苏为妻，姚总以为怎样？"

姚正龙开心得不得了，脸上难掩喜悦！"当然好！当然好！到时候芷苏从姚家出嫁，我一定给她准备好充足的嫁妆！"姚正龙开心地说。

夏芷苏在楼上听到父亲为自己求名分，温暖地笑了起来。而凌天傲很坦白地说，会娶她，一点儿犹豫都没有，她更加开心。

门外，萧蓝蓝刚走到门口就听到凌天傲说等拿到继承权就娶夏芷苏，心里那叫一个恨！

转身，气呼呼地离开。

"爹地！"夏芷苏下楼来就喊。

"芷苏！"姚正龙看到女儿还活着也是开心的，立马站起来："芷苏，你没事就好！没事就好！爹地真是担心你！"

"对不起，女儿让爹地担心了！女儿一点儿事都没有！"夏芷苏说。

扶着姚正龙坐下，夏芷苏问："爹地，那些绑匪没对你做什么吧？"

"爹地没事！一点儿事都没有！倒是你！苦了你！"

"你看我好好的呢！是凌天傲救了我！"夏芷苏笑着说。

"凌少！真是太谢谢你了！"姚正龙跟凌天傲说。

"谢本少做什么！她是我的女人，我保护她是应该的！"凌天傲说着，对着夏芷苏招招手，"你过来！"

夏芷苏从养父身边站起来走到凌天傲身边。还没过去，凌天傲抱着她的腰就把她拉到自己怀里。

"用过餐了？"凌天傲问她。夏芷苏点头："吃了！"

凌天傲满意："你留在家里，要是无聊就叫上你的姐妹出去买东西逛街！卡给你，不要替我省钱！"看着凌天傲给的卡，夏芷苏不知道该不该接。她其实特别不想成为一个这样的女人——靠男人才能活的女人。她想出去工作，有自己的社交圈子，有自己的薪水，不想每天待在家里，就等着自己的男人回来。那种生活，她从来都不想要。

夏芷苏没打算接卡，张嘴想说话。

姚正龙立马走过来拿了凌天傲的卡："芷苏，凌少送你东西你怎么能拒绝呢！快收下！凌少才会开心啊！"

姚正龙拿了卡给夏芷苏，塞到她的手心里。

凌天傲也很满意，站起身看了一眼手表："公司还有会，我先走了！"

"凌天傲！"夏芷苏抓住他的手，"我能不能跟你一起去公司？我想上班！我很久没上班了！"

姚正龙睁大眼睛立马说："芷苏！你是凌少的女人，你上什么班呀！"

"他说得对，你不需要上班，本少养你，一辈子都养得起。"凌天傲看着夏芷苏说。

听到这话，任何一个女人都会感动的吧！但是夏芷苏真的很清楚，一份爱是有保质期的！

她不能成为依附男人的女人，这样的女人，一旦失去了这个男人，就等于失去了全世界！

"可是……"夏芷苏还想说。姚正龙可真是急坏了："可是什么！别可是了，凌少还要去公司开会呢！凌少，您慢走慢走！"凌天傲知道夏芷苏是怎样的人。

她一直想自己赚钱养活自己，所以上学期间做兼职甚至去酒吧做陪酒！赚来的钱，却大多数拿去给孤儿院的小朋友买吃的、买穿的！她不想用他的钱，说明她还不完全相信他、接受他！

"有什么话等我回来再说，这个时候你就听你爹地的！"凌天傲说，"你是我的女人，我就是要宠着你，又怎么样！"

夏芷苏约了唯一一称得上好朋友的风小洛，两人在一家主题餐厅吃饭。风小洛一边盯着夏芷苏看，一边喝着罗宋汤。夏芷苏被她看得头皮发麻："你别看了吧……"

"GE 集团的凌少，就是你那个男朋友？"风小洛问。

夏芷苏也没打算瞒着："嗯。"

"所以那个传说中勾引凌少抛弃自己未婚妻的狐狸精……"风小洛几乎大叫起来。餐厅里的人都看了过来。

风小洛立马降低分贝，盯着夏芷苏："是你对不对？"夏芷苏听多了都习惯了，嗯了一声："是我。"

"咝！"风小洛倒吸一口气，这些日子实在是听了太多的传言，特别是关于 GE 集团凌少的！还有勾引凌少的狐狸精！

"芷苏！你胆子太大了！跟萧家小姐争男人啊！"风小洛还是忍不住惊呼，"听说萧家的老夫人可厉害了！"

"连你都听说了萧夫人厉害，看来她是真的厉害。"夏芷苏耸肩。

"废话！瑞士萧家谁不知道！他们的封宇集团资金雄厚，还是四大家族之一！而且我还听说萧家都是萧夫人做主，萧老爷身体不太好，所以一般不露面。"风小洛八卦地说。

"哦。"

"哦？你还不知道自己得罪了什么人呀！萧夫人没把你抓起来打死已经很好了！"风小洛真替她担心。

夏芷苏说："打过的，就是没打死。"

"咝！"风小洛又倒吸了一口气，盯着夏芷苏，瞠目结舌！"萧夫人亲自对付你，都没把你打死！你好幸运啊！"风小洛感叹地说。夏芷苏觉得萧夫人是厉害，但也不是吃人的恶魔吧。

"小洛，你说得太夸张了。"

"你听我说！封宇集团总部虽然在瑞士，但是在中国也有分公司的！我现在就在封宇集团工作，里面的很多内幕消息也听过！"风小洛说。

夏芷苏意外："原来你在封宇集团啊！"

"你先听我说完！这个萧夫人在我们公司是一个谈起来便会令人色变的角色！以前的封宇集团都是萧老爷董事长管事，但是现在任何决策都是萧夫人说了算！知道为什么吗？听说萧老爷年轻的时候背着萧夫人跟一个嫩模好上了！萧夫人知道了当然大发雷霆，那个嫩模也在一夜间消失，可第二天警察就找到了那个嫩模，她被人……"

风小洛看了眼四周，小声地跟夏芷苏说："被人轮奸了！很快那嫩模被轮奸的照片就散播到了各大媒体，媒体都争先恐后地报道，让全世界的人都看见了！结果那个嫩模就疯掉了，还被扔进了疯人院里！"

夏芷苏心里狠狠咯噔了一下，脊背都有些发凉了。风小洛神秘兮兮地说："别以为这就完了！那女人被扔进疯人院之后，还有照片曝出来。她被其他精神病人折磨！不过媒体一报道很快就封杀这新闻！谁敢报道啊！大家都心知肚明，这些都是谁指使的！"

"这都是十几年前的新闻了，现在很少有人能挖出来，所以知道的人的确很少！但是我们公司里有老员工，他们都一清二楚！"风小洛说。

夏芷苏看着餐桌上的牛排，吃都吃不下去了。就如风小洛所说，她没被打死已经是非常幸运的事了。

"从那之后吧，我们董事长就隐退了，什么事都交给萧夫人管。后来董事长还出了车祸，下身瘫痪了！我们公司的老同事说，其实就是萧夫人制造的车祸呢！"风小洛神秘兮兮地说。

夏芷苏彻底吃不下去了，放下刀叉："能不能说点儿好的！我被你说的像看过鬼片一样。"

"我是想告诉你！敢跟萧小姐抢老公，你现在还活着，真是非常幸运！"风小洛感慨地说，"你想听好的，也有，就是萧夫人宠溺萧小姐，这是人尽皆知的事情！"

"……"夏芷苏听得头皮发麻，外面突然有人在拍窗户。

夏芷苏正低头思索没听到，风小洛先惊呼："是欧少啊！"夏芷苏疑惑地抬眼，就看到欧少恒激动地拍打着落地窗，好像还说着什么。

夏芷苏微微皱眉：怎么在这里还能碰上欧少恒？

欧少恒显得很激动，拍了拍窗好像在告诉夏芷苏不要走开，然后欧少恒跑到餐厅里面来。

"夏芷苏！你果然回来了！"欧少恒激动看着夏芷苏说。

夏芷苏微微一笑，面对欧少恒，她是那么平静："是啊，你怎么在这里？"

"姚伯伯说的，你跟朋友在逛街！我就来市中心找你！"欧少恒说。没想到多地还能跟欧少恒说。还以为多地因为欧少恒退婚的事肯定生气得不理欧少恒了呢。

"夏芷苏，你在外面受了不少苦吧？"欧少恒直接坐到风小洛旁边，握住夏芷苏的手，心疼地说。夏芷苏想抽回手，却被他握得很紧。旁边的风小洛眼珠子都快瞪出来了！

她清楚地记得在酒吧里的时候，这个欧少把夏芷苏刁难得很难看！而且欧少在酒吧里是出了名的坏脾气！夏芷苏有次还被欧少恒往脸上砸钱，骂她很难听的话啊！现在什么情况？

夏芷苏看到风小洛张大嘴巴，介绍说："欧少恒，小洛你应该认识。"

风小洛忙不迭地点头："是是是！欧少，你好！"

欧少恒根本不去看风小洛，只是握着夏芷苏的手："知不知道这些日子我有多担心！还以为你再也不会回来了！我派人到处找你，可怎么都找不到！你回来了怎么也不告诉我一声，我很担心你。"

"欧少恒，谢谢你，在我不见的时候，你那么用心地找我。可是现在，放开我成吗？"夏芷苏尴尬地想甩开他的手。欧少恒怎么肯放。

夏芷苏无奈只好站起身跟风小洛说："小洛，我先回去了！"于是她狠狠地抽回了手，走出去。欧少恒立马就跟上了，很着急的样子。"夏芷苏！"欧少恒追了出去，夏芷苏走得很快，风小洛也追出去。欧少恒在街上看到一个花店，立马跑进去买了一束花。

街上有那么多的人，来来往往，还有那么多的车。欧少恒买了很大一束玫瑰花，大步追上前去。

在潮涌般的人流中，他单膝跪在夏芷苏面前："我知道机会很渺茫！但是我一点儿都不想放弃！那时候我有未婚妻，你单身，我没有珍惜你！我特别恨我自己！但是夏芷苏，我以前就是喜欢你的！只是我不知道而已！

"现在我知道了！这七年来，那么久的喜欢，我现在才知道！这份爱被压抑了太久！现在终于可以爆发！你能体会那种失去最爱的感受吗？夏芷苏，如果你能体会，你就该知道，我现在就是那种感受！很痛！

"我欧少恒错了！错得彻彻底底！原谅我！我们重新认识好不好？"欧少恒跪在地上，举着花，着急而又深情地剖白，那么多人看见了欧少恒求爱，路人都激动地围了过来，还有人鼓掌、起哄。

"答应！"

"答应！"

"在一起！"

"在一起！"路人当然不明所以，只知道欧少恒的话很是动听！

那么大一束玫瑰花，在那么多人的街上跪下，太浪漫了！换成任何一个女人都会感动吧！

而且是那么帅的男人跪在地上！"欧少恒，你快起来吧。"夏芷苏想把欧少恒扶起来。

欧少恒不肯起："你答应我！我知道，你不可能对我一点儿感情都没有！"此刻一辆商务车慢慢地行驶过来，这边人实在太多，太过拥堵了。

车内，一个俊朗的男子不耐地看了一眼窗外："发生了什么事？"

"凌总！好像是有人在告白！"说话的正是 GE 集团总裁助理齐凯，车后坐的自然是大名鼎鼎的凌天傲。凌天傲冷哼一声："绕道！"他低头继续看着手里的文件。

"凌总，这边的路都堵住了，绕不了路啊！"齐凯着急地说。凌天傲皱眉，真是烦，告白还要阻塞交通，真是该死！

齐凯也好奇地往窗外看："那女的怎么还不接受啊！人家男的都跪下了！这要是拒绝，当着那么多人，多没面子！"齐凯这么一说。凌天傲也放下车窗，淡淡看了一眼前方 -- 这个身影怎么那么熟悉？凌天傲的瞳孔猛然睁大，眸子里一片凛然！霍然推门下车。

"凌总！总裁！"齐凯立马跟了上来，"总裁，您去哪？"凌天傲大步走了过去，该死的，这个女人，一出门就给他拈花惹草！凌天傲一眼就看到了花店，疾步走进去。

看到花店里面最大的一束花，好像是刚被包好的，凌天傲走进去二话不说拿了花就想走。

女店主见了立马喊："先生！先生！这花是别人订的！"凌天傲冰冷的眸子一扫，那女店主哪里敢说话，立马噤声。看到眼前那么帅那么俊的男人，犯花痴的她都想不起应该说什么，只是满脸赔笑地说道："您可以先拿走，没事没事！"凌天傲大步走了出去，助理立马来付钱。

这边夏芷苏实在拉不起欧少恒，想转身走了算了！不过，还没转身又被欧少恒拉住。

"夏芷苏？"欧少恒期盼地看着她，满满的都是哀求。人群中又传来一阵骚动，而且骚动得越来越厉害！夏芷苏的朋友风小洛眼珠子都快瞪出来了！拿着超大一束玫瑰花的，不是凌少又是谁！夏芷苏想跟欧少恒说，她真的无法接受。

还没开口，突然有人拉住了她，从身后把她拉了过去，她一转身，就跌进了某个人的怀抱。抬眼看到面前的男人，夏芷苏愕然又惊喜。

"送给你！"凌天傲放开夏芷苏，把花给她。两男争一女！这场面劲爆透了！

所有人都在唏嘘，都在议论纷纷，都在猜测这个女人到底选哪个男人！怎么来了一个气场更强大的呢！

夏芷苏真的快意外死了："凌天傲，你怎么在这？"

"惊喜吗？那就把花收下！"凌天傲带着命令的口吻，又淡淡看了一眼跪在地上的欧少恒。

如果没有欧少恒在场，没有那么多人在场，她一定会毫不犹豫地接受凌天傲送的花！可是那么多人看着，欧少恒又跪在地上，那么期盼地望着她！

"夏芷苏，把花收下。"凌天傲降低声音，提醒。他就是要让这个欧少恒看看夏芷苏到底选谁！好让他死了这条心！如果此刻收了凌天傲的花，对欧少恒就等于捅了一刀！

可是不收下，欧少恒一定还会对她有念想！夏芷苏不忍心去看欧少恒的表情。

于是，她直接把凌天傲的花接了过来！

那一刻凌天傲也松了一口气，连他都不确定夏芷苏会不会接他的花。欧少恒毕竟是她喜欢了七年的男人！而她真的选择了他凌天傲！她说过，她爱他的！

凌天傲狠狠搂住夏芷苏，当着那么多人的面，特别是当着欧少恒的面，吻上了她的唇。

可是欧少恒……却是怔怔地看着凌天傲和夏芷苏在那么多人面前接吻！好像一把刀狠狠地刺进去又拔出来。

欧少恒扔掉手里的花，失魂落魄地站了起来。真的就输得那么彻底吗？她对他真的就一点儿留恋都没有了吗？捂住胸口，欧少恒觉得这里快疼得窒息了。

夏芷苏虽然被凌天傲拥吻着，可是眼睛一直斜视着欧少恒离开的背影，那么落寞、那么心痛，眼角，一滴泪掉了出来。

对不起欧少恒，我不能伤害凌天傲。因为他为我做的事情已经太多了。如果非要伤害一个人，那个人肯定是你。

对不起，对不起……

"很遗憾，拒绝了初恋？"凌天傲挑唇，带着调侃，手指轻佻地勾起她的下巴。

夏芷苏打开他的手："不算是我的初恋。"

凌天傲的眸子猛然一惊，要掀桌了："夏芷苏，还有人啊！你有几个男人啊？"

"……"夏芷苏无语。

凌天傲直接把夏芷苏拉出人群，边走边质问："说，初恋又是谁？"

夏芷苏更加无语："别玩了！"她一点儿都没心情玩。

就算不想接受欧少恒，她也不想伤害他啊！凌天傲故意拿着花跟欧少恒面对面去竞争，一是让她当场做出选择，二是想给欧少恒难堪。

他是在赌，赌她会选他！如果这是赌局，他是稳赢的。"夏芷苏，你知道我能做得更绝！不许同情他，不许对他有一点点的愧疚！"凌天傲固执地扳着她的脸，对着她强调。

她可以同情任何人，唯独不能同情她喜欢过的男人！因为一旦同情，她会连喜欢和怜悯都分不清。

看着面前霸道的男人，夏芷苏无奈，靠在他怀里，她说："不愧疚不同情，只是从来没想过会有那么一天，总之，现在觉得很轻松了吧。"是的，如果现在用一个词来形容，就是"轻松"了吧。拒绝得彻底，她自己心里也有了确切的答案。

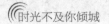

▌▌▌▌ 第二十五章 身世调查 ▌▌▌▌

太阳渐渐落山了，只有几丝余晖在空中徘徊。

凌家豪宅附近，有一个衣衫褴褛的流浪汉跌跌撞撞地跑在路上。

总算看到凌家的大门了，流浪汉一口气跑到门口，却被凌家的守卫拦了下来。

"什么人？"守卫拦住流浪汉。"小兄弟，我是夏芷苏的父亲，麻烦你通融一下让我进去吧！"流浪汉说。

"哈！夏小姐的父亲姚先生刚走，你倒好，还来冒充姚先生！滚！这里不是你能来的地方！"守卫推开流浪汉。

流浪汉被推倒在地上，又急忙起身："对！如果她父亲是姚先生，那就错不了！我也是夏芷苏的父亲，我叫夏仲！麻烦你进去通报！夏芷苏一定会见我的！"

守卫冷冷一笑："你当我们是傻子！夏小姐还能有两个父亲不成！敢到凌家来浑水摸鱼，真是找死！快滚！快滚！"

夏仲又被推了出去，可他不死心："我真的是夏小姐的父亲！你们可以去问问她！问一问总不会怎样！如果她真有我这个父亲，我被你们赶走！夏小姐追究起来，你们担当得起吗！"

虽然夏仲的口气，守卫们不爱听，但是被他这么一说，守卫倒是觉得有几分道理。另一个守卫上来跟同伴说："不如进去跟凌管家通报一下，少爷和夏小姐还没回来呢！"

"你在这等着，我马上进去问问。"守卫说着就跑了进去。夏仲激动地站在门口等，看着面前的豪华别墅！没想到夏芷苏那丫头竟然找了凌家大少爷这个靠山，真是了不起！

外面驶入一辆车，是红色的玛莎拉蒂，在不远处停下。

门口的守卫立马迎了上去："萧小姐，您回来了！"萧蓝蓝下了车把钥匙扔给守卫，脸上满是倨傲。

看到门口的流浪汉，萧蓝蓝一脸嫌弃："怎么还有乞丐？臭死了！还不把人赶走！"

"萧小姐，这乞丐自称是……"守卫还没说话。

夏仲立马说："开玩笑！开玩笑的！我走！我马上走！"夏仲一听到守卫

喊"萧小姐",就想起了前阵子想要杀他的人那个管家也姓萧！不管这个萧小姐跟萧管家有什么牵连，夏仲都要警惕！再不警惕，命都没了！

夏仲慌乱地从萧蓝蓝身边走开。萧蓝蓝没有见过夏仲，自然不知道他长什么样。

"你这个乞丐还敢糊弄我们！"守卫气得大骂，亏他们还以为这流浪汉真是夏小姐的什么父亲！夏仲跑得很快，几乎是没命地跑，生怕萧蓝蓝发现他就是夏仲，又来追杀他！

原本去通报凌管家的守卫走了出来，疑惑地问："那流浪汉呢？"

"走了！是糊弄我们的！真是好大的胆，竟敢到凌家来招摇撞骗！还敢说自己是夏小姐的父亲！"另一个守卫恨恨地说。

萧蓝蓝正准备走进去，听到守卫的话，震惊："你们说什么？什么父亲？"

"萧小姐，是这样的，就是刚才的流浪汉，那个乞丐说自己是夏小姐的父亲。夏小姐的父亲是姚先生啊，不是今天刚来过吗？"守卫回答说。

萧蓝蓝更加惊愕，难道是夏仲！"他说自己叫什么名字？"萧蓝蓝着急地问。

"好像是叫，叫什么夏仲的！"守卫回答。

萧蓝蓝又是惊愕又是慌张："把钥匙给我！"萧蓝蓝拿回车钥匙，立马上了车，看了眼夏仲跑开的方向。"萧小姐！"守卫很疑惑，萧小姐怎么突然又走了？

叶落从里面走出来，因为凌管家不在，守卫把夏仲的事通报给了叶落。叶落出来发现没人，问："不是说夏小姐的父亲来了吗？怎么没人？"

"叶落姐！那流浪汉是糊弄我们的！刚才萧小姐回来了，他就主动承认自己是开玩笑逗我们的！"守卫。叶落对于少爷的事情一清二楚，也知道少爷在查夏小姐第一任养父夏仲的下落。可是外面的人不知道，谁会无端冒充夏仲来认亲？这个可能性不大！

"流浪汉往哪个方向去了？"叶落着急地问。守卫见她着急，也不敢怠慢，指着一个方向说："就是往下山的方向去了！叶落姐，有什么问题吗？"

叶落什么都没说，直接上了门口停着的凌家的车，急忙追了出去。少爷一直在找夏仲，她当然知道！这夏仲既然来了，怎么又自己跑了呢？

夏仲跑得很快，一点儿都不敢停歇，这萧小姐到底是什么来头？是不是跟那个萧管家一伙的？

那萧管家从赌场找到他就把他带走了，还给了他很多钱，问他夏芷苏来自哪家孤儿院，他还以为自己就这么发达了！可是萧管家突然想把他杀了！要不

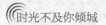

是他跑得快，他早死了！

夏仲正跑着，忽然听到身后有车子的声音。回过头去，却看到那红色的车直接往他这边撞来！

"救命啊！救命啊！！"夏仲大叫着，不敢再往大路上跑。看四周都是山，这边的路跳下去是一个很高的坡！夏仲只想保住性命，就直接跳了下去。

萧蓝蓝眼看着就要撞上夏仲，却不想他跳了下去。方向盘一转，萧蓝蓝直接把车也开了下去！

夏仲回头睁大眼睛看着身后的车，更是没命地跑！

萧蓝蓝踩足了油门，一定要把这个人撞死！现在没人，把夏仲撞死了，谁也不知道她跟萧同浩没有血缘关系，她不是萧家大小姐！

叶落听到了夏仲的呼喊声，着急地开车赶来，却看到萧蓝蓝的车紧追在夏仲的身后，明显要把夏仲撞死！萧蓝蓝为什么要撞死夏仲？叶落简直愕然！看来这个夏仲的确是真的！

既然如此，夏仲就更不能死！

叶落方向盘一打，从另一个方向下了坡，迅速追了上去。这里全是山路，车子开得非常颠簸，速度太快就有翻车的危险。可是萧蓝蓝全然不顾，狠狠地踩死油门撞了上去！

"去死吧！"萧蓝蓝几乎疯狂地大叫。砰！叶落的车子迅速追上，趁着萧蓝蓝还没撞上夏仲，叶落的车横在萧蓝蓝的车子面前，夏仲被险险地阻拦在外。

叶落只感觉自己的车子好像飞了起来，在空中翻了两个跟头，安全气囊弹了出来。车子落地，几乎被撞成废铁。萧蓝蓝的车子也撞出安全气囊，她的脑袋撞在气囊上，反弹回来，又跌坐在驾驶座上，反倒什么事都没有。

萧蓝蓝根本不知道发生了什么事，怎么会有车横穿出来？

下车。她却看到叶落满头是血地倒在车座上。萧蓝蓝惊恐地睁大眼睛，怎么会是叶落？

叶落不是发现她想撞死夏仲吧？萧蓝蓝的第一反应就是去找夏仲，可是夏仲已经趁机躲起来了，连个人影都看不见了！

糟了，叶落看到了！叶落会怎么想呢？

萧蓝蓝见叶落倒在座位上一动不动，也不确定她死了没有，她小心地走过去。

萧蓝蓝轻声地喊："叶落，叶落，你醒醒！"叶落的脑袋动了动，想要睁开眼，可是有点儿吃力。萧蓝蓝见到叶落没死，心里更加慌乱。如果叶落告诉凌天傲，她想杀了夏仲。凭凌天傲的智商，一定会猜到什么，因为现在凌天傲已经在怀疑她了。不！绝对不行！绝对不行！

萧蓝蓝伸手，手抓住叶落的脖子："对不起，叶落……你为什么要追出来……对不起！"

手狠狠地用力，萧蓝蓝撇开头，不想亲眼看到自己杀了叶落！

因为是第一次杀人，萧蓝蓝的手因为恐惧用不上力气，萧蓝蓝惊慌地收回手。

如果用工具杀了叶落，肯定会被查出来的！现在是车祸！叶落……叶落的脑袋撞破了也很正常！她抓起叶落的脑袋想往方向盘上撞，手才抓住叶落的头发，叶落却睁开眼睛了："萧小姐……"

萧蓝蓝猛然反应，改为推着叶落："叶落！你醒了！你感觉怎么样？我马上带你回凌家！"

叶落是有功夫的，而且从小就跟着凌天傲，功夫都是凌天傲教的。

既然叶落醒了，就算她受伤严重，萧蓝蓝也不敢贸然下手。"我头好痛……"叶落扶着脑袋，"萧小姐，发生什么事了？我怎么会在这里！"

萧蓝蓝一愣："你忘了，你忘了发生什么事了？"

"我记得我在厨房里准备晚餐等少爷回来……"

叶落摇着头，"怎么突然在这儿了……"

萧蓝蓝一阵惊喜，莫非是叶落撞坏了脑袋！"你出了车祸！你别怕，我扶你回去！"萧蓝蓝立马把叶落扶了下来。叶落靠在萧蓝蓝的身上，一点儿力气都没有了，只能靠她扶着，不然连走路都不行。

萧蓝蓝看着身边的女人，扶她上去："叶落，你忘了你看到什么了？"

"我看到什么了？"叶落疑惑地问。

"没什么！没什么！"萧蓝蓝心底暗暗高兴。

她真的不想杀叶落，杀了叶落会很麻烦！凌天傲一定会追究，还会彻查！看叶落的样子是真撞坏了脑袋！萧蓝蓝说："我会叫欧阳医生过来，你一定没事的！"

回到凌家，欧阳医生过来给叶落处理伤口。

萧蓝问："叶落好像有些事情记不太清楚了，欧阳你帮忙看看，她的脑袋是不是撞伤了？连刚刚发生的事她都不记得了！"

欧阳检查了叶落的脑袋："的确是撞伤了，因为碰撞引起失忆，这是很正常的。"

"也就是真的会想不起？"萧蓝蓝问。

"是的，很正常！有些人撞伤了脑袋，就会失去全部记忆。"欧阳说，"叶落已经很幸运了。"

萧蓝蓝这才放心，刚走出门，有个守卫上来就跟她说："大小姐，车祸现场都已经处理好了！"

萧蓝蓝嗯了一声："知道了，下去吧。"那守卫很快就下去了。

萧蓝蓝又拿出手机给萧管家打电话："你怎么办事的？让你杀了夏仲，还让他跑到凌家来！"

"大小姐！我也没想到夏仲竟然能逃跑！我们找了他那么久，没想到他竟然跑凌家去了！"萧管家也感到特别意外。

"行了，赶快把夏仲解决了！"萧蓝蓝不耐烦地说。

凌天傲和夏芷苏从外面回来，听说叶落出了车祸，也着急地来房间看他。凌天傲亲自问欧阳："叶落怎么样？"

"少爷放心，虽然伤得很严重，但没有生命危险，好好养伤很快就能恢复！"欧阳说。

凌天傲还是很担心："不管是多贵的药，尽管用！"

"是，少爷，我明白！"欧阳说。

因为叶落需要休息，夏芷苏没进去，就站在门口等。见凌天傲出来，夏芷苏问："叶落情况如何？"

"伤得挺重。好好的，怎么就出了车祸？管家！"凌天傲叫来管家。凌管家已经从外面回来了，听说叶落出了车祸，立马去调查了事情的起因。

"少爷，叶落出去是因为有一个自称是夏小姐父亲的流浪汉来了，就是夏仲，不知道为什么夏仲突然又走了，叶落就追了出去。她的车子不小心掉下了山坡，这才出了事。"凌管家说。

原来如此。

夏芷苏也很意外，夏仲怎么来找她了？"那夏仲呢？"夏芷苏问。"回夏小姐，夏仲走了，还没找到，但是很快

就能找出来！只要还在这座城市，我们的人立马能找到！"凌管家说。

"他倒是主动找上门来了。"凌天傲挑唇。夏芷苏疑惑："凌天傲，你找他做什么？"

"等以后再告诉你。"凌天傲神秘地说，因为他总感觉哪里不对劲！

他还记得吕院长说过，夏芷苏在等他的父母，似乎是在一个暴风雨的夜晚，

父母说过来的，不知什么原因又没有来。

萧蓝蓝被父母接走的时候也是一个暴风雨的夜晚，而夏芷苏刚好认识一个小伙伴叫蓝蓝。

这里面到底有什么联系？虽然这可能只是巧合，但是凌天傲就是有种感觉，总感觉哪里不对劲！至少现在他还说不上来！

夏芷苏来房间看叶落，她正睡着，用人小景在照顾她。

夏芷苏一进去，小景就红着眼睛喊："夏小姐！"夏芷苏拍了拍她的肩膀："欧阳医生说叶落没事，不要担心！"

"叶落姐姐怎么会发生这种意外呢！之前还好好的！"小景带着哭腔说。是啊，一个人好好的，就发生了这种意外。听欧阳医生说，叶落还碰坏了脑子，有些事情都记不清楚了，事发前的事她完全不记得了。

"萧小姐！"小景突然喊。原来是萧蓝蓝走进来了。

看到萧蓝蓝，夏芷苏也反应过来，她回来之后就没去看过萧蓝蓝。"蓝蓝，你的伤怎么样了？"夏芷苏问。

萧蓝蓝微笑着说："没什么大碍，叶落醒了吗？"

"还没呢，也不知道什么时候醒来。"夏芷苏担心地说。

萧蓝蓝说："阿芷，你去休息吧，我来照看叶落。"

"这哪行！当然是我来！"夏芷苏还想说"你身体还没康复"呢，萧蓝蓝突然冷笑一声："阿芷，你毕竟还没嫁进凌家，还不算女主人，我也不是这儿的客人。"

夏芷苏一愣："我没有这个意思！"

萧蓝蓝又微笑着说："我当然知道！只是天傲那么疼你，哪里舍得让你照顾他的用人！我来吧！你去休息吧，快去，天傲肯定在房间里等你呢！"

萧蓝蓝把夏芷苏推了出去。"不行……你还带着伤呢！"夏芷苏说。

"没关系，我受伤的时候都是叶落照顾我，现在轮到我照顾她了！"萧蓝蓝笑着说，把夏芷苏推出门，然后关上门。

夏芷苏看了一眼，既然萧蓝蓝这么要求，她也不好说什么。她自然不能说萧蓝蓝，因为无论她说什么，立场都不对。她不能以主人的姿态说话，不能用客气的姿态说话。

看着房间，只希望叶落能安稳地醒来。房间里，萧蓝蓝看了一眼用人小景："你也出去吧。"

"萧小姐，还是我来照顾叶落姐姐吧！"小景说。"出去！"萧蓝蓝呵斥。

小景再不敢说什么，走了出去。看着床上的叶落，萧蓝蓝必须时刻盯紧，万一叶落醒来说些什么呢！

这么巧，她偏偏把车祸的事给忘了？到底是装的还是真忘记了？

夏芷苏回到凌天傲的房间，凌天傲坐在床上看文件。见夏芷苏回来，他知道夏芷苏肯定是看叶落去了。

"叶落还没醒？"凌天傲问。夏芷苏爬上床："嗯，还没。"

见夏芷苏愁眉苦脸的，凌天傲放下文件，搂住她说："叶落不会有事，你别担心！"

"叶落是追着夏仲出去的，她出事不知道是不是与夏仲有关。"如果是这样，她就太愧疚了。

"你怎么又多想！夏仲有什么能耐，还能对付得了叶落？比身手，叶落也不比你差。"凌天傲说。

"毕竟是追着夏仲出去的，如果真是夏仲害的叶落，凌天傲，你不用对他客气。"夏芷苏说。

凌天傲倒是意外："听姚正龙说，夏仲以前也找过你，到你这儿来要钱。你还是给了，来了几次你给几次，后来被姚正龙打跑了，我还以为……"

"以为我同情心泛滥，使劲给他钱让他去赌？"夏芷苏靠在凌天傲的怀里，看着外面的月光，"你的钱又不是我的，我怎么可能拿你的钱给他。如果是我自己赚的钱……"

"自己赚的钱就给他？"凌天傲低头看着怀里的女人，"夏芷苏，你这么一说，本少倒巴不得你拿钱给他，至少在你心里，我的钱就是你的。你什么时候才肯用我的钱，嗯？"

这个女人，给她卡了，一分钱没刷！夏芷苏没有回答，却问："凌天傲，你真的准备好娶我了吗？"

"难道你没准备好嫁给我？"凌天傲挑唇。

"还真没有。"

凌天傲原本自信满满的，毕竟夏芷苏拒绝了欧少恒，当街投入他的怀抱！被夏芷苏这么一说，凌天傲呛了一下。

"夏芷苏，你对我还有什么不满意的？"凌天傲不高兴地捏住夏芷苏的下巴，狠狠地捏着。夏芷苏突然想起了风小洛跟她说的，关于萧夫人的事情，想起来都毛骨悚然。

她要是嫁给凌天傲，萧夫人得怎么整她啊！还有凌天傲的父亲，根本就不可能同意吧！

夏芷苏拿开凌天傲的手，拨弄着他的手指："你爹地肯定不同意！还不知道他怎么刁难我。"

"你怕了？"凌天傲的声音低喃在她耳边。

"我怕……"夏芷苏看着他的手指说，"怕给你添麻烦。"

凌天傲心口震动，低头吻住她的唇："我都不怕，你怕什么！相信你男人，再大的麻烦都能解决！"

她是相信他，可是她真的想帮助他。

夏芷苏突然想起个事："凌天傲，在海岛上的时候，我看了一下东野润一的公司文件，上面列举了哪些股东会支持东野，哪些可能会支持你，我帮你去列个名单！"

夏芷苏掀开被子起身去电脑前，迅速把她看到的名单打印出来，然后拿给凌天傲。

凌天傲看着上面的名单，有些惊喜："这可真是好东西！"

"我在东野润一那里看来的，可是我不敢确定这名单是真是假！"夏芷苏说。"东野怎么会让你看这份名单？"这名单简直至关重要！

"可能他觉得我反正走不出海岛，看了也没关系吧，也可能……"夏芷苏看向凌天傲。

不等夏芷苏说出来，凌天傲已经猜到："也可能他是故意的，故意让你看见！"

"这份名单很重要，我需要联系顾氏总裁，好好商讨。如果名单是真的，我们在董事会几乎是稳赢！"凌天傲说。

凌天傲接了一个电话，是萧同浩的，接完脸色有些疑虑。

夏芷苏坐在床上玩游戏。凌天傲挂断电话问她："离心岛有没有印象？"

"什么离心岛？"夏芷苏打着游戏随口问道，看来夏芷苏真不记得了。

"还记不记得你小时候的孤儿院什么样子？有什么标志性的建筑？"凌天傲问。"我待过很多家孤儿院，有些连名字都没有，不太记得了。"夏芷苏说。

门外有人敲门，是凌管家在喊："少爷！"这么晚了凌管家还来找他，肯定是有要紧的事。

凌天傲起身说："我出去一下。"见夏芷苏玩游戏的时候手那么快，凌天傲突然想到什么，问："能不能入侵东野润一的电脑？"

夏芷苏一愣，抬眼看了一眼凌天傲："应该可以，你是想让我偷一些机密

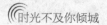

文件吗？"

"能偷多少是多少。"凌天傲很坦然地说，"不过东野的电脑，我的人已经尝试了很多次入侵都没有成功。他的防护系统很严密，跟我们家的差不多。"

夏芷苏不以为意："放心吧！我现在就去！"

夏芷苏一下床，凌天傲拦住她："太晚了，明天再说，你先睡觉不用等我。"

"不不不！能帮到你我可开心了！我现在就去试试！"夏芷苏直接蹦跶到电脑前，打开电脑，手指飞速地在键盘上跳跃。

看到夏芷苏面对电脑的时候唇角上扬，是那么开心，他想：也许自己不该剥夺夏芷苏的兴趣爱好。

她那么喜欢计算机，而且她有那么强的天赋，他应该让她尽情发挥才对！这么好的天赋，如果去了别的公司，那真是浪费了，还不如把夏芷苏放在自己的公司！

凌天傲走出门，凌管家立马上前来小声地说："少爷，夏仲找到了！给他安排了房间！少爷，是现在见吗？"

"走！"当然现在见！

这个夏仲，能让他找那么久也是能耐了！

凌天傲到了客房，打开门，一眼就看见客房的套间里，一个满身臭味的流浪汉坐在桌前吃东西，狼吞虎咽地用手抓，好像很久没吃上一顿像样的饭了。

"还不见过凌少！"凌管家走进去就呵斥。夏仲正啃着大鸡腿，听说凌少来了，立马放下了手里的鸡腿，慌忙站起来。

他拨开自己长长的头发，露出一张脏脸，满是谄媚地笑："凌少！凌少！"凌天傲上下打量了他一眼，走进去，凌管家立马搬来椅子，凌天傲威严地坐下，看着面前的男人。

"怎么证明你就是夏仲？"凌天傲开口，冷冷地问。"可以让芷苏来看看，夏芷苏认识我，她见到我就知道了！凌少，我可是夏芷苏的养父！当年要不是我，夏芷苏早就饿死在孤儿院了！"夏仲很骄傲地说，"凌少！这份养育之恩，夏芷苏还是要报答的吧！"

凌天傲冷冷一笑，眉眼间都是冷酷："养育之恩？就是赌输了把她卖进姚家，就是吸完毒把她毒打一顿？"夏仲原本谄媚笑着的脸立马一僵。

"凌少！话不是那么说的！毕竟我还是把夏芷苏从孤儿院里接出来了，不然她还不是被人送到另一所孤儿院去，您说是不是，凌少！"夏仲上前一步，理论着。

"大胆！退后！"凌管家呵斥。夏仲立马退后了一步，悻悻地站在那儿。凌天傲不屑地勾了勾唇角，这副嘴脸，看了真是让人恶心。

"你以为本少找你来，是来报答你对夏芷苏的养育之恩？夏仲，本少知道你在外面欠了不少钱，这是你在澳门赌场的欠款借条，这是你借的高利贷。"凌天傲一抬手。

凌管家把借条拿出来，夏仲一看，果然是他的借条！"老老实实回答本少的话，这借条就是你的。"凌天傲说。

夏仲眼前一亮，怎么接二连三地有人来给他还欠款！之前是那个萧管家，也把他的赌债还了！只是来追问夏芷苏来自哪家孤儿院！这凌少不会也是同一个问题吧！

夏仲有些惊恐，难道萧管家就是凌少派去的？他内心很是戒备！"凌少，想问什么？""夏芷苏待过的孤儿院，在她最小的时候，第一家孤儿院叫什么名字？"凌天傲不耐烦地打断他问。

夏仲心里暗暗叫苦，这下糟了！不会回答了问题就被灭口吧？早知道夏芷苏是灾星，他怎么都不敢领养她啊！

"凌少，您看啊！这都是十几年前的事情了！这哪能记得清呢！夏芷苏，我是看着她长大的！这以前啊，我也是孤儿院里打工的，孤儿院哪里有活，我就去哪里！所以，我才能在夏芷苏快饿死的时候把她接出来。"

凌天傲脸上没有一点儿波动，只有张扬的眸子里带着冰冷的寒意。"你记不清了，那就让本少提醒提醒你。"凌天傲冷冷地开口。

凌管家直接上前，唰地抽出一把手枪对着夏仲的脚就是一枪，一点儿没给夏仲反应的机会。夏仲疼得大叫起来，跌坐在地上，脚上全都是血。

夏仲这才反应过来，自己面对的到底是什么角色！"凌少！凌少！我……我如果说出来！您是不是就把我给杀了？"夏仲惊恐地大喊，"求您，凌少，别杀我，别杀我啊！"

"本少什么时候说过要杀你？"凌天傲冷笑。"您不杀我，您怎么还派人……"派人杀他，还差点儿被人撞死！

夏仲话还没说全，凌天傲不耐烦地呵斥："快说！"

"离心岛！叫离心岛！"夏仲立马喊出来："我记得特别清楚！因为我在离心岛的孤儿院做过水泥工！夏芷苏那时候叫阿芷！凌少，您千万别杀我啊！我不想死啊！"

夏仲哭喊起来，想到自己回答了问题，可能会被灭口，他害怕得大哭起来。

凌天傲的眼底有一丝意外闪过，却又觉得这是他意料之中的！萧蓝蓝也在离心岛！

凌天傲俯身，看着地上的夏仲："你在离心岛的孤儿院做了多久的工？"

"三年！做了有三年！后来一场暴风雨把孤儿院摧毁了！院长被倒塌的寝室楼压死了！后来，里面的孩子都被转移到另一家福利中心！"夏仲生怕凌天傲杀了他，忍着腿上的痛，问什么说什么。

"里面的孩子，记不记得有个叫蓝蓝的？"凌天傲又问。

"蓝蓝？"夏仲想了半天："凌少，孤儿院的孩子那么多，我怎么知道，怎么知道有没有叫蓝蓝的！"

"那你怎么就知道有个叫阿芷的？"

"因为阿芷小时候人很好，总是帮我们一起干活，还总是给我们送水送吃的！而且，阿芷还说她的父母要来接她！不知道为什么，她的父母后来没有来，阿芷也没有被接走！"

凌天傲眼底的诧异是那么明显，而且他的心底莫名产生了一种想法！这种想法，让他自己都感到震惊！

凌天傲揪住夏仲的衣领，激动地质问："再好好想想，有没有一个叫蓝蓝的小女孩？"

"凌少……这都16年了！我哪里记得那么清楚啊！孤儿院里有那么多的孩子……我，我怎么知道……"夏仲紧张得直冒眼泪，生怕自己的回答，凌少会不满意。

"除了夏芷苏，还有没有别的父母要来接小孩？"凌天傲焦急地问。

夏仲努力想了想："凌少，这些事情我这种水泥工也不会知道啊！但是阿芷，是因为阿芷自己说的！阿芷那时候很开心，每天都在门口等父母！我还记得，那天是很大的暴风雨！我早早地回家了！我还以为阿芷会等到父母的！可是没想到孤儿院塌了，院长死了！阿芷也还在！"

也是一个暴风雨的夜晚！萧蓝蓝就是在一个暴风雨的夜晚被接走的！而且也是在离心岛的孤儿院！

第二十六章 萧家不会连女儿都弄错

萧蓝蓝从叶落的房间出来，就有守卫上来跟她说夏仲找到了！

萧蓝蓝知道只要夏仲没死，被凌天傲找到是迟早的事，只是没想到会那么快！夏仲到底透露了多少信息？凌天傲又知道了多少？之前凌天傲就在查她的孤儿院！就算凌天傲查不到，只要一问萧同浩，萧同浩再去妈咪那里问来，就肯定会知道！

现在夏仲也找到了！不出意料，凌天傲肯定知道她来自哪家孤儿院！如果夏仲透露了信息，那么凌天傲此刻应该知道了她跟夏芷苏来自同一家孤儿院！

凌天傲一定会质问她是不是小时候的蓝蓝！就算凌天傲问了，她死不承认，凌天傲没有证据，也无法证明她就是蓝蓝！萧蓝蓝努力让自己冷静下来！现在慌乱已经没有任何用途了，只有应对才能保全自己！就算知道她就是蓝蓝，又能怎样！她被自己的父母接走了，而夏芷苏的父母没有来接！就是这样！

萧蓝蓝问身边的守卫："夏仲在哪儿？"

"小姐，他被安排在一间客房！"守卫说。如果这时候杀了夏仲，凌天傲会更加怀疑！

这个人现在不能杀！夏仲如果告诉凌天傲之前萧管家想杀他，那她的处境才危险！

"有没有一种药，吃了之后可以毁了他的声带，说不出话来？"萧蓝蓝说，"而且要神不知鬼不觉。"

"有！小姐想要怎么做？"

"既然不能死，那就让他说不出话吧。在他吃的食物里，加点料就可以。而且要慢慢地、一步步地发不出声音，绝对不能让任何人察觉！"萧蓝蓝说。

"明白！"守卫立马退下了。萧蓝蓝看向窗外，眸子里闪过森冷的杀气。我不能失去现在的一切！如果有人想来破坏，我一定不会放过！

凌天傲匆匆走进房间，推开门，看到夏芷苏还在电脑前。

看着面前的夏芷苏，凌天傲眼里又是欣喜又是震惊！夏芷苏的身份，会不会真是他想的那样？虽然他的想象实在出乎意料，可并不是没有道理！

"咦，凌天傲你回来啦！我还没破解东野润一的电脑，他的……唔……"

夏芷苏刚抬头看见凌天傲，却见他疾步走进来，倾身，一口就吻住她的唇。吻得那么重，她都被弄疼了。凌天傲放开她，掐住她的腰，把她抱到床上。

"凌天傲，你怎么了？"夏芷苏见他目光灼灼，眼里大放异彩，也不知道发生了什么事。

"有个问题想问你，你在孤儿院等你的父母，后来他们没有来对不对？"凌天傲说。

"当然了！不然我怎么会在姚家呢！"

"你让你的小伙伴蓝蓝站在门口帮你等，是不是？"凌天傲又激动地问。

"好像是这样吧！那时我才6岁，真的记不大清楚了。我就记得我的父母是要来接我的，但是后来没来。那天下着很大的暴风雨，然后围墙塌了，蓝蓝她……"夏芷苏心痛地说，"蓝蓝就不见了！她肯定死在里面了！"

"如果蓝蓝没死呢？"凌天傲说。"凌天傲，你怎么了？你怎么那么关心蓝蓝啊……"夏芷苏觉得凌天傲今晚很反常，怎么老追着她问孤儿院的事情。

"我不是关心她，是关心你！还记不记得蓝蓝小时候长什么样？"凌天傲问。

"我……我真的一点儿都不记得了！那时候太小，还没有记忆，但是有些事情我忘不了！就是蓝蓝，还有我的父母说过要来接我的！"的确，夏芷苏那时候才6岁，现在过了16年了，16年前的面孔怎么会记得！当事人都不记得，那追查夏芷苏的身份实在太难了！

可是，有一点，他现在怀疑夏芷苏的身份，如果夏芷苏跟萧家真的有关！如果当初萧家接走的女儿应该是夏芷苏而不是萧蓝蓝！那夏芷苏跟萧同浩岂不应该是兄妹？

兄妹？验一下夏芷苏跟萧同浩的血不就知道了！凌天傲一握拳，显得很激动。

夏芷苏狐疑地看着他，扯了扯他的衣袖："你有什么好消息藏着啊！好像还不舍得告诉我？"

凌天傲失笑，事情没查清楚之前，他不能告诉任何人，更不能告诉夏芷苏。

如果夏芷苏根本不是萧家的女儿，那就只是让她白高兴一场！会高兴吗？萧夫人当初差点儿没打死她啊！

"等以后你自然就知道！"凌天傲意味深长地说。夏芷苏无所谓地耸耸肩，反正她也没什么惊天大秘密。

"东野润一的电脑，我需要点儿时间才能进去，不过我会尽量快点儿的！"夏芷苏说。凌天傲现在哪里还顾得上东野的电脑。他并不是贪图夏芷苏的身份。

如果夏芷苏真是萧家的女儿，还需要入侵东野的电脑干什么！他都迫不及待地想看萧老太婆的表情了！这个萧老太婆，那么精明的一个人，总不至于连自己女儿都弄错吧！

凌天傲微微皱眉，莫非是他想错了？

问萧蓝蓝？能问出个什么来！萧蓝蓝多半是死不承认吧？可就算如此，他也想试探试探！

一整夜，凌天傲的脑海里都在想着夏芷苏的身份。

夏芷苏已经在他怀里睡着了，他低头看着她。夏芷苏似乎很喜欢在他怀里睡觉。

每次在他怀里，她就睡得特别香甜，好像什么噩梦都没了。凌天傲扬起唇角，他真是该死的喜欢她这样！把她搂紧。

凌天傲低头亲吻她、抱着她，一夜好眠。

凌天傲一大早起床也没去上班，先去了叶落的房间，叶落还在昏睡中。听小景说叶落醒来过，后来又昏睡了过去。

凌天傲吩咐用人小景："照顾好叶落。"

"少爷，您放心，小景一定会照顾好叶落姐姐！"凌天傲从叶落的房间出来，迎面就碰上了萧蓝蓝。

"蓝蓝，你过来，我有话跟你说。"凌天傲说着，从萧蓝蓝身边走开，去了书房。

萧蓝蓝眸子微动，深吸一口气跟了进去。"我之前问过你，你在孤儿院的时候，是否记得有个女孩叫阿芷？"凌天傲说。果然是问这个！

萧蓝蓝摇头说："我那时候太小，不记得了。"

"听你哥哥说，你是在一个暴风雨的夜晚被接走的，你的孤儿院叫离心岛孤儿院。"凌天傲又说。

"原来叫离心岛孤儿院！"萧蓝蓝一副努力回忆的表情，"还是想不起来！天傲，你是不是有很重要的事？如果问我小时候的事，我可以去问问妈咪！"

萧蓝蓝那时候还小，她不记得也很正常。夏芷苏也不记得。五六岁的事，鲜少有人会记得。

凌天傲凝眉，莫非真是他想太多了？

萧蓝蓝都这么主动配合了，如果萧蓝蓝是假的千金，她怎么都想跟夏芷苏划清界限吧，而不是配合他调查。凌天傲看着萧蓝蓝，基本确定萧蓝蓝就是夏芷苏的玩伴，可是却一点儿证据都没有！他这样贸然怀疑，确实对萧蓝蓝不公平。

没有人证也没有物证，16 年前的事，谁能说清楚！

当年的事情，院长已经死了，就剩下一个夏仲，把该说的都说了，完全没有人可以证明夏芷苏的身份！

"我就是随便问问，你别多想。"凌天傲起身就出去了。看着凌天傲走出去，萧蓝蓝几乎瘫软在椅子上。没有任何证人，只要她死不承认！

可是，万一……萧蓝蓝突然想到什么，惊恐地睁大眼睛，慌张地跑出去。如果凌天傲去检查夏芷苏跟萧同浩的 DNA 呢？那就是证据了！

她一回自己的房间就给萧同浩打电话："哥哥，你什么时候回来？"

萧同浩已经在机场了，想给妹妹一个惊喜，说："还要一段时间吧！怎么了，蓝蓝，想哥哥了吗？"

"想！当然想了！哥哥，妈咪一个人在公司很忙吧！你多帮帮妈咪吧！回国反正也没什么事的！"萧蓝蓝说。

"谁说没事了！妈咪把中国的分公司交给我了，我得打理好！蓝蓝，哥哥有点儿事不说了，再见！"萧同浩是要登机了。

挂断电话，外面有人敲门。

萧蓝蓝打开门，看到萧家安插在凌天傲身边的守卫："小姐，夏仲那边已经解决了，在他吃的食物里，我都下了药，他会慢慢失声，连医生都查不出什么情况。"守卫说。

萧蓝蓝也放心了，夏仲那边已经不是威胁，萧同浩也没有回来，她又有足够的时间把事情都解决了，让凌天傲不再怀疑她！兵来将挡，水来土掩！凌天傲没有一点证据，根本无法怀疑她！

凌天傲走回房间。

夏芷苏已经起床了，坐在电脑前还在研究怎么侵入东野润一的电脑。"怎么那么早起床？"凌天傲走进来说。

夏芷苏嗯了一声，手指在键盘上动作："我就不信了，我还进不了东野的电脑！"

凌天傲把她的手拿开说："夏仲找到了，你要不要见一见？"

夏芷苏一愣，眼底有莫名的情愫："找到了！"

"嗯，昨晚就在了，太晚了，不想影响你休息就没告诉你。"凌天傲说，"要不要见？"

夏芷苏的心情有些复杂，可是她不得不承认是夏仲把她从孤儿院里拉出来的！

"你要是看到他心烦，我这就打发他出去。"凌天傲见她的样子就知道肯定是想起不愉快的事了。

凌天傲转身要出去。夏芷苏忙拉住他的手："我不见了，你给他点儿钱，让他走吧。他是喂不熟的白眼狼，你把他留下，对你没好处！"

夏芷苏明明是那么心地善良的一个人，凌天傲还以为夏芷苏至少会想见一见夏仲。

明显，夏芷苏对夏仲是恨多过感激，可想而知，夏芷苏那时候受了多少苦！

想到这里，凌天傲实在心疼。反握住她的手，凌天傲说："我这就把他赶走！"

凌天傲很快命令管家把夏仲赶出去。夏仲正享受地躺在椅子上吃水果，见到凌管家进来，夏仲立马坐起身。"这是少爷给你的支票，拿着，走吧。"凌管家把支票给夏仲。

夏仲看着支票，开心得说不出话来！

张嘴，想说话，半天都发不出声音。夏仲不以为意，努力咳嗽了几声，怎么都说不出话来。夏仲被凌家守卫带出去，萧蓝蓝看着他面目狰狞地指着她，似乎想说什么，可惜他什么都没法说了。幸亏她没杀了夏仲，不然，凌天傲就直接怀疑她了！夏芷苏站在楼上看着夏仲被守卫架着，眼底很平淡。

她叫夏芷苏，就是跟了夏仲的姓。其实夏仲一开始对她很好、很照顾，可是后来夏仲染上了毒品，为了能吸毒他去赌博想不劳而获，结果却什么都赔光了。

从那之后夏仲的脾气变得很坏，动不动就打骂她。她是感激他的，真的感激。但是她不能把夏仲留在身边给凌天傲添麻烦。她已经给凌天傲带来了太多麻烦，她真的想帮他，很想。凌天傲走进来就看到夏芷苏站在窗口看着外面，他知道她在看什么。

也许内心深处，夏芷苏还是舍不得那么狠心对待夏仲，是啊，她就是那样一个人。

凌天傲走过去，从身后抱住她，看到夏仲已经被关在门外了，还在不停地拍打着铁门，一副撕心裂肺的样子，好像在喊什么。

腿上包扎着绷带，看着实可怜了点儿，但是凌天傲绝对是不同情的。

夏芷苏看着，却实在是不忍心，撇开头，转身，把脸埋在凌天傲的怀里。"他毕竟把我从孤儿院领出来了，我是不是对他太狠心了？"夏芷苏问。

凌天傲吻了一下她的发顶，"一码归一码，你从孤儿院出来到夏仲那里，

315

只是从一个火坑跳到了另一个火坑。乖，别多想。我已经帮他还了赌债还有高利贷，又给了他一笔钱，他要是能改邪归正，就能生活无忧！"

夏芷苏抬眼看着他，她欠了凌天傲那么多，不知道该怎么还！

没想到萧同浩天刚黑就回来了。凌天傲看到他直接拉了他去抽血，不管萧同浩问什么，凌天傲找了理由说："这么大人了，从来不抽血，血液太浓了，放一放！"

抽了血，凌天傲立马把两袋血液给凌管家，让他连夜去验血。萧蓝蓝听说萧同浩回来吓坏了，立马去找他，发现萧同浩手捂着手臂。

萧蓝蓝心口狠狠咯噔一下，大步上前："哥哥，你怎么了？"看到萧蓝蓝那么慌乱，萧同浩耸肩："没事，抽了一点儿血而已。"

萧蓝蓝已经想到了什么，凌天傲果然要了萧同浩的血！"哥哥，叶落出了车祸，现在还昏迷着呢！"萧蓝蓝想起来说。

"什么，这么大的事不早跟我说！"萧同浩立马朝叶落的房间走去。

萧蓝蓝知道管家出去了，立马从后门走出了凌家，开了车等候在下山的必经之路。

凌天傲果然要比对夏芷苏和萧同浩的 DNA！

不！无论如何，她都要拦下来！果然，不到片刻工夫，凌管家的车就从凌家驶了出来。

萧蓝蓝见凌管家的车子拐入了公路，她方向盘一打，也跟了上去。

萧蓝蓝给自己的管家打电话："快把凌管家的车子拦下来，无论用什么方法！你自己千万别出面！"

凌管家正往医院的方向赶，看了眼副驾驶座的血袋，他也不明白少爷为什么要比对夏芷苏和萧少的 DNA，真是奇怪。可是少爷吩咐了，他只要照做就行。

对面突然一阵强光照射进来，凌管家下意识地眯了眯眼，还没看清楚，就感觉到什么东西撞了上来。凌管家立马刹车，却见一辆摩托车被他撞了出去。

"糟糕！"凌管家立马下车来检查。摩托车车主跌坐在地上，头上都是血："你怎么开车的啊！"

"真是不好意思，你怎么样了？"凌管家着急地问。"你说我怎么样了！撞坏了！赔钱！"车主指着脑袋大喊。

凌管家二话不说拿出了钱："这些钱给你，要是不够再打电话给我，这是我的名片！"

凌管家还把名片给他。那车主没想到凌管家这么好说话，见凌管家要走，立马拉住他："你这就走了？钱不够！再赔！"

"这么多钱还不够啊！我也没带那么多钱，这样吧，你打我这个电话，等以后你需要了再来找我！"凌管家说。

车主还是拉着凌管家不放。萧蓝蓝在不远处停下车，然后偷偷绕到凌管家的车子附近。

副驾驶座放着一个纸袋，萧蓝蓝打开车门，果然是两袋血！幸好她之前也做了DNA鉴定，血液准备充足。萧蓝蓝把自己的血袋放进袋子，拿了一袋血出来，然后迅速跑回到自己的车里，又飞快地掉转车头回凌家。

凌管家发现这个摩托车车主很缠人，正打算跟他好好理论。

那车主又站了起来说："算了算了！医药费要是不够，我再找你！"那摩托车车主很快就骑上车走了。

凌管家松了一口气，遇到这种事最麻烦了！上车，继续往医院去。

萧蓝蓝的车停在湖边，看着手里的血袋，上面没有名字，她也不知道是夏芷苏的还是萧同浩的，其实她也想知道夏芷苏和萧同浩是不是兄妹。

可夏芷苏的血不是那么容易拿到的，况且她现在手里的血袋是谁的也不知道，她不愿意冒这个险，而且她真的不想面对，如果夏芷苏真是萧同浩的妹妹……

闭上眼，就算知道真相，那也是世界末日，把手里的血袋扔进湖里，萧蓝蓝的唇角扬起森冷的弧度，说："夏芷苏，你抢走了凌天傲，我还会让你抢走我萧家大小姐的身份吗？你想都别想！"凌管家很快把DNA鉴定结果拿来了。

连夜敲门。凌天傲从房间里出来，着急地打开文件。凌天傲看了报告，微微皱眉。

竟然不是他想的那样！莫非真是想错了？

按照萧夫人那么谨慎的脾性，怎么可能连自己的女儿都接错了？凌天傲把文件随手递给管家。

管家见了少爷的样子，就知道这报告不是他想要的结果。"少爷，会不会是我们想多了？萧夫人那么精明，不会接错女儿吧！"管家多嘴说了句。

话是这么说，可萧蓝蓝和夏芷苏来同一家孤儿院，绝对不是巧合！看样子，夏芷苏的确不是萧家人，那她的父母又会是谁？

还有，萧蓝蓝就是夏芷苏小时候的玩伴，要不要告诉夏芷苏?

果然，一告诉夏芷苏，她就开心地要去跟萧蓝蓝相认，结果被凌天傲拉了回来。有些事他还没调查清楚，等一切都弄清楚了再说。

董事会召开在即，他必须好好准备了。

这次董事会，将决定 GE 集团的继承权花落谁家。别说各大公司都在关注，连政府要人都在观望，媒体也早就守候在 GE 集团的大门口。

原本是两个候选人，凌天傲和东野润一，现在又多出了一个竞争对手，竟然是 GE 董事长凌超的小儿子凌跃。这个凌跃在这之前根本就没人知道！一开始外界纷纷传言凌跃是凌超的私生子。一时之间凌超的声誉反而一落千丈。

可凌超的做法却让所有人诧异，他竟然把凌跃的生母接进了凌家，这是让所有人都知道，他承认了凌跃的地位，是凌家的第二顺位继承人！

很多年前，关于凌超就有不少的绯闻。

传说凌超和夫人穆婷创办了 GE 集团！一路辛苦打拼，夫人穆婷功成身退，把公司全权交给凌超打理。没想到凌超在外面包养了女人，后来还生下了私生子，活活把自己的夫人穆婷气死了。而这穆婷，就是凌家大少爷凌天傲的生母！

这些原本都只是传言，当初差点因为这些传言让 GE 集团濒临信任危机，股市动荡不堪。

后来是凌超的夫人穆婷出面澄清这是绯闻，还当众跟凌超秀恩爱。可是这私生子凌跃一冒出来，就完全证实了当初凌超出轨的事实！一时间舆论哗然，纷纷倒向了凌家大少爷凌天傲这一边！而此刻媒体想要采访凌天傲，从不接受采访的凌天傲破天荒地接受了媒体的采访，让他的新闻发言人齐凯召开发布会。

齐凯按照凌天傲的意思，声泪俱下地说："我们总裁现在心里很难过，但是他知道，一定要为自己的母亲穆婷女士把 GE 集团拿回来！穆婷女士被人活活气得一病不起，他身为儿子不能为母亲报仇感到很遗憾、很悲伤。但是母亲的东西绝对不能落入别人的手里！"齐凯说得声情并茂，让媒体都唏嘘感叹。

新闻一播出，迅速赢得了大批群众的支持。董事会召开前，各大媒体都在议论，凌天傲的发布会更是引发了民众的强烈同情。

此刻，东野家族。东野润一看着电视上的新闻，唇角微微地上扬。

拿着遥控器把电视关掉，看了眼身边的人："萧夫人，觉得这新闻怎样？"

"东野，你找我来就是看新闻？我看到了，凌天傲的公关做得很不错，舆论一片倒！但即使这样也没用，董事会讲的是股份！谁的股份多，谁就有话语权。"萧夫人冷冷一笑。

"凌天傲跟凌跃，夫人真以为凌跃可以赢吗？股东也需要看舆论导向，现在明显凌天傲的呼声最高，就算你把票全部投给凌跃，凌天傲还是可能赢。"东野润一倒了一杯酒推到萧夫人面前："别忘了，凌天傲还有顾氏总裁顾潇的支持。凌跃跟凌天傲斗，必败；但是本少跟凌天傲斗，结果还不一定。"萧夫人眉心微动，拿过酒杯，低头抿了一口，似乎在思索东野润一的话。

东野的股份和凌超的股份差不多，如果再加上她的，东野赢的可能性很大！

总之，无论谁赢，她都不希望凌天傲赢。看这情况，就算她支持凌跃，其他股东不支持，凌跃也没办法赢。毕竟董事会的成员大多是曾经跟着凌天傲的生母穆婷打天下的！

东野润一见萧夫人的模样，已经基本有把握，东野润一又说："萧夫人可以不用马上给我答复，等董事会那天，萧夫人再给答复也不迟！"

萧夫人见东野润一势在必得，再看他眉目俊秀、一表人才，忍不住摇了摇头，说："怎么我女儿蓝蓝偏偏喜欢凌天傲！东野，我可是很希望你做我的女婿。"

东野唇角微微扬起："夫人，我有心上人了。"萧夫人一愣，也饶有兴趣："哦？怎么从没见你身边有亲近的女人？不知道是哪家的千金？"

东野微微一笑，唇角是一抹意味深长的笑，我们很快就会见面了。

▐▌▌ 第二十七章 继承权争夺战 ▐▌▌

等叶落醒来的时候，夏芷苏已经跟着凌天傲去了美国，准备董事会的事。叶落疲惫地睁开眼睛，撑起身子就问："少爷呢？"用人小景立马说："少爷去了美国，刚走不久呢！走之前还让我好好照顾姐姐。"

去了美国！"快把手机给我！我有很重要的话告诉少爷！"叶落立马要了手机。给凌天傲打电话，可是电话打不通！想来是在飞机上，手机关机了！

"我也去美国！帮我去买最早的机票！快！"叶落从床上起来，准备出去的样子。

用人小景实在疑惑。"叶落，这么着急去美国做什么？"门外萧蓝蓝进来笑着问，她自然时刻关注叶落，万一她清醒了，还记得些什么，对她来说就太危险了！

叶落下意识地退后一步，看到萧蓝蓝，也是微笑："萧小姐，听说您一直在照顾我，太谢谢您了！"

"跟我客气什么呀！对了，欧阳说你撞到脑袋，有些东西都忘记了！你还记不记得自己是怎么出车祸的？"萧蓝蓝很体贴地问。

叶落摇头："我不记得了！但我听说是萧小姐带我回来的，谢谢萧小姐！"叶落又道谢，从萧蓝蓝身边走开。"才刚醒来，怎么就急着出去。"

"萧小姐，我要去美国跟着少爷！"叶落说。

"天傲身边有阿芷，你去凑什么热闹！况且你还有伤在身，还是好好养伤吧！"萧蓝蓝说。

"对啊，对啊！叶落姐姐，我会告诉少爷你醒了！你说你有很重要的话要告诉少爷，我可以帮你转告的！"用人小景立马说。

萧蓝蓝的眸子里猛然一惊，视线锐利地射向叶落："是吗？叶落还有很重要的话要告诉天傲啊？可以跟我说，我也可以帮你转告，不知道你要跟天傲说什么呢？"萧蓝蓝皮笑肉不笑地问。

"也不是很重要的话，我就是想跟少爷说，没我在身边，他肯定不习惯！如果可以，就让我跟他去美国！一向都是少爷去哪儿，我去哪儿的。"叶落笑着说。

萧蓝蓝看着叶落，眸子里满是狐疑："有阿芷陪着，你放心好了，再说你这样的身体，怎么能伺候天傲？"

"萧小姐说的话很有道理，那我回去了！"叶落点头，转身，就让小景扶着她回去。

萧蓝蓝看着叶落走进去，眼底闪过一抹光。叫来守卫，萧蓝蓝吩咐："看好她，天傲回来之前，不能走出凌家！"

看了眼外面，他们都去美国了，萧同浩也去了，而且跟母亲的立场相反，公然支持凌天傲。她自然也不能在这闲着，萧蓝蓝也希望凌天傲拿不到继承权，这样什么都没有的凌天傲就不得不求母亲帮忙，到时候她就可以顺理成章地让凌天傲娶了她！

萧蓝蓝看了眼四周，确定没人，走上楼，去了夏芷苏的房间，一眼就看向房间里的电脑。

她打开电脑，把一个 U 盘插了进去，很快电脑就自动破解了密码。

电脑里面全是资料数据，还有很多是从东野润一那拿来的机密。所有文件打包，放到电脑上的 U 盘里。下载完毕，萧蓝蓝关了电脑，拿出 U 盘。

再拿出手机，萧蓝蓝给人打电话："我把所有资料都放进盘里了，这是共享盘吧，你那应该也收到了！"

"收到。"

"我已经告诉你，夏芷苏破解你的电脑拿了你里面的资料，现在我把资料还你，顺便还把电脑上的机密文件发给了你。东野润一，你千万别让我失望，就算你自己拿不到继承权，也别让凌天傲拿到。"

那一头东野润一勾了勾唇角，这个 U 盘是他派人拿给萧蓝蓝的。她可没有夏芷苏的能耐，连最基本的电脑破解密码都不会。挂断电话，东野把手机扔一旁，冷笑："这个蠢货。"

美国，洛杉矶。

凌天傲带着夏芷苏，车子停在凌家大门口附近，侧头看着身边的女人："准备好了吗？进这个鬼地方！"

"这是你长大的地方，你怎么能嫌弃它？"夏芷苏说。

"我不嫌弃它，但我嫌弃里面的人。"凌天傲冷冷地说，说起里面的人，就让他感到极其厌恶。夏芷苏很清楚凌天傲厌恶什么。

里面的人一个背叛了自己的母亲，一个害死了自己的母亲，现在又堂而皇之地住在了一起。

夏芷苏拉着凌天傲的手："反正你去哪儿我去哪儿！"

凌天傲勾起唇角，拉着夏芷苏走进凌家。门口的守卫见到凌天傲，惊喜地大喊："少爷，您回来了！"凌天傲不理会，拉着夏芷苏径直走了进去。

客厅里有三个人，凌超，凌跃还有凌跃的生母崔淑丽。"天傲！"凌超到自己的儿子，特别意外，站起身。

崔淑丽看到凌天傲，脸上一阵尴尬，立马从凌超的怀里出来，拉着自己的儿子坐到一边。

凌超又看了眼凌天傲身边的女人，一眼就看出这女人是谁了！

夏芷苏微微点头："您好！"凌超的脸色难看极了："怎么一回来就把这女人带回来了！"夏芷苏也很尴尬，下意识地看着凌天傲。

没想到凌超这么直白，凌天傲却握紧了夏芷苏的手："这是我家，我爱带谁回来，别人也管不着。"凌天傲说着，冰冷的视线扫过崔淑丽母子。

凌超微微皱眉，呵斥："这是崔阿姨！这是你弟弟！你也不打个招呼！"

听凌超这么一说，崔淑丽马上站起来："天傲！你回来了！跃儿！快叫大哥！"凌跃看着二十来岁，长的模样也是仪表堂堂，但是看到凌天傲好像很怕，一直躲在自己母亲身后。

"跃儿！叫大哥！"崔淑丽想把儿子拉出来。无奈这个儿子太没用，看到凌天傲冷冷的视线扫过，腿都软了。

凌超也觉得好丢脸，又被凌天傲一句话气得，只是呵斥凌天傲："天傲！这是你弟弟！你年长一些，应该懂得礼貌主动打招呼才对！"

夏芷苏微微皱眉，这个凌超有些过分了！把这对母子接回来就已经是挑衅凌天傲，竟然还要他主动打招呼！

"凌老爷，您这话说得不对！您的小儿子年少一些更应该懂得礼貌主动打招呼才对！"夏芷苏忍不住为凌天傲说话。

凌超一下子被呛住，指着夏芷苏就骂："这里是我凌家，有你说话的资格？"

"对，我没说话的资格，作为外人我都看不下去了，何况是您的亲儿子呢？"夏芷苏说。

"你闭嘴！这是我凌家的事，你一个外人就没资格说！"凌超原本就讨厌夏芷苏，听她那么一说，更是怒火中烧。

"夏芷苏不是外人，她是我的女人，以后是我的妻子，你的儿媳妇！她说什么就是什么！"凌天傲轻描淡写地说。

"凌天傲！你今天回来，就是带这个女人来气我的？"凌超冷笑。

"你想多了，你儿子我还没那么无聊。我是来见母亲的，不是来见你！"凌天傲拉着夏芷苏走开。凌超马上知道他要去哪里："凌天傲！你要进灵堂！你应该知道，不是凌家的人不能进灵堂！这是我们祖上的规矩！这个女人还没过门！"

凌天傲眉头微拧，的确，这个规矩连母亲都不敢破！

"凌天傲，我在外面等你吧！"夏芷苏知道凌天傲为难，于是这样说。

凌天傲看着她："那你在这等我，我一会儿就出来。"再看房间里的这些人，凌天傲又说："如果有人敢欺负你，你就欺负回去，不用怕。"这些人指的就是房间里的三人。凌超听得脸都扭曲了！

凌天傲这是明着警告，不准欺负夏芷苏！"你快进去吧，我没事！"夏芷苏笑着说。凌天傲这才走进去，他要去灵堂看看自己的母亲。

房间里就剩下凌超、凌跃和崔淑丽。

见凌天傲走开，崔淑丽才敢坐到沙发上，凌跃还是躲在母亲身后。夏芷苏想找个位置坐下，凌超见了，立马呵斥："谁准你坐下了！这里是凌家！"夏芷苏还没坐下，又站起身。

见夏芷苏那么听话，凌超很是满意："听说你是姚家的养女，来自孤儿院，有个养父还是个赌徒？"凌超说完，崔淑丽就嗤之以鼻，还以为这女人什么来头，原来有那么烂的身世，连她都比不上！顿时腰板也挺直了。

夏芷苏点头："是的，凌老爷。"完全坦然地承认。

凌超看着面前的女人，冷笑一声："凌天傲以前的未婚妻可是萧家的大小姐！你一个赌徒的女儿，你以为配得上凌天傲吗？因为你，凌天傲连公司的继承权都没了！"

"董事会是在明天，继承权是不是凌天傲的，这还不一定。"夏芷苏回应。

"你对凌天傲就那么有信心？"凌超嗤笑。

"难道大名鼎鼎的凌老爷对自己的亲生儿子都没有信心吗？"夏芷苏反问。凌超语塞。

夏芷苏先是夸他，又反问他这么棘手的问题。无论他说"有"还是"没有"，都是自打嘴巴！

"嘴皮子挺利索！可即使这样，明天凌天傲也拿不到继承权！你就等着跟他喝西北风吧！"凌超不想让夏芷苏得意，故意打压她。

"凌老爷好奇怪，为什么你亲生儿子喝西北风了，你还这么高兴？怎么听着好像凌天傲不是你儿子一样。"

凌超气得要命，一时之间却不知道怎么反驳。

旁边的女人崔淑丽却冷笑起来："不就是把天傲的未婚妻赶跑了，一个小三上位，怎么那么不懂得谦虚，在天傲的生父面前咄咄逼人，再怎么样，他都是天傲的亲生父亲，带着血缘关系，你是个外人。"凌超一听崔淑丽的话，也是得意地冷笑。

崔淑丽这话是字字在理，看夏芷苏能说出什么来！夏芷苏真的不想要嘴皮

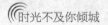

子，只是她更不想让凌天傲被欺负！

夏芷苏看着崔淑丽微微一笑："是啊，小三上位就要知道谦虚，我好歹没有在人家结婚生子了之后来破坏人家的家庭，这点，我比不上夫人你。"

夏芷苏对于自己是不是小三不置可否，不承认、不否认，顺便再把脏水泼回到崔淑丽身上。崔淑丽气得手都抖了，指着夏芷苏就骂："你这个狐狸精！还想进凌家的门！我现在是凌老爷明媒正娶的！你想进来，也要问问我同不同意！"

夏芷苏真不想理会这个女人。凌老爷骂她，她无可反驳，但是这个女人就完全没资格指责她吧！

可这里是凌家，夏芷苏不想给凌天傲丢脸，做不出泼妇骂街的事来，转身就想离开。

"让你出去了吗？站住！"崔淑丽原本都是被别人说的，现在来了个夏芷苏，本来就是小三上位，家世那么平庸，还敢指责她，她也要乘机发发威风让下人们看看！她毕竟是长辈，

夏芷苏站住问："夫人还有事吗？"

那么云淡风轻的口吻，让敏感的崔淑丽以为夏芷苏是看不起她！上来，扬手就想打夏芷苏。夏芷苏还记得凌天傲的交代，别人欺负她，她就欺负回去！

凌老爷，她是不敢欺负的。这个女人是外人吧！欺负回去，没事的吧！夏芷苏握住崔淑丽打下来的手腕，直接把她丢开。

崔淑丽哪里知道夏芷苏力道那么大，一个跟跄，就摔地上了！家里的用人也看见了，一惊，忍不住憋着笑。崔淑丽看到连用人都敢嘲笑她，顿时气得起身冲上来。

"你这死丫头，还敢还手！"崔淑丽想抓住夏芷苏的头发，夏芷苏闪身就避开了。

崔淑丽哪里甘心，那么多人看着，她要是教训不了这丫头，以后在凌家不是更没地位了！崔淑丽再次冲上前去，夏芷苏后退，直到被逼到墙边，退无可退，夏芷苏才闪身躲开，结果崔淑丽来不及停住脚，一头就撞上了墙壁，顿时呜哇大叫起来。

崔淑丽捂着额头大喊："老爷！你看她欺人太甚！都欺负到你夫人头上来了！"凌超也觉得崔淑丽有些丢脸！还被那么多的下人看了笑话！而夏芷苏始终都没有还手，一直在躲避。

让人看着分明是崔淑丽欺人太甚，反而是夏芷苏步步退让！结果吃亏的还是崔淑丽！

凌超脸上没光，上来扬手就要打夏芷苏。夏芷苏这一次可不敢躲，毕竟是凌天傲的生父。

"你这个丫头，真是好大的胆子！还敢在我们凌家闹事！"凌超骂着就要打下去，还没下手，他的手腕就被人握住。

凌天傲已经从灵堂出来好一会儿了，就看着夏芷苏对付崔淑丽，感觉太爽了！"凌天傲！这个没教养的女人，我替你教训她！你让开！"凌超大骂。

夏芷苏睁开眼看到凌天傲，开心地笑起来。这一笑，更让凌超觉得夏芷苏是在挑衅，气得把凌天傲推开。

凌天傲哪能被推开，反而把凌超的手甩开了。这一甩，凌超就一踉跄。

"凌天傲！你放肆！"凌超见儿子动了手，气得大骂。

凌天傲冷眼看他，拉着夏芷苏说："父亲，我是你儿子，自然不敢对你动手，但是不代表这样你就能欺负我的女人！"

"我欺负她？你看看她！把你崔阿姨欺负成什么样了！"凌超指着崔淑丽说。崔淑丽捂着额头，肿了很大一块。

凌天傲勾了勾唇角，想笑："哦？刚才我明明看见崔阿姨咄咄逼人，把我的女人逼到了墙角，结果自己撞了上去。"

"这就叫不作死就不会死！"夏芷苏在凌天傲的身后说。

扑哧！用人都忍不住笑起来，凌超觉得这脸真是丢得太大了！"凌天傲！你带着这女人给我马上滚出凌家！明天的继承权，你也休想拿到手！"凌超说完指着门口，下起了逐客令。

"我知道，你想把继承权给你的私生子！"凌天傲说到"私生子"，瞧了座位上的凌跃一眼。凌跃见凌天傲看过来，怕得都快躲到沙发下面了！凌超看了觉得这脸实在没处丢了！

凌天傲挑唇又说："不过我今天来还是劝你想明白些，万一你的私生子拿不到继承权，你的公司可就没了！到时候你还指望他养你不成！"

凌超冷笑："你这个逆子！我也不指望你养我！明天公司一定是凌跃的，跟你半点儿关系都没有！你就等着瞧吧，到时候别哭着来求我！"

"好，我等着！"凌天傲冷冷一笑，拉着夏芷苏走了出去。

夏芷苏跟着凌天傲走了出去，她现在有些理解凌天傲为什么脾气那么坏了！生活在这样的家庭，能有什么好脾气！再好的脾气都要折腾没了！她真的很心疼他，觉得他还不如自己呢，她虽然寄人篱下，至少养父对她很好！

"让你见笑了。"凌天傲看着身边的女人，自嘲地说。

"是我给你惹祸了！都是我，害得你跟凌老爷吵架了！"

"说什么傻话！那个崔淑丽，我早想把她抓起来打一顿了，就是不方便动手！我这要是一打，她就成弱势群体了，外界都会同情她！你帮我打，倒是省了不少麻烦！"

"我没打她！是她自己撞墙上去的！"夏芷苏说。

凌天傲闷笑出声，掐着夏芷苏的脸蛋："你好无辜哦！坏女人！"

一片茂盛的竹林里，有一个高大的身影和一条巨大的蛇。

那条蛇盘绕在竹子上，让原本耸立的竹子低垂下来。刚刚下过雨，竹子上还带着水珠，一滴滴地落在蛇的头上。蛇头似乎不舒服了，摇晃了一下脑袋，一只手伸了过来，拿毛巾擦掉了它头上的水珠。

"她来美国了，我想去看看她。"他手里的毛巾很快便湿了，他拧干了水又在蛇的头上擦了擦。

"小黄，你想她吗？"东野问。那巨大的蟒蛇有些嗤之以鼻，脑袋软趴趴地趴在地上，让东野给它擦身子，似乎觉得很舒服。

东野蹲下身，唇角微微上扬："其实我也很意外，原来她就是阿芷！我找了阿芷很多年，没想到，她就是夏芷苏。"

"你说，她真的忘记我了吗？小时候她还说过，她长大了要嫁给我，我一直记着呢。"东野拿开毛巾，抚摩着蛇身："怪我记性太好，还是我太当真了？"似乎感觉到主人的失落，那黄色的巨蟒睁开眼睛，然后扬起身子，巨大的蛇头对着眼前的主人。

看着他，吐着芯子，蛇头对着他的怀里，拱了又拱。东野微微地扬唇："这些年一直是你陪着我，我都习惯了。可是在海岛上，她出现了之后，我发现跟她在一起，我很快乐。没有她在身边，我不太习惯了……怎么办？"

那蛇似乎听懂了，一副磨刀霍霍的样子，好像要去打架。东野笑起来，笑容却像是落下的太阳，凄美得让人心疼。

"你是说让我把她抢过来？"东野看着快要落下的太阳，"我也是这么想的，先把 GE 集团抢过来，让凌天傲什么都没有，好不好？"

明天就是董事会，这继承权会花落谁家，现在谁都不敢确定！

夏芷苏紧张得睡不着，走到书房门口就听到凌管家跟凌天傲在说话。"少爷，萧夫人去了东野家，而且萧夫人出来的时候，听说脸色很好！"

凌管家说，"东野少爷后来才没有采取任何行动，很可能萧夫人是支持东野了，老爷还不知道！"

凌天傲眉头微拧，原本是萧夫人支持凌跃，东野有他的母亲，而他有顾潇。他们呈三足鼎立，分散了实力，他赢的可能性还很大！

现在萧夫人转而跟东野合作，情况的确令人堪忧。"芷苏从东野的电脑里，的确查到了东野和萧夫人的邮件往来。支持东野的几个股东，我也已经收买过来。可如果萧夫人转而支持东野，确实棘手。"那样明天的董事会就太危险了！让父亲凌超支持他是不可能了！

"少爷，明天就是董事会了，我们该怎么办？"凌管家担心地说，"东野少爷是您最大的劲敌，如果萧夫人支持他，我们赢的可能性就小了很多！"

"本少当然知道，联系顾潇，我跟他商量一下！"凌天傲说。

夏芷苏在门口都听见了，没有萧夫人的支持，继承权会被东野润一拿走！如果凌天傲拿不到继承权，就全是她害的！因为如果不是她，凌天傲娶了萧蓝蓝，这继承权顺理成章就是他的！夏芷苏坐在客厅越想越愧疚，她到底应该怎么做才能帮助凌天傲？

一个用人走上来端了杯水给她。

拿起杯子，下面竟然有一张纸条！"想要帮助凌天傲，八点，来门口一见。黑色劳斯莱斯。"这纸条明显是给她的。

"刚才有什么人来过吗？"夏芷苏问用人。

用人莫名其妙："夏小姐，我不知道！刚才没人啊！"夏芷苏看了眼手里的纸条，到底是谁要约她见面？不管了，先去见了再说！现在刚好八点，夏芷苏拿着包就出去了。

一到门口，夏芷苏看向四周，只看到不远处的树荫下停着一辆黑色的劳斯莱斯。夏芷苏走了过去，车门从里面打开了。她犹豫了一下儿，要不要跟凌天傲打声招呼呢？

这人要见她，用那么隐秘的方法约她，一定不想让凌天傲知道吧？不管前面有什么危险，不管龙潭还是虎穴，她先闯了再说！一上去，夏芷苏就愣住了。"怎么，很意外吗？"

"萧夫人……"夏芷苏看着面前的女人，确实很意外。"看来你真的很意外，明天是董事会，我自然是在美国，而不是瑞士。"

萧夫人看着夏芷苏意外的脸色，着实满意。"萧夫人找我，不会是那么好想帮我吧……"夏芷苏扯了扯嘴角。

此刻车子已经开动，夏芷苏想下车也来不及了。"本夫人确实想帮你，就看你自己怎么做了。实话告诉你，明天的董事会，凌天傲必败，而且是败得一塌糊涂。我会让他什么都得不到！净身出户！我说得出，自然也做得到。"萧夫人开门见山地说，眉眼里都是高傲。

"萧夫人，凌天傲没有你想得那么弱，他一定会赢！"夏芷苏说。

"既然那么相信他，你怎么会出来见我，还不是因为担心他输了！他可是因为你输的，并且什么都得不到！"萧夫人强调是她拖累了凌天傲。

"我……"夏芷苏无话可说。"听说你今天去了凌家，还把凌家的那个女人教训了一顿。这是为凌天傲出气呢！凌天傲自己不能动手打，你就帮着打。看来凌天傲在你的心里，地位也很不一样了！废话不多说，我找你有什么事，你心里有数。想要我怎么做，关键在你。"

"萧夫人请说。"

"我特别想杀了你，但是我不能！杀了你，凌天傲更不会娶蓝蓝。但是只要你主动离开，结果就不一样了。我的目的无非是让我女儿得到她想要的东西！"

夏芷苏自然猜到了萧夫人要她做什么。"萧夫人就那么确定，我离开了，凌天傲就一定会娶萧蓝蓝？"

"这点你不用担心。只要你离开，我自然有办法让凌天傲娶蓝蓝。"萧夫人看着夏芷苏，满眼的鄙夷，"能够配得上凌天傲的，只有我们家蓝蓝！你一个赌徒的女儿，就会给他找麻烦。"夏芷苏双睫微微颤抖，她不得不承认，萧夫人说的都是事实。

见她动容，萧夫人半是威胁半是用感情软化夏芷苏："听说你们还遇到了好几次追杀！这可都是你惹出来的！你害得凌天傲差点儿为你丧命！你继续跟凌天傲在一起，不仅会害得他倾家荡产，还会害了他的性命，你忍心吗？"

萧夫人拿出一张支票："考虑到你离开凌天傲后，就什么都没了！这张支票你留着，以后会用得着。"

"我不要。"夏芷苏不要支票。

"你不用装清高，听说当初凌天傲也是给了你几张支票的，你不也收下了。我知道也许你并不是为了钱，但是这钱收下，你迟早有用处。你可能还不知道，你们姚家快破产了。"萧夫人云淡风轻地说。

夏芷苏诧异极了："夫人，这种话你可不能乱说！"

"你觉得本夫人是乱说话的人吗？姚家快破产了，姚正龙一直没告诉你吧？

所以他希望你嫁给凌天傲，是想要凌天傲帮他。可是他一直开不了口，怕被拒绝。不就是破产吗，一个小小的姚家，我把它买下来，姚氏集团就当是我送你的。"

"姚氏集团一直好好的，破产的消息一点儿风声都没有，不可能的！"夏芷苏根本不信。

"你一直跟凌天傲在一起，似乎很不关心姚家的事。你从来不去姚氏集团看看，怎么知道这破产的消息是真是假。这笔钱可以救姚家，我劝你还是拿着吧。"

萧夫人这么一说，夏芷苏真不知道该怎么处置手里的支票才好。"夏芷苏，你是聪明人，不会不知道该怎么选择！你现在离开凌天傲，不仅能帮他夺权，还不会给他带来伤害！同时你拿着这笔钱，可以不用求凌天傲都能帮助姚家，这不正是你想要的吗？"萧夫人继续说。

夏芷苏看着手里的钱，从来没觉得钱可以重要到这种地步！爹地把这么重要的消息都瞒着她，他自己一个人扛！明明来过凌家几次，却始终没有开口！而她，爹地养她那么大，她都还没报答！她只是凌天傲的女友，怎么开口要那么大一笔钱给姚家！

况且萧夫人说得没错，如果她离开，凌天傲就可以拿到继承权！她要是留下，凌天傲很可能一无所有！到时候凌老爷还有那对母子都会嘲笑凌天傲的！不，她不可以拖累凌天傲！"好，我答应你！"夏芷苏一字一顿地说。"一个月时间，离开凌天傲。"

车子停了下来，夏芷苏从上面走了下来，看着那辆黑色的劳斯莱斯淹没在夜色中。看着手里的支票，夏芷苏扯了扯嘴角。

GE 集团总部。

今天是 GE 集团历史性的一刻，因为就在今天，董事会将决策出公司未来的继承人！

到底集团总裁花落谁家，所有人都在拭目以待！媒体早早地守候在门口，争相报道。

此刻，GE 集团的门口也是豪车云集。凌天傲的车才一停下，几乎所有记者都冲了上来，把他的车子团团围住。

"凌少！今天的董事会，您有把握拿到继承权吗？"

"凌少！这一次您最大的竞争对手东野少爷听说还有最后的筹码跟您一决高下，对此您有什么想法？"

"凌少……"媒体记者疯狂地挤进来。

凌天傲就坐在车内，淡然地跟夏芷苏说："一起下去吧。"

夏芷苏摇头："我在车里等你吧，就不下去了！这时候被媒体看到不好！我毕竟还是媒体口中的狐狸精，破坏你婚姻的第三者，这节骨眼就不给你添麻烦了。"

"少爷，夏小姐说得有道理，属下会在车里保护夏小姐。"凌管家在副驾

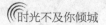

驶座上说。

"好吧，等董事会结束，我立马来找你！"凌天傲亲了亲夏芷苏，这才推门下车。凌天傲一下车，记者们便蜂拥而至。保镖们把记者拦在外面，杀出了一条路。

"天傲！"萧蓝蓝竟然也来了，车子就停在不远处，一出来就跑到凌天傲面前。凌天傲也不意外她在这里，直接往公司走去，萧蓝蓝立马跟了上去。

因为萧蓝蓝很肯定，夏芷苏如果想要凌天傲赢，这个时候绝对不能露面。夏芷苏的形象在外界眼里本来就是第三者！

这时候，只有她萧蓝蓝站在凌天傲身边最般配！"那位是？那是萧家大小姐吗！"眼尖的记者一下子就认出了萧蓝蓝，冲上来想要采访萧蓝蓝。

"请问是萧小姐吗？你主动陪凌少参加董事会，是不是说明你们已经和好？萧夫人一定会支持凌少继承 GE 集团，对吗？"记者大声地问。

萧蓝蓝微微一笑，站在凌天傲身边，顺手挽住他的手。对于记者的提问，不置可否。

凌天傲微微皱眉，想推开萧蓝蓝。一只手搭上他的肩膀，是萧同浩。

萧同浩对凌天傲摇头，轻声说："蓝蓝也是为了你好，这时候蓝蓝站在你身边，有更好的舆论效果！关键时刻，不必拘小节！"

萧蓝蓝也微笑地看凌天傲："天傲，等进了公司，我就放手！"媒体记者见凌天傲跟萧蓝蓝手挽手进公司，赶紧对着镜头报道："原来萧家大小姐和凌少恩爱有加，凌少参加董事会，萧小姐立马作陪。今日这一幕，把'凌少为了第三者抛弃未婚妻'的不实传闻一举击碎！"

坐在车里的夏芷苏看到萧蓝蓝亲昵地靠在凌天傲的怀里，眼底有泪水浮现，嘴角却带着祝福的笑。

对啊，站在凌天傲身边的，原本就该是萧家大小姐，而不是她这个赌徒的女儿。萧夫人的车子一停下，再次被记者围堵，更让人意外的是萧夫人和东野润一同时出场，这让所有人都在猜测，这次萧夫人是不是要支持东野润一了？

之前就传出萧夫人和东野合作，而且萧夫人在媒体面前完全不避讳地大赞东野润一！

东野和萧夫人走到凌天傲的车前，都不自觉地停下脚步看了一眼车里的人。虽然车子贴着很深的膜，外面的人看不到车内的情况，但是他们都知道里面坐着谁。

当然夏芷苏也感觉到了萧夫人和东野的视线。"萧夫人！请问这次是要支持东野少爷吗？可是您的女儿和儿子支持的好像是凌少！"记者上来就采访萧夫人。

萧夫人看了眼夏芷苏，唇角微扬，这个丫头还算知趣，知道这个时候不能在媒体面前露面。这时候，也只有她的女儿萧蓝蓝可以撑场面！

"我不接受采访。"萧夫人淡淡回应一句，气场十足，媒体记者根本不敢再问什么。保镖已经把记者拦在了外面。

车内，夏芷苏的手紧紧握成拳，这么重要的时刻，她真的很想陪着凌天傲，可是她知道她不能出来拖他的后腿！

凌天傲，你放心吧，有萧夫人的支持，你一定能赢！我能为你做的，只有这些了。

GE集团的董事会整整进行了五个小时，到底选择谁继承GE集团，董事们进行了激烈的讨论，有支持凌天傲的，有支持东野润一的，也有支持凌跃的，唯独萧夫人和顾氏集团总裁顾潇没有发声。而现在股份最多的就是顾潇和萧夫人，他们的态度几乎决定了董事会的结局。

凌天傲和东野润一都在淡淡地把玩手机，似乎这场董事会跟他们无关。东野润一抬眼看向凌天傲，凌天傲也抬眼看着他，两人的视线交触，各自勾了勾唇角。

凌跃满脸的紧张，仔细地听着各位董事的意见。

凌超一直还以为自己是跟萧夫人结盟的，也很是放心。"好了！接下来开始投票吧！支持凌跃的请各位董事举手！"凌超信心十足地说。

各位董事，能站在凌跃这边的，他都暗自打了招呼。凌超自己先举手，想看其他董事举手的情况，结果却看到现场一片安静，举手的只有四五个！

凌超下意识地看向萧夫人，萧夫人看着自己的手指，当成什么也没看到。"萧夫人？"凌超轻声地喊坐在不远处的萧夫人。

只要萧夫人举手，其他跟着她的董事也会举手！

萧夫人抬眼直接说："凌跃5票！那就下一个吧，支持东野润一的举手。"凌超惊愕地睁大眼睛，又惊又气，连身子都抖了！气得他只是看着

萧夫人，又不好当面发作，却见萧夫人云淡风轻地数着支持东野润一的董事，果然萧夫人举起手。

"加上我一共是16票，凌总你记一下。"萧夫人数完说。凌超气得脸色铁青，却什么都不能说。

东野润一的表情还是淡淡的，拿着手机解锁又关上。"支持天傲的举手。"这一次是顾潇说话，他一举手，其他的董事也都纷纷举起手。

"也是16票，持平！"顾潇说。

今天的董事会，一定是凌天傲跟东野润一的战场，压根儿就没有凌跃的份，顾潇早就看清形势了。只有天傲的父亲凌超还傻傻地以为萧夫人会支持他！

凌天傲的手指放在桌上，轻轻地敲击。凌超见东野跟凌天傲票数持平，心想这是好机会！

立马说："既然如此，这继承权的问题还是没解决！东野和凌天傲的票数持平，到底谁能成为公司总裁，那就等下次董事会再决定吧！"

"17票！"萧夫人突然开口，举手："我也支持凌天傲，并且决定，我的股份分为两份，一份给凌天傲，一份给东野润一！"

凌天傲抬眼，诧异地看着萧夫人，东野润一的眸子微眯，也看着萧夫人。

顾潇也觉得诧异，萧夫人竟然会支持凌天傲！这可真是奇了怪了！

趁着大家还在疑惑，顾潇故意说："既然如此，凌天傲胜出，恭喜凌总的儿子凌天傲，成为 GE 集团总裁！"

凌超都不知道这时候该笑还是该哭！大家纷纷对他说着恭喜，他却看着凌天傲，一句话都说不出来。只能皮笑肉不笑地说："都靠了大家的支持，犬子才能坐上这总裁的位置！呵呵呵……"

顾潇见凌超脸色那么难看，挑唇看向凌天傲。凌天傲却盯着萧夫人，若有所思。

这个老太婆可真是狡猾得很，把自己的股份分开，既不得罪东野润一，又讨好了他凌天傲！同时又在向大家说明，这个董事会，都是她萧夫人说了算！

凌天傲虽然不知道萧夫人为什么支持他，但是这场董事会，他可以看出来，除了顾潇的人，几乎所有人都是唯萧夫人马首是瞻！看来，他非得好好整顿整顿这个公司！董事们纷纷来对凌天傲表示祝贺。

东野润一也在疑惑：萧夫人怎么会突然支持凌天傲了？"天傲，恭喜你。"东野润一似乎一点都不在意自己落选，而是跟凌天傲祝贺。凌天傲冷冷一笑："多谢。"

东野润一走了出去，一步步云淡风轻。萧夫人也走了过来，看着凌天傲，也说："恭喜了，你母亲的公司终于被你拿回来了！"

"不要以为我会感谢你。"凌天傲淡漠地说。

"凌天傲，你不好奇吗？我为什么支持你？"萧夫人说。"那是你的选择，跟我无关。"

"这果然是你的行事风格，忘恩负义。"萧夫人冷笑一声，"以后你会知道的，为什么我今天会那么做。"

凌天傲真觉得可笑，这老太婆的支持的确让他感到意外。但是他根本就不管她为什么支持他。凌天傲准备走出会议室，看到自己的父亲凌超还在那里。

凌天傲淡淡看了一眼走开了。"你真是好大的本事！比你爹我本事大得多！能让顾潇和萧夫人支持你，你的胜算已经是最大的！凌天傲，我的好儿子！"凌超几乎嘲讽地说。

凌天傲眸子里冰冷一片："失去最珍爱的东西是什么滋味，你现在尝到了？我母亲最珍爱的是你，而她却在你出轨包养情人的时候失去了你。这个滋味，好受吗？"

"不要说你的母亲，你还没资格！竟然联合外人跟自己的亲生父亲抢公司，你还是人吗！"凌超大骂。

原本凌超坐的是总裁之位。现在被凌天傲抢走，凌超只能做一个再普通不过的股东，在公司里已经没有话语权了！这个公司，也不是他说了算，现在做主的是凌天傲了！

"既然是亲生父亲，这公司迟早是我的，你又怎么能说是抢呢？"凌天傲反唇相讥。

"我没有你这个不争气的儿子！让我成为所有董事的笑话！"凌超扬手一巴掌就打了过去。

凌天傲结结实实地挨了一掌，没有躲开。这是他的亲生父亲啊！他打他这个做儿子的，他又能怎样！

凌天傲抬手摸了摸脸颊："您说错了，应该说你这个争气的儿了！帮你保住了家业，保住了母亲一手创办的公司！"

"你！"凌超颤抖着手指着凌天傲，却无言以对。

他本想让小儿子凌跃继承公司，这样，凌跃只是他的傀儡，什么都是他说了算。他还想看看凌天傲落败的模样，根本没想到萧夫人会支持凌天傲！

"很开心吗？你怎么指望这个私生子给你继承公司，你看他那丢人的样子。"凌天傲指着还坐在位置上的凌跃。

凌跃一看到凌天傲指着自己就害怕得哆嗦，恨不得钻进桌子底下。凌超看到小儿子的模样也觉得丢脸极了。凌天傲根本不想跟自己的父亲多说话，冷笑着，大步走了出去。

▓▓ 第二十八章 他明明就是在逼婚 ▓▓

凌天傲已经迫不及待地想要把好消息告诉夏芷苏了。才刚走出门，却看到萧蓝蓝走上来，挽住他的手臂。

"天傲！你真是太厉害了！恭喜你啊！"萧蓝蓝开心地说。

凌天傲点头，想要走出去。萧蓝蓝拉住凌天傲："天傲！外面还有很多记者呢！我和你一块儿出去！阿芷已经知道消息先回去了！"

凌天傲微微皱眉，夏芷苏怎么不等他？也对，那么长时间，夏芷苏等得心焦也很正常。

凌天傲大步走了出去，也不管萧蓝蓝是不是跟着自己，只想快些回去跟夏芷苏分享这个消息他母亲的公司，他终于还是拿回来了！

凌天傲走出来，记者纷纷围上来，只能由保镖开道。而此时，夏芷苏和顾小默都坐在房间里看电视。顾小默是顾氏集团的大小姐，她的哥哥顾潇来美国，她顺便也跟来玩。

电视上的新闻都在报道今天的董事会。

凌天傲继承 GE 集团的事，现在几乎全世界都知道了，GE 集团的股票价格已经再次上升。

电视上，萧蓝蓝挽着凌天傲的手臂走出来，记者们又纷纷提问："凌少跟萧小姐的婚事是不是也近了？不知道什么时候会举行婚礼？"

"听说萧夫人这一次支持凌少你，是不是表示两位好事将近？"记者又问。凌天傲根本不理会，直接上了自己的车。萧蓝蓝见凌天傲不说话，哪里敢说什么，也跟着上去。

顾小默嗑着瓜子说："其实，今天站在凌天傲身边的应该是你。"

夏芷苏从顾小默手里的盘子内抓了一把瓜子："我越来越觉得凌天傲跟萧蓝蓝好配。"

顾小默看了她一眼："你什么眼神？"

"你看蓝蓝多好，知道今天对凌天傲很重要，所以盛装打扮陪凌天傲进公司，让所有媒体都看见，这样对凌天傲而言有更好的舆论造势。这对凌天傲是很有帮助的。"夏芷苏不得不承认。

顾小默还是瞟着夏芷苏："芷苏，看人不能只看外表！尤其是萧蓝蓝那种披着羊皮的贱货。听说她最近的表现是很好，可这表现都特别反常，知道吗？

萧蓝蓝今天故意陪着凌天傲，那是在向全世界宣告，她才是凌天傲的女人！"

夏芷苏笑了一下："默儿，你是对蓝蓝有偏见，其实蓝蓝小时候就很好，她就是这样的人。"

"小时候？你认识她多点还是我认识她多点！我跟那种贱货一块儿长大，她那一肚子的坏水，不用读心术，我都能看出来！"

夏芷苏却一笑置之，似乎根本不在乎蓝蓝到底是好是坏。在她眼里，蓝蓝对凌天傲好就可以了。

"天傲，等等我！"门口传来萧蓝蓝的声音。

顾小默耸肩："说曹操，曹操到！这个贱货整天阴魂不散！算了，我找萧同浩去玩！"

顾小默起身就看到萧蓝蓝拉着凌天傲的手，凌天傲是大步走进来找夏芷苏的，完全没注意到萧蓝蓝拉着自己。

夏芷苏坐在沙发上，看着凌天傲，微微地笑起来。

凌天傲大步走上来，这才发现自己的手被拉着！他一心只想把好消息告诉夏芷苏，完全没注意到身边的女人！

夏芷苏看了眼萧蓝蓝拉着凌天傲的手，眸子里没有什么情绪。凌天傲一把甩开萧蓝蓝，甩得重了，萧蓝蓝差点儿跌倒。

萧蓝蓝想叫凌天傲，却发现凌天傲定定地望着夏芷苏。"继承权拿到了！"凌天傲跟夏芷苏说。

夏芷苏笑起来："我知道。"

"我说过，继承权一拿到，我就要做一件事！"凌天傲说。顾小默刚想走开，听说凌天傲要做什么事，也停下脚步看。

门口萧同浩也回来了，就看到凌天傲单膝跪地，从衣服里侧的口袋里拿出一个盒子。夏芷苏的心怦怦直跳，顾小默激动地看着。

萧蓝蓝双手握成拳，努力隐忍着。凌天傲的这个举动，谁都知道他要做什么了！萧蓝蓝知道凌天傲想娶夏芷苏，没想到却是那么着急！继承权才拿到手就想把夏芷苏娶回去！难道就这么让夏芷苏得逞吗？

凌天傲打开盒子，里面是颗很大的钻戒，钻石上带着闪亮的光芒。

夏芷苏不是第一次看到钻戒，当初欧少恒也给姚丹妮买了一个，跟这个差不多大小。

丹妮戴在手上开心了整整一个月。

那一个月，她每天看着丹妮手里的钻戒，心里又羡慕又难受。可是此刻，

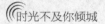

她钟爱的男人也把那样的钻戒捧到了她的面前！她却根本不知道该开心还是该难过……

"大小满意吗？"凌天傲捧着钻戒问她。

夏芷苏眼里含着泪，笑着点头："满意。"

"收下吗？"凌天傲又问。这一刻，凌天傲很紧张，他甚至不敢想如果这个女人拒绝了，他该怎么做！看着面前的男人，他单膝跪在自己的面前。

哪怕是再高傲的男人，在这一刻，在自己想娶的女人面前，他都会跪下吧……

跪着求婚，是求她嫁给他！他是凌天傲啊！即使在那么困难的时刻，他都能翻手为云地拿走公司的继承权。

此刻，却那么紧张和卑微。抬眼，夏芷苏看向不远处的萧蓝蓝。萧大小姐配 GE 集团总裁，一定是最配的吧！

可是……她想做他一个月的新娘啊！

见夏芷苏迟迟不反应，凌天傲着急了："夏芷苏！我跟你求婚呢！你愣着干什么！"

不等夏芷苏说什么，凌天傲就把钻戒直接塞到夏芷苏的怀里。夏芷苏退后了一步，有些慌乱。

凌天傲愣住了："夏芷苏！"

"太突然了，要不你改天再求婚吧？"夏芷苏说。夏芷苏一说完，顾小默和萧同浩就是一个踉跄！哪有被求婚了还提出这种无理要求的？不知道的还以为她拒绝了呢！

凌天傲暴怒："夏芷苏！你想气死我啊！我这是求婚，你还挑时候了！手拿来！"夏芷苏想把手藏起来。凌天傲倾身就把她的左手抓了过来，把戒指戴在她的无名指上。

夏芷苏明显想抽回手，凌天傲瞪了她一眼，一副"你敢抽回手试试看"的表情。夏芷苏真想说，凌天傲你这是逼婚！哪里是求婚啊！冰凉的戒指戴上夏芷苏的手指，看着无名指上的戒指，夏芷苏的心猛地跳了一下，然后一下接着一下……

"好了！"凌天傲看着夏芷苏手上的戒指，开心地笑起来，站起身，把夏芷苏拉进自己的怀里。

凌天傲自顾自地开心："戒指戴上了，是不是表示你答应嫁给我了？"夏芷苏张了张嘴，不知道说什么。

凌天傲手指挡在她的唇上："知道你开心坏了！开心得说不出话来！本少爷允许你不说话！"夏芷苏张嘴还要说，凌天傲猛然倾身堵住了她的唇。

那一刻，他是真的怕的。怕她的回答是NO！因为在夏芷苏的表情里，他看不出欣喜，只有茫然和无措！抱着她，他的身子在微微颤抖。

这个女人怎么会那么犹豫！那么犹豫要不要嫁给他！他的心都提起来了！

啪啪啪啪！顾小默率先鼓掌："哎呀！这就求婚成功了！凌天傲跟芷苏真是郎才女貌啊！是不是？"

顾小默喊得很大声，又斜眼看了看萧蓝蓝的表情。这时候萧蓝蓝如果还能镇定，这演技就真的叫炉火纯青了！结果萧蓝蓝没让顾小默失望，她气呼呼地转身就走了出去。

"蓝蓝！"萧同浩也反应过来，此刻应该考虑妹妹的感受。

凌天傲可不理会别人的感受，抬起夏芷苏的下巴说："夏芷苏，本少求婚了，你怎么一点不高兴？我差点以为你要拒绝了！"

夏芷苏想说，她的确是想拒绝的，只是凌天傲连拒绝的机会都没给她。她现在说拒绝还来得及吗？说了的话，凌天傲可能会当场把她掐死吧。

凌天傲捧起夏芷苏的手，看着手指上的钻戒，说："还挺合适！"是啊，真的很合适。戒指的大小刚刚好，套在她的手指上，不紧也不松。

"你怎么知道我戴多大的？"夏芷苏问。"这个嘛！不能告诉你！"凌天傲是趁着她睡着的时候，偷偷给她测的指围。

"对了，让凌管家看了日子，一个月后领证，日子很好，你觉得怎样？"凌天傲征询夏芷苏的意见。

一个月……真是巧呢……夏芷苏笑了一下，说："随你吧。"

"什么叫随我！这是我们两个人的事，当然要征询你的意见！"

"对我那么霸道的人，还知道征询我的意见？"夏芷苏调侃。

"女人！这话本少爷不爱听了！对你霸道，那是因为我在乎你！不在乎的人，我管那么多做什么！"凌天傲说。

"你这话我爱听！"夏芷苏咯咯咯笑起来，踮起脚尖就吻了他一下。

凌天傲眯起眼，今天真是开心得不能再开心了！如果能弄清楚夏芷苏的身份就更开心了！说到夏芷苏的身份，凌天傲这次终于可以安心地好好查一查！这夏芷苏跟萧家到底是什么关系？

客厅里，凌天傲和萧同浩一起在喝酒。

今天凌天傲特意找了萧同浩，一边喝酒，一边状似无意地问萧蓝蓝的事情。"萧蓝蓝真是你亲妹妹？"凌天傲问。

"蓝蓝当然是我亲妹妹！"萧同浩觉得凌天傲的话可笑，"这要不是亲妹妹，我母亲怎么会领她回来！还这么宠着！"

"做过 DNA 鉴定？"凌天傲又问。

萧同浩真是奇怪死了："天傲，你今天老问这个做什么？之前就神神叨叨的，总问我萧蓝蓝的孤儿院叫什么，然后又抽我的血！你怀疑什么？拿我的血到底做什么？"

"萧蓝蓝跟夏芷苏小时候在同一所孤儿院。夏芷苏有个玩伴叫蓝蓝，听说死了！当时她让蓝蓝在门口等她的家人，等她回来，蓝蓝不见了。然后你妹妹叫蓝蓝，又是跟夏芷苏一个地方的，不觉得很巧吗？"

凌天傲的话让萧同浩震惊无比，觉得这简直是天方夜谭！"你都从哪里查到的？证据呢？多少年前的事了，没有证据，千万别乱说！"

这是萧家血脉的事，哪里能胡来。

"夏芷苏有个养父，叫夏仲，之前就在离心岛孤儿院里。他亲口承认，夏芷苏就是孤儿院里的，而且在一个暴风雨的夜晚，她在等自己的家人，不过没等到。"

萧同浩这一次真是要睁大眼睛了！"夏仲人呢？我要他亲口说！"萧同浩怎么都不信，觉得不可思议！萧家的女儿怎么会弄错呢！"少爷！"门口突然有人喊。两人抬头，看到叶落被顾小默扶着，踉跄地走进来。

萧同浩立马站起身，大步走过去，扶住她。"病得那么重怎么还跑这来？"萧同浩担心地问。凌天傲也站起来。

顾小默似乎已经知道了什么，冷笑地看萧同浩"这还得问问你的好妹妹！"叶落联系不到凌天傲，只能联系顾小默了，顾小默直接派人把叶落从凌家带了出来。"顾小默，你又搞什么乱！"萧同浩不高兴地冷哼。

叶落被扶着坐到沙发上，立马说："少爷，我是来跟您说说我车祸的事！"

"车祸？管家都已经跟我说了，是夏仲害的你。"凌天傲说。"那天我是追着夏仲出去的，可是等我出去，我却发现萧小姐开车想撞死夏仲！我知道少爷一直在找夏仲，知道夏仲绝对不能死，这才驾车冲到了山坡下面，拦住了萧小姐的车！"叶落说着那天的事情。

至于萧蓝蓝是否要掐死她，她是真不敢乱说。毕竟那时候她也被撞迷糊了，而且诬陷萧家大小姐，简直是大罪！

凌天傲的眉心猛然一惊，萧同浩几乎跳起来："还有这种事！这么说来，是萧蓝蓝害的你出了车祸？"

"萧少，萧小姐想杀的是夏仲，我只是个意外，不是萧小姐要杀我。"有些话，叶落不可以说，因为没有任何证据。

萧同浩现在一头雾水："天傲，你到底怎么看？蓝蓝为什么要杀夏芷苏的养父？"

"她不想让人知道她跟夏芷苏来自同一所孤儿院，也不想让人知道，她就是夏芷苏的玩伴蓝蓝！"

"这有什么不能让人知道的？小时候的玩伴能见面，这不是喜事吗？"萧同浩也想不通。

"这的确是喜事，可既然是喜事，萧蓝蓝为什么千方百计地隐瞒？"萧同浩抚额："我都被你弄糊涂了，那这到底是什么回事啊？"怎么回事？

当然是有隐情！现在萧蓝蓝自己都露出马脚来了！凌天傲又问："萧蓝蓝跟萧家的DNA证明还在吗？我要看。"

"那些事情都是妈咪在处理，我也不确定到底她们有没有做DNA鉴定。可是我妈咪那样的人，怎么可能把女儿带回来还不做亲子鉴定的！天傲，蓝蓝想杀夏仲一定有别的原因，至于什么原因我会亲自调查清楚的！"萧同浩说。

萧家连大小姐都领错了，这根本就不可能！妈咪那样的人，怎么可能把自己的女儿领错呢？这可是关乎萧家名声的大事，萧同浩哪里会凭着凌天傲的几句话就相信了！一点证据都没有的事！

凌天傲拧眉，该说的都说了，接下来就靠萧同浩自己去查了。以萧同浩的性子，一定会调查。

美国，特洛伊大酒店。

房间内，萧同浩冷冷看着站在面前的萧管家，质问："蓝蓝最近都让你干了些什么？"

"少爷，怎么有此一问呢？"萧管家小心地应对。啪！萧同浩拿出一把手枪拍在茶几上。

"你今天要不一五一十地交代，就别走出这个门！"萧同浩大声呵斥。萧管家身子一颤，几乎要跪下了："少爷，属下到底做错了什么事？"

"做没做错事，你自己清楚。说，你最近都在做什么？"

"我……"

"说！蓝蓝叫你做了什么坏事？"

"属下没做什么事啊！"萧管家当然不敢说出来。

"手放上来！"萧同浩拿枪指着萧管家。萧管家把手放到茶几上。萧同浩对着他的手背，直接开了一枪。

"啊！"萧管家痛得大叫。

"少爷……少爷，属下到底做了什么事？还请少爷直言！"萧管家吃痛地大叫。

"萧蓝蓝让你做了什么？她让你做的每一件事，通通说出来！"萧同浩绝对不能容忍萧家的血脉是错误的。

萧蓝蓝如果不是他的妹妹，那他的妹妹可能还流落在外面！"是！少爷，大小姐让我去找夏仲，夏仲是夏芷苏的养父，让我去追查夏芷苏的孤儿院是哪个。"萧管家颤抖地说出来。

萧同浩眯起眸子："接着说！"

"后来大小姐不知道为什么又命令我把夏仲杀了，可是夏仲从我手里逃走了，没想到夏仲自己找到了凌家！"萧管家又说。

夏仲找到了凌家，于是就发生了之前的事萧蓝蓝追杀夏仲，却不小心伤了叶落。

"萧蓝蓝为什么要杀夏仲？"萧同浩质问。

"少爷，这是大小姐的吩咐，属下也不敢过问！""那萧蓝蓝跟夏仲有什么深仇大恨，非要杀了他？"

"属下真的不知道……"萧管家握着手，手心一直在流血。

萧同浩还以为萧管家没说实话，抓了桌上的水果刀，一刀子戳进萧管家刚才受伤的手掌里面。

"啊！"萧管家凄惨地大叫，"少爷！属下只是奉了大小姐的命，真的什么都不知道啊！少爷，属下不知，也不敢隐瞒少爷！"萧管家是真的不知道。他只知道大小姐要杀夏仲,还说不能让任何人知道！现在萧管家也害怕得要死，也深深地明白事情的严重性。

萧同浩见萧管家还是不说，想来是真的不知道！看来蓝蓝隐藏得很深，竟然连自己的贴身管家都不说。

"你还有什么瞒着我？"萧同浩质问。萧管家努力在脑海里回想。"还有，还有之前在国内，凌管家深夜出去办事，小姐让我无论如何都把凌管家拦下来！我就派了人骑着摩托车故意跟凌管家的车子撞上了！"萧管家想起来立马说。

把出去办事的凌管家拦下来，这又是为什么？既然萧管家什么都不知道，那就再问问凌天傲，凌管家深夜出去办了什么事？

"今天的谈话，一句话都不能泄露给大小姐，记住了吗？"萧同浩吩咐。

萧管家哪里敢跟大小姐说啊！忙不迭地点头："是，是！少爷，属下一定不说！打死都不说！"

萧同浩看着管家握着手跌跌撞撞地出去，想打电话问凌天傲，凌管家有次深夜出去办事，后来撞上摩托车，到底凌管家又去做什么，萧蓝蓝为什么要拦下他？

凌天傲正在书房里，把夏芷苏在孤儿院的事在脑子里重新过了一遍，到底哪个环节出了错？明明一切迹象都表明夏芷苏跟萧家有关系！

可是偏偏，DNA鉴定出来，夏芷苏跟萧同浩是一点儿血缘关系都没有！凌天傲的电话响起，这个时候萧同浩打来，肯定有重要的事。

凌天傲接起电话："怎么了？"

"天傲，我想问你，在国内有一次你派凌管家深夜出去办事，凌管家是不是碰到了一辆摩托车撞上来？"萧同浩问。凌天傲眉心一惊，叫了门口的凌管家来问话。

凌管家听到了，诧异地说："是的少爷！只是这次小事故，只有我知道，萧少是怎么知道的？"

萧同浩心里直打鼓："天傲，我马上去你那！电话里说不清楚！"萧同浩挂断电话，急匆匆地从酒店出来。

凌天傲看着电话，问管家："你深夜出去办什么事？"

"少爷，那天是萧少刚回来，您就让欧阳抽了萧少一点血，后来吩咐我拿着萧少的血和夏小姐的血去医院的检验中心检测DNA。"管家说。凌天傲握着手机的手，猛然一紧。

"然后你在中途遇到了一辆摩托撞上来？"凌天傲问。"是的，那摩托车车主从我这讹了一些钱就走了！我下来检查他没问题，想到少爷还有重要的事，也就不耽搁了，立马回到车上！"管家说，"这件事，应该只有我知道，萧少怎会知道？"

"有这个小事故，你怎么不早说？"凌天傲呵斥。

"少爷，属下以为这只是小事，也没耽搁了萧少和夏小姐的DNA检测，于是就没说！"

凌管家说的的确都在情理之中。车子磕磕碰碰是常有的事情，跟摩托车撞上赔点钱而已，的确没什么可以跟他交代的！

只是，凌天傲也不明白，萧同浩怎么就知道了！去医院检验中心的路上碰到这个小事故，难道不是意外，而是有人故意为之？所以萧同浩才会知道！

萧同浩既然知道，难道是从萧蓝蓝那里调查出来的？如果真是这样，那萧蓝蓝到底动了什么手脚？这里面有太多的疑问，让凌天傲迫不及待地想要解开！

夏芷苏正泡完温泉回来，穿着浴巾跟顾小默一同走着。顾小默说："你们家的温泉池太小了，改天请你去我家泡泡！"

芷苏说："我觉得很大了，我们姚家没有温泉池，你是泡习惯了！"

"我是大小姐嘛！当然泡习惯了！凌天傲都是你未婚夫了，你以后也可以天天泡！"顾小默说。说到这个，夏芷苏唇角的笑凝固了一下。

抬眼就感觉到灼灼的视线，竟是凌天傲站在楼上看着自己，夏芷苏站在外面冲着楼上的凌天傲招手。她手上的钻戒在阳光下熠熠生辉。

顾小默叹息地说："你的钻石太亮了！"

夏芷苏收回手笑着说："那你加把劲，让萧同浩也给你买个！"

顾小默耸肩："我跟他八字还没一撇呢！萧同浩见到我就躲！我的小心脏啊，真是疼啊！"捂着胸口，顾小默作出一副疼得快要死的表情。

夏芷苏咯咯咯笑："来！我帮你捂捂！"夏芷苏的手掌捂上顾小默的胸口。

顾小默跳起来，躲开："夏芷苏！你摸到我胸部了！"

"……没有吧。"夏芷苏嘴角一抽。

"哇！这么大，你摸不出来吗？"顾小默喊。

夏芷苏看着她胸前的那一对，再看看自己的："默儿，你跟我一样大吧，75A？"

"……"顾小默嘴角一抽，"夏芷苏，你对我人身攻击！"

"……猜对了啊……"夏芷苏眼角也是一跳。顾小默脸一红："那什么！我还没发育好！还能长！"

"萧同浩！"顾小默转眼就看到萧同浩的车子停在门口，急匆匆地走进来。顾小默原本还气呼呼的，看到萧同浩就跟雨后出了彩虹一样，很是激动。

"你是来看我的吗？"顾小默很开心地自我催眠。萧同浩冷眼看她，见夏芷苏在场，脸上的神色很是复杂，大步走到夏芷苏面前，他看着她，张嘴欲言。

"萧少？"夏芷苏觉得莫名其妙。萧同浩在路上想了很久，萧蓝蓝做的事情都是跟夏芷苏有关的。难道夏芷苏才是他的亲妹妹？如果是这样，他们萧家得多愧疚！

夏芷苏的身世那么坎坷，从小受了那么多苦，而他们却没把她找回来，夏芷苏一定恨他们吧！

萧同浩盯着夏芷苏，情感有些爆发，眼睛里的情绪异常波动，然后又大步走开。

"他干吗那么看我？看得我心里发毛！"夏芷苏郁闷地跟顾小默说。顾小默对于夏芷苏的身世稍微了解了一些，听叶落也说了一点儿，现在看来，夏芷苏是萧同浩妹妹的可能性有点大！萧同浩直接上楼，进了凌天傲的书房。

凌天傲从阳台走回来。

萧同浩第一句话就说："是萧蓝蓝，你派凌管家深夜出去办事，是萧蓝蓝派人拦住了凌管家！一辆摩托车撞上凌管家的车，是萧蓝蓝安排的。"

凌天傲眸微眯，眼底锋芒毕露，果然是萧蓝蓝。"你让凌管家出去做什么？"萧同浩问。"检查你跟夏芷苏的DNA！"凌天傲直接说。

萧同浩肩膀一颤，眼底带着激动："结果呢？"

"你们没有血缘关系。"凌天傲说。

萧同浩震惊："也就是说，夏芷苏也不是我的妹妹！"

"现在我怀疑检验结果。"凌天傲说，"萧蓝蓝派人拦截了凌管家，当然知道凌管家去做什么！她拦截他，无非是一个目的，调包！"

"所以检查结果可能出了问题，萧蓝蓝是为了扰乱检查结果！"

"这是唯一一个可以解释萧蓝蓝为什么派人拦截凌管家的理由。不如，再做一次DNA，你跟夏芷苏亲自去医院抽血检验。"凌天傲建议说。

"好！"

萧同浩跟凌天傲一起出去："天傲，你是什么时候开始怀疑夏芷苏跟萧家的关系的？"

"找到夏仲之后。"凌天傲说，"所以夏仲是很关键的线索，因此萧蓝蓝要追杀夏仲！"

"这些都只是猜测。"凌天傲说，毕竟萧蓝蓝这些日子的表现真的很好！

"那就再做一遍我跟夏芷苏的DNA检验！检验报告是最好的证据！"

萧夫人住在一家五星级的酒店，总统套房内，萧蓝蓝趴在母亲的怀里不断地抽泣。萧夫人看着实在心疼，这丫头一找到她就趴在她怀里哭，却一句话都不说。萧夫人对于自己的女儿是出奇的有耐心，就算对自己的儿子萧同浩都没那么大的耐心。

萧同浩几次来找她，要她在董事会上支持凌天傲，她都没有理会。为此，萧同浩还和她吵了一架。

抚摸着女儿的头发，萧夫人问："蓝蓝，到底怎么了？听说这阵子你一直跟凌天傲在一起，还住在凌家，为了凌天傲还受了枪伤。你做到这个分上，凌天傲就算不感动也不会欺负你了吧！"

"妈咪，你都知道了……"萧蓝蓝抬眼楚楚可怜地说。"傻孩子，你去鬼门关走了一遭，我怎么会不知道！跟着凌天傲多危险，连他自己的父亲都要杀他！"那杀手能知道凌天傲的行踪，肯定是熟人，除了凌天傲的父亲还能有谁！

倒是可怜了她女儿。

萧夫人更加心疼："这伤还疼吗？知道你想跟凌天傲独处，妈咪也就没去看你！"

萧蓝蓝的心里好温暖，只有母亲是真心对她！她甚至都不敢想，如果母亲不要她了，她到底应该怎么办呢？

"不疼了妈咪，我在凌家有很好的照顾，可是凌天傲跟夏芷苏求婚了！"萧蓝蓝说。

萧夫人眸子里一惊："是吗？夏芷苏答应了？"

"她不答应又怎样！我们都知道，凌天傲求婚只是一个过程，无论夏芷苏答不答应，凌天傲都会娶她！这么多日子，我跟着凌天傲，把最好的一面都表现出来了，我就是想让他多看我一眼，可是他始终都只要夏芷苏。"

萧蓝蓝想到自己很快就会失去凌天傲，这些日子的努力都白费了。"妈咪，我好难过……我要永远失去凌天傲了！"萧蓝蓝呜咽地哭出来。

"傻丫头，凌天傲这不是还没结婚吗，就算结婚了也可以离婚！这都什么事！

再说了，夏芷苏迟早会离开凌天傲！妈咪说夏芷苏会离开，就一定会离开！"

萧蓝蓝疑惑地抬眼，眼睛里还带着泪水："妈咪，这话是什么意思？听说你在董事会上支持凌天傲！你不是说让凌天傲什么都拿不到，好让凌天傲回来求你吗？"

"妈咪改变主意了，因为我知道凌天傲拿到继承权，他更有可能娶你。凌天傲那么骄傲的人，就算什么都没了，也不会来求我。现在我做个顺水人情，好让他感激我，也是不错的。"

"可是妈咪，天傲不会因为感激你就娶我啊！"

"乖女儿，一切有妈咪在，定会帮你拿到你想要的！"

医院检验中心。

凌天傲和萧同浩等候在门口，萧同浩焦急地在走廊上走来走去。夏芷苏坐在凌天傲的身边，还觉得莫名其妙。凌天傲什么都不说就把她拉来了，医院里到处都是英文，还是大写字母的英文，全是医学术语，她看着实在头疼。

抬眼又看到萧同浩目光灼灼地盯着自己，夏芷苏就更莫名其妙了：萧同浩看自己的眼神怎么那么火热？

"两位少爷，结果出来了！"凌管家从医院的房间里出来，手里拿着一张全英文的检验报告。

夏芷苏看到凌天傲失态地站起身，大步走过去，拿过检验单。"结果呢？怎么样？"萧同浩急死了，问凌天傲。凌天傲微微凝眉，把检验单给萧同浩。

萧同浩立马拿过来，看着上面的数据，DNA吻合度根本连百分之一都没有！毫无血缘关系！

"是不是弄错了？"萧同浩大声质问凌管家。

凌管家摇头："真的没错，里面的医生都是我们的人，检查结果是经过六个权威主任医师检查的！而且您跟夏小姐也是当场抽血，一点儿错都没有！"萧同浩看向凌天傲。凌天傲眉头微拧，夏芷苏真不是萧同浩的妹妹，那就说明之前的DNA鉴定没有错。这么说来，他们误会萧蓝蓝了。也许萧蓝蓝跟夏仲真的只是私仇而已。

萧家血脉那么大的事，萧夫人那样的人的确不会搞错才对！夏芷苏此刻才反应过来："凌天傲，你看看我，怎么可能跟萧家有关！我要跟萧家有关……"

萧夫人能那么对她吗，真是的！

考虑到萧同浩在场，夏芷苏不想说萧夫人的坏话，脸上有些不悦，起身说："我们回去吧！"

凌天傲见夏芷苏不高兴，立马站起来拉住她："夏芷苏，带你来做鉴定，我没有别的意思！你不要想多了！"

"你那么希望我是萧家大小姐，这样就足够配得上你了，对吗？"夏芷苏冷冷地嘲讽。

"夏芷苏，你想到哪里去了！你怎么那么想？"

"我怎么不能这么想！不然你为什么总把我跟萧家联系在一起？"夏芷苏甩开凌天傲的手，走开。

"夏芷苏！"凌天傲气得喊她。

"阿芷似乎很讨厌我们萧家！"萧同浩忍不住说，"没想到她反应那么激烈！"

"你母亲萧夫人差点把夏芷苏打死，夏芷苏怎么可能喜欢她！她原本就恨自己的父母抛弃她，如果她再跟萧家有关，她反感抵触也是正常的！"凌天傲说。萧同浩不得不承认这话真的有道理。

"夏芷苏不是我妹妹，我是该庆幸还是遗憾？"萧同浩叹息，想了想说，"天傲，我还是想不明白。萧蓝蓝为什么要调查夏芷苏的孤儿院是哪家？"凌天傲眸子倏然一惊："萧蓝蓝在调查夏芷苏的孤儿院？为什么？"

"我也想知道到底为什么！我真的特别想知道我这个妹妹在玩什么花样！现在结果出来了，我跟夏芷苏没有一点血缘关系！既然如此，萧蓝蓝做这些事又是为了什么？不如我亲自去问问！"萧同浩实在是想不通！

"别去！你暗地里调查吧，问萧蓝蓝，她恐怕也不会告诉你实话。"凌天傲说。

"这样吧，我跟萧蓝蓝做一次 DNA 鉴定！明天我就把报告单拿去给你！"

"好，我要最准确的结果，不要任何意外！"凌天傲说完就追着夏芷苏出去。夏芷苏其实是很郁闷的，她不明白凌天傲为什么非要那么纠结她的身世！她知道自己现在配不上他，可是他为什么偏偏要把她推给萧家！是的，萧家能帮助他，可是她真的从来不想成为萧家的人！

萧夫人，她是真的不喜欢！一点儿都不喜欢！如果萧夫人是自己的母亲，她才觉得想哭呢！

"夏芷苏！"凌天傲追出来拉住她的手。

见她生气，凌天傲紧张地说："别生气了！你的身世的确让人好奇，我也只是想知道你的父母是谁，你的生日是什么时候！"他拉着她的手都在发抖。

夏芷苏无奈地叹息："没有生气，不要再追究我的身世了好吗？我从来不信自己有什么惊天的身世，也根本不可能感激我的父母。但是我真的庆幸他们生下了我，让我遇见了你。"

她不是生气，只是不想跟萧家扯上关系。她的母亲怎么会是萧夫人那样狠毒的女人。

"好，如果你不希望我追究，我便不追究！"凌天傲答应她。说不追究，其实是凌天傲的假话。他到现在还在想：夏芷苏跟萧同浩确实不是兄妹，那么当初萧蓝蓝拦下凌管家，根本就没在 DNA 鉴定上做手脚。可是萧蓝蓝又在查夏芷苏的身世，还想杀了夏仲！就算夏芷苏不是萧家人，萧蓝蓝的举动未免也太奇怪了！

如果萧蓝蓝跟夏仲有私仇，萧蓝蓝想杀夏仲，他一点都不想干涉！

萧同浩连夜去了医院检验中心。

早早安排了自己熟识的医生做检查。

两份血液样本，一份是他的，一份是萧蓝蓝的。

让萧蓝蓝的贴身管家去拿点血液样本还是不难的。萧同浩就坐在里面看。事关重大，一点纰漏都不能有！跟白天的检查一样，五六个医生需要同时在场作证！而门口又有重重的守卫把守，一个个都是他自己最信任的手下。

"萧少，两份样本检查的结果出来了！"医生拿出检验报告给萧同浩。医生虽然不知道这血液样本是谁的，但也知道事情的重要性！因为萧同浩一直亲自在场监督。

萧同浩伸手，医生立马把报告给他。他低头，看着上面的结果，眉心微拧，怎么会这样？

"确定没错？"萧同浩问。

"不会有错！都是最资深的检验师，结果一定是最准确的！"医生说。萧同浩霍然起身，拿着检验报告，大步流星地走了出去。怎么会是这样的结果？

第二十九章 到底有多大的秘密

　　萧蓝蓝正准备回自己的房间，她也跟萧夫人一起住酒店了。

　　毕竟，凌家，她现在去了也没意思，凌天傲都向夏芷苏求婚了。都大半夜了，萧蓝蓝的手机响起，是国内的电话。

　　"大小姐，叶落不见了！"是国内的守卫。

　　萧蓝蓝愕然："你们怎么看的人！什么时候不见的？"

　　"昨天晚上，我们以为能找到，没想到她，她不见了！"

　　"蠢货！怎么不早说！"

　　萧蓝蓝简直要气死了！叶落不见了，难道是来美国了？萧蓝蓝立马给自己的管家打电话。

　　管家也立马来了消息："大小姐，叶落来了美国，见过凌少了！"萧蓝蓝的手机几乎拿不稳！

　　"凌家那边有什么动静？"就一天时间，她在妈咪这里！千万不要出什么事。

　　"今天白天凌少和我们少爷带着夏芷苏去医院了！"萧管家说。具体的他也不清楚。

　　"你怎么不早说啊？"萧蓝蓝都快被这些下人气死了！"大小姐，只是去医院……"

　　"行了行了，还有什么事？"

　　管家犹豫了一会儿说："还有就是……少爷拿了你的血液样本，连夜去了医院……"

　　萧蓝蓝是真急了，一天的时间，发生了那么多事！

　　她却还在为凌天傲求婚夏芷苏的事难过！凌天傲和萧同浩一起带着夏芷苏去医院，当然不是看病！现在萧同浩又拿了她的血液样本！萧蓝蓝瞬间想明白了！

　　她着急地冲了出去。萧同浩肯定已经在验血了，她赶过去也太迟了！

　　或许萧同浩已经拿到结果了！此刻已经是深夜，酒店外面都没什么人了！萧蓝蓝找了一辆车遮挡了车牌。车窗贴着厚厚的膜，让人看不见车里的人。

　　萧蓝蓝坐在车里，车子就停在酒店的阴暗处。她该怎么做呢？

　　萧同浩如果回来，肯定会把检验报告拿给妈咪看吧！摇头！不！这是最坏的猜测了！也许萧同浩根本就没去检测他们的DNA！如果不是检测DNA，那拿她的血液样本又做什么？

萧同浩的车子从医院里赶回来，停在了酒店门口。他走下车，准备往酒店里面去，手里拿着一张单子。萧蓝蓝睁大眼睛，昏暗的灯光下，她也可以认出那张是检查报告！

萧蓝蓝的脑海里一片空白，感觉自己的一切都要失去了！甚至身体的动作已经主导了她的思想。想也不想，萧蓝蓝踩足了油门，轰了过去。如果撞死了萧同浩，那就什么都不知道了！哥哥！对不起！

萧同浩似乎感觉到了危险，侧头看到一辆车冲自己疾驰过来。灯光太强，他只觉得刺眼，想要避开，却因为对方车速太快，根本来不及！

"小心！"眼看着车子就在自己眼前，突然有人大叫一声，把他狠狠拉了过去。

车子只是擦到萧同浩的手臂，萧同浩险险地避开了。没等萧同浩反应，那辆车就疾驰而去，开得几乎飞起来。

"怎么开的车啊？萧同浩，你还好吧？"萧同浩惊魂未定，看着面前的女人："顾小默，你怎么在这？"

"我住酒店啊！"顾小默说，"快给我看看，你的手伤得怎么样了？"

"没关系，就是擦破点皮。"萧同浩说，又看了眼飞快离开的车子，微微蹙眉。

那车是故意冲着他来的，还是只是不小心碰到他了？如果是故意的，开车的又是谁？萧蓝蓝的车子飞快地开走，一点儿都不敢停留！都快撞上了，顾小默突然拉了萧同浩一把！

萧蓝蓝狠狠地敲击方向盘，几乎瘫软在座位上。她的一切，都要失去了吗？又要过上在孤儿院的生活了吗？

无力地闭上眼，萧蓝蓝走了下来，就算现在想抢走萧同浩的报告也不可能了。萧同浩一定是看过报告的！萧蓝蓝从车上下来，瘫坐在地上。

"美国就是这么乱，大半夜飙车的人很多，完全不顾别人的性命，真没素质！"顾小默恨恨地说，"萧同浩，要不是我，你就被撞死了！"

"多谢！"萧同浩说了一句，往里面走。

见萧同浩那么着急，顾小默跟上："哎！你手受伤了！我帮你清理伤口吧！"

"不必！"萧同浩疾步往电梯走去。顾小默也跟了上去："你住哪里啊？我住顶楼！"萧同浩不说话，只是手里紧紧捏着报告单。顾小默见他那么严肃，手里还攥着什么。

"你拿着什么啊？大半夜乱跑！"顾小默说着，想去拿报告。萧同浩冷冷扫了她一眼："别多管我的闲事！"

"喂！你怎么那么没良心！刚才要不是我，你都被撞死了！那么快的车速，你是百分之百会死的！"顾小默提醒。"我已经谢过你了。"顾小默翻白眼，真是气死了！面对萧同浩，从来都是好心没好报！

要不是她喜欢他，她早把他拍墙上了，抠都抠不下来！

电梯门打开，萧同浩疾步走了出去。顾小默也跟着出去。"你跟着我干什么？"萧同浩回头不耐烦地说。这是萧家的大事，绝对不能让外人听见！

"这里是顶楼啊，我也住在这呢！"顾小默指着一个房间说。

萧同浩冷哼，转身大步走开。顾小默真是郁闷，她为了他也算是连命都不要了，刚才还救了他。这个男人还不给她好脸色，真是够伤人的！

转身，跟萧同浩相反的方向走开。不跟就不跟嘛！她回自己的房间睡觉还不行！

萧同浩对于刚才差点被撞死的事根本就无暇顾及，现在还有更重要的事！

现在已经是深夜，母亲肯定睡了！可萧同浩还是要敲门，敲得很重："妈咪，我有事找你！"敲了很久，里面才有回应，萧夫人的确是睡下了，"有什么事明早再说！"

"很重要的事！一定要现在说！"萧同浩不肯走。

萧夫人无奈，只能起床，打开门："这么晚了，你有什么事？"萧同浩走进来，关上门。

看着自己的母亲，他真的不明白，萧家血脉那么重要的事，当初妈咪难道没做 DNA 吗？"妈咪，我是不是你儿子？"萧同浩直接问。

萧夫人一愣，觉得好笑："你深更半夜来找我，就问这个问题？"

"还请妈咪回答我！"

"你当然是我儿子！你要不是我儿子，我养你长大做什么！"萧夫人觉得这儿子间的问题真是太逗了，怎么跟个小孩子似的。

"那萧蓝蓝是不是你女儿？"萧同浩又问。"当然是了！你们是兄妹啊！儿子，你半夜来问这个问题，会不会太好笑了！"萧夫人摇着头说。

"既然我是你儿子,蓝蓝是你女儿,那为什么我跟她的DNA完全不一样？"萧同浩直接把 DNA 检验报告塞到萧夫人的手里。

萧夫人一怔，脸色瞬间煞白，拿过 DNA 报告看着上面的结果，眉头微拧。

"你怎么突然去做和蓝蓝的 DNA？"萧夫人皱眉。萧同浩看到母亲只是脸色难看，却一点儿都不震惊。

"妈咪，一般人遇到这个问题，都会问为什么结果会这样吧，你怎么反而问我，为什么去做 DNA 鉴定？"

萧夫人看了一会儿鉴定报告，直接撕掉："这事你别再过问。"

看萧夫人一点都不意外，萧同浩想到了什么："你早就知道萧蓝蓝不是我妹妹，萧蓝蓝跟萧家没有血缘关系！"

"我说过了，这件事到此为止，你不要再过问了。"萧夫人坐到沙发上，淡淡地说。

相比萧夫人的淡定，萧同浩却诧异无比："妈咪！萧蓝蓝根本不是我妹妹，你为什么不说，还把她接回来。那我亲妹妹呢？我亲妹妹还在外面受苦呢！"

"你根本就没有亲妹妹！"萧夫人大声呵斥。

萧同浩怔住，根本就不敢置信！"什么意思？妈咪你这话是什么意思？为什么你早就知道蓝蓝不是我妹妹？那你为什么还把她接回来？"

"领养的一个小女孩而已，你有什么大惊小怪的。"

"领养就领养，为什么对外面说是你的亲生女儿？"

"萧同浩，你多一个妹妹，我多一个女儿不好吗？"

"那为什么偏偏是蓝蓝！"

"这大半夜的，你就为这个问题闹腾，回去睡吧。"萧夫人打着呵欠说，真的一点儿震惊都没有！

萧同浩却诧异得要死，震惊得要命！"这个问题难道不该闹腾？我从小就以为萧蓝蓝是我的亲妹妹，对她疼爱有加。可我突然发现蓝蓝不是我亲妹妹，我那么担心我的亲妹妹还沦落在外，你却让我回去睡觉？"

"萧同浩，我再告诉你一遍，你根本就没有亲妹妹，也没有别的亲妹妹沦落在外，不需要你操这个心！"萧夫人强调。

"好！既然如此，你告诉我，为什么当初公开说明萧蓝蓝是你的亲生女儿？还说什么你女儿是被仇家掳走的？要领养一个孩子，哪里需要那么多借口？"

"如果不这么说，萧家的长辈不会让我把蓝蓝带回来！"

"那很好，绕到了同一个问题为什么偏偏是蓝蓝？"萧同浩揪着不放，因为他真的太好奇了。这么多年了，却知道自己的妹妹根本不是亲的！

"我不想跟你讨论这个问题！"

"那你还想讨论什么问题？"萧同浩大声地吼。

"萧同浩，你放肆！我可是你母亲！"萧夫人怒吼。

萧同浩让自己平静下来，知道这么对着母亲吼很不对。萧夫人也知道这个消息对萧同浩而言真的太震惊了，而且又是他自己亲自验证的DNA，知道他跟蓝蓝不是兄妹。

萧夫人也心平气和地说："儿子，难道你知道蓝蓝不是你亲妹妹，你就会对她不好吗？"

"当然不是！"

"既然如此，你何必追究她是不是你亲妹妹呢？"

"给我个理由！为什么你偏偏把蓝蓝领回来，而且对外公布是亲生女儿！就算你把她领养回来，说明不是亲生的，我也不会排斥她！"

萧夫人无力叹息："我刚不是说了吗？萧家的长辈是不容许我们带外人进萧家的，我为了能带回蓝蓝，只能给她制造这个身份！"

"你可以领养任何人，为什么从瑞士跑到中国，而且是非常偏僻的孤儿院把她找出来？"

"萧同浩，你到底在怀疑什么？"

"我就是好奇！蓝蓝跟萧家到底是什么关系？"萧同浩问。

"所以你今天要是问不出个所以然，就不会离开了？"

"那么大的秘密，我到现在没回过神，难道我不该问你原因吗？"萧同浩反问。的确，萧夫人无言反驳。"等回到瑞士再告诉你。"萧夫人说。

"我要现在知道！"

"萧同浩，你怎么跟个孩子似的！怎么没完没了了？"

"这么大的秘密瞒着我到现在！你能镇定，我不能！妈咪，你今天要是不告诉我，我就不走了！"萧同浩直接坐到沙发上。

"那你告诉我，你怎么突然去检查你跟蓝蓝的DNA？"

"这个不能告诉你。"

"你不告诉我，那妈咪也只好不告诉你。"萧夫人是怕有什么恶意的人怂恿萧同浩。

萧同浩叹了一口气："妈咪，你怎么还把我当小孩？"

"在妈咪眼里你从来都是小孩！你性子急，容易被别人误导！"萧夫人说。

"我已经这么大了！谁能误导我！倒是你，这么大的事情瞒我！爹地是不是也知道蓝蓝不是你的亲女儿？就我一个人不知道？"萧同浩生气。

"你也别气了，妈咪瞒着你，也是为了你好。我也不想让蓝蓝知道，省得她心里反感。这么多年，我把她当亲生女儿一样对待，如果她知道我不是她的亲妈咪，会很难过的！"萧夫人说。

"儿子，答应妈咪，千万不能让蓝蓝知道！妈咪不想失去这个女儿！"萧夫人见儿子不说话，又语重心长地交代。见妈咪是不可能告诉他了，萧同浩看着鉴定报告，到现在都无法回神。

"妈咪，这么大的事你怎么能瞒着我！我差点以为……"以为夏芷苏才是他的亲妹妹！

"以为什么？"

"没什么！"萧同浩还是生气。

突然感觉自己手臂火辣辣地疼，低头看了一眼，这才发现手臂上被擦伤了很大一块，已经见肉了！

刚才实在太激动，都没注意到疼痛，此刻才发现疼得厉害！

"怎么受伤了？"萧夫人着急地捧住他的手臂。"刚才在酒店门口差点被人撞死！"萧同浩说。

想到酒店门口的车子，萧同浩凝眉，当时只急着来找母亲问情况，都忘记去追究了！要不是顾小默拉了他一把，他早就被撞死了！那车，飙车能飙到酒店门口来？情况紧急也没看到车牌号！

"撞了你还敢跑？"萧夫人既生气又心疼儿子，"快！把衣服脱了，我给你清理伤口！"之前守卫拿来了药箱，刚好用上，萧夫人认真地帮着儿子清理伤口，动作很轻。萧同浩看着自己母亲担忧的样子，心里微动。

其实母亲对他这个儿子也很好，只是有时候母亲太倔强了，连父亲的话也是不听的。

"擦破了那么大一块皮，真是好大的胆子！谁敢撞你！我非把人揪出来不可！"萧夫人暴怒地说。

母亲出马，一定会小事变大事。萧同浩说："可能是不小心，算了。"

"这怎么能算了！就算撞了别人也别想着跑，何况是撞了你！"萧夫人一边处理儿子的伤口，一边骂。此刻，天已经快亮了。

门外，萧蓝蓝把萧家母子的话全部听全了。

她惊魂未定地回到自己的房间，脸色依旧惨白。原来妈咪知道她不是她的亲女儿，妈咪根本就没亲女儿！所以她本来就是萧家大小姐啊！

她一直可以光明正大，却总是怕别人抢了她的位置！之前的一切，真是她多此一举了！

　　可是妈咪要追查是谁撞的萧同浩！萧蓝蓝眸子一惊，唇角微微勾了起来，幸好车子没有车牌，车子的膜也很深，根本看不到里面的人，想找个替死鬼还不容易吗？

　　想到这里，萧蓝蓝心里紧绷着的弦终于放开了。她总算不用担心有人跟她抢萧家大小姐的位置了！她本来就不是妈咪亲生的！

　　天很快就亮了。

　　萧同浩从房间里出来，看了眼自己的手臂，想起了顾小默，只要一问就知道顾家大小姐在哪个房间。萧同浩走过去摁了门铃。

　　顾小默揉着眼睛走出来，打开门："谁呀？萧同浩！"一看到萧同浩，眼睛都睁大了。

　　萧同浩见她只裹着一块床单，高挑的身材露出修长的大腿，胸口那一道乳沟也是若隐若现的。

　　她迷蒙地揉着眼睛，脸上带着茫然，却在见到他的那一刻，大放异彩。

　　干咳了一声，萧同浩撇开眼说："昨晚，多谢。"

　　"你已经谢过了！"

　　"嗯，没事了。"萧同浩直接走开了。

　　顾小默愣了一下，大步跑上去抓住他的手："这就走了啊！你好难得来找我！就说一句就走！太小气了！"

　　萧同浩被顾小默的话逗笑，看了眼顾小默的装扮，再看到有服务生已经上楼来打扫卫生，还有服务生上来送早餐。

　　萧同浩皱眉把顾小默推回房间："把衣服穿上！"

　　"我穿着呢！"

　　"叫你穿件衣服！不是床单！"萧同浩大声呵斥。

　　顾小默抿唇："不要！我进去穿衣服你又走开了！"

　　萧同浩一愣，看着面前的女人，一时不知道应该说什么好。"我不走开，一起吃早饭，我还有话要问你。"萧同浩说。

　　"真的？"

　　"真的！我就站在门口等你！你快点！"

　　"好！"顾小默很开心地转身就跑进了房间。

　　萧同浩侧头冷冷扫了那几个服务生一眼："看什么看？"

　　服务生立马低头："萧少，我们是给顾小默送早餐的！"

　　"这么早送什么早餐，没看到顾小姐刚起床！送我房间去！"萧同浩说。

服务生立马低头："是！萧少！"于是服务生慌忙走开了。

顾小默在里面很快换好衣服出来，打开门见萧同浩真的还在，惊喜地喊："萧同浩！你等我啊！"萧同浩翻了白眼，有这么高兴吗？

"我让服务生把早餐送去我房间了，去我那吃吧！"萧同浩说。"这个好！"萧同浩见她开心的样子，也忍不住勾了勾唇角："你速度怎么那么快，我每次等蓝蓝出门，都要等一两个小时。"

"她长得丑要化妆，不然不能见人！我天生丽质！"顾小默说。"……"萧同浩眼角跳了一跳。说到萧蓝蓝，萧同浩看向萧蓝蓝的房间。

他还是不明白萧蓝蓝为什么要查夏芷苏的孤儿院，又为什么要杀夏芷苏的养父，到底跟夏仲有什么仇恨？

"萧蓝蓝不在，天没亮就出去了。"顾小默见萧同浩看向萧蓝蓝的房间说。"你怎么知道？"

"因为天亮之前我还没睡，在走廊里接了个电话，回来刚好看到萧蓝蓝匆匆出去了！"顾小默说："走得倒是很着急！"

"是吗？"萧同浩看着萧蓝蓝的门。又想起酒店门口的车子，那车子来得突然，虽然有飙车的可能性，可是并不排除是想杀他！谁想杀他呢？在美国，他并没有仇家，那么晚了，在酒店门口的会是谁？

"等下吃早饭，我先去一下酒店监控室。"萧同浩说着走向电梯。

顾小默郁闷，不是说好一起吃早饭的吗！"你去监控室干吗？我也去！"顾小默立马跟了上去。萧同浩一进监控室就让里面的监控员把昨晚的楼层监控调出来。

因为时间很晚，所以出入的人员是一目了然的。

萧同浩真的看见萧蓝蓝下了电梯走出去了。"萧蓝蓝原来这么晚还出去！"顾小默看了眼时间说。

萧同浩再继续看视频，在他上楼后不久，萧蓝蓝也从外面回来上了楼。他们住的是总统套房，为了保护他们的隐私，所以他们住的楼层没有监控，

所以只能看到萧蓝蓝上下电梯的时间。

萧蓝蓝下楼去做什么？明明已经那么晚了！而那时候他刚从外面回来，之后就有辆车飞出来差点撞死他！萧同浩的手捏成拳。昨天车里的难道是萧蓝蓝？

虽然这是猜测，可是一想到这萧同浩就捏紧了双拳，气不打一处来！萧蓝蓝很可能早就知道她不是他的亲妹妹了，然后呢？然后她想杀他灭口？

萧同浩几乎被自己的想法震惊了!

可是昨晚的确有车跑出来差点撞死他!要不是顾小默,他一点活着的希望都没有!

萧同浩问顾小默:"你有没有看清昨晚撞我的人?"

"速度那么快,而且车膜贴得那么深,压根儿看不见啊!"顾小默说,"你是不是要找他算账啊?是该算账,撞了你后还逃逸,罪加一等!"

"我怀疑这是谋杀!"萧同浩一字一顿地说。

顾小默震惊了。"把酒店门口的监控调出来,凌晨两点左右的时候。"萧同浩命令监控员。监控员立马调出了监控。

萧同浩仔细看着视频,几乎是一帧一帧地看,却根本就没有看到昨晚的车子!

"昨晚门口明明有车开到这个方向!"萧同浩指着屏幕,"怎么会没有了?这个视频谁动过?"

监控员立马说:"没有啊,没人动视频!"

"怎么会没有,这个地方昨晚有车!我跟她都看到了!"萧同浩指着顾小默。

顾小默也觉得奇怪:"是啊!昨晚明明有飞车还差点撞到人,怎么视频上没有?"

监控员偷懒睡觉了,到天亮才醒。监控员不知道发生了什么事,只是一口咬定:"真的不知道!这个视频是原来的视频!"

"这是被人动过的视频!你这个蠢货!马上把视频盘拿出来给我!"萧同浩暴怒地吼道。

监控员不敢耽搁,立马把里面的视频拿出来放在盘里给萧同浩。萧同浩哪里还顾得上吃早饭,拿着视频急急忙忙往电梯走去。顾小默见他那么着急,也跳上他的车。

萧同浩看了眼副驾驶座上的女人,顾小默立马咧嘴笑:"不要赶我走,我还是很有用的,说不准就能帮到你!"萧同浩也不理会她,车子飞驰出去,把这个监控快点拿去凌家。

夏芷苏最擅长计算机,不知道懂不懂恢复视频!

"天傲!天傲!"萧同浩一到凌家,就大声喊。凌天傲早早起床在书房里处理文件。看到萧同浩,他以为他是来送 DNA 鉴定报告的。"夏芷苏呢?"萧同浩一进来就问。

"你找她干什么？"

"我昨天差点被人撞死！早上去调查撞我的人！后来发现视频被人删除了！夏芷苏能恢复吗？"萧同浩着急地问。

凌天傲也很震惊，竟然有人敢撞萧同浩！"夏芷苏在睡觉，我这有软件工程师，来人！"凌天傲叫来管家，吩咐下去。管家立马领命，去叫软件工程师。

凌天傲诧异地问："你在美国有仇家？"

"我不知道！仇家当然有，但是美国应该没有！但也不排除有人买通了美国的杀手。"萧同浩说。

凌天傲看了眼顾小默，又问萧同浩："有没有受伤？""手臂擦伤，小事！我现在就是好奇谁要撞死我？"萧同浩愤愤不平地说。

"你有怀疑的人？"凌天傲看萧同浩的样子，问。"我怀疑萧蓝蓝！"凌天傲更加震惊："DNA做了吗？""这个做不做都一样！"萧同浩从里衣口袋里拿出撕成两片的鉴定报告给

凌天傲。

凌天傲看了一眼，眸子里的震惊不比萧同浩的少："你们不是兄妹？"

"嘘！不要告诉任何人！她不是我妹妹，这是我们萧家的秘密！你是我最好的兄弟我才告诉你！"

"不是兄妹？你不奇怪？"凌天傲都奇怪。

"我当然奇怪了！可是我妈咪一点儿都不奇怪！因为她一直知道蓝蓝不是她的女儿！"

"那为什么对外宣布她是萧家的女儿？"

"身为萧家的长子，我都不知道原因。"萧同浩耸肩说。

他现在只想知道是不是萧蓝蓝想撞死他！莫非蓝蓝早就知道他们不是亲兄妹，所以一直觉得是母亲领错了孩子，然后想要维护现在的一切？却没想到母亲本来就知道她不是亲女儿！

如果真是如此，萧蓝蓝真是多此一举！软件工程师很快就来了。按照萧同浩的意思恢复视频。视频很快就恢复了，萧同浩可以看到昨晚的那辆车子。

不过，看不到车牌！是一辆黑色的别克轿车。视频放大，却因为玻璃反光，完全看不见车内的人！萧同浩一拳砸在桌上："该死的！什么都看不见！"

夏芷苏听说萧同浩来了，好像着急的样子，起来就来了书房。"发生什么事了？"夏芷苏问。

凌天傲说："昨晚萧同浩差点被人撞死，今天去拿监控，发现视频被删了，

我们的人已经恢复过来。"

夏芷苏立马问萧同浩："萧同浩，你没事吧？"竟然叫他的名字，而不是萧少了！萧同浩心里高兴了一下："我倒是没事，幸亏顾小默拉了我一把！可恨，这个视频恢复了也不知道是谁撞的我！"

夏芷苏看了眼视频："我来试一下！"视频是恢复了，可是视频的清晰度是可以人为调节的。夏芷苏需要一帧一帧地调，当然要花费很长时间。

夏芷苏说："你们先出去吧，这起码需要大半天的时间！等我调好了再找你们！"

"真能调出来？"萧同浩问。

"不一定，我以前接触过，有些可以调成功，有些不行。"夏芷苏说。

"那咱们都出去吧，让芷苏安静地调。咱们都围着，她还紧张呢！"顾小默说。

萧同浩这时候也觉得肚子有些饿了，点头说："那咱们先出去。"凌天傲却担心地问："早饭吃了吗？"

"吃过了。"夏芷苏笑着说。凌天傲嗯了一声，在她额上吻了一下。

凌天傲刚拿到继承权，公司里还有很多事，他还得去公司处理一些事情。夏芷苏正是知道凌天傲忙，所以让他先出去。

萧同浩刚出去就接到了母亲的电话。"儿子，昨晚撞你的人，妈咪已经帮你找出来了！昨晚的车子也找到了，你来看一下，是不是这车？"萧夫人说。

"这么快就找到了？"萧同浩诧异，"我马上回来！"萧同浩回书房跟夏芷苏打招呼："阿芷！我先回去！有任何消息打我电话！"

"好！"夏芷苏点头。

萧同浩又赶回去，顾小默立马跟上。凌天傲看着萧同浩出去，再看了眼自己手里的检验报告单。

萧蓝蓝不是萧夫人的女儿，萧夫人本来就知道！这里面到底藏着什么秘密？

第三十章 我真的不想离开你！

萧同浩回到酒店门口，就看到那里停着一辆没有牌照的黑色别克车，家里的几个守卫站在车子旁。

看到萧同浩，守卫都躬身喊："少爷！"萧同浩过去看了一眼，还真是视频上的那辆车。

"顾小默，是不是这辆车？"萧同浩让顾小默确定。"和视频上的吻合，跟昨晚的也像！"顾小默说，"老太太的办事效率真不是吹的！"

萧同浩瞪了她一眼，又立马上了楼，看到一个陌生的女子躺在地上，已经被打到半死。

房间里，萧蓝蓝和萧夫人坐在沙发上。萧同浩先看了一眼萧蓝蓝，眸子里掠过什么。

"儿子，楼下的车看见了吗，是不是那辆？"萧夫人问。

"是那辆！"

"那就对了！这车是她的！昨晚她出入酒店也有监控记录！她自己招了，就是故意要撞死你！"萧夫人指着地上被打个半死的女子说。

顾小默真是佩服萧夫人，怎么可以那么神速地找到这个女人！那女人已经被打得面目全非，他都看不清她的模样了！

萧同浩走过去，蹲下："我跟你有什么仇？"

"我呸！"那女人一口血吐出来。萧同浩立马躲开。

女人盯着萧同浩，目眦欲裂："那次在酒吧，你喝醉酒强奸了我，我不杀你杀谁？"萧同浩皱眉，他怎么不记得有这种事！他在酒吧喝醉酒的确是常有的事，可他不记得自己强奸了什么女人！

顾小默一听，气得跺脚，指着萧同浩就骂："萧同浩，你太过分了！"真是气死了！她心目中的男神怎么干这种事！

"顾小默！你闹什么？"萧同浩大吼。

"自己干了什么事啊！活该被人撞！"顾小默哼一声，转身大步就跑出去。真不想听那女人说那些过程！真是被气死了！

萧同浩简直要被顾小默气死了，可他真不记得自己干了这种事！"行了行了！把她带下去吧！"萧夫人看了就头疼。自己儿子干了这种事也难怪人家！

萧同浩都不知道说什么，只看到那女人怨恨地盯着自己。难不成他真做了？

在酒吧喝醉酒的确是常有的事，可他也不至于那么猴急吧！这都什么事！

扭头，萧同浩还是狐疑地看着萧蓝蓝，真的只是他想多了吗？现在人证物证都在，那女人都主动承认是她撞了他！

"哥哥，我一早就听妈咪说你被车撞了，你还好吧？"萧蓝蓝立马走上来亲昵地挽住萧同浩的胳膊。萧同浩看着萧蓝蓝，怎么突然觉得这个妹妹有点不认识！

她的笑容，他看着就觉得假！只因为 DNA 鉴定出来不是亲兄妹，他就不喜欢她了吗？

"我没事！"萧同浩直接抽开手，不理会萧蓝蓝。萧蓝蓝看着空落落的手，怔愣住。

萧母见了安慰说："你哥哥昨晚惊魂未定，心情不好吧，别多想！"萧母以为萧同浩发现萧蓝蓝不是亲妹妹，就对她冷淡了。

凌家书房里，夏芷苏还在修复视频。

然而看着屏幕上越来越熟悉的人，她愕然睁大眼睛。视频整个色彩都修复过了！人也成形了！车里的人……她一点都不陌生！怎么那么像萧蓝蓝！

萧蓝蓝怎么会要撞死自己的哥哥呢？这到底是怎么回事啊！

"萧同浩真是气死我了！"顾小默气势汹汹地从外面回来，跑到夏芷苏这里来诉苦，"芷苏！萧同浩是活该被撞死！"夏芷苏立马把修复好的视频关掉，发送到自己的邮箱。

"怎么了？"夏芷苏见顾小默这么大火气，担心地问。"你知道撞他的是谁吗？他自己喝醉酒把人家强奸了！那女人现在找上门来报仇了！"顾小默愤慨地说。

"啊？"夏芷苏看了眼电脑，"瞎说！"

"我没瞎说！萧同浩自己都搞不清楚！撞他的人，人证物证都有了！那个女人亲口指控！"顾小默生气地吼。

不对！撞萧同浩的人跟萧蓝蓝长得很像！怎么会出现一个指控萧同浩的女人！如果是萧蓝蓝，蓝蓝为什么要撞自己的哥哥？

"默儿，你应该相信自己喜欢的男人不是这样的人！"夏芷苏跟顾小默说。

顾小默怎么相信得了，人证物证，放得明明白白！"他身体不干净没关系，但他不应该干那种龌龊事！人家姑娘的清白是随便能玷污的吗！"顾小默实在太生气了，想起来就气得不行，都快要哭了！夏芷苏实在是不忍心，才说："默儿，你过来看一下。"

"看什么啊！"顾小默心情糟糕死了。

夏芷苏打开刚才关掉的视频，把修复好的视频给顾小默看。

顾小默懒懒地看了一眼："什么？"

"萧同浩送来的视频，你再仔细看看。"夏芷苏说。

顾小默看着视频在电脑里一秒秒地播放，然后放到了一个镜头，里面的女人，那面孔赫然是她熟悉的！

"萧蓝蓝！"顾小默惊叫，"萧蓝蓝在车里！撞萧同浩的是萧蓝蓝！"顾小默简直快疯了。

"嘘！"夏芷苏示意她轻点，"我想是不是有什么误会，自己的亲哥哥，她怎么会想撞死自己的亲哥哥呢！这个视频我是修复的，所以并不能确定，里面的人可能只是长得像蓝蓝，也许并不是蓝蓝！"

"这还有什么好怀疑的！这不是萧蓝蓝是鬼啊！"顾小默一点都不怀疑，"这个贱货还敢撞我们家男神！"顾小默做出撸袖子的模样要出去算账。

"默儿！"夏芷苏把顾小默拉回来，"事情还没弄清楚呢，你这样贸然指责是蓝蓝撞了萧同浩，有没有想过后果啊？"

"后果可好玩了！我看萧夫人是选女儿还是选儿子！难道女儿要撞儿子，她还要包庇不成！"

"这件事一定会引起萧家的动荡！事关重大，我们拿着修复过的视频去指责萧蓝蓝，蓝蓝要是不承认，反咬我们一口，到时候倒霉的是我们！"夏芷苏分析说。

顾小默一拍手："萧蓝蓝脸皮那么厚，还真做得出这种事！那我们该怎么办？"

"你见到那个指责萧同浩强奸她的女人了吗？"夏芷苏问。"见了！被打得很惨！"

"她跟蓝蓝像吗？"

"不像！一点都不像！"顾小默想到什么，开心地问："所以那个女人是萧蓝蓝找来的替死鬼，萧同浩根本就没强奸她！"

顾小默想了想说："不知道！反正萧同浩没强奸人家姑娘就行！跟我走！我有办法知道是不是萧蓝蓝撞的萧同浩！要真是她，我手撕了这贱货！"

顾小默和夏芷苏一起去了酒店，在一间房门口停住，那里站着两个守卫。

里面是那个所谓的撞了萧同浩的女人。"左边一个给我，右边一个给你！"顾小默跟夏芷苏说。

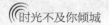

"好！"

两人迅速闪身上前，动作如鬼魅般迅速。

一抬手，一抬脚，不等那两人反应，通通解决！

顾小默跟夏芷苏击掌，眼里都是对对方的欣赏。顾小默从一个守卫身上搜出了房门卡，打开门走进去，看到地上丢着那个半死不活的女人。

那女人见有人进来，抬眼，看到顾小默一步步走过来，吓得想要爬走。顾小默脸上带着阴森，满满的坏人样子。"你的利用价值已经没了！我们主人派我们两个过来，你觉得我们是想做什么？"顾小默很确定当时在萧夫人的房间里，她虽然跟着萧同浩进去了，但是这个女人被打了个半死肯定没见到她！

那女人一听顾小默说，更害怕了："我已经按她的意思做了，放了我的孩子好不好？"

顾小默跟夏芷苏对视一眼，果然这里面有蹊跷。"你的孩子，你觉得还有回来的希望吗？"顾小默顺着那女人的话说下去。

那女人更加害怕："不！她说过的，只要我承认撞了萧少，就放了我的孩子！我只是来美国度假的，我只是住在这个酒店，为什么偏偏要来找我！求求你们，放了我的孩子吧！"

顾小默完全听懂了，这个女人根本就是路人甲！来美国度假，孩子被抓了，有人要挟她，让她做替死鬼！

"你叫什么名字？"顾小默问。

女人一愣，似乎发现了什么："你们……你们是谁？"

"我们是来救你的人，还能救出你的孩子，只要你肯说实话！"夏芷苏觉得这个女人实在是可怜，开口说。

那女人还是摇头："不！一定是她派你们来试探我的，我不会说的，一定不会说的！让她放心好了，我什么都不说，只要不伤害我的孩子！"

"你怎么那么蠢！人家抓了你的孩子让你做替死鬼，你死了你孩子怎么办！一个人在美国，难道还指望别人帮你养孩子？"顾小默愤怒地大吼。

女人愣住，却还是摇头："我死了没关系，孩子不能有事……我的孩子只有五岁！"母亲为了保护孩子，真的是丢掉性命都可以！

夏芷苏想到了自己的孩子！

她蹲下身，安抚那女人："我们不是那个人派来的，我们只想知道事情的真相。你要是死了，你确定那个人会放过你的孩子吗？只有活着你才能找回孩子！相信我们，我们是来帮你的！"

夏芷苏看着她，眼神真挚。女人有些动摇。

顾小默真是急死了："你看见外面那些守卫没有！我已经得到消息，你要被关进监狱，永远都不能出来！你要你孩子长大后知道自己母亲是坐牢的吗？"

"不！我不要坐牢！"女人嘶吼。"那就相信我们，如果我们是那个人派来的，何必打晕那些守卫！"夏芷苏还是安抚着。

是的，守卫被打晕了！

那女人心里不断挣扎，可是她知道她们说得对！她不要坐牢，而且她明明那么无辜，什么都没做。

顾小默见她动摇，拿出手机给她看照片："她叫萧蓝蓝，萧家的大小姐，是不是这个人指使你的？"

女人点头："是！是她！她抓了我的孩子威胁我！如果不做替死鬼，就杀了我的孩子！顾小默跟夏芷苏对视一眼。顾小默忍不住骂："这个恶毒的贱货！"

"你们真的能救出我的孩子吗？"女人苦苦地哀求。顾小默说："你现在跟我去和萧蓝蓝对峙，我保证救出你的孩子！"

"她是顾氏集团的大小姐！你相信她！"夏芷苏说。

"萧蓝蓝！"顾小默根本就很没礼貌，一脚就踢开了萧夫人房间的门。此刻，萧蓝蓝和萧夫人还有萧同浩刚好在一起吃午饭。见顾小默突然闯进来，萧夫人微微皱眉，还是顾家大小姐，怎么那么没礼貌！

"萧蓝蓝！吃饭吃得很香吗！差点撞死自己的亲哥哥，还吃得下饭！什么心态啊你！"顾小默进来就嘲讽。

萧蓝蓝脸色一阵难看："你……你说什么呢你！哥哥，你快管管她！"

萧同浩原本也觉得顾小默没礼貌，可是顾小默那么一说，萧同浩却观望了。"这是我找人修复的视频！昨天晚上你开着那辆别克差点撞死萧同浩！你的哥哥！"顾小默直接把手机拍在桌上。

萧蓝蓝根本就不信，那视频早就没有了！萧同浩却知道是夏芷苏修复了视频，立马拿过来看。视频里一个跟萧蓝蓝长得极像的女人坐在车里面！这么像！

萧同浩唰地看向萧蓝蓝："这是怎么回事？"萧蓝蓝看了眼视频，觉得根本不可能！昨晚的视频她看过了，根本就拍不到她清晰的正脸！

"哥哥！顾小默都说了，是找人修复的视频！当然是别人诬陷我的！这怎么可能是我？"萧蓝蓝死不承认，又跟萧夫人说："妈咪！现在视频处理软件还有 PS 技术那么发达！我是被人冤枉的！我为什么要撞自己的哥哥啊？"

萧夫人也拿了手机看视频，顾小默说是找人修复的。

那么这个人不是蓝蓝，也可能是别人诬陷，挑拨萧家的关系。"顾小姐，我知道你跟我女儿一向不合，但是你也不用如此卑劣，找这种手段来诬陷我的女儿吧？"萧夫人冷冷地嘲讽。

"妈咪，修复视频的人绝对不会诬陷蓝蓝！"萧同浩说。

"哦？看来你知道修复视频的是谁。"萧夫人眉梢挑得很高，根本不相信顾小默的话。

没等萧同浩回答，顾小默也是冷笑："萧夫人，我吃饱了撑的！我没事要来诬陷萧蓝蓝！我每天很忙的，不像萧蓝蓝那样每天就知道耍心机！"

"顾小姐！请尊重我们萧家的大小姐！"萧夫人狠狠一拍桌子，气势凌人，连萧蓝蓝都噤声了。

萧同浩也站在一旁不说话。

顾小默却一点不怕："萧夫人，你萧家大小姐要撞死萧家大少爷，你不查清楚就一味护短！身为萧家的长辈，我自然尊重你，但是萧蓝蓝跟我同辈，只要她没干坏事，我干吗不尊重她？"

"护短？撞萧同浩的人已经抓到，我做事要的是证据！而不是你这样无理取闹！"萧夫人冷笑。

"对啊！顾小默，你向来不喜欢我，现在还诬陷我！你是想让我们一家人反目成仇吗！"萧蓝蓝立马跟着母亲指责。

顾小默真是要笑死了："萧蓝蓝，我就是你的克星你知道吗！你装得再好，都逃不过我的眼睛！我就知道，就算看到了视频你也死不承认！"

顾小默一拍手，外面有人进来，是夏芷苏带着那个被打得连路都走不动的女人进来了。萧蓝蓝看到那个女人，跟跄了一步，却努力让自己站稳。

萧夫人看到夏芷苏，微微皱眉。

萧同浩看到夏芷苏也很意外。"萧夫人，蓝蓝。"夏芷苏先跟她们打招呼，然后对着萧同浩微微点头。

萧同浩也是点头，眼里带着感激。他知道视频肯定是夏芷苏修复的。"夏芷苏！"萧蓝蓝看到夏芷苏也很震惊，她怎么会来！"我们萧家似乎不欢迎你吧。"萧夫人冷冷地提醒。

夏芷苏还没说话，顾小默就说："萧夫人，你先别急着赶夏芷苏，你先听听这个可怜的女人怎么说。"

"这个女人被关在房间里，你们好大的胆子，敢私自进去放她出来！"萧夫人呵斥。

萧夫人一呵斥，那女人差点儿就要跪下。夏芷苏扶着她，她是无辜的，完全不用给任何人下跪。

顾小默看萧夫人此刻嚣张的样子，真想看看待会儿萧夫人什么脸色！就让她先嚣张着！

"这位是萧家夫人，这位是萧家少爷，这位萧家小姐想必你也认识，你有什么就说出来，我给你做主！就算我做不了主，萧少也肯定会给你做主！"顾小默介绍说。

那女人还是很害怕，可是现在那么好的机会，她也想搏一搏了！"我是中国人，叫吴薇！上个月带着五岁的女儿来这里度假！可是早上，我女儿突然被闯进来的人抓走了！是她！"女人指着萧蓝蓝，"她指使我，让我承认昨晚是我撞了萧少！她就会我放了我女儿！如果我不承认，女儿别想想回来了！"

"求求你！求求你，放了我女儿吧！你说的我都已经做了！求你，别把我扔进监狱！我只是来度假的！"那个叫吴薇的女人凄惨地求着萧蓝蓝，"我真的什么都不知道！我只想找回我女儿！她才五岁！"

萧夫人和萧同浩都愕然看向萧蓝蓝。萧蓝蓝踉跄地扶着桌角，指着顾小默："她撒谎！我为什么撞哥哥？她撒谎！是顾小默！是她们诬陷我的！"

顾小默冷笑："我诬陷你？我没事诬陷你干吗？你是萧同浩的情人吗？你是他的妹妹！我难道还怕他妹妹跟我抢男人不成？"

"你就是知道我不喜欢你！你怕嫁不成我哥哥！"萧蓝蓝完全是狗急跳墙。"这理由太牵强了吧！好啊！我的人已经在找她的女儿，要是找到了，我看你还有什么话说！"顾小默凉凉地笑。

"还敢找这么个替死鬼！还好意思编那么个龌龊的理由！说我们家萧同浩强奸她！我告诉你，想撞我们家男人，也得问问我顾小默同不同意！"顾小默一字一顿地警告萧蓝蓝。

那气势十足。萧同浩都怔愣了，看着顾小默，对于她口口声声的"我家的男人"，他竟然无言反驳。看着顾小默为了自己的事那么上心，他的心口微微跳动。

同时萧同浩又看向萧蓝蓝，萧蓝蓝的确有嫌疑！他今早就怀疑了！"蓝蓝，你还有什么话说？"萧同浩问萧蓝蓝。

萧蓝蓝脸色不能再白了："哥哥！你难道相信这些外人，也不相信我？"

萧同浩还是盯着蓝蓝："好，我给你一次机会。蓝蓝，你要是承认，我就不追究！你要是死不承认，我查清事情真相，绝对不会轻饶！"

"妈咪，你看看哥哥联合外人欺负我！"萧蓝蓝跟萧夫人哭诉。

萧夫人也看向萧蓝蓝，蓝蓝没有理由撞死萧同浩。可是顾小默人证物证都有。

"顾小默，这是萧家的事，不用你那么操心。"萧夫人淡淡地说。

"夫人，你到现在还在偏袒萧蓝蓝！这是萧家的事，可是这个可怜的女人就活该被牵连吗？她带着女儿来美国度假而已，就成了替死鬼，你们萧家可真是仗势欺人！"顾小默冷冷地嘲讽。

啪！萧夫人一掌拍在桌上："顾小姐，请注意你的口气！"

"萧夫人，我相信你是明事理的人！这是物证－修复过的视频，这是人证，都说明萧蓝蓝才是昨晚撞萧同浩的凶手！"顾小默把手机推给萧夫人。萧夫人自然已经看过手机上的视频，抬眼，眸子锐利地扫向夏芷苏。

萧夫人又问顾小默："这个视频是被修复过的，不能作为证据。"

"妈咪，这视频可以做证据，因为修复视频的人是个高手。"萧同浩说。

萧夫人冷冷地看萧同浩："哦？我倒想知道！这视频是谁修复的！"萧同浩还没说，一旁一直没说话的夏芷苏自己承认："夫人，是我修复的。"

啪！萧夫人又一掌拍在桌上。"所以夏芷苏你是什么居心，修复这样的视频来挑拨他们兄妹的感情？"萧夫人暴怒地吼。

"萧夫人如果觉得这个视频不能做证据也可以直接无视，听听这位妈妈的话，感受一下她失去女儿的焦急和无奈。如果今天是萧夫人失去女儿，恐怕也会任由别人威胁的。"夏芷苏不卑不亢地回答。

顾小默还想帮着夏芷苏说话的，没想到根本就不用帮！

萧夫人没想到夏芷苏会顶嘴，怒喝："夏芷苏！在这里，你最没有资格和本夫人说话！修复这样的视频挑拨他们兄妹的关系，你还敢说你没有居心？"

"妈咪我保证！夏芷苏没有任何居心！这视频是我让她修复的！"萧同浩为夏芷苏说话。

"她是怕蓝蓝抢走了她的凌天傲，所以故意陷害蓝蓝！"萧夫人说。

顾小默都要翻白眼了："萧夫人，这可是你亲儿子啊！你女儿是人，你儿子就不是人了？你女儿要撞死你儿子，你倒是管管啊，没事骂我们芷苏干吗？"

"顾小姐，我念你是顾家大小姐对你礼让三分！不要太过分了！"萧夫人呵斥顾小默。

"萧夫人，我也没见你对我礼让啊！我就是说个事实，你女儿萧蓝蓝真是坏透了！"顾小默指着萧蓝蓝说。

"妈咪，你不要相信她们，她们是故意陷害我的！"萧蓝蓝拉着萧夫人的手，几乎要哭出来，生怕萧夫人追究！"还有你，夏芷苏！我对你也不薄啊，把天傲都让给了你，你还要这么对我，修复这样的视频来误导大家！你太居心叵测了！"萧蓝蓝指着夏芷苏骂。

夏芷苏真不想给凌天傲惹麻烦，好声好气地说："蓝蓝，我只是想查清楚，如果你是无辜的，默儿一定会还你清白。"

"你！"萧蓝蓝反而说不出话来。

"芷苏说得对，如果你是无辜的，我一定会还你清白。"顾小默挑眉，抱胸，嘲弄地说。萧夫人一时也对顾小默没辙。

任何一个人都不敢在她面前放肆，可是顾小默仗着有顾家撑腰，完全不把她放在眼里，根本天不怕地不怕！

萧同浩说："蓝蓝，阿芷说得很对，只要你是无辜的，我们都会还你清白。现在已经到了这种程度，不查清楚，反而惹人怀疑你！"

"好，只要找到那个小女孩，我就相信你们的话。"萧夫人淡淡地开口。

"妈咪！"萧蓝蓝着急地喊。"你也不想被人误会，那就查清楚真相。"

萧夫人拉过萧蓝蓝的手，"妈咪相信你！你没有理由害你自己的哥哥！"

萧蓝蓝几乎要哭出来，却不知道是该哭还是该笑。顾家的情报网那么厉害，那个小女孩迟早会被找到！在这段时间里，她应该做些什么呢？

顾小默给自己倒了一杯水，慢慢地喝着，就看萧蓝蓝憋红着脸努力压下着急的模样。

房间里一片寂静，只有萧夫人冰冷的视线扫向夏芷苏。夏芷苏就当没看见，只是俯身照顾那被打个半死的女人。

"我出去一下！"萧蓝蓝想了想，走出去。

"站住！关键时刻，房间里的任何人都不能出去！"顾小默叫住萧蓝蓝。

萧蓝蓝脸色难看极了，"顾小默！你不要太嚣张！"萧夫人也知道顾小默嚣张，但还是说："蓝蓝，有什么事以后再说，先留在房间里。"

"是，妈咪……"萧蓝蓝无奈只能走回来。

"小姐！"门外走来一个中国面孔的男子，他叫金茂，是顾家的护卫。

"小女孩找到了！"金茂让手下把小女孩抱进来。

那原本跌坐在地上的女人看到自己的女儿，疯狂地跑了过去："女儿！妈咪的宝贝女儿！你没事！你没事！"

那女孩看到自己的妈咪也哇的一声哭出来："妈咪！妈咪！"萧蓝蓝差点

儿瘫坐在地上，却努力支撑着身体。

萧同浩看在眼里，看着那母女俩生死重逢的模样，相拥而泣，连他一个大男人看了都忍不住生出恻隐之心。

顾小默挑眉问自己的守卫："从哪里找到这个小女孩的？"金茂立马把外面一个大汉押进来，"在一间出租屋里，这女孩被关在里面，

这是负责看守女孩的人。"金茂把那人押进来，就一拳打了过去："说！谁指使你这么做的？"

大汉颤巍巍地不敢说话。

金茂又一拳打了过去："快说！"大汉被打得口吐鲜血，也不敢吭声。

"行了，别打了，做狗的就是跟主人一个德行，死不承认就行！"顾小默嘲讽。萧蓝蓝的脸色更加难看。夏芷苏都不敢置信，原来一切都是真的！真的是萧蓝蓝要撞死萧同浩！连萧夫人都微微皱眉看向萧蓝蓝。

"妈咪，不是我！真的不是我！肯定是别人指使的！"萧蓝蓝冲了上来，一巴掌打在那大汉的脸上，"你说！谁指使你撞我哥哥！"

大汉一看到萧蓝蓝，低下头："你们打死我吧！打死我也不会说！"萧蓝蓝一巴掌又要打下去，一副要帮哥哥找出凶手的模样。

顾小默上前，抓住她的手腕："别装了！多假啊！"萧蓝蓝打不过顾小默，手也抽不回来，满腔怒火地盯着顾小默："我到底怎么惹你了？你要这么针对我？"

"虽然我不知道你为什么要撞萧同浩，但是敢撞我喜欢的男人，无论是谁，我都不会让她安生！"顾小默凉凉地笑。

萧夫人几乎闭上眼，怎么都没想到，想撞自己儿子的真是萧蓝蓝她最疼爱的女儿！顾小默抛开萧蓝蓝的手，走到萧夫人面前："萧夫人，事到如今，你还要偏袒萧蓝蓝吗？还觉得是我们陷害她吗？"

萧蓝蓝也紧张地看着萧夫人，还在一口咬定："妈咪！我是无辜的！是他们陷害我的！我真是无辜的！"

萧同浩都不想看下去了，现在人证物证都全了，而他也怀疑是萧蓝蓝，没想到真是这样！

萧蓝蓝为什么想撞死自己？萧夫人看了眼自己的女儿，脸色难看极了。

"你闭嘴！"萧夫人呵斥萧蓝蓝。

萧蓝蓝都快哭出来了，努力隐忍着，不想被顾小默和夏芷苏笑话。"既然你们母女是无辜的，我们萧家一定会赔偿你们的损失，我会派专机送你们回国。"

萧夫人跟吴薇母女说完，看向萧同浩，"你亲自送她们去医院，给她们找最好的医生。"

萧同浩看了一眼萧蓝蓝，点头："是，妈咪！"萧同浩亲自走过去扶起那对母女："很抱歉！我送你们去医院吧！"

吴薇哪里还敢再说什么，抱着自己的女儿，身子都在颤抖。

萧同浩想抱起那个小女孩，小女孩满眼的恐惧，退后一步躲到自己妈咪怀里。

"不要怕，我抱你！"萧同浩说。

小女孩满是恐惧，夏芷苏走了过去，她最喜欢这些小孩子了，跟孤儿院的孩子也相处得最好。

"小妹妹，姐姐抱你好不好？"夏芷苏看着她，抬手擦掉她眼角的泪水，又拿出纸巾擦掉她鼻子上的鼻涕，看着小女孩，满眼的柔和，那小女孩不自觉地就靠了过去。夏芷苏一把就抱住了她，抱在怀里。这么小的孩子就受到那么大的惊吓，差一点就要跟自己的妈咪永远分离了，她真的好心疼。

在小女孩被夏芷苏搂进怀里的一瞬间，小默、萧同浩，连萧夫人心里都有一丝柔软，好像心灵最深处被触动了一般。

夏芷苏抱着小女孩，眼底真情流露。

她也在后怕，如果不是顾小默拉着她来，恐怕这对母女这辈子就是分离的。那真是人间惨剧，泪水弥漫在夏芷苏的眼睛里。

夏芷苏想起了自己的母亲，她就是个没娘的孩子啊！

萧同浩扶着受重伤的吴薇出去，夏芷苏抱着小女孩走出去。夏芷苏回头忍不住看了萧夫人一眼。萧夫人竟然也在看她！夏芷苏扭头，走了出去。

房间里，还有个顾小默。

萧夫人收回视线，看向顾小默："顾小姐，这个处理结果还满意吗？"

"这怎么满意得起来！我是想看看你怎么处理你女儿的！"顾小默还就不走了。

萧夫人的脸色实在是铁青了："这是我萧家的事，既然是女儿，自然是我自己来处理！你一个外人不便插手吧？"

"我不插手，我就旁观。"顾小默说。

萧夫人真是要发作了，雍容的脸上带着冷笑："顾小姐，我说了，看在你是顾家大小姐的情分上，我一再忍让，但是你得寸进尺，就别怪我不顾情面！"

"萧夫人，你是我的长辈，跟我父母是平辈，你顾及的是我父母的情面，不用顾及我的。"顾小默答得行云流水。

萧夫人不怒反笑："顾家教出来的好女儿也不过如此,一点儿没有大小姐风范!"

"你女儿有大小姐风范,还想撞死你儿子呢!你就不问问她为什么要撞你儿子?"顾小默说。

"顾小姐,这是我们萧家的事,你一再插手,还真把自己当成我儿子的女人了?"萧夫人还是冷笑。

"萧夫人,我没把自己当成萧同浩的女人,但我把萧同浩当成我的男人!他的未来我预定了!"顾小默嚣张地说。

萧夫人气得要吐血,这种女人进门,哪怕是门当户对,她也绝对不能接受!"他的未来我预定了!"这话可真是嚣张至极!

"所以你不走了?"萧夫人冷笑。

"我就看看你怎么处理萧蓝蓝。这么好的戏,我不想错过!"

"我为什么要处理蓝蓝?就凭那女人几句话,就凭夏芷苏一个视频,我还能把我女儿赶出门不成?"

"萧夫人,护短也不是你这样的!看看你女儿萧蓝蓝,绑架人家女儿威胁一个无辜的女人,还想撞死自己的哥哥,这算什么东西啊!"顾小默嘲讽道。

萧蓝蓝实在受不了,指着顾小默骂:"顾小默,在我妈咪面前,你怎么那么嚣张!就不怕破坏了我们两家的关系!"

"我怕什么?你妈都护短成这样了,你以为我妈咪不护短啊!搞笑!"顾小默嗤笑。

"你!妈咪,她简直欺人太甚!"萧蓝蓝拉着母亲喊。

萧夫人确实生气,可这顾家大小姐,她还没资格来教训!这件事毕竟又是蓝蓝有问题在先!就算她要处置女儿,也绝对不想让外人指手画脚!

"行了,你闭嘴!顾小姐,你不走可以,那我们走!"萧夫人直接拉着萧蓝蓝走开,大步走出了酒店。顾小默淡淡看着母女俩离开。

耸肩,好戏是没看成,但是她还就不信萧夫人一点儿都不追究!这女儿撞儿子,也不至于只要女儿不要儿子吧!

"我是不是很嚣张啊?"顾小默问门口自己的守卫金茂。

金茂说:"小姐玩得开心就好!"

飞机上,萧夫人连夜回瑞士。

对于萧蓝蓝的恶行,她根本不敢相信!而萧蓝蓝跪在地上,根本不敢起来。

"知不知道我为什么把萧同浩支开，知不知道我为什么立马带你回家？"萧夫人开口，冷冷地问。

"妈咪是不想让哥哥亲自来追究……妈咪，我真的错了，我不是故意的！妈咪，您就饶了我吧！"萧蓝蓝跪在地上，哭喊着，眼泪一行行落下。

萧夫人看着她的样子，想起自己的亲生儿子差点儿被她杀死，说不气是根本不可能的！

"所以你也承认了，承认是你要杀自己的哥哥？！"萧夫人质问。

"妈咪，我……我真的不是故意的！我只是害怕失去妈咪！妈咪……顾小默总是说我跟哥哥长得不像！我就偷偷做了跟哥哥的 DNA 鉴定，发现我们根本不是兄妹！后来哥哥也去做了！我不想让他告诉你……"萧蓝蓝趴在萧夫人的脚下哭得很大声。

"妈咪，我不想失去你！从小我就在孤儿院！直到跟着你，我才知道什么叫母爱，什么叫温暖的家！我真的不想失去你！妈咪，我错了！我真的错了！"萧蓝蓝一字一顿、声泪俱下。

她又说了小时候在孤儿院长大的事实，惹得萧夫人一时心软。"这个顾小默！怎么那么爱嚼舌根！"萧夫人气愤地喊。

"妈咪，我知道自己不是您的亲生女儿了！所以我真的很害怕！我怕你把我赶出萧家！我怕再也没有妈咪了！妈咪，我真的不想离开您！"萧蓝蓝哭得更加大声。

萧夫人看着她，实在不忍心再说什么。萧蓝蓝跪在地上不停地哭喊，就差使劲磕头了。

可萧同浩是她的亲生儿子啊！亲生儿子差点丢了性命，她能不火冒三丈地追究肇事者吗？结果竟然是自己养大的女儿！

"妈咪！蓝蓝从小流落在外，多亏了妈咪带我回家，我才能有今天的生活！妈咪，我真的很感激！如果妈咪要赶我走，我可以离开萧家！离开妈咪的！"萧蓝蓝痛哭流涕地说。

萧夫人心里更加不忍。"你哥哥幸好也没事，这件事就过了吧，我会跟萧同浩解释清楚。"萧夫人说，"起来吧，我的女儿！"萧蓝蓝简直不敢相信地看着萧夫人："妈咪，原谅我了吗？"

"不然还能怎样？真把你赶出萧家？你是我好不容易找回来的！我当然会好好对你。虽然你不是我亲生的，可是我会把你当成自己的亲生女儿！"

"妈咪！妈咪你对我太好了！"萧蓝蓝哭着抱着萧夫人，眼泪不停地流，更多的还是因为保住了萧家大小姐的地位。

萧夫人却真的是不忍心，毕竟养了那么多年的女儿，是实实在在有很深的感情的。

而且萧蓝蓝也说了，开车撞向萧同浩的时候就已经后悔了，这才没让萧同浩丧命。

既然都没事。那就算了吧！

第三十一章 我眼里只看到她的优点

夏芷苏跟萧同浩一起从医院里出来，萧同浩的脸色一直都不太好。

夏芷苏见了他的样子，说："萧同浩，我虽然不能理解你的心情，但是，我很抱歉，都是因为我修复了那个视频，默儿才会……"

"我应该多谢你修复了视频，还原了事情的真相！"萧同浩说，看着夏芷苏，想到她带着那对母女来医院，前前后后的照顾，又哄着那小女孩睡觉。萧同浩感叹地说："阿芷，你太善良了！萧蓝蓝一点都不能跟你比！真是怎么都比不上！"

对于这个妹妹，他完全没有好感可言。萧蓝蓝想撞死他，其实他也想得到其中的理由。估计萧蓝蓝已经知道他们不是亲兄妹，所以不想他拿着DNA鉴定报告给母亲。可是谁想，母亲早就知道萧蓝蓝不是她的女儿！所以萧蓝蓝的担心根本就是多余的！

即使是这样，她都不该动杀他的念头。他从小把她当亲妹妹，那么宠爱她！想起来真是可笑，这所谓的妹妹，竟然想开车撞死他！夏芷苏好奇地问："蓝蓝为什么要撞你？你打算怎么做？"

"你看我母亲那么着急把蓝蓝带走，无非是担心我伤害她，怕我追究！可我追究又能怎样！母亲一定会觉得我反正没事，不如就这么算了。"萧同浩冷笑，他太了解自己的母亲了。

这个女儿，就算不是亲生的，她对蓝蓝也好得不得了！夏芷苏想起小时候的蓝蓝，她就记得小时候的蓝蓝真是很好的。

"会不会，你跟蓝蓝有什么误会？她没理由要害你啊！"夏芷苏说。

萧同浩真想叹息，双手搭在夏芷苏的肩膀上："阿芷，你怎么任何人都相信呢？这样你会吃亏的！"想起萧蓝蓝之前想杀害夏仲，又在追查夏芷苏的孤儿院。

萧同浩问："你知道你的养父夏仲跟萧蓝蓝有什么仇吗？"

"他们怎么会有仇！蓝蓝不是说一直在瑞士吗？之前才回的中国，我养父夏仲整天在外面赌博流浪，怎么都不会认识萧家大小姐吧！"夏芷苏说，"你怎么这么问？"

萧同浩微微皱眉，真是疑点重重，却让人完全摸不着头脑！

萧同浩真是惋惜，本来以为夏芷苏是他的亲妹妹，没想到他根本就没有亲生的妹妹！

"没什么，我就是随口问问。忘了恭喜你，天傲对你求婚成功了！听他说，看了日子，一个月以后你们先领证！"萧同浩恭喜说。

夏芷苏脸色却是一窒，嗯了一声："是啊。"

"我真心为你开心！天傲能娶到你，真是他的福分！萧蓝蓝可配不上天傲！以后，再碰到萧蓝蓝，你绕道走！我母亲要再破坏你跟天傲之间的事，我一定帮着你！"萧同浩说。

夏芷苏依旧只是淡淡地笑，却没再说什么。

凌天傲走回房间就看到夏芷苏坐在阳台的椅子上发呆，赤着脚抱着膝盖，整个人几乎缩成一个球。她穿着单薄的睡衣，衣服里面的身体若隐若现。

外面的风有些大，吹起了她落在地上的裙摆，还有她那一头乌黑的长发。凌天傲觉得这个背影美极了，拿出手机，拍了一张照片，然后才走过去，站在椅子后面，把她整个人搂住。

"怎么坐在这儿发呆，不看电视了？"每次凌天傲走进来，她要么玩电脑、要么在看电视。

夏芷苏抬眼跟他对视："我在想蓝蓝。"

"你想她做什么？"凌天傲皱眉。

"这一次她做得真的很过分，她怎么可以那么狠心！"夏芷苏说。想起那对可怜的母女，再想到萧蓝蓝想撞死萧同浩，她真的觉得无法理解萧蓝蓝的做法。

"萧蓝蓝的确是狠心了一点儿，我也很意外，她竟然会想到撞死自己哥哥这一招。"凌天傲意外的也是萧蓝蓝的狠心程度。

为了自己萧家大小姐的地位，可以把自己的哥哥都撞死！这样的女人即使救了他一命，都忍不住让他胆寒。而他的夏芷苏，却是那么善良。这一对比，凌天傲看着自己怀里的女人更加柔情万丈。

夏芷苏抱住凌天傲的手臂："凌天傲，萧蓝蓝撞自己的哥哥，怎么都说不通，会不会有什么误会？"

别人是觉得说不通，但是凌天傲和萧同浩都知道，这是说得通的。

见夏芷苏焦虑的样子，凌天傲说："事实就是事实，你想那么多做什么！这是人家的事，萧蓝蓝的好坏，跟我有什么关系？"

"有关系！当然有关系了！因为她……"因为她是陪伴他度过一辈子的人啊！

"因为她什么？"凌天傲见夏芷苏欲言又止，问。

"没什么……"夏芷苏说，拉着凌天傲到自己面前，搂住他的腰，把脸贴到他怀里。

凌天傲见她这么主动，开心地回抱住她。

"夏芷苏，这是萧家的事，你那么操心做什么。你该多操心咱们的婚礼。婚礼，你想要什么样的？"凌天傲问，夏芷苏心里被刺了一下，搂着他的腰，问："凌天傲，做人是不是要言而有信呢？"

"当然！"

"所以承诺过的话，一定要做到是吗？"夏芷苏又问。

"是！我答应过要娶你，要一辈子对你好！夏芷苏，这些话本少爷承诺的，就一定会做到！"凌天傲郑重地说。

夏芷苏问的根本不是这个，但是凌天傲的话，每个女人听了都会开心的！想到这些话，凌天傲会对另一个女人讲，她的心里就很难过，却连哭都不能哭。

因为她答应离开，萧夫人才会支持凌天傲拿到公司的继承权，可是真的好舍不得！抱着凌天傲的腰，怎么都不肯放手了。

凌天傲觉得这女人最近有些反常，很黏着他，似乎每时每刻都要跟他在一起！虽然他喜欢她这样，可是莫名的，他心疼。

因为凌天傲成了 GE 集团的总裁，最大的掌权者，所以总是很忙，本来早就准备动身回国，凌天傲却总要去公司处理大大小小的事情。

每一次权力的更换，下面都会有一大批的人事变动。凌天傲一上台，第一件事就是把东野润一的人全部降职到世界各地的分公司，有的甚至直接被他踢出了公司。

凌天傲一早就去了公司，今天却来了一个不速之客，真是不请自来。"东野少爷，怎么大驾光临？"叶落出去迎接。

门口有停着一辆加长的林肯车，从车里走出来一个穿着蓝色衬衫的男子，额前的刘海遮住了眉毛，露出一双迷人的眼睛，唇角微翘，带着似笑非笑的神情。夏芷苏刚好送了客人出门，看到东野，微微皱眉。

东野走到夏芷苏的面前，把手里的花给她。"送给你。"东野把花给夏芷苏。夏芷苏戒备地看着他，他的手里是白芷，却被他加工过，用精美的纸包装成一束，繁星点点，真的很漂亮。

白芷是一种草药。送草药给别人，也就东野那么奇怪。

夏芷苏接了花，然后走到垃圾桶旁，扔了进去。东野的守卫裘括都睁大了眼睛。

叶落佩服得五体投地，这可是东野少爷！谁见到都会胆寒的男人！"收到了，如果让我跟凌天傲说把你留下，这些还是免了吧。"夏芷苏淡淡地说，却一本正经。

东野一点儿都不恼，反而扑哧笑了一声："我虽然失去了 GE 集团，但是

375

我还有东野集团。我是东野的总裁，只是顺便兼任了 GE 的副总！一个 GE 集团，我没那么稀罕。"

"既然如此，你来这里做什么？"夏芷苏冷冷地看他。她还记着呢，东野怎么威胁她、掳走了她、囚禁了她！

"我来看你。"东野直接开口说。

夏芷苏冷笑："我们不认识！"

"毕竟在岛上我们也单独生活了一段时间，就算不熟，也不会不认识。"东野说，"我已经到了凌家，不请我进去坐坐吗？难道凌家未来的少夫人还要把客人直接赶出门？"

东野一句话把夏芷苏堵到没话反驳，故意说她是凌家未来的少夫人，如果未来的少夫人那么小气，岂不是直接丢了凌天傲的脸。"东野少爷哪里的话，里面请！"夏芷苏微微一笑。东野却站在她的面前，贴得很近，伸手，守卫裹括上来，拿了一小盆植物。

"这是跳舞草，我从海岛带出来，它喜欢阳光和音乐。"东野把跳舞草给夏芷苏，"这也是送给你的。"

夏芷苏退后了一步，跟他保持距离，这才接过那盆植物，的确是跳舞草。她在海岛跟着东野润一起去看过。海岛上有很多跳舞草，随着音乐的节拍，这些草快乐地舞动，很漂亮。

东野看着夏芷苏接了跳舞草，看她扔还是不扔。夏芷苏看了一眼，把跳舞草交给叶落。

"喜欢吗？"东野又上前一步，逼近她，气息几乎呵着她的脸颊了。

夏芷苏忍着，抬眼微微一笑："不太喜欢，但是东野少爷送了，我不收也不好意思。"

"那刚才送你的白芷怎么扔了？"

"既然送给我，就由我自己处理，东野少爷要是觉得不高兴，可以不用送。"夏芷苏说。

"没有不高兴，你做什么，我都不会不高兴。"东野的口气让夏芷苏皱眉，连叶落都觉得诧异。再看东野润一看夏芷苏的眼神，那是毫不掩饰的爱意十足啊！

夏芷苏觉得气恼，转身就走开，东野却勾了勾唇角，眼底似笑非笑。东野跟着夏芷苏走进客厅。

叶落立马打电话给凌管家："管家，快告诉少爷，东野少爷来家里了！"

"少爷在开很重要的会议，不能打断！现在是关键时刻，少爷在公司的一举一动大家都看着呢！东野少爷来了，你跟夏小姐小心应付就是！"凌管家说。

叶落知道凌管家说得很对。公司的事少爷在处理，家里的事，当然得她跟夏芷苏来处理！

可是看东野的来意，分明是来者不善！特别是东野跟夏小姐的关系，怎么感觉就那么暧昧！

东野在客厅的沙发上坐下，叶落去倒了水给他。夏芷苏也坐在另一边的沙发上。

"不知道东野少爷来凌家，有何贵干？"夏芷苏开口问。

东野润一看着四周的环境，却问："听说凌天傲跟你求婚了？"这话问得，真是莫名其妙！

"是，求婚了。"

"你答应了？"

"这跟你有关系吗？"夏芷苏反问。"凌天傲配不上你。"东野润一说。

"东野少爷，麻烦你看清楚，这里是凌家！你说这样的话合适吗？"夏芷苏冷冷地提醒。

"只要我想说，在哪里都能说。"东野根本不屑一顾，"我说的是真的，凌天傲一点儿都配不上你。"

"我只知道，配不上的从来是我夏芷苏！凌天傲对我来说，是全世界最亲的人。"夏芷苏不想听到别人说凌天傲的不是。

门外叶落一直想进去，也不知道里面在说什么。

可是东野的守卫裘括拦在门口，跟个雕像一样！虽然这里是凌家，但是也不能贸然对东野的人动手，不然就是凌家的不是。可这个裘括实在太过嚣张，根本不让叶落靠近一步。叶落担心夏芷苏会被欺负。

"看来你是真的很喜欢他，不然不会连睡觉都喊着他的名字。"东野开口，唇角却划一丝苦涩。

夏芷苏被吓了一跳："什么叫我睡觉也喊着他的名字！东野润一，我睡觉的时候你怎么会在场？你不要乱说话啊！"

"有一次在雨林里你睡着了，喊着凌天傲的名字，后来我把你抱回房间。"东野润一说。

夏芷苏嘘了一口气，她差点儿以为，自己睡觉的时候，东野进了她的房间。

如果真是这样，她对他的印象简直要差到极点！"你到底有什么事？有话直说！"夏芷苏说。东野润一看着她不耐烦的脸，却很有耐心。

"没什么事，我来，只是想看看你，跟你说说话。"

"东野少爷，我们好像没什么话可说吧！"夏芷苏冷笑。

这个男人是凌天傲最大的对手，现在被凌天傲打败了，却找上门来，她能不防着他吗？

况且就是这个男人掳走了她，害得凌天傲找了她很久！"阿芷，你可能没什么话想跟我说，但是我有话跟你说。"东野看着他，

迷人的眼睛里好像带着魅惑，随时会把她勾走似的。夏芷苏不得不承认，东野的眼睛真的很迷人，好像随便一望，就能被吸进去一般。

夏芷苏立马撇开的他眼睛，她不喜欢东野看自己的眼神。

"你要说什么？能不能一次把话说清楚了？"夏芷苏已经坐得不耐烦了。

"离开凌天傲吧，他最终都会伤了你。"

夏芷苏觉得可笑："难道你会比我更明白凌天傲是否喜欢我？东野少爷，如果你没什么事，那就请回吧！"来找她，就是为了来告诉她，不能相信凌天傲，就是为了让她离开凌天傲！这个东野润一真是吃饱了撑的，没事干了！东野站起身走到夏芷苏面前，伸手就撩起她的一缕长发，夏芷苏抬手想打开他的手。

东野握住她的手，低头睨着她："阿芷，你真的不记得我了？"夏芷苏觉得这个东野真是莫名其妙！没被握住的手，手肘一抬攻击他的胸口。

东野一个闪身避开，抓住她剩下的那只手，他一只手就扣住了她两只手，背在身后。

"这里是凌家！"夏芷苏抬眼怒瞪他，提醒着。"是凌家又怎样，阿芷，我想做什么，从来没人可以拦得住。何况，我并不想做什么。"东野不知道哪里来的发圈，直接把夏芷苏的头发绑了起来。

夏芷苏想离开他的束缚，可是她不是他的对手，只能任由他绑好了自己的头发。

"绑起来会比较好看，我喜欢你头发绑起来的样子。"东野润一说。

还没放开夏芷苏的手，门外突然传来一声怒吼："东野润一！拿开你的脏手！"夏芷苏回头就看到一个身影闪身过来，一把搂住她的腰，直接把她往后拽，离东野远远的，抬头就看到满是怒火的凌天傲，对着东野润一简直要喷火，而东野润一却云淡风轻地一笑。

"才跟阿芷待了一会儿，你怎么这么快就回来了？"东野润一遗憾地说。这话说得好生暧昧！凌天傲简直火冒三丈！

"他有没有对你做什么？"凌天傲抱住夏芷苏的肩膀就问。"怎么可能啊！这里是凌家！"夏芷苏见凌天傲喷火的样子，急忙解释。

他一走进来就看到东野润一贴着夏芷苏的身体，还把她的手别在身后，帮她将头发！凌天傲简直想撕了东野！

凌天傲把夏芷苏拉到身后，面对东野："你来干什么？这里是凌家！"

"是啊，这里是凌家，表弟你的家，表哥来看看，这都不欢迎？"东野还是风轻云淡的模样。

"当然不欢迎！这还用问？"凌天傲冷笑。

"表弟，你不欢迎没关系，本少是来看你的未婚妻阿芷的。"东野润一说着就看向夏芷苏，叫她"阿芷"，目光意味深长。

夏芷苏要被他吓死了，干吗一副很熟的表情啊！凌天傲当然看到了！把夏芷苏拉到自己身后，面对东野，眼底冒火。

"没想到表哥跟我未婚妻还相熟，可是我未婚妻似乎并不欢迎你！"凌天傲冷笑。

"我送阿芷一盆跳舞草，她收了。也就是说，阿芷没有你想象中那么不欢迎我。"东野说。

夏芷苏气得要跳起来了："东野少爷，我收你的礼物只是出于礼貌！"

"阿芷，在海岛上我们不是玩得很开心吗？"

"谁跟你在岛上玩得开心啊！"夏芷苏想撩袖子打架了。

要不是因为自己现在是凌天傲的未婚妻，身份特殊，不能给凌天傲丢脸，她早就想冲上去跟东野打一架再说。怎么跟顾小默待久了，脾气都变火暴了！

"时间不早了，我就先走了。"面对夏芷苏的暴跳，东野润一依旧那么云淡风轻，只是勾了勾唇角，望一眼外面的天色。

的确，天色不早了。凌天傲上前一步，拦住东野的去路："在海岛上你对夏芷苏做了什么？"

"刚才不是说了吗？我跟她玩得很开心。"东野润一说，凌天傲眸中波涛汹涌。

东野润一看着他的样子，眼角划过一抹笑，从他身边绕开，直接走了出去。

"东野润一，你把话说清楚再走！"夏芷苏急急地叫住他，甩开凌天傲的手就跑上去拦住东野的去路，东野一个闪身到她身后，夏芷苏转身就贴上他的身体。

下意识地，夏芷苏退后一步，东野却上前逼近一步。俯身，气息呵着她的脸颊，东野说："刚才的话已经说得很清楚了，阿芷。"

如此的暧昧，简直让凌天傲火冒三丈！

凌天傲迅速上前抓过夏芷苏，手一劈，就对着东野吼："你找死！"东野闪身避开，凌天傲又是一掌过去，东野抬手稳稳地接住。凌天傲冷哼，再次攻击，侧身一个跳跃，手掌面对东野的脖子，想打中他的要害。东野蹲下身，避开，一脚踢出去。

凌天傲在半空一个翻腾，稳稳地避开，同时一脚踹了过去。东野抬手，用手掌去挡。凌天傲的脚落在他的掌心，凶猛地一踹。东野跟跄了一步，退后，再次闪身到凌天傲的身后，一掌拍在凌天傲的肩膀上。

凌天傲也是一个跟跄，一个攻击一个防守，一个还手另一个猛攻。

两人的招式都非常凌厉，身手极快，不相上下。东野润一的守卫裴括站在一旁，手扣着枪，随时都准备出击的样子。叶落站在一旁也是手扣着枪，只要少爷一有危险，也要出击。

夏芷苏见凌天傲和东野的身手几乎持平，他们谁也没讨到便宜。

夏芷苏想插手帮忙都插不了手，高手过招，他们都只能干看着。也不知道打了多久。两人渐渐体力不支，动作慢了下来。

夏芷苏趁机上前抓住东野的手腕，直接摔开。

东野猝不及防，一个跟跄，退后了好几步，差点儿摔倒。东野的守卫裴括见状，冲上前帮助少爷。扶住东野，枪口唰地对着夏芷苏。

"你好大的胆子！敢冒犯我们少爷！"裴括的枪指着夏芷苏。

"放肆！"竟然是东野和凌天傲异口同声。

东野呵斥裴括："敢拿枪指着她，还不退下！"

裴括怔愣，立马收回了枪，直接跪倒在东野面前："少爷息怒！"凌天傲微微皱眉，东野的口气让他很不舒服，好像很关心夏芷苏一样！

夏芷苏拉着凌天傲，冷冷看着东野润一，真是不明白这个男人抽什么风，为什么会这样？

东野看了眼夏芷苏拉着凌天傲的手，微微挑唇："我打你们两个自然是打不过的，不过今天我来也不是为了打架，只是想来看看你。阿芷，我们还会再见面的。"

东野又意味深长地看了一眼夏芷苏，转身，这才走出去。

凌天傲简直被气个半死，东野这一次分明是来挑衅的。转身，凌天傲就质问夏芷苏："你跟他在海岛都做了什么？"

"你难道不相信我啊！我能跟他做什么！"

"东野这人虽然不怎么样，但不会瞎说！"凌天傲气闷地吼。他从公司出来就听到管家说东野来家里了，他几乎马不停蹄地赶过来。

看到夏芷苏跟东野站得很近，东野在绑她的头发，还扣住她的双手！"凌天傲，他是挑拨离间，你没看出来？"夏芷苏也吼。"他没事干了挑拨我们的关系？"

夏芷苏抚额："你看吧！你已经被挑拨成功！东野来的目的已经达到了！"

"不管他有什么目的，我不喜欢他看你的眼神！"

"我也不喜欢啊！可他要看，我也没办法！"凌天傲火大得不行，一想到有人窥觑自己的女人，他就特别火大，恨不得把东野的双眼挖出来！

"不行！我气不过！上次他掳走你，还没算账呢！"凌天傲想着就要走出去，把东野拦回来！

夏芷苏忙跑上去拉住凌天傲的手："你这个时候无论对东野做什么，在外人眼里都是你欺负人！你跟他抢继承权，抢赢了，所以拿他开刀！别人都会这么想的！"

"我可不在乎别人怎么想！你跟东野在海岛到底做了什么？"凌天傲还是气愤地质问。

"我跟他能做什么？"

"孤男寡女，你说做什么？"夏芷苏差点儿被气晕，盯着凌天傲："你这么说我，会不会太过分了？"

"东野润一都说了，你们玩得很开心！"凌天傲完全是醋意大发。

夏芷苏都不知道说什么才好了："东野说什么你就信什么啊？那我说的话是什么？是屁啊！"

"不准说粗话！"

"我懒得跟你吵！"夏芷苏原本就招待了一天的宾客，累得要死，转身就想走开。

凌天傲拉住她的手："不准走！把话说清楚！"

"他是睁着眼睛说瞎话！我压根儿就不认识他！"

"你看他那样！不认识能是那样的？"凌天傲吼。夏芷苏知道，她也解释不清楚。

毕竟在海岛上确实是孤男寡女，就她跟东野润一！

夏芷苏甩开他的手，有些疲惫："信不信由你！"夏芷苏走开，凌天傲大步上前又抓住夏芷苏的手，直接把她拽上楼去，关上门。

凌天傲还是拉着她的手，皱眉："吵架归吵架，不能不理人！"

夏芷苏无语，看了眼凌天傲紧紧握着自己的手："还能不能好好吵架了？"

"……"凌天傲也看了一眼自己握着她的手，就是不放开。凌天傲把她拉进自己怀里："接着吵！跟东野是怎么回事？"

夏芷苏直接被拉进他的怀里，抬眼无奈地看着他。明明都吵得脸红脖子粗了，他还拉着她的手不肯放！夏芷苏低头拿开他的手，没等凌天傲抓住她，她踮起脚尖，双手一勾，勾住了他的脖子，抬眼看着面前这张俊到怎么都看不腻的脸。

凌天傲没想到她会是这个动作，顿时一挑眉。

夏芷苏看着他的唇，慢悠悠地开口："不要为了不相干的人吵架了……你想想你自己！你一开始死缠烂打追着我跑的时候，我连你都看不上，还能看上东野润一不成？"

凌天傲是个很聪明的人，但是夏芷苏发现在遇到她的问题时，凌天傲就会失去理智。

"凌天傲，我的男人！你觉得你还比不上东野润一吗？"夏芷苏反问了一句。凌天傲眸子里猛然一惊。夏芷苏的话，让他倏然醒悟。

瞬间，凌天傲又开始自信心膨胀。"怎么可能！本少还会比不上他？"凌天傲哼了声，不屑一顾。

"所以，你还担心我跟他跑了不成？"夏芷苏又问。凌天傲好像一瞬间被戳中了软肋一般。一手把夏芷苏提了起来，放在自己腿上："夏芷苏！你敢跑！"

"你要再凶我！我就跑了！"夏芷苏哼了一声。

凌天傲慌了，抱着她不肯放手："我这不是在气头上嘛！东野那么一说，我吃醋也很正常！"

"你乱吃醋！而且你不相信我！"

"夏芷苏！我没有不相信你！我只是怕……"凌天傲紧紧搂着她，"我只是怕你跑了！夏芷苏！你别忘了，你是我的未婚妻！"

他拿起她的手，让她看手上的戒指，却发现没有戒指。

凌天傲大喊："戒指呢？丢了吗？我再给你买一个！"

"……"夏芷苏无语，土豪真是任性。

那么大的钻戒丢了，就嚷嚷着再买一个！"不是，我觉得太贵了，就藏起来了，我怕弄丢。"夏芷苏说。

凌天傲无语："钻戒买来就是给你戴的，不是让你藏着！夏芷苏，你是我的女人，难道本少爷连一个钻戒都舍不得让你戴不成！"

"当然不是了！这么大一颗钻石，容易掉啊！"

"掉了再买！"

"放哪了？"

夏芷苏指着床头柜的抽屉："在抽屉里。"凌天傲把夏芷苏放到床上，走过去拿出了钻戒，又走回来，蹲下身给她把戒指戴上。看着她无名指上的戒指，他才放心。好像只有被这个戒指套着了，她才是他的人一样。似乎只有这样，他才真的圈住了她。没把她娶回来之前，他怎么都不安心！想到东野润一的眼神，他皱紧眉头！

第三十二章 你再跑，我就真不要了

回国后，夏芷苏做的第一件事就是回姚家。因为她清楚地记得萧夫人说过的话，姚家濒临破产。姚家出了那么大的事，爹地却什么都没跟她说。

夏芷苏觉得自己真是不孝，竟然还是从别人的口中听到姚家的消息。

凌管家把夏芷苏送到姚家门口。夏芷苏本来以为他这就离开，结果凌管家下车从后备箱里拿了不少礼物出来。

夏芷苏诧异："这些东西什么时候买的？"

凌管家说："少爷在美国的时候让我去采购的，说是你回国肯定会回家，每次空手回家，显得少爷很小气。"

夏芷苏失笑："我是回自己的家，不带礼物也没关系！"

"夏小姐，您这样想，人家未必也这么想！"凌管家意味深长地提醒。夏芷苏没怎么介意。

看着面前的房子，从小在这儿长大，如果姚家破产，恐怕连这幢房子都会赔进去！别说爹地妈咪舍不得，她也舍不得。夏芷苏走上通往房间的小路，还没到房间门口，姚正龙已经走出来，亲自迎接："女儿！你回来了！"

"爹地！"夏芷苏喊。

姚正龙走下台阶，看着面前的夏芷苏："听说你去了美国，我在电视上看到凌少跟萧家小姐站在一起，我还以为……"还以为凌少要娶萧小姐了！

害得姚正龙整夜整夜睡不好觉，生怕夏芷苏被凌少抛弃了！"你跟凌少还好吗？"姚正龙立马问。

凌管家从夏芷苏身后走出来，笑着说："姚老爷放心，少爷跟夏小姐很好！这是少爷准备的礼物，还请姚老爷笑纳！"凌管家都跟着夏芷苏来了！这还用怀疑夏芷苏跟凌少的关系吗！姚正龙开心得合不拢嘴，立马让人接了礼物："凌少真是太有心了！自己女儿回家，还带什么礼物呢，真是！"

凌管家说："少爷太忙，没空陪夏小姐回家，还请姚老爷见谅！"姚正龙已经在新闻上看到凌天傲继承了 GE 集团，现在凌天傲可是 GE 集团最大的执行官！

公司刚接手，自然是忙得不可开交！人手肯定也不够用，却把最亲近的凌管家安排给夏芷苏，可见凌天傲对夏芷苏的宠爱！

"男人嘛！事业为重！特别是凌少这样的，自然比一般人要忙！芷苏，可千万别缠着凌少！也不要怨凌少不陪你！"姚正龙跟夏芷苏交代。

夏芷苏笑着说："爹地，我知道的！"

"好大的钻戒啊！"是姚母走出来，一眼就看到夏芷苏手上的钻戒。

"妈咪！"夏芷苏见姚母出来，喊道。姚母见夏芷苏这么一喊，反而有些心虚。上次绑架的事，她还记得呢，是她跟丹妮串通了把夏芷苏弄晕，这才把姚老爷给换回来。

所幸丹妮做事滴水不漏，想来夏芷苏一定不知道是她们合谋的。如果知道了，凌少才不会放过她们姚家母女！"凌少跟你求婚了？"姚母问。

夏芷苏看了眼钻戒，皱眉，她忘记把戒指摘掉了！她其实并不想让爹地、妈咪知道她被凌天傲求婚了。毕竟，她也不可能嫁给凌天傲。

凌管家立马说："是的，少爷在美国的时候跟夏小姐求婚了！"姚正龙立刻开心得合不拢嘴，就跟自己要嫁人似的。

正说话间，外面传来嬉笑声。

夏芷苏抬眼就看到妹妹姚丹妮还有几个朋友从外面进来。看到夏芷苏，姚丹妮脸色一窒，心里划过一抹慌乱。夏芷苏看到姚丹妮，喊："丹妮！"

姚丹妮也笑起来："姐姐怎么突然回来了！还以为跟着凌少，把我们家也忘了呢！"

"丹妮！"姚正龙呵斥。

姚丹妮依旧是笑，笑容里多了世故："爹地，我开玩笑的嘛！姐姐即使嫁给凌少，肯定也不可能忘记抚养她长大的姚家，对吗，姐姐？"

夏芷苏还没回话。姚正龙给姚丹妮使了个眼色，让她闭嘴，又笑着说："芷苏啊，跟我来一下书房！"

"是，爹地！"夏芷苏立马跟了过去。其实夏芷苏心里知道父亲要跟她说什么。瞒着她那么久，父亲也真是用心良苦。她是该做些什么来报答父亲的养育之恩。姚正龙看着女儿，张嘴欲言，却实在不知道该怎么开口。

原本想着等夏芷苏嫁给凌少了，这样他开口也就名正言顺了！

正因为如此，他上次特地去凌家跟凌天傲提起此事，希望凌少能早点儿娶了夏芷苏。如此，他再开口提要求，就当是凌家给的聘礼，也无可厚非。

"芷苏，我们姚氏集团最近资金周转有些不灵……银行贷款还不上，银行也不肯再出资。因为这两年公司市场不景气，所以一直在裁员。也没什么好的绩效，不少股东也都撤资了……"

姚正龙不敢跟夏芷苏说，姚家快要破产，生怕这个时候夏芷苏会跟姚家撤清关系。毕竟要嫁进凌家了，她现在好歹是姚家的大小姐。这姚家要是破产，对夏芷苏来说名声就更不好了。

夏芷苏从包里拿出一张支票："爹地，这些钱您先拿着吧，不知道够了没？"这是一张世界银行的支票，无论在哪家银行都可以取钱，上面没有任何署名。

姚正龙看着上面的数字震惊了："这……这么多钱！凌少给你的吗？凌少连无线卡都给你了，给你这支票也是正常！芷苏，你可真是找了好人家！"

夏芷苏只是苦涩一笑："爹地，以后有什么事也要告诉我，我是你的女儿。你养我这么大，我报答你是应该的！"想到那时候自己被绑架，夏芷苏竟然不肯来救他，还是姚丹妮打晕了她才换了他一命，姚正龙为此生了好久夏芷苏的气。

可是夏芷苏一天是凌少的女人，他一天都要把夏芷苏当成自己的好女儿！"芷苏！你真是爹地的幸运星！你突然给了我这么一大笔资金，简直就是我们公司的及时雨啊！公司有救了！"姚正龙既高兴又语重心长地说。

"能帮助姚家，我很荣幸。爹地，我很感激你当年收养了我。我到现在还记得，你怎么抱着脏兮兮的我去商场给我买鞋子，不顾别人的目光。"夏芷苏回想当年就是感动的。

她被夏仲打趴在地上起都起不来。爹地的车子路过，下车来抱起她，带她去商场买衣服、买鞋子，又带她回家，给她准备一桌子丰盛的菜。爹地的好，她这辈子都不会忘记。"谢谢爹地。"夏芷苏由衷地感谢，能帮到姚家，她特别开心。

当夏芷苏把萧夫人给的支票交给爹地的时候，夏芷苏就知道自己的选择到底是什么了。

姚家对她恩重如山，她不可能眼睁睁看着姚家破产。特别是爹地，她不想看着爹地伤心难过。

身为女儿，她总是要为爹地做些什么的，至少是她能力所及的。夏芷苏让凌管家先回去，自己一个人出来逛街。经过电影院的时候，她在熙熙攘攘的门口站了好一会儿。

她以前总是幻想跟心爱的男人出来一起逛街、看电影，然后在一家意大利餐厅，美美地吃上一顿饭。当时她心爱的男人还是欧少恒。可她每次都只能看着欧少恒跟姚丹妮一起逛街看电影，偶尔丹妮会大发慈悲让她跟着。三个人进电影院，欧少恒和姚丹妮坐在一起，她坐在后排。手里拿着爆米花和饮料。她就像他们的小跟班一样。就是这样一个充满他回忆的地方，她的心里却装满了另一个男人。

这个世界真的是很奇妙的,谁也不知道下一刻会发生什么。就比如此刻……夏芷苏目瞪口呆地看着面前的男人,惊得说不出话来。

"见到我很意外吗?你要看电影?我陪你。"夏芷苏转身就走,他闪身就挡住了她的去路。"怎么见到我就跑,我有那么吓人?"

夏芷苏看着他:"东野润一,你想怎么样啊!难道光天化日之下,你还想绑架我不成?"

"你怎么把我想得那么坏,就算当初绑架了你,我也对你不薄。"东野说。是的,夏芷苏承认这一点!可是见到这个男人就没好事!上一次他故意来挑拨离间,害得她跟凌天傲大吵了一架!虽然最终凌天傲还是相信了她。

"往后退,离我十米远!"夏芷苏大喊。"十米太远了。"东野说,"我怕你看不清。""……"夏芷苏真觉得这个男人很莫名其妙!转身想走开。

东野的速度很快,身形鬼魅,瞬间就挡在她面前。她走哪儿,他挡哪儿。夏芷苏说:"好狗不挡道!"

"你不好奇吗?为什么我出现在这?"东野却说。

"我没兴趣知道!"

"我是来找你的。"东野说。

"东野润一!我们真的不熟!麻烦你能不能不要一副跟我很熟的样子啊!"

夏芷苏那么不耐烦,东野却好像很开心地扬起唇角:"你终于肯叫我的名字了。"

"……"夏芷苏以为跟这个男人没法沟通。

前面的路被东野挡住了,夏芷苏转身就进了影院。

东野也走了进来,人很多,他伸手,手臂隔空放在夏芷苏的肩膀上,免得她被里面的人挤到。东野的身高至少有182厘米,长了一副韩国长腿欧巴的脸,走进影院回头率真的很高。

他伸手那么护着她,惹得夏芷苏的关注率也很高!"阿芷,你要看什么电影?"东野问。"……"夏芷苏真想一掌拍死他!她是想避开他才走进影院的,他是自己跟进来的!真当她想跟他看电影啊!夏芷苏进来影院是想甩开他的,没想到他跟进来了!于是她转身再次往外面走。

东野抓住她的手,把她拉了过来。没等她跌入自己的怀里,他上前一步,主动贴了上去。

夏芷苏整个人撞在他怀里。因为突然撞上去，差点跌倒，下意识地，夏芷苏拉住他的手臂。

抬眼就看到东野润一用哀怨的目光看着自己。"阿芷，陪我看电影吧。"他一字一顿地说。夏芷苏望着他水润的眸子，

满是期盼，满是渴望。好像只要她说"不"，他就会立马死去了一样，弄得夏芷苏心里被什么东西挠着一样！在海岛的时候没发现东野润一这么妖媚啊！

第一次见到的时候，感觉东野冷冷的，后来发现东野还是挺温和的，现在发现东野完全是妖孽啊！怎么一个人可以有那么多的性格？

"东野润一！你到底想干什么啊？"夏芷苏站在影院的大厅里，大喊着。所有人都看了过来。

看到她对着一个长相俊美、楚楚可怜的男人大吼。

而那男人好像做错了事情一样，卑微地低着头，眼底一团泪包着，好像马上就要掉下眼泪来！影院里的女生见了，都狠狠地用视线剐着夏芷苏，恨不得当场就把东野牵走了。

"阿芷，你真的不记得我了吗？"东野润一真的不想说，他想要夏芷苏认出他来。可是显然夏芷苏对他偏见很大。

"我当然记得你绑架了我！"夏芷苏被那些视线盯得头皮发麻，恨恨地低声说。"是我啊！""毛病！"夏芷苏翻白眼。想走开，又被东野拉了回去。

"你不记得我了，我该怎么惩罚你呢？陪我看一场电影，我就告诉你，我是谁！"东野神秘兮兮地说。

可是夏芷苏一点儿兴趣都没有："呵呵！你该吃药了！"她重重摔开东野的手，直接走开。

东野看着夏芷苏走开的方向，唇角扬了起来。

夏芷苏真是被东野润一弄得火气很大，这个男人不仅莫名其妙还挑拨离间！刚出来就发现外面下起了暴雨！雨水很大，夏芷苏出不去，只好又回来。结果脚刚收回，就看到某男站在自己边上了。

"下雨了！"东野润一似乎很开心的样子，"老天都在帮我，帮我留住你。"这人脑子没坏吧！这么一波波的情话是怎么回事！他不是走高冷路线吗？怎么到她这里连风格都变了！

暴雨就暴雨吧！

夏芷苏直接冲入了大雨中，双手放在头顶。偌大的雨点砸在手心上还有些

疼。还没跑出几步，就感觉头顶的雨水没有了。原来是一件衣服盖在她的头顶。

她跑着，某男也跟着跑！东野润一脱下了外套，双手撑住衣服的两边，全部盖在她的头上。

夏芷苏侧头却看到他对着自己扬起了唇角，笑！笑你个头啊！

夏芷苏推开东野润一，继续往前跑。想去拦车。可是此刻出租车都坐满了人。拦不到，只好接着往前跑，东野也跟着跑。

时刻跟在她的身后，衣服就盖在她的头顶，生怕雨水再打到她。夏芷苏真是受不了了！

于是她转身，双手推在东野的胸口上。

因为东野的双手举着衣服，猝不及防地被夏芷苏推到了马路边。

车子疾驰过来。东野一手撑在车头，凌空一个跳跃，稳稳地落在地上。抬眼，暴雨冲刷着眼睛，看不清夏芷苏在哪里！东野一急，看向四周，却看到夏芷苏的身影急急跑开，似乎要穿过马路。突然一辆车疾驰了过来，

冲着夏芷苏的方向……夏芷苏只顾着往前跑，此刻是绿灯，根本没注意从左边飞过来的车子。

只听到一声极其刺耳的轮胎摩擦声。

刺啦一下，夏芷苏抬眼，愕然看着那辆闯红灯的车子冲着自己飞过来。想要避开，可是本能反应竟然是站着不动。

"阿芷！"一声大叫，有人推了她一把。然后是砰的一声巨响。夏芷苏眼睁睁看着东野润一因为车子的碰撞，

整个身子飞离五米开外。

那辆闯红灯的车子在暴雨中迅速地开走，车子一个左转弯，直接离开了所有人的视线！

东野润一被撞倒在地上，让原本跑着避雨的人都停下了脚步。

夏芷苏呆愣了半天都没有反应过来，她不敢相信是东野推开她……

"东野！"夏芷苏大喊着跑过去。

雨那么大，她都怕自己的叫声，他会听不到。"救护车！快叫救护车啊！"夏芷苏着急地大喊。

东野润一睁开眼睛，看到夏芷苏没事，扯了扯嘴角。"我没事。"

"怎么会没事啊！好多血！"夏芷苏惊恐地大叫。那么多血，因为雨水的冲刷，血水流得周边都是。"你为什么要救我！为什么啊？"夏芷苏真的不敢相信，这到底是为什么！他可以推开她，用自己的身体来保护她！

她跟他根本就不熟啊！东野跟跄地站起身，拿开夏芷苏的手。

"我真的没事！阿芷，我先走了！"东野润一说。

夏芷苏拉住他："你这人怎么回事啊！现在要走了？刚才干吗不走啊？我叫救护车了，我送你去医院！"

"不用！"东野润一把自己的衣服交给她，"我忘了带伞，下次一定不让你淋雨。"说着，东野放开夏芷苏的手，自己走开了。

"东野！"夏芷苏追了上去。

一辆车子行驶过来，遮挡了她的视线。不一会儿，她就找不到东野的身影。

"东野润一！"夏芷苏站在马路边，大吼着。明明是那么惊魂未定的一刻，在车子撞向她的时候，她根本来不及害怕，就已经被东野救下了！

她想把他送去医院，可是他挣扎着起来，一转眼就走了！夏芷苏站在雨中，真的不知道自己该作何反应！如此惊险的一幕，夏芷苏想起来都后怕。

她呆呆地站在雨中，甚至忘了要跑开。头顶是一把黑色的伞，还没抬眼，她就被人搂进了怀里。那么坚实的怀抱，不用看也知道是谁的。

"就知道你没带伞！怎么还站在路中间了！"伞的主人担心地骂她。夏芷苏抱住他的腰，此刻才发现双腿有些发软。"凌天傲，我差点就被撞死了……"夏芷苏抱着他说。

凌天傲猛然一惊，他想问她是怎么回事，可是感觉到她的身体在瑟瑟发抖，直接丢了伞，抱起她，匆匆地走进路边的车内。

一到车子里，暖气扑面，夏芷苏却冷得打了个寒战。

凌天傲拿过遥控器，车上一道帘子落下，让整个车的空间里只剩下他们两人。"快把衣服脱了！"凌天傲亲自去解她的衣服。根本不等夏芷苏反应，她的湿衣服全被他脱下了。

凌天傲的衣服没怎么打湿，他脱下衣服披到她的身上。"打你电话怎么总是不接！那么大的暴雨你不知道躲躲吗？反正无论你在哪里，我都会找到你！你在那儿等着就行！"凌天傲心疼地说，语气里带着埋怨。

夏芷苏想跟他说东野的事。

可是东野那么拼了命地救她，她自己都不相信，凌天傲更不会信吧？如果凌天傲知道她跟东野润一在一起，估计又要生气了。见夏芷苏一直不说话，凌天傲担心地问："你差点儿被撞死，是什么意思？有人撞你？"

夏芷苏点头："那么大的暴雨，所有车子都是乱开的，那辆车开得特别快！"

"车牌？"凌天傲问。夏芷苏摇头，雨太大，看不清。"凌管家！马上查！"

凌天傲一声命令。隔着帘子坐在副驾驶座的管家立

马领命："是，少爷！"夏芷苏却似乎根本不在意谁撞她，只是抱着手臂，想起雨中的东野润一。

真的好奇怪，东野润一到底为什么啊？

见夏芷苏若有所思的样子，凌天傲却担心她："有没有哪里被撞到？"

"没有！"凌天傲把她抱过来，让她靠在自己怀里："吓到了吗？"

"嗯。"她也不是那么不经吓的，只是担心东野润一。抬眼看着凌天傲担忧地望着自己，夏芷苏抱住他的手臂："这么大的暴雨，你出来做什么呀？"

"你说呢？"当然是来找她的！夏芷苏听了，心里一阵难过。以后他不在身边，下雨了谁还会来接她呢？想起来就忍不住要哭。

夏芷苏翻了个身，脸埋在他的腿上。

瑞士萧家。

萧蓝蓝接到了一个电话，是她在凌天傲身边的守卫打来的电话。"大小姐，计划没有成功！我跟夏芷苏一整天，终于碰到机会，原本能撞死她的，可是突然有人跑出来救了她！"那守卫说。

萧蓝蓝正躺在床上敷面膜："谁救了她？"

"没看清，也不认识，是一个男人！"

"真是没用！行了，你找机会吧，只要能杀了夏芷苏，你用什么方法都可以！只要记得，就算你暴露了身份，也别跟我扯上关系。"

"大小姐放心！属下明白！这一次暴雨那么大，摄像头捕捉不了画面！凌管家还派我调查这起车祸，凌少是查不出东西来的！"

萧蓝蓝挂断电话，舒服地躺在床上，脸上敷着面膜，手里拿过一块水果悠闲地吃着。杀人这种事，她真是不该亲自动手。只要随便找个人，到时候找替死鬼也容易！差点撞死了萧同浩，妈咪只是罚她闭门思过，不让出门而已！

可见，她做什么，妈咪都是睁一只眼、闭一只眼！她是萧家大小姐啊，喜欢的东西当然应该得到！妈咪说，一个月后凌天傲一定会娶她！

可是夏芷苏活着一天，凌天傲都不可能跟她结婚！最好的办法就是解决了夏芷苏，就什么后顾之忧都没有了！

她连自己的哥哥都差点撞死！想来杀个夏芷苏也实在没什么吧！说到萧同浩，萧蓝蓝想了想还是给他打了个电话。"哥哥！"萧同浩一听是萧蓝蓝的声音，冷冷地哼了一下。

"哥哥！你还生我气呢！妈咪跟你说过了吧！我是不小心的，不是故意要

撞你！我只是以为我不是妈咪的女儿……"

"所以你为了保住萧家大小姐的地位，连我这个从小疼爱你的哥哥都撞！"萧同浩冷冷地打断她。

"哥哥！我当时脑子里一片空白！我真的只是不想离开妈咪！我从小在孤儿院长大……我……"

"够了！"以前听到这些话，萧同浩都会可怜她。现在听到了，只觉得假得不行！

"哥哥！别生我的气了好吗？我真的不是故意的！我现在已经被妈咪关在房间闭门思过了！"萧蓝蓝楚楚可怜地说。

"是吗？没把你赶出萧家，你就应该谢天谢地了。"萧同浩冷笑，直接挂断了电话。

对于自己疼爱了十多年的妹妹，开车要撞死他，他能有好感才怪了！也就妈咪能原谅萧蓝蓝。真不明白了，这个领养的女儿比他这个亲儿子还要亲了不成！

生怕他追究，立马就带着萧蓝蓝回了瑞士！萧蓝蓝被哥哥挂断了电话，想起哥哥对她的态度，也真是生气！以前哥哥去哪里玩都会给她打电话、拍照片，还给她带很多好玩的、好吃的！她哪里知道自己本来就不是妈咪亲生的！要是早知道，她就不用怀疑自己萧家大小姐的身份，还弄出那么幺蛾子！结果全是多此一举！

第三十三章 为你包下一个世界

时间就如指尖的沙，你握得越紧，它流失得越快，一晃，快要一个月过去了。夏芷苏披着一块毯子站在落地窗前，看着外面磅礴的大雨，雨越来越大了。

这一下就是一个月。

真的很奇怪，东野怎么会救她呢？她是亲眼看着那飞车把东野撞了出去，在五米开外的地方重重落在地上，她想送他去医院，他却匆匆地跑了！

她真的好担心，担心东野会出事！

快一个月了，都没听到东野的任何消息，新闻也没有！到底这人是死是活，什么情况了？夏芷苏真的很担心！

身后突然有人抱住她，夏芷苏想得太过入迷，被吓了一跳。"想什么呢，想得那么入迷？"身后的凌天傲问。

夏芷苏转身抱住他，想问问他东野的联系方式。可是她不能问，凌天傲肯定会乱想。

一个月快过去了。

她也该履行约定，离开凌天傲了吧。想想心里就很痛。

清晨的阳光总是让人感到生机勃勃，对于新的一天，不同的人有不同的期待。

一片绿荫下面。在一张躺椅上，一个俊美的男子躺在椅子上，头顶是飘然落下的树叶。

一条巨大的蟒蛇盘踞在他的旁边，看了一眼主人，然后慵懒地打着瞌睡。

"少爷，您的身体还没好利索，怎么又出来了呢？"用人娜塔莎拿了一条毛毯走出来，抱怨地说。东野勾了勾唇角，躺在椅子上，手里拿着一块紫色的翡翠。

在阳光的照耀下，这块翡翠显得更加晶莹剔透。

这是一块饱和度非常高的紫玉，颜色艳丽纯正。虽然只是一片叶子的造型，但是看着却雍容华贵，甚至是富贵逼人。

"少爷，这块玉您从小就戴着，怎么那么喜欢看呢？"娜塔莎疑惑地问。

"你不懂，紫色的翡翠本来就很少见。而我手里这块更是少之又少，世界上几乎没有这种色泽的紫玉。这叫帝王紫，在古代只有王室才有，平民一辈子也见不到一回。"

这块玉东野虽然一直贴身戴着，但是从来不示人，所以别人是看不见的。但娜塔莎因为从小就见少爷戴着，也没那么好奇。

只是还是疑惑地问：“这玉那么稀少，只有古代有吗？为什么少爷手里有一块？”

“这玉不是我的。”东野润一说。“啊？那这是谁的？这紫玉，少爷从小就贴身戴着啊！”东野润一眸子里闪过什么：“小时候，一个朋友送的，这是她最钟爱的东西，却偏偏送给了我，你知道为什么吗？”

娜塔莎也很好奇：“少爷，这是为什么？”

“她说等她长大了，等我也长大了，就带着这块玉去找她，求她嫁给我。她说长大以后，她要嫁给我做妻子。”东野润一说起来，唇角都带着笑，“她说，这块玉是她下的聘礼，我被她下聘了。”

娜塔莎哇了一声：“少爷，这个好浪漫！从小就约定好了！可是少爷，为什么还不去找她？不怕她已经嫁人了吗？”

“我一直在找她，后来找到她，我就把她掳到海岛上去了。”东野说。

娜塔莎一怔，这才想起来，惊呼：“少爷！您说的是夏小姐！您掳走夏小姐不是为了威胁凌少吗？”

“这只是目的之一，我当时还不确定夏芷苏就是她，后来才验证了我的猜想。”

娜塔莎简直要激动死了：“那少爷为什么不在海岛上时就跟夏小姐说呢？”

“那时候她那么讨厌我，我怎么敢告诉她。况且她已经有了心爱的人，我就算说出来，她也不会接受的。”东野润一看着手里的紫玉，眼底闪过一丝苍凉。“我想给她留个好印象，我想让她慢慢对我改观，然后我再告诉她我是谁。或者，让她自己猜出来。”东野闭上眼睛，睁开的时候，清晨的阳光落进了眼睛里，揉碎了一片心伤。

“少爷！”娜塔莎都快急死了，“少爷您不说，怎么知道夏小姐是什么反应呢！现在夏小姐都要跟凌少结婚了！而且婚礼凌少都准备了！”

是啊，他早在一个月之前就知道夏芷苏跟凌天傲要结婚了。

他有很多次想去找夏芷苏，无奈，他上次被车撞成重伤，休养了一个月才慢慢好转。“是啊，她都要嫁给别人了。”东野淡淡地说。可把娜塔莎急得啊！

“少爷！在他们结婚前，您要把夏小姐抢过来啊！夏小姐说要嫁给你，可是比凌少早了不知道多久！”

“可她现在喜欢的人是别人。”

"那又怎样！少爷当初还不是照样把夏小姐掳去海岛了！"

是啊，他照样把人掳走了，也不管夏芷苏喜不喜欢凌天傲。"你没看见她的眼神，真的很讨厌我。"东野润一说，"我甚至不敢告诉她我是谁，我怕她收回这块紫玉，让我连个念想都没有。"

娜塔莎那个着急啊！想到以后有夏芷苏陪着少爷，少爷一定是不会寂寞的！

连在一旁打瞌睡的小黄都急了，用脑袋拱了拱东野的椅子。"少爷，去找夏小姐吧！等夏小姐嫁给凌少，就真的来不及了！"娜塔莎焦急地喊，相比娜塔莎和小黄的心急如焚，东野润一却云淡风轻地看着手中的紫玉："她小时候的一句玩笑话，我却当了真，真去找她，不是一场笑话吗？你把这块玉拿去，送给她，就当是结婚礼物吧。"

娜塔莎还没接过来，小黄突然蹿了出来，一口咬走了东野手里的紫玉。东野皱眉，呵斥："小黄！"小黄摇摆着脑袋似乎想说什么。

东野说："你让我自己把玉送给她？"小黄点着大大的脑袋。

"对啊对啊！少爷，您亲自送去给夏小姐吧！也许，她会记得小时候说过的话，让你娶了她呢！"娜塔莎天真地想。

东野却觉得可笑。他伸手，让小黄把玉吐出来，小黄不肯。

东野喊了一声："小黄"！小黄只能无奈地把玉吐出来。看着掌心的紫玉，东野微微凝眉。

这紫玉，是她送给他的，他的确该亲自送还给她才对。

夏芷苏真的是数着过日子的，这一个月来，她每过一天都在心里减去一天，她多希望时间可以停留。可是没人能够抓住时间，不是吗？还有三天，她就要跟凌天傲结婚了。

家里的人都忙成一团，特别是叶落，一直忙着订做新郎新娘装，无论是谁的服装，都是经过意大利著名设计师手工缝制的。

新娘装就单独准备了20套，每一套上面都镶满施华洛世奇水晶。

要出现在婚礼仪式上的那套婚纱，镶满了从南非特别订制的钻石，每一颗钻石都比夏芷苏手上的钻戒要大。总之，怎么奢华怎么来。

站在衣橱前。

夏芷苏看着那套刚从意大利空运过来的华丽婚纱，手摸在上面，都感觉是摸着一堆钱。

好奢侈啊……好闪亮啊！

"夏小姐，这套婚纱马上要送去姚家。出于礼仪，您需要从姚家嫁进我们凌家！所以在少爷来姚家接亲的时候，您得把婚纱穿好。"叶落找了夏芷苏半天，才在衣橱这里找到她。夏芷苏哦了一声。叶落又说："这边的礼仪，新娘出嫁前需要在娘家待几天，最少也要三天以上，姚家已经派人来接你了！"

"哦。"夏芷苏还是哦，那么淡定。

叶落还以为夏芷苏实在太高兴了，所以反而平静下来。"夏小姐，伴娘真的不需要吗？"叶落已经问了好几遍了。因为夏芷苏坚决不要伴娘，所以少爷这边也不能安排伴郎。要什么伴娘啊！反正也不可能嫁给凌天傲！

"不需要的。"夏芷苏说，转身走出了衣橱。

"夏小姐，你有哪些朋友需要叫上，可以告诉我，我会安排人送去请柬！"叶落又说。

"不用了，我没朋友。"夏芷苏说，"婚礼简单点吧，也不要对外公布了，一切从简。"

叶落说："不能从简，你是嫁进凌家，少爷说了一定要风风光光。到时候媒体也会大肆报道，现场的嘉宾都是各国政要。"

夏芷苏真的以为自己已经尽力阻止这场婚礼了，可是凌天傲非要办得风风光光，她根本阻止不了。张嘴还想再说什么，可是还能说什么呢？凌天傲从外面回来，脸上是掩不住的喜悦。

"夏芷苏，你在这儿！"凌天傲回来看到夏芷苏就开心。想到立马能娶了她，他就更加开心。"听说姚家的人等了你半天，怎么，不想回去了？那就不要回去。"凌天傲调笑地说。

叶落说："少爷，这怎么行！新娘子本来都是从娘家出嫁的！"

夏芷苏笑着说："是啊，我先回去吧。"

凌天傲说："还是我亲自送你回去吧！"凌天傲拉着夏芷苏的手走出门，脚步都是轻快的。叶落看在眼里，也真心地祝福少爷，毕竟从来没见少爷这么开心过。

自从老夫人去世之后，少爷除了工作一直也没自己的生活。夏小姐啊，千万别再离开少爷了，不然少爷是不会原谅你的！

坐在凌天傲的车里，夏芷苏一直沉默着不说话。凌天傲开着车，唇角都带着笑。看了眼身边的女人，握住她的手，他开心地说："三天后，你就是我名正言顺的女人了！"

夏芷苏低着头，不知道应该说什么。电话响起。夏芷苏看了一眼，接起。

那一头是一个女声："怎么，难道还要参加完婚礼再离开凌天傲不成？"夏芷苏的心里一咯噔，立马挂断了电话。这是萧夫人的来电，夏芷苏的心里更加慌乱。

"凌天傲，能不能把婚礼延迟？"夏芷苏说。

凌天傲眉头倏然皱起："夏芷苏，你现在说这话未免太迟了吧！婚礼不可能延迟！已经够迟了！"

夏芷苏知道自己再说什么都是没用的。

凌天傲还以为夏芷苏紧张，握紧她的手说："凌太太，你放心，嫁给我，我会一直对你好！嗯？"

她一点儿都不担心这个问题。对于凌天傲会不会对自己好的问题，她完全不用怀疑。

车子在姚家停住。

凌天傲拉着夏芷苏走下车，姚正龙一家早早在门口等候。

看到凌天傲，姚正龙立马笑着迎上来："凌少，怎么还亲自送芷苏回来了？"

凌天傲说："应该的！三天后，本少会来娶夏芷苏，你们可要照顾好她。"

"是是是，凌少请放心！"姚母也忙不迭地点头。

现在姚家处在一片喜庆之中，不少名门望族知道他们的养女要嫁凌家少爷，都纷纷上门来祝贺。

凌天傲接了一个电话，似乎很急，要马上离开。凌天傲跟夏芷苏说："再等我三天，我一定来娶你！"

"嗯。"

凌天傲在她额上落下一吻，转身走开。

夏芷苏抓住他的手，不舍得他离开。一个月怎么那么短，一闭眼、一睁眼就过去了。他那么忙，还总是抽出时间来陪她。他的宠、他的爱，她还没享受够呢！以后的每个夜晚如果没有他的体温，她该怎么入眠呢？

凌天傲见夏芷苏这么舍不得自己，又是开心又是心疼。凌天傲说："要不跟我回去，再去凌家住两天？"

夏芷苏摇头说："不要了，你快回去吧。"虽然这么说，夏芷苏却拉着凌天傲的手不放。凌天傲低笑，上前，把夏芷苏拉进怀里。

"跟你分开片刻，我都觉得想念得很，何况是三天。夏芷苏，等三天过后，我们就可以每天在一起。"凌天傲说。

夏芷苏靠在他的怀里，感受着他的气息、他的味道，真的好舍不得。

"再抱一会儿。"夏芷苏靠在他怀里说。

凌天傲勾起的唇角满是幸福的喜悦，他从来没有奢望这个倔强的小女人有一天可以这么黏着他！

不知道抱了多久，门口的姚丹妮站得腿都软了，不高兴地嘟哝："这都要结婚了，搞得跟生离死别、老死不相往来似的！"姚丹妮嘟哝得很轻，凌天傲他们是听不见的。

姚正龙听见了，呵斥自己的女儿："闭嘴！"夏芷苏终于还是放开了凌天傲，看着他上了车。

眼看着凌天傲发动了车子。夏芷苏又跑过去，站在他的车前。"凌天傲！"她喊他的名字。凌天傲放下车窗，看着她："嗯？"夏芷苏用手扒在车窗上，看着他英俊的脸，她的眼里分明带着急迫，张嘴

想说什么，却只说："路上小心！"

凌大傲唇角扬起，手捏了捏她的下巴："知道！"

看着凌天傲的车子远去，夏芷苏还呆呆地站在门口。

直到他的车子离开她的视线，她还久久站在那里，一动不动，好像成了望夫石。

姚丹妮走了出来，调侃着："至于嘛！这都要嫁过去了，还搞得跟生离死别一样！"

夏芷苏看了她一眼，心情不好，不想多说什么，看也不看姚丹妮一眼。在姚丹妮眼里，夏芷苏就是真心的牛！姚丹妮在心底冷哼，真是不爽！夏芷苏怎么就要嫁进凌家了！到现在她还不敢相信！

房间里，姚正龙走进来，见她心情不好，姚正龙以为她是婚前恐惧，安慰说："芷苏，你累了就休息吧！在家里安心等着凌少来娶你！爹地是过来人，看得出凌少很中意你！"

夏芷苏想起爹地这些年对她的照顾，上前，双膝跪地："这些年，多亏了爹地的抚养和教育，芷苏才能有今天！如果当年不是爹地带我回家，我也许早就死了！"

姚正龙见女儿跪在地上，大步上来扶起她："都是一家人！怎么还说这么见外的话！"

夏芷苏不肯起来，眼底含着泪："爹地，我是真的很感激！我还记得，那时候在街上，我被夏仲追着打，我被他打得遍体鳞伤，倒在雨中，是爹地救了我。那时候我那么脏，爹地却亲自抱着我，送我去医院，带我去买新衣服，然

后又带我回家，给我准备了丰盛的食物！"

"都过去了，你怎么还记得！"姚正龙自己都快忘记了。"女儿这辈子都不敢忘！不敢忘记爹爹对女儿的好！如果以后女儿不能在身边服侍您，您千万要原谅我！"夏芷苏说。

"你要嫁进凌家，不是不回家了，千万别说这话！女儿，快起来！"想到自己养大的女儿要嫁出去了，姚正龙也是感慨万分。

姚正龙说："芷苏，好好地跟着凌少，就是对父亲最大的报答！"直到养父出去很久了，夏芷苏还在想着父亲的话。嫁给凌天傲，是对他最好的报答。嫁给凌天傲，也是她最大的梦想。

可是……

夏芷苏拿出手机给萧夫人打电话，萧夫人很快就接起。

夏芷苏说："之前凌天傲在场，我不方便接电话。"

"我只是提醒你，一个月的期限已经到了。我要你在婚礼当天公然逃婚，让凌天傲恨你一辈子！"萧夫人冷冷地说。

夏芷苏捏紧手机，没有说话。"夏芷苏，凌天傲能保住公司，完全是因为我的支持。我能让他得到公司，也能毁了他的公司，还有姚氏集团！你要敢违背承诺不肯离开，休怪我不客气。"萧夫人冷冷地威胁。

夏芷苏轻轻笑了一声："你放心吧，我会离开的。只是，就算我逃婚了，夫人以为凌天傲会娶一个差点撞死自己兄弟的女人吗？"

"你还没资格来过问我女儿的事。我只要你清楚，你接下来应该做什么！要么走，要么让姚家从此消失！我堂堂萧家，灭你姚家满门，都没人敢说一个字！"

夏芷苏几乎要笑起来。之前她还只是拿姚家破产来威胁她，此刻却是姚家满门。

萧夫人说到就能做到，而且就算姚家一夜之间消失，也没人能查出来是谁做的。

萧夫人的手段比传说中的更厉害，她早已经领教过。站在镜子面前，夏芷苏看着镜子里的自己。

都说穿婚纱的女人是最美的。夏芷苏不知道自己美不美，只是觉得身上这件婚纱真的美极了。

她想给凌天傲看看她穿婚纱的样子，拿出手机想给凌天傲打电话，终究还是把手机收回了。拆掉电池，她把手机直接扔进了垃圾桶。

手机里面有定位芯片。无论她去哪儿，凌天傲都会找到。

可是离开凌天傲了，她就不能待在姚家。她如果不嫁给凌天傲，父亲一定会失望的。那么她该去哪里呢？

夏芷苏心情实在不能再糟糕了。

她一个人走在姚家的后花园，突然感觉脊背一阵凉飕飕，猛然转过身，却看到一个血盆大口对着她吐芯子。

夏芷苏吓了一跳，踉跄了一步，啊的一声，身后有人扶住她。

夏芷苏侧头看见身边的男人，先是震惊，然后大叫："东野润一！"回头看着那蛇，却兴奋地摆动着尾巴，好像把夏芷苏吓坏了，它觉得很好玩。

"小黄！"东野怒斥那条蛇。

小黄立马耷拉着脑袋爬回东野身边，乖顺地趴在一旁。"它逗你玩呢。"东野说，"它是我的宠物，不会伤害你！"

夏芷苏哪里顾得了那蛇，只是着急地问："东野润一，你没事吗？"

东野看着她，唇角是一抹笑："你担心我？"

"我当然担心了！这一个月我一直在打听你的消息，可是一点儿消息都没有，我又不能问凌天傲！"夏芷苏说。

"你怎么不好奇我为什么出现在这里？"

"你怎么在这儿？还有……"夏芷苏指着面前的蛇，实在有些惊悚。那么大一条蛇，是海岛上的那条。见夏芷苏指着自己，小黄脑袋凑过来，嘴张开一条缝，好像在笑一样。

夏芷苏本能地又退后了一步。"真的别怕，你摸摸它，它是宠物蛇，非常乖！"东野握住夏芷苏的手，让她的掌心放在小黄的脑袋上。小黄很开心地在她的掌心摩挲着，简直像小狗一样温顺。

那时候在海岛，它张着大嘴巴，一副要吃人的样子，差点儿把她吓死。没想到有东野在，它竟然这么乖。

"你的伤好了吗？"夏芷苏回神，还是问东野。

东野嗯了一声说："听说你要结婚，我特地来送你一件礼物。"

"不必了！

上一次真的多谢你！要不是你，我可能被人家撞死了！"夏芷苏说。

"不用谢。"东野不以为意地说。"真的没事了？"夏芷苏还是问，"你转个圈我看看！"

东野失笑，在夏芷苏面前转了一个圈。

夏芷苏仔细地检查，的确没事了，这才吁了一口气。

她真是担心死了，东野要是出了什么事，那全是她的罪过了。

"我说我没事了吧！对了，撞你的人，已经被小黄吃了。"东野淡淡地指着身后的小黄。

小黄立马挺起了大脑袋，很得意地摇晃着脑袋。

夏芷苏睁大眼睛，一句话也说不出来了。"吃，吃了？"夏芷苏看着小黄，觉得好恐怖。

"嗯，小黄说不好吃，但是他差点儿把我撞死，所以小黄就把人吃了。"东野还是一副闲庭信步的样子，拍了拍小黄的脑袋。

夏芷苏感觉浑身的毛孔都竖了起来，扯着嘴角说："难，难怪凌天傲查不到是谁撞的我……呵呵呵……呵呵呵……"

说着夏芷苏退后了一步，跟东野保持距离。东野上前一步说："我原本也想查一查是谁要害死你，可是小黄先我一步找到了撞我的人，然后把他一口吞了。"

夏芷苏的脊背一阵阵发寒："那啥，没吞错吧？"

"那辆车撞了我，车上有我的血、我的气味，小黄很快能找到，不会吞错。"东野润一淡淡地说。

难怪这一个月她过得那么平顺，一点事都没有，原来撞她的人早被小黄给一口吞了！

夏芷苏越发觉得小黄和东野都很恐怖。"那什么……既然你没事，你赶紧带着你的蛇回去吧！哈！"夏芷苏说。

转身，夏芷苏就想回房间。她害怕自己一不小心说错了什么，也被小黄给一口吞了！

东野拉住夏芷苏："我来是给你送结婚礼物的。"

"不用不用！"夏芷苏大喊。

"你先看看，我送你的是什么啊！"东野说。

"真的不用！"夏芷苏大喊，撒腿就想跑。

可是东野已经跑到她的前面拦住她的去路，夏芷苏往后跑，小黄又挡住她的去路。回头就看到东野上扬着唇角，眉宇间带着清冷和邪魅。

"拿着。"东野润一把一块紫色的翡翠放进夏芷苏的手心，冰冰凉凉的触感。

夏芷苏低头看着：一块紫色的玉，一片叶子的形状。叶子上面是清晰的纹路，做工很精美。

东野润一看着夏芷苏的反应，唇角微微地上扬。夏芷苏看着手心的紫玉，记忆在瞬间涌现。

就算小时候的事，很多都不记得了，可是有些事，她却依然记得特别清晰！这块玉是她的！在一个叫权权的小男孩被家人接走的时候，她把这块玉给了权权。

她说："权权，这是我最珍贵的东西了，我把它交给你，等你长大后拿着这块玉回来找我，我一定不会忘记你的。"

权权说："阿芷，我一定会回来找你的。"

"嗯，我相信你！等你回来，我长大了，你娶我好不好？权权，我想做你的新娘。"

"阿芷！等你长大了，我会娶你的，一定会的！"

夏芷苏的瞳孔越来越大，看着掌心的紫玉，简直不敢相信。

"你……"看着面前的东野润一，夏芷苏呆呆地说不出话来。东野看着夏芷苏震惊和兴奋的表情，他上扬着唇角，有愉悦划过。

"本来是想让你对我印象好点了，我再告诉你我是谁，或者还指望你自己猜出来。"东野说，"可惜，你对我的印象还没改观，而你又要嫁给凌天傲了。"

"你真的是权权？"夏芷苏惊叫。

东野不置可否，拿过她手心的紫玉帮她戴到脖子上："不然你以为我怎么会有你的紫玉。这玉原本是属于你的，现在物归原主。"

夏芷苏看着脖子上的紫玉，再抬眼看着东野："我……我怎么感觉像做梦一样！东野，你是权权！小时候在孤儿院给我取名的权权！"

东野没有想到夏芷苏会这么开心。"你怎么成了东野家的少爷啊！"夏芷苏惊叫着。

"嗯，我就是。"

夏芷苏兴奋地拉着东野的手："太好了！太好了！我们竟然还可以再见面！"

看到夏芷苏这么开心，东野也笑了起来："我还以为你不会认我。"

"怎么可能？"

"这块玉，你送给我的时候你说了什么，你还记得吗？"东野拿起她脖子上的紫玉说。

夏芷苏一愣，然后笑起来："小时候的玩笑话，你一定不会当真的吧？"

东野的手一顿，然后收了回来："是啊，是玩笑话……"

"权权！我带你去见我爹地！我跟我爹地说，他一定也会为我高兴的！"

夏芷苏拉着东野想把他介绍给父亲。东野拉住她的手，看着她："如果我当真了呢？"

"什么？"

"小时候的玩笑话，如果我当真了呢？阿芷，我找你，就是为了娶你。"东野跟夏芷苏一字一句地说。

夏芷苏呆呆地望着他："你也跟我开玩笑吗？"

"我是认真的，你小时候说过的话我每一句都记得！你说让我带着这块玉来找你，跟你求婚，我记得一清二楚。"

"权权……"

"我把你掳去海岛，只是为了确定你就是阿芷。后来我确定了，却发现你那么喜欢凌天傲，我就不敢再开口。"

夏芷苏看着他，肩膀微微颤抖。

东野上前握住她颤抖的双肩："后来我故意去凌家，挑拨你跟凌天傲的关系，因为我很忌妒。为什么我找了你那么多年，你最后却成了他的女人？"

"别说了……"

"不，我要说，明明说好的，你要嫁给我。为什么就我一个人当真了！你却说，那是玩笑话。"

"权权！小时候说过的话，怎么能当真呢？"夏芷苏急死了，几乎都快跺脚了。

好不容易遇见了权权，她不想因为小时候的话就失去这个朋友。

东野见夏芷苏急红了眼，扑哧一声笑了："跟你开玩笑呢！你怎么这么紧张！放心吧，我已经有喜欢的人了，那个人不是你。"

夏芷苏一愣，狠狠推了东野一把："权权！你怎么那么爱戏弄我！"

"谁让你好戏弄呢！"东野说，"阿芷！新婚快乐。"

夏芷苏脸色僵了一下，还是说："谢谢。"

"时间不早了，我该走了。对了，你有事可以去西子林找我，我住那里。还有，你的婚礼，我一定会参加。"东野说。

夏芷苏点头。

东野不是从正门进来的，是翻墙进来的，她看着他转身走开。原来东野就是权权，难怪他总是一副跟自己很熟的样子。如果说起小时候的交情，她跟他的确是很熟的。

其实说起来，欧少恒并不是她的初恋。

她的初恋是权权，那个帮她取名的人。她连最贴身的紫玉都送给了他。低头看着胸前紫色的翡翠，想来自己那时候真是好玩，竟然给了权权那样滑稽的承诺，连定情信物都给了！

东野手一撑，轻轻松松地跳上了墙头，扭头居高临下地看着不远处的女人，眼底波光流转，像一抹烟花在眼中绽放又迅速凋零，里面满是落寞和苍凉。

他苦笑了一下，转身跳了下去。

东野润一刚跳出去，一落地，却看到姚丹妮从外面走回来。看到东野润一，姚丹妮看到他从自己家墙头跳下来。

"你……"姚丹妮指着东野愕然，"你是谁！"

没等她问完，从墙头爬出来一条巨大的蛇，那蛇见到姚丹妮手指着自己的主人，蛇头就探了过来，张开血盆大口对着姚丹妮的脑袋。姚丹妮惊恐地睁大眼睛，妈呀一声大叫，直接吓晕了。

"小黄。"东野淡淡叫了一声。小黄收回脑袋，乖顺地跟在东野的身后。东野看了一眼姚丹妮，直接从她身上跨了过去，然后是小黄，巨大的蛇身从姚丹妮身上碾压了过去。

夏芷苏听到墙外丹妮的叫声，迅速跑了过去，手一撑跳到了墙头，看到地上晕倒的丹妮，微微皱眉。

才刚从墙头跳下来，抬眼看到小黄得意地冲自己摆动尾巴。夏芷苏无语，想来丹妮是被小黄吓晕的。

"丹妮，醒醒！"夏芷苏推了推姚丹妮。

好半天姚丹妮才醒来，看到夏芷苏，大叫着："蛇！好大的蛇！！"

夏芷苏淡淡地看了眼四周，镇定地说："没有啊！"

姚丹妮也看了看周围："怎么没有了？真的是好大的蛇啊！嘴巴比我脑袋还大！好像还有个男人！"

"这里根本没人，你看错了。"夏芷苏安抚说。的确没人，难道是幻觉？

"夏芷苏！你怎么在这儿？"姚丹妮反应过来喊道。"我听到你的叫声就出来看看，你没事就好。"

夏芷苏扶着丹妮起身，正准备走开。"夏芷苏！"姚丹妮却叫住她。

姚丹妮走到夏芷苏面前，抱胸，很是挑衅："是你吧！你弄了什么乱七八糟的东西来吓我吧？"

"我没那么无聊。"

"那我怎么会看到那么大的蛇？"姚丹妮质问。

夏芷苏不想跟她吵，直接走开。

见她不理人，丹妮气愤地嘲讽："夏芷苏！我要是你啊！哪里配嫁凌少！还是把凌家少夫人的位置乖乖让出来给萧小姐的好！"

自从跟凌天傲在一起，她经常听到的话就是她配不上凌天傲，只有萧家小姐才能配上凌家大少。

以前她听了一笑置之。可是此时此刻，明明知道自己嫁不了凌天傲。她听见了，却是酸痛难忍。她不理会姚丹妮，而是大步走开。

看着夏芷苏走得脚步匆忙，姚丹妮嗤笑一声。拿出手机，姚丹妮拨通一个号码。

里面传来一个女声。

姚丹妮讨好地说："萧小姐，您放心，都按照您说的做呢！我一定时时刻刻提醒夏芷苏，她是多么配不上凌少！是是是！当然只有您才配得上凌少了，夏芷苏算老几啊！"

姚丹妮刚挂掉电话，拍了拍身上的尘土，突然有什么东西从身边蹿过。姚丹妮还没反应过来，她竟然再次看到一张血盆大口，浓烈的腥味扑鼻而来。

姚丹妮这次看清了，是一条黄色的大蟒蛇。她惊恐地睁大眼睛，这次连声音都发不出来，翻着白眼直接晕了过去。

"小黄，走吧。"东野从一棵树后面走出来，淡淡地喊了一声。小黄看着地上的女人，张嘴想叼住她的身体。

"小黄，吓一吓就行了，她是阿芷的妹妹。"东野润一淡漠地说。小黄收了嘴，悻悻地爬回到主人身边。

东野收回视线，冷笑地说道："跟萧蓝蓝为伍，真是不知好歹的蠢货。"

第三十四章 对不起，我不能嫁给你

　　终于等到了结婚的日子，凌天傲早就准备好一切，都没到接亲的时间。他已经迫不及待要去姚家把夏芷苏接回来！从此以后，他就是夏芷苏唯一的男人了！

　　婚礼就在凌家举办，此时此刻已经是宾客云集。

　　门口一辆辆豪车停下来，都纷纷跟凌天傲祝贺新婚大喜。"

　　天傲，恭喜啊！"凌天傲原本还笑着的脸上，在看到门口的人时，顿了一顿，是自己的亲生父亲凌超，带着他的小儿子凌跃来了。

　　凌超直接走到凌天傲的跟前："知道你要结婚，我这做父亲的连夜赶过来，我是你的亲生父亲，你的婚礼，我怎么能不参加？"

　　凌管家小心地看了看少爷的脸色，忙不迭地点头说："老爷！快里面请！"

　　"大哥！"凌超身后的小儿子凌跃小心地喊。凌天傲冷冷地看着，这个时候却不能失了风度。

　　凌天傲侧身让开："父亲里面请！"凌超得意地扬眉，就知道今天的婚礼凌天傲看重得很，自己是不可能破坏了。

　　萧同浩招呼完宾客出来，看着凌超走进去。"你爹地来者不善啊！"萧同浩拍了拍凌天傲的肩膀。凌天傲嗯了一声："看好他就是了。"凌天傲正说完，又看到门口停了一辆车，车上下来的人，让他微微皱了皱眉。

　　这次连萧同浩也皱眉了："我妈咪也来了？你放心，我不会让她破坏你跟阿芷的婚礼！"

　　萧夫人从车上下来，手里牵着萧蓝蓝。萧蓝蓝今天穿了一身蓝色的短裙，打扮精致，一头红色的长发微微卷起披散在肩头，头上是一个水蓝色的公主发箍，俨然是公主的装扮。

　　萧夫人拉着蓝蓝上来说："凌少，这么好的日子，我不请自来，你不会介意吧！"

　　"萧阿姨哪里的话，你能来，是本少的荣幸，里面请！"凌天傲淡淡扫过萧蓝蓝。

　　萧蓝蓝笑得很得体："天傲！恭喜你！"凌天傲点头。

　　萧蓝蓝这才看向凌天傲身边的萧同浩，怯生生地喊："哥哥！"

　　萧同浩看也不看，走到萧夫人面前，低声呵斥："妈咪，你来做什么！还把蓝蓝也带来！今天可是天傲的婚礼，你要是搅局，别怪儿子不客气！"

"我的好儿子，今天是你好兄弟的婚礼，你妈咪我也是特地来祝贺的。我如果搅局，你尽管把我赶出去便是。"萧夫人看了眼凌天傲，拉着萧蓝蓝就往里面走。

萧蓝蓝走过去就拉住萧同浩的手："哥哥，你还生我的气吗？"萧同浩直接甩开她的手："别叫我哥哥！"

"哥哥……"萧蓝蓝伤心地喊着。萧同浩直接走开，理都不理。

萧夫人见了，把蓝蓝拉走说："你哥还生气呢，等气消了就好了。"顾小默本来在里面帮忙招待宾客，一见到萧夫人跟萧蓝蓝来了，立马走出

来看热闹，一走出来就听到萧夫人如何偏袒女儿。顾小默抱胸调侃："萧夫人，我们家萧同浩，不是你的亲生儿子吧？"

萧夫人狠狠瞪了顾小默一眼，说："顾小姐，公共场合，还请注意自己的修养！"

"也不知道我妹妹修养哪里出了问题，怎么我都没发现？"从顾小默的身后走出一个英俊的男子，正是顾潇。

顾小默的哥哥，是顾氏集团的总裁。

萧夫人一见是顾潇，脸色收敛了一点儿："顾总，你的妹妹似乎总喜欢管我萧家的事。"

"夫人是眼花了吧，我怎么没发现她喜欢管萧家的事。我妹妹一向不多管闲事，除非是真的让她看不下去了，她才会管。莫非是夫人或令千金做了什么伤天害理的事，我妹妹才会不小心管了？"顾潇自然也听妹妹说了，萧蓝蓝要撞死自己哥哥的事。

顾潇一句话原本就是暗指萧蓝蓝想撞死自己的哥哥。

萧蓝蓝的脸色一阵难看，连萧夫人的脸上也挂不住了。萧蓝蓝跟萧同浩的这件事，没想到顾潇也知道了。也对，顾小默那张嘴，不宣扬得全世界都知道已经很难得了。

"妈咪，我们先进去吧！"萧同浩虽然不喜欢母亲那么护着萧蓝蓝，但也不希望家里的丑事外扬，只好走回来为自己的妈咪解围。

萧夫人冷哼了一声，跟着萧同浩进去。

顾小默拍掌跟顾潇说："哥！还是你厉害！你看那老太婆的脸色，跟吃了粑粑一样！"

"别小瞧了萧夫人的手段，可比你想象的要厉害很多。她今天来，是来者

不善。她萧夫人想做的事情，几乎没人能阻止。她说要把女儿嫁给凌天傲，就一定能。"顾潇饶有深意地说。

顾小默愕然："那她今天来就是来闹事的？"

"总觉得今天不会那么顺利。"

"已经到了这个份上，萧夫人想拆散凌天傲跟夏芷苏也不可能啊！凌天傲马上要去接夏芷苏过门了！"顾小默话音刚落，就看到凌天傲的车队开始出发了。

顾小默开心地说："我倒要看看这萧夫人还有什么手段！"

凌天傲的车子在姚家门口停住，拿着花，他激动地走进姚家。"夏芷苏！"走进来他就喊。

姚正龙跟夫人走出来，脸上也是掩饰不住的喜色。"凌少，芷苏在房间里呢！"

凌天傲从楼梯上几乎飞奔上去，对着夏芷苏的门就敲："夏芷苏，我来接你了！你快开门！"里面没有反应。

凌天傲知道接新娘的时候，新郎是没那么容易进去的。又敲了敲门，还是没有动静。

姚正龙也敲门："芷苏，新郎已经来了，把门开开好吗？"真的一点儿动静都没有。

凌天傲已经等了三天，现在早就不耐烦了。

不开门就不开！凌天傲把花交给身后的叶落，一脚就踹了进去。

"夏芷苏！"凌天傲激动地叫着她的名字，一进门却愣住了。在地上躺着四五个化妆师，都是凌家安排过来给夏芷苏化妆用的。

"夏芷苏！"凌天傲心里一惊，第一反应是夏芷苏被掳走了！姚正龙和夫人也惊恐地睁大眼睛，人呢？去哪里了？

"夏芷苏人呢？"凌天傲转身一把揪住姚正龙的衣领，大声地质问。"这……这早上还在的啊，怎么就，怎么就不见了……"姚正龙也慌乱无比。

怎么能不慌呢，新娘子都不见了！

凌天傲整个人都快失控了，在房间里到处找夏芷苏的身影，嘴里一声声地喊着："夏芷苏！你给我出来！出来！"

是不是被谁抓走了？是谁！是谁抓走了他的新娘！凌天傲陷入疯狂状态！他那么焦急地等待，终于等到今天要来娶她，结果开门进来，却没看见新娘！

"查！给我查！是谁抓走了本少的新娘！我毙了他！"凌天傲怒吼着命令叶落，叶落相比少爷的疯狂显得镇定很多。

她第一时间勘察了现场，并没有打斗的痕迹。

这几个化妆师根本连反抗都来不及就被打晕了，而且没有伤害到她们，只是被打晕了而已！

床上放着精美的婚纱，还有一枚戒指……上面还有一张纸条。

"少爷！您看！"叶落拿着戒指和纸条给凌天傲。

凌天傲看着戒指，心里想到了什么，一把抓过纸条，打开。

"凌天傲，对不起，我不能嫁给你。"上面的字清晰地写着。凌天傲一个踉跄，脑袋里轰的一声好像什么东西被炸掉了，让他的脑袋疼得快要发狂。

不信！他一点儿都不信夏芷苏会逃婚！

姚正龙和夫人也都震惊得说不出话来，怎么会呢！夏芷苏自己逃婚的？这怎么可能啊？

"凌少……"叶落已经弄醒了其中一个化妆师。

叶落忙问："是谁打晕了你们？"

"是夏小姐！她突然对我们动手！我们根本来不及反应就被她打晕了！"那化妆师说。叶落心口震动，下意识地看向自家少爷。

凌天傲握着手里的钻戒，心口像是被狠狠捅了一刀，这一刀却是夏芷苏亲手捅的！怒气弥漫在整个房间里。

姚丹妮听说没找到新娘，正好奇呢，于是走过来看热闹，结果真没看到夏芷苏！

姚丹妮突然想起自己跟夏芷苏说过的话："我要是你啊！哪里配嫁凌少！还是把凌家少夫人的位置乖乖让出来给萧小姐得好！"

姚丹妮睁大眼睛，不会真是她的话奏效了吧！夏芷苏真给她气跑了不成？想到这里，姚丹妮心虚得要死，偷偷地想要走开，却被凌天傲一眼看到。

"给我站住！"凌天傲大步走出来，来到姚丹妮的面前。

"凌少……"姚丹妮呵呵笑着喊。

凌天傲一把揪住她的领子："你看到本少爷跑什么？难道是你！是你怂恿夏芷苏逃婚！"

姚母吓坏了，立马上前说："凌少，这怎么可能呢！芷苏怎么会听丹妮的呢？"凌天傲现在一肚子的火气没地方撒，这个姚丹妮又刚好心虚地走开，凌天傲完全把她当成出气筒："说话！夏芷苏一直好好的！怎么到了姚家，她就改主意逃婚了？"

"凌少！这跟我有什么关系？姐姐嫁给你，你就是我的姐夫了，我开心还来不及呢！"姚丹妮立马笑着说。

"你是什么东西，别以为本少不知道！你姐姐嫁给我，你最开心不起来！是不是你？是不是你把我的夏芷苏气跑了？"凌天傲大声地质问着，眼里是惊心的怒火，好像要把人生吞活剥了。

"不是！真的不是……这关我什么事……是夏芷苏自己逃婚的……"姚丹妮求救地看向自己的爹地。可是，爹地没有说一句话。姚正龙也想知道夏芷苏为什么在这个时候逃婚。

"自己逃婚？她有什么理由逃婚？"凌天傲一把抽出叶落腰间的枪，直接指着姚丹妮的脑门，"本少早就警告你离夏芷苏远点，你听不懂人话？"

枪口狠狠指着姚丹妮的脑门，姚丹妮惊恐地大叫起来："我什么也没说啊！我只是说她配不上凌少，让她知趣地离开，不要牵连凌家！"

听到姚丹妮的喊声，凌天傲怒不可遏，砰！朝天开了一枪，一脚把姚丹妮踹了出去。

凌天傲上前还要再踹。叶落忙阻止自己的少爷："少爷，新娘子跑了，我们应该尽快找到她才对！这个女人等以后再收拾！"

"找什么找！她自己要跑，还怎么找？"凌天傲怒吼，丢开姚丹妮，转身大步走下楼。

"少爷！"叶落立马跟上，着急地说，"就算姚丹妮说了这些话，夏小姐也不是那种玻璃心的人啊！要是说几句就能让她离开你，她早就离开了！也许夏小姐是有苦衷的！"

凌天傲满面的怒容，他的满心欢喜却换来了那个女人的抛弃，凭什么他还要去找她？

"凌少！凌少！我马上派人去找！一定把芷苏找回来！"姚正龙也着急地跟出来说道。

凌天傲根本不理会，直接上了车。他气得整个身子都在发抖，握着方向盘，双手也在颤抖，怒气已经膨胀到了极点！

他怎么都没想到，在这个节骨眼上，她会逃走！

"凌少！"姚正龙跑到门口，眼睁睁看着凌天傲的车子飞一般地冲了出去。"这都什么事啊？好好的，人怎么就不见了！"姚正龙急得直跺脚，明明早上还在！

还以为夏芷苏在里面梳妆打扮，所以他们都没敢打扰！"还愣着干什么！赶紧把大小姐找回来啊！"姚正龙着急地呵斥家里的门卫涛叔。

"是，是老爷！"涛叔立马带着人去找。

姚正龙走回房间，看到姚丹妮后怕地坐在沙发上，姚母陪在一旁。丹妮的脸色充满着恐惧。

看到自己爹地回来，她跟跄地起身抓住爹地的手："爹地，凌少会不会找我算账啊！我怎么也想不到夏芷苏那么不禁说啊！以前我说得那么难听也没把她赶出姚家，现在哪里会因为我的一句话，就能让她离开凌少！真的不关我的事啊！"

姚正龙直接甩开姚丹妮的手："就你最坏事！上一次把芷苏推下楼，这一次把芷苏气得逃了婚！我姚正龙怎么生出你这么个败家女！"

"爹地！我可是你的亲生女儿！"

"要不是看在你是我亲生女儿的情分上，早就把你赶出姚家了！芷苏虽然不是我亲生的！可是你看看她为我们姚家做的！要不是芷苏，你们俩早喝西北风去了！"

"爹地！你这么说对我公平吗？你忘了你当初被绑架，是我救了你！夏芷苏可没想救你！"

姚母一听立马说："是啊是啊！老爷，你消消气，是这夏芷苏不知好歹要逃婚，跟咱们女儿可没关系！再说了，丹妮说的也是实话，她夏芷苏的确配不上凌少！"

姚正龙真是觉得自己眼瞎了，娶了这样一个老婆！"妇人之见！给我管好你的女儿，不然我把你们俩一块儿赶出姚家！"姚正龙气得指着自己夫人大骂。

其实夏芷苏是想过的，想过离开这座城市，到一个没人认识她的地方，可她终究没有这个勇气。离开了凌天傲，她不想离开姚家。就算她没有嫁给凌天傲，凭着她为姚家做的事，爹地也不会赶她出门吧。

就算没了凌天傲，她还可以有自己的爹地吧。可是她真的不知道去哪儿。以前有什么事她都先找欧少恒。可是现在，她是不能找欧少恒的，她甚至不想跟欧少恒见面。低头看着脖子上的吊坠，她想到了一个人，所以就来到了西子林东野住的地方。

"夏小姐！"娜塔莎看到夏芷苏站在门口惊叫起来。东野刚好坐车准备去凌天傲的婚礼现场。看到夏芷苏也很震惊。夏芷苏走过来，看着东野笑着喊了一声："权权。"

"你怎么在这儿？"东野震惊地问。

"我逃婚了。"夏芷苏笑着说，笑得云淡风轻。

可是东野却看出她眼睛里的泪水，明明很痛，却在笑！

东野大步走过来，拉着夏芷苏进房，亲自给她倒了水。夏芷苏握着杯子，低头看着杯子里的水。东野看着夏芷苏，表情错愕无比。

他一向觉得自己料事如神，特别是对凌天傲的事！可是怎么都没想到夏芷苏会逃婚！

"发生了什么事，让你改变主意了？"东野润一问。

夏芷苏低着头没有说话，只是看着手里的水杯。东野也不急，只是静静地陪着她。

"能看电视吗？电视上能看到他吧。"夏芷苏突然说。

东野心里被刺痛："好！"

打开电视，正在现场直播凌家的婚礼。

记者等候在门口，却迟迟没见到迎亲的队伍回来。夏芷苏没能在电视上看到凌天傲，显得有些失落。

"GE集团新任继承人凌少的婚礼即将开始！让我们拭目以待！"记者在镜头面前已经说了好几遍这句话。

可是婚礼还是没有开始。镜头的画面切换，可以看到顾小默还有萧同浩等人，脸上都很焦急。显然也觉得迎亲队伍回来得未免太晚了！

"我这样公然逃婚，他肯定很没面子吧？"夏芷苏低头说。

东野确实好奇："阿芷，到底发生了什么事？你可以跟我说！"夏芷苏还是没有开口。

"是不是凌天傲惹你生气了？走！我们这就去找他！我帮你出气！让他跪下求着你嫁给他！"东野见夏芷苏难过，心里更加难受，拉起夏芷苏的手就要出去。

夏芷苏抽回手说："是我自己要逃婚的。"

"你怎么可能逃婚？你那么喜欢他！"

"喜欢他不一定要嫁给他。"

"有人威胁你？是不是萧夫人？"东野润一猜测道。

夏芷苏没有说话，低头，睫毛颤抖。"真的是萧夫人，对不对！阿芷，有我在，你不用怕她！她想对你做什么，也得问问我东野同不同意！"

"权权！没人威胁我，是我自己要逃婚！我早该离开凌天傲了，我真的配不上他，我不想拖累他。"夏芷苏说。

"你说什么傻话！结婚是因为你们两个人的感情走在了一起，不是因为身世匹配！你就不怕凌天傲一怒之下娶了萧蓝蓝！"

夏芷苏的双肩颤抖了一下，像是听到了很可怕的事。

"新郎回来了！"电视上突然传来激动的欢呼声。夏芷苏抬眼就看到迎亲的队伍回到了凌家。

凌天傲先一步下车。所有人都在等待新娘下来，想一睹风采。

可是新娘子没看到。只看到了凌少的用人叶落走了下来，脸色很难看。没等记者围上来，记者们就被家里的守卫驱散。

凌天傲大步走了进去，直接往凌家的后院走去。后院的一大片高尔夫球场就是举行婚礼仪式的地方。

"天傲，新娘子呢？"萧同浩着急地问，凌天傲一声不吭地从他身边走过。顾小默等人都跑上来，莫名其妙地看了眼叶落的身后。

顾小默问："夏芷苏呢？"叶落摇头，什么都没说。

叶落一路跟着少爷回来，也不知道少爷要干吗，生怕少爷做傻事，所以一直跟着，不敢怠慢。那么多宾客在场，全都一头雾水地看着。

外面的媒体拉高镜头，想要看到凌少进去干什么了。

却见到凌天傲大步走到一个穿着蓝色短裙的女子面前，直接单膝跪地。"你愿意嫁给我吗？萧蓝蓝！"凌天傲拿出钻戒，正是夏芷苏丢下的戒指。

萧蓝蓝睁大眼睛，不敢相信地看着面前跪在地上的男人。这是她做梦都想的！当着那么多人的面，他跪在地上向她求婚！所有人都震惊了！

难道凌天傲今天要娶的女人本来就是萧家大小姐？

萧夫人站在一旁，从凌天傲脸色难看地进来，她就知道有好戏看了！

萧蓝蓝看向自己的母亲，还是觉得自己在做梦，捂住嘴巴差点儿哭出来。萧夫人拍了拍萧蓝蓝的肩膀："女儿，凌少在跟你求婚呢！你看看，今天这一切都是为了你准备的！"萧夫人无比自豪。

萧蓝蓝终于明白，母亲说的"凌天傲一个月之后根本不会娶夏芷苏"原来是真的！

她的母亲真的太厉害了！顾小默看得眼珠子都快蹦出来了，想上前却被自己的哥哥顾潇拉回来。

凌天傲根本不用去看萧蓝蓝喜极而泣的表情，他只知道，他要让那个逃他婚的女人看见。

就算没有她，他凌天傲也可以娶别的女人！

"我愿意！天傲，我当然愿意了！"萧蓝蓝伸出手，让凌天傲把戒指给自己戴上。

"住手！"一声呵斥传来，竟然是萧家的大少爷萧同浩。

萧同浩大步走过来，拉起凌天傲："天傲！你怎么回事？你今天要娶的女人不是萧蓝蓝！"

"哥哥！"萧蓝蓝简直不敢相信，哥哥竟然这样破坏她跟天傲的事。

萧夫人也怒斥道："萧同浩！你闭嘴！"

"你们都给我闭嘴！今天凌天傲要娶的女人是夏芷苏！"萧同浩大声地说，"谁也不能阻止！"

凌天傲根本不理会，直接拉起萧蓝蓝的手，把钻戒戴了进去。

"天傲！"萧同浩大吼。真的不明白凌天傲在大婚的时候搞出了什么乌龙！

"萧少！"叶落着急地拉过萧同浩，低声说，"夏芷苏逃婚了！"

萧同浩睁大眼睛，"怎么可能？"是的，这怎么可能！这是所有认识夏芷苏的人会有的反应。

夏芷苏怎么可能逃婚？夏芷苏逃了任何人的婚，都不可能逃凌天傲的！凌天傲站起身的时候，身影还有些晃动。

连他都自己都不相信，他那么满怀欣喜地去娶她，结果那个女人竟然逃婚了！什么一辈子不分开，什么永远在一起，通通都是屁话！

在东野的家里。

啪的一声脆响，夏芷苏看着电视屏幕上媒体偷拍到的画面，手中的水杯落在了地上。明明两个人都那么失魂落魄，可是一个逃婚，一个赌气要娶另一个女人！

"阿芷！跟我走！"东野拉起夏芷苏的手走出去。

夏芷苏被他拽了出去，她拉住门廊："我不能去！"

"难道你就眼睁睁看着凌天傲娶了萧蓝蓝？"东野大声地质问她。

夏芷苏咬着嘴唇，直到血都出来了，手指狠狠抠在门上，连指甲都快抠断了，却还是什么都不说。"权权，我来找你，只是想在这儿待一段时间，我不知道能去哪里。凌天傲跟萧蓝蓝是天造地设的一对，他们结婚，没什么奇怪的。"夏芷苏努力扯着笑脸说。

明明都快哭了，还在笑！东野心疼到窒息。"阿芷，你相信我吗？"东野润一看着她，问。

"我相信你才来找你。"

"那好，你睡一觉！"东野润一说。

夏芷苏正疑惑，突然感觉脖子上一痛，脑海里一片空白。

"你……"夏芷苏还想说什么，直接晕倒在他的怀里。

凌家的婚礼现场简直快要闹翻天了！

这凌家今天大婚，娶的到底是哪家的小姐啊！

原来说是姚家的小姐，现在凌天傲要娶的却是萧家的小姐！而这萧小姐，已经被下人带去换衣服了！

凌天傲一直面无表情，夏芷苏逃婚的消息，终于在他脑海里慢慢消化，他也慢慢接受了这个事实！

萧夫人拿着酒杯笑着跟凌天傲说："天傲，以后我们就是一家人了。"

凌天傲的父亲凌超也上前来跟萧夫人道喜："萧夫人说得对，以后我们就是一家人了！原本我们两家就是亲家，这兜兜转转的，还是走在了一起！"

"这叫缘分！"萧夫人微笑着说，嘴角带着掩不住的喜悦。原来夏芷苏逃婚的效果这么好，连她都感到意外，能不高兴嘛！

凌天傲站在门口，等着萧蓝蓝出来完成婚礼。

萧同浩一个劲地劝："天傲，肯定有误会！你跟芷苏肯定有误会！有误会就解释清楚，你不能冲动啊！"

凌天傲的手里还握着夏芷苏留下的纸条："你自己看。"

萧同浩接过纸条，看到是夏芷苏的留言："凌天傲，对不起，我不能嫁给你。"

"这……"萧同浩一时说不出话来。

"如果有误会，她会这样绝情？她根本就不想嫁给我！还给我闹出了这样大的笑话！如她所愿！我娶了萧蓝蓝，让她夏芷苏开心去！"凌天傲冷漠地开口。

萧同浩知道现在就算是十几头牛也没法把凌天傲拉回来了，眼看着萧蓝蓝换好了备用婚纱出来。

萧蓝蓝一步步走出来，原本披散的卷发全部高高地挽起，露出白皙的脖颈，她唇角带着幸福的喜悦，到现在仿佛还在梦中。后面是叶落在身后提着婚纱的裙摆，跟了出来。萧蓝蓝一出来，确实惊艳了所有人。

萧夫人看着自己的女儿，开心得无以言表。凌天傲走上前伸手，准备把萧蓝蓝拉下来。

萧同浩拦住他："天傲，萧蓝蓝配不上你！你怎么能娶她为妻！"萧同浩是萧家的长子，也是萧蓝蓝的哥哥。他的话一说出口，让在场的嘉宾哗然，纷纷看向萧蓝蓝。

萧蓝蓝尴尬得面色通红，质问萧同浩，"哥哥，我是你妹妹，你怎么能这么说我？"

"你闭嘴！这里没你说话的份！"萧同浩把凌天傲拉开，"你应该娶夏芷苏！夏芷苏才配得上你！不然你会后悔的！"

凌天傲淡漠地说："本少不后悔！但是我要让夏芷苏后悔！让她看看，就算娶了别人，我凌天傲一样能幸福！"

凌天傲说完，转身就牵了萧蓝蓝的手。婚礼的司仪是专门从国外请来的，有名望的神父。

他站在台前，看着凌天傲牵着萧蓝蓝，一步步走了过来，即将完成这神圣的婚礼仪式。

萧同浩急得拿出手机打电话，可是夏芷苏的电话根本打不通。

"新娘，你是否愿意这个男人成为你的丈夫，与他缔结婚约，无论疾病还是健康，或者任何其他理由，你都爱他、照顾他、尊重他，永远对他忠贞不渝，直至生命的尽头？"神父庄严地宣誓。

萧蓝蓝从来没想过可以这么快！甚至都快放弃成为他妻子的念头了！惊喜来得太突然，她一时说不出话来。

"我愿意！"萧蓝蓝激动地说。

神父点点头，又看向凌天傲："新郎，你是否愿意这个女人成为你的妻子，与她缔结婚约，无论疾病还是健康，或者任何其他理由，你都爱她、照顾她、尊重她，永远对他忠贞不渝，直至生命的尽头？"

凌天傲看着面前的萧蓝蓝。恍惚地想着那个让他魂牵梦萦的女人夏芷苏。他多么希望她能嫁给他，成为他的妻子，成为他真正的女人！可是她怎么能那么对他？一声不吭就抛弃了他！

萧蓝蓝紧张地看着凌天傲，心怦怦直跳。

萧夫人满意地点头，看来这婚礼是成了！

这个时候无论谁破坏婚礼，她都绝对不允许！

"我……"凌天傲还没开口。

砰砰砰！突然响起好几道枪声，一颗颗子弹从头顶射了下来，落在凌天傲的身边。

凌天傲大惊，下意识地侧身，避开。一时间宾客里传来惊呼声，大家都仓皇地想要逃跑。

头顶是一架直升机，上面站着的人，凌天傲一眼就认出来了。

张扬的头发在空中飞舞，东野润一拿着枪指着凌天傲，像是前来索命的死神，冰冷的眸子里带着目空一切的杀气。

"保护少爷！"凌管家大叫着冲了上来，守卫团团护住凌天傲，枪口一致对着飞机上的东野润一。

东野润一手一伸，似乎什么人被他拽了过去。那个昏迷的女人，不是夏芷苏是谁！

枪口指着夏芷苏的脑袋，东野润一大声地挑衅："凌天傲，我抢了你的新娘，你怎么管都不管！这可真不好玩！没想到你这么窝囊，连抢回自己女人的勇气都没有！"

凌天傲愕然：难道夏芷苏不是逃婚，而是被东野润一掳走了？对！东野润一掳走过夏芷苏，他这么做一点儿都不奇怪！凌天傲心里又是激动又是愤怒。

拿枪指着东野，凌天傲大吼："把她放了！"

"你说放就放？你以为我那么听话？"东野润一勾着唇角，挑衅地笑。

"东野润一，你要敢伤害她，你今天休想离开凌家！"凌天傲叫嚣。

"我倒想看看，你有什么本事，把你的新娘抢回去？"东野润一不屑地嘲讽。

他的口吻惹怒了凌天傲。

凌天傲拿着枪，砰砰两声，子弹擦过他的脸颊，东野侧身避开。

"本少叫你放了她！"凌天傲一字一顿地吼着。

东野挑起唇角："好啊！"

看了眼怀里的女人，东野的眉心微动，看着底下的人，伸手直接把夏芷苏推了下去。

"夏芷苏！"凌天傲疯了一样冲出来，眼底满是赤红。

东野润一看着夏芷苏掉下去，用力握紧了手里的枪。

凌天傲，你一定能接住她的对吧！

所有人都屏息看着，睁大眼睛，看着这惊悚的一幕。

一个美丽的女人，长裙飘飘，从飞机上被人推了下来，而她显然是在昏迷当中。

所有人都忘了反应，只有凌天傲冲了上去。就那么稳稳地，她落进他的怀抱，而他则踉跄地跪倒在地上，被她砸得吐出一口血来。

"少爷！"

"天傲！"叶落等人都着急地冲上前。

凌天傲着急地查看夏芷苏，探一探她的鼻息，见她只是晕倒了，这才重重地吁了一口气。

这样大的冲力，也惊醒了夏芷苏。睁开眼睛，看到面前的男人，夏芷苏以为自己在做梦。

闭上眼，再次睁开，他还在，只是嘴上都是血！

"凌天傲！"夏芷苏不敢置信地喊。

凌天傲看到她醒来，脸上满是激动，还没喊出她的名字，又一口血吐了出来。

"凌天傲，你怎么了？"夏芷苏着急地问。

"我没事！"凌天傲抱着夏芷苏站起身，看向头顶。东野润一看到夏芷苏完好无损，唇角微扬。夏芷苏也疑惑地看向头顶，竟然是东野润一拿着枪。

东野抬手，故意对着她的方向开了几枪，凌天傲抱着她迅速跳开。

下面的守卫赶紧集中火力对着直升机上的人开火。

"凌天傲！别开枪！"夏芷苏大喊。凌天傲气都气死了，哪里肯让东野就这么走了！

眼看着东野润一的飞机飞走，凌天傲大声命令："都给我追！"

"凌天傲！"夏芷苏着急地想要阻止。

凌天傲却握住她的双肩，查看她："东野掳走了你？"

"啊？"夏芷苏已经明白过来。

东野把她打晕了，然后带来凌家，是要让凌天傲误会，他掳走了她！

"不……"夏芷苏还没说完，台上的萧蓝蓝冲了下来："天傲！我们的婚礼还没结束呢！"

凌天傲冷冷地看着萧蓝蓝："刚才只是误会，我们之间没有婚礼。"

萧蓝蓝脸色煞白："天傲，你当着这么多人的面向我求婚。"

"场面这么乱，还怎么结婚？都说了是一场误会！"凌天傲理所应当地说。

宾客们该逃的逃、该散的散了，还结什么婚？

"凌天傲！"萧夫人看着眼前的战火，心里跟明镜似的根本没有东野掳走夏芷苏一说，东野润一分明是在帮夏芷苏！至于东野为什么帮她，萧夫人就想不通了。

"但是！你今天必须娶我的女儿萧蓝蓝！已经当着这么多宾客的面，你们举行了婚礼！萧蓝蓝从今以后就是你的妻子！"萧夫人说。

"婚礼仪式没有完成。"凌天傲抱着夏芷苏淡淡地说。

"可是那么多人都见证了！而且是你凌天傲当众求的婚！你要敢不娶我女儿，你就是第二次毁约！你可知道外面的人会怎么评判你？"

萧夫人说完，只看到那些还在场的宾客对萧蓝蓝抱以怜悯和同情！那样的目光几乎让萧蓝蓝崩溃！

"本少不介意别人怎么说我！我只知道我的新娘没有逃婚！"凌天傲抱着夏芷苏，一片坦然。

萧夫人狠狠剜一眼夏芷苏，又看凌天傲："别忘了，你的 GE 集团总裁之位，可是靠着我的帮忙你才能坐上的！"

"我没求你帮忙。"

"你！"萧夫人自然不能说她跟夏芷苏有交易。

"天傲！你为什么要一次次伤害我？"萧蓝蓝哭着质问。

凌天傲的父亲凌超也走过来呵斥："凌天傲，你这样闹成什么体统！现在所有人都知道你当众对萧家小姐求婚！而且你们的婚礼快结束了！"

"是快结束，并没有结束！婚礼仪式也没有完成！我凌天傲要娶的女人，从来都是她"凌天傲举起旁边女人的手，"夏芷苏！"

夏芷苏看着身边的男人这么郑重地宣誓，根本不容任何人反驳。

"好啊！那问问夏芷苏，你愿不愿意嫁给凌天傲？"萧夫人直接质问夏芷苏。

"这还用说！夏芷苏，你说给他们听听！"凌天傲张狂地说。

"我……"夏芷苏不敢去看萧夫人的眼神。可是她很清楚自己想要什么！明明说好的，离开凌天傲，萧夫人就帮他拿到继承权！

可是现在凌天傲拿到继承权了，她却要食言！萧夫人不仅对她恨之入骨，肯定会拿姚家开刀！

"夏芷苏，你说话！"凌天傲见她犹豫，不悦地吼。

"我愿意！"夏芷苏看向萧夫人，一字一顿地回答她。萧夫人愕然，简直不敢相信这个女人竟敢食言！

跟她萧夫人的交易，竟然还有人敢食言！好！很好！

凌天傲得意得不能再得意了！他狠狠抱紧身边的女人。就说嘛！夏芷苏怎么忍心离开他！原来是被东野掳走的！差一点儿他就弄丢了她，还跟别的女人结婚！

凌天傲想到自己那么冲动，心里实在是悔恨！

"夏芷苏！你好样的！"萧夫人指着夏芷苏，怒极反笑。

凌天傲上前一步，挡在夏芷苏的面前："萧夫人，她是我凌家未来少夫人，你这么指着她，就是指着我凌天傲！"完全是威胁的口吻。萧夫人真是没想到自己被一个小丫头摆了一道。

"我们走着瞧！"萧夫人转身，大步走开，回头喊着萧蓝蓝，"蓝蓝！"

萧蓝蓝那么不甘心！明明婚纱都穿上了，可她还是成不了凌天傲的新娘！只差一步，她就会成为凌家名正言顺的少夫人，夏芷苏就这样从天而降，瞬间又夺走了她的一切！

恨！漫无止境的恨！

凌超看好戏似的看着眼前的一切，看到萧夫人跟凌天傲彻底撕破脸皮，他似乎还很高兴。

"凌天傲，这个女人让你今天丢尽了脸，你却还那么护着她。"凌超语重心长地说，"迟早，你会被这个女人害死，你信不信？"

夏芷苏的心口狠狠一咯噔。凌天傲握紧夏芷苏的手，看着自己的父亲："多谢父亲关心。"

"身为你父亲，关心你是应该的。虽然婚礼没看成，倒是看了一场好戏！也看到这个女人只会给你带来接连不断的麻烦。"凌超调侃般地丢下一句。

他转身走开。夏芷苏的手有些颤抖，她现在后悔了，为什么又选择留在凌天傲的身边！她留下，只会给他带来麻烦。

凌老爷说得很对！

凌天傲冷冷看着父亲离开，握着身边女人的手："让你受惊了？抱歉，没给你一场好的婚礼。"不，是她逃婚的，并不是他没有给！

夏芷苏张嘴，看着他真挚的脸，真的不知道还能说什么！不离开了！无论是谁逼着她，她都不离开他了！

再也不要了！真的痛都痛死了！夏芷苏一头栽进凌天傲的怀里，抱住他的腰。

她说："凌天傲，对不起！"对不起给你带来了那么多的麻烦，对不起，自私地逃婚，留给他一地的心伤！

"傻瓜，你跟我说什么对不起！是东野掳走了你，本少还误会你，赌气差点儿跟萧蓝蓝结婚，是我对不起你。"凌天傲抱着她，感叹地说。

夏芷苏真的无地自容。事情不是这样的！可是她不敢说！如果说了，凌天傲一定会很生气很生气的！

婚礼还在继续。既然是为夏芷苏准备的婚礼，他当然要进行下去！

宾客跑了没关系，他才不介意！只要他把这个女人娶回来就行！

这一次，凌天傲连婚纱都不让夏芷苏换了，直接拉着她把婚礼给办了。

还穿什么婚纱！还管什么东野润一？结婚要紧！

看到凌天傲猴急的样子，在场的亲朋好友都忍不住笑了。

仪式一结束，大家都推搡着，要把两个新人送入洞房。凌天傲却拉着夏芷苏风风火火地跑了出去，直接把车开到民政局的门口。下了车，凌天傲就猴急地把她拽了进去。

他们两个都没梳妆打扮，凌天傲衬衣上还带着血迹，头发凌乱，而夏芷苏的头发也是乱七八糟的，脸上还脏兮兮的。两人就这样拍了照，把结婚证领了出来。

坐在车里，夏芷苏看着手里的红色本本，还是觉得云里雾里似的。一切都那么突然，一切都那么快。

凌天傲把婚礼办得赶得要死，一分钟都没耽误，喝水的时间都没有！直到把证领了，凌天傲才觉得心里踏实了，重重吁了一口气。凌天傲说："太险了！"

夏芷苏说："那什么……领证的日子都没看！"

凌天傲呸了一声："看什么日子！差点把你看没了！今天日子就很好！"

"……凌天傲，真的对不起……"夏芷苏握住他的手，真的觉得很愧疚。

她不想连累他，真的不想！可是离开他，他明明那么痛！

凌天傲反握住她的手，握得很紧："对不起什么！是东野那个该死的掳走了你！要不是他过来挑衅，本少差点跟萧蓝蓝结了婚！夏芷苏！真的只差一点儿！"说到这个，凌天傲对东野润一恨之入骨，早晚都收拾了那个该死的！

说到东野，夏芷苏真不知道该怎么感激他。东野并没有掳走她，却让凌天傲故意误会，加深了仇恨。

"凌天傲！你看我都回来了，你别再追究东野了好不好？还记不记得上次我差点被车撞死？是东野救了我一命！为了我，他差点丢了性命！"夏芷苏忍不住为东野说好话。

东野是权权，当然不是坏人！

凌天傲眸子里微惊："我到现在也想不通他为什么救你，夏芷苏，你到底瞒着我什么？"

夏芷苏怎么能说啊！就凌天傲这个醋坛子，要是知道东野跟她小时候就认识，而且她小时候还对他下聘了，凌天傲非得跟东野拼个你死我活不可！

"我又不是东野，我怎么知道他为什么救我！东野本来就很奇怪啊！当初虽然把我掳到了海岛，但对我也很好！"夏芷苏说，努力让眼神不闪躲。

"你说得也对，东野润一这个人本来就奇怪！行了！咱们刚结婚，干吗总说别的男人？"凌天傲想起自己跟夏芷苏结婚了就开心。

回到了凌家，原先被东野破坏的婚礼现场，此刻都已经被打扫干净。

所有的宾客都已经散了，凌家恢复了平静。一场婚礼像是一场闹剧一样。新娘逃跑，新郎当场跟别的女人求婚差点儿完婚。

夏芷苏看着婚礼现场，感慨万分。

如果不是东野，她此刻根本不可能站在这里，更不会有机会拿着结婚证发呆。

"看什么好东西呢？那么入迷！"顾小默从夏芷苏的身后跳出来，一把扯走了她的结婚证。

看到结婚证，顾小默既感到意外，又觉得在情理之中："刚才急匆匆出去，就是领证去了？"

"是呀！快还给我！"夏芷苏想去抢回来。

顾小默侧身，举着结婚证，还是觉得不可思议："夏芷苏，这剧情反转也忒大了！前一刻，凌天傲差点儿跟萧蓝蓝完婚；后一刻，他就成了你老公！你还能不能让萧蓝蓝好好跟你抢男人了！"

"哎呀默默儿！你把结婚证还我！不然我不客气了！"谁敢动她的结婚证，她都要拼了！

夏芷苏还真的是拼了。侧身用手肘攻击顾小默，一个跳跃想要抢回证件。顾小默闪身避开，退后一步，让夏芷苏直接扑空了。

"瞧你急得啊！不就是一本结婚证嘛，至于宝贝成这样！这要是让萧蓝蓝看见，还不得把她气得鼻子都歪了！"顾小默想起萧蓝蓝的表情都觉得好玩。

"顾小默，别弄坏我的结婚证！"夏芷苏急了，扣住顾小默的手腕去拿证件。

顾小默转身想把夏芷苏扔出去。夏芷苏哪里是随便打发的，一个凌空跳跃到了顾小默的身后，一把捏住她手里的结婚证。

还没拿回来，顾小默又抽回手，举在空中："让我好好看看嘛！哎呀夏芷苏，你结婚证上的照片怎么那么丑！"能不丑嘛！她头发乱乱的，都没来得及打理。

顾小默正在嘲笑，手腕被人捏住。

抬眼就看到旁边站着凌天傲，直接抽走了她手里的结婚证，藏到口袋里。

"你结婚证上的漂亮，那你去照一个？"凌天傲冷冷地嘲讽。

顾小默语塞："喂！我不就说你老婆丑嘛，你干吗这种口气？"

"再丑她都有结婚证了，是本少爷的老婆，你有结婚证吗？"凌天傲冷笑，伸手，拉住夏芷苏走开，很是傲娇。

顾小默气得说不出话来，指着凌天傲就吼："你有结婚证！你了不起！"

第三十五章 信任不堪一击

萧家。

萧蓝蓝已经哭得快晕过去了，把自己关在房间里不肯出来吃饭。

正闹着绝食，能不绝食吗？凌天傲当着那么多的宾客向她求婚！却又当着那么多的人直接把她甩了！拉着夏芷苏结婚！真是一天工夫就去了天堂和地狱！

她堂堂萧家大小姐，凌天傲说结婚就结婚，说退婚就退婚！连萧夫人都气得吃不下饭！

真没想到夏芷苏会变卦！竟然还敢回来！别忘了，夏芷苏可是拿了她一大笔钱！

那么大的一笔钱，就这么丢在夏芷苏的身上，萧夫人能不生气吗！再看了眼自己的女儿，一直闹着不肯吃饭！她简直想把夏芷苏生生撕碎了！

萧同浩知道母亲在家里，自然还是要回来的。一走进门就看到母亲几乎把桌上的饭菜全部扫到了地上。萧管家和几个用人都吓得跪在地上。

萧夫人手扶着桌子，坐在椅子上，脸上全是怒气。

怎么想怎么来气！她全都计划好的！凌天傲一定会娶了蓝蓝！可是这东野润一冒了出来，突然掳走了夏芷苏！

既然掳走了，还干什么把夏芷苏带回凌家！这个该死的东野在玩什么把戏！

"少爷！"萧管家一见到萧同浩立马颤颤地喊。

萧夫人也抬眼看了一眼萧同浩，看到儿子回来，脸色倒是好了一点。萧同浩抬手说："都下去吧。"萧管家和用人立马都出去了。

桌上还有几道菜，萧同浩坐下，直接吃了起来。"你还有心情吃！你妹妹被人欺负到这份上，你也不帮着点儿！"萧夫人喝骂，只觉得这个儿子吃里爬外。

萧同浩禁不住好笑："妹妹一直有妈咪你护着，谁敢欺负她啊！她被你宠得无法无天，连自己哥哥都要害死！"

说到这个，萧夫人缓解了语气："儿子！蓝蓝她是不小心的！她已经知道了她不是我亲生的，为了不离开我，所以才做了过激的事。再说了，她也及时住手了，你也没事对吗？"

到现在还在为萧蓝蓝找借口！

萧同浩生气地直接拍了手里的筷子："萧夫人！我到底是不是你亲生的？"

"你当然是了！"

"那亲生的儿子还不如养女了！"

"儿子！"萧夫人安抚萧同浩，"这都过去了，你怎么还一直计较！蓝蓝也受到了惩罚，也知道错了！我们一家人好好的，不是很好吗？"

"好什么好！谁跟她一家人！枉我从小那么疼爱她，她为了保住萧家大小姐的位置，连我这个哥哥都要害死！她还有什么事做不出来？"

"她从小受了那么多的苦，有时候做事偏激也正常！我已经罚过她了，你就让事情过去吧！"萧夫人说。

"罚？就是把她关在房间闭门思过？每天好吃好喝地伺候着！这叫什么罚？要是当初我真被她撞死了，你还被蒙在鼓里，根本不知道是谁害死了我！"说到这里，萧夫人自己都后怕。

"儿子，你看你好好的是吧！蓝蓝没有你想得那么不堪！毕竟兄妹一场，还是原谅她吧！"

萧同浩是真的不明白："妈咪！这萧蓝蓝到底是谁啊！你连亲生儿子都不要了，就要她？"

"胡说！我怎么会不要你？"

"反正我是不可能再把她当妹妹！对了，我来就是告诉你一件事！"萧同浩看了一眼楼上，故意说得很大声，"凌天傲和夏芷苏已经结婚了！他们领了结婚证，现在是合法夫妻！"

"什么！"萧夫人大惊，根本没想到会是这个结果。

萧蓝蓝也从房间里冲了出来："不可能！"

萧同浩看到萧蓝蓝的面孔就觉得虚伪："有什么不可能的！这么大的事，我还能乱说不成？"

"妈咪！天傲他们怎么可以这么对我？"萧蓝蓝眼睛里水汪汪的，连泪水都出来了，

从楼梯上冲下来就准备跑出去。"我不信！我要当面去问天傲！"萧蓝蓝哭着就要跑出去。"来人啊！快拦住大小姐！"萧夫人着急地大喊。

萧管家和用人立马上来把萧蓝蓝拦住。

萧蓝蓝疯狂地想要冲出去，萧夫人急得上前把她拉回来。

只有萧同浩凉凉地坐在一边吃着餐桌上的菜，看到萧蓝蓝的样子，觉得越看越假！

他以前怎么就没有发现！

"女儿！我知道凌天傲实在是过分！他玩弄了你那么久！妈咪恨不得把他千刀万剐！还有那夏芷苏！这个狐媚子，妈咪迟早要让她付出代价！"萧夫人安慰女儿。

萧蓝蓝只知道凌天傲娶了夏芷苏。此刻脑子里一片空白，满脑子都想把夏芷苏给杀了！

萧蓝蓝突然一把拿过了萧管家腰间的佩刀，直接对着自己的脖子。"妈咪！我不活了！没有天傲，我反正也不想活了，你让我死了算了，凌天傲反正都结婚了！"萧蓝蓝举起刀子狠狠地往自己脖子上抹去，"我还是死了吧！"

"女儿！"萧夫人急死了，一把扣住萧蓝蓝的手腕，直接把她手里的刀子夺了过来。

萧夫人本来就有身手，这点萧同浩也知道。"你这是干什么呀！为了一个凌天傲，你值得吗？"萧夫人痛心疾首地说。

萧蓝蓝一副失魂落魄的样子："我从小就喜欢他！我喜欢他那么多年了！我等了他那么久，好不容易做了他的未婚妻！明明我都跟他要结婚了，夏芷苏又跑出来捣乱！妈咪，我真的受够了！"

"好好好！妈咪知道你难受！妈咪保证，一定不让夏芷苏好过！就算他们结婚了，也一定让他们离婚！别做傻事好吗？"萧夫人担心地说。

萧同浩嗤笑一声："他们俩夫妻感情好着呢，哪能说离婚就离婚？"

萧夫人知道萧同浩还在气头上，也不说他，只是不断安抚萧蓝蓝："答应妈咪，千万别做傻事！妈咪一定会一直站在你身边的！"

萧蓝蓝看着自己的妈咪，觉得妈咪对自己真好。扑在她的怀里，萧蓝蓝抽泣着："妈咪……你最好了！"

萧夫人从来没那么讨厌一个人，她一切都安排了，就等着凌天傲娶了蓝蓝！

可没想到夏芷苏能找来东野帮忙！还能在凌天傲面前演这么一出戏！凌天傲顿时觉得特别愧疚，立马拉着夏芷苏去领了证！

夏芷苏这个女人的心机，实在让他低估了！

虽然一整天都一惊一乍的，不过怎么说今天也是夏芷苏跟凌天傲的洞房花烛夜，凌天傲表现得特别勇猛，不把夏芷苏榨干都不甘心！夏芷苏被他折腾得连白眼都翻了，这才让凌天傲住了手。

终于凌天傲也累了，把夏芷苏搂进自己怀里，想着她现在已经是他老婆了，凌天傲看着看着唇角都忍不住上扬。

真的差一点点儿，今晚躺在他身边的女人就成了别人！凌天傲特别后悔，当时自己大少爷脾气一上来，什么都不管了，气得就想让夏芷苏看见他怎么把萧蓝蓝给娶回家！

没想到夏芷苏是被东野润一掳走的！这个该死的东野，接二连三地掳走夏芷苏！他的新婚，竟然把他的新娘都掳走了！

掳走了新娘，还敢到他的地盘来叫嚣，当众把夏芷苏从飞机上推下来！这手段，这气焰！让人恨不得拆了他的骨头！凌天傲越想越生气，轻声起床，直接走了出去。

"管家！"凌天傲喊了一声。

凌管家立马从角落里走了出来："少爷！"

"白天让你追东野，结果呢！"凌天傲质问。

凌管家立马回道："少爷，属下正打算明早跟您汇报！我们的人没有追到东野，但是已经查到他住在西子林！"

"很好，敢掳走我的新娘，那就尝尝后果！"

他要让东野明白，动他的女人，后果他承受不了！

只要想到差点儿因为自己的疏忽，丢失了这个女人，凌天傲就气不打一处来！

回到房间，看着床上熟睡的女人，手指摸着她的脸颊。"夏芷苏，我一定会好好对你！再也不让你受苦！"他轻声呢喃地跟她保证。

睡梦中的夏芷苏似乎听见了，唇角扬了扬，似乎梦到了很好的东西。

凌天傲见了她的样子，宠溺地亲了亲她。

"是不是梦到老公了，那么开心！"凌天傲捏着她的鼻子，明知道她听不见，却还是开心地说。怎么能不开心！终于把她娶回来了！失而复得的感觉，真的很好！

正准备上床睡觉，猛然发现夏芷苏的胸口挂着什么东西。凌天傲疑惑，拿起来一看，是一块紫色的玉。

凌天傲身为凌家大少爷，自然见过不少好东西。夏芷苏戴着的这块玉，他虽然没研究，也知道价值不菲。不仅如此，而且这块玉，他分明见过！这是东野润一的东西！凌天傲眸子倏然睁大，这是怎么回事？

怎么东野的贴身玉佩会在夏芷苏的脖子上！顿时，凌天傲的心口被埋上一层厚重的阴影。

握紧拳头，到底是怎么回事？深吸一口气。凌天傲相信夏芷苏不会骗自己！

那好，他就等着她的解释！

西子林，东野别墅。

用人娜塔莎都快疯掉了，真的不明白少爷为什么那么做！东野靠在小黄的身上，躺在那儿，还有心情看天上的星星！

"少爷，您跟夏小姐好不容易相认了！而且夏小姐并不怪您呀！她都主动逃婚了，来找您！您怎么还把她送回去了呢！"娜塔莎都追问一天了。

可这是少爷啊！她也不能太过分！少爷看着不急，她要急死了啊！

东野下意识地摸了摸脖子，这才发现一直贴身戴着的紫玉已经还给夏芷苏了。

果然，还回去之后，连个念想的东西都没有了。"如果凌天傲和萧蓝蓝真的结婚，阿芷一定会痛不欲生。"东野淡淡地说。

"可是，是夏小姐自己逃婚的！您却非要告诉大家是您绑架了夏小姐！现在所有人都知道了！凌少可以名正言顺地对付您了啊！"娜塔莎急都急死了。

"怎么，你以为我会怕了凌天傲？"

"少爷当然不怕，可这里怎么说都是凌少的地盘！少爷，这夏小姐眼看就是你的人了，您却亲手把她送回去！他们领证了，结婚了啊！"娜塔莎今天一整天都在嘶吼。

东野依旧面色淡淡，只有眼底划过了落寞。"阿芷肯定很开心了，终于如愿嫁给凌天傲。"

"可是少爷您不开心了啊！您找了夏小姐那么多年！是夏小姐自己承诺给您的！是夏小姐让你娶她的！你都等了夏小姐那么多年了！夏小姐怎么说反悔就反悔！"

娜塔莎太激动了，差点都要冲出去找夏芷苏拼命了。"小时候的玩笑话，是我当了真，不怪她。"东野云淡风轻地说。

"少爷！"

"嗯？"东野眼睛微抬，扫过娜塔莎。

娜塔莎只好闭嘴，站在一旁。本来以为有个夏芷苏可以陪少爷了！却没想到，夏芷苏跟凌家少爷最后还是结婚了！明明是自己逃婚的，少爷却谎称绑架了夏芷苏。这下好了！

凌天傲肯定会主动找上门来！她得跟裴括商量，做好应战准备才对！

夏芷苏知道此次她逃婚，一定把父亲吓坏了！想来爹地也在四处派人找她。昨天的一系列事情，她自己都还没回过神，所以一早起来就去了姚家。原本应该带着凌天傲一起去才对。可是大清早没看到凌天傲的身影，她就自己先回了姚家。

"爹地！妈咪！"夏芷苏一回来就看到爹地在训斥门卫涛叔。

涛叔看到夏芷苏，激动地喊："大小姐！您可回来了！"

姚正龙也是一喜："女儿！"

"我的女儿！你这是去了哪里啊！你怎么好好的就逃婚了？"姚正龙着急地说。

他还不知道夏芷苏跟凌天傲结婚的消息。夏芷苏刚想开口说话。

姚母走上来讥诮地嘲讽："现在知道回来了？晚了！凌少不可能再接受你了！你倒是够胆子的，连凌少的婚也敢逃！差点连累我们姚家和我们丹妮！知不知道？"

夏芷苏抱歉地说："对不起妈咪！我当时……"

"反正我们姚家也不是你的家！你倒是想怎样就怎样！自个儿逃了，一点都不顾姚家的死活！"姚母冷笑着打断夏芷苏的话。"行了，少说几句！芷苏这不是回来了！"姚正龙呵斥姚母。

姚母哈哈嘲讽："回来了又怎样，还不是嫁不成凌家！逃了凌家的婚，看谁以后敢要你？你又没有工作，难道还指着我们姚家继续养你不成！"

"你闭嘴！"姚正龙让自己夫人闭嘴。"闭嘴就闭嘴，说的都是实话，她不爱听也是事实！"姚母真是讨厌夏芷苏，"差点连累我们丹妮，还好意思回姚家来！"

姚正龙为了夏芷苏竟然说了要赶她们母女出姚家的话，姚母怎么能不气！转身就回房。姚正龙对夏芷苏抱歉地说："女儿，别在意你妈咪的话，她就是这样的人！你到底去哪里了？凌少来娶你，你怎么跑了？"

"我……"夏芷苏想说，她后来又回去了。

还没开口，姚丹妮从外面回来，看到夏芷苏就哎哟了一声："这不是凌家未来的少夫人吗？这少夫人做不成了，怎么回姚家来了？真是好意思呢！"

姚正龙都不想说姚丹妮了，他跟夏芷苏说："芷苏，快进去吧！"夏芷苏真是很感激爹地，即使误会她没有嫁给凌天傲，还是一点儿都不嫌弃她！

夏芷苏跟着姚正龙进去。姚丹妮挡住她的去路："接着拽啊！没有凌少给你撑腰，我看你怎么拽起来！胆大包天逃了凌家的婚，你以为凌少还会要你啊？夏芷苏，你可是彻底失去了靠山！"

戳着夏芷苏的肩膀，姚丹妮开心得不行："早就说了，你是乌鸦，你是野鸡！想飞上枝头当凤凰，当真是想太多了！"

夏芷苏直接握住姚丹妮的手腕："丹妮，我不想跟你吵。"

"你现在哪里好意思跟我吵！我才是姚家的大小姐！而你，只是个赌徒的女儿！永远都翻不了身的！"姚丹妮得意地嘲笑。

"姚小姐，请对我们少夫人放尊重一些！"外面叶落带着几个守卫进来。守卫们提着一个很大的篮子，里面装满了各国的钱币和珠宝首饰。

夏芷苏一怔，叶落怎么来了？

叶落看到夏芷苏，微笑着欠身："少夫人！您早上出门太急，忘了带少爷准备的礼物了！少爷说，之前准备的聘礼有些少，现在再补一些！"

姚丹妮睁大眼睛："少夫人？"姚正龙还没进去，自然也听见了。

什么？少夫人！

这个女人是凌天傲的贴身用人，这点姚家人都知道。

只是这女人怎么会那么恭敬地喊夏芷苏"少夫人"？难道夏芷苏已经嫁进凌家了！

"芷苏，这，这是怎么回事？"姚正龙又惊又喜地问夏芷苏。

夏芷苏这才说："爹地，我跟凌天傲已经结婚了！"

"结婚了？"姚正龙失态地惊叫，"你，你怎么不早说！各位请进！快请进！"

叶落让守卫们进去，把东西都放下。

姚丹妮看着那一篮钱和珠宝，错愕得眼珠子都快蹦出来了！夏芷苏明明逃婚了，怎么又结婚了？

姚正龙看着那些钱也是睁大了眼睛，这凌少就是大方！

姚母从屋子里听见了，跑出来看到那么多的礼物和珠宝，也是惊愕无比，下意识地看向门口的夏芷苏！

这夏芷苏都逃婚了，凌少还能原谅她！

叶落经过姚母的身边，璀璨地一笑："姚夫人！凌家少夫人，我们少爷会养着，还是不劳您费心了。"

姚母刚才嘲笑夏芷苏没有工作难道还让姚家养着。叶落随口回复的一句话，让姚母尴尬得无地自容。

"那个……我是跟自己女儿开玩笑呢！就算没有凌家，我们姚家也一定会好好对她，好好养着的。"姚母立马变了一副嘴脸，走到夏芷苏身边挽住她的手，"芷苏，快进屋啊！还愣着干什么？"

夏芷苏一愣，还是第一次见到母亲这么热情，也笑了起来，开心地说："谢谢妈咪！"

"咱们母女说什么谢字！见外了！见外了呀！"姚母表现得热情无比。

叶落唇角划过一丝笑，见夏芷苏走过来，立马躬身。等夏芷苏走开，她才直起身。

姚正龙看在眼里，看来夏芷苏在凌家的地位非凡。只要看那些下人对夏芷苏的态度就知道！凌家果然是豪门世家，管教下人有方！

直到夏芷苏出了姚家，姚母还热情地拉着夏芷苏的手，搞得像亲生女儿一样。姚丹妮站在一旁脸色很难看。

等夏芷苏上了车，叶落忍不住说："少夫人，这些年让你待在这里，真是苦了你了！"

夏芷苏还对着窗外的爹地妈咪挥手，脸上是笑着的。没有看叶落，她只是云淡风轻地说："在你无家可归的时候，发现有这样一个避风港，什么苦都是甜的。"

叶落一愣，看着身边的女人，她知道夏芷苏的遭遇，自然知道夏芷苏从小到大到底受了多少苦。

的确，一个人流落在孤儿院，出来之后被自己的养父天天毒打。为了躲避养父的赌债，她还需要东躲西藏。相比这些，姚家母女的刻薄真的不算什么了。

"少夫人，以后有少爷在，他一定会好好对你的。"叶落真心地说。

"我知道。"她知道凌天傲会对她很好很好，"对了，凌天傲一大早去上班了吗？"

"不是！少爷去了西子林，找东野少爷算账呢！"

"什么！快！快去西子林！"夏芷苏一听就心惊肉跳。

叶落还以为夏芷苏担心少爷，安慰说："少夫人放心吧！少爷带了足够的人！这一次一定……"

"停车停车！"夏芷苏见司机开得那么慢，大叫着。

司机哪里敢怠慢，立马靠边停了车，夏芷苏直接冲了下去。

"少夫人！"叶落还不知道怎么回事，也立马跟下了车。

夏芷苏拉了司机出来，自己到了驾驶座上。没等叶落上车，车子风一般飞奔了出去。

叶落急死了："少夫人不是不会开车吗？"司机耸肩，他哪里知道啊！夏芷苏会开车，只是没驾照。她哪里会不着急！

想到凌天傲找东野润一拼命，不管是谁受到伤害，她都会担心。

此刻，西子林东野家。

凌天傲带人把东野家围了个水泄不通！"东野润一！怎么当缩头乌龟不敢出来了？敢掳走本少爷的新娘，你真是找死！"凌天傲站在最前方，对着东野家的大门喊。可是里面一点动静都没有。

"少爷，会不会里面没人？"凌管家见里面没动静，问。

凌天傲不屑地勾了勾唇角，说："没人算他知趣！知道本少会找上门提前躲起来！那还客气什么！把这里夷为平地！"

凌天傲一声命令。

几个拿着火神炮的守卫就准备点燃炮火，把这栋豪宅夷为平地！

只是炮火还没来得及点燃，突然人群中传来惨叫。等众人回头，地上只剩下一摊血迹。是什么东西出现，把整个人给咬走了！

"少爷！这是什么东西！"凌管家下意识地挡在少爷面前。

话音刚落，又是一声惨叫，同样在他们的眼皮底下，一个守卫被什么东西咬走。

凌管家大惊，抽了枪出来，小心地戒备。一时之间，都人心惶惶。凌天傲冷冷一笑："东野润一也就会装神弄鬼吓唬人！接着放炮！"

轰隆一声，炮火响起，却不是凌天傲的炮火。而是在头顶，接二连三的炸弹丢了下来。

一架直升机盘旋而过。

紧接着从凌天傲的外围冲出几十个人，都是东野的人，把凌天傲的人团团围住。不远处，东野就带着人站在那里，手背在身后，脸上带着冰冷的笑。

"表弟好大的阵仗。"东野勾了勾唇角，"不过，你似乎被包围了。"

"是吗？你确定本少被包围了？"凌天傲冷笑一声，一抬手。又一批人从外面冲进来，

把东野润一的人也团团围住。

东野微微皱眉，竟然还有一批人，他竟然没有发现！这隐藏的技术果真不一样！

"看来今天难免要血战一场，不过既然天傲你喜欢，哥哥我自然奉陪！"东野润一话音一落，他身后的人直接冲了上去，跟凌天傲的人激烈地交战，而东野润一始终岿然不动。

凌天傲同样站在那里一动不动，就盯着东野，眼底是深沉的杀意。他的脑

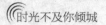

海里都是夏芷苏脖子上的紫玉。

那明明是东野的贴身玉佩，为什么给了夏芷苏？

两人对视了片刻，一个跳跃，冲了上来。他们两人用枪，谁也占不了便宜！那就用身手再比个高下！

场面混乱无比，手下们打得火热，而他们的主人也亲自动手，近身肉搏！凌天傲一拳挥了过去，东野侧身，拳头从他脸上擦过。东野脚步一迈到了凌天傲的身后，一掌打在凌天傲的肩膀。

凌天傲一个踉跄，却一个俯身踢腿，东野摔倒在地，手掌撑着地面，弹跳起来。没有片刻愣神，半空中，抬腿踢过去。凌天傲掌心向他，双手接住他的脚力。

狠狠一推，东野在半空中再次凌空翻腾，稳稳落在地上。

凌天傲一眼就看向东野的脖子，以前他是见过的，东野戴着那块紫玉！也就那么一两次。

东野脖子里的紫玉不小心掉出来。他看见的时候，东野立马把紫玉放到衣服里面，生怕别人窥觑了一样！眸子眯着，深邃的黑眸里带着疑虑和愤怒。

"说！你跟我的太太夏芷苏是什么关系？"凌天傲冷冷地质问。东野先是一愣，随即勾起了唇角："你以为我跟她是什么关系？"

"你几次掳走她，却都没有伤害她！"

"是啊，她是表弟你的女人，我怎么能伤害她？"

"既然知道她是本少的女人，你还敢掳走她？"凌天傲怒吼一声，唰的一下从腰间抽了一把刀出来，直接刺向东野。

东野润一眉头微皱，一个转身，从自己的腰间也抽了一把刀出来，两人正面交锋，擦肩而过。

只是几秒钟的工夫，两人背对背，凌天傲的手臂上多了一道深深的血痕，而东野的脖子上也有被刀划伤的痕迹。

他们俩的实力实在是太接近了！闻到主人的血的味道，一直躲在暗处的小黄按捺不住，疯狂地冲了出来。

凌天傲才刚转身，想继续发动攻击，却不想一条大蛇蹿了出来，直接用脑袋撞掉了凌天傲手里的刀。

血盆大口对着凌天傲，小黄死死地护住自己的主人。这条蛇，凌天傲不陌生！正是岛上的那条黄色的蛇！没等凌天傲回神，那条蛇冲了过去，一头撞向凌天傲的身体。

凌天傲反应过来，迅速跳开躲避。"少爷！是刚才的东西！"凌管家大叫。凌天傲当然知道了，从来不知道东野润一养了这么条大蛇！小黄又冲了上来。

凌天傲侧身猛跳，直接跳到了蛇的身上，抓起刀子狠狠地刺了下去。

小黄疼得嘶吼，疯狂地摆动身躯。凌天傲抱着小黄的身体，一刀子又要下去。

东野润一见状立马跳了上去，直接抱着凌天傲从小黄的身下滚落，两人一滚到地上再次厮打起来。

凌天傲狠狠打了东野一拳，东野翻身又打了他一拳。两人这样厮打，小黄一时也不敢上前。

东野一脚把凌天傲踢开，凌天傲在半空一个翻身，手掌落地。没等东野上来，凌天傲手一撑就从地上跳起来。

东野的枪口瞬间指着凌天傲的脑门，而凌天傲手里的刀戳着东野的心口。两人对视，眼底都是置对方于死地的决心！

"到底是我的枪快，还是你的刀快？"东野勾起唇角，眼底带着邪气。"试试不就知道！"凌天傲冷冷一哼。

不论怎么试，两人都会是两败俱伤！

"少爷！"

"少爷！"凌管家和东野的守卫裘括都惊恐地大叫。东野唇角微扬，扣动扳机。凌天傲眉梢微挑，手中的刀子准备着。

所有人都屏息凝望，守卫们都担心各自的少爷，哪还有心思打斗。突然一个人影冲了出来。没等大家看清楚。

凌天傲只觉得一个踉跄，本能的反应，是把刀子戳进东野的心口。他的速度很快，只要他想，没有做不到的！

东野还没扣动扳机，猛然看到面前突然出现的女人，狠狠地，迫使自己的手臂挪开。

砰的一声枪响。子弹从她的脸颊擦过。

东野一个踉跄，是凌天傲的刀子进了他的胸口。而凌天傲被突然出现的夏芷苏推开了！"权权！"夏芷苏惊叫，想上前。

小黄亲眼看着刀子没入东野的胸口，都是因为夏芷苏的突然出现，嘶吼着爬到东野的面前，巨大的脑袋愤怒地对着夏芷苏。

"小黄！"东野捂着心口呵斥。

小黄无奈只能收回脑袋，自己的身体蜷了起来，把东野护在里面。

"夏芷苏！"凌天傲是被夏芷苏从身后推开的。

当时东野的枪口就对着夏芷苏，也不知道她伤到了没有。凌天傲着急地检查夏芷苏的身体。夏芷苏说："我没事。"

推开凌天傲，夏芷苏急忙上前，想要看看东野。可是小黄护着东野，不让夏芷苏靠近。

守卫裘括和用人娜塔莎都冲了上来，护在小黄身边。"让我看看他！让我看看他！"夏芷苏着急又担心地恳求。

凌天傲眉头紧皱，夏芷苏怎么那么关心东野！他把夏芷苏拉了回来。凌天傲的枪口直接指着被小黄护住的东野。

唰的一下，裘括和娜塔莎拿枪指着凌天傲。见自家的少爷被人用枪指着，凌管家挣扎着起来，守卫们也冲过来，枪口齐刷刷指着裘括和娜塔莎。一时间所有人都紧张起来。夏芷苏冲到小黄面前，双臂撑开："凌天傲！把枪放下！"凌天傲无比震惊，根本没想到夏芷苏会站到东野那边！"夏芷苏！你忘了东野接二连三地掳走你了吗？"凌天傲怒吼，"这个该死的东野，差点儿分开我们两个！本少爷今天非要毙了他！"

东野心口的血不断流出来，捂着胸口，东野抬眼看着夏芷苏挡在自己面前，唇角勾了一勾。

这就是他认识的阿芷，哪怕让他豁出性命，她也值得他为她做任何事。"不关东野的事！昨天不是他掳走我的！"夏芷苏大喊。还没喊完。

东野冷笑了一声："对，是我掳走阿芷！你凌天傲的东西，我东野润一都喜欢抢！"

"你该死！"凌天傲枪口狠狠对着东野，目眦欲裂。

"权权！"夏芷苏着急地喊，"你别说了！"

"你叫他什么？"凌天傲此刻也听出来了，质问夏芷苏。

"凌天傲，我跟权权从小就认识了！你放了他吧！他是无辜的！"夏芷苏恳求着。

从小就认识？凌天傲几乎一个趔趄，不敢置信地盯着夏芷苏，脑海里嗡嗡嗡地响。多年前的一幕，再次从脑海里浮现。

"天傲！我跟东野一直都认识！接近你，我只是为了帮助东野拿到 GE 集团副总的位置！"曾经的那个女人这样绝情地跟他说。

可是眼前这个他凌天傲如此掏心掏肺的女人，竟然也这样说！

凌天傲几乎要哈哈大笑起来。枪口瞬间指着夏芷苏，凌天傲听到自己问："你是东野的人？夏芷苏，你告诉我，你是不是东野的人？是不是东野派在我身边的卧底？"

夏芷苏错愕，她怎么可能啊！"凌天傲，你怎么会这么想？我怎么可能！"她为了帮助凌天傲拿到总裁之位，不惜跟萧夫人做了交易！她如果是东野的人，早就帮助东野了！

"好！为了证明你跟他没关系，你现在就杀了他！"凌天傲枪口朝下，把枪拿给夏芷苏。

夏芷苏握着手里的枪，觉得沉重无比。"我跟他的确从小就认识！这我不否认！可我为什么要因此杀了他？"夏芷苏怎么可能会下手。

"夏芷苏，你是他的人！你从头到尾都是他东野润一的人！你也该死！"凌天傲疯狂地大吼，眼底充满被欺骗的愤怒。

"凌天傲！我之所以没告诉你我跟权权从小就认识，只是不想让你误会！"夏芷苏觉得凌天傲误会了什么，着急地解释。

凌管家在一旁也震惊不已，怎么都没想到夏芷苏竟然是东野润一的人！这才刚刚结婚，却让少爷发现夏芷苏是东野的人！这该怎么让少爷接受啊！

"误会什么？夏芷苏，你隐藏得可真深啊！竟然能走到这个地步！以前本少怎么没发现你这么会演戏！想来昨天那一幕，也是你跟东野在演戏吧！"凌天傲冷冷地嘲讽。

昨天的那一幕，夏芷苏的脸上划过尴尬。确实是东野在演戏，可是她真的不知情！

等她睁开眼睛，她当时已经在凌天傲的怀里了！

"凌天傲！我……"这点的确被凌天傲说中了，夏芷苏脸上尴尬，不知道说什么！

正是她如此的表现让凌天傲怒火中烧！被欺骗的愤怒蔓延至全身！他明明那么开心可以娶了她！他才刚刚娶了她，却知道了如此赤裸的真相！

"所以你今天不会杀了他？不，无论何时你都不可能杀了他！因为你一直就是他的人！枉我那么相信你！夏芷苏！你竟然这么对我！"凌天傲愤怒地咆哮，拿了凌管家手里的枪，指向东野润一！

夏芷苏本能地挡住，不让他伤害东野。

因为夏芷苏知道东野是无辜的！是因为她，他才惹怒了凌天傲！

"夏芷苏！你难道不知道本少很生气？你要逼着我亲手杀了你不成？"凌天傲的眼底已经被怒火熏得赤红。

"我跟权权从小就认识，可我没想到你的反应这么激烈！凌天傲，我认识他有错吗？"夏芷苏不明白。

"错？你当然错了！你是他的人！你接近我都是为了东野润一！"凌天傲看到夏芷苏脖子上的紫玉，勃然大怒。

"你怎么会这么想？你忘了，本来就是你主动接近我的！"

"对！你一次次的欲擒故纵，倒是成功让我主动接近了你！夏芷苏，你当真以为本少很好糊弄，当真以为没了你，本少就会死去活来了？"凌天傲凉凉地笑。

"我没有那么以为！我虽然跟权权从小就认识，可我一直站在你这边！"

"是吗？看看你自己！现在站在哪边？"凌天傲冷笑。

"我……"夏芷苏看了一眼身后的东野润一。胸口的血不断流出，再不止血，他会死的！

"让本少相信你也可以！你亲手把他杀了，本少就相信你不是东野派来的卧底！"凌天傲指着东野大喊。他已经快要疯了！快被真相逼疯了！夏芷苏跟东野从小就认识！

既然认识，那么当初东野掳走夏芷苏威胁他，也许就是夏芷苏主动跟东野演的一出戏！

想到这里，凌天傲的胸口剧烈起伏！

"我不能杀他！"夏芷苏一字一句地说。

"好！本少亲自来！"凌天傲唰的一下举枪。

裘括和娜塔莎也把枪口对着凌天傲。

"凌天傲！你再上前一步！"夏芷苏用手里的枪指着自己的脑袋。

"夏芷苏！"凌天傲的吼声带着心碎和愤怒。

夏芷苏的心口一颤，可是她不得不这么做！她不能啊！不能让凌天傲伤害权权！

夏芷苏平静地看着他："关于我跟东野认识的事，我可以解释！但是我求你，离开这里，好不好？"

"你为了他愿意去死！你还让我怎么相信你？"

"如果今天是你，我也愿意为你去死。"

"够了！你说的任何话本少都不会相信！夏芷苏，你这么欺骗我，真以为你这样的威胁对本少有用？"凌天傲歇斯底里地大吼。

夏芷苏手中扣住扳机，顶着自己的脑袋："我不知道有没有用，但我想试试。"

"你！"

"阿芷！把枪放下！"东野吃力地喊。夏芷苏怎么能放！都是她害了东野！她可以跟凌天傲解释清楚的！但是如果不救东野，她会后悔一辈子！

"少爷！少夫人她……"凌管家也不敢贸然上前。凌天傲气得握着枪的手都在抖，闭上眼睛，深吸一口气。

夏芷苏脖子上的紫玉 —— 东野的贴身玉佩，让他疑惑了整整一个晚上！现在，他的夫人，却站在东野那边，用自己的性命要挟他离开！

"我们走！"凌天傲怒气冲冲地转身，大步走开。夏芷苏几乎瘫坐在地上。

"少爷！"娜塔莎着急地大喊着。

东野看着凌天傲离开，几乎晕倒在小黄的身上，娜塔莎和裘括急忙把东野扶进了屋子里。夏芷苏也立马跟上。

"夏小姐！多谢！"东野的守卫裘括忍不住表示感谢。夏芷苏公然站在少爷这边，凌少必然会误会夏芷苏的！

"夏小姐,您先回去吧！我们会照顾好少爷！还是先去跟凌少解释清楚！"上一次车祸，东野好得那么快，想来也是娜塔莎他们照顾有方！

夏芷苏点头："那我先走了！"

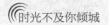

▮▮▮ 第三十六章 他是不是真的误会她了 ▮▮▮

凌天傲的房门是紧闭着的，用人们只敢站在外面，靠近房门大家都感觉到了少爷燃烧的怒火，似狂风暴雨般席卷了整个凌家。

夏芷苏根本就没有想到事情的严重性！

她其实真的不知道凌天傲会被气成这样。

敲了敲门，夏芷苏说："凌天傲，是我，我回来了！"

这时候，有什么东西砸在了门上，里面是凌天傲的怒吼："滚！夏芷苏！本少这辈子都不想见到你！"

夏芷苏的心直颤抖，小心翼翼地说："我可以解释！你让我进去说好吗？"房间里好半天都没有声响。当夏芷苏以为凌天傲不会理会自己的时候，门突然开了。

一双阴鸷的眼睛带着狂风的肆虐席卷着她的身心，她的身子禁不住一抖，凌天傲直接把她拉进去。

砰的一声关上门，把夏芷苏重重地甩在门上。

凌天傲往沙发上一坐，头也不抬，怒声说道："解释！"眼睛淡漠地扫了一眼夏芷苏胸口的紫玉。那是东野的东西，她却这么宝贝地戴着。

他克制着怒火，想听听夏芷苏到底能解释出什么来！

"我跟权权，我是说东野，我们从小就认识！他跟我一个孤儿院！后来他被家人接走了，我就跟他失去了联系。我也是前不久才知道东野就是小时候的权权！"

"既然如此，你怎么不早跟我说！"凌天傲显然是不相信的。

"我跟权权之间……"夏芷苏下意识地摸上胸口的紫玉，不知道该不该说，说出来，凌天傲会不会更加生气？

凌天傲见夏芷苏摸那块紫玉，更加来气！

东野送她的东西就那么宝贝！都贴身戴着了！

"你们之间发生了什么？！"凌天傲冷冷地质问。

"我怕我说了你会更加生气！"

"你以为本少爷现在不生气？！夏芷苏，你告诉我！你是不是东野派在本少身边的卧底！是不是？"凌天傲大声地质问着。

夏芷苏惊愕地说："怎么可能？"

"怎么不可能！你分明跟东野认识！从小就认识！而在之前继承权的争夺战，你被东野抓走了威胁我！"

"所以，你怀疑我跟东野串通了故意骗你？"夏芷苏觉得好笑。

"不是不可能！"夏芷苏真是要笑死了："你就这么想我？"

"难道不应该吗？"凌天傲看到夏芷苏脖子上的紫玉，气得眼冒金星，猛然站起身，高大的身影居高临下地盯着她。眼睛里是前所未有的冷漠。

"夏芷苏！本少不想知道你跟东野润一是怎样的关系！但是我告诉你，你这样欺骗我，欺骗我的感情，我绝对不会原谅你！"凌天傲怒吼地说给她听。

似可怕的魔音在夏芷苏的耳边回荡。

夏芷苏简直就是一个踉跄，努力让自己稳住身形。

"凌天傲，是你不相信我！不是我欺骗你！"

"好！你敢说，你从未欺骗我？"凌天傲质问。

"我……"昨天东野把她带到婚礼现场。东野说是他掳走她的，她默认了，其实是她主动逃婚的！

"夏芷苏，你说不出话来了？我就知道你和东野是一伙的！所以我去攻打西子林，你却站在东野那边，你为了他以死相逼！"凌天傲想到这里，握紧了双拳。

"所以，我说什么你都不会信了对吗，凌天傲？"夏芷苏抬眼，眼底的泪光努力隐忍着。

"前一刻还被东野掳走，后一刻就用自己的性命来维护！夏芷苏，你让我怎么相信你？恐怕昨天的婚礼被东野掳走，也只是你们的一场戏！只不过我和所有人都被耍得团团转罢了！"凌天傲想起来就觉得可笑，"我被你玩弄了那么久，你很得意吧？"

她无法理解凌天傲的怒火有多大。

她只知道凌天傲一字一句，都像一把利刃把她伤得体无完肤。"既然在你眼里我是这样的人，那还跟我结婚做什么？"夏芷苏微微地笑

起来，天知道她此刻的笑容几乎是用了她全身的力气，"我们离婚好了啊！"

凌天傲心口剧烈地颤抖。

"离婚"二字，就这么轻易从她嘴里说出来了！就算那么生气，他都没有提这两个字！

上前一步，他低头，灼灼的目光盯着面前的女人。"夏芷苏，我真想挖出你的心看看到底是什么颜色的！"凌天傲的声音几乎沙哑，带着克制的怒意，

好像随时都想掐死她。夏芷苏抬眼，回视他。

她也想把心挖出来给他看看，到底她心里装着什么！她那么义无反顾地想要跟他在一起。

竟然不顾姚家的安危，自私到了极点！果然违背了萧夫人的承诺，她是要付出代价的！

早知道他们之间的信任那么不堪一击，她又何苦回来。凌天傲出去了，狠狠摔了门。

夏芷苏无力地跌坐在床上，眼底的泪水终于控制不住，快要奔涌而出。不过夏芷苏抬眼看着天花板，又把泪水逼了回去。一切发生得太过突然。她从离开到回来结婚，到此刻的争吵只有两天的时间！她真的很不喜欢现在的自己。整个人的身心都被一个男人牵动着。

凌天傲的一句话都会让她开心、让她难过！她觉得自己成了她讨厌的那种人。如同依附男人的"寄生虫"，没了男人好像整个世界崩塌了一样。

她现在真的怀疑，自己那么不顾一切到底值不值得！

"少夫人！"叶落听到少爷摔门出来，着急地来到房间。

就看到夏芷苏仰望着天花板努力隐忍着泪水。夏芷苏看到叶落，随手揩拭眼角的泪水。

"少爷出去了！"叶落说。

"嗯。"

"少夫人，到底怎么了？少爷怎么会生那么大的气？少夫人是不是有什么误会，跟少爷解释清楚就好了！"误会？是有误会。可是凌天傲根本就不想听她解释，字眼里面满满都是尖酸和刻薄。说什么"她是东野派来的卧底"，真是要笑死她了！

夏芷苏一直坐在客厅里看电视，手里拿着抱枕。叶落站在门口，焦急地看着外面。

这么晚了，少爷怎么还没回来呢！

再看了眼沙发上的少夫人，分明也是有意想等少爷回来！外面走来一个人影。叶落一喜，慌忙迎出门去。

夏芷苏的视线从电视上收回来，也是下意识地看向门外。"默儿小姐！"是顾小默！

顾小默刚从酒吧回来，一身的酒气，大声喊道："你们家大少爷脾气发完了没啊？吓死本小姐了！那么大的脾气都是芷苏惯出来的！"

"默儿小姐，你怎么喝那么多酒！"叶落捏了捏鼻子。

顾小默还故意在叶落脸边呵着气："再多的酒本小姐也喝得了！你猜我在酒吧里看到什么了？云可姿啊！"叶落一怔，愕然，下意识地看向客厅里的夏芷苏。

"默儿小姐，你喝醉了！肯定看花了眼！"叶落小心地说。

"看花什么呀看花！新闻上都在放呢！云可姿回国了！肯定是为了凌天傲回国的！那个女人！哈哈！"顾小默拍掌。

"默儿小姐，别说了！"叶落急得跺脚，使劲给顾小默使眼色。就是那么巧，夏芷苏在看电视，她是随便放的。

屏幕上很巧地在放娱乐新闻。"著名好莱坞影星云可姿即将回国发展！到底是什么原因让云可姿放弃好莱坞如日中天的事业，在她当红的时候退出了好莱坞，大家也是议论纷纷。"

"自出道以来，大明星云可姿从未传出过任何绯闻！这一次回国，有传言说是为了一个男人！是谁那么幸运能受到云可姿的青睐？"

夏芷苏看着新闻又听到了顾小默的话。

顾小默说得很少，但是信息量却很大。这个很容易理解。特别是作为一个女人，该有的敏锐还是会有的！

云可姿，夏芷苏当然也听说过。

那么有名的好莱坞明星，几乎红遍全世界的，夏芷苏怎么可能会不知道。

"你怎么不早说夏芷苏在啊！"顾小默猛然看见夏芷苏，都快被吓死了。

叶落都要哭了："少夫人一直坐在这，是你自己没看见啊！"

"我刚也没说什么啊！对吧？"

"你当少夫人傻啊？"

顾小默捂嘴，委屈地说道："我是不是闯祸了？可我觉得我真没说什么！"的确没有说太多。可是她知道，女人对这种事，都是很敏感的。

顾小默走过来，挨着夏芷苏坐下，戳了戳她的手臂，轻声说道："听说你跟凌天傲吵架了？"

"嗯。"夏芷苏应了一声，看着屏幕。

那女人既高挑又美艳，还气场十足，在聚光灯下，美到每一个毛孔都吸引人。顾小默看着电视屏幕，啧啧地嘲笑："以前天天想上头条，现在做什么都上头条！真是如愿以偿了！"

"前女友吗？"夏芷苏关掉了电视，随口问顾小默。

顾小默一愣，知道夏芷苏要问什么。打着哈欠起身说："唔，好困，我去睡了！叶落快帮我找个房间！"

"哎！"夏芷苏拉住她，"你说在酒吧里看到了云可姿。"

"我，我说了吗？"

"是不是还看到凌天傲了？"顾小默睁大眼睛，含糊地说："我可没说啊！"

夏芷苏苦笑起来，她在家里一直想等他回来，却发现原来根本就等不到他！

"芷苏啊！其实两个人分手了，见面的时候也不一定要拼个你死我活，大家也可以坐下来喝喝酒什么的，对吧？"顾小默特别想安慰夏芷苏。

"所以，他在酒吧和他的旧情人喝酒。"夏芷苏接口说道。

"这不是初恋吗？初恋肯定没那么容易忘，对吧！一个人对自己的前任多多少少，总之不可能一点儿感情都没有的！"顾小默安慰完就想拍死自己。

真是酒喝多了，什么话都乱说！说话还不经过大脑！

"初恋。"夏芷苏几乎笑起来。也对！凌天傲那么优秀的男人，身边根本不可能没有女的！

而她，也根本不可能是他看上的第一个女人！实在不用太惊讶。

名仕酒吧。

幽暗的灯光下，是各色的人群。

所有人都在追寻自己的快乐和欲望，舞池里，有男女拥吻，有男女上下其手。舞台的正中央还有舞娘在跳着妖媚的钢管舞。吧台边，一个俊朗的男子几乎喝得酩酊大醉。他怎么都没有想到自己心爱的女人，自己的夫人会这样欺骗他！

又是东野的人！怎么又是东野的人！

凌天傲喝着喝着，拿起手里的杯子直接狠狠砸在地上。

他旁边的女人一惊，心疼地抚着他的肩，说道："天傲，你怎么喝了那么多！不是刚刚结婚吗？怎么不去陪你太太？"

说到他的"太太"，凌天傲简直要笑出来。"酒！"凌天傲一拍吧台。

吧台的服务生正是夏芷苏的朋友风小洛。

风小洛知道凌少已经喝了很多了，看样子凌少心情不好，怎么夏芷苏不在身边，反而是这个大明星云可姿在他身边！

凌天傲差点儿从吧台滑下来，云可姿扶住他的手臂，叫了一声"天傲"！凌天傲似乎醉得厉害，连坐都坐不稳，眼看着要倒进云可姿的怀里。

风小洛立马伸手拉了一把，才不至于让凌天傲就那么倒进云可姿的怀中。

云可姿抬眼看了看风小洛。

风小洛咧嘴一笑，说："云小姐，我看凌少喝醉了，还是打电话通知他的家人来接他回去吧！"

"你是不是管得太多了？"云可姿也是微微一笑。

风小洛一愣，然后笑着说："是这样的，云小姐，凌少的太太是我的朋友！"夏芷苏结婚的消息她有幸知道，是夏芷苏主动发短信告诉她的。

风小洛还以为夏芷苏忘了自己呢！没想到，那么大的事，夏芷苏还是跟她说了。

这次轮到云可姿愣住："是吗？凌少一个人喝闷酒，你的朋友怎么不来照顾他？"

风小洛也想知道为什么夏芷苏不来！可把她急死了！一时之间，风小洛也说不出话来。

云可姿扶了凌天傲走下吧台："天傲！我送你回家吧！"

说到"回家"，凌天傲似乎有点儿反应，反感地摆手："回家？不回！我不回！这辈子我都不想见到那个女人！"

这话说得那么明确，云可姿当然听出来凌天傲跟新婚太太闹别扭了！

"好好好！我们不回！"云可姿立马顺着他的话说。扶着凌天傲，云可姿往酒吧门口走去。

风小洛眼看着凌少被云可姿带走，虽然不知道这大明星跟凌少什么关系！可是不管怎么说都是孤男寡女，而且一个还喝得那么醉了！

风小洛很着急，立马给夏芷苏打电话。

夏芷苏正躺在床上看手机，风小洛的电话一来，她立马接起，说："小洛？"

"凌少被云可姿带走了！你怎么让凌少一个人在酒吧喝闷酒呀！大晚上的多少女人贴上来，全被云可姿挡掉了！"风小洛可是目睹了全过程！夏芷苏睫毛微微颤抖了一下："哦。"

夏芷苏的反应实在让风小洛惊悚："芷苏！那可是云可姿！那么个大美人！还是全世界男人心中的女神！现在凌少喝醉酒了就跟她在一起！你不担心啊？"

不仅是全世界男人心中的女神，还是凌天傲心中曾经的爱人。如果凌天傲不能自律，她就算强行把他拉回来又如何。

"小洛，很晚了，我先睡了，晚安。"夏芷苏说完就挂断了电话，风小洛简直要跳起来！

新婚的老公跟着别的女人一起喝酒一起出了酒吧！这个做老婆的竟然那么

淡定！夏芷苏怎么可能睡得着。她跟凌天傲从来没有吵得那么凶。还记得那一次东野故意来挑拨离间。

凌天傲跟她吵架也非要拉着她的手吵。可是现在凌天傲跟他的前任一起在酒吧喝酒。

夏芷苏还是没忍住，于是起身，出门。车子开得飞快。转眼间就到了酒吧门口，一眼就看到了那个男人。

凌天傲一直俯身在吐，吐完了，就靠在那女人的怀里。那女的一直在说什么，看着眼前的男人，抱住他的脸，时不时地嘴唇还在他脸上擦过，很是心疼的样子。

夏芷苏握着方向盘的手都颤抖了。

这时候电话却响起了，是姚正龙的电话。"爹地……怎么了？"夏芷苏努力让自己平静下来问。

那一头姚正龙似乎发了很大的火，似乎又很着急："芷苏，你给我的支票银行不肯兑现，还指责我涉嫌诈骗！警察已经找上门了，要带我去警察局问话！芷苏，你怎么可以这样害我？干什么？我可是凌少的岳父！"

夏芷苏还没问清楚，那一头就传来了父亲的大吼声，周围好像还有一帮人的声音。

"爹地！爹地！"夏芷苏着急地喊着，那一头却没了声音，夏芷苏心里狠狠一咯噔，也顾不上凌天傲了。

于是夏芷苏掉转车头，往警察局的方向奔去。

一到了警察局，警察知道夏芷苏要见姚正龙，就带着夏芷苏去看守所。

"爹地！"夏芷苏看到铁栏杆里面的爹地，着急地喊。

姚正龙浑身是伤，脸上被打得红肿一片。看到夏芷苏，姚正龙疯狂地大叫："夏芷苏，我养你长大，你怎么那么对我？"

"到底发生什么事了？他们！他们私自对你用刑！"

"你给我的支票，银行根本就不给兑换现金，还指控我诈骗！那么大一笔数额，如果是诈骗，我要坐一辈子的牢啊！"姚正龙失控地大吼。

"爹地，你不要着急，我一定会救你出来！"夏芷苏也急得团团转。

"凌少呢？凌少怎么不陪你来？他是不是不准备管我了？是不是不想管我了？"

姚正龙看到夏芷苏身后根本就没别人，开始疯狂地大叫，"这一定是凌少的钱，快让他来说清楚，快让他把我救出去！芷苏啊！爹地受不了了！"

姚正龙被带到这就用了私刑。他哪受得了这些！

夏芷苏特别愧疚，红着眼睛："爹地，这钱不是凌天傲的，但是我一定会把你救出来！你等着我！"这钱是萧夫人的！她能给她钱，自然也能冻结！

萧夫人已经采取措施了！

"什么？不是凌天傲的？那你哪来那么多的钱？夏芷苏，难道你真的诈骗了？你这是要害死我们姚家啊！"姚正龙握着铁门，大喊道。

一旁的狱警用棍子敲了敲门，大声吼道："安静！"警棍直接敲在姚正龙的手指上，疼得姚正龙嗷嗷大叫。

"爹地！"夏芷苏怒视那狱警："事情没查清楚，你们怎么可以对我爹地私自用刑？"

狱警冷冷一笑："探班时间结束了，家属请回吧。"狱警直接下逐客令。如此大的胆子还能是谁给的！夏芷苏当然知道现在要去找谁！

"爹地！你等着我！我一定会救你出去的！"夏芷苏跟姚正龙保证。见女儿要走，姚正龙着急地喊她："芷苏，你可不能扔下爹地不管！芷苏，救爹地啊！"

"叫什么叫！叫你安静没听见！"狱警一棍子伸进铁门，直接打了过去，打得姚正龙惨叫声不断。

夏芷苏努力忍着泪水，不让自己回头，一步步走出监狱。如果这就是违背萧夫人意愿的代价，那就让她承受好了！

夏芷苏一走出来就看到姚母和丹妮迎了上来。

姚母着急地拉住她："芷苏，你爹地在里面怎么样？他们不让我们进去啊！你爹地到底怎么样了？"

果然，连妈咪和丹妮都不能进去探望，只有她能进，一定是萧夫人给的特权。

"爹地没事的！"夏芷苏安慰，不想让她们担心。

"姚伯伯怎么样了？"竟然是欧少恒。

姚丹妮看到欧少恒，哭着扑到他怀里："少恒！"欧少恒皱眉，想推开丹妮，但是看着眼前的形势，还是拍着她的肩膀安抚着，抬眼又看到夏芷苏。

欧少恒的目光有些微妙。夏芷苏结婚了，他怎会不知道。

反而是夏芷苏大方地走上来说："麻烦你，这边交给你了！爹地很快就会没事的！你照顾一下妈咪和丹妮！"

欧少恒点头："你去找凌天傲？"夏芷苏笑了一下，没有说什么，只是大步走了出去。

欧少恒皱眉。这时候凌天傲应该陪着夏芷苏才对，难道夏芷苏不是去找凌天傲？

等夏芷苏到了萧家门口，天已经有些亮了。

只要稍微一打听，就知道萧家在哪里。门口的守卫果然没有拦住她，似乎早就知道她会来一样。一路上都是灯光。

夏芷苏只要跟着灯亮的地方走进去就是。于是，她直接进了客厅，客厅里一片亮堂。为首的位置上坐着一个雍容华贵的女人。

萧夫人早就知道夏芷苏会来，此刻正在等她。萧蓝蓝坐在下首的沙发上，满眼都是挑衅。夏芷苏握紧双拳，努力让自己平静下来。

"夫人，是我违背了承诺，要杀要剐你冲着我来就是，还请放了我爹地，放过姚家！"夏芷苏恳求着。

萧夫人手里拿着一串玛瑙佛珠，一颗一颗地从手指尖捻过。

萧夫人唇角扬了扬："夏芷苏，我还以为你自私到连你的养父都不管了。"

"是，我是自私，我们的交易是我食言了。所以，你要怎样都可以，放了我爹地，求你了夫人！"夏芷苏只能服软，因为她知道，凭她的能力根本就斗不过萧夫人！

"既然做错了事，是不是该道歉？你最对不起的是我女儿蓝蓝！抢她的未婚夫，让她当众难堪，还被别人笑话！要不是你，蓝蓝现在已经跟凌天傲结婚了！"萧夫人说。

"是，我道歉！"她们说什么她都照做！"夏芷苏！道歉说说就行吗？不是应该跪下吗？"萧蓝蓝开心地问。

夏芷苏深吸一口气："如果跪下道歉，夫人能消气的话，我愿意下跪！只求夫人放过我爹地！"

"我女儿让你下跪，你没听到吗？"

夏芷苏屈膝直接跪倒在地："萧小姐，对不起！"萧蓝蓝好不开心："对不起什么呀？"

"对不起，我没有离开凌天傲！"夏芷苏深吸一口气说。"错了！你应该说'对不起抢了我的男人'！说啊！"

夏芷苏手上的指甲狠狠掐着手臂，低声说道："对不起，我不应该抢了你的男人！"萧蓝蓝简直不能再开心了。她早就想过这一天，让夏芷苏跪在自己面前道歉！没想到这么快就看到了，怎么能不开心呢？

"萧夫人，还要我怎么做？"夏芷苏显得很平静。

"为了一个姚家，你还真是什么都愿意做！"萧夫人拿起手里的佛珠看了看，"叫你离开凌天傲，你反正会食言；让本夫人杀了你，我怕脏了我的手。"

夏芷苏跪在地上，任凭处置。只要能救出爹地，做什么她都愿意！于是，她安静地等着萧夫人接下来的话，然而萧蓝蓝却把一把尖锐的刀子扔到夏芷苏的面前。

夏芷苏看着地上的刀眉心微动，抬眼看向萧夫人。"你这张脸这么漂亮，如果毁了，没有哪个男人会喜欢吧！男人的话都是说着玩的，说什么不在乎你的长相，那都是假的！"

萧夫人看着自己的手指，抬眼轻描淡写地说："自己动手吧，一刀一刀把脸划花！"

夏芷苏浑身一震，脸色死一样惨白。"不然你以为怎样？让你直接死了？那可便宜你了！"萧夫人冷笑着，又看向自己的女儿，"蓝蓝，你觉得这么做，你消气吗？"

萧蓝蓝简直要笑起来了："妈咪，当然开心了！她没了这张脸，看天傲还会要她！"

看着眼前的萧夫人还有她的女儿萧蓝蓝，夏芷苏真的觉得自己从来没见过那么丑陋的嘴脸！

萧夫人挑眉，说道："不动手吗？很好！姚正龙也不用活过今晚了！"

"还请夫人说话算话！"夏芷苏拿起刀，对着自己的脸颊，手心颤抖着。"算话！只要你今天毁了这张脸，等于毁了你一生！夏芷苏，你敢跟本夫人作对！就该承担这个后果！"萧夫人狠狠一拍桌子，脸上满是愤怒。

凌家豪宅。

凌天傲倒在沙发上，睡了好一会儿了。

凌天傲和云可姿在酒吧喝酒！这是多大的事啊！夏芷苏不急，可急死了叶落。于是她直接跑去酒吧。

趁着云可姿把凌天傲放上车之际，叶落跑过去，把凌天傲带了回来。还记得云可姿那一脸的愤恨和恼怒，简直都想把她生吞活剥了！

可是叶落太清楚了，凌天傲是在跟夏芷苏赌气，夏芷苏才是他心中的挚爱！

绝对不能再制造误会！凌天傲迷迷糊糊地醒来，还在那喊："夏芷苏！我头晕！"

叶落端来醒酒汤给他喝了，凌天傲这才慢慢清醒了一些，看清是叶落，他有些不耐烦。

"少夫人呢？"凌天傲问。

叶落不知道夏芷苏已经出去了，还以为在睡觉。

"少夫人睡了吧！少爷感觉怎么样？"

"感觉一点儿也不好！夏芷苏是东野的人！是卧底！"凌天傲跟夏芷苏吵起架来，简直就像个孩子，说起来就火大。

叶落也知道凌天傲为什么跟夏芷苏吵架。

叶落叹息地说："少爷！少夫人如果是东野的人，为什么最终拿到公司继承权的人是你，而不是东野呢？"这是个很容易想到的问题啊！

少爷关心则乱，完全失去理智，根本就没注意到这一点！

他只知道夏芷苏跟东野从小就认识，他只看到夏芷苏为了东野完全豁出性命！凌天傲一愣，此刻也注意到这个问题。

"少夫人亲口承认她跟东野认识，而且从小就认识！如果她真是卧底，她应该隐瞒，而不是坦然说出来啊！"叶落继续分析，"这里面肯定有误会！少夫人和云可姿不一样，当初云可姿接近你，真的帮助东野拿到了公司副总的位置，可是董事会的时候，萧夫人却支持了你！少爷难道不奇怪为什么萧夫人要支持你吗？还有少夫人，为什么会在结婚当天逃婚呢？"虽然后来东野带着夏芷苏回到了婚礼现场，可是叶落还记得当初被打晕的化妆师说过，是夏芷苏打晕了她们！

是的，凌天傲也知道有很多很多的疑点！

他当时只是听到夏芷苏跟东野从小就认识，只是看到夏芷苏拼命护着东野的性命！

他只想到了当初的云可姿是怎样背叛自己的，根本没有想到叶落说的这些问题，就一味地指责夏芷苏欺骗了他、背叛了他！深深的恐惧和忏悔席卷了脑海！

凌天傲起身，要去房间里找夏芷苏。"少爷！"凌管家从外面匆匆跑来，"少夫人去了萧家！"凌管家也是刚刚接到消息，有人来告诉家里的守卫，却不知道是谁。

"少夫人不是在房间睡觉吗？"叶落疑惑着，凌天傲疯了一样跑回房间，没有夏芷苏！

第三十七章 不能哭，坏人会笑

萧家。

夏芷苏拿着手里的刀，在举起的那一刻，她的脑海里还浮现着凌天傲的身影。她真是觉得可笑，凌天傲怀疑她是东野派来的卧底！

现在恐怕和旧情人在温存吧！

呵呵……闭上眼，冰冷的刀子贴到脸上，尖锐的刀尖划过脸颊，是生生的疼。可是她不能哭啊！她哭了，坏人就会笑了！

萧蓝蓝看着夏芷苏用刀子划破自己的脸，简直不能再开心了！看夏芷苏还不被凌天傲赶出凌家！

萧蓝蓝正开心着，突然看到一个人影闪过。夏芷苏的手腕猛然被捏住。夏芷苏睁开眼，却看到萧夫人站在自己面前。盯着她，眼里带着前所未有的不敢置信。

"你还想怎么样！"夏芷苏愤怒地大吼，想要抽回手。

可是她竟然发现自己没有力气抽回手。萧夫人蹲下身，抬起她的手腕，手伸到她的脖子前。

夏芷苏本能地打开她的手，萧夫人惊慌失措地嘶吼："这，这块玉！这块玉是哪里来的？"夏芷苏狠狠地甩开她。

可是根本甩不开，萧夫人一把夺走了夏芷苏手里的刀。"快告诉我！这块玉是从哪里来的？"萧夫人惊恐地大叫。

夏芷苏低头看了一眼自己脖子上的紫玉："萧夫人，你有万贯家财，难道还看上我这块紫玉了吗？"

"这是你的？"萧夫人不敢置信地看了一眼坐在沙发上莫名其妙的萧蓝蓝。"这是你的紫玉？"萧夫人大叫。

这叫声让萧蓝蓝胆寒。

"妈咪，怎么了啊？"萧蓝蓝疑惑地问，"妈咪！你拦着夏芷苏干什么呀？"

"你闭嘴！"萧夫人怒斥萧蓝蓝。

萧蓝蓝只好闭嘴，也不知道发生了什么事。

萧夫人看着面前的夏芷苏，握着她脖子上的紫玉，手心都在颤抖。

"这当然是我的紫玉，难不成还是你的？"夏芷苏冷笑着。

"胡说！以前我怎么没见你戴过！"萧夫人质问夏芷苏。

夏芷苏觉得莫名其妙："你没见过，不代表我没有！萧夫人，给我留点儿尊严好吗？你要我毁容我毁给你看，但这是我的东西，我不会给你！"

萧夫人张嘴，似乎想说很多话，却什么都说不出来了！

"这……这真是你的东西？你从小就戴着？"萧夫人还是质问。她想要一遍遍地确认。

"这当然是我的东西，难道是你的？"夏芷苏冷冷一笑。

"这到底是怎么回事？"萧夫人快要疯了，又看了一眼萧蓝蓝。夏芷苏用力想抽回手，可是根本就抽不回来。

萧夫人的手里还拿着刚从夏芷苏手里夺过来的刀子，萧夫人又是俯身的姿势，夏芷苏跪在地上。

让人看着还以为萧夫人要一刀杀了夏芷苏。

"老太婆！你给我住手！"外面传来一声怒吼。一个霸气张扬的男子冲了进来，一脚踢向萧夫人。

萧夫人忙闪身躲开，夏芷苏瞬间被人拉起，狠狠地跌进了某人的怀抱。夏芷苏一怔，此刻看到眼前的男人简直错愕不已。

凌天傲看到夏芷苏脸上的一道血痕，怒火中烧，拔出枪指着萧夫人："老太婆，你敢伤我的女人！"凌天傲一拔枪，从外面冲进来的守卫把他们团团围住，保护自家的老夫人。

萧同浩听说夏芷苏来了萧家，也立马赶了回来，生怕夏芷苏被母亲欺负。

"天傲！把枪放下，有话好好说！"萧同浩只能解围。手心手背都是肉，他谁也不能帮！

夏芷苏被凌天傲抱着，只觉得别扭，推开他大声说道："你放开我！"

凌天傲把她拉回来："老婆！我错了！等回家了，我好好听你解释，好不好？"

想到酒吧门口的情景，夏芷苏心里就不爽。推开凌天傲，她想离他远远的。

"老婆！"凌天傲急死了，想要拉住夏芷苏的手。夏芷苏根本不理会他。

"都给我下去！"萧夫人突然大吼一声，一双眼睛就盯着夏芷苏。

所有守卫都愣住了，但是夫人的命令不敢不从，都退了出去。萧夫人走到夏芷苏的面前，夏芷苏本能地后退。凌天傲大步上前挡在夏芷苏的面前。

萧夫人看着凌天傲，说道："如果你想查清楚夏芷苏的身世，就站到一旁去！"

凌天傲怔愣，连萧同浩也愕然，完全不明所以，夏芷苏就更加错愕了。凌天傲的确让开了，在他的眼皮底下，萧夫人也做不出什么伤害夏芷苏的事！

萧蓝蓝脸色惨白，不明白妈咪为什么那么说，也紧张地站在一旁。

萧夫人再次拿起夏芷苏脖子上的紫玉："告诉我，这块玉是什么时候戴在身上的？"凌天傲凝眉，她怎么会问这个问题？

这块玉是东野润一的！

"可能在我有记忆开始吧。"夏芷苏说。

"谁可以作证这块玉是你的？"

"权权。"夏芷苏说，她不明白萧夫人为什么说能知道她的身世。总之她愿意听一听。

"权权是谁？"萧夫人问道。

"就是东野润一！"说话的是凌天傲。凌天傲也好奇，这块玉到底是怎么回事？为什么东野把玉送给了夏芷苏？

这是个很强悍的人证。

"之前我确实没见你戴过！凌天傲，你可见过？"萧夫人这一次非常谨慎。凌天傲想知道夏芷苏的身世，所以回答："没见过！我只知道，这块玉曾经是东野润一的！我跟东野一起长大，自然知道一直是他戴着。这块玉他从来不示人，很是宝贝！除了他最亲近的人，几乎没有人知道这块玉是他的。"

萧夫人明白了，平生就见过几次面，难怪她没从东野那里见过。

"我跟权权小时候在孤儿院就认识了，这块玉是我送给他的。"夏芷苏说，"也是不久前，权权才找到我，跟我相认，并且把这块玉作为我的结婚礼物送还给我了。"

为了适应她的脖子，东野还特地把绳子改短了。凌天傲听了这话，不知道是喜悦还是愧疚！

原来是这么回事！他该死的竟然误会夏芷苏是东野的人，还误会她是东野派去的卧底！

"老婆！"凌天傲下意识地喊着。夏芷苏不想理他，只是冷冷地看了他一眼，凌天傲愧疚得想要一枪把自己毙了！

"孤儿院！哪家孤儿院？"萧夫人接着问。

凌天傲代替夏芷苏说："离心岛孤儿院！跟你的女儿萧蓝蓝是同一家！"

萧夫人几乎一个趔趄，不敢置信地问："还记不记得小时候你的家人要去接你？"

夏芷苏疑惑地说："你怎么知道？"想了想，凌天傲知道的事情，萧夫人

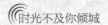

知道也不奇怪。

萧夫人简直不能再确定了！"你今年 23 岁！"

"是！"夏芷苏回答说。凌天傲都激动了，难道跟他想的是一样的！

"你……"萧夫人伸手，似乎想要摸上夏芷苏的脸颊，夏芷苏退后一步。萧夫人的手竟然在颤抖。

萧同浩也看出了端倪，大步上前来，激动地问："妈咪，芷苏是不是我的妹妹？"

虽然夏芷苏跟他没有血缘关系，可是萧蓝蓝跟他也没有血缘关系啊！

萧蓝蓝几乎一个踉跄，努力让自己坐稳在沙发上。

夏芷苏觉得好笑："萧同浩，我跟你没有血缘关系！"

见夏芷苏急急地跟萧家撇清关系，萧夫人简直痛心疾首。于是，她颤抖着从口袋里摸出一件东西。

那是一块一模一样的紫玉，形状也是一片叶子，无论色泽还是纹路都跟夏芷苏脖子上的一模一样！

夏芷苏震惊地看着萧夫人手心的紫玉，觉得眼前的一切真是不可思议！

"这叫帝王紫！虽然紫色的翡翠有很多，可是像这样的色泽，全世界也找不出第二块！我手里这块跟你脖子上的紫玉来自同一块翡翠，工匠用了整整一年时间才雕刻出来。"萧夫人颤抖着嗓音说。

凌天傲和萧同浩同时上前，看着萧夫人手里的紫玉，还有夏芷苏脖子上的。他们见过的奇珍异宝不在少数，但是却很清楚，夏芷苏脖子上戴的是真正的帝王紫！

凌天傲觉得不可思议，夏芷苏心里也特别疑惑。

"妈咪！这到底能说明什么？这块紫玉是我们家的传家宝，怎么夏芷苏也会有？"萧同浩实在好奇。连他这个萧家长子都没有！

萧夫人看着面前的夏芷苏，喜极而泣，激动的心情无以言表！

"你才是我要找的人，你才是我的女儿！"萧夫人一字一顿地喊。

这让在场的人全都哗然。萧蓝蓝几乎要晕厥过去，疯了一样跑上来，喊道："妈咪，我才是你的女儿啊！你弄错了啊！我才是你养了那么多年的女儿啊！"

萧夫人直接推开萧蓝蓝，一眼都不看她。

萧蓝蓝跌坐在地上，不敢相信自己的妈咪会推开她。

"芷苏！你应该叫萧芷苏！"萧夫人激动地说。

夏芷苏真觉得好笑，说："就凭着这块玉吗？就说我是你的女儿！你的女儿未免也忒好认了！我跟萧同浩没有血缘关系，萧夫人你到底还想怎样，能不能一次来个痛快？"

"不！不是的！我！我都做了些什么！"萧夫人懊恼不已，"芷苏，这件事说来话长！但是这一次不会错了！你这块玉错不了！"

"因为一块玉就说我是你的女儿，萧夫人，你的女儿是萧蓝蓝！如果你解气了，麻烦你放了我爹地！"夏芷苏冷冷地说。

"放！当然放！他养你长大我应该感激他！"萧夫人立马说，"来人！把姚正龙放了！银行的支票全部兑现！"

萧夫人变脸变得太快，此刻也太客气了！

夏芷苏更加戒备，见萧夫人目光灼灼地望着自己，她退后一步："你到底想怎样！"

看着她眼中的戒备，萧夫人只觉得愧疚不已。

手摸上她的脸颊，萧夫人担心地说："我先给你处理伤口，这脸上要是留疤了可不好！"

夏芷苏真要大声笑出来了。是谁恶毒地把刀子丢给她，让她划破自己的脸颊！

"不要碰我！"夏芷苏打开萧夫人的手。

"芷苏！事关重大，我一定会调查清楚！"

"调查什么？不要那么莫名其妙好吗？"

连凌天傲都疑惑，推了推萧同浩，小声地说："你们萧家到底怎么回事？你不是说根本就没有亲妹妹！萧蓝蓝也不是亲生的！"

萧同浩点头，说："我也不清楚。"

"或许你们是同母异父？"

"不可能的！同母异父的DNA也会相似！但是我跟夏芷苏的DNA一点儿都不像！"

凌天傲想到什么："你不是亲生的？"

萧同浩无语，低声跟凌天傲说："我是亲生的，我偷偷做了跟妈咪的DNA鉴定！"

凌天傲更加不明白了，既然萧夫人根本就没女儿，乱认什么女儿啊！凌天傲上前挡在夏芷苏面前："萧夫人，既然我夫人没受太大的伤害，看在萧同浩的面子上，本少就不计较了！"

凌天傲拉着夏芷苏想走，夏芷苏狠狠甩开凌天傲的手，冷漠的眼神让凌天

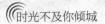

傲的心都乱了。夏芷苏转身自己要走。

萧夫人的守卫拦住夏芷苏的去路,夫人都没发话,这个女人怎么能自己走!

"都让开!"萧夫人大声命令。

凌天傲还没上前,那些守卫立马让开了路。

夏芷苏看了一眼这些听话的守卫,回头看萧夫人,真觉得奇怪。

看到她戴着的这块玉,萧夫人对她的态度竟然来了个180° 大转弯!"凌天傲,留步!我有话问你!"萧夫人叫住凌天傲。

凌天傲看着夏芷苏一个人走出去了,当然想追上,哪里还理会萧夫人。

"如果你不想知道夏芷苏的身世,那就请便!"萧夫人面对凌天傲,恢复了冷漠的神色。

凌天傲给自己的管家使了个眼色。

凌管家立刻明白,这是让他跟着少夫人了!凌管家立刻出去了。

"萧夫人,你说芷苏是你的女儿,别说芷苏不信,本少也不信!"凌天傲看了一眼地上的萧蓝蓝,冷冷地说。

萧夫人先走到萧蓝蓝面前,拉她起身。"妈咪!"萧蓝蓝委屈地喊。

萧夫人拿出自己的那块紫玉:"蓝蓝,我曾经问你有没有见过这块玉,你说见过,这玉被你弄丢了!"

"是!是的妈咪!我见过!见过!"萧蓝蓝立马说。

当时萧夫人找到萧蓝蓝,实在是太激动了。蓝蓝那么小,这块玉被她弄丢了也很正常,她是这样想的,所以很相信萧蓝蓝就是她要领走的人!

"好,那我问你,这块玉上面刻着什么字?"萧夫人问。萧蓝蓝神色慌乱,什么字?她怎么知道是什么字?

"我……我很早就弄丢了这块玉,我忘了是什么字!"萧蓝蓝绝对不能乱猜测是什么字,如果猜错,后果她很清楚!

"你根本就没见过这块玉,对吗?"萧夫人无奈地叹息,带着心痛。

"我见过!妈咪我真的见过!"是啊,她见过的,就是小时候在阿芷的脖子上见过!

这块玉是阿芷的!

原来即使她不是妈咪的亲生女儿,她也真的不是萧家的大小姐!原来她的担心根本不是多余的,夏芷苏才是萧家的大小姐!那块紫玉是属于夏芷苏的,连东野润一都能证明,萧夫人还有什么不明白的!

萧夫人对凌天傲说:"你一定在查夏芷苏的身世,把你查到的都告诉我!"

凌天傲微微皱眉，萧同浩也说："天傲，你跟妈咪说说，到底是怎么回事！"

凌天傲想到了夏芷苏的紫玉："萧夫人，只凭一块紫玉，你真的就能证明夏芷苏是你要找的人？"

"千真万确，那块紫玉世界上只有两块！一块在我萧家，还有一块就在我女儿身上！"萧夫人很肯定地说。

"夏芷苏说的话没有错，这块紫玉曾经在东野润一手里，有没有想过东野才是你要找的人？"凌天傲问。

"我要找的是女儿，不是儿子！"萧夫人更加肯定地说。"所以那块紫玉真的不属于东野！"凌天傲心里狂喜，真的是夏芷苏的东西，东野物归原主！

所以夏芷苏说的都是真的！是他误会她了！真是该死！

萧同浩也激动地说："东野润一把紫玉还给夏芷苏，而不是萧蓝蓝！只能说明这块紫玉的确属于夏芷苏！妈咪！夏芷苏才是我妹妹！"

萧同浩简直要开心死了！

"不可能的！哥哥，我才是你的妹妹！妈咪，我才是你的女儿啊！"萧蓝蓝着急地拉住萧同浩的手大喊。

萧同浩冷冷地推开她："事实摆在眼前！夏芷苏有紫玉，你没有！"

"那紫玉是我的！是被夏芷苏拿去了！"萧蓝蓝急得乱吼。

凌天傲冷笑："是吗？不是说不记得小时候的事了？"

"我……"萧蓝蓝立马说，"我记起来了！小时候有个叫阿芷的，她是我的好朋友！我把紫玉给她了！给她了！"

"你简直谎话连篇！"凌天傲冷笑，"小时候的夏芷苏原本在门口等家人，可是后来夏芷苏走开了，让你代替她站在门口！后来你不见了，是因为你被萧夫人接走了！夏芷苏还以为自己害死了你，为了你，她愧疚了整整17年！"

萧蓝蓝踉跄地退后了一步，几乎跌坐在地上。

萧夫人冷眼看着萧蓝蓝，这个自己亲手养大的女儿："蓝蓝，凌天傲说的是真是假？"

"我……我不知道！"萧蓝蓝狠狠地摇头，"我不知道……"

"不知道还是不想承认？不是记起小时候的事了吗？怎么关键时刻又忘了？"这次说话的是萧同浩，看到这个妹妹，他就觉得恶心！

萧蓝蓝看着眼前的这些人，突然觉得他们一个个都在跟她作对！"为什么！为什么夏芷苏一来！你们所有人都站在她那边！为什么你们不相信我说的话！你是我哥哥！你是我妈咪！你曾经是我的未婚夫！为什么你们都不相信我？"

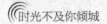

萧蓝蓝撕心裂肺地大喊。

已经不用再问下去，萧夫人知道自己当年确实领错了孩子！

她应该接回来好好对待的人是夏芷苏，而不是萧蓝蓝！可是那么多次，她几乎把夏芷苏置于死地！曾经她生生地把夏芷苏快要打死！

此刻，她又让夏芷苏跪在萧蓝蓝面前道歉，还让她把自己的脸刮花！她都做了些什么啊！

萧同浩一想到这个狠心的妹妹差点儿撞死自己，就巴不得把萧蓝蓝赶出萧家。

"不是我们不相信你，而是所有的证据都表明，夏芷苏才是我们萧家要找的人！"萧同浩几乎松对一口气，他多想让夏芷苏做自己的妹妹。发现两人没有血缘关系，他都觉得失望！

"不是这样的！妈咪你说不是这样的！你说过的，我是你领养来的！你只是想领养我而已！对吗？妈咪！"萧蓝蓝只能恳求萧夫人。

萧夫人看着面前的女人，目光有些淡漠："你的确是我领养来的，而我想领养的人，从头到尾都是有这块玉佩的人！"

看着萧夫人手里的紫玉，萧蓝蓝真的不明白："不就是一块玉佩吗！无论谁拿着这块玉，都能说自己是萧家大小姐吗？"

"蓝蓝，我知道你可能很难接受这个事实。但是夏芷苏的确有这块玉，而且已经证实这块紫玉从小就属于她！我是领养了你！但是我误以为你是夏芷苏！"萧夫人一字一句地告诉萧蓝蓝。

萧蓝蓝突然觉得晴天霹雳，哈哈大笑起来："不可能的！夏芷苏怎么会是萧家大小姐？不可能的！她已经抢走了我的未婚夫！为什么连我妈咪都要抢！"

"蓝蓝！夏芷苏没有抢走你的任何东西！就算我们当初跟凌天傲联姻，能嫁给凌天傲的也是萧家真正的大小姐，原本就是夏芷苏！"萧夫人说。

"不是！不是这样的！我才是你的女儿！不是这样的！"萧蓝蓝大叫着，几乎快要疯狂。

萧同浩冷冷地看着她，凌天傲也是冷眼旁观。

萧夫人同情地看着萧蓝蓝，张嘴不知道应该说什么，都是因为她的疏忽，才错领了萧蓝蓝！

"妈咪，你为什么那么看着我？我不要你那么看着我！你要赶我走是吗？妈咪，你要赶我走是不是？"萧蓝蓝大喊着。

"我不会赶你走，但是我要把芷苏接回来，我不能再让她受苦！"萧夫人说道。"不可能！我跟她怎么可能在一个屋檐下生活！"萧蓝蓝整个人都要崩溃了。

"不能在一个屋檐下生活，那你就滚出萧家！"萧同浩毫不留情地说。

萧蓝蓝简直不相信自己的耳朵："萧同浩！我是你的妹妹啊！你为什么这么帮着一个外人？"

"外人？恐怕这里的外人只有你一个吧！"萧同浩冷漠地说。

萧蓝蓝都快站不稳了，心里的恨像蚂蚁一样吞噬着她的心，让她整个人都濒临绝望！

连这些守卫都同情地看着她，目光带着怜悯！

还有萧管家，也错愕、可怜地看着她！她才是萧家大小姐啊，为什么大家都这么看着她？为什么？

萧蓝蓝疯狂地大叫着，跌跌撞撞地跑了出去。

"夫人！"萧管家不忍心地喊萧夫人。

萧夫人却冷冷地看着萧蓝蓝，说道："她不能接受也很正常，让她自己冷静一下。"

凌天傲眯眼带着沉思，夏芷苏跟萧同浩并没有血缘关系。

萧同浩是萧夫人的亲儿子！那么说夏芷苏是萧夫人的女儿是说不通的！见凌天傲疑惑地望着自己，萧夫人说："芷苏的确不是我的亲女儿！但是我会把她接回萧家！"

"夏芷苏到底是谁的女儿？"凌天傲问。"这你不用管，是我萧家的事。"

"夏芷苏是我太太！我有权知道！"凌天傲说。

"看芷苏的样子，你对她似乎不好！凌天傲，夏芷苏可是我的女儿，你要敢欺负她，我会把她带走！"凌天傲真得觉得可笑，前一刻萧夫人还百般刁难夏芷苏，现在却护得跟宝贝似的！

"你想带走夏芷苏，也得问问她同不同意！萧夫人，你看看自己对她做的事。夏芷苏能原谅你吗？"凌天傲冷冷地嘲讽。

"我……我没有想到她有这块紫玉！"萧夫人是真的没有想到。如果以前就看到了这块玉，她怎么可能会对芷苏下手！

"妈咪！阿芷受了太多的苦，我们一定要把她接回来！"萧同浩已经迫不及待地想去接回夏芷苏了。

萧夫人想起夏芷苏看自己的眼神，真的是悔不当初："你亲自准备厚礼，我们去姚家登门拜访！儿子，这次不会错了吧？"

"一定是夏芷苏！肯定错不了！夏芷苏有紫玉，萧蓝蓝没有！天傲都说了夏芷苏当初在门口等家人，家人却没来！你们一定是接错了人，把萧蓝蓝接走了！"萧同浩一说完，凌天傲也说："正因为如此，我当初才怀疑夏芷苏才是萧家的人！还特地鉴定了夏芷苏跟萧同浩的DNA，却发现根本没有血缘关系，这才断了线索！"

"你们，怎么不早跟我说！用DNA根本证明不了什么！因为芷苏不是我的亲生女儿，她跟萧同浩自然没有血缘关系！"萧夫人急得呵斥。

凌天傲冷冷地嘲讽："当初就算本少跟你说了，夫人你会相信吗？况且当时东野还没把紫玉还给夏芷苏！"

"我……"萧夫人实在无言以对，都是她不对，都是她不对！

"哎呀，都别说了，快把芷苏接回萧家！"

"接回萧家做什么？是接回凌家！"凌天傲快要急死了。

他误会了夏芷苏！萧夫人担心夏芷苏不原谅她，他更担心夏芷苏不理他了！

凌天傲、萧同浩、萧夫人三人着急地出门。一到门口，三人同时挤了出去。"哎呀！一个一个来！"萧夫人着急地喊，"我是长辈，我先来！"萧同浩被挤在中间，也是大喊："都这么晚了，我们现在去会打扰她休息！

她可是我妹妹！怎么能打扰她休息！"

"所以你别去了！她是我夫人，我能打扰！"凌天傲理所应当地说。"都别去了！你们凑什么热闹！芷苏是认祖归宗！我的才最重要！"萧夫人被这两人挡了道，不满地大喊。

"……"

夏芷苏只关心被关在监狱里的爹地放出来了没有，萧夫人的话她一点儿都没放在心上。

别说萧夫人的话可笑，就算是真的，她都觉得滑稽。

一到警察局门口，就看到欧少恒扶着爹地姚正龙从里面出来，姚丹妮和母亲跟在身边。

"爹地！"夏芷苏着急地跑了过去。

姚母一看到夏芷苏就来气，她已经知道了是夏芷苏给的支票出了问题。

姚母一把推开夏芷苏，说道："你还有脸回来！我们姚家做了什么对不起你的事！你要这么害我们！"

夏芷苏一个踉跄："妈咪！我不是故意的！我也不知道会这样！爹地，我也是为了姚家！"

"为了姚家就把假支票给爹地？夏芷苏，你可真是够了！给我们姚家添了多少麻烦！"姚丹妮冷笑。

"我看你们两个真是够了！夏芷苏为了你们姚家，去萧夫人那里求情，这才把姚伯伯接出来！没有夏芷苏，你们两个能做什么？"欧少恒扶着姚正龙，忍不住骂道。

"欧少恒，这话不是那么说的！我们老爷会被带进警察局受了那么多苦，完全是因为夏芷苏给的支票！那是假的支票！去银行兑换那是诈骗！"姚母变本加厉地嘲讽，"她摆明是故意坑害我们姚家！凌少给她的怎么可能是假支票？"

姚丹妮也接口："对啊！凌少没陪在你身边！不会刚结婚就被甩了吧！都说了赌徒的女儿是配不上凌家的！凌少想来也是那么觉得了！"

"我知道爹地是被人陷害的！所以我已经很努力地想要救出爹地！妈咪，丹妮，你们少说几句，我们还是带爹地去医院吧！"夏芷苏真觉得很累，语气也有些无奈，可是听在姚母耳朵里却是夏芷苏嚣张地顶嘴。

从小到大夏芷苏哪里敢对她顶嘴，顿时怒指夏芷苏："你可真是白眼狼！我们把你养那么大，不求你回报，也不用这么坑害我们家吧！夏芷苏，丹妮说得对，凌少没陪着你，难道那么快你就被抛弃了？"

姚正龙在监狱里被打得浑身酸痛，怒喝："行了行了！我都这样了，你们还有工夫吵架！是不是我死了你们才开心？"

姚丹妮嘟嘴："爹地！我们可不舍得你有个三长两短！是有些人巴不得你死了才好！"

"姚丹妮！你还嫌不够乱是吧！"欧少恒不高兴地呵斥姚丹妮，"姚伯伯被关进去，你们都做了什么？要不是夏芷苏，姚伯伯现在还被关在里面！"

姚丹妮听到欧少恒骂自己更加不开心："怎么，我说她几句你就心疼了？欧少恒，人家可是凌家少夫人！你再怎么做，她都没你的份！"

"全都闭嘴！"姚正龙真是气个半死。他都被打成这样了，连路都走不动，姚家的人还一个劲在争吵！

"爹地！"夏芷苏连忙上前扶住姚正龙。姚正龙被关进监狱的确是因为夏芷苏的支票害的，看到夏芷苏也是窝火！哼了一声。姚正龙自己走出了警察局。

见姚正龙对夏芷苏的态度不好，姚丹妮和姚母都开心了！立马跟着姚正龙走。夏芷苏想要跟上，欧少恒拉住她："都是些什么人？你别管他们家的事了，赶快回去休息吧！"

"我没事！"夏芷苏也跟了上去，欧少恒真是无奈，还没到姚家门口就看到门口站满了人！全是佩着枪的守卫，一排排的！

姚正龙不知道发生了什么事，还以为又是来抓他的，下车腿都软了！却看到门口站着凌天傲、萧家夫人和萧家少爷！

姚母和姚丹妮都很诧异，这是怎么一回事啊？难道夏芷苏又惹出什么麻烦了！

姚母狠狠瞪了夏芷苏一眼，说道："你又做了什么事？看凌少和萧夫人这阵势，是来抓你的不成？夏芷苏，你做了什么事都别跟我们姚家扯上关系！"

"老婆！"凌天傲一看到夏芷苏，立马迎了上来，想拉住夏芷苏的手。夏芷苏本能地甩开。

"老婆！我错了！我是来认错的！"凌天傲着急地说，"是我误会你了，真是我错了！"

她看到凌天傲就想到酒吧门口的画面，心里也是满满的憋屈。云可姿是他初恋的事，他可从来没提过！

萧夫人迎了上来，把凌天傲拉开，看着夏芷苏，满面都是笑容，说："芷苏！我……"

夏芷苏扶着姚正龙说："爹地，我们进去吧！"她根本不理会萧夫人。

萧夫人顿时觉得很尴尬，立马跟姚正龙主动打招呼，说："姚总！真是抱歉！昨晚让你受惊了！"

萧夫人那么说，姚正龙自然能明白，是萧夫人的意思，他才被抓走，可是萧夫人主动跟他打招呼已经是他天大的荣幸了，他哪里敢说什么！

"萧夫人！您今天这是……？是不是小女又做错了什么惹你不高兴了？"姚正龙自然知道夏芷苏跟萧夫人的仇恨。

姚母一听，果然是夏芷苏做了什么不好的事，萧夫人才找上门，还连累了他们姚家！

姚母立马呵斥，说："夏芷苏你又做了什么，还不快跟萧夫人道歉！"

"不不不！芷苏很好！她很好！我今天来，是来感谢你们姚家对芷苏的养育之恩！"萧夫人立马摇头说，她需要和姚家说清楚。夏芷苏微微皱眉，萧夫人到底想干吗！

姚母和姚正龙简直瞠目结舌，这唱的是哪一出啊？萧同浩也急忙走上来：

"阿芷！你是我妹妹啊！"

此言一出，姚家的人更加瞠目结舌！夏芷苏怎么会是萧同浩的妹妹！"萧夫人，这……到底是怎么回事啊？"姚正龙也疑惑地问。

萧夫人看着夏芷苏，目光灼灼，眼底波光流转。"芷苏她是我的女儿！"萧夫人一字一句地说，看着夏芷苏，明显显得很

激动，"她是我们萧家的人！"

"什么！"姚家人异口同声。

姚母和丹妮睁大眼睛看着面前神情淡然的夏芷苏。夏芷苏是萧夫人的女儿，这怎么可能呢？

姚丹妮觉得这简直就是天方夜谭，夏芷苏可是赌徒的女儿，还是个孤儿！"芷苏！妈咪对不起你！当初没把你接回家！妈咪真的非常内疚……"萧夫人着急地拉住夏芷苏的手，激动地说。夏芷苏抽开手，她很清楚自己不是萧夫人的女儿。

因为她跟萧同浩一点儿血缘关系都没有！"萧夫人，如果因为当初我违背承诺，你想对付我，你尽管出手就是了！不用跟我玩这样的花样！你一根手指就可以捏死我的！"夏芷苏冷冷地说。

"承诺，什么承诺？"凌天傲听得迷迷糊糊。

夏芷苏懒得理会他，看到萧夫人她更加讨厌，直接从萧夫人身边走开。

"女儿！"萧夫人急得大喊。

凌天傲却拦住萧夫人不放："你说清楚，你跟夏芷苏有什么承诺？"

萧夫人随口就说："只要我支持你拿到 GE 集团，芷苏就会主动离开！反正就是逃婚！你怎么还不知道？蠢货！快让开！芷苏！"

凌天傲的身子晃了晃，他的确想过萧夫人在董事会支持他是不是玩了什么花样，可是他从来没想过，萧夫人支持自己是夏芷苏苦心求来的，顿时觉得自己真不是人，狠狠地打了自己一巴掌！

凌天傲也着急地跟着萧夫人走进去，喊道："老婆！老婆！"

"哎呀妹妹！你真是我们萧家的人啊！"萧同浩也着急地跟了进去。

早就知道夏芷苏肯定不会原谅萧夫人的！

还有这凌天傲，跟夏芷苏吵得那么厉害！真是被他们气死了！剩下姚家的人面面相觑，觉得简直跟晴天霹雳一样！

姚丹妮的脸色很古怪，姚母的脸色有些惶恐，姚正龙因为支票的事被抓，原本也对夏芷苏存了意见，只不过夏芷苏现在是凌家少夫人，姚正龙不好发作！

可是现在跑出个萧夫人，竟然说夏芷苏是她萧家的人！"快扶我进去！"姚正龙感觉自己都站不稳了。

对于外面的萧夫人或者凌天傲，夏芷苏一个都不想见，直接把自己关在房间里。靠在床头，夏芷苏觉得很累很累。这两天根本就没睡过好觉！昨晚更是一夜没睡！

闭上眼睛，又想起了权权，权权的情况也不知道如何了？

那么多的心事，夏芷苏终究还是抵不过疲惫和倦意，于是她昏昏沉沉地睡过去，而外面萧夫人和凌天傲都在敲门。

"芷苏！"萧夫人小心地喊，"开开门！听我说好吗？"

"老婆！你快开门吧！老婆你想打我骂我都可以，你别不理人啊！"凌天傲着急地喊。

楼上可是萧家夫人、凌家大少，还有萧家少爷围在门口啊！全都一个个跟只哈巴狗一样在夏芷苏的门口摇尾乞怜！

楼下姚家的人，一个个看得都是瞠目结舌！"妹妹会不会睡着了？"萧同浩说，"这一夜没回来、没休息，我们这样会不会吵到她？"萧夫人也想到了，昨天夏芷苏离开的时候已经很晚了！

"对！你也别吵！让我女儿好好休息！"萧夫人跟凌天傲说。凌天傲心里着急，可是想到夏芷苏也许真的在休息，也不敢敲门了。

萧夫人走到楼下，姚正龙和姚母立马站了起来，有用人端了水上来。萧夫人坐到沙发上，俨然是主人的样子："你们也坐吧！"姚正龙等人立即坐下。

"萧夫人，这芷苏真是您的女儿？"姚正龙还是觉得不可思议，"您原来有两个女儿啊！"

萧夫人不想多说萧家的事，特别是她领错了孩子，这说出去也不光彩！"芷苏的确是我的女儿，这一点儿已经确认，不用怀疑。"萧夫人说，"我今天来就是接芷苏回萧家，让她恢复身份！她是萧家的大小姐，自然不能待在你们姚家。"

"是是是！那一定是！只是芷苏她好像……"姚正龙小心地说，"好像不太愿意跟着您回去……"这也真是萧夫人心里的痛。

她怎么想得到，夏芷苏才是她要找的人！

萧夫人拿出一张支票，放到桌上："我知道你们姚家现在的情况！这些钱就当是这些年你们对芷苏的养育之恩！芷苏以后是我的女儿，这一点希望你们清楚！"

这一张支票比夏芷苏给的还要多一个零！姚正龙和姚母眼睛都放光了！"夫人真是客气了！芷苏，我养她长大也不图什么！这礼给的也太重了！"

姚正龙客气地把支票还回去。

姚母推了推姚正龙，这是干吗啊，还回去做什么？

萧夫人看了一眼，唇角凉凉地勾起，看了眼姚母，说："芷苏是我的女儿，从今以后我都会好好照顾着，绝对不允许任何人欺负她！姚夫人，你说是吗？"

姚母的脸色很难看，努力让自己笑起来："夫人说得对！说得对！芷苏既然是您的女儿，谁还敢欺负她！有人敢欺负她，我第一个不饶！"

"这样就好了，以后芷苏跟我回了萧家，跟你们姚家自然也没关系了。"萧夫人意味深长地说。

姚正龙脸色一室，说："夫人，这芷苏是我养大的，我会一辈子把她当亲女儿看待！"

"可毕竟不是你的亲女儿！姚总千万不要跟我抢女儿,我们萧家别的没有，就是家大业大！"萧夫人是暗喻萧家不好惹，"我好不容易找到了女儿，是不允许任何人动她什么心思！"

姚母听明白了，这是让夏芷苏跟姚家划清界限！夏芷苏一转眼就成了萧家大小姐！这就跟姚家撇清关系了！生怕姚家攀上夏芷苏这棵高枝。所以一张支票就想打发了！

这萧夫人，算盘打得可真是精！

一屋子的人各怀鬼胎，姚正龙和自己夫人互相看了一眼。姚丹妮却看着楼上，简直恨得牙痒痒！

这夏芷苏，野鸡变凤凰，这一跳几乎跳到天上去了！怎么能让人不忌妒！有个凌家撑腰就够了，现在还来了个萧家！四大家族，她倒是一个人占了俩！

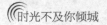

▌█▌ 第三十八章 老婆我错了，请留步 ▌█▌

夏芷苏从白天睡到黑夜，或许连她自己都不知道睡了多久。醒来的时候天很黑了，她这一觉睡得很沉很沉。

过了一会儿，她从房间里走出来。

"老婆！"

"女儿！"

"妹妹！"三张脸赫然出现在她眼前。

"老婆你醒了！饿了吧！快吃点东西！"凌天傲手里端着一个盘子，是一碗银耳红枣汤。

"不不！女儿你吃我的！听说你喜欢吃意大利餐！这是特地让意大利大厨做的意大利面，最是正宗了！"萧夫人也把盘子端了上去。

"妹妹！你要是不喜欢吃！我可以让人把准备好的中餐端到你的房间！你要吃西式的还是中式的？全都准备好了！"萧同浩也说道。

夏芷苏看着面前的三人，真是够了。"你们到底想怎样？"夏芷苏无奈地说。

"女儿！我是你妈咪！"萧夫人挡到凌天傲面前对夏芷苏说，脸上堆满了笑，"跟我回萧家吧！妈咪会好好照顾你！一定会好好弥补你！"

夏芷苏真觉得可笑，说："萧夫人，你不用要我，更不用骗我！我不是你的女儿，我很清楚！"

"你是我要找的人！不管怎样，我都要认你做女儿！"

"你想认女儿可以去别处，我不配！"夏芷苏冷冷地说。

"不不不！别这么说自己！芷苏，以前都是我不对！真的是妈咪不对！你要是不高兴你说！你要妈咪做什么，妈咪就做什么！只要你肯认我，好不好？"萧夫人恳求着说，满眼的诚恳。

夏芷苏根本不想理会她，直接从萧夫人身边绕开走。还没走出一步，凌天傲又拦住她。

"老婆！你吃点儿东西好吗？"凌天傲哀求着，"就一口也行！你一天没吃东西了！"

夏芷苏依旧懒得理会，从他身侧绕开。凌天傲立马挡在她面前，说："老婆！"

夏芷苏见他死缠着不放，干脆问："昨晚你做什么去了？"

"酒吧啊！"

"跟谁在一起？"

凌天傲突然有些慌乱。

云可姿的事，他没有跟她说过！

但是云可姿那么有名，估计她也是知道的！"我……我就是跟云可姿一块儿喝了个酒！"凌天傲有些结巴地说。

"如果不是从别人的口中听到，你永远也不会告诉我她是你的前任吧。"夏芷苏忍不住嘲讽地说。

"这种事，也没什么好说的！"凌天傲说。

"是吗！昨晚你躲在她怀里在酒吧门口和她搂搂抱抱，这种事能不能说？"夏芷苏问。

凌天傲睁大眼睛，还有这种事！他仔细想了想，似乎真的有！

后来要不是叶落把他拉回来，他喝了那么多酒，还不知道做出什么事来！"老婆！我，我喝醉了！没别的心思！"凌天傲尴尬地说。

夏芷苏却不想听他多说什么，直接走开。

"老婆！"

萧夫人算是听明白了，立马指责凌天傲，说："好啊你！你竟然背着我女儿跟前任搞一块儿！凌天傲，你简直太可恶了！"

萧同浩快气疯了，立刻把自己妈咪拉开，说："老妈啊！你这个时候还火上浇油干什么？"

"这凌天傲敢欺负我女儿！"萧夫人一副拼命的样子。

凌天傲才不管萧夫人，立马又跟夏芷苏赔着笑脸，说："老婆！那你说句话，怎样才肯原谅我！你说！你说什么我做什么！求你了，千万别不理人！"

"我不想看见你，麻烦你有多远滚多远，行吗？"夏芷苏生气地说。

"我不能滚！我要是滚了，你更不会理我！"凌天傲说。

"我女儿让你滚你就滚！凌天傲你怎么那么碍事！没看到我们在母女相认！"萧夫人一心想把女儿领走，只觉得凌天傲碍事。

凌天傲冷冷看萧夫人，大声说："你没看到我们在夫妻团圆！要滚你自己滚！"

"你们都给我滚！"夏芷苏不耐烦地喊。

"女儿！"

"老婆！"

萧夫人快被凌天傲烦死了，她那么大的事，一个劲地被凌天傲掺和！

凌天傲快被萧夫人烦死了，他那么大的事，这个萧夫人老碍手碍脚的！今夜的姚家实在太热闹了。凌家大少爷要留宿姚家！萧家夫人也要留宿姚家！还有这萧家大少爷也要留下！

姚家的人都忙着打扫客房，生怕怠慢了这几位贵客。

因为怕夏芷苏生气，凌天傲和萧夫人都不敢接近她，只能远远地看着。只有萧同浩接近夏芷苏，夏芷苏才不会反感。

姚家花园的石桌上。

夏芷苏坐在上面看着夜空。

今天的夜晚很美，上面的星星都很亮，月亮圆圆的。

风吹在身上，很舒服。萧同浩坐在夏芷苏的身边，好长时间了，还是忍不住开口说："阿芷！你真的是我妹妹！你的身世你不想知道吗？"

"我不想。"夏芷苏淡淡地说。"我知道小时候在孤儿院你的家人没来接你，你一直耿耿于怀！可是现在真的查得非常清楚！当初我妈咪是去接你的，却不小心接走了萧蓝蓝！"

"我跟萧家既然没有血缘关系，何必要缠着我！"

"我虽然不知道你跟萧家有什么渊源，但是你看妈咪对蓝蓝的宠爱程度完全超越了亲生女儿！你回到萧家，妈咪一定会把你当宝贝！阿芷，你认了妈咪吧！"

"我根本就不可能认她！别说她不是我的亲生母亲，就算是亲生的，我也不想认！"夏芷苏非常决绝。

萧同浩叹息道："我知道，母亲之前做了一些过分的事，她差点儿还把你打死！你不能原谅也很正常！可是，你看母亲的样子，她那么低声下气，我还是第一次见到！"

夏芷苏凉凉地勾了勾唇角："她低声下气我就该乖乖点头吗？"

"阿芷，我知道你跟别人不一样！哪怕是萧家，你也不想贴上来！可是母亲真的盼着你认她！"

萧同浩刚说完就看到萧夫人站在不远处，似乎站了很久。萧同浩叹息一声，站起身，把空间留给萧夫人。夏芷苏也看到了萧夫人了，微微皱眉，想走开。

"芷苏！"萧夫人忙走上来，站到她的面前。

夏芷苏想绕开，萧夫人还是挡着她："芷苏！你听我说！你的亲生父母把你托付我，但是我没照顾好你，反而把你弄丢了！后来我一直在找你，终于在孤儿院找到了，却把蓝蓝误认为是你！我当初来接你了，但是弄错了！"

"那又怎样？萧夫人，你看看你自己的所作所为，一样样恶毒阴险！你既然不是我的亲生母亲，也没有资格让我喊你妈咪吧？"

"是！我当然没资格！能做你妈咪的人，绝对不是我！但是我一定要照顾好你！我真的不对！我真的不知道你才是我要找的人！不然我绝对不会那么对你！"

"所以只要是别人，你就可以伤害吗？萧夫人，我们不是一路人！麻烦你离我远点好吗？"夏芷苏对她一点儿不留情面，这让萧夫人身形晃荡。

她知道她做了很多过分的事，伤害了夏芷苏，伤害了她身边的亲人！可是她真的不知道夏芷苏才是她要找的人，不然她是绝对做不出那些事情的！

"芷苏！"

夏芷苏走开，眼角却撇到一个人影跪倒在地。夏芷苏回头竟然看到堂堂萧家夫人跪在地上！

就对着她跪下！一时之间也是睁大了眼睛，有些错愕。

萧夫人跪在地上，一步步跪爬过来，说："我知道我以前做错了很多！但是你真的是萧家的人！如果你不想喊我妈咪，你可以喊我阿姨！你喊什么都行！芷苏，我只求你原谅我！跟我回萧家，认祖归宗！"

怔怔地看了萧夫人很久，夏芷苏真的没想到，她竟然可以为了认她下跪！"我根本就不是你的女儿，你却让我认祖归宗！这根本就不可能，你起来！"

她再怎么恨萧夫人，也不能让她跪自己，"我受不起！"

"不！你受得起！就算我当着所有人的面跪你，你都受得起！芷苏，我只求你跟我回萧家！"

"不可能！我不会跟你回萧家！我在姚家长大，这里才是我的家！"夏芷苏见她不起来，只能去扶她，"麻烦你别这么跪我，我怕折寿！"

"芷苏！怕折寿的是我！我当初竟然那么对你！我真的不对！我该死！我该死！你让我跪着！我跪着才会心安！"萧夫人忙不迭地说。

夏芷苏发现自己根本扶不起她，她也无计可施，总不能真站在这里给她跪！萧夫人毕竟是长辈，她还真怕自己折寿了！

"要跪你自己跪！别跪我！"夏芷苏转身直接离开！萧夫人望着夏芷苏走开，却始终没有起身。

她实在懊恼无比，看着自己的双手，她到底做了什么，竟如此伤害夏芷苏！她差点儿亲手打死夏芷苏。又差点儿亲手毁掉了姚家、毁了她的幸福！

她真是该死！

"妈咪！"萧同浩折回来，看到自己母亲那么跪夏芷苏，实在是想不通，说："妈咪！芷苏到底是谁？你用得着这么跪她吗？"

萧同浩忙把母亲扶起来，让她坐在石凳上。

萧夫人叹息道："也是我活该！我害她那么惨！真是我活该啊！都是我造的孽，造的孽！"

"妈咪，芷苏一时半会儿不会跟你回萧家，你就算每天跪着，她也不一定感动！"

萧夫人知道儿子说的都是理。可好不容易找到了夏芷苏，她是真心想认回去。

萧同浩真好说歹说，才把萧夫人劝回去。

毕竟夏芷苏压根儿就不在乎自己的身世，在乎的从来都是凌天傲，还是先处理好他们的事为妙！

回去的路上，萧同浩好奇地问了好几遍："夏芷苏到底是谁的女儿？"

"谁的女儿你不用管，但是对外面就宣称是我的亲女儿！是萧家大小姐！"萧夫人说。"妈咪，那萧蓝蓝呢？你打算怎么样？"

说到萧蓝蓝，萧夫人也觉得头疼，毕竟都养了那么多年了！"她要留在萧家也可以，但是这大小姐的位置毕竟不属于她！芷苏一回来，她总是要让位的！"

"那这一次，一定不会认错人了吧？"萧同浩谨慎地问。"芷苏手里的那一块玉足够证明她是我要找的人！何况当初她的确在门口等我，只是我接走了萧蓝蓝！"

说到这块紫玉，萧同浩觉得疑惑："妈咪，这块紫玉我要了那么多次你都不肯给我，怎么芷苏手里会有一块？这可是我们萧家的传家宝！"

"所以芷苏才是我要找的人！怎么都错不了！"

夏芷苏推门进了自己的房间，才刚刚关上门，眼角却看到床上躺着一个人。某男立即坐起来，谄媚地喊："老婆！你回来了！床已经暖好了！"

"……"夏芷苏转身开门，准备出去。

某男从床上飞奔过来，直接用腿关了门，全身光溜溜的，就这么挡在夏芷苏的面前。

"老婆！是我误会你了！我真不是个男人！我简直可恶！"凌天傲抓起夏芷苏的手狠狠打在自己脸上，"你打我、骂我吧！我不知道你为我做了那么多！"

为了让他拿到公司，她竟然宁愿离开他！想起来，他又心痛又愧疚！

夏芷苏凉凉地一笑，说："你不是说我是东野的卧底吗？"

"我……当时你一直护着东野，况且我知道你脖子上的紫玉是东野的东西！他把贴身的东西送给你，我难免会多想！老婆！我真的不是故意那么想的！是因为云可姿她……"

凌天傲说到这里，有些咬牙切齿。

"你要跟我说你跟你前任的过往了吗？"

"我不说过往！但是我一定要让你知道，为什么我会以为你是东野的卧底，因为云可姿就是东野派到我身边的奸细！她跟我在一起，完全是为了帮东野拿到公司副总的位置！"凌天傲急急忙忙地解释。

夏芷苏确实有些意外。

原来如此。凌天傲吃过一次亏，难怪会觉得她是东野的卧底。她跟东野从小就认识。

凌天傲却不知道他们刚刚相认，再加上云可姿那件事，凌天傲误会她是卧底，她确实可以理解。

见夏芷苏动容，凌天傲立马说："老婆！你相信我了吗？我不是故意的！绝对不是不相信你！只是有过一次教训！我是怕！我好怕你欺骗我！"

"我是欺骗了你，结婚那天我的确逃婚了，东野故意说掳走了我，是为了帮助我回到你身边。"夏芷苏淡淡地说。

"不不！那不是欺骗，那是善意的谎言！你会离开我，是因为你想帮我拿到公司！老婆，你太好了！"凌天傲拉住夏芷苏的手。

夏芷苏抽开手，说："误会解释清楚了，你也可以出去了。"

"老婆！别这样！你看我都脱成这样了……"

"凌天傲，你不要跟我来这一套！"夏芷苏冷漠地笑，"难道以后每次吵架，你都找你的前任去舔舐伤口吗？"

"我喝醉了！我真是被你气的！老婆！我再也不会了！而且那天我没约云可姿，是她自己找上门的！我发誓！"凌天傲真是要急死了，恨不得现在就去找云可姿，让她自己来说清楚！

"那以后她再找上门呢？"夏芷苏冷冷问。

"扔出去！"凌天傲毫不犹豫地说。

夏芷苏快要笑场了。但还是不能轻易原谅他！她被他误会那么深，连"离婚"都说出口了！

他呢，自己去酒吧跟旧情人在一块。

而她因为姚正龙被捕入狱，她只身一人去找萧夫人！

要不是权权还给她的紫玉，她现在还不知道多么惨！想起来就生气。

"你出去！"夏芷苏又呵斥。

"我不出去！"

"凌天傲！你有完没完？"

夏芷苏一发火，凌天傲立马蔫了，怯生生地说："我不躺床上，我就躺地上！反正我不能出去！"

凌天傲走到床上拿了一床被子，铺到地上，就在床的边上。就那么裸着身，凌天傲双手双脚放开，就那么躺在上面。

夏芷苏冷冷看了一眼，从没发现凌天傲无赖起来是这么无赖的，总之她是不会跟他一个房间睡觉的。

夏芷苏还是要出去。

凌天傲发现了，飞奔过来抱住她的腰："好好好！我不打扰你休息！我出去！我出去就是了！"

"放开。"夏芷苏看了眼自己腰间的手。凌天傲只能放开，打开门准备出去。夏芷苏皱眉，他一丝不挂就这么出去算怎么回事！

"你等等！"夏芷苏说。

凌天傲眼前一亮，就看到夏芷苏扔了衣服过来："把你的衣服带走。"凌天傲抱了衣服就要走出去。

"把衣服穿上再出去。"

"哦！"凌天傲穿了衣服，沮丧的样子像失去玩具的小孩。穿好了衣服，凌天傲打开门，又不舍得离开，回头看了看夏芷苏。

夏芷苏已经爬到床上去了，正背对着他。

凌天傲走过来，给她掖了掖被子，看着她闭着眼睛睡觉的样子，真的好想留下！可是他知道自己做错了事。

他还是识趣点儿，千万不要再惹她生气了！一步步走了出去，又轻轻关上门。

夏芷苏实在担心东野，一早就出了门。

才刚到门口，就看到凌天傲不知从哪里冒出来："老婆！你这么早去哪里？"

夏芷苏真是无语，这男人还真是阴魂不散，说："凌天傲，你不用去公司吗？"

"你哥哥萧同浩在帮我打理公司！"凌天傲立马说。

哥哥？"你也相信我是萧家的人？"夏芷苏觉得很好笑。

"是事实，你的确是萧家的人！"

夏芷苏不想多说，从他身边走开，到门口的车子旁准备上车。

凌天傲立马打开车门，说："老婆！你去哪里？我送你！"

"我去看权权！"夏芷苏很直白地说。

凌天傲有些暴跳，但看到夏芷苏淡漠的脸，立马赔着笑脸，说："我跟你一起去！"

"你去干什么！是你把权权伤得那么重！他多半不想见到你！凌天傲，你让开！"夏芷苏见凌天傲挡在车门前，说。

"本少怎么能让你一个人见东野！要去，我得跟着！"

"你怎么那么不要脸！凌天傲，你是不是只会死缠烂打啊！"

"我不要脸！你跟东野从小认识！你们的感情连那个姓欧的都比不上！我怎么可能放心？"凌天傲直接就吼。姓欧的？欧少恒？

夏芷苏盯着凌天傲看了半晌，嗤笑一声，说："你以为我跟权权是什么关系？你跟云可姿那样的吗？"

"当然不是！不是不是！肯定不是！"凌天傲立马回答。

"看来你跟云可姿的关系是很不一般了！"凌天傲简直无语，这个女人完全是在套话，无论他怎么说都是错的！

"老婆！我跟云可姿在酒吧的事我自己都不记得了。"

"你让开！别耽误我时间！"夏芷苏说。"老婆！你别去见东野，他不是什么好人！"

"就你是好人！"夏芷苏凉凉地笑，推开他，打开车门。

凌天傲的身手哪里是她能推开的，他就站在那不动，说道："你要去见也可以，得我陪着！"

"凌天傲！你以为你是谁啊？"

"我是你老公！你去见别的男人，当然得我陪着！"

"你到底让不让？"

"不让！你要么不见东野，要见就得跟我一起去！"凌天傲霸道地说。

见夏芷苏脸色不好，凌天傲又立马改口说："你跟他从小认识，你们感情那么好！万一你跟他跑了……不让不让！"

"……"

　　夏芷苏懒得理会，直接跳上车，蹭一下就跑了。

　　凌天傲睁大眼睛，立马上了另一辆车，飞快地跟上。

　　手机响起，是萧同浩打来的电话，说："天傲！你们公司的总裁会议怎么让我来主持？我自己公司还忙不过来！你赶紧回来一趟，把这会给开了！"

　　"开什么开！老婆都要跑了，谁还有空管公司？"凌天傲吼了一声就挂了电话。

　　萧同浩无语，这到底是谁的公司啊！真是要掀桌！

　　要不是看在夏芷苏的面子上，他才懒得管他凌天傲的公司！夏芷苏可是他的妹妹，他当然也希望阿芷能跟天傲和好。

　　凌天傲见夏芷苏开得那么急，追在她后面就大喊："老婆，你开慢点啊！"夏芷苏懒得理他，使劲踩油门。

　　凌天傲的手机又响起，他还以为又是萧同浩，说："都说了公司的事我不管了！"

　　"天傲！"是一个女声，"是我！"

　　"谁？"凌天傲烦躁地吼道。"我是云可姿！"

　　"做什么？"

　　"我们见面说吧！好吗？"

　　"见什么面？没空！"凌天傲直接挂断了电话，一心追着夏芷苏的车子。那一头云可姿正在剧组里拍戏，现在是中场休息。电话就这么被挂断了，云可姿的心里好像被刀剜了一下。

　　当初凌天傲是那么追着自己跑。全世界的女人他看都不看了眼，飞越千里只为买一个她喜欢吃的蛋糕。

　　她说她以后想住在一座没有人的海岛上。凌天傲就为了她天价购买了一座无人的海岛，并取名COCO，她的英文名字！

　　他对她那么好，那么好！以至于那么多年过去了，她对他那么念念不忘！而当初她接近他，是跟东野润一做了一个交易，东野帮助她成为好莱坞巨星，她把凌天傲的所有机密都给了东野。

　　所以在GE集团竞选公司副总的时候，东野胜出了！

　　那时候凌天傲只是凌家的少爷，没有一点儿权力，而东野润一已经是东野集团的掌权人！

　　东野集团名下有一家世界知名的影视公司DY，她的星路就是DY公司一手打造出来的，她为了自己的前途欺骗了凌天傲。

凌天傲知道了真相，拂袖离开。痛苦和忏悔弥漫在心头。她好想跟他说对不起，想跟他见面，说一说她的衷肠！

◼◼◼ 第三十九章 你一分都及不上我夫人 ◼◼◼

这边凌天傲和夏芷苏都把车开得飞起来了！一个使劲跑，一个使劲追！

夏芷苏看着后视镜里凌天傲的车子，觉得这个男人厚脸皮的时候简直没脸没皮！狠狠踩油门，迅速地飞驰。

凌天傲见夏芷苏跑那么快，更是使劲追。

两个飞车党把路上的行人都吓了个半死！很快就有警车出动来追捕。"前面的车子请靠边停车！"

"请靠边停车！"一辆警车先追上了凌天傲的车。

另一辆又差点儿追上了夏芷苏。

夏芷苏皱眉，这要是追上了，她还是无证驾驶呢！还不赶紧跑！到时候被抓进去，还得让凌天傲来救她！于是她只能使劲踩油门。可是她的技术毕竟不到家，警车很快追了上来。

凌天傲见了，大骂："敢追我老婆的车，找死！"凌天傲直接上前，砰！撞在那警车的屁股后面，警车被撞得偏离了方向。

凌天傲的车子立马冲了上去，对着夏芷苏咧嘴笑，说："老婆！"夏芷苏白了他一眼，掉转方向直接急拐弯。"老婆！"凌天傲着急地喊。

身后警车见凌天傲的车子还敢撞上来，剩下的一辆车也冲着凌天傲来，两辆车一前一后挡住了凌天傲的去路。

凌天傲刚才一直在看夏芷苏，倒是没注意，一个愣神就被人家围堵了！就这样眼睁睁看着夏芷苏开着车走了！

狠狠拍了下方向盘，凌天傲怒吼："该死！"

"下车！"两个警察下车，拿枪指着凌天傲。凌天傲不耐烦地下来，眼睁睁看着夏芷苏跑了！气死人！

夏芷苏刚到了西子林东野的住所。

房顶上，一条大蛇就爬了出来，很热情地蹭到夏芷苏面前。

夏芷苏看到小黄，心情好了很多，摸了摸它的脑袋，说："小黄，权权好些了吗？"

小黄的脑袋在她的手掌蹭了蹭，似乎想说什么，可惜夏芷苏听不懂。

"有你在，权权一定没事的对吧？"夏芷苏知道小黄身上的很多东西都是很有药用价值的，特别是它的蛇毒。

"夏小姐！"娜塔莎听到小黄的动静，还以为是谁闯入，一出来看是夏芷苏，顿时开心地喊。

"你来看我们少爷吗？"娜塔莎很激动。

"他怎么样了？"夏芷苏担心地问。"少爷今天终于能起床了，不过不能长时间走动，正在后院看书呢！"娜塔莎开心地说，"夏小姐，我带你过去！少爷看到你肯定好得更快！"

夏芷苏笑了笑，说："我又不是医生！"

于是，夏芷苏走到了后院。夏芷苏一眼就看到枫树下那俊美的男子。他躺在椅子上，手里拿着书，好像睡着了，偏着头闭着眼睛，脸色苍白，唇角上扬带着微微的笑意，似乎梦到了很美好的东西。"少爷睡着了！"娜塔莎也看见了，想去叫醒少爷。因为少爷吩咐，只要夏小姐来了，无论何时他都会见！

"娜塔莎！"夏芷苏立马拦住她，"别吵醒他了！让他睡吧！"

"夏小姐你千万别走！我还是把少爷叫醒吧！"

"不，我不走！我在这陪着他！让他睡吧！"夏芷苏还清楚地记得那天权权送来了这块紫玉跟她相认。

权权还开玩笑让她兑现小时候的诺言，这块紫玉是他下的聘礼，让她嫁给他。

她吓个半死，后来才知道权权是戏弄她的。

还记得权权说："跟你开玩笑呢！你怎么那么紧张！放心吧，我已经有喜欢的人了，那个人不是你。"想到这里，夏芷苏又松了一口气。

一片片枫叶落下来，落在他的身上，东野穿着一件淡粉色的衬衫，火红的枫叶落在上面，又轻轻地随风飘落。

淡粉色，原来也有男人穿这个颜色是那么好看的。淡粉色好像是给他量身定做的颜色呢。

夏芷苏从他身边坐下，她坐在树根上，头顶是火红的枫叶，落在手心，一片又一片，很是漂亮，抬眼不远处就是一片花海，清一色的白，白芷花。有各个品种，还有些竟长到了树枝上，然后一朵朵地开花。

在东野这里总能见到那么多的奇花异草。

一阵风刮过，东野脸上的头发吹乱了，贴在他苍白的脸颊上。

夏芷苏微微起身，拨开他的头发，想重新坐下。

东野猛然睁开眼睛，唰的一下戒备地握住夏芷苏的手腕。在看清面前的女人时，东野明显愣了一下，然后眼底是毫不掩饰的惊喜，他咧嘴，脸上是快乐的笑，说："阿芷！"

也许被他的笑容感染了，她也笑了起来，说："哎！吵到你了吗？"

"没有，你来了怎么不叫醒我？"东野想要坐起身。

夏芷苏连忙摁住他，说："别起来！娜塔莎说你还不能乱动！"

"她就是大惊小怪，我没事的。"东野还是坐了起来，看着面前的女人，见她脸色很苍白，没有一点儿血色，左脸颊上还有一道伤痕。他伸手握住了她的手腕，夏芷苏本能地想抽回来。

东野固执地握着她，说："别动。"夏芷苏考虑到他的病情，也不敢乱动，怕牵动他的伤口。东野润一的手指放在夏芷苏的手腕上，眸底微动，抬眼望进夏芷苏的眼里。

"怎么了？"夏芷苏疑惑。"最近有感觉不舒服吗？"

"没有啊！"东野放开她的手，却笑着说："凌天傲怎么肯让你来我这儿？"说到凌天傲，夏芷苏很郁闷。

想到云可姿，夏芷苏不知道能不能开口问东野。"你跟云可姿什么关系？"夏芷苏也不说明云可姿是谁，想来东野一定知道。东野似乎并不意外她会问这个问题。

"我曾经跟她做了一笔交易，让她接近凌天傲，帮我拿到 GE 副总的位置！那时候凌天傲跟我在竞争。"东野真是一点儿都不隐瞒。

夏芷苏反倒有些意外，原来凌天傲说的都是真的！

东野抬眼看了眼墙头，突然唇角微扬，凑近夏芷苏，撩开她的一缕头发别到耳后。

"阿芷，你小时候说过，这块紫玉是你给我下的聘礼，你叫我长大了回来娶你，可惜你结婚了！"东野润一突然遗憾地说。怎么又说这事！

夏芷苏觉得东野真是莫名其妙，这些话东野早就说过了，是玩笑话，他不当真的！

"啊！"突然传来一声惨叫。

好像墙头上有什么东西摔了下来，夏芷苏回头也没看到人。而墙头这一边，分明有人气得鼻子都快歪了敢情那块紫玉是夏芷苏跟东野的定情信物！

东野真是来跟他抢老婆的！气死人了！"凌天傲？"夏芷苏已经走出来，看到凌天傲拍了拍屁股，脸色很难看。

凌天傲大步上来就拉了夏芷苏，说："回家去！"夏芷苏还没说什么，就被凌天傲使劲拽走了。

"哎！我还没跟东野说呢！"夏芷苏回头看到东野被娜塔莎扶着走出来，东野笑着对她点点头。

夏芷苏也笑着，用唇语跟他说："明天再来看你！"东野唇角的笑容咧得更大，看着夏芷苏的背影远去，东野站在门口，久久地凝望。

每一次跟她在一起的时间，总觉得那么短，时间却过得那么快。东野捂着心口，咳嗽了几声，每次咳嗽都扯痛了伤口。"少爷！夏小姐已经走远了！"娜塔莎忍不住说。

东野还是看着夏芷苏离开的方向，说："阿芷说明天还来陪我！从来没那么希望太阳快点落山，快点到明天。"

娜塔莎实在是心疼死了，眼睛里一红，说："少爷！我去给您煎药！"再站下去，她眼泪都要掉下来了。走开几步，回头看着少爷，还是木头人

一样站在门口，望着夏芷苏走开的方向，一直那么盯着，好像只要盯着，夏芷苏就能回来一样。

凌天傲脸色那一个叫难看，也不发作，就在那生闷气。再看了眼夏芷苏脖子上的紫玉，定情信物啊！

"你摆这副脸色给谁看！"夏芷苏问。

凌天傲见她这么说，立马瘪嘴，一副很委屈的样子。

"东野说这是你们的定情信物！东野是你的初恋！"凌天傲吼了起来。气死人了！

这点夏芷苏不否认，说道："对啊！我跟他很小就认识！那时候我还让他长大了来娶我。""夏芷苏！"凌天傲怒死了。

"吼什么呀！云可姿是你初恋，我不也刚知道！"说到云可姿，凌天傲立马又没底气了："那扯平了！"

说是说扯平，可凌天傲明显还怒气满满的，一路上使劲把夏芷苏拽着走，气得脸色铁青，又不好发作。

夏芷苏真是觉得好笑啊！这个男人真是跟小孩子似的！手机有短信。

夏芷苏低头看了一眼，眉头微微拧了起来。"我们见一面吧，就我们两个，

云可姿。"云可姿竟然找到她的号码,还想见她!好啊!那就见!

在一家很隐蔽的咖啡馆门口,夏芷苏停好车子进去,门口很快就有侍者领着她到了一个包厢里,里面云可姿早就坐在那里喝茶了。

看到夏芷苏,云可姿微微一笑,说道:"夏小姐!"

夏芷苏坐到她的对面。以前她是挺喜欢云可姿这个好莱坞的大明星,很有个性,也从没有绯闻。可是当她知道这个女人是老公的前任兼初恋,还能喜欢才奇怪呢!

"要喝点什么?"云可姿说,"这里的咖啡味道很纯正,挺不错的,现磨的猫屎咖啡特别好喝。"

"白开水。"夏芷苏淡淡地对侍者说。侍者点点头,走了出去。

夏芷苏认真地打量眼前的女人:鹅蛋脸,五官非常精致,皮肤细腻白嫩,眼线往上勾,女王范十足。还记得以前风小洛调侃她,有时候看着她就像大明星云可姿。

想到这里,夏芷苏猛然皱了一下眉头。"夏小姐,应该听过关于我的事吧?"云可姿见夏芷苏一点也不意外的样子,笑着说。

"云小姐不介意的话,可以叫我凌太太。"夏芷苏也笑着说。

云可姿一愣,感觉出夏芷苏明显的敌意,也开门见山:"既然你都已经知道了,我也不藏着掖着了!我是凌天傲的初恋女友,你应该知道初恋意味着什么吧?"

"我是凌天傲的夫人,他的初恋意味着他的过去,不然你以为还意味着什么?"夏芷苏反问。

云可姿看着面前的女人,愣了一下。听说这个女人只是一个从孤儿院出来的养女,还是赌徒的女儿,但没想到气势那么足!

"我实话告诉你,我这一次回国,就是为了凌天傲!"云可姿下战书。"这话你应该和凌天傲去说!而不是跟他老婆!"

"我有信心,把凌天傲夺回来,你确定你能保住现在的地位吗?"云可姿说得更加直接。

"我能不能保住现在的地位不是你说了算!也跟你毫无关系!云小姐,如果你找我来是说这些废话,那我真是没空!"夏芷苏微微起身。

"夏芷苏,你还看不清自己吗?你就是长了一张跟我相似的脸,凌天傲才会娶你!他想娶的从头到尾都是我！"云可姿嘲笑地说。这句话，她一点都不想听到！

但是确实以前也有一些人说过，她长得像云可姿，云可姿又是凌天傲的初恋。

初恋对一个男人来说，自然不一样。

看着夏芷苏的表情，云可姿很满意，笑着说："所以你最好还是知难而退！凌天傲是我的男人！以前是，现在也是！你在他的眼中，不过是替代品！不，山寨货，而我才是正版！"

"云小姐大概忘记了，我跟凌天傲已经结婚了。"

"现在离个婚多正常！天傲只是暂时跟你结婚！现在我回来了，他当然不会再要你这个替代品！因为从头到尾，天傲喜欢的都是我！你只是跟我长得像而已。"

云可姿实在得意极了，没想到夏芷苏跟她这么像，看来凌天傲对她还是有感情的！

"你这个死女人！胡说什么！"门外突然冲进一个男人，对着云可姿就是一阵怒吼。

夏芷苏淡淡地看了云可姿的表情。嗯，很好看，惊愕又惊恐，还带着点小惊喜，是她想看的表情。

"天傲！你……你怎么会在这……"云可姿简直不敢相信。

看了眼夏芷苏，似乎一点儿都不意外。夏芷苏掠了掠头发，她收到云可姿短信的时候，凌天傲也在场！被他看到了有什么办法！只好让凌天傲来围观，难道不对吗？

夏芷苏一副无辜的样子看着云可姿。云可姿的脸色惨白惨白，说："天傲，我……我只是想告诉她事实！"

凌天傲看着云可姿，满脸的厌恶："狗屁事实！云可姿，你要不要脸？"

"天傲！我知道你还是喜欢我的，不然你那晚在酒吧……"云可姿的话没说完，凌天傲就怒吼着打断："在酒吧都干吗了！不就喝个酒，我把你干吗了？你以为你是谁？以后别来烦我！本少爷喜欢的女人叫夏芷苏！不是你云可姿！"

"不是这样的！天傲，你说你会喜欢我一辈子的！"云可姿慌忙拉住凌天傲的手，"你给我买无人的海岛，取名叫COCO，那是我的英文名！我说想吃维也纳的小蛋糕，你就飞去维也纳给我买！这些你都忘了吗？"

夏芷苏看着云可姿深情款款地述说，站在一旁云淡风轻地顺了顺头发。凌天傲这反应，真是让她满心欢喜。但还是先装镇定，不然凌天傲又要飘起来。

凌天傲推开云可姿，说："我早就忘记了！忘得一干二净！云可姿，本少告诉你，别再骚扰我了！你要敢骚扰我夫人！我就让你在圈子里混不下去！"

"天傲，你不能那么对我！"云可姿心痛地拉着他的手，死活不肯放，"你要娶的明明是我，这个女人只是跟我长得像而已！"夏芷苏拿着手机看镜头里的自己。确实，还是挺像的。

以前同学也说过，她跟云可姿长得有几分相似，现在连云可姿都这么说。"你神经病吗？你有完没完！夏芷苏是我老婆！她是她，你是你！我早就说过了，你要再敢来烦我老婆，我保证，让你滚回美国，再也滚不回来！"凌天傲狠狠地甩开云可姿。这一甩真的很重。

云可姿整个人跌坐在沙发椅上，脸色难看极了。她真没想到，夏芷苏会叫了凌天傲来，还故意让他在外面偷听！夏芷苏听到凌天傲的骂声，都有些不忍心了。她从来不想跟云可姿见面，是云可姿自己上门来挑衅。

凌天傲一开始就担心云可姿要什么花招，所以非要跟着夏芷苏过来。

"凌天傲，我们回去吧。"夏芷苏淡淡一句话，凌天傲立马不理云可姿了，拉着夏芷苏就说："老婆，别相信她的话！你就是你！在我心里，你比她美多了！"

云可姿是个大明星，夏芷苏简直是路人甲，凌天傲当着云可姿的面这么夸她，夏芷苏心里都欢快死了。

"天傲！"云可姿猛然起身冲过来抱住凌天傲的腰，"真的要这么绝情吗？那么多年的感情，我真的好想跟你说说！"

凌天傲还没来得及放开云可姿，夏芷苏耸肩，给凌天傲使了个眼色，走了出去。云可姿这么深情款款的，总要给她说清楚。

凌天傲皱眉想跟上，云可姿整个人挂在他身上，他出去，云可姿也要被带出去。

夏芷苏在门口等凌天傲，当年他们有什么事情，多多少少，她也了解了。可凌天傲估计到现在也没弄明白当初的事吧，就让他一次来个明白。凌天傲掐着云可姿，直接把她扔地上："我们之间没什么好说的！"云可姿简直一点尊严都不要了，又抓着凌天傲的腿不放，怎么都要把话说完。

"先不要放开我好吗，我知道自己现在没有资格说爱你！可是爱一个人是控制不住的！这些年我虽然得到了想要的一切，可是我觉得很孤独。"

"孤独了才想起我吗？"

"不！我一直都想你！很想的！可是我不敢来找你！当初是我背叛了你！我知道自己错了！我给你发短信，给你写信，你没有一次回复我！我真的受不了了，才会回国来找你！我们16岁就认识了！我把最好的年华都给了你！"

说到这个，凌天傲只觉得可笑，说："错！你把欺骗都给了我！把那些所谓的爱都留给了你自己！云可姿，你永远爱自己多过爱别人！"

"不是这样的！我爱你！我才会想变成更好的自己！我想要配得上你！你不知道我这些年在好莱坞，在那样一个大染缸里坚持得多辛苦！可是每每想到你，我就觉得我的坚持都是对的！"

看着那张熟悉的俊脸，云可姿的手抚上他的脸颊："那时候你处处受你父亲的欺压，甚至随意打骂！每次打完你，我就心疼地给你上药！那时候你父亲就把你跟萧家的婚事定下了！是你父亲来找我，让我离开你，不要再耽误你，说我根本配不上你！"

凌天傲确实不知道，竟然还有这件事！"我为什么想进好莱坞啊！我学的是演艺，好莱坞是我们艺人终生的梦想！真的以为我一开始接近你就目的不纯吗？我是为了配得上你，才跟东野做了交易！"

云可姿看着凌天傲的眼，却没有她期盼中的柔软。

他的声音还是跟之前一样冰冷，说："所以，在我跟东野润一竞争公司副总的时候，你把机密给了他，让他赢得了那个位置！"

"天傲！我这么做都是为了我们的未来！"

"那是你自己的未来！"凌天傲大吼，"云可姿！你有多自私你知道吗？你拿本少的前途给你做垫脚石！却口口声声是为了爱我，是为了配上我！"

"如果没有东野润一帮我踏上好莱坞的星途，我怎么有资格站在你身边！迟早还是被你父亲赶走啊！我们还是不能在一起！"

凌天傲仰头看了一会儿天花板，拿开她的手。

"天傲……"云可姿楚楚可怜地喊着他。"这就是你跟夏芷苏的差别！夏芷苏为了帮我拿到公司，心甘情愿地离开我！而你，为了自己，却帮助别人抢我的公司！"

一字一句的事实，让云可姿几乎无言以对："我……我是在帮你做选择！公司和爱情，你一定会选择爱情的啊！"

"你凭什么替我选择？你以为你是谁！那好，我明明白白告诉你！公司和你，我选择公司！但是公司和夏芷苏，我选择夏芷苏！"

凌天傲的话像一把利箭，几乎把云可姿的心刺穿了！她把准备了几年的话说出来，得到的不是凌天傲的怜悯而是冷漠！

"云可姿，你给我听清楚！滚回美国，永远别再回来！不准来骚扰我，更不准骚扰我夫人夏芷苏！"凌天傲警告地丢下一句话，大步流星走了出去。

剩下云可姿呆愣地坐在地上，眼泪哗哗地流。"公司和夏芷苏，我选择夏芷苏！"门口夏芷苏没有走远，听到了凌天傲说的全部的话。一句话，好像心口住进了一个小太阳，温暖得让人流泪！

"老婆！老婆！"一走出来看到夏芷苏，画风一下子变了。

凌天傲拉着夏芷苏就喊，很讨好的口吻。夏芷苏觉得温暖又好笑，忍不住踮起脚尖直接吻上他的唇。凌天傲愕然，还没反应过来。

夏芷苏搂住他的脖子，吻得依旧那么生涩！凌天傲不知道她为什么突然吻他。第一感觉是夏芷苏不生他气了！立马开心起来。

圈住她的腰，他的舌直接探入她的唇，还是那么霸道和狂野，瞬间席卷了她嘴里所有的气息。

连手也不停，直接抚上她的胸口。夏芷苏几乎跳开："凌天傲！"

凌天傲这才反应过来，这里好歹是在外面。

"你这么激动干什么，不就是摸一下胸。"凌天傲很无辜地说。

"……"反正这个男人本来就是没有礼义廉耻的，特别是在那方面，总能做得一本正经。

见夏芷苏满脸通红。凌天傲又说："是你主动的！"

"……"夏芷苏眼角一跳，的确是她主动的，转身大步走出去。

凌天傲立马跟上，圈住她的腰，说："老婆！你别生气了呀！我跟云可姿的事我跟你解释嘛！"说到云可姿，夏芷苏没忍住，又回头亲了他一下。

在他快要凑上来回吻的时候立马离开他的唇。"不用解释！么么哒，爱你！"夏芷苏这次不去亲了，直接说"么么哒"。

凌天傲简直快飘起来了！"愣着干什么呀？上车啊！老公！咱们回家！"

夏芷苏开心地说。

老公？这个称呼好喜欢！

"好！"凌天傲立马屁颠屁颠地跑过去。夏芷苏看到他可爱的样子，真想笑出来。

这个霸道的少爷，曾经那么欺负她！

现在这么乖，恐怕连他自己都没想到吧！"怎么办呢？你身边的花花草草那么多，待在你身边真是一点安全感都没有！"夏芷苏进了车里，一副遗憾的口吻。

"别这样啊！怎么没安全感！你看你老公胸肌大、肌肉多、身材魁梧、身手好，怎么还给不了你安全感！"凌天傲自我夸奖着，"你得相信我啊老婆！"

夏芷苏扑哧笑了，说："你是我老公，当然相信你！"凌天傲咧嘴，笑得好不开心。

夏芷苏侧头看了眼窗外。云可姿跌跌撞撞地跑出来了。

看着凌天傲的车子，满眼的心碎和神往还有绝望和心痛，自然还有不甘。夏芷苏暗自叹息，她不想做那么绝。但是云可姿自己都承认她是冲着凌天傲来的，现在云可姿会死了这条心了吧！

凌天傲一边发动车子，一边嘿嘿笑着，很开心地说："老婆，这是和好了吗？"

夏芷苏看了他一眼："你说呢？"凌天傲立马趴过去着急地想亲她。

夏芷苏挡住他的唇，挑眉，说："我跟你的云可姿是不是很像？"

"像个屁！那种女人怎么跟你比？"凌天傲重重哼了一声，"反正这辈子本少爷心里就一个女人，那就是我老婆 -- 夏芷苏！"他确实跟云可姿恩爱过，可云可姿从头到尾都在演戏。

夏芷苏不一样，为了他，她可以不要命，为了帮他拿到公司，她可以狠心离开自己，宁可她一个人伤心难过，这样的女人，云可姿怎么比得上！

夏芷苏撇开头，嘴角都快咧到耳朵边了。云可姿果然被凌天傲刺激得不轻，听说当天晚上就飞回美国了。

记者还偷拍到云可姿在机场哭得梨花带雨，而这个时候，惹哭云可姿的罪魁祸首凌天傲却趴在床边给夏芷苏做全身按摩。

一边按摩一边还问："老婆！舒服吗？"

　　夏芷苏玩着手机，唔了一声，说："舒服！"男人啊！狠心下来那简直就是绝情啊！

　　显然凌天傲讨厌死云可姿了，所以以前在她面前从未提过。

　　"老婆，要不要玩更舒服的？"凌天傲在她耳边吹着气。

　　"我能说不要吗？"

　　"当然……不行！"果然，乖顺了没一会儿，凌天傲的兽性就表露无遗。

　　"……凌天傲，够了啊……"

　　"不够！"

　　"凌天傲，没力气了……"

　　"我有力气！"

　　"……"是她没力气了啊！

　　她起得晚，没看到凌天傲，想来是去公司了。

　　睁开眼有下人伺候，吃饭可以自由点餐，睡觉的时候还有人暖床！其实这种日子，夏芷苏真的没想过。

　　是啊，没有奢望过，低头看着脖子上的紫玉。一块玉佩，萧夫人对她的态度有了那么大的改观，现在每天都会送东西过来。萧夫人并不知道她喜欢什么，送的无非是女人都喜欢的包包、首饰，后来就是送车子、房子。

　　她对这些实在没兴趣，打发人送了回去。萧夫人还是不甘心，依旧每天送。

　　凌天傲特地给她腾了个房间放萧夫人送的东西。

　　有时候她也会想，她并不是萧夫人的女儿，萧夫人为什么非要认养她？

　　"少夫人，萧夫人又派人送了一套阿玛尼最新款！"叶落无奈地拿着一个礼盒进来，"还是退回去吗？"

　　夏芷苏叹息："退回去吧。"

　　关于夏芷苏的身世，叶落自然是听说了。她是听萧同浩说的，也觉得很意外。

　　原来夏芷苏的身份是萧家大小姐，本来就该嫁给他们少爷！真是缘分。

　　叶落沉默了一会儿说："东西可以退回去，但是萧夫人在外面呢，少夫人见吗？"

　　"不见，我要去西子林。"夏芷苏说。她要去看东野。

　　"少夫人，你又去西子林！少爷知道了，怕又要吃醋！"叶落劝说。

　　"我跟东野是清清白白的。"

"是，我知道！可是少爷，你知道的，心眼就那么点儿！"叶落无奈地说。

夏芷苏自然也知道。可总不能因此，她连跟男性说话的资格都没有了吧！夏芷苏直接从后门走了，去看东野。

萧夫人知道夏芷苏又不肯见她，懊悔无比，只是交代叶落，务必要照顾好夏芷苏。

夏芷苏到了西子林，发现东野不在，在里面等了好一会儿，东野也没回。问用人娜塔莎，她也说不知道，总说少爷很快就回来。眼看天都黑了。她再不回去，凌天傲又要杀过来了。

电话响了，却是欧少恒的。

夏芷苏有些意外，接起。"夏芷苏，你快来救救丹妮吧！你再不来她就要死了！"

欧少恒的话让夏芷苏惊得跳起来 -- 什么叫姚丹妮快死了？"发生什么事了？"

"东野带人亲自监督把姚丹妮打了两天！"夏芷苏诧异死了，立马跑出去。她迅速跑到姚家，不过，却被陌生的守卫拦在外面。

夏芷苏急红了眼，直接撂倒了守卫，冲了进去，却看到自己父亲和母亲都颤抖地站在一边。

而姚丹妮双手被吊着，身上伤痕累累，被打得面目全非！打人的就是东野的守卫裘括！

"住手！"夏芷苏大喊。

裘括看到夏芷苏愣了一下，却还是一鞭子直接抽了下去，完全是把姚丹妮往死里打！

"芷苏！芷苏！"姚正龙看到夏芷苏，简直像看到了救星，扑通就跪了下来。"芷苏，求求东野少爷放了你妹妹吧！"姚正龙颤抖着恳求，姚母也跪下来，不断给夏芷苏磕头。

夏芷苏看到沙发上坐着东野，他脸色还很差，身体根本没好利索。

看到她，东野微微皱眉，随后又有些欣喜："阿芷！"

"你，你这是干什么啊？"夏芷苏大步走过来质问。东野却把夏芷苏拉过来，让她坐下，说："裘括。"

裘括收起鞭子走过来，指着姚正龙："夏小姐，这一家子根本不安好心！当初我绑架了他，姚丹妮和姚夫人把你迷晕了来换他！他们巴不得你死在绑

485

匪手上永远不回来！"

就是那次，她被东野掳去了海岛。

绑匪就是裘括。当时她跟欧少恒准备去救爹地。后来的事她的确没有印象了，醒来就发现自己被绑了！

"没有！不是！不是！芷苏！你听爹地说！"姚正龙立马摇头。

"他说的是不是事实？"东野冷冷地吐出一句。姚正龙根本不敢狡辩。

"不是事实！是她！老爷！夏芷苏跟欧少恒商量不去救你了，我跟丹妮才想出这个办法来！"姚母立马狡辩，反而不打自招地承认了。

夏芷苏心里被刺了一下："妈咪，我怎么可能跟欧少恒商量不去救爹地？所以你跟丹妮真的串通了！你们有没有想过，当时的劫匪如果真的只是劫匪，而不是东野呢？"

"我……我……这劫匪是东野少爷！你跟劫匪认识！你爹地被绑架了！这，这怎么说！"姚母壮着胆子吼。

"你给我住嘴！"姚正龙立马呵斥自己的夫人，姚母哪里还敢说什么，夏芷苏的确无话可说。

东野却冷笑一声，说："姚夫人，你应该庆幸劫匪是本少的人，如果不是，今天阿芷还能站在这里？所以你的女儿付出代价也是应该的！连同你的那一份，也一起算！打死为止！"

东野随口就把姚丹妮处了死刑。

姚母吓得瘫坐在地，立马抱住夏芷苏的腿，哀求着："芷苏！快！快跟东野少爷求情！看在妈咪养你那么多年的情分上！救救丹妮！"

"芷苏！"姚正龙也跪下了。

夏芷苏哪里受得起，立马扶起他，说："爹地，妈咪，你们快起来！"

"芷苏，这些年我们对你是不怎么样！丹妮也是为了救我！芷苏啊！我的好女儿！放了你妹妹！她是爹地的亲生女儿啊！爹地就这么一个亲女儿！"姚正龙见东野那么决绝，只能求夏芷苏。

夏芷苏叹息，哪里用得着他们求。姚丹妮当初推她下楼，失去了孩子，她都没有追究啊！

"权权……"夏芷苏喊东野。

"阿芷，你忘了，姚丹妮当初害死了你的孩子。"东野连这个都知道。

夏芷苏也实在不意外。

"过去的事我不想追究，放了我妹妹吧！"夏芷苏还是承认丹妮是她的妹妹，哪怕她现在的身份不比以前。

姚丹妮被打得半死了，睁开眼睛，眼角有泪水还有血水。

也不等东野说什么，夏芷苏走过去，自己给丹妮松绑下来。丹妮根本站不稳。她全身都是血和汗，很脏很臭。

夏芷苏却一点儿不嫌弃，抱着她，把她放到沙发上，让她躺着。她知道丹妮醒着，只是她没有力气睁开眼。

"我一直把你当妹妹！欧少恒的事，是我不对！但我从没想过破坏你们！无论你做什么，我都可以原谅你。丹妮，不管我是谁，你都是我的妹妹！过去的事，就过去吧！"夏芷苏是真心的，这番话都是她的内心话。

姚正龙和姚母立马跑来到丹妮身边，两人听到夏芷苏的话，觉得愧疚难当。

"爹地，妈咪，我保证没人可以伤害丹妮！你们照顾好她吧！"夏芷苏说。姚正龙和姚母都感激地点头。夏芷苏起身，准备走开，姚丹妮一把拉住她的手。

夏芷苏低头，姚丹妮看着她，哭着喊："姐姐！"

夏芷苏笑了起来："嗯！"

东野和夏芷苏前脚刚走，欧少恒后脚就来了。

他早就知道姚家发生的一切，可是根本没法拦下来，只好找来夏芷苏，他就知道夏芷苏一定会放过丹妮。

坐在车内。

东野叹息地说："阿芷，你终究是太善良了！"

"丹妮都被你打得只剩下一口气了，也算是受到教训，这一次，她一定会醒悟了。"夏芷苏说，况且得饶人处且饶人。

"希望姚家能念着你的好，感激你。好了，别愁眉苦脸了！你现在是凌家的少夫人，又是萧夫人的女儿，开心的事很多呢！"东野调侃她。

"为什么你们都觉得萧夫人是我母亲，是很值得高兴的事？"

"总比姚家要好！我能看出来，萧夫人真心对你。姚家，那一家子我也有所耳闻，都是奇葩。"

夏芷苏手里抱着一个汽车抱枕，她往怀里揉了揉，说："其实这些年，我在姚家长大，心里一直明白爹地妈咪是怎样的人。爹地爱面子，不喜欢我跟穷人家的孩子有来往。他是个典型的商人，见利忘义，做的事大多损人利己。"

"而妈咪，喜欢炫耀，嫌贫爱富，最喜欢的事情就是跟她那些所谓的姐妹去做美容、打麻将、逛街，特别看不起穷人，也特别看不起我。"

"姚丹妮是个娇生惯养的千金小姐，大小姐脾气，骄纵跋扈，她最讨厌的就是爹地把我领养进姚家。"

东野润一倒是意外，夏芷苏那么喜欢住姚家，却把姚家的人看得那么透彻！明明就看透了，她却总是舍不得离开姚家！

"看来今天这姚丹妮，我是打对了！从小没少欺负你吧！"东野润一说。

"即使他们再坏，他们也领养了我，不是吗？如果没有他们，我还跟着我第一任养父，每天跟他一起躲避高利贷，每天想着怎样做才能不让养父打我，每天想着今天吃完了这一顿，下一顿该怎么解决。"东野润一的脸上微动，下意识地想要握住夏芷苏的手，却生生收了回来。

"我那时候什么都没有，爹地姚正龙却带着我回家，给我买吃的、穿的、玩的，还送我去贵族学校读书。凭什么他要对我那么好呢？"夏芷苏反问了一句。

当初她的孩子没有了，夏芷苏是恨姚丹妮，却正因为考虑到姚丹妮是父亲唯一的女儿，所以她努力忍着，不让自己去恨丹妮。

"可能你们觉得萧夫人主动来认亲，我怎么那么不知好歹。可是我想问，萧夫人一没有生我，二没有养我，为什么我吃了那么多的苦，她说要认亲，我就得乖乖回去呢？"

"阿芷……"

"如果一个人都不懂得知恩图报，那还是人吗？"夏芷苏叹息地看着窗外，"我真的很努力回报姚家对我的养育之恩！所以他们的所作所为，我都可以睁一只眼、闭一只眼。"

东野伸手摸了摸夏芷苏的脑袋，这个傻丫头，这份养育之恩，她早就还回去了。

几百倍地还给了姚家！就她以为还没还完似的！这个笨蛋！真是让人心疼！

此刻的姚丹妮最不想让欧少恒看到自己的模样，没有千金小姐滑嫩的肌肤，没有千金小姐美丽的脸蛋，全身都被打得体无完肤。

现在的她跟千金小姐一点都搭不上边了，而欧少恒向来喜欢的是公主！

姚丹妮想遮住自己的脸，欧少恒走上前拿开她的手，用毛巾给她细心地擦脸："我以前太肤浅了，总觉得公主才能配王子！可是现在我发现，外表再好看，有丑陋的心也是让人憎恶的。丹妮，你可以刁蛮，但不可以坏。"

姚丹妮的眼泪一颗颗掉下来，到底是委屈还是因为欧少恒短短的几句话，还是真的意识到自己的错误。

"一直是我对不起你，不关夏芷苏的事，你何苦迁怒于她。我明明喜欢的是夏芷苏，却误以为喜欢你。过去的七年我都跟你在一起。就算我冲动退了婚，你也比夏芷苏幸运多了不是吗？"

欧少恒的一番话让丹妮哭得更加大声。

外面姚正龙和姚母也不进房了，只是叹息着摇头。

姚母说："老爷，我没想到夏芷苏还是放过我们了！依旧认丹妮是妹妹！当初那件事，我一直害怕被知道，现在反而轻松了很多！"

她跟丹妮弄晕了夏芷苏交给了绑匪，这要是让凌天傲知道，他们也是死路一条！

想来夏芷苏肯定也会在凌天傲面前为他们说情！姚正龙握着自己夫人的手，点头，说："是啊！芷苏一直是个好孩子！是丹妮自己没解开心结啊！"

看着房间里的两人，姚正龙现在只希望他的亲女儿丹妮能够好好的！丹妮最需要的就是欧少恒陪着，他们也知趣地离开。

姚丹妮呜哇一声大哭了起来，趴在欧少恒的怀里："少恒！我错了！真的知错了！你能不能不要再离开我了！姐姐已经跟你不可能了！你能不能回到我身边来？"

"你傻不傻！破碎的镜子还能拼回去吗？这里，我装着别人了！怎么可能装下你？"欧少恒指着自己的心口。

"我可以等！少恒！我可以等你回心转意！我给你时间！我会一直等你！少恒！我爱你！我真的好爱你！"

欧少恒抱着她，轻轻拍着她的背，他知道丹妮爱自己，可是他爱的是夏芷苏。他也在给自己时间，努力不去喜欢夏芷苏。听说夏芷苏还是萧夫人的女儿。那说起来，配不上夏芷苏的，倒是他欧少恒了。

欧家跟姚家加起来，也比不过萧家一根手指头啊！

跟东野坐在西子林的后院，那里有一条小溪，贯穿了整个林子。夏芷苏就坐在溪边。

对面是青山绿水，山雾缭绕。山很青，山水是透彻的。姚丹妮的事，夏芷苏心里总是有些疙瘩。

不是怨恨，而是觉得不可思议和心痛，姚丹妮是真的想害死她。

那么多年的姐妹，她也忍心下手。虽然不恨丹妮，却在心里有些落寞。那么多年，她努力融入姚家，可是说到底，她都是个外人呢。

有那么一刻，她确实想知道，她的亲生父母到底是谁了。"我记得小时候的孤儿院也有一条这样的小溪，从山顶流到山下，溪水很甜。"夏芷苏说。

"是，有一条，那时候我们还小，经常一起到小溪里洗澡。"东野说，"这里我就是照着小时候孤儿院的环境改造的，没有印象了吗？"

"小时候的事一直记得不大清楚。但是我一直记得你，也记得自己把紫玉送给了你。"还记得蓝蓝。

那时候，她跟蓝蓝，她跟权权都很要好！可是萧蓝蓝的所作所为，她一样也很心痛。

东野浅浅地笑，说："阿芷，其实我总是想，如果当时没被家人接走，该多好！那样我就可以一直跟你在一起！"

"说什么傻话呢！孤儿院的孩子能被家人接走的概率有多小！你被家人找到多幸运！真是没想到你是东野家的少爷！"

"我……"东野有些失笑，脸上划过一丝痛苦，"如果我不是东野家的大少爷，阿芷，你还会认我吗？"

"无论你是谁，我都会认你！"

"你跟凌天傲和好了！萧夫人也找到你了！姚丹妮的事我也处理了！在中国没我什么事，我明天准备回国，大概不会再来这里。"东野润一突然说。

夏芷苏愣了一下，然后说："有空了我去美国找你！"她不会来找他，他一清二楚。

"今晚能不能留下，陪我说说话！说说我们以前的事，可以吗？"东野小心地征求她的意见。

"凌天傲会误会的，你知道，他这个人很小气，连我跟别的男人说句话，他都吃醋。"说到凌天傲，她是满满的幸福口吻。也间接拒绝了他，东野的眸子里满是黯淡。

"阿芷！我真的找了你很多年！可是我们独处的时间真的很短！很短……"东野叹息地说。

夏芷苏不知道该说些什么，感觉气氛很不对劲。她只能站起身说："权权，我该回去了！"

"阿芷！"东野突然拉住她的手。他也站了起来看着她。

"有些话，不说出来！我怕再也没机会了！"东野有些着急，看着她，眼底带着慌乱。

夏芷苏抽回手，眸底有些闪烁，说："什么都别说了！我该回去了！"

"我明天就去美国！你现在回去，我们不知道什么时候才能见面。"

"我们还可以电话联系啊！"

"阿芷！你听我说好不好！"夏芷苏不想听他说。

"我喜欢你！我从小就喜欢你！到现在我都没有改变过！"东野润一还是忍不住吼了出来。夏芷苏怔怔地看着他。

其实有些事，身为女人总是有那么一点感觉的，大概这就是所谓的第六感吧！

"我……权权……我已经嫁人了。"夏芷苏克制自己的惊愕，镇定地说。

"我根本不介意你嫁不嫁人！我可以给你想要的一切！你要的家，我也能给你！"

"别说了……"夏芷苏转身，想走。

"阿芷！"东野扣住她的肩膀，"你在我心里一直没有变过！我爱你！从小是喜欢！长大了，我才知道那是爱！这些年我一直在找你！可真的没有想到，你先爱上了凌天傲！所以就算我把我们的定情信物紫玉还给你，你也不可能遵守承诺嫁给我！"

东野显得很激动，每句话似乎都是吼出来的。"权权，你这样我很害怕！"夏芷苏看着失控的东野，说道。

"我……"东野自知没有控制住自己，看着夏芷苏眼里的惊恐，他恨不得打自己一巴掌，他在说什么！

真是鬼迷心窍了！他怎么可以跟她说这些话！明明夏芷苏都结婚了，而且她的心里只有凌天傲。

他不是不知道！因为想到要回美国了，而且很可能不会再见到她，他一时没忍住。

"对不起！"东野润一看着她，欲言又止，转身慌乱地走开。看着东野慌乱的背影有些踉跄，夏芷苏站在小溪边不知所措。她突然想起了一个画面。

那时候她很小，她在小溪里面跟一个男孩一起洗澡。那时候还没有男女的概念，只是喜欢跟小伙伴一起在水里嬉戏。

那个小小的她说："权权，等长大了，我希望我的家也在山上，睁开眼可以看到山，闭上眼可以听到溪儿的潺潺声；左手边是很大的枫树，枫叶落在水里面，火红火红的在水上飘荡；右手边开满遍地的白芷草，风一吹，白色的花瓣也落进水里！"

"权权，你说这样是不是很美？"

权权嬉笑说："如果阿芷在里面洗澡就更美了！"

阿芷羞红了脸，说："权权，你好坏！"抬眼看着门口，是一大片枫叶林，比她想象的还要多。

右边是清一色的白，白色的草。再抬眼，有块巨石，石头上雕刻着两个字："西芷林！"

原来是西芷林，不是西子林，原来这就是她从小想要的家！

她的又一个玩笑话，他还是当真的！说好的玩笑话，为什么他全都当真了！

他把紫玉还给她，是真的想要她嫁给他！

她突然觉得自己好可恶，为什么小时候要说那样不负责任的话！说过的承诺没有兑现，比没有开口说承诺还要可恶！

第四十章 一辈子爱她呵护她

凌天傲知道姚丹妮的事，简直都想把人给杀了！有夏芷苏拦着，凌天傲自然也不能真把人给杀了！

他可不敢惹夏芷苏生气！况且现在姚丹妮真的改过了，特地登门道谢，又跟着姚正龙好好经营姚氏集团。

而东野已经回了美国。从表白之后，再也没有跟她有过联系。

萧夫人生病了，一直卧病在床，每天都喊着"女儿啊"

"芷苏啊"。

夏芷苏也不是真那么狠心。况且，她的身世，她也不是不想知道。

于是，车子停在了萧家门口。

夏芷苏深吸了一口气，才从车上下来。

"天傲！芷苏！"萧蓝蓝看到凌天傲和夏芷苏，意外地喊。

夏芷苏都忘了已经多久没跟萧蓝蓝见面，原来她还一直在国内！

"蓝蓝。"夏芷苏还是好声好气地说，"我听说萧夫人病了，特地来看看。"过去的不愉快，她通常忘得很快，并且不愿意去计较。

"真不巧，妈咪在睡觉！"萧蓝蓝说，"刚喝了药睡下的，叫醒她不太好！"萧蓝蓝有些为难地说。

"这样啊，那我就看看她，站在门外看一下就行。"夏芷苏说。

"好的，千万别打扰了妈咪！"萧蓝蓝带着两人走到萧夫人的房间，把房门推开。

夏芷苏看到萧夫人躺在床上，即使站在外面看也能看到萧夫人憔悴了很多，瘦了整整一圈。以前的萧夫人还是很丰腴的，此刻躺在床上，好像没了生气一样。

"她还好吗？"夏芷苏担心地问。"只能说还好吧！妈咪一直在念叨你！可是你不愿意见她！久而久之，妈咪就病了，一直到现在，大概你是她心中最大的心结。"萧蓝蓝苦笑地说。夏芷苏再次看向病床上的女人，其实仔细看她头发上已经有白发了。封宇集团萧夫人。

所有人都知道这个萧夫人，甚至连萧夫人背后的男人是谁都忘记了，也忘记了萧夫人本名叫什么。那么大的公司，那么大的家业，那么大的家族，都是她一个女人在支撑。

　　"这些日子，辛苦你了，蓝蓝。"夏芷苏说。

　　"怎么会辛苦，一点儿都不辛苦。妈咪把我拉扯大，我照顾她是应该的！如果没有妈咪，就没有今天的我！"蓝蓝拉着夏芷苏的手，感激地说，"以前我真的做了很多过分的事，那是因为我一直以为是你抢走了我的东西。"

　　"现在我才发现所有东西原本就是属于你的！"萧蓝蓝的眼睛里带着诚恳，"芷苏，真的非常感谢你一点都不跟我计较，也感谢你没有把我赶出萧家！我一定会照顾好妈咪，你放心吧！"萧蓝蓝的每一句话都带着诚恳。夏芷苏听了都觉得感动。"我改天再来！麻烦你照顾好萧……萧阿姨……"夏芷苏还是叫不出"妈咪"二字。

　　"我会的！"

　　夏芷苏和凌天傲走出萧家。

　　本来想跟萧夫人说说话的，可惜她刚喝了药睡下了，实在是不忍心打扰。萧夫人辛苦了大半辈子，是时候好好休息下了。萧蓝蓝目送着凌天傲他们离开，这才走回萧夫人的房间。推开门进去。

　　萧蓝蓝走到床边，看到萧夫人是睁着眼睛的。

　　萧蓝蓝坐到床边给她掖了掖被子，说："你的好女儿已经走远了，等她下次再来，可就见不到你了。"萧夫人的眼底带着怨恨，盯着萧蓝蓝，双眼写满愤怒。

　　"不能动很难受，对吗？每天给你喝的药都是毒药，所以你每次喝完都觉得四肢无力！到现在腿已经没有知觉了吧！"萧蓝蓝微笑地说。

　　萧夫人张嘴想说什么，却什么都说不出来。"你现在就是一个废物！我想弄死你，就跟捏死一只蚂蚁一样简单！"萧蓝蓝嘴里吐出的都是恶毒的字眼。"不是总想着保护夏芷苏吗？现在你都这样了，我看你怎么保护她？"

　　"你……"萧夫人好不容易挤出了一个字眼，想指责萧蓝蓝，可是手都抬不起来。

　　"畜生！"只能骂这俩字。

　　萧蓝蓝哈哈大笑起来，说："是啊！你养我长大，我却这么报答你，很失望吧？可我不这么做，迟早要被你赶出萧家！到时候我就会一无所有！那种穷日子我过怕了！我根本不可能再回到过去！"萧夫人的脸愤怒得几乎扭曲，张嘴却只能发出咿咿呀呀的声音。

　　萧蓝蓝笑着的脸更加扭曲，说："我从小就知道你接的人是阿芷，根本不是我！是夏芷苏让我拿着红色的伞站在门口等！夏芷苏刚好走开了！所以你把我接走了！我比夏芷苏大！什么事都记得清清楚楚！"

"所以当我回国见到夏芷苏时，我就觉得她面熟，怀疑她就是小时候的阿芷！我让萧管家去帮我调查，没想到真的是她！你说这事巧不巧！那么大的国家，我怎么就偏偏跟她遇见了呢！"

"那时候看到你为了我动手打夏芷苏，把她打个半死，还要把她的孩子毒死！我真心觉得你是好妈咪！但又觉得你很可怕！如果你知道我是假冒的！那我不是也得被打死吗！所以我千方百计地隐瞒真相，不让你跟夏芷苏相认！"

萧夫人努力想叫，却什么也叫不出来。扑通一声，萧夫人滚落到床下。萧蓝蓝站起身，不屑地看着脚下的人，那个意气风发、让人胆寒的萧夫人，此时此刻还不如一条狗。

萧蓝蓝脸上带着狰狞："我万万没有想到，你那么快就认出了夏芷苏！就凭着一块紫色的玉，你就说那是你的女儿，是你要找的人！紫色的玉，是这块吧！"

萧蓝蓝从萧夫人身上拿出了一块紫玉。"这玉有那么神奇吗！一眼你就断定夏芷苏身上的那块玉是真的，而且她就是你要找的人！我很好奇夏芷苏到底是谁，不过她是谁并不重要了！反正你什么也没告诉她！她也永远不会知道自己是谁了！"

"很快！你会写下遗嘱！所有的财产包括公司都会留给我！"门突然被打开。萧夫人求救地看向门口。

进来的是萧管家。

萧管家无视地上的萧夫人，走到萧蓝蓝面前，说："大小姐，都已经写好了！"

萧夫人睁大眼睛，原来萧管家被萧蓝蓝收买了。萧蓝蓝拿着手里的文件，让萧夫人看，说："这是你的遗嘱，只要签个字就好了。"

萧蓝蓝把笔放进萧夫人手里，萧夫人狠狠甩开。

萧蓝蓝只是笑，俯身捡起笔，说："我知道你不会签的，所以我会替你签。"

说着在上面签了字，她又给萧夫人看，说："怎么样，字迹是不是很像？根本就是你本人签的！谢谢妈咪，把公司都留给我！你放心，你的亲儿子萧同浩，我会留一些股份给他的，这样遗嘱的真实性才高啊！"

看着遗嘱，好像萧家的一切，萧蓝蓝都已经拿到手了一般。她哈哈大笑起来。

"可真是狼心狗肺、丧尽天良!"门口突然传来一个激愤的声音。

萧蓝蓝笑着的脸猛然僵硬:"夏芷苏!"

"很好奇我怎么回来了?从头到尾你都不让我接近萧夫人!萧夫人的房间里连一个照顾的用人都没有!哪怕是我生病,我房间里都会有用人,何况是萧夫人?"夏芷苏真没想到萧蓝蓝恶毒到如此地步。

萧夫人看到夏芷苏,眼底满是惊喜,想叫她,却发不出声音。"多吓人的女人,幸亏我当初没娶她!"凌天傲在一旁冷声喊道。

萧蓝蓝慌了,立马抓住萧夫人,拿着萧管家身上的刀指着萧夫人的脖子。"你们想怎样!别逼我!"萧蓝蓝大吼。

砰的一枪,凌天傲抬手就把萧蓝蓝的手臂打穿了。同一时间,夏芷苏上前,一拳打开她,把萧夫人扶住。"萧夫人!"夏芷苏担心地喊。

萧夫人看到夏芷苏和凌天傲,顿时觉得放心了,眼睛一闭,晕厥过去。凌天傲随手就把萧管家给收拾了,抓着两个人说:"老婆,先送萧夫人去医院,这两个,等萧同浩从瑞士回来了再处置!"

夏芷苏看了一眼萧蓝蓝,点点头,扶着萧夫人去了医院。

萧蓝蓝的手臂被打穿,疼得浑身颤抖。萧管家不停地求饶:"凌少!是她!都是她逼我的!我也是没有办法!"

"逼你?"凌天傲觉得可笑,"等她拿到了萧家的财产,会给你不少钱吧!有什么话到警察局去说!"

他才懒得管这两人,特别是萧蓝蓝,简直良心泯灭了!"天傲!我只是自保!我不是故意的!帮我跟妈咪求情!求情好吗!"萧蓝蓝知道事情败露,只想保命。

她之所以铤而走险,也是不想被赶出萧家,被夏芷苏霸占地位。"这些话你留着跟萧同浩去说吧!"凌天傲一点都不想理会这个恶毒到完全没有人性的女人。

他二话不说就把两人丢进了监狱,反正萧同浩对萧蓝蓝是绝对不会手软的!要不是萧夫人护着,萧同浩早就动手了!萧蓝蓝浑身瘫软,只觉得眼前一片黑暗!萧同浩一定不会放过她!

医院里的病床上,萧夫人还在昏睡,夏芷苏已经守了一整天。一天后,萧同浩也从瑞士萧家飞了回来。

听说了萧蓝蓝和萧管家的恶行,萧同浩怒火中烧,先把萧管家打个半死,再丢进监狱。

至于萧蓝蓝，萧同浩看都不想看到，丢进监狱不管不顾。

所幸萧夫人中毒没有那么深，是顾小默救了她。

顾家是医药世家，他们家的药都千金难买。知道了萧夫人的事，顾小默毫不犹豫地把家里最好的药全搬来了。

萧夫人的身体渐渐好起来，睁开眼睛看到夏芷苏，竟然喜极而泣，拉着她的手，久久说不出话来。还以为再也见不到夏芷苏了。

"萧，萧阿姨！"夏芷苏喊她。

萧夫人也不指望她喊自己妈咪，从床上起来，萧同浩怎么都拦不住。萧夫人非要起来，却扑通跪在夏芷苏的面前。

夏芷苏连忙退后几步。

"妈咪！你，你这是干什么呀！"萧同浩去扶萧夫人。萧夫人让他不要管。

顾小默站在一旁，捅了捅萧同浩的肩膀，说："老太太是不是病糊涂了？"萧同浩瞪了她一眼，顾小默瞪回去。

凌天傲一直坐在一旁看着，萧夫人经过这一次，是想把心里的秘密说出来了吧！

"萧阿姨，你快起来吧！"夏芷苏去扶她，哪里敢让长辈这样跪着。

"小小姐！过去都是我糊涂，我把萧蓝蓝那个孽女领了回来，却把你丢在了孤儿院。我是真心去找你的，怎么也没想到会找错了！"萧夫人喊夏芷苏"小小姐"。

"我还对你做了那么多恶事，差点儿害死了你！小小姐，我真是该死！还劳烦您在医院照顾我！"萧夫人说得老泪纵横。

夏芷苏都快蒙了，求救地看向萧同浩。

萧同浩摇头，他也什么都不知道。"不是！萧阿姨，您先起来好吗，您还病着呢！"夏芷苏去扶萧夫人，她却怎么都不肯起来。萧夫人拿出凌天傲从萧蓝蓝那拿回来的紫玉。

"这块紫玉是属于你们萧家的，我今天物归原主！"萧夫人把紫玉还给夏芷苏，夏芷苏原本就有一块。

萧夫人也说过，这是一对的！"妈咪！怎么说的跟你不是萧家人一样！"萧同浩想把萧夫人拉起来。

萧夫人却呵斥，说："你跪下！"

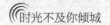

"妈咪！"

"萧同浩，你跪下！"萧同浩简直瞠目结舌，这是做什么！萧夫人拉着萧同浩一起跪下。

夏芷苏哪里受得起萧家夫人和大少爷下跪，立马也跪下了。"小小姐，你快起来！别折煞了我！"萧夫人惶恐地说。

"你们跪着我也只能跪着啊！萧阿姨，萧同浩，你们起来行吗？不然大家一起跪着！"夏芷苏真是无可奈何，凌天傲还坐在那悠然地喝茶。

顾小默又走到凌天傲这边，嘿了一声，说："你老婆来头还挺大啊！萧家两位大人物都给她下跪！我也是醉了！"

凌天傲挑眉："那就听听我老婆到底是什么来头！"夏芷苏一跪，萧夫人哪里还敢跪着，忙不迭地站起身。三人这才都起来了。

萧同浩一头雾水。

"小小姐，我不是你的亲生母亲！你的亲生母亲是真正的萧家大小姐！只是在你刚出生的时候，你的父母出了车祸，他们把你抱在中间，所以刚出生的你幸存了下来！但是那时候你的身体很弱，每天只能在婴儿监护房里。那时候萧家一团乱，什么亲戚都来认亲，都来争夺财产！我是大小姐的贴身用人，我擅自做主替大小姐来主持大局。"

萧夫人说起了尘封多年的往事："那时候除了最亲近的人，大家并不知道萧家大小姐长什么样，于是我冒充大小姐，成为萧家的掌门人！原本想等小小姐身体好一些，再把你接回萧家，可是没想到，你在医院里被人偷走了！我到处找你，后来终于查到你在国内的一家孤儿院，名叫离心岛，这才把你接了回来！"

夏芷苏怔怔地听着萧夫人诉说她的身世。她那么恨自己的父母，恨父母弄丢了她。可是没想到，她的父母用性命保护了她。原来她有那么好那么爱她的父母！

这信息量那么大，快把凌天傲等人震惊到了！

"儿子！这萧家根本不属于你我！我原本以为萧蓝蓝是我要找的人！所以拼命想给她找一段好姻缘，等她结婚了，再懂事一些，我再把萧家还给她！可是没想到萧蓝蓝是个冒牌货，还差点儿害死小小姐！"

萧夫人激动地握住夏芷苏的手："这些话实在藏了太久太久！小小姐，现在你已经成家了，这萧家，我也理应还给你！整个萧家封宇集团都是属于你的！"

"不！别！我不要！"夏芷苏本能地拒绝。萧同浩已经听明白了，原来是这么回事！

夏芷苏才是萧家真正的掌门人，他们都只是她的下人而已！"阿芷！不！我应该叫你大小姐！妈咪说得对！既然你都回来了！萧家当然应该还给你！我立马召开新闻发布会！把事情说清楚！"萧同浩说着要出去。

"别！别啊！"夏芷苏拦住萧同浩，"我根本不懂经营公司！而且萧家在你们的手里，不也发展得很好！萧阿姨！我只想做凌天傲的妻子，不想做集团总裁！我只有一个要求，看一下我的父母。"

凌天傲听到这话，高兴地扬起唇角，走过来，抱住夏芷苏的肩膀，他才不想让夏芷苏做什么总裁！总裁一天到晚都很忙的！

他可是想每天都能看到夏芷苏！

凌天傲也说："你们就不要为难我老婆了，就让她做萧家大小姐吧，至于萧家，你们自己管着！我老婆还要给我生儿子，没空管萧家！"

夏芷苏瞪了他一眼，这么严肃的场合，他在说什么呢！

"这……"萧夫人见夏芷苏坚持拒绝，也不好再说什么，只好说："好！既然小小姐不肯继承萧家，那小姐的孩子无论男女，萧家的一切都必须继承！不然，我就跪着不起来了！"

萧夫人再次下跪，实在是执拗啊。夏芷苏无可奈何，只能答应。

萧蓝蓝的处置结果出来了，是无期徒刑。

萧家把她关在监狱里受折磨，永远不让她出来，就是不让她死个痛快。听说萧蓝蓝每天都在监狱里咒骂夏芷苏，每天骂每天骂，后来骂到嗓子都哑了，人也疯了。

原来父母的墓地就在萧家老宅后面，一直有人在打扫墓地。父母的灵位也时时供奉着。

萧夫人说，她的父母很热爱自己的祖国，所以在他们死后，她把他们安葬在这里。

在墓地，夏芷苏陪了她的父母很久很久，凌天傲也一直在那陪着。

那么多年的恨，到头来，留给她的只是愧疚。虽然没见过他们，但是，她好爱自己的父母。

她能回到萧家，嫁给自己心爱的男人。一定是父母的在天之灵在保佑她吧！

爹地妈咪，你们看见了吗？芷苏过得好幸福！

凌天傲抱着夏芷苏，看着眼前的墓碑，由衷地感谢他们生下那么好的女儿，感谢他们给了她两次生命！一次是出生，一次是车祸中的幸存。

岳父岳母，你们放心，我会一辈子珍爱你们的女儿，永远地爱护她！

回到凌家已经很晚了，凌天傲的车子一停下，人就不见了。

夏芷苏还觉得莫名其妙呢！一下车却发现凌家一片漆黑，夏芷苏感觉心里都毛毛的。

"凌天傲！"夏芷苏下意识地喊。突然不远处迎来一片亮光，夏芷苏本能地眯了眯眼。

睁开眼却看到一路的烛光，延伸到她的脚下。因为烛光照耀，夏芷苏可以看到地上是白色的花瓣，铺满了一地。

这些花瓣，她很熟悉，是白芷花。

天空有细小的雪花。在烛光下，一朵朵地飘落，落在晶莹的白芷花上，融化进去。

夏芷苏沿着烛光一路走过去，每走一步，身后的烛光被熄灭，只有她前进的地方是有烛光照明的。

"夏芷苏。"耳边突然传来个声音，似乎在整座房子回荡，夏芷苏的脚步一顿。

"不要怕，往前走。"她没有怕，听到凌天傲的声音，她就安心了。

不知道走了多久，地上的白芷花瓣越来越厚、越来越多，她踩在上面就如同踩在雪地上，耳边又响起了音乐。

紧接着是一个女声在歌唱：

不管时间走了多远，不管昨天明天什么叫作永远。

我只想要今天陪在你的身边，为你唱一首歌，再靠近你一点。

肩并着肩，脸贴着脸。

就在这一瞬间，感觉爱在蔓延。

我在你的胸前轻轻画了一个圈。

祝福你的梦想都实现！

不需要流行出现，你也可以闭上眼。

映着烛光许下心愿，一遍又一遍。

歌声没有中断，前面出现一个人影。

一束光打了下来，落在他的身上。

那是一个犹如神一般俊朗的男子，他穿着一件红色的风衣，火红火红的，就如他这个人，狂热到张扬。

他的手里拿着一束花，白色的花，他一步步走到她面前，手里的花放到她的面前。

"听说这个叫白芷，你喜欢吗？"他低头看着她说。

夏芷苏不知道凌天傲在玩什么，看了眼他手里的花，莫名地想到了权权。

"喜欢啊！"夏芷苏配合道。

"我的老婆夏芷苏，我要你今生只做我凌天傲的女人。"

夏芷苏看着他一本正经的样子，失笑，大半夜的他干吗呀？她已经是他的女人了。

"好！"她还是很配合。"那么，夏芷苏，"凌天傲唇角扬起一抹笑，"生日快乐！"生日？夏芷苏正疑惑，耳边的歌声再次响起：

当你一睁开双眼，什么都多一点。

因为这是你的birthday（生日）！

不管时间走了多远，不管昨天明天，什么叫作永远。

我只想要今天陪在你的身边，为你唱一首歌，再靠近你一点。

肩并着肩，脸贴着脸。

就在这一瞬间，感觉爱在蔓延……

所有的路灯都亮了起来，虽然昏黄但是足以看到现场。

夏芷苏眯了眯眼。

又看到叶落推出了一个六层蛋糕，蛋糕上插满了蜡烛，四面八方突然涌现出许多人。

顾小默，萧同浩，萧夫人，还有孤儿院的吕院长和十几个孩子，还有，她在酒吧的朋友风小洛。

风小洛拿着话筒，对着她唱着歌。"生日快乐！"所有人都在鼓掌，"Happybirthday（生日快乐）！夏芷苏！"夏芷苏没想到有这么多人，而且……怎么是她的生日？

"芷苏，今天是你的生日！你真正的生日！"萧夫人走上来说："天傲筹备了好久！"夏芷苏疑惑地看向凌天傲。

凌天傲抱住她的肩膀，又说了一声："生日快乐，我的老婆！"

"妹妹！生日快乐！"萧同浩拿出一个礼物送给她。

夏芷苏的眼泪掉了下来，接过礼物："谢谢……"

"生日快乐哦，幸福的女人！"顾小默也送给夏芷苏一个礼物。

"生日快乐！"萧夫人也给夏芷苏准备了礼物。

"夏姐姐，生日快乐！"孤儿院的孩子们也激动地鼓掌。

吕院长也拿出一个礼物送给夏芷苏："芷苏，生日快乐！"看到夏芷苏如此被呵护，吕院长感动得哭了。凌天傲一大早就打了电话，接她跟孩子们过来。

"少夫人，生日快乐！"叶落和凌管家，还有一整排的凌家用人和守卫齐声大吼着。夏芷苏是想笑的，可是泪水止不住地流了下来，风小洛把最后一段歌唱完：

看着你微笑的脸，那种幸福的画面。

好想能够停住时间，多看你一眼。

让我再抱你一遍，再跟你说一遍。

Let me be your birthday angel（让我成为你的生使）.

因为这是你的 birthday（生日）！

风小洛的歌声落下，夏芷苏的泪水决堤而出。

凌天傲急了："这是怎么了？老婆！老婆！你是不是不喜欢这样啊？"

顾小默真是无语："凌天傲，你嘴笨就算了，脑子也笨！芷苏是太激动了！"

凌天傲小心地看夏芷苏："是这样吗？"

这个笨蛋！夏芷苏看到他着急的样子，觉得他简直笨死了，搂住他的脖子，踮起脚尖，狠狠地吻了上去。小孩子们立马羞羞地遮住眼睛。

吕院长看着夏芷苏，脸上洋溢着幸福的笑，顾小默等人都笑了起来。

凌天傲却半天没有反应过来，等他反应过来才猛然把她扯进怀里，激情地亲吻。

雪还在下，一地的烛光映着两人修长的身影，好像融合在一起了一般。地上的白芷花随风轻轻地飘扬，跟着雪花一起在空中飞舞，已经分不清是花还是雪，可是拥抱在一起的那双人却迟迟没有放开对方。

俊朗的男子，倾城的佳人，所有人都看醉了。

原来她来到人世，一次次劫后余生，就是为了遇见他——凌天傲。"哎，好浪漫啊！"顾小默看着那一对人感叹着。

旁边有一只手握住了她的手："你想要的浪漫，我也能给！"

顾小默抬眼望着他，愣了一下："萧同浩，你发什么神经！唔……"萧同浩猛然低头，吻住了她的唇。

顾小默愕然睁大眼睛，什么，什么情况！"其实，我发现还是挺喜欢你的！要不，咱们交往试试？"萧同浩手指放进她的发间，挑眉。

表白！萧同浩对她表白！她简直惊呆了！"交往什么！直接领证啊！走！"顾小默拉着萧同浩就跑。

萧同浩无奈地提醒，说："民政局关门了……"

"那就等到开门为止！"

"……"

雪静静地下，黑暗中，一个俊美的男子靠在一条大蛇的身上，看着亮光下的那一对男女，唇角微微地扬起，说："阿芷，生日快乐！永远快乐！"